U0794482

KUWEI
酷威文化
图书 影视

天如玉 著

上册

江苏凤凰文艺出版社
JIANGSU PHOENIX LITERATURE AND ART PUBLISHING

图书在版编目（CIP）数据

他定有过人之处：全 2 册 / 天如玉著．-- 南京：
江苏凤凰文艺出版社，2022.9
ISBN 978-7-5594-6903-8

Ⅰ．①他… Ⅱ．①天… Ⅲ．①长篇小说－中国－当代
Ⅳ．① I247.5

中国版本图书馆 CIP 数据核字 (2022) 第 095251 号

他定有过人之处：全 2 册

天如玉 著

责任编辑	周颖若
特约编辑	马春雪　刘玉瑶
封面设计	卷帙设计 QQ: 2649686699
责任印制	刘　巍
出版发行	江苏凤凰文艺出版社
	南京市中央路 165 号，邮编：210009
网　　址	http://www.jswenyi.com
印　　刷	天津鑫旭阳印刷有限公司
开　　本	680 毫米 ×970 毫米 1/16
印　　张	39
字　　数	719 千字
版　　次	2022 年 9 月第 1 版
印　　次	2022 年 9 月第 1 次印刷
书　　号	ISBN 978-7-5594-6903-8
定　　价	72.00 元（全 2 册）

江苏凤凰文艺版图书凡印刷、装订错误，可向出版社调换，联系电话 025-83280257

目录

第一章

新途新梦，故事故人

神容梦见与人滚在一起。

“唰”的一声，衣裳落地。那人的手臂伸过来，矫健有力，箍住她的腰。她难受，下意识地想抓点什么，伸手出去抓到那件刚被扯落的衣裳，瞄过去，是件嫁衣——她当初成婚时穿的嫁衣，霍然转头去看男人的脸……下一刻，惊坐而起。

青白天光浸透窗棂，斜长的一道，直拖到床前。神容紧紧拥着身前薄被，背后汗湿中衣。她大口大口地急促喘息，尚未从梦中场景里走出来。

“少主？”侍女紫瑞守在外间，听到动静便出声询问，“可是醒了？正好，郎君已下令启程了。”

神容缓了缓，“嗯”一声，嗓子都诡异地有些嘶哑。

紫瑞推门进来伺候她起身，手将将触到她身上，吃了一惊：“少主怎会出这么多汗？”

神容眼睛半睁半闭，敷衍说：“做了个梦罢了。”

紫瑞更觉惊讶：“那就奇怪了，少主过往从未被梦魇到过的。”

说得没错。神容摸了摸滚烫的脸。

“定是这地方山高路远的，惹了您水土不适。”紫瑞嘀咕着，一面转头去端清水。

这里是一处道观，的确偏远，她们一行人从长安出发，走了大半月才到，还是在途中没有半点耽搁的前提下。

神容没说话，眼睛终于完全睁开了，人却好似还没醒，身上湿透简直像从水里捞出来的，抬手抚过脖子，汗津津地沾了满手。她蹭了蹭手心，还在想着那个梦……

观中悠悠响起一遍钟声时，太阳还没升起，道士们已经全都出动，皆恭恭敬敬候在山门前，就连两个打扫的小童都没有缺席，一板一眼抱着比自己人还高的笤帚站在队尾。

京城长安的累世公卿大族，开国功勋之后——长孙家族的人忽然远道而来，纡尊降贵落足于这荒山小观，这可是件让人措手不及的大事。前日一行人到时，就连已经闭关辟谷的知观也不得不破例出来恭迎。今日贵客们就要走了，大家自然也要小心恭送。

长孙家此行是轻装简从，即便如此，也有几十号人，几乎要把道观挤满，在这小地方已是从未见过的大族派头。众道士垂手站立成一溜，肃穆地看着大族随从护卫们进进出出收拾行装、套马装车，只能以眼神感叹这红尘俗世里的世家繁盛。

车马前端立着个青年男子，身着圆领袍衫，面白清俊，举手投足一身的贵气，是此行牵头的长孙信。一旁站着臂挽拂尘的知观，正向他躬拜："郎君恕罪，小观地处穷乡僻壤，实在招待不周。"

长孙信笑道："我倒是无妨，只要里头那位祖宗没说不好便是好的了。"说着朝后面招招手。立时有仆从上前来，双手奉上答谢的钱银。

知观恭敬领受时，想起他口中说的"祖宗"，定是随他同来的那位女眷了。来时他并不敢多看，只觉对方下了车来，左右无不恭敬，甚至连眼前这位长孙郎君都是跟在她后面入的山门，却也无人觉得不妥，似乎是理所应当。知观后来也打听了一下，据说那位女眷是这位郎君的妹妹。可也听说这位郎君任职朝中工部侍郎，年纪轻轻就已跻身京官之列，又是长孙家的继承人，竟还比不上自家胞妹的排场，再听方才他那句话口气宠溺，显然对其妹非同一般了。

这头，长孙信已朝山门里望了好几眼，仍没见着来人，不禁问身边："人呢？"

刚负责给钱的仆从恰好来时撞见过紫瑞，催请了一回，因而知道缘由，立时贴他耳边低语两句。

长孙信听了皱眉："临走反而没叫她睡舒坦了。"

知观闻言，浑身一个激灵，还以为是道观怠慢了他家那位"祖宗"，及时开口打岔："敢问郎君，接下来欲往何处？"

长孙信本还盯着山门，听了这话像是被提醒了，回头道："要去幽州，道长可知最快的路径？"

知观忙点头："若要去幽州，这条路便正是捷径了，距离已然不远，只是幽州……如今可不是什么好地方啊。"

长孙信负手身后，不以为意，不是好地方又如何，这普天之下还没他长孙家去不得的地方。正当这时，他千等万等的人出来了。

神容梳洗妥当，换了衣裳，又用罢了朝食，此刻领着紫瑞，不疾不徐步出了山门。眼下正当入秋，她身上罩着件宽大的绯色披风，亮眼得很，一出现，就连木头似的道士们都不禁接连投去了偷瞥的目光。但也只看到一道高挑的身形。她侧对着众人，朝长孙信看了一眼，便径自往前去了，走动时臂弯拢在披风里，怀抱着什么，半遮半掩的，隐约可见是只条形的木盒。

知观也朝她偷望了一眼，记起这位“祖宗”来时好像也抱着这个，却不知里头装的是什么。这大家族里的人可真是瞧不懂。

长孙信快步追过去，不忘朝旁招招手，马上便有麻利的下人抢先跑到马车边摆墩子去了。

“可算好了，就等你了。”他跟上神容，趁机看了看她脸色，小声道，“精神是不大好，听闻你被梦魇着了，梦到什么了？”

神容脚步倏然停住，眼神飘忽一闪：“算了，我不想提，哥哥就莫要问了。”

长孙信反而更疑惑了：“到底梦到什么了？我可不得不问，我只盼着你这一路都顺风顺水的，可千万不要有半点儿不如意才好。”

低语间二人已至车边。长孙信所言不虚，便是此番出行神容所坐的马车，怕她不舒坦，他都千挑万选给她安置个最宽大安逸的。路上她随口说了句想看看沿途景致，他二话不说半路找人将窗格开大，又怕飞虫侵扰，蒙上软纱。就更别提其他七七八八大大小小的事了，简直是把她当成自己一颗眼珠子似的看护了。

神容一只脚踩上墩子，闻言又收回来，脸色古怪，竟疑似有了红晕：“只怕我说了，你又觉得我不该说。”

长孙信拍胸保证：“怎么会呢，我可是你哥哥，在我跟前你就放心……”

“男人。”

突如其来的两个字叫长孙信一愣，忙转头四顾，所幸紫瑞机灵，见主子们说话早领着其他仆从退远了。他还嫌不够，朝山门那头摆摆手，示意道士们也全都回去，莫要围看了，再回头低低道：“青天白日的，这是说的什么，叫人听着不好！”

神容朝天轻翻一眼，她早说什么来着？是他偏要问的。

然而，长孙信马上就又凑近：“什么男人？”他根本不是那等迂腐古板之人，无非是要在外护着妹妹高门贵女的体面罢了。

不知是不是错觉，眼前神容的神情似是凝了一下，转而却又缥缈如烟似的松散了。

“不记得了。”她将披风一掖，抱着盒子登了车。

长孙信更好奇了，她能梦到什么男人？除去父兄，她长到如今也没几个亲近的男人，又有哪个是能入得她梦的？难道是……他往后瞧，见那群道士还杵着，一副贵客不走他们就不敢动的模样，其余的话再不便说，当即挥手下令：“启程！”

车马浩浩荡荡下山而去，道士们才像活了一样，在知观的带领下朝向队伍，弓腰垂首地拜送。

车里，神容往后一靠，闭上眼睛，权作补眠。上一次坐着这样的车驾一路离开长安，是三年前的事了。不过那时远比如今张扬百倍，因为那时是她成婚。

作为长孙家最受宠的小女儿，她的婚事就是整个长孙家的大事，夫君更是由她的父母阅尽才俊后一手择定——洛阳山家的嫡长子山宗。长安功勋之后长孙氏，洛阳将门世家山氏，这是一场世家豪族的联姻，人人称羡。彼时里坊各街围观者无数，就连当年还在世的先帝都御赐了贺礼。那年她十六岁，从长安一路风光地嫁去洛阳。

然而，这一时无两的光彩也不过只维持了半年。半年里，她那位夫君几乎一直领兵在外。终于等到他返回，没有小别胜新婚，却是一场了结。

那一日，他的贴身侍从跪在她房门外，双手捧着封和离书高过头顶，头也不抬地禀："郎君自与夫人完婚以来，毫无夫妻情意，偶有相对，只觉强求。今愿夫……长孙贵女接书，以做了断，各相安去。"

神容以为听错了，直到这番话又被复述一遍，才难以置信地问："他才刚娶了我，便对我如此不满？"

侍从拜倒，那封和离书始终稳稳托举："郎君说他心意已决，与贵女命中无缘，实非良配，余生不必相对。"

神容是何等人？她是长孙家捧在手心里长大的，从未受过这般对待，说是和离，在她眼里却与被休无异。她怒不可遏地出去找山宗，直到山家大门口，未见到人，却见送她的车马都已备好，甚至还守着一队形容整肃的兵。

侍从追出来，又拜："夫……贵女不必再找，郎君已经离开山家，今后都不会再回来了。"

神容冷冷看着他，又看向那队冷漠的兵，银牙紧咬……

当天她就不顾山家上下的挽留劝阻，头也不回地返回了长安。

长孙家齐齐惊动，她哥哥长孙信跑得最快，赶在所有人之前一把拉住她问出疑惑："如何会出这事！你夫君呢？"

神容袖中手指紧紧攥着那和离书，昂起头理直气壮答："什么夫君，死了呀！"长孙家的女儿没有和离，只有丧夫。她只当她夫君已经死了。

回忆到此处停住，梦中场景浮现出来。神容睁开眼，单手托腮，思索着，她怎会梦到那种事……洞房。实际上当初因为突来调令，完婚当日那男人就走了，之后半年聚少离多，到和离时她都还未能与他做过一日真正夫妻。明明以前一次也没梦到过。

马车忽然行慢，长孙信的声音从外传入："阿容，我方才想了又想，这是个好梦啊。"

神容思绪被打断，才发现自己手托着的腮边正热，振振神抬起头："你说什么？"

长孙信的脸透过蒙纱的窗口露出来，小声道："也是时候了，你都归家三年了，那事也过去那么久了，依我看，那梦的意思便是你要再逢一春了。"

神容心想这是什么话，是说她荒废久了不成？

"倒不知你还会解梦了。"她别过脸，却悄悄回味了一下梦里男人的脸。

其实并没有看清，梦里她转头看见的，只有他有力的身躯，其他始终隔着层雾。她神思又有些飘远，在想那人是不是他……

"不，阿容，"长孙信只愿她往好处想，一本正经道，"信哥哥的，不管你梦到了谁，无须多想，这就是个好兆头！"说完他顿了顿，又加一句，"当务之急，是要办好了眼前这桩要事。"

神容听到后面那句，脸才转回来，看了眼怀中的盒子："知道了。"

如今的国中，刚刚变了一番天。

先帝去冬驾崩，他钦定的储君继了位。这位新君登基不久，却并不亲近先帝手下重臣，甚至其中还陆续有人获了罪。

长孙家世袭赵国公之位，自然也在这些重臣之列。要命的是，先帝在世时，其家族还曾暗中参与过皇储之争，支持的是他人。这事当时情有可原，如今若被挖出来，那便是与新君作对了。身为世家大族，居安思危是立足之本。长孙家不能坐等秋后算账，须得主动扭转局面。

很快家族议定，一封奏折上呈宫廷——工部侍郎长孙信请求为圣人分忧，要为国中缓解近年边疆战事带来的国库亏空，特请旨外出，为国开山寻矿。

次日，圣旨下，准行。

于是，长孙家有了这趟远行。这便是长孙信口中说的要事。

神容再往车外望出去时，离开那座道观已有两日。车马正行于一条茫茫直道上，前后都不见人烟，唯有他们队伍行过带出来的尘灰拖在队尾，又被秋风吹散。她偏过头问："到何处了？"

守坐在车门外的紫瑞答："回少主，早一个时辰前就听郎君说已入幽州地界了。"

正说着，长孙信从后方打马过来了：“那知观说得不假，还真离得不远，这不就到了。”他说着抬手往前一指。神容顺着方向望去，遥远处横挡着巍巍城门，连接城墙蜿蜒盘踞，如割开天地的一道屏障。

那头早有一个护卫去城下探过，刚回来，向长孙信抱拳禀报，说城门眼下不开。只因一到秋冬季节幽州就加强戒严，每日都只开几个时辰的城门。他们连日赶路太快，现在到得也早，要城门开还得再等上半个时辰。

长孙信听了不免心里嘀咕：那知观又说对了，这还真不是个好地方，事多得很。他想了想，朝车中唤道：“阿容，不等入城了，咱们便就此开始吧。”

神容朝他看去：“这么急？”

他温声笑：“哪里是急，我也是怕你赶路累了。早些开始，之后便也好叫你好生歇一歇了不是？”

神容一路上听惯了这种好话，不置可否。长孙信透过窗格盯着她瞧，马骑得慢吞吞的。明明是他出的主意，却反倒等她开口决断似的。

终于，她点了下头：“那便开始吧。”

长孙信立即勒马，摆摆手，众人跟着停下。

“请卷。”神容一声唤，队伍立时有了变化。

长孙信下了马，站去车门边，手一招，十几名护卫近前，将马车围护在中间。车队后方，一名仆从取了水囊，仔仔细细浇透一块手帕，双手捧着送过来。紫瑞接了拧干，躬身进车，跪呈过去。

神容撩起衣袖，接过手帕。软白的手帕覆在她手上，包裹着纤长的手指，先左手，再右手，她将十指细细擦拭了一遍。而后放下帕子，抽出软座旁的一个暗格，揭开一块薄锦，露出一只雕刻古朴纹样的紫檀木盒，正是她先前一直抱在怀里的那只木盒。神容端正跪坐，两手平措至左胸前，右手压左手，低头，对着木盒行了大礼。

一旁的紫瑞早已垂头伏身，不敢动弹一下。

礼毕，神容坐正，捧出木盒置于膝前，打开。里面是厚厚的一捆卷轴书，以黄绢写就。她小心展开，找到需要的那处，停住，摊在膝头细细阅览。

外面众人环护，鸦雀无声。无人打扰她，她就安安静静在车中看着这书卷，一边看一边沉思。直到过了两刻，头顶日头都升高了，她才停下，将书卷小心卷起放回，盖上木盒：“地图。”

紫瑞忙从怀中取出一份折叠的黄麻纸，摊开送至她眼前。

是张手拓的幽州地图。神容接过看了一圈，尤其在那边角地带，看了又看，最后伸出手指轻轻点了两处，抬头问："东来呢？"

紫瑞转头揭帘出车："少主传东来。"

车外护卫中很快走出一名劲瘦少年，快走两步，跪在车边："少主。"东来与紫瑞一样，皆是追随神容多年的侍从，主要负责护卫她的人身安全。

神容隔着车帘吩咐："带上几人，照我在地图上点出的地方去探一探，遇有山川河流，记下走势流向就立即回来。"

东来领命，接了紫瑞递出来的那张地图，认真确认过地方，又向一旁的长孙信拜过，招呼了几人，离队而去。

长孙信在车旁站到此时，才动手揭了车帘往里看："辛苦了，阿容。"

神容刚把木盒仔细放好，拿着手帕又擦了一回手："辛苦倒不至于，只是比起以往要麻烦一些。"

他道："那哪能比，以往不过是在咱们自家采邑里头小打小闹罢了，如今才是要见真章的。"

神容叹息："可不是吗？才探地风我就如此慎重了。"

长孙信闻言笑起来。

方才那一番安排叫作探地风，若是想要找矿，这便是第一步。以往在长孙家名下的采邑里也发现过矿产，且皆为国之急需的铜铁矿。后来他们的父亲赵国公将矿产之事上奏宫廷，主动交给了朝廷。

虽说国律规定矿出皆为国有，可也规定国公高位享有特权，凡出自名下采邑里的矿产，可自采两载以充府库。但长孙家偏就大公无私地交了，且交出的还不止一处。正因如此，其家族才能成为先帝倚重的几大世家之一，长孙信后来也得以年纪轻轻就被提拔进入了工部。当年先帝褒奖长孙家时，就连长安城中三岁小儿都会唱："长孙儿郎撼山川，发来金山献圣王……"

人人都道这是他们长孙家命好，只有长孙家的人自己明白，那是凭了他们自己的本事。此事说来奇妙，长孙氏虽为贵胄之家，却有项技能代代传承，那便是对山川河泽的精通。若非如此，就没那道主动请缨的奏折了。

然而此行如此大事，长孙信未带其他帮手，却独独带上了神容。只因神容才是他们长孙家最有造诣的。便说她刚刚翻阅的那盒中书卷，实乃他长孙家祖传秘要，如今就传到了她的手上。此行非同一般，也就非她不可。所以，长孙信这一路的作为没有丝毫夸张，他这个做哥哥的被底下人称作郎君，她却能被称一声少主，地位可见一斑。她就是个祖宗，长孙家人人宝贝的祖宗。

又一个护卫去城下探了路来，回报说时候到了，城门可算开了。

长孙信叫众人各归各位，回头时继续与妹妹说笑："说来也很久没见你当众请过卷了，我都忘了上回见这情形是何时了。"

神容往后一倚："那是自然，这书卷我也封了许久了。"

长孙信并不知有过这一出，好奇道："何时封的？"

"成婚时。"她的造诣对一个女子而言，本没有用武之地，婚嫁时自然要封起。只在如今不得不用的时候，才又派上了用场罢了。

长孙信一听就无言，心说倒霉，怎么又揭起这茬来？当即转换话头："让东来先探，咱们入城去等。"说完瞧见神容好像倚得不舒展，马上吩咐紫瑞快去再取两个软垫来，好叫她舒舒服服地入城去。

神容什么话也没有。

所以说祖宗从没自己要求过什么，但有本事，大家偏就愿意把她供起来。

幽州号称河朔雄浑之地，比不上东、西二京繁华，但也不及各大边疆都护府偏远，自古地处要冲，是防卫京畿腹地的一处要道，更是北方一座重镇商会。

比起苍凉的城外，城中却是相当喧闹。驿馆内，驿丞正在忙，忽闻外面街上车马声沸，探头一瞧，只见不少百姓都避在路边，伸着脖子朝大街一头望着。

那所望之处，一队高头大马的护卫引着辆华盖宽车缓缓而来，最前方马上之人乃一年轻贵公子，一身衣锦，姿态温雅。众人正思索这是哪来的显贵，不知听谁报了句"工部侍郎至"，惊得连忙就往外跑。

车马刚停，驿丞已扑上前拜谒，众馆役也闻讯而动，一通人仰马翻，生怕怠慢了都城来的要员。长孙信见怪不怪，下马踱步进了驿馆，左右看过一遍后道："我们只在此暂居几日，你们别的不用管，只要能叫舍妹在此好生休息，不被打扰便好。"驿丞躬身跟着称是，一边在背后急切摆手，打发馆役们去帮着卸车喂马。

其实哪用得着他们做什么，长孙信身后随从各司其职，早已动了起来，甚至都已有人入内去接管了驿馆的厨下。所有吃喝用事，一概由他们长孙家的人自行料理伺候。这是赵国公夫妇心疼爱女出门太远，怕她不习惯，特地安排的。长孙信自然照办，这一路都是这么过来的，力求此行身在偏远，如在故都，到回去时他妹妹就是瘦了一点半点都不行的。

神容在一片忙乱中下了车来，长孙信亲自上前陪她入内。

驿丞只瞥见一抹罩在披风下的女人身影被护着款步而去，便知这位侍郎大人所言不是夸大，自是半分不敢懈怠，随即想起那内院里还有别人在，连忙赶过去安排，好给这位贵女所居周围留个清静。

这一通忙完便到了午间。

神容确实赶路赶累了，在客房中用了一餐浓汤香茶的佳肴美馔，疲乏上涌，便和衣躺下小歇片刻。不知过了多久，外面有吵闹声，她翻了个身，醒了，听清那是一道粗嘎的男人声音——“什么狗屁贵人，碍事得很，还要咱们给他们让地儿！”

“哎哟天老爷，小声点儿，那可是长安来的……”这是驿丞的声音。

“了不起？这幽州地面上，哥儿几个只认团练使，其他人都滚边儿去提鞋！”

“行了行了，快别在这儿了！”

神容起身下榻，过去一把推开窗，只看见院角闪过几道人影。算他们跑得快。她抬头望天，微云若丝，日头竟已偏斜。东来这一去好几个时辰了，居然还没回来。神容心想不该，他配有好马，又只是先行一探，怎会耗费这么久？

门忽被敲响，紫瑞在外急急唤：“少主。”

神容回头：“进来。”

紫瑞推门而入，屈一下身就张口道：“东来出事了。”

“什么？”

紫瑞忙将事情说明：东来迟迟未回，她便照往常一样派人去接应，才得知他被一队兵马给扣下了。话到此处，她有些忧虑：“扣人的正要主家去赎人，可郎君安排好这里就去城中官署了，只怕一时半会儿回不来。”

长孙信既然携圣意而来，就肯定要去知会当地官员，这是免不了的。神容一手拉上窗，本也不想干等着他去处置：“我去走一趟。”

出城往西北十里，设有幽州屯军所。四周绝道苍茫，唯有这一处盘踞，背倚孤城，气势慑人。因为城门开得晚关得早，神容没有耽搁，乘车上路，很快赶至。

夕阳将下，她揭开车帘，望了眼那道高阔的军所大门：“就是这里？”紫瑞在车外称是，后方是十几个骑马护送的护卫。据他们的人回报，东来那几人正是被带来了这里。

神容毫不迟疑地探身出车：“那等什么，还不进去。”

军所门禁森严，两名护卫上前交涉，守门兵才放行，一面有个兵卒往里去报了。神容片刻不等，脚步不停地往里走。

高墙围筑的大院内，一队兵正在那儿守着，忽觉有人到来，纷纷看了过去。只见一群护卫打头，左右开道，站定后分开，自后方走出个年纪轻轻的女人。

神容来得急，没系披风，未戴帷帽，一袭高腰襦裙轻束，雍容之姿，眉眼如描，光是在那儿一站，便叫一群人看直了眼。

另一头的角落里，一下站起来几个人，朝着她跪下：“少主。”是东来他们。

神容见几人无事，才往那队兵身上看了一眼：“他们凭什么扣人？”

东来回：“他们说我们穿山过河，行为举止鬼祟，又是生面孔，必须要带回来查问。”

屯军所负责一方治安镇守，听来倒是无可厚非。神容轻哼一声，到底没说什么。

就这会儿工夫，那报信的守门兵从院中的正堂里出来了，一同出来的还有个黑壮的汉子，后面紧跟着两个捧着兵器的兵。到了跟前，汉子的眼睛也不禁在神容身上转了一圈，才抱了下拳：“还请言明身份。”

这等小事不劳神容开口，紫瑞上前，将早已备好的文书递上：“长安赵国公府，长孙家。”

汉子瞄了一眼紫瑞，觉得不像夸口才接过去，翻看一下，正是东来等人的家奴契书，朝身后点了个头。那兵卒接到示意，又进了院中正堂。他将文书还给紫瑞，爽快道：“既然如此，人你们可以带走了。”说完，他后面的两个兵走到东来面前，交还了他们的兵器。

神容不语，只微微偏头，眼瞄着那幕，双唇抿起。

紫瑞看到这神情，便知少主是心有不悦，当即道：“扣了我们的人，只这么一句话就想打发了？”

汉子看看神容，顺带看一眼那几把刚交还回去的兵器。军所已仔细检视过，那几把兵器非军器，只不过是府卫用刀罢了，看式样就知道是长安制。如今得知这几人是来自长安赵国公府的家奴，便对上了，足以证明他们不是什么鬼祟的敌方。

虽不知眼前这年轻女人的来历，但看模样在赵国公府身份不低。汉子心里琢磨，犯不着硬碰硬，遂一改前态，堆着笑，朝神容郑重抱了抱拳：“成，是咱们得罪了，诸位好走。”

这还像句话。神容转眼去看东来，他领着人走了过来，在她面前垂着头。

“回去再说。”她以为东来是自责节外生枝，没多说什么。刚扭头要走，忽然瞥见他额角，她脚步一下收住：“抬头。”

东来听到命令，抬起了头。

神容看到他额角居然有道伤痕，直拖到眼尾，血迹刚止，肿胀着，差半寸就能伤到他眼睛，又去看他身上，他用左手拿了兵器，右手背上也有类似伤痕，袖口还破了两道。

就是个傻子，也能看出这是怎么来的。她眼神扫向那汉子：“你们敢动手？”

汉子一愣，反应过来：“几鞭子罢了，他拒不服从，又不肯直言来历，这是军法。”

神容眉眼一厉：“什么军法，他是你这里的兵？”

汉子被噎了一下，嘴巴张合，一时竟找不到话来反驳。

神容不能忍，东来不只是她近前护卫，还要为她探地风，现在手受了伤不说，还差点伤了眼睛，已然误了她的事。别的好说，这事没完。

“谁干的？”她问东来。

东来低声提醒：“少主，他们是驻军。”

神容眉头一挑：“那又如何，驻军就能肆意动手？”笑话，她长孙神容是被吓大的不成！她又斜睨那汉子：“谁干的？”

汉子倒是不傻，避重就轻地回：“咱不过是按律办事，贵人若觉冒犯，军所也可按律赔偿个百文钱。”听他这口气，倒还算让步了。

“钱？”神容朝旁伸手，紫瑞马上取了怀中钱袋放她手上。她接了往他脚边一扔，满满的一包。她长孙家连矿都有，会在意这点钱？“这儿有百倍，够你把动手的交出来了？”

汉子惊得拎了下脚，诧异地看着她，自然不会去捡那钱，只好又道：“混乱之下动的手，分不清谁跟谁了！”

神容眼一转：“那好，你们做主下令的是谁，总分得清了？”

汉子不由得脸一僵，乍一见这女人，只觉得美得惊人，跟画里走出来的似的，此刻却全被她的架势给慑住了。他只想速速解决，心一横道：“我，这里下令的便是我！”

神容眼扫过他：“看你的装束，顶多是个百夫长，这么大的军所，你还不够格。”

汉子被噎住了，不想她眼睛还这么毒。

神容转着黑亮的眼珠四下扫视：“把你们做主的叫出来。”

无人应答，在场的那队兵只是盯着她。

神容看了一圈，目光忽而落到院中那间正堂，想起先前这汉子正是从里面出来的，方才还打发了兵卒进去，必然是去报情形的，抬脚便往那里走。

汉子去追时已经晚了，她纤影如风，直奔大门，一脚就跨了进去。

堂中窗户闭着，光线略暗，竟然也有一群人。原本众人正在休整，或站或坐地啃着饼饮着水，此时眼神“唰”地投过来，气氛一片冷肃。那汉子追过来，一声“哎”刚冒出半截，及时地咽了回去，停在门口。

神容眼神左右一转，面无半点怯意：“你们做主的呢？出来。”

这群人装束与那汉子类似，都是中规中矩的甲胄罩在便于骑射的短打胡衣外，看来都是百夫长了。她判断得分毫不差，这的确是个庞大的军所。然而听到问话，众人面面相觑，也只是饶有兴味地打量她，谁也不说话。

那汉子抵不住，跟进来无奈问："这位贵人到底要如何啊？"

"伤了无辜的人，你说要如何？"神容说，"不能让我的人打回去，那便叫你们做主的亲自出来赔罪。"

汉子眼都瞪起来了，哪有打个家奴要整个军所的头儿出来赔罪的？这女人年纪不大，怎么如此不好对付！

神容也不废话，说完就往里走。

兴许是她这番话气势太足，里面坐着的人都站了起来，如旱地拔葱，严严实实地挡住了她的去路。

神容眼一睨："怎么，你们这是敢做不敢当？"

她的护卫已跟了过来，见状就要进门来护。在场的可都是军人，又是有头衔的，哪里是吃素的，一改休整之态，手中拿起了兵器。可这边也是长安来的高门贵族，手也纷纷按上了佩刀。

真闹起来可还得了。汉子跑过来，在两方中间一挡："好了好了，咱有话好好说成不成？"

神容抬手轻抚了下鬓发，反问："我只要你们做主的出来给我个说法，是谁不好好说话？"

从未见过一个女子在这场合下还能气定神闲的，但这副神情语调在她身上偏就浑然天成。汉子语塞，又不得失礼接近，只能硬着头皮退两步再挡着。

神容面向上首，也不管那群挡路的阻碍了视线，继续往前。

那汉子边挡边退，直退到挡路的同伍身上，已无路可退，脸色难看得不行。

"行了。"忽然传来低低的一把男人声音。

顿时，挡路的都散开了。

神容循声转头，右手边最多十步外，坐了个人。那里竖着一排高大的武器架，更暗，她只能看见那人收着腿随意坐在架前的一个轮廓，面朝她的方向，也不知这样看了多久。

那汉子快步过去，小声道："头儿，你都瞧见了，这我真没辙……"

神容反应过来，朝上首一看，果然没人。她以为做主的会坐上首，谁知他坐在这毫不起眼的地方，从她进来到现在就这么看着？她又回头，盯着被汉子挡了大半的人影，看得最清楚的是他一截黑色衣摆下裹着革靴的小腿，他一只手搭在膝上，指节分明。

"是你。"她心想可算肯露面了。

那只手抬起来，一隔，汉子便乖乖被隔到一边去了。

"是我。"他说，"对不住，可以了？"

左右都看向了他，尤其是那汉子，如同见了鬼似的，一直瞄他。

此人口气如此干脆，仿佛是想息事宁人赶紧打发了她似的，便叫她觉出一丝诡异。神容盯着他。

那人亦看着她。

神容忽然发现他眸光很暗，瞧来甚至有几分不善，眯眼细看，竟看出一丝熟悉来。更甚至，连声音都有些熟悉。她心思一动，想都没想脚就迈了出去，走到他跟前。

那人依然是随意坐着的姿态，离近了才看清有一柄入鞘的直刀斜斜靠在他腿上。他一手搭膝，另一条胳膊搭在旁边案上，那里摆着刚卸下的皮护臂和护腰。看到神容接近，他稍往后仰，抬起了头。神容的目光一寸一寸转到他脸上，一眼，又一眼，忽然瞪大了眼睛。

两个人谁也没有言语。因为谁也没想到会就这样再见了面。

神容竟下意识地后退了半步，目光还牢牢锁在他身上。她在想这是怎么一回事，他如何会出现在这里？

"少主，郎君来了。"紫瑞在门口低唤。

长孙信的声音很快传入："阿容，阿容！"左右鸦雀无声，他急切的呼唤便尤为清晰。神容回神，从眼前男人身上生生收回视线，一扭头，快步往门外走去。

长孙信刚到门口，就见妹妹衣袂带风地走了出来。

"走。"她头也不回地越过他走了。

长孙信朝她身后一看，看到了坐在那里的人影，也没看清就赶紧去追妹妹。

他是从幽州官署里赶来的。原本相安无事，直到听接待他的官员谈及幽州安防，提到了本地驻军，忽听到个熟悉的名字，二话不说就回驿馆找妹妹。结果半路听说了东来的事，且神容已经亲自来军所了，他又追了过来。

神容一直走到军所外才停。东来和紫瑞紧跟在后，什么也不敢问，什么也不敢说。

长孙信追上来："阿容，你都看到了？那姓山的竟也在幽州，他如今任职幽州团练使，这军所正是他的地盘了！"

神容紧抿着唇，一双眼游来动去，不知在想什么。

"阿容？"长孙信忍不住又唤她一声。

神容忽如醒了一般，回头道："不对，我走什么？我又不是不占理的那个！"说着一拂袖，便要折回去。

长孙信手疾眼快地拖住她："阿容，别别。"

神容蹙着眉回过头来。

长孙信是怕她不痛快才不乐意她再去，低低安慰道："听哥哥的，先回去，晚了城门就要关了。再说了，你可是有要事在身的。"

神容这才停住，又回望一眼军所大门，心道：便宜那男人了！

长孙信开始头疼。

此行之所以选择幽州，除去这里适合开探之外，也是长孙家有心暂时远避长安朝局锋芒。只是他万万没想到，刚到这里就让妹妹遭遇了故人。

山宗这个人，当年在贵族子弟里是名满二都的厉害人物，风光无限，山家又是一方名门豪族，作为一桩世家联姻，神容嫁给他算得上金玉良缘了。只是才半年这二人就劳燕分飞，实在出人意料。

神容当初返家时，张口就道夫君死了，长孙信是不信的。那天追着神容返回的，还有一队本该护送她的兵马和山宗的贴身侍从。长孙信特地见了那侍从，才得知前后详细：山宗不是死了，而是走了，给了和离书就离开了山家。侍从随之向他呈上一张单子，说是夫人走得太急落下的，单子上列着山宗给神容的补偿。他们一路追来，正是为了这个。

当朝有律，凡夫妇和离，夫家须一次给清女方三年的衣粮。山宗这张单子直截了当，给神容的，竟是他在山家的所有，哪怕坐吃山空，也足够神容富足一生的。长孙信这才相信山宗是真离开了山家。不是简单地离开，而是一下脱离了这豪门大族，走得干干净净。若骂他薄情寡义，还真未见过天底下哪个男人能对外放之妻做到如此慷慨的。可他的确翻脸无情，一句婚后没有夫妻情意就轻言别离。

长孙信却最想骂他狡猾！他脱离了山家，要问责就该找他本人，若是家族之间追拉牵扯，倒显得长孙家不讲道理。长孙信甚至都有点钦佩他这说走就走的魄力。

山家那头如何，因着顾及神容心情，长孙家刻意没有打听。后来只听说山家长辈对神容是极其不舍的，似乎还有来赵国公府走动的意向，但也只是听说。只因那年国中多事，先是先帝立储一番波折，险些酿出兵谏，之后北疆又有外敌侵扰。朝局动荡中，长孙家和山家都忙于应付，一时谁也顾不上谁。而这桩本该掀起轩然大波的大族和离也无人太过关心，这事就这么翻了篇。

一晃三年，全家上下都心照不宣地默认那人就是死了，免得惹他家小祖宗不高兴。没承想，那人如今竟然“诈了尸”……

驿馆客房内，长孙信想到这里，皱着的眉头还没松。也不知那姓山的是如何做到的，在这里做了这么久的团练使，竟然一点风声也没有。他朝旁看，神容坐在方方正正的小案旁，正低头看着她从祖传木盒里请出来的那卷书。打从军所里回来，连着两日，没见她有过笑脸。

长孙信打小就疼她，又怕她连书上的字也看不进去了，那可就要坏大事了，凑近道：“阿容，你若觉得不自在，我便叫幽州官署安排，勒令那军所的人都不得靠近咱们，离那姓山的越远越好。”

神容从书卷里抬起头来：“我为何不自在？我无过无错，该不自在的是他，要回避也是他回避才对。若真如此行事，倒显得我多在意他似的。”

长孙信视线在她脸上转了转：“你不在意？”

“不在意。”神容低头，继续看书。

恰巧，门外来了个随从，说是幽州刺史派人来请郎君了。

长孙信起身，又瞄神容，见她神情如常，稍稍放了心：“你既无事便好，我还需去见一见幽州刺史。如今幽州节度使的职衔是空着的，此地首官便是刺史，后面我们的事少不得还要借他助力。”

神容随意应了声，听着他出了门。

待到屋内安静，她手上书卷合了起来。其实早又想起军所里那一幕来，当时他就坐在那里看了她半晌，什么意思？她越想越不对味，随手扔开了靠着的软垫。

“少主？”紫瑞听到动静，从门外往里看。

神容端正跪坐，装作刚才什么也没干过，云淡风轻地问：“东来伤好了？”

“还在养。”

“那你还不去照应着？”

紫瑞忙称是，离开了门口。神容将那软垫又扔了一遍。

冷不丁的，外面传来个男人炸雷似的呼喊：“快点儿！人马上到了……去去去，管那些狗屁贵人作甚，扰了他们算什么，误了事才要命！”

这声音粗嘎得很，一下叫神容回想起来是那日吵醒她的那个。她收起书卷，走去窗边。

院角里钻出个大胡子男人，风风火火地朝后方大呼小叫：“快啊！妈的，脚软了不成！”

神容正倚在窗口看着，一名护卫悄然过来，请示是否要将他们驱逐。她摇头，叫他们都退下。好好的探地风被耽搁了，她正好没处出气呢，现在既然遇上了，若再听见一句不敬的，定要逮着这嘴欠的煞一煞威风。

大胡子还没再开口，院外遥遥传来了别人的叫唤：“来了来了！”

接着是一阵马嘶。有人从外进了驿馆，不止一人，脚步铿然，仔细听，像是马靴踩地，混着兵器护甲相击之声。神容循声望去，果然有队兵穿廊进了院内，领头的还很眼熟。可不就是那日在军所里挡了她半天路的汉子。

那大胡子看到他就喊：“胡十一，是你来收人？”

汉子回：“屁，可不只我来！”

神容白了二人一眼，扭开头，余光里瞄见那大胡子一溜烟跑了过去：“山使，您亲自来了。”语气忽然恭谨无比。

“嗯。”

她一下转回头去。回廊入口，男人携刀于臂下，缓步而入。

他是低着头进来的，手中拿着张黄麻纸在看，一身黑的紧腰胡衣，束发利落，长身如松。大约是出于警觉，站定后他便抬头扫视院内，只看了两眼，目光就扫到窗口。神容视线不偏不倚与他撞个正着，不自觉扶着窗框站直。

山宗与以前一样，一张脸轮廓分明，目光锐利，身上似永远带着几分不羁。

神容忽然想起很久前的一个午后，她的母亲取了一份描像去她房里，神神秘秘地给她看。据说是画师煞费苦心才从洛阳描来给她瞧的。她瞄了一眼，轻描淡写地评价：“尚可。”

其母笑道：“我还不知道你？能说出尚可，那便是很满意了。”

她没承认，只在母亲将描像合上前又悄悄多看了一眼。一张男人的侧脸，走线如刀刻，英朗不可方物。后来成婚时站他身侧，偷瞄到的也是这张侧脸。

她对这张脸记得太清楚了，所以，哪怕曾经他寥寥几次返家都很短暂，彼此只是仓促地见过几面，她也能在军所里一眼认出他来。

也只是一眼的事，山宗便转过了头：“货呢？”

大胡子立即喊：“快！交货了！”

他先前大呼小叫催着的几个同伴陆续从院角钻出来，推推搡搡地押着几个披头散发、装束特异的人，那几人被一根绳子绑着串在一起，如死鱼一般被扯过来。

山宗将手里的纸一捏，丢给胡十一：“去叫驿丞张贴了。”

胡十一走了，大胡子往他跟前走两步，之前嚣张气势全无，还赔了一脸的笑：“山使，一共五个，两个奚人，三个契丹人，咱们从边境那里捉到的。”

他点头：“干得不错。”

大胡子顿时眉飞色舞，仿佛受了天大的褒奖。

山宗提上刀："将货交接了，自行去我军所领赏。他们的住处我要搜一遍。"

大胡子忙给他指路，一面絮叨："也不知怎么就来了群狗屁贵人，将地方全占了，害得哥儿几个只得挪窝去那犄角旮旯里。"

"是吗？"山宗笑了声，往他指的那头去了。

神容默默看到此时，盯着他走去的方向，回味着他那声笑，忽也一笑，衣摆一提，转身出屋。

大胡子正与山宗带来的兵交接那几人，忽见远处那间顶宽敞的客房里走出来个年轻女人，衣裙曳地，臂挽轻纱，目不斜视地从旁边经过。他呆了一瞬，脱口就问："什么人？"

"你骂过的贵人。"

大胡子一愣，就这么看着她过去了。

神容此时没有心情管他，刚穿过院落，又有两个护卫悄然跟来，再次被她遣退。她独自走过长廊，直到最偏僻的角落里，看见几间拥挤的下房。门皆开着，似是被踹开的，锁歪斜地挂着，摇摇欲坠。

刚走近，一袭黑衣的男人矮头从正中那间走了出来。神容与他撞个正着，隔了几步站定。她轻轻扫了他两眼，忽而开口："团练使是何等军职？"

山宗撞见她毫不惊讶，居然还挺配合地答了话："总领一方驻军，负责练兵镇守。"

神容如何不知，故意装的罢了，挑着眉头感叹："你离了山家，仅凭一己之力就坐稳了这一方军首，可真是令我钦佩。"

若是听不出这话里的反讽，那便是傻子了。但山宗提起嘴角，拍了拍手上灰尘，还接了一句："那确实。"

神容蹙眉，猜他是不是又在敷衍自己，忽而想到一点，眼珠微动："是了，你定是想装作不认识我了。"

山宗眼睛看了过来。长孙神容，他岂能不认识？军所里看见的第一眼就认出来了。但他开口却说："难道你我应当认识？"

神容脸色缓缓绷了起来："我倒是认得你啊，山、宗。"他的名字自她口中说出来，有种别样的意味。

两人互相看着。

正当此时，胡十一找了过来，又一脚停住，因为看见了神容。"是你！"他心想头儿分明已经道过歉了，这女人莫非还不依不饶？粗声粗气道："这位贵人，今日咱们是来收押敌贼的，其他事可纠缠不起！"

神容只瞄着山宗，并不搭理他。

胡十一吃了一瘪，只好向山宗禀报正事："头儿，禁令已叫驿丞贴上了，山路一封，断然不会再叫外人进去了。"

神容立时看过去："你们要封什么？"

"封山。"山宗眼从她身上转开，换手提刀，往外走。

神容看着他从旁经过，他袖上护臂擦过她臂弯里的披帛，硬皮和柔丝，若有似无地牵扯了一下。

外面敌贼收押，兵马收队，准备返回军所。

胡十一追上山宗脚步："头儿，我先前好似听见那女人直呼你大名了，你就随她去了？"他不知缘由，只当神容猖狂。

山宗踩蹬一跨，坐上马背："你耳朵还挺灵。"

胡十一睁圆眼："她若知道你在这幽州地位，肯定不敢如此小瞧你！方才你就该借机将那女人逞过的威风压回去才是啊！"

山宗笑："你当我闲的是不是？"

胡十一在他笑容里噤了声，退后不瞎出主意了。

山宗振缰，策马上路，莫名想起方才那一声唤名。一个受尽娇宠的高门贵女，早该与他毫无瓜葛，如今怎会在这边关之地重逢？

这日长孙信与幽州刺史一番相见，相谈甚久，半夜才回来，对于驿馆里发生的事根本一概不知。直至第二日一早，他起身不久，驿丞来他客房外求见，将接到的禁令报了上来。

长孙信端茶正饮，还未听完，放下茶盏就走了出去："你说封山？"

驿丞恭谨答："正是，军所下的令。"

长孙信那张清俊斯文的脸黑了一半："他们来的是谁？"

驿丞声小了，瞧来竟有些畏惧："是咱们幽州的团练使。"

长孙信拍一下额，这么大的事竟没人告诉他。他越过驿丞就去找神容，边走边腹诽：那姓山的莫不是故意的，专挑他不在的时候出现！

第二章

山川有风，往日有踪

神容今日起得很早。

一只特制的厚纹锦袋放在桌上。紫瑞将紫檀木盒里的那卷书小心取出，放入锦袋，双手送到她跟前。她接了收进怀中，拢住身上刚披上的一件水青织锦披风，走出门去。

东来笔直地站在门外，一身护卫装束已经穿戴整齐。神容看他眼角伤已结痂消肿，问：“你伤都好了？”

他垂首：“养了几日已无大碍，少主放心。”

正说着，长孙信匆匆而至。

神容见他这般并不奇怪：“想必哥哥已知晓那禁令了。”

长孙信本还想问她那姓山的来后都做了什么，此时一打量她模样，就猜到了她的打算：“你要亲自去探地风？”

神容将披风兜帽罩上，想起了昨日山宗自她跟前离去时的模样，轻笑说：“是，我要瞧瞧谁能禁我。再说了，你不是说此地首官是刺史吗？”

长孙信顿时就懂她意思了。她是要去破了那禁令，借的正是刺史的力量。他打消了问起山宗的念头，余话不多说，说走就走。小祖宗今日亲自出马，当然要陪到底。只在出发前，他特地打发了个护卫去请幽州刺史。

东来引路，出城后车马一路往西北方向快行。

从平整宽阔的直道转上颠簸的小路，渐渐显露山岭轮廓，视野不再开阔。岭尖起伏，恰如天公一笔水墨浸染在天际下方，渗透往上，又连住了云。

约有半个时辰，车马俱停。东来下马来请神容：“少主，已经到了。”

神容揭开门帘往外看，秋风瑟瑟，日上正空，四周崇山峻岭环绕，到了她那日在地图上指出来的地方。

长孙信骑着马过来：“阿容，这一带山脉广袤，罕有人至，越过这崇山峻岭便是边境之外了。”

早在地图上看到时神容就发现了，她搭着紫瑞的手臂下了车：“去看看。”

山道难行，只能骑马或步行。神容将披风系紧，提了衣摆，领头走在前面，一步未停，不知情的还以为她曾经来过。东来怕有危险，数次想要走前方，但往往要停下寻路，最后，还是她走到前面。长孙信马早不骑了，陪在她左右。最终，大家都是在跟着她走。

下了山道，有一条浅浅的溪流。神容看看左右的山，又看看那条水流，转头北望，目光一凝。一道雄伟关城赫然盘踞其间，曼延起伏，犹如长龙游潜。

长孙信也看到了：“原来距离关口不远。”

神容却在想：难怪那日东来会被山宗拿住了。想到这里，她连那潜龙似的关城也白了一眼。

关城之上，一队人刚刚巡视到此。

胡十一手搭着前额往下望，嘴里“嚯”一声：“怎么又是那金娇娇！”他扭头看旁边，“头儿，看到没有？”

山宗抬了下眼。

“就在那儿！”胡十一生怕他看不见，还凑过来给他指方向。那一群人就在这片山岭之下，当中的年轻女人一袭水青披风在风里翻飞。

胡十一嘀咕：“头儿，你说咱这几天是怎么了，老碰着那金娇娇！他们到底干什么来了，还往这大山里跑，当咱们禁令是假的？”

山宗抱刀在臂弯里，靠着城墙往下看，果然一眼看见长孙神容。怪她实在出挑，那一抹纤挑身形，雪白的侧脸，浸在日光下都好似敷了层光，如此夺目，想不看见也难。然后，他就见神容朝另一头的关城角楼偏了下头。

他目力极好，发现她这模样似是冷淡地飞了一记白眼。怎么着，关城惹她了？他好笑地扬了唇角，站直了，刀鞘在城墙上一敲：“管他们干什么，直接轰走。”

胡十一闻言心头一抽，这是让他去轰？算了吧，他可斗不过那金娇娇。

山宗已转身往城下走，两眼扫过关外，收回时又往长孙神容身上掠了一眼，发现她正在抬头看山。以前怎么不知他的前妻还是个喜爱边关山川的人。

刚下城头，忽然一声尖锐笛啸自远而来，突兀地刺入耳中。山宗脚步一收，下一瞬动如雷霆：“快！”一群人跟上他，飞扑上马，疾驰而出。

这是斥候报信，有敌情时才会发出。

神容站在溪水旁，也听见了那阵声音，转头看了一圈，却被对面山形吸引了注意力。看过两眼后，她开口说：“土山。”

在长孙家的认知中，各山是有五行属性的。对面这山，山顶平而山体方正，这在五行中属土。然而它绵延出去漫长的山脉，又暗含变化。正是这些变化相生相克相制相化，成就了此地的地理。所以要想找到矿，就要先掌握这里的地理，这便是探地风。

长孙信在旁点头：“这我也看出来了，可还有别的？”

神容道：“去跟前探探不就知道了。”说话时脚已迈出去，忽然一道寒芒飞至，斜斜插在她身前溪流中，兀自震颤不已。她愣住才看清那是一柄细长的直刀，愕然转头，一队人马横冲而来。

为首的人黑衣纵马，直奔而至，俯身一把抽起刀：“退后！”声还在，人已去。神容只看见他回头那迅速的一眼，眼底似渊，锐如割喉利刃，回过头去时马蹄飞踏，溅起漫天的水花。她只来得及闭眼，被彻头彻尾溅了个满身。

“少主！”

“阿容！”

东来和长孙信几乎同时跑过来护她，挡着她连退数步，才不至于叫后面跟着的其他人马也冒犯到她。

后面的胡十一还跟着喊了句：“听到了没？快走！”

神容披风浸水，鬓发狼狈地贴在额前。秋风吹过，她冷得浑身轻颤，咬唇紧紧盯着那男人离去的方向。他居然朝她掷刀？

紫瑞已看呆了，反应过来后赶紧叫人生火，长孙信快速解了自己披风换下神容那件湿的，东来为她挡住风。很快，神容被扶着坐去铺上毡布的大石上烤火，周围竖起了护卫砍来的几根树枝，为她拉扯上布帘遮挡。

她对着火缓了缓，摸摸怀间。还好她装书卷的锦袋是特制的，虽不至于刀枪不入，好歹能防些水火。

外面长孙信在走动低斥：“这姓山的，简直污了自己世家贵族的出身，目中无人，简直就是个军痞流氓！地……那个词如何说的？”

东来低低提醒：“地头蛇。”

“对！地头蛇！”

神容知道他是在给自己出气，眯眼看着眼前跳跃的火簇，搓着发冷的手指，心说他本就不是寻常世家子，外人哪里知道他真正面貌。

过了许久，那尖锐笛啸没再响起，倒来了一阵脚步声。接着是长孙信与来人互相见礼的声音。他人前习惯端着文雅的大族姿态，也不想叫妹妹方才狼狈情形被人知晓，骂山宗的样子早藏起来了。神容听了出来，是幽州刺史赶到了。

幽州刺史名叫赵进镰，刚至中年，白面短须，穿着官袍一副温和文士模样。他接了长孙信的邀请，领着两个随从就来了，自是知道为了禁令一事。其实幽州地位特殊，乃国中上州，论官衔他还比长孙信高一阶，不过他是寒门科举出身，毫无背景，在长孙信面前很客气。

赵进镰早看见布帘，其后若隐若现坐了个窈窕人影，只当是女眷避讳，也没多在意。他对长孙信道："禁令之事我已知晓。二位久居长安，怕是有所不知，幽州历来要防范关外的奚和契丹二族，山使会有此禁令也是不得已为之，毕竟他还担着军责呢。"

神容想起了山宗自大胡子手上接走的"货"，正是奚人与契丹人。她听得出来，这位刺史在帮山宗说话，想来他在这幽州官缘还不错了。

忽在此时，马蹄声传来。

帘外赵进镰道："山使来了。"

神容手指捏着布帘揭开一角，往外看，先前对她逞凶的男人回来了。跟着他的人少了一半，山宗勒马在溪水对面。

这头赵进镰唤他："崇君，来见过长孙侍郎。"

山宗却没动："不想冲撞了各位，我就不过去了。"他朝胡十一歪了下头，一跃下马，在溪边蹲下，将直刀在身侧一插，抄水洗手。

神容坐在溪水这头，瞥见他手下顺着水流漂来一丝一丝的红。崇君是他的表字，她很久没听到这个称呼了。

帘外胡十一来了跟前，在报："刺史大人来得巧，咱刚又抓了几个来送的，叫人押去大狱了。"

赵进镰道："山使辛苦了。"

神容看出来了，山宗在洗的是他沾上的血迹。这么短的时间他就染了血回来，这得下手多快？她忍不住想。眼看着他洗完了手又洗刀，然后收刀入鞘，随意往后一坐，伸直两条长腿。

赵进镰似是对他这模样习惯了，也不再叫他过来，回头道："长孙侍郎如何说？"

长孙信问："这样的毛贼你们抓起来难否？"

胡十一答："这有何难？咱们军所可不是吃素的。"

长孙信等的就是他这句话："既然如此，又有何可忧虑的？刺史莫要忘了，我等可是携圣旨而来的。"

赵进镰立即认同："自然不敢忘，我方才问你如何说，正是想说我的提议。依我看，各位必须要入山，山使也必须要封山，那不如就请各位在军所保护下入山，毕竟侍郎还带着女眷。”

长孙信不作声了。胡十一似乎是不乐意，小声哼唧了句什么。

风吹布帘，其后忽而传出女人清越的声音：“敢问这军所上下，何人身手最好？”

赵进镰闻声，笑道：“那自然是山使本人了。”

“这样啊……”神容说，“那不如就请山使亲自来护可好？”

长孙信低呼一声：“阿容？”

胡十一也冒了个声：“啊？”

溪水那头，山宗早已听得一清二楚。他撑刀站起，望向对面。那道布帘微微掀开，露出女人朝他望来的双眼，又一下拉上。

她这是故意的。

赵进镰也精明，早打听过这位长孙侍郎的妹妹极其受宠，现在她发了话，那就是赞同他的提议了。

“也好，如此禁令之事便算解决了。”他刻意朝那头山宗看了一眼，是对他说的。而后又对长孙信道：“我已为二位另外安排住处，侍郎不如与令妹先行回城移居。”开山寻矿可不是一天两天的事，哪能让长安来的高门望族久居那人来人往的驿馆。这也是他身为刺史该有的礼数。

长孙信瞄一眼布帘，只好点头。

探地风暂停，众人回城。布帘撤去，神容衣裳烤得快干，裹着哥哥的披风，戴着兜帽，被紫瑞扶出来。

赵进镰难得见京官出行还带个妹妹的，特地多瞧了一眼。有兜帽遮挡，唯可见她一双温润的唇，雪白的下颌，侧脸至脖颈是柔畅的一笔。他心中感叹，不愧是长安丽人，也不知便宜了哪家的王孙公子。

那头，马嘶人动，山宗上了马。

神容登车时扶门瞥了一眼，看见赵进镰在叫他一起回城，他在马上似乎又朝她这里望来。她当作什么也没看到，入了车。

因为刺史还陪同在侧，入城后长孙信叫紫瑞带人回驿馆去收拾安排，自己与神容先随他去新居。不承想赵进镰还真将山宗给叫来了。马车后面多出两阵规律的马蹄响，是山宗和胡十一。长孙信一边护在神容车旁，一边往后瞟。

赵进镰骑马与他同行，见状笑道：“侍郎想必以前认得山使，他曾也是洛阳望族出身，只不过多年不回去了。”

“不认得。”长孙信难得摆一回官架子，扬声道，“我只觉得可惜，有些人看着什么都好，实则眼神不好。”

赵进镰莫名其妙，他长年留任幽州，对京中之事耳闻不多，也不知这二人什么状况，倒是觉得山氏与长孙氏好似有什么关联，可一时又想不起来。

后方，胡十一已变了脸，悄悄问山宗：“头儿，他什么意思，就你那可观百里的眼力，他竟说你眼神不好？”

山宗勾唇：“他又没点名道姓，你上赶着替我认领做什么？”

胡十一只好闷头闭嘴。

长孙信的话或多或少传入了车中。神容倚坐着，不知怎么，并不觉得是出了气，反而不太舒服。

没人再多言，在路上行人的一路避让中，地方到了。

四下僻静，眼前一栋官舍。赵进镰让妻子何氏安排的，何氏办事麻利，已领着人等在门口。长孙信又端起文雅之态，下马与何氏见礼，温言温语地说妹妹眼下不便，能否请她先带妹妹去避风。何氏一脸笑意，与丈夫对视一眼，只觉得这位远道而来的京官极好相处。

神容踩着墩子自车上下来，便被一双妇人的手托住了手臂：“这位一定就是长孙侍郎的妹妹了，请随我来。”

神容看她一眼，何氏生得珠圆玉润，细长的眉眼，极爱笑的模样。她微一颔首算作还礼，跟她进去，刻意没有看那男人身在何处。

何氏听丈夫说了大概，知道眼前这位贵女最要紧，安排时有数，将那最好的主屋就给了她。这宅子不大，一路也没瞧见几个下人。神容随何氏入了内院，走进主屋，揭开兜帽四下打量，看着看着皱起了眉。

说是主屋，却像已空置了许久，没有半点人烟气息。床榻对面一张小案，上置木架，托刀用的，此时空着；屏风一共四折，上绘洛阳四景；窗边一张软榻，铺着厚厚的貂皮，这就是全貌。

她皱眉却不是因为简易，而是因为眼熟。这屋子竟与她当初在山家住的那间极像，区别只是这里陈设简单，东西粗陋罢了。

何氏正打量她容貌，见她皱眉，忙问：“女郎莫非不满意？”

神容回神：“没有。”

何氏松口气：“我还担心是山使的缘故。”

神容看她：“与他何干？”

何氏笑道："我听说二位在驿馆暂居了几日，只怕是听到了什么，被山使在外的'名声'给吓着了。"

神容听她说得没头没尾，仍未厘清这其中关联，倒是被她的话岔开了思绪："哦？他有哪些名声？"

何氏本不想多说，但眼前这人可是长安贵胄，开国功劳都有她长孙家的，自然有心与她热络，往后说不定对她夫君仕途都有利，遂请她就座，小声道："我们私下说说倒也无妨，只当给女郎初来乍到长个心眼。山使可不是一般人，在这幽州素来是无人敢招惹的，从他军所到坊间百姓，便是黑场上那些也都对他服服帖帖，手腕自是厉害了得。"

神容眼神微妙："是吗？"可她不仅招惹了，还嫁过呢。

何氏点头，又笑："我夫君虽为这幽州首官，也要敬他三分，只因幽州内安外防都缺他不可。不过，这里鱼龙混杂，他若不是个厉害的，又如何镇得住呢？"

神容"嗯"一声。何氏点到即止，且还为他圆场，但她全听入耳了。在山家时，她便看出那男人不是其他世家公子那样的君子，但也是到了这里才发现，他还远不止如此。

何氏离去后不久，东来将紫瑞和其他长孙家仆从自驿馆中接引了过来。

紫瑞知道少主顶爱洁净，碍着刺史盛情忍到现在了，第一件事便是进房来伺候她更衣，结果进房一看，也愣了愣。

她当初是跟着神容去洛阳山家的，待了半年，自然记得她住的那间山大郎君的房间是何模样。山宗的样貌她也见过，只不过如今装作认不出来罢了，免得惹神容不快。东来差不多与她一样，都装哑巴。

神容由她伺候着换好衣裳，忽然问："他可还在？"

紫瑞一下没回过味来："少主问谁？"

神容手指绕着腰带上的丝绦："算了，没什么。"说完出了门，叫他们不必跟着。

赵进镰大概还没走，外院尚有人声。神容走出内院，转过廊下拐角，忽的眼前一暗，一片玄衣出现在眼中。男人踩着马靴的一条腿伸在她身前，他抱着胳膊，斜斜靠着墙，挡住她去路。

神容稍稍一怔，随即反应过来。不用问了，他还在。

"干什么？"她抬起头。

山宗低头看她："你去和赵进镰改口，改由他人保护你。"

神容眉心微蹙，又舒展，他跟着过来，原来就是为了这个。

"凭什么？"她反骨顿生，别过脸，"我就不。"

没有回音。

她忍不住再瞄过去时，却见山宗仍看着她。

撞到她视线，他忽而笑起来，抱着的手臂松开："怎么，莫非此来幽州，你是为了我？"

神容眉梢一挑，脸上霎时生热："你……在做什么梦！"

山宗眼底幽深："不是就好。"

神容心尖如有火苗蹿起，马上却又回过味来，了然道："你在激我。"说着，她轻扯唇角，眼如弯月，"激我也没用。"这是他自找的，便是他之前那一刀冒犯的后果。

她一张脸生就雪白，染了不愉悦，反而更增浓艳生动。山宗看着她的脸，嘴角的笑还在，却想起记忆里还是头一回见她这般模样，不过，记忆里本也没有她多少模样。原来这才是长孙神容。

"在这里呢。"赵进镰的声音传过来。

神容转头看去，她哥哥正由赵进镰陪同走来，胡十一也慢吞吞地跟着，再回头，山宗已站直了，且与她拉开了几步的距离。她不禁抿住唇，心想方才也不知道是谁主动拦下她的。

"幽州比不得长安，官舍简易，但愿二位不要嫌弃。"赵进镰到了跟前先客套。

长孙信一双眼从神容身上转到山宗身上，又从山宗身上转回神容身上。

一个冷淡未消，一个痞味未散。

忽有一人小跑过来，直奔山宗："郎君回来了。"那人先向山宗见了礼，再搭着手一一向赵进镰等人见礼。见到长孙信跟前，稍愣，再转向神容时，脸上一惊，来来回回看她好几眼，脱口惊呼："夫……"

话音戛然而止，因为山宗一手捏住了他后颈。他声沉沉地说："舌头捋直了再说话。"

那人眼直转："夫……附近都料理好了，这里可放心给贵人们居住。"

"嗯。"山宗松开了他。

众人都看着这幕。

这人是这府上的管事。神容却一眼就认了出来，他是山宗的贴身侍从，当初就是他将那封和离书送到了自己手上。名字她还记得，叫广源。

广源讪笑着向她见礼："贵人安好。"

神容想了想，忽就明白了，看向几步外的男人："这是你的宅子？"

山宗拨了下护臂，转过头来。

赵进镰解释："是，这确实是山使的官舍。不过他不常用的，早交由官署任意安排，如今才正好借给二位暂居。"

难怪那里面陈设是那样，难怪何氏会对她说起那些话。已经和离了，却又落到了他的窝里来。神容心里不禁生出一丝古怪。

长孙信在旁低低干咳，他现在有点后悔请刺史出面了。

山宗自己却没当回事，本来宅子交给了官署他便没管过，给谁住都一样。若不是跟来了一趟，他都不知道这回事。

"若无事我该走了。"他略一抱拳，行了军中礼数，转身就走了出去。

神容看向他说走就走的背影，不动声色，心里却在想：果然就只是来叫她改变主意的。转眼看见广源正在偷瞄自己，似仍不敢相信，被她发现，又垂了头看地。

山宗出门时，胡十一跟了出来。

"头儿，趁你刚才不在时我向刺史探过口风了，你道如何？那侍郎说他们是带着圣旨来的，却原来是来找矿的。"

山宗边走边说："不奇怪，他本就是工部的。"

胡十一弄不清京中六部那些别类，也并不庆幸自己不用再去亲手赶那位金娇娇了，他只觉无奈："这什么麻烦活儿，咱莫不是着道了？突然禁令对他们没用了不说，如今却还反要你做那女人的护卫去了。"

山宗笑了笑，不是着道，她就是冲他来的。不愧是整个军所都镇不住的长孙神容。

"头儿当真要去护她？"胡十一追问。

"你说呢？"

山宗去阶下解马，心里回味了一下方才提到的圣旨。一晃边关三载，长安已经换了新君。

不过长孙信要找矿，非要带着长孙神容做什么？

自驿馆搬入新居后也没什么不习惯的，除了一早起来看到房内场景时，差点叫神容以为又回到了山家岁月。而后她才想起来，如今她是住进了前夫的地方。可那又如何，他都不在意，她又有什么好扭捏的？

今日天公作美，又是个朗朗晴日。一大早，宅门外停着马车，神容早早就在车中坐着。

她的膝头铺着张纸，一手握着书卷。纸上是她今早起身后勾描的那座"土山"，寥寥几笔，即是周围山形走势。她看过了这走势，又去看书卷。书中文字太过晦涩难懂，寻常人甚至会觉得语句不通。也正因如此，光能看懂就是项本事了。神容不仅能看懂，还能融会贯通，甚至转文为图。定山寻岭，有时只是藏在字里行间的秘密，她恰是能窥得秘密的人。

有人悠悠踱步到了车外，一手揭帘看进来，是长孙信。

“赵进镰也是一番好意，可我总觉得他是好心办坏事，哪里都有山宗。”他张嘴就如此说，怕是也忍许久了。

神容恍若未闻，将书卷收回锦袋，纸张叠起。

他打量她神色：“怎的不说话？”

神容这才抬头看他，笑起来：“不是你总把要事挂嘴边的吗？我眼下正要再去探地风，就去探那‘土山’。”

长孙信闻言两眼一亮，便知那“土山”可能有戏，随即反应过来她已将话题给岔开了。自家妹妹的脾气他很清楚，她想做什么，通常是主意早就打好了，谁也改变不了。便如同她点名要山宗来护那事。既然如此，他还能说什么，摆下手说：“罢了，你高兴就好。”

忽闻马蹄阵阵，一队兵马齐整有序地赶了过来。

神容听见，一手搭上窗沿，问外面：“等多久了？”

紫瑞禀：“快一个时辰了。”

她撇下嘴：“真够久的。”

来的是军所兵马，她到现在也没出发，就是在等他们出现履行职责。然而当她眼睛望出去时，却没看到那显眼的身影。

那队兵马停下后，当先下来个一身甲胄的男子，抱拳道：“百夫长张威，奉令来为二位入山开道。”

长孙信扫视一圈：“只有你？”

张威道：“大人放心，我这一队是精兵，防卫足矣。”所以山宗根本没来。

长孙信只瞄见神容的脸离开了窗格，便知不妙，赶紧发话：“也不早了，先上路再说。”说完一转头，却见神容从车中探出了身来。

“给我牵匹马来。”她说。东来立即去后方牵了匹马过来。

神容提衣下车，接过马缰，踩镫，轻轻巧巧地一翻，坐上马背：“东来随我走，你们先行就是，我随后就到。”说罢，她一夹马腹，在众人眼前驰马出去。东来忙骑马跟上。

长孙信无奈看着，却也拿她没辙。

军所里操练声震天。

山宗马靴踏地，走在演武场里，身上只穿了件薄衫。凡他过处，无人敢有懈怠，呼声一声比一声响，恨不能使出吃奶的劲演练冲杀。队列到尾，他忽然收步。那里的兵乍见他停在跟前，手都抖了一下。

山宗转头："谁队里的？"

一个叫雷大的百夫长站出来："头儿，是我的人。"

他指一下那兵："练到现在胳膊还是僵的，你用脚带的人？"

雷大看着挺横的面相，脸竟"唰"一下就白了："是！老规矩，我全队自今日起每天补练，再有下回我自领军法。"

那兵早吓得不敢动弹。山宗手中刀鞘往他臂上一敲："好好练，要么也别等关外的把你这双胳膊废了，我先给你卸了。"

"是、是……"他只能从打战的牙关里挤出两个字来。

至山宗走了，其他人的操练都没停过。

胡十一跟在后面过来，拍一下刚挨批的雷大："看开点，咱谁不是这么过来的？这时候倒羡慕张威那小子能被派出去了。"

雷大瞅一眼山宗离去的方向，嘀咕："头儿这股狠劲儿这么多年也没变。"

胡十一推一下他的大脸："装什么老成，咱谁不是三年前才跟着头儿的，倒显得你多知根知底似的。"

三年前山宗做了幽州的团练使，他们才陆续跟在他手下，建起这庞大的屯军所。除了知道他是出身洛阳将门山氏，的确啥也不知道了。

军所后方有院落屋舍，简易小旧，本是供值卫所居，其中一间却已成团练使居所。山宗推门走入，放下了手中的刀，刚拿了布巾擦汗，就听见外面脚步忙乱，有兵卒在喊："贵人且慢，容我等禀报！"

他抛下布巾，拎了胡服往身上一披，走出去。刚出门，迎头有个兵卒小跑过来："头儿，来找您的……"山宗抬眼看去，神容带着东来快步而至。

她一路目不斜视，直奔此处，直到看见他从屋内出来，倏然停住。

山宗挥退兵卒，先抬手整衣。

神容看看他，又看看他身后的屋子，开口第一句竟是："你就住这里？"

山宗掖上衣襟："是啊，怎么？"

神容来时一身盛气，分明是他一刀冒犯在先，又凭什么打发个人来敷衍？此时却忽然没了言语。她想起了婚后他们第一次正式见面。

当时他接了调令正准备离家，她换下嫁衣赶去送行，先看见一大群仆从簇拥着他。他在众人当中高俊倜傥地立着，任由专人为他除去婚服，换上甲胄，罩上披风。旁边还有一排伺候的下人，有的为他托刀，有的为他奉鞭，万事不劳他自己。待他发现她，漆黑的眼朝她身上扫来，都是宝带吴钩、傲视群雄的清贵样……

洛阳山氏的嫡长子盛名在外，东、西二京中多少世家子弟也遮不住他一人锋芒。十七岁立功，十八岁已领军，此后被各处调任驻守，屡屡被委以重任，无往不利。外人都说山家元郎前途不可限量，将来必为一方封疆大吏，不是一府大都护，便是一方节度使。她的父母为她选定他时，还曾满意地说过：如此天之骄子，方配得上天赋异禀的我儿。

神容嫁给他时，他还是那个传说中的天之骄子。可如今，他在这边关镇守，只做了一州的团练使，住得最多的竟然是这样一间普通到粗陋的屋舍，不再由人伺候，似早已习惯。

她渐渐回神，记得很清楚，他会成这样，是因为离开了山家，为了与她一刀两断。他就如此厌恶她，为了与她和离，不惜抛下所有。难怪今日宁可罔顾刺史之命，也绝不露面。

神容心头某处如有芒刺，面容艳艳，眼神疏淡：“我来是提醒你，与赵刺史说的是叫你去。”

山宗早料到了，觉得她这是在拿刺史压他，似笑非笑：“我事务繁忙，无暇分身。刺史是民政之首，我为军政之首，他管不到我头上。”

所以本来叫她去改口，还算是给她颜面了。神容心潮翻涌：“要么你来，要么就一个也别来，我不稀罕。”说罢转身就走。当初他要和离她不稀罕，现在也照旧不稀罕。

山宗整好胡服，闲闲站着，看她头也不回地走出去，心想这不是挺好。已经断了的人就该断得彻底，他不想再有什么牵扯。但转眼，他就发现了正要走的东来。

“慢着，”他问，“就你一个人跟她来的？”

东来止步说是，古怪地看了他一眼，又快步去追人。

山宗再去看神容背影，沉了眉眼。她胆子不小，只带一个人就敢出城入山，把这里当什么地方了？

“十一！”他不耐地转身，去取刀，“带队人过来！”

神容在军所大门外上了马，正要走，胡十一领着队兵卒追了出来。她自马上瞥了一眼：“干什么？我可没找除他以外的人。”

胡十一只恨自己是个乌鸦嘴，就不该说羡慕张威！这下好，自己也要来伺候她了！干脆嘴一闭，退开去。后方，山宗提刀跨马，自军所大门而出。

“贵人来了这里一趟，就这么入山，若遇险，军所脱不了干系。”他行至神容跟前，高头大马上身挺背直，比她高出一截，“送你入山。”

原来如此。神容斜睨着他，心里反复咀嚼了两遍那声“贵人”，扭头轻一拍马，抢先上路：“送佛要送到西，送一半，我还是不稀罕。”

山宗由着她行出一截才慢悠悠跟上，好笑地想：挺会得寸进尺。

一路无话。只有东来紧随神容左右，后面的人马几乎一直只是不疾不徐地跟着。神容没有回头看过一眼，哪怕有时眼角余光都能扫到那男人的衣角，也刻意直视前方。

日上三竿，顺利进山。神容毫无停顿，直奔目的地。又看见那座“土山”时，她下了马背，对东来说：“去看看我哥哥到了没有，叫他就在那山下与我碰头。”东来看一眼山宗，确定她安全才领命而去。

这头山宗抬手，朝胡十一比画了个手势。这是他们军所的暗号。后者领命，带人往周围散开，先去巡一遍。

他一跃下马，转头见神容已往前去了。

神容是要直接去“土山”，也不指望那人会真过来护她，倒不如走自己的。哪知还没走多远，眼前赫然多出一道泥潭。目测得有三丈多宽，却不知多深，看似沼泽，却不是天生的，当中还有些石块露着，勉强可做路径。

她伸出只脚踩了踩，觉得硬实，放心踏上，打算穿过去。

“你做什么呢？”

神容一抬头，山宗在对面好整以暇地看着她。

她看看左右：“你怎么过去的？”

山宗是从另一头窄处直接纵马越过去的。本来这泥潭就是他军所设的障碍，防范关外趁夜潜入用的，但他不说。

“别管我怎么过来的，”他抱着刀，看一眼她脚下，“你打算就这样过来，不怕这是陷阱？”

神容已经踏出好几步来，停在潭中看着他。

山宗此时才留意到她披风里穿着的是身便于行动的胡衣。绣彩织金的收腰短衣，衣摆只到膝，露出她一双纤直的小腿，在这污浊泥潭中洁净出尘，有如鹤立。他看了两眼，说：“退回去。”

神容不动：“不行，我必须过去。”

“要与你哥哥碰面大可以在那头等，退回去。”他不知她在坚持什么，这山里有她什么事。

神容摸了摸怀间，书卷与她人同样要紧。她唇抿了又抿，开口说：“你帮我过去。”

山宗笑了：“帮不了，这得动手，贵人最好避嫌，你我可不是当初了。”

耳边山风阵阵，神容心头那些芒刺又根根竖起，她攥着披风，冲他淡淡道：“我倒不知你还是个君子了。”这是托辞，她知道他就是不想罢了。“不帮算了，等其他人来也一样。”她偏不退。

山宗看看那些石块，这下面有些窍门，要踩对了才没事。她踩的那几块都没事，是诱饵，再往前可没那么好运了，说不定一脚下去就再也上不来。

神容已不看他，站久了，腿有些僵，也忍着。

眼前忽有人影接近，她不自觉瞄过去，黑衣肃杀的男人站在前方的石块上。她又移开眼：“不是要与本贵人避嫌的吗？”

山宗没应声，一手将刀抛去岸上，慢条斯理地解腰带。革制的腰带，是束住外衣和护腰用的，他解下来，试了下长度。

神容刚觉出一丝不对劲，腰身陡然一紧。那根腰带缠过她的后腰一扯，她被迫往前一脚踏出，踩上他所在的石块，迎面贴上他胸膛。

山宗没动手，用这方式把她拉了过去。

神容心跳骤然一急，下意识地抓住他的衣襟，错愕抬头，撞入他幽幽眼底，他嘴边有笑，很邪。

“下不为例。以后在我的地界上，你要听话点。”

长孙信自上次溪水那条路线赶来，却是顺利，到那座“土山”下时，一眼瞧见妹妹身影。

神容蹲在一棵树旁，一动不动，手里拿着书卷。他以为她是又发现了什么，快步走近，才发现她神思不属，根本没在看书，也不知是在发什么呆。正要开口问，神容抬头看到了他，眼神闪了闪。

长孙信看她模样好似是把自己当作了别人，会意道：“听东来说山宗还是护送你来了，他人呢？”

“那头。”神容指了个方向。

她待在这里有一会儿了。方才在被山宗用一根腰带拽到跟前时，她贴在他身前，一眼看到他宽阔的肩，不知怎么，竟然一下回想起了来时做过的那个梦。霎时他的胸膛似是炽热了起来，男人的宽肩劲腰与梦中场景重合，越回忆越是心口突跳，她险些想要退开，却被他用腰带扯得紧紧的。

“再乱动你我可就一起下去了。”他出声警告。

最后神容是拉着他的腰带，被他牵引着带过了那道泥潭。一站定她便松手走了出去，余光瞥见他在身后看她，一边将腰带系了回去。

“哥哥。”

长孙信刚朝那头看了一眼，忽听她口气认真地唤自己，意外地回头：“怎么了？”

神容从刚才就在想一件事：“你说他如今这样，可曾有过后悔？”

长孙信知道她在问什么。姓山的虽然没了世家背景，远不及当年风光，但还真没看出哪里有后悔的样子。不过他家小祖宗都问了，他便一脸认真道：“那肯定，我料定他午夜梦回时每每想起，都懊悔到泪沾被衾呢！”

神容一听便知他是哄自己的，没好气地看了他一眼，只当没有问过。过了一瞬，她忽然说：“我想看他后悔。”

长孙信一怔，继而心如明镜。神容不是普通人，自小到大都备受宠爱，又天赋过人，一身盛眷如处云端，从未有人给过她挫折。只有山宗，他是唯一敢把她从云上扯下来的人。她嘴里说着不在意，哪可能真不在意。何况他至今还屡屡不让她顺心，连番地惹她。

长孙信忽然怀疑他们二人刚才在此地是不是又发生了什么。他想了想，问：“便是真叫他后悔了又如何？”差点要说还能跟他再续前缘不成？

神容思绪飞转，眼波微动，轻轻笑起来：“真到那时便像你说的那样，我去再逢一春，找个比他好千百倍的男人再嫁了。”那个梦里的男人绝不可能是他。

她站起来，一手抚了抚鬓发，又是那个意气风发的长孙神容了。

山宗倚着树站着。一边是刚刚巡完附近回来的胡十一和护送长孙信而来的张威。

“头儿怎么亲自来了？”张威悄悄问胡十一。

胡十一小声道：“我哪知道？那金娇娇去了一趟军所，他就来了。”

嗯？张威一脸狐疑地往那儿望。

山宗忽朝二人招了下手。两人赶紧闭了嘴过去。

“怎么了，头儿？”

山宗说：“将这山下我们所设的障碍都与他们知会一下。”

胡十一瞄张威，还没吱声，忽有女人的声音自后传来：“你不妨自己与我说。”

山宗回头，神容就站在身后。他打量着她，看她神情自若，先前跑那么快的模样倒是没了。

"那就让他们告知令兄。"听她说话口气，山宗都快觉得这里做主的人是她了。

"谁还能有你清楚？"神容冲他微微挑眉，仿佛在提醒他先前是谁带她过了那泥潭。

山宗忽然发现她眼睛灵动得出奇，瞳仁又黑又亮。刚才她贴他身前时，看他的也是这样一双眼。

说话间，长孙信到了跟前。在世家子弟中，他因家族本事也曾颇有名声。洛阳有山氏和崔氏，长安有长孙氏和裴氏，他们这些家族子弟年少时没少被外人放在一起比较过。

山宗最耀眼，被比较多了，长孙信难免也有了几分较劲的意味。直到后来他成为自己妹夫。再后来他与妹妹和离了，等同销声匿迹，再无任何消息。如今情境变换，身份变换，正面相见添了许多微妙，更别说刚又听了妹妹那一番话。

这回长孙信没摆官架子了，仿佛从没骂过山宗眼神不好，负着手，帮宝贝妹妹的腔："有劳山使，告诉阿容和告诉我是一样的。"

山宗看他一眼，又看神容，也没说什么，从怀里摸出张地图来，一甩展开。神容走近一步，牵起地图一角。他抬手，在当中一座山的周围三处各点了一下。正是他们眼前的这座"土山"，不过在他这张军用地图上标的名称叫望蓟山。

二人比肩而立，另一头胡十一和张威看着看着，不知不觉也凑到了一起。

胡十一："我怎么瞧着头儿跟这金娇娇站一起还挺……"

张威悄声："般配？我也觉着。"

胡十一暗暗称奇，这金娇娇虽脾气傲、惹不起，可属实是个难得一见的美人。山宗就更别提了，他们一群大老爷们儿都觉得他们的头儿潇洒英俊，这二人在一块儿还真是抢眼。

在地图上，山宗手指只点了那三下，再看神容，她已不看地图了，而是在看她自己手里的书卷，却也只飞快地扫了一眼就卷了起来。

那卷书被收入锦袋里时，卷首的书名自他眼前一闪而过：《女则》。她平常都看这个？他不禁又看神容一眼。

"我记住了。"她收好书后说。

"是吗？"他怀疑她根本没仔细看。

"自然，清清楚楚。"不然方才她看书卷做什么，正是为了对应一下位置罢了。

山宗听了懒洋洋一笑。随她意，到时候别又困在什么地方叫人帮忙才好。哪知她下一句却说："就算记不住也可以再找你啊。"

他笑一敛，抬眼扫去，她已朝长孙信走去，连看都没看他一眼，仿佛方才那句不是她说的。

长孙信牵头，带着人都往望蓟山深处走去。

张威左右是要护着他们的，直盯着瞧，疑惑：“难道这位长孙侍郎觉得这座山里就有矿？”

胡十一刚把方才那点儿奇思妙想收起，一口否定：“说笑呢，这地方我们待了三年，要有什么早就发现了。”

山宗提刀从旁经过，扫他一眼：“你这么有能耐，换你去工部？”

胡十一吓一跳，不知他何时走近的，可千万不要知道他们方才嘀咕他跟那金娇娇的话才好。

“头儿你瞧啊，”他努嘴，“难道你信那里头有矿？”

山宗又朝那一行看去，最抢眼的还是神容。长孙信原先是带头的，此时却已走在她身后了。他再看了看，奇怪地发现，不只长孙信，其他所有人全部都是跟着她的。

山风掀动神容披风，她缓步走在山下，一双眼转动，将四周都看了一遍。

“山势坐北，往东倾斜，斜坡走角百丈，其后应当有河。”她一手顺着山势划出一道，下了判断。

话音刚落，东来带着两人自远处快步而回，垂首禀报：“少主，山东角有河。”

长孙信舒了一口气，笑道：“全中。”

祖传书卷里留给他们指示的，永远都是有用的山川河泽。现在她能一字不差地将之与此地对应上，那这里必然有什么。

神容脸上也轻松了许多：“捡风吧。”

探地风，探的是山川地理。捡风，捡的自然就是此地理的外在产物。

神容走走停停，一路往东角河流而去，偶尔停下，会用脚尖在地上点两下，有时点的是一块石头，有时是一根草。东来便领着人将那些东西都取了带着。这一通耗时很久，等神容忙完，时候已经不早。她往回走，一边遥遥朝来时的方向望，没看到山宗。

胡十一和张威在原地等了至少有两个时辰，才看见那一行人返回。那些随行的护卫竟然是带着东西出来的，好些人手里提着布袋子。他们也没见过找矿，面面相觑，都觉得新奇。

神容依然走在最前面。到了跟前，东来牵了她的马来，她坐上去，不经意般问：“就你们两个了？”

胡十一道:“是，就我们两个在。”心里却在想，两个人领了两队人马护在这里，还不满意？这不是金娇娇，是天上的天娇娇了！

张威比较实在，回得详细：“头儿去巡关城了，他说这里也与他没什么关联，他想走就走了。”说话时回忆起山宗临走前的场景。其实他当时看了许久他们在山中走动的情形，最后走时嘴里还低低说了句“有意思”。张威并不知道他在说什么有意思，这些便不好告诉这位贵女了。

神容抓着马缰，脸色冷淡，但随即想起自己下的决心，又不禁露出了丝笑容。

走就走吧，来日方长，他还能跑了不成？

第三章

峰回路转，旧事终显

幽州的秋日有些特别，虽晴朗居多，偶尔却会伴随凛凛大风。

官舍内，广源扶起一棵被吹歪的花木，一边朝内院张望。长孙家仆从有条不紊地穿梭忙碌其间，伺候着他们的主人。他到现在都觉得意外，这里住入的贵人竟会是以前的夫人。

前几日，他亲眼看着他们一行几乎全部出动，与军所的张威一同入了山。直到城门快关时浩浩荡荡返回，居然又多出了胡十一带着的另一队人马。这几日倒是没出门，也不知在忙什么。

广源正暗自想着，廊下脚步声轻响，女人的身影款款而来，衣袂翩跹携风。他忙低头回避，知道这是谁。那脚步声很快没了，他想应是过去了，一抬头，又赶紧垂头。

神容就站在廊柱旁看着他："广源。"

广源只得抬头："是……"差点又要脱口唤一声夫人。

神容指了指院子："这里他回来得多吗？"

广源一下就意识到她问的是谁，悻悻道："郎君回来得不多。"

何止不多，几乎不回。其实那间主屋就是广源按照山家陈设特地布置的。他追随山宗多年，岂会觉得郎君就这样和离别家不可惜？本希望能勾起郎君旧念，最好能令他回心转意，再重回山家。但他反而就不回来了，把军所当家，一住就是三年。

神容对这回答毫不意外，否则那男人又岂会是那日军所里所见模样。"那便是说……"她悠悠拖长语调，"这里还没有过新女主人了？"

广源愣住，尚未回答，一道妇人笑声传了过来："女郎在说什么主人不主人的，既然住在这里，你就当自己是这里的主人便是。"

神容转头，原来是赵进镰的夫人何氏来了。她无言地抿住唇，原是想摸一下那男人的底来着，也不知何氏听了多少，这本是客套的一句忽就变了意味。

何氏笑着走到跟前来："女郎辛苦了。"

神容不禁奇怪："我有何辛苦的？"

何氏道："听闻长孙侍郎前两日入山你一直跟随着，可不是很辛苦？"

神容心下了然，又不免好笑，外人哪里知道她入山是有必要的，说不定还以为她是跟去游山玩水的。

不等她说话，何氏又道："也是我怠慢了，未能尽到地主之谊，才叫女郎要往那山里去散心。今日特地来请女郎一聚，还盼千万不要推辞才好。"

她话已说到这个份上，倒不好直接拒绝了，神容便点头应下了。

广源素来机敏，马上说："贵人要出行，我这便去备车。"

何氏看一眼他离去的身影，诧异道："广源向来只有山使才使唤得动的，难得对女郎竟如此周到服帖。"

"是吗？"神容心想这有什么，好歹也曾伺候过她半年呢。何况多半是因为当初那封和离书是他亲手送到她跟前的，如今心有惴惴罢了。

紫瑞和东来一左一右跟着神容出门时，广源果然已备好了车。何氏看他不仅办得周到，人还站在车旁守着，愈发生奇，干脆说："我看广源对女郎够尽心的，不如一并带着伺候好了。"广源又是一愣，但还是马上就给神容放了踩脚的墩子。

神容看了看他，不置可否就上了车。倒是紫瑞和东来默默对视了一眼，觉得古里古怪，这情形仿佛跟以往还在山家时一样了。

何氏今日是做了准备来的。赵进镰早叮嘱过她，要她闲暇时多陪伴这位长安来的娇客。她便选了几个去处，只叫这位贵女打发打发时间也好，总好过再往深山里跑。

她陪神容乘车同行，一面介绍这城内有趣之地，只可惜一路下来也没能说出几处，后来渐说渐偏，倒说起了幽州的过往——

"毕竟这里地处边关，免不得遭遇过战火，城里有很多地方是重建的，不如以往玩处多了。我不曾亲眼见，只听夫君提过当年之战多亏山使领着他那支什么军来才平息的，那后来他就成了这里的团练使。"

神容听她忽然提起那男人才稍稍留了心，回忆一下说："卢龙军。"

"对，是叫这个！"何氏一下记起，随之意外，"女郎因何会知道？"

神容当然知道，山氏一门世出良将，练兵用兵都是出了名的厉害。据说山宗十五岁入营起就开始自己练兵，到十八岁成为领军时，手上握着的正是一支唤作卢龙军的亲兵。这支兵马随他各处任命，就连先帝都侧目器重。现在应当就在幽州军所里了。

"有过些许耳闻罢了。"她随口说。

何氏点头："也是，女郎自是见多识广。"她本是顺口说到战事，却见眼前神容丝毫没有惧色，如道家常，不免刮目相看，心道真不愧是长孙家的，如此年轻就一副见过大风大浪的派头，倒不像那等足不出户两耳一闭的高阁闺秀。

恰好外面传来一阵马嘶声，何氏探头看了一眼："真巧，军所今日例行巡街呢，与女郎出行倒更放心了。"

神容也朝外望，先看见广源快步往街尾去了，顺着他去的方向一瞧，只见几匹马停在街尾巷外，巷口里若隐若现的一道黑衣人影。她又往旁看，是间挺精致的铺子，问："那是卖什么的？"

何氏一看，原来是家香粉铺子，难得她喜欢，便提议："不妨去店内看一看好了。"

神容说："也好。"

车于是停下，二人下车进店。

柜上的光是见到一大群仆从便知来客身份不凡，特地请贵客入雅间内去试香。何氏积极推荐神容试一试，其实是想待会儿好买来送她表表心意，也好再拉近一层关系。神容视线扫过店墙上挂着的鱼形木牌，又朝里面的雅间看了一眼："那便试试吧。"紫瑞陪同她入内，她边走边瞧，瞅准一间进了门，以眼神示意紫瑞就在门口候着。

雅间桌上已摆好了一排的香粉盒子，何氏还嫌不够，在外间说笑着要给她再挑新的。神容却并没试，而是走到了窗边。

窗户刚好开了道缝，外面就是巷道。巷子里站了几个人，一边是三人一起，为首的满脸络腮胡，正是前些时日在驿馆里那嘴欠的大胡子，身旁是他的两个同伴。他们的对面是山宗，黑衣飒飒地携着刀在那儿站着，在与他们低低地说着什么。

神容就想看看方才那身影是不是他，才留了个心眼入了这雅间，没想到还真遇个正着。她可无心窥探什么，素来也不喜那等藏头露尾的行径，刚要转头，忽觉他们的低语声没了。再扭头一看，山宗的脸朝向了这边，双眼如电，似能穿透这道窗缝发现她。

神容想了想，干脆大大方方地推开窗子，看向他："咦，真巧。"

发现是她，山宗的眼神稍缓，抱着刀踱近两步："真是巧，不是偷听？"

神容迤迤然在桌后一坐，手指点了点桌面，将那上面的香粉盒子指给他看："谁偷听你，我忙着呢。"

他瞄了眼，盖子都没开，真是连谎话都不会编。"忙什么，忙着偷听？"

神容想翻白眼，倾身到窗前，扬眉说："那好，我都听见了，抓我去军所啊。"

山宗还没说话，大胡子吱了个声："山使，要不哥儿几个先走？"

他朝几人歪了歪头。

大胡子瞅了瞅神容便往外走，走出巷口前又停下问了句："您交代的那事还要继续办吗？"

山宗"嗯"了一声。

神容朝三人瞄了一眼，大胡子穿一身粗布短打衣裳，额缠布巾，腰别匕首，与在驿馆里模样很不相同。她心里回味了一下，有了数，看了看那男人："你办什么事，竟要用这群人？"

山宗直接跳过了她的问题："哪群人？"

神容朝大胡子离去的巷口瞄了一眼："那几个，是绿林人。"说好听点是江湖侠客，说难听点就是打家劫舍杀人放火都敢干的亡命之徒。难怪在驿馆里时那么嚣张，一口一个狗屁贵人。

山宗看她的眼神动了动："谁告诉你的？"这好像不像是她会知道的东西。

"看就看出来了，那等装束显而易见。"她打小研究山川河泽，各色人等也见多了。何氏说得一点不假，这男人还真将黑场上的都镇住了，居然连绿林人士都能为他所用。

山宗越发仔细打量她，大约是他小看她了。

神容几乎半边身子都倚在窗边，一手托起腮说："堂堂团练使，竟跟黑场上的混在一起，还允许他们入住驿馆，真不知道这偌大幽州，法度何在。"

山宗看着她晶亮的双眼，好笑。"威胁我？"他的声音忽然放沉，"我就是幽州法度。如何？"

神容稍稍一怔，抬头看着他脸，明明生得剑眉星目，偏偏满眼的不善，好似在威吓她。真是个张狂的男人。

"那便巧了，"她眼珠轻转，托腮的手指在脸颊上点啊点，"你知道的，我这个人偏爱挑战法度，尤其是……你们幽州法度。"

山宗眉头一动，漆黑的两眼盯住她，听出她话里有话。

外间何氏一无所觉，带着笑在问："女郎选着可心的没有？"

神容伸出只手揭开香粉盒盖，指尖一沾，递出去，挑到他跟前："香吗？"

粉屑轻飞，山宗鼻尖幽香萦绕，看了眼她葱白的手指，又朝她身后看一眼，缓缓站直："问你自己。"

何氏已过来了，神容坐正回头，笑着扬声回："选好了。"再往窗外瞥去时，毫不意外，已不见男人身影。

巷口外，广源来见郎君，被胡十一截了个正着。

他方才看见香粉铺门口停着的马车，还有那金娇娇身边的护卫东来了，拽着广源问：“怎么回事，你怎么也伺候起那金娇娇来了？古怪，我瞧着头儿也很古怪，初见这女人就让了步，往后说不护她，还是送她进山了，你说他以往让过谁啊！”

广源嘴巴张了又闭，推开他就走：“你不懂！”

胡十一瞪着他背影骂：“这不是屁话，懂我还问你啥！”说完，就见山宗走出了巷口，边走边一手拍着衣襟。

胡十一快步跟了过去，一吸鼻，凑近看他：“头儿，你身上怎么有香味儿？”

山宗扯了下衣襟，那点味道不过停留了一下，竟还未散尽。他余光瞥过巷口：“你闻错了。”

日暮时分，神容作别何氏回去，脸上还带着笑，一身都是幽香。进了主屋，却见长孙信正在屋里坐着。长孙信抬头就看见她的笑，好奇道：“看来与刺史夫人出去一趟很高兴？”

神容脸上笑顿时收起：“没有。”方才不过是回想起了那男人在窗外时的情形罢了。

长孙信也没在意，叹息一声：“我倒正愁着呢。”

“怎么？”神容问完就回过味来，“莫不是捡风结果不好？”

长孙信点头：“不止，长安还来信了。”他从袖中取出一封信函递了过去。

神容接过来看，信是写给长孙信的，他们父亲赵国公的亲笔。

长安在他们离开后不久就又有重臣出了动静，中书舍人也获罪落了马，新君毫不留情，判了他一个千里流放。赵国公特地写信来，便是叫长孙信知悉此事。

长孙信通透得很，父亲表面说这个，无非是想提醒他寻矿之事要加紧。反正全家都宝贝妹妹，自是不会催她的，便点名写给他。可这也急不得，光提醒他又有何用，还不是得看神容，何况眼下还不顺。

神容看完了，将信还给他：“捡风结果到底如何？”

长孙信摇头：“一无所获。”

捡风之后连日都没出门，他们便是在验那些“捡回的风”。草石对山川河泽而言就如同标志，有一些会给人以指引，揭示下面藏着的到底是什么矿。可神容万万没想到，他现在竟说一无所获，那岂不是等同说没有矿？

她蹙眉：“怎会呢？”祖传书卷不可能有错，那地方该有东西才对。

“我也觉得不该，可那些带回的草木确实无甚特别。”长孙信又叹气，“那山里怕是连个铜铁屑子都没有。”

神容在旁坐下，静静思索着。

长孙信忽想起一事：“对了，父亲在信尾提及裴家二表弟问起了你，他还不知道你来了幽州，可要给他回个信？”

裴家也是长安大族，是他们母亲的娘家，家中子弟自然也就是他们的表亲。长孙信口中的裴二表弟唤作裴少雍，神容得叫一声二表哥，与长孙家走动算频繁的。

神容远行之事并未对外透露，除了家里人，没人知道她已在千里之外的幽州。这位裴二表哥与他们亲近惯了，平常又对谁都很关切，会问起她来倒也不奇怪。

神容被打了个岔，根本也没放在心上，摇摇头：“免了吧，眼前这事还得好生处置呢。”

长孙信往她那儿挨了挨：“那你打算如何处置？”

他这般心急，神容倒笑了起来：“再去一回就是了，天还没塌下来呢，我可不信这事我们做不成。”

长孙信看她眉目舒展，不禁心下一松。不怪全家都宠她，有她在，从来都是天朗气清的。她可不是个愁闷自苦的人，也向来是不会认输的。

神容立即起身去准备，一面朝外唤了声紫瑞：“记得把消息送去军所。”

隔日一早，军所里如常操练。

山宗听兵卒来报：官舍内来了人传信，说是长孙侍郎一行又要入山。他从演武场里出来，叫了声张威。

胡十一小跑过来：“头儿，张威早就去了，我倒是听见那传信的说，长孙侍郎指名要你去，说是有事要问你呢。”

“长孙信？”山宗随手套着护臂，心想难道今日长孙神容没去了？

胡十一刚从城里值守过来，告诉他说：“我方才出城时就碰着张威了，眼瞅着他们已经奔往山里，好似与上次不大一样，还带着器具。”

山宗想了一下，提起刀，往外去了。

胡十一也不知他到底是个什么安排，只好带了自己的人跟上。临出军所的时候才反应过来，这才几回啊，怎么就跟习惯了似的，又要去伺候金娇娇一行了？

尽管深山连续来了几趟大队人马，山道却并没有过度踩踏的痕迹。山宗打马入山时特地看了一遍，有些没想到，长孙家这几次进山，倒像是很熟悉一样，可这幽州他们应当是没有来过的。

山里已经有了影影绰绰的人影。他在马上就看到长孙信带来的人浩浩荡荡地直往望蓟山去了，确如胡十一所言，都带着器具，像是要来就地挖山。直到过了当日那道泥潭，山宗勒住马，视线扫了一圈，忽而顿住，看见了女人迎风而立的身影。

她还是来了。他笑一下，忽就明白指名叫他来的是谁了，心照不宣。

神容站着，紫瑞正在为她解下披风，她朝山道处望去，就见到了那提刀立马的男人。

“好了？”她催。

“是。”紫瑞麻利收好披风退开。

神容朝那头走去。

山宗正好下马，一转头就看到了她。

“这回倒舍得自己来了？”她又穿上了胡衣，束着窄窄的袖口，收着纤细的腰肢，亭亭站在他跟前。

“来看看你们是不是掉进了泥潭里。”山宗目光扫过她身上，抛开马缰，“别到时候救不过来。”

“小瞧我……”神容嘀咕，心想有她在，那几个地方早就避开了。却又忽然问：“他们若真掉进去了，你要怎么救？”说着有意无意瞄了眼他腰带。

山宗看到她眼神，提起唇角：“该怎么救就怎么救。”都是男子，怎么救都行，她当都是对她那样的？竟有些好笑她在想些什么了。

“听说令兄有事问我。”他开门见山。

神容说：“是我有事问你。”

山宗抱刀臂中，早猜到了，也就不意外：“问。”

神容指了个方向：“那些泥潭不是天生的，是不是原本那一带就很湿软？”

“嗯。”正因为如此，才会用作陷阱。山宗看她一眼：“你问这个做什么？”

“你猜呢？”她睁大眼看着他，一张脸在山风里艳艳生辉。

山宗多看她一眼，又转开，哪有那个闲心：“以后要问这些就去问张威。”

“我偏就想问你。”

他掀了掀眼，被她理所当然的语气弄笑了。待再看过去时，却见她已在跟前轻轻走动起来，似在沉思什么，胡衣的衣角被她捏在手指里，一下一下地轻捻着。

不多时，她又看到他脸上来：“你等等。”说完，自他跟前过去了。

山宗看着她过去，随即手就扯上了缰绳。叫他等等，等她回来干什么？

“崇君！”远处有人马徐徐下了山道，是赵进镰带着一行随从过来了。他下马近前，大约是看出山宗想走，拦了一下：“寻矿是大事，你我都得帮衬着，否则我可无法向上头交代。”

山宗指了一下前头守着的张威和胡十一："我这还不算帮衬？"

赵进镰在他跟前低语几句。前日赵国公府来了封书信至幽州官署，关切了一下幽州民生，临了却问了幽州山势是否太平。他便有数，是点拨他多帮着寻矿大事。

"我打算去信赵国公，告知有你在此镇守，料想可叫他安心。"赵进镰道。

山宗把玩着刀柄："我劝你最好别说。"

赵进镰一愣，刚要问为何，随即就想起之前长孙信当众说他眼神不好的事了。他心里一回味，怕是二人有过节，背后生汗，心想还好尚未下笔。

"你这脾气也该改一改。"赵进镰叹气，直觉是山宗年轻气盛时惹下的麻烦，谁叫他本身就是个天不怕地不怕的主。说完朝身后摆摆手，让带来的随从们往里去给长孙信的人送茶水热汤去了。

"你们之间须缓一缓，抬头不见低头见，你还是一方镇军之首，往后还要不要往上爬了？"赵进镰又叹，直摇头。

山宗竟笑出声来了，他还真没想过往上爬。

"你笑什么？"赵进镰奇怪。

"没什么。"

"算了，明日你到刺史府来。"赵进镰说罢提着官袍，深一脚浅一脚地亲自往里去找长孙信了。

山宗本已想走，忽然想起了上次的情形，又停步看了一眼神容，继而双眼一眯，抱起双臂。她依然是领头的那个。

神容看了一眼前方的泥潭，又远远看了看眼前山岭。幽州地处北方，山岭错落，里面的地貌也千变万化，居然还会有这样一片湿软的地带。

长孙信走过来问："如何？"

"只探地风肯定不够了，"她说，"得钻地风才行。"

长孙信点头，转头叫人来。

东来当先过来，打扮利落的护卫们跟上，手里都拿着他们来时带的器具，山铲铁锹，都由上好精铁打造，这还是用他们以往找出的铁矿的铁造的。

钻地风便是叫人挖地三尺往下深探，但一定要挖对地方，才可能收效。神容取出书卷又看一遍，收起来说："跟着我。"

她顺着泥潭方向缓步慢行，慢慢计算着距离，站定后说："在此处掘三尺，一路往这望蓟山山眼走，至那山东角的河边，河岸往下再掘三尺，有任何东西露出来，都要来报。"

东来称是，众人立即动手。

长孙信上前来替她挡了挡灰尘："这风不是一时半会儿能钻出来的，你定了方位就好，莫在这里受累。"

正好远远看见赵进镰找来了，神容便沿原路返回，想起她方才还叫那男人等着呢。临走时长孙信已上前招呼，她听见赵进镰隐约的话语："明日我府上设宴，请二位赏光露面……"

山宗在这头看到此时，察觉自己看得实在有些久了。但神容已经翩翩然走到面前："我还以为你不等了呢。"

他问："等谁？"

她故意瞄瞄左右："这里还有别人？"

山宗脸上忽然露了流里流气的笑，也不说话。他知道什么时候该说话，什么时候不该说，譬如此时。

神容没等到他言语，只看到他笑，心想：笑什么笑，一脸坏相。

山宗这个人，不止坏相，有时行事也叫人摸不准路数。他笑着笑着，忽然指一下天说："劝你们早点走，晚上山里不太平。"

神容稍稍一怔，往忙碌着的东来等人看去。寻矿通常用探地风就够了，钻地风不常用，可一旦用了，少不得得要耗上几天，毕竟不是大开大合地掘，需要小心。今日他们的人来了便是准备要在这山里留上几日的。

神容随之回过味来，他这么清楚，想必是早就看着了。可等她回头，就只有马蹄阵阵，男人战马如风，穿山似电，说走就走。

她看向那头守着的两人。胡十一和张威已瞧见山宗跨马离去，两个人还感慨了一下：今日头儿在这儿留得够久啊。转眼神容就到了跟前。

她问："这山里晚上不太平？"

胡十一莫名其妙："什么不太平？"

神容知道张威老实，直接问他："你说。"

张威道："除非关外的能潜进来，但咱们防卫严密，来了也不惧。"

神容心道果然，就知道姓山的是故意的！她扭头就走了。

胡十一和张威面面相觑，一头雾水。

钻地风左右都是要等，长孙信也急不得。赶在城门落下之前，他将山中全权交给了东来，护着神容回城。因为是赵国公来信，赵进镰分外尽心，特地慰问了一番不说，还一路与二人同行至官舍。在大门外作别时，他又提起在山中说过的话："明日府上设宴我也请了山使，侍郎是温雅之人，应当不会介意，就当给我个薄面，一定要出席。”

神容刚走入府门，听到这话停下来回头看。长孙信正朝她看，可见也有些诧异。她想了想，冲哥哥点了个头——这有什么？他的地方都住了，不就是一场宴席，有什么好扭捏的？长孙信干咳一声，便答应了：“刺史客气了。”

赵进镰松了口气，仿佛看到了化干戈为玉帛的曙光，和颜悦色地笑着告辞。

军所内，山宗进屋卸刀，天已黑了。

白天在山里耽误了许久，导致他忙到现在才回来。扯下护腰时，他又想起了山里的情形，自已也觉得不该。没事捉弄长孙神容做什么？他真是闲的。大概是被她言语弄的，她近来很不对。

“太嚣张了，长孙神容。”他抹过下颌，自顾自笑了声。他的话算是白说了，让她听话，她只当是耳旁风。

“头儿。”外面有兵卒求见。

“进来。”

兵卒进门，将一份奏报放在案头，又退了出去。山宗拿到眼前翻看了一下，放下后又重新穿戴上刚卸下的护臂护腰，拿刀出门。

朝光穿透窗棂，小案上铺着一张黄麻纸。

神容捏着笔在上面一笔一笔勾描着望蓟山脉岭，听到旁边紫瑞欲言又止的吸气声，才想起笔上蘸了螺黛，她本是要描眉的。

赵进镰太周到了，今日一早又派人来请了一次。何氏还遣人送来了那日在香粉铺里选过的香粉。她本准备好生妆点一番再赴宴，刚才想着寻矿的事，却分了个心。

“算了，不描了。”她干脆搁了笔。

紫瑞说：“少主姿色天生绝艳，哪里再用得着多描画，您就是那东家之子。”

神容从小到大满耳都是好话，听得多了，毫无感觉，也从不当回事。她最当回事的还是锦袋里的书卷，起身时又好生收入怀里，哪怕去赴宴也不离身。

长孙信已经在外面等她。神容走出内院，迎头遇上广源，他和以往一样，恭谨地退避到一旁让路。她已走了过去，忽又停了步。

“广源，”她斜睨过去问，“你是不是总是难得一见你家郎君？”

广源犹豫了一下才说：“是。”

每次见到山宗他都一副八百年没见过的样子，神容早就发现了。她说：“那你今日跟着我，或许能多见他几眼。”

广源意外地抬了下头，她已径自往外去了。他连忙跟上，一边瞄她背影，实在没忍住，小声问：“往日的事……贵人不怪小人了吗？”

一旁紫瑞立即瞪他，怪他嘴上没门，真是哪壶不开提哪壶！

神容听得清楚，头没回，脚下也没停：“没你就没那和离书了？一人做事一人当，跟你有何干系？你家郎君都知道一人承担。”那是她跟那男人的事。总见他垂头耷耳地回避，才叫她不舒坦，像是总在提醒她和离的过程。

广源放了心。他以往在山家时就看出来了，夫人虽然看起来一身骄傲矜贵，但从没有过蛮不讲理，只要不惹到她，万事都好商量。

“不过，你也别高兴得太早，”神容又说，“指不定你今天根本见不着他。”她也不知道那男人会不会来。

刺史府里已准备妥当，赵进镰与何氏就等着贵客登门了。没过多久，外面车马辘辘，夫妇二人自厅内出来，就见长孙家兄妹由管家引着路，风姿翩翩地入府而来。赵进镰去与长孙信客套，何氏便主动去和神容说话，一路带笑地请她进厅。

下人奉了刚煮好的热茶汤进来，神容端了茶盏，沾了沾唇便放下了。太浓太苦，她只饮淡的。都说河朔之地粗犷豪迈，自然没长安那般讲究。不过她也不介意，来幽州本也不是来享福的。她借着饮茶看了一下，没有见到那男人的踪影。

赵进镰在旁和长孙信相坐谈笑，眼见着时辰一点点过去，渐渐有些坐不住了：“山使定是有事耽搁了，”他笑得有些勉强，“我已派人去请，料想很快就会来了。”

长孙信假笑敷衍，朝妹妹瞥了一眼。神容有一下没一下地拨着茶盏玩儿，仿佛没听见他们在说什么。

何氏见快要冷场无话了，便朝丈夫递眼色：“我们先行开宴也无妨，山使不会在意的，他一定也不想怠慢贵客。”赵进镰赞同，下令摆宴。

随从们鱼贯而入，设案奉菜。

神容被请去长孙信身边落座，赵进镰夫妇一座，在对面作陪，眼下已经只能谈寻矿的事来热络了。可惜长孙信正因这事心烦，脸上假笑更浓，愈发敷衍。

紫瑞正给神容布菜，她摆了摆手，忽听广源的声音遥遥传来：“郎君。”

赵进镰顿时就起身出去了。

神容瞄着门口，听见外面低低的说话声。

“不是叫你今日要来，怎么弄到现在？”

山宗的声音懒洋洋的：“昨夜京中有犯人送到，连夜叩城，我直忙到现在，半路还被你的人拦住请了来。”

“来了就好，快进来。”

山宗挺拔的身影自门外走入，随即脚步一停，目光从厅内坐着的兄妹二人身上扫过，看了眼赵进镰。他可没说是这个安排。但赵进镰已推他入座。

神容恰在他正对面，看他坐在那儿搁下刀，接了下人递上的帕子不紧不慢地擦了两下手，垂着眼，微带倦意。

赵进镰这才放开说笑，比先前轻松了许多："崇君，你来迟了，得敬长孙侍郎一杯。"

长孙信假意摆手："不必，那如何担得起？"

"侍郎不必客气。"赵进镰向山宗频频暗示。

山宗扫了对面一眼，一手拿了酒壶斟了满杯，端起来，朝长孙信举了一下。

回应他的却不是长孙信。旁边神容衣袂轻动，端着酒盏朝他举了起来。她双目盈盈有光，低头轻抿上杯口时，眼神还落在他身上。

山宗手指摩挲了下酒盏，没有动。

赵进镰只顾着盯他，转头看到神容刚放下酒盏才意外："女郎爽快。"

长孙信笑说："阿容心疼我，代我喝的。"

好在算是缓和了山宗晚到的气氛。

何氏总觉得多亏长孙信温和好说话，这场宴才算稳下来。借着酒过三巡，闲聊正浓，她说笑道："侍郎真是谦谦君子，若我家中有个适龄姊妹，定要抢着许给你攀个亲戚，可惜没那个福分了。"

长孙信温言温语："夫人高抬我，等我哪日寻到矿了再想这等好事吧。"

何氏讶异，本是捧他，这才知道他竟还没婚配。

其实长孙信早该成婚了，可惜原定的未婚妻早夭，家里一时没选出他中意的，拖了一拖，三年前倒让神容这个当妹妹的抢了先。

外人哪里知道这个。何氏很快便看向了神容："看来女郎也还没许婚了，那我真恨不得家中也有个适龄兄弟了呢。"说完自己先笑起来。

神容下意识看对面，山宗竟也看了过来，二人目光无声一触，又各自转开。

宴罢，何氏请神容去花厅小坐，好给他们几个男人说话。神容坐够了，借口要在园子里走一走，只带了紫瑞，避开了何氏的陪伴。等她转完一圈，远远看见赵进镰露了个身影，似在找人。她走到廊下，又见广源守在一扇院门外："你在这儿做什么？"

广源小声道："郎君在。"

神容朝里看了一眼，留下紫瑞，独自走了进去。广源没拦。

难怪赵进镰在找人，偏院亭中，山宗靠柱倚坐，双臂抱刀，闭着双眼似已睡着。

神容轻手轻脚走进去，看看左右，就在他旁边坐下。他一条腿还架在亭栏上，结实修长。她的衣摆被风吹着，一下一下往他马靴上掠。

神容看他没有醒的迹象，心想真睡着了？眼睛左顾右盼地瞄到他的右臂。因为抱刀，他袖口上提，露出一圈手腕，上面有青黑的纹样。她不禁靠近，伸出手指想去拨他衣袖看清楚，冷不丁听到一句："你手往哪儿伸呢？"一抬眼，与他视线撞个正着。

山宗睁着眼，正盯着她，清醒得仿佛根本没睡过。他身上胡衣腰身紧束，利落齐整，半边领口却随意敞着。

神容倾着身，手还伸着，手指看着更像是要从领口探入他衣襟。她收手抚过耳边发丝，挑眼看他："你居然敢文刺青。"虽然没有看清，但她猜就是刺青。

她从未见过这样的男人，出身贵胄，是震慑一州的军首，却一身邪痞，连不合礼法的刺青也敢文。

她身上穿着高腰襦裙，人还倾着，山宗垂眼就看到她雪白的脖颈，离得近，身上淡淡的幽香往他鼻尖钻。他往后仰了仰，一手拉下袖口，遮住了："那又如何？"

神容看着他张扬的眉眼，如他那日说自己是幽州法度一般的肆意。她忽而轻声："那时候就有了？"

山宗看她："哪个时候？"

她手指在他袖口上扯了下，倾身更近："我嫁给你的时候。"

山宗眼里渐渐幽沉，她仿佛在刻意提醒那段过往。"谁还记得，早就忘了。"

神容不作声了。

他动一下腿，笑："别人以为你还没嫁人呢。你这样，不怕以后嫁不出去？"

神容眼神转冷，坐正，衣袖从他身上拂过又抽离："这还劳你费心不成？"她冷淡地丢下一句，起身就走。

山宗看了眼她离去的背影，心想愈发嚣张了。

打从刺史府里回来，广源就有点怀疑自己是不是办错了事。总觉着夫人……不是，贵人在刺史府里进了一下郎君所在的院子后，回来就一直脸色冷淡。但他往内院里伸了下头，也没看出有什么动静。再想想那日郎君走时的情形，好似也没什么两样。

神容正看着眼前的字。书卷停在首页《女则》的卷名上，她临窗倚榻，将这两个字翻来覆去看了又看，抬头问："东来在山里这么久了，还没消息送来？"

一旁紫瑞道："没有。"

她又问："我哥哥呢？"

"郎君今日一早就去山里了，他正着急，又怕赵刺史再请他去赴宴走动，说是端着架子太累了，又是对着……"紫瑞及时打住。

对着那男人。神容不咸不淡地轻哼一声，又想到了那日他张狂的眉眼。她将书卷一收，不想再想那身影，起身说："给我更衣，我也要进山去看看。"紫瑞忙去准备。

今日天气不算太好，日光薄淡，凛凛有风。神容换上胡衣，戴了帷帽防风，拿了根柄头包绸的马鞭，打算骑马上路。

刚出大门，广源跟出来问了一声："贵人这模样是不是要入山，可要我派人去通知军所？"

紫瑞这才想起张威的人马已随郎君去山里了，她们眼下只能带家中护卫，但少主今日居然没发话。

神容牵了护卫送来的马，踩镫坐上去："走就是了。"

紫瑞便朝广源摇头，跟着骑了一匹矮马，带上护卫出发。

城中今日也有些特别，沿途不少屋舍院头的高处都插着花草，好似是个什么节日一样。快到城门口时，紫瑞老远就看见一行人马停在城下，个个甲胄齐整，马壮镫亮。她往前跟紧些，低声提醒："少主，那是军所的人马。"

神容帷帽只掀了一半在帽檐，转头才看见那队人，好巧不巧，一眼看到队伍后方黑衣猎猎的男人走出来。她转开眼说："直接过去，我现在不想看到他。"紫瑞称是，不敢多话。

神容转头看着另一边，就快到城下，忽然叫停："等等。"紫瑞连忙叫护卫们停下。

神容扯着缰绳掉转马头，往那路边看。路边有个药材铺子，开着大大的窗口，里面的药柜一格又一格，摆得满满当当。她看的却是门口立着的直竿，竿上挑着铺面招牌，这没什么奇特的，奇特的是最顶上还绑着一把似葱非葱的草。

神容下了马，走到那门口，掀着帽纱又抬头接着看。

铺里柜上的跑出来："客人可是想看什么药？"

神容举鞭指一下竿头："那也是你们铺子里的药材？"

柜上的搭手："是。"

"拿下来我看看。"

柜上的讪笑："贵客定然是从外地来的，那不是卖的，今日时日特殊，幽州各家挂花挂草，是讨个避战祸的好兆头。"

神容朝紫瑞看一眼。后者会意，马上掏钱。

“不不，”柜上的见状婉拒，“这真不好卖。这是咱们店里封山前采到的最后一把，挂上去取下来也不吉利。”

神容本还怀疑是外地运来的，听说是封山前采的，甚至都走近了一步：“取下来，若不是我要的，我再给你挂上去就是了。”

“这……”柜上的觉得不大好，可看她身后一大群护卫，也不敢随便说不。

神容的耐心渐无，总仰着头看，脖子都酸了，余光忽然瞥见身侧出现了几个兵卒，一转头，身旁多了道身影。

柜上的像是吓了一跳，赶紧躬身见礼：“山使。”

神容的视线从他裹着马靴的小腿往上，掠过紧束的腰身，直看到他的下巴，仰着头，觉得被压了一头，别过脸，一把拉下帽纱。

山宗刚才就看到她了，本身她这样站在人家店铺前也显眼，搞得像要为难人家。此时看到她举动，不禁牵了嘴角，想起了那日刺史府上的情形。她自己那么嚣张，反而还挺有理似的。他抬眼扫过竿头：“你想干什么？”

“买草，不行吗？”神容口气轻淡，他管天管地，要管她嫁不嫁人，还要管她买把草不成？就是幽州法度无法无天，也断然没有这个道理。

山宗没作声，歪着头在看那竿头。那柜上的上前来，小声小气地跟他说明情形。

神容又瞥去一眼，从帽纱下瞥见他一只手搭在刀柄上，食指一下一下地点着，一副漫不经心的架势。她腹诽：刀如其人，软硬不吃。

“嗯。”他听完了，挥退了柜上的，转头过来问，“你要这草干什么？”

“我有用。”神容说，“说个价就是了，给我弄出这许多理由来，我也不过就是看一眼的事。”

“把马鞭给我。”他说。

神容莫名其妙，还没开口，他方才按刀的那只手一伸，劈手夺了她手里的马鞭。

她一惊，一下揭开帷帽，就看他将缠绕的马鞭拉直，手臂一扬，仗着身高优势，一下精准地抽到了竿头上，顿时那把草掉落在地。

“也不是挂把草就能吓住关外的，拿就拿了吧。”他对柜上的说。

“是……”柜上的唯唯诺诺。

山宗将鞭子绕回原样，递回去。

神容眼神在他身上慢慢转了一圈，在想他这什么意思，不接。

山宗低笑，声音更低：“往后在我跟前少嚣张一些，多听话一些，我也是挺好说话的。”

神容顿时沉了脸，抢过鞭子，又一把拉下帽纱。

柜上的捡起那把草双手送过来："一把吉角头而已，贵客想要便直接拿去吧。"

神容接过来，将那根茎须叶都翻来覆去看了两三遍，语气严肃地说："这叫什么吉角头，这是薤！"说完，就转身去上马。

山宗走到那头队中，看到她骑马直奔出了城，就知道她可能又是进山去了。又是这般上路，胆子还是这么大。

"上马。"他翻身上马，下令，"都跟我走。"

神容直奔进山时，长孙信已经收到消息，赶过来与她碰头。

"怎么来得这么急？"一见面他就问。

神容骑马太快，帷帽都有些歪斜了，她抬手扶一下："叫东来掘时注意草根，遇到了就深掘。"她想了想，又从怀里取出锦袋里的书卷，展开到需要的地方，看了看，"只掘山眼那里。"

长孙信虽奇怪，还是命人赶紧去吩咐了，回头又问："怎么了，你就这么来的？"

话音未落，听到张威声音："头儿又来了？"

胡十一声音小："肯定是那金……"后面没听清。

神容往那头走了几步，看到山宗提着刀慢悠悠地走了过来。她看看他："又怕你的军所担责？"

山宗说："你知道还用问什么？"

神容又拉下帽纱挡住了脸，转头便走，心想到底谁嚣张。

胡十一从林子里钻出来："头儿，你怎么那金娇娇了，她这好像跟你杠上了？"

山宗扫他一眼："去忙你的。"他怎么长孙神容了，还能跟他描述一下不成？

张威跟着过来见山宗："他们在这儿挖了这么久，什么也没挖到，我还道要罢手了，现在居然还挖得更起劲了。"

山宗听了不禁朝里看了一眼，又往里走去。

胡十一摇头："我早说那地方没矿，他们非挖个什么劲儿啊。"说着推一下张威，"走，咱也去瞧瞧。"

自泥潭处往望蓟山，再到河岸，按照神容吩咐，都已掘了多处，但什么也没有。现在东来已领着人全往山眼那一处深挖去了。

神容站在山道上看着，一转眼又瞥见山宗身影。他并不接近，迎风而立，闲闲抱臂，仿佛就是来看他们有何作为的。她当作没看见。

山宗看了片刻就觉出不对，好像又待久了，拨了下护臂，不再多看，转身要走。

“少主！”远处东来忽唤。他一路快步走去神容跟前，浑身泥尘，手里拿着块削下的石头，递了过去：“我们挖到了这个。”

紫瑞拿了送到神容手里。那是一小块焦黑的石头，像被火烤焦了一样，尾端泛黄。

长孙信挨过去，不自觉皱着眉：“如何？”

神容剥了一下那石头尾端，忽然看向和张威站在一旁看热闹的胡十一，把石头递过去：“你来咬一口。”

胡十一愣住：“啥？”

长孙信着急要结果，负手看过去：“怎么，百夫长都能违抗命令了？”

胡十一下意识看山宗，怀疑这金娇娇是不是听到了他说没矿，故意整自己。山宗遥遥看他一眼，不动声色，在想长孙神容到底要做什么。胡十一涨红了脸，接到他眼神，只好慢吞吞过来接了，捏着那黑乎乎的石头看神容：“真要咬？”

“只咬尾端，又不是叫你吃。”神容说。

胡十一本打算敷衍地碰碰牙，可碰到就愣了：“嗯？软的？”

神容忽然转身就往山眼走。长孙信快步跟上。

所谓山眼，只是神容定下的一个中心位置，一头是泥潭，另一头是东角河岸。她站在刚叫东来掘出碎石的地方，往坑里看了看，回头长孙信已经到了跟前。

“那是纷子石。”神容说。

长孙信满眼惊讶：“当真？我们以往可从未找到过这个。”

神容听说那把薤出自山里时，就猜到可能有纷子石。她静静站着，捋着思路：土山，薤，石黑如焦，下端黄软。书卷里只给了位置，这些却是刚刚连起来的。她看一眼长孙信，轻声问：“可还记得当初那首长安童谣是如何唱的？”

“长孙儿郎撼山川，发来金山献……”长孙信及时地闭了嘴，看着妹妹。

神容笑起来：“我就说了，不信这事我们做不成。”这里的确有矿，还是个意料之外的大矿。

远处，山宗遥遥看着，转身走了几步，又回头看了一眼。神容站在那里，风掀帽纱，露出她脸上的笑，志得意满。他又看了看这片山，忽然意识到，她数次进山好像是有缘由的。

山中出大矿，却没有任何消息传出来。到了次日，赵进镰入了官署，收到长孙家护卫送来的消息，才得知此事。他整一整官袍，立即就要赶去山中一探究竟，出门之际，却见已有车马在官署大门外候着。

车周环护着长孙家护卫，赵进镰还以为是长孙信在车内，上前笑道："我刚听闻这好消息，真是可喜可贺，长孙侍郎这下可是立下大功了啊。"

车帘掀开，出来的却是神容。赵进镰有些意外，复又笑道："原来是女郎。"

"家兄正忙于上书京中，我受他委托而来，想请刺史帮个忙。"神容向紫瑞递了个眼神，紫瑞上前，躬身垂首，将一封简函双手呈上。

望蓟山高达千丈，矿石虽然寻到了，不代表就此可以开采，需要多方准备。其中最重要的一项就是人力，仅靠长孙家带来的护卫是远远不够的。长孙信写的这简函内容便是问赵进镰借幽州人力。

赵进镰看完道："这不是难事，待我下令州中征发民夫，不日即可进山。"

神容却摇了摇头："这矿非同一般，民夫不行，最好是无法走漏风声的那类人。"

赵进镰其实还不知道他们寻到的是什么矿，一般说到矿山所出，不是铜即是铁，虽然很宝贵也不至于要严守风声。他不免疑惑："那二位的意思是？"

"我想去一趟幽州大狱。"

赵进镰便懂她意思了："女郎是说要用犯人？"

神容点头："用犯人过了最难采的一段，不易走漏风声。后面自有工部着手安排，之后冶炼运送诸事也能更顺畅，这是最好的。"

赵进镰还是头一回听说采矿还分阶段的，不禁多看她一眼。神容也不进官署，就这般挽着轻纱站在大门前，贵女之姿，艳艳夺目，偏偏能对这些山矿之事如数家珍，让他讶异。他又想了想："这也不是不可，只不过幽州大狱是山使所管，女郎为何不去找他？"

神容微不可察地撇了下嘴，那男人不是善茬，去跟他说，哪有跟赵进镰这样的老好人来得容易，多半又要气她。何况她还有余气未消呢。

她淡淡一笑："我是想亲自去挑人的，这等重活要活也不是随便调了犯人来就能做。"

赵进镰乍见她笑容，只觉周遭生辉，也跟着笑起来："既然如此，我亲自带女郎去一趟，也免得侍郎担心。"说罢，他命人去着手安排，暗中还是叮嘱了一声要通知山宗，毕竟那是他的地盘。

军所大院里，胡十一这会儿手里还揪着那块小石头。他难以置信地嘀咕："怎会呢，他们还真发现矿了？"

张威凑过来扒拉了一下那尾端，胳膊肘抵抵他："你觉不觉着，这黄不溜秋的好像金子啊？”

雷大嘴里塞了半个饼，也凑过来看。

眼前冷不丁飞过来一柄刀鞘，胡十一手疾眼快地抛了石头接住刀鞘，抬头就见山宗走了过来，一边紧着护腰一边说：“干好自己的事，山里的事上头没风声你们就当不知道。那么多废话，兵练得怎么样了？”

雷大第一个溜了。胡十一也闭了嘴，双手把刀鞘送过去。

恰好有兵卒快步而至送来了赵进镰的消息。山宗歪头听完，拿过刀鞘，插刀而入，什么也没说就走了。

幽州因地处北方边关，大狱也不同于寻常监狱。狱中高墙以巨石垒筑，足有两层楼塔高。狱内又分割出几大片域，重犯、流犯，甚至是关外敌贼，都分押其间。一路走来，森森守卫皆是军人。

这样的地方，忽然多出个女人，自然引人注目。狱卒们在前引路，总忍不住往后瞄。

神容进来前特意罩上了披风，戴了兜帽，将紫瑞留在了外面，跟随赵进镰脚步，边走边看。这种地方她也是头一回来，但这回找出来的是金矿，兹事体大，在没有真正现世之前，有必要守着风声，毕竟这里地处边关。

军所倒是比民夫嘴严，但军人身负重责，拉来做这种苦役不合适，料想那男人也不会答应。用犯人的主意，其实是神容跟长孙信出的。

赵进镰走在前面，担心她会害怕，有心说笑：“其实女郎说一声，我去与山使调度也可，何必亲自入这晦气之地。”

神容随口说：“赵刺史都能亲自前来，我又岂能说这里晦气。”她亲自来挑人当然还是为了矿，就连这次随行来幽州的长孙家护卫都是她亲手挑选的。

话说完，进了一处空地，这一片牢房里的犯人都被押了出来，低头跪在那里。

神容将兜帽往低拉了拉，掩住口鼻，扫过那群犯人，摇摇头——大多苍老瘦弱，只怕进山没几天就要出人命，哪里能用。

赵进镰见状朝狱卒摆摆手：“那便算了吧，女郎替兄前来已经难得，后面我命人再择一遍，送与令兄定夺就是了。”

神容没作声，看着狱卒将那群犯人押回去，再看一遍还是失望。

忽觉那群犯人里有人看着自己，她看过去，发现是个形容枯槁的中年人，穿着囚衣，两颊都凹了进去。众犯人都不敢抬头，唯有他敢盯着自己，神容不免打量起他来。哪知这打量之后，对方竟然扑了过来：“你是……你是长孙家的小女儿！”

神容见他竟认得自己，眉头微动，随即也认出他来。前些时候她父亲来信说中书舍人落了马，被新君毫不留情地定了个千里流放，没想到居然就是流放到了幽州。眼前这人不就是中书舍人柳鹤通吗？

赵进镰忽见有人冒犯，断然喝令：“按住！”

柳鹤通被两个狱卒按着跪在地上，还努力往神容这边探，手上锁链敲得哐哐响：“侄女！我乃柳舍人啊！你帮帮我，我那夜被押来时见着山家大郎君了！你快帮我与他通融一下，我要上书圣人，我要翻案！”

他张口就叫侄女，叫赵进镰都愣了一愣。

神容抿唇，那日山宗在刺史府上提到个连夜押来的京中犯人，原来就是他。柳鹤通在朝为官时认得许多权贵不稀奇，但她连话都不曾与他说过，竟就成他亲戚了，还让她去与山宗通融，真是病急乱投医。

“我如何与他通融？”她蹙起眉。

柳鹤通急道：“自然能通融，你是他夫人啊！”

神容脸一僵，拂袖就走，留下一句：“你才是他夫人！”

独留下赵进镰，一脸愕然地看了看柳鹤通，怀疑自己是不是听错了。

柳鹤通回了神，懊恼捶地：“是了，我竟忘了他们已和离了！”

神容穿过了这片牢房，这才察觉赵进镰没跟上。她往前看了看，发现里面还有很大一片，便叫旁边狱卒带路，想去看看。

越走越深，逐渐幽暗，狱卒停步：“贵人小心，这里是底牢了，山使有令，不准人接近。”

神容往前走了几步，看到漆黑的一扇大门关得严严实实，别的什么也看不到。她刚要转过头，里面忽然传来“砰”的一声巨响，轰隆一声，门也被撞出一声巨响，她后退一步，蓦然一条手臂伸过来，重重在她身侧一拍，抵住了门。

神容回头，正对上男人绷紧的肩。她抬头，看到山宗的脸，有些讶异：“那什么声音？”

山宗垂眼看她：“底牢关的肯定都是穷凶极恶之徒，逞凶斗狠都有，这点儿声音算什么。你离这里远点儿。”

刚听完柳鹤通那一番胡言乱语，现在他就在跟前。她盯着他有细密暗纹的翻折的衣领，眼神动一下：“你什么时候来的？”

山宗稳住了门，松开手：“我还要问你，进山也就算了，现在都能入牢了，你胆子一直这么大？”

他手撑在她身侧，像是圈住了她一般，神容回过味来，这才发现离他很近，稍一转头就能对上他下巴。

神容咬一下唇，盯住他下巴：“这算什么，我还有更大胆的时候，你想看看吗？”

山宗与她对视，离近了，又闻到她身上淡淡的幽香，声音略低下去：“那你就收敛些。”

神容心想她偏不收敛。

远处，赵进镰身影过来了。她抬手捋过鬓发，走出去前冲他微微挑眉笑：“你也知道我刚做成了什么大事，以后可要对我客气点。”

衣香人动，山宗侧身放她过去，眼睛还盯在她身上。随即心里过了下，她说那是她做成的大事。他又看一眼神容背影，示意狱卒守好，往外面走去。

赵进镰在那头客气地送了神容几步，回头就朝他竖了下手：“你等等。”他屏退左右，低声道，“我本以为你跟长孙侍郎是有过节，今日才知道不对，难怪我总觉得山家与长孙家有些关联……”

赵进镰与胡十一等人不同，那些都是山宗离开山家后才追随在山宗左右的，不太清楚山宗过往，他知道的要多些。他记得山宗出任团练使正是三年前，那时山宗已与新婚娇妻一拍两散，还离开了洛阳大族。彼时未曾细探，只因是山宗家事，如今被那柳鹤通一番闹，这才想起山宗当初的妻家好像正是长孙家。可那日在刺史府上，还笑谈这位贵女尚未婚配……

越想越发毛，赵进镰摸了摸短须，虚虚地问：“是不是我记错了？赵国公……到底有几个女儿啊？”

山宗也不瞒他了，往那前方歪了下头，还能看见女人那道纤长的身影：“不用问了，她就是我前妻。”

第四章

一点心思，一幕惊魂

神容一直走到了大狱门口，回头看了一眼，山宗和赵进镰都还没出来，也不知在耽搁什么。紫瑞却已急匆匆过来，给她递了早备好的帕子，生怕那大狱内的污浊沾染了她。待她慢慢擦完了双手，才见赵进镰和山宗一前一后地出来了。

“可还有其他牢房能看？”她问。

赵进镰脸上挂着勉强的笑，到了跟前说：“这大狱不是常人能待住的地方，女郎不可久待，挑犯人的事不妨改日再办，大不了我还是去请令兄来定夺。”

神容知道他是觉得她一个女子操持这些没必要，想想对今日所见的那群犯人也不是很满意，眼往山宗身上瞄：“那就不急在一时了，反正山使已经到了。”

赵进镰干笑，此时只觉尴尬，还有一点后知后觉的无奈，实在不想再夹在这一对分飞的劳燕跟前。他转过身悄悄在山宗跟前低语：“早不告诉我，人我带来了，你给好生送回去吧。”说完回头，又堆着笑与神容客套一句官署还有事情要忙，神色讪讪地先行走了。

等他走了，这里只剩他们了，神容看向山宗。

山宗说：“赵进镰走了，我送你回去。”这里是大狱所在，靠着他们军所不远，可离幽州城还有段距离，送她本也理所应当。

神容有些意外地看他。山宗伸手牵马，转头看她没动，问：“难道还要我请你上车？”神容这才提衣登车，看似没什么，转头时嘴角却有了丝笑。刚说了要他客气点，看他的确还算客气，先前那点气都勉强算消了。

山宗是独自来的，连一个兵卒都没带。待车上了路，他驱马接近窗格，朝里面女人的侧影看了一眼：“你想挑什么样的犯人？”

他坐在马背上，紧束的腰身绷得紧实平坦，神容看出去的目光正好落在他的腰上。她眼转开，又转回来，才想起要回话：“要年轻力壮、耳聪目明的，应急的反应要有，还要跑不掉的。”

山宗莫名笑了：“怎么听着不像是找犯人。”

神容眉心一皱："你消遣我？"

"没有。"

"你分明就是在消遣我。"

他似笑非笑："没有。"

神容还要再说，觉得嗓子好似有些干涩，抬手摸了摸喉咙，低低干咳一声。

外面山宗说："现在只是嗓子干，再在大狱里待久点，你还会更不舒服。"

神容摸着喉咙，涩涩地问："这是什么意思？"

"你当幽州大狱是什么地方？"他说，"那四周都垒石而筑，底下铺了几层的厚厚黄沙，狱卒有时还会特意生火炙烤，或者放风干吹，长此以往，干燥无比，进去的人不出三日，就得干得脱一层皮。否则，赵进镰何必劝你早些走。"

其实赵进镰带她去之前已经命人安排了一番，不然还会更难熬。这种地方，她这样的怕是连听都没听过，还敢直奔而去，说她胆子大，哪里冤枉她了。

听他口气轻描淡写，如随口一提，神容却搓了搓胳膊，皱着眉又低低咳了一声，心想难怪那柳鹤通枯槁到两颊都凹陷下去了。

她想着柳鹤通的憔悴样，再想想倘若这金矿没有寻到，或许有朝一日那种灾祸就会落到他们长孙家头上，越发地不舒服。转而想起了那底牢的情形，才将那些抛诸脑后："如此说来，我倒觉得你那底牢里关的人挺不错了，都那样了还能逞凶斗狠。"

山宗又看过来："那些人你都敢想，你还真是胆大包天了。"

神容隔着窗纱看他，扶着脖子挑眉："怎么，不还有你在？你又不是镇不住他们。"

"再怎么说都没用，入城先去找个地方润润喉，然后就回去待着，以后少往那种地方跑。"山宗说完手在窗格上一拍，仿若警示，一锤定音。

神容微怔，看着他那只手自眼前抽离，撇撇嘴，奈何嗓中干涩，只好暂时忍住。

紫瑞听到少主在车内数次低低清嗓便留了心。很快入了城，她看到路头边有家小酒馆瞧着没几个人，算安静，赶紧叫停了车，下去问了一声说是可以卖茶水，又出来请神容进去。

神容入内坐定，紫瑞很快端着碗茶水过来。她刚要去接，听到山宗说："去换成清水，喝什么茶，越喝越干。"紫瑞一愣，赶紧又端了那碗茶过去找伙计换了。

神容看看他，他自门外进来后就近坐了下来，只在门口，不与她同桌，二人之间隔着两张方木桌的距离。

紫瑞又换了碗清水来，神容端了，低头小抿了一口，终于觉得舒坦了一些。

山宗眼一睨，看见她饮水的模样。即便觉得难受，她身上的大族仪态也依旧端雅十足，与他已截然不同。转眼看到酒馆柜上的后面走出两个涂脂抹粉的卖唱女，大约是刚结束了生意，此时停了步在朝他这头望。

撞到他视线，二人有些畏惧地齐齐矮身见了个礼："山使安好。"随即却又捋了捋头发，相顾怯怯地冲他讨好地笑。他移开眼，屈起一条腿，闲闲地把玩着横在怀间的刀鞘。

神容抿了两口水，抬眼就看到了那两个卖唱女的模样，眼神一飘，又看见山宗那一副无所谓的架势。

酒馆里的伙计此时方看到他，忙不迭地过来向他见礼。他摆了下手，对方又立即退下。

幽州好似人人都怕他，只有她不怕。她端着碗迤迤然起身，朝他那张桌子走过去。

那两个卖唱女见到她坐了过来，马上就出门走了。山宗看着她在自己右手侧坐下来，还没说什么，听到她低低问："那样的招你喜欢吗？"她说话时眼珠朝那头一动。

山宗停了玩刀的手，眼帘微垂，看来有些不怀好意："你问这个干什么？"

"随便问问。"神容手指搭着碗口，真就像随便问问的样子，只不过眼神是斜睨着他的。他提和离时不是说婚后与她没有夫妻情意，连相对都觉得勉强，那他喜欢什么样的，什么样的不叫他觉得勉强？

"你大可以自己猜。"山宗一笑，坐正，"水喝完了？喝完就走。"

神容见他岔开话题，心想当她在乎才问的不成？又看了看那只碗，她喝得慢条斯理，到现在都还剩了许多。她忽而眼睛掀起来，低低说："喝不下了，你要喝吗？"

"你说什么？"山宗声音也不自觉压低，刚问完，就见她端着碗，低下头，在碗沿抿了一下，放下后，朝他推了过来。

正对着他的碗口沾了唇脂，描摹出她淡淡的唇印。他脸上笑意渐收，坐着岿然不动，朝她脸上看："你让我这么喝？"

神容对上他黑漆漆的眼，忽又笑起来，说悄悄话般道："堂堂团练使，怎能喝我喝过的水，我是打趣的。"说完手指在碗沿一抹，抹去唇印。仿佛一切都没发生过。

立在柜台那边的紫瑞问了句："少主还要喝水吗？"

神容站起了身："不了，走吧。"

山宗看着她人出去了，才撑刀起身，觉得她方才那举动简直是一出欲擒故纵。

以往夫妻半年，寥寥几次相见，还真没发现她有这么多花招。

一路至官舍，二人一在车中，一在马上，没再有过言语。到了官舍大门前，神容下了车来，转头看一眼，山宗坐在马上，是在马车后方跟了一路。看到她看过去，他眼神沉沉地笑了一下，仿若识破了她的念头。

她神色自若，转过头搓了搓手指，指尖还沾着自己的唇脂。

忽有几人快马而来，神容闻声看去，是大狱里见过的狱卒。其中一个低低在山宗跟前禀报了几句，他便提缰驭马，立即走了。

幽州大狱里，在他们离开后不久，柳鹤通就又开始闹了。这次他是要自尽。山宗快马而至时，他已被狱卒们泼水救回来，奄奄一息地靠在刑房里，头上青紫了一大块。

看到刑房大门打开，有人走了进来，他便立马回了魂，心急地往那头奔："山大郎君！山大郎君！你救救我，我与你们山家有旧交啊，你岂能见死不救！"他一连号了好几遍，整个刑房里都回荡着他不甘的哭号。

山宗就在那儿站着，看了看左右的刑具，眼神都没给他一个。

刑房四周开了天窗，凛凛大风倒灌，比外面更干，久了还森冷。等到柳鹤通已经再没声音嘶喊，只能哆嗦，山宗才开了口："今日他是不是闹事了？"

狱卒一五一十报："回禀山使，他当着刺史与那位贵女的面胡诌她是您夫人。"

山宗随手扔了刚拿起的一个铁钩："按章办事，闹了两回，该用什么刑用什么刑，别叫人死了就行。"

狱卒应命。

柳鹤通已经傻眼了，好半天才又想起要干号："我要翻案！我要呈书圣人！"

但山宗已经头也不回地走了。

刑房实在太过干燥，到了外面，狱卒立即给山宗端来一碗清水，请他用。山宗端在手里，看了一眼，忽而就想到了那个碗口的唇印，低低一笑，一口饮尽，将碗抛了回去。

深秋已重，窗外大风烈烈。长孙信再来主屋里找神容时，她正捏着笔杆，专心致志地描画着望蓟山的矿眼位置。等神容留心到跟前多了个人，抬起头，才发现哥哥已在跟前站了许久，还皱着眉一脸愁容。

自打寻到了矿，他连日来整个人都轻松得很，谈笑风生不在话下，对谁都眉眼带笑，那日还特地赏了全部随从，今日却是稀奇了。神容还以为他忧心的是眼前的事，宽慰道：“放心好了，挑犯人的事我会办好的。”

“不是这个。”长孙信负手身后，叹了口气，“长安来消息了，工部着我回京一趟，禀明详细，再带人过来接手。”他送消息去长安已有段时日，去信赵国公府又上书朝中，今日才终于收到回信，就收到了这个命令。

神容意外：“这么说你要回去了？”

长孙信点头：“部中还要我尽早上路，催得很急。可我回去了，这里独剩下你怎么行。”

矿是有了，可矿多大，脉多广，一无所知。若是往常那样的矿，长孙信直接留给赵进镰这样的本地官员照看就行了，这次的矿却难得。他不放心矿，可又不放心独留神容在此，便左右为难。

神容问：“父亲如何说？”

“父亲得知你寻到这样的大矿，自然更相信你的本事，还说有你坐镇他十分放心。”整个赵国公府眼下正高兴着呢，想来他父亲、母亲如今可以长松口气了。

神容便笑了：“既然父亲都如此说了，那我留下就是了，望蓟山的事你不用担心。”

长孙信左右看看，见紫瑞不在，走近一些：“我担心什么你不知道？父亲不担心是因为不知道姓山的在这里！”

神容心中一动，她早想到了，故意没说破罢了。确实，他若走了，就只剩她在这里面对那男人了。可那又如何，那男人还能把她吃了不成？

她想了想，认真地点点头：“你说得对，父亲、母亲还不知道，那你回去后可要嘴严一些，千万不要告诉他们。”

长孙信诧异：“你还要替他瞒着？”

“若你叫父母知道了，他们出于担心，少不得要将我叫回去，这里可怎么办？”神容捏着笔杆，朝眼前勾画了一半的图点了点，“还是你有其他合适的人选能取代我？”

长孙信一看到那图的详情就掩唇干咳了一声：“没有。”

“那不就是了。”

其实长孙信也说不上来担心什么，终归是有些不大放心，可也没有两全之策。现在听神容都这么说了，也只能这样了。

不日，东来将长孙信要暂回都城复命的消息送至刺史府。

赵进镰也是一番意外，本想立即给他安排饯行，却又听东来说不必，他家郎君这就要上路启程了。赵进镰一听就知道是长安命令不得拖延，便下令叫官署里所有官员都去送行。

军所很快也收到了消息，只因长孙信走得早，城门要开，就得过军所这关。

一大清早，胡十一从城头上下来，看到山宗自军所方向远远打马而来。他搓着手上前道："头儿，那长孙侍郎忽然说要回去一趟，莫不是要回去领功？那咱们护了他这么久，有没有功领？"

山宗一跃下马："有，赏你今日领队护送他们百里，去吧。"

胡十一美滋滋地扭头走了一步，反应过来了："这不还是伺候他们……"

远远的，听见马蹄车辙声接近而来。胡十一收心不想好处了，去叫人将城门开大。山宗往城里看了眼，今早来报信的是广源，只说了长孙信要走，长孙神容却没有消息。

长街尚无人影，一大群官员骑着马，跟随着赵进镰先后到了城下，后方是长孙家的车马。赵进镰已看到山宗站在城门外，若在以往，少不得又要觉得他这是随性惯了，只在这城下露了个脸，也不说去官舍一路送行过来。现在知道缘由了，当然什么都不说了。他回头看看坐在马上，正跟其他官员一路闲谈而来的长孙信，下了马，走去山宗跟前，低声道："我已问过了，长孙女郎不回去。"

山宗不禁抬眼，长孙信后方的马车刚停下，门帘掀开，神容踩着墩子走了下来，云鬓垂绾，襦裙繁复，确实不像出行模样。难怪广源来报时只字未提。

长孙信打算就在城门口与众人作别，已经下了马来。神容下车后便站在他身旁，忽朝这头看了一眼。眼下不过天光破晓之际，她眉眼竟也没被掩去半分，身姿出挑地站在那里，风撩臂纱，只这一眼，也叫人过目不忘。

赵进镰看见，扶一下官帽，再看山宗，竟摇了下头："我现在明白为何长孙侍郎要那般说你了，那样的人物，天底下能有几个？你竟也舍得说断就断？"

山宗眼神从那抹身影上划过，回道："或许是我口味刁。"

赵进镰被他这大言不惭的口气震住了，默默无言。但想想他一直以来的作为，张狂狠戾的劲儿没少过，这事搁他身上也的确做得出来。奈何彼此地位平起平坐，这些话不好直言。

那头长孙信风度翩翩地与众人客气了一番，看了看天已大亮，应该要出发了。他转了身，却没急着上马，而是朝山宗这边走了过来。

"我有几句临别赠言要留与山使。"他斯文地笑着。

赵进镰见状有数，将地方留给他。等回去那头官员们中间，都还又看了看二人。

山宗朝那边的神容看了一眼，她似乎没想到，也正朝这里看着。他侧身让开一步："请说。"

长孙信走到他跟前，身背过众人，脸上就没笑了，一脸严肃地道："阿容可是我们家的宝贝，如今留在你的地界上，若有半点闪失，你都脱不了干系！"说完不等他回话就退开，挺身看着他，又笑着搭了搭手，"山使客气，不用远送了。"

山宗抱一军礼，嘴边有笑："谢你赠言。"

两个人虚情假意的几句话说完，长孙信文雅地整一整披风，上了马背，临了不忘再去妹妹跟前说几句话。

"我尽快回来，你在此可一定要照顾好自己。"他特地强调了"尽快"二字，又往山宗那里看了看。

神容点了点头："知道了。"

长孙信还是挂念，又各自嘱咐了东来和紫瑞一番。哪怕只是他离开的这段时日，也要顾着妹妹一切都好，否则回去了也是要被父母念叨。

稍作耽搁，长孙信终于启程。胡十一没法，京官返都，例行的礼数也是要军所送行的，他只能带着自己队里的人老老实实地跟上去。

待长孙信的身影已远，视野里只剩下那一行队伍踏过的长烟，神容慢慢走到了山宗旁边。

"他刚才与你说什么了？"她朝哥哥离去的方向递去一眼。

山宗笑："没说什么。"

她眼神狐疑："真的？"

"他都说了是对我的临别赠言，你问了做什么？"山宗抬手抹了下嘴，忍了笑。长孙家全家都当她是宝贝，他岂能不知道？长孙信特地跑来与他说这些，弄得像是他会欺负她。

神容没问出什么来，低语了句："不说算了。"

天色尚早，大风仍烈。她又朝哥哥离去的方向看了一眼，被迎头一阵大风吹得眯了眯眼，忙抬袖遮挡，拿下时臂弯里的轻纱已勾在了一旁。

那纱挂在了山宗刀柄处，他动了下手里的刀，看了她一眼。还是因为彼此站得太近了。

余光瞥见赵进镰和那群官员都在看着这里，他手腕一转，刀柄绕开，脚下也走开一步："人已送完，你也该回去了。"

神容察觉，眼神一飞，轻轻白了他一眼。这里这么多人，又不是那小酒馆，她还能做什么不成，就这么避之不及。

山宗已看见了，拎着刀在手里，问她："你那是什么眼神？"

神容学他方才口气："没什么。"

山宗好笑，真是有她的，还会以牙还牙了。

神容回去车边时，赵进镰刚遣了众官员回官署。他闲话了几句，送她登了车，转头见山宗站到此时，这才回到城门内来了。

马车辘辘自跟前过去，山宗看了一眼，旁边赵进镰却在看他。

"我看你们在那头站了许久，倒像是一同送行的一般。"赵进镰摸着短须道。

山宗只当他玩笑，反正他历来脸皮厚，并不在意，开口说："我近日要带兵去辖下巡视，他走得算巧，晚了我也送不了。"

赵进镰点头，想起年年都有这军务，倒也不稀奇，只不过以往从未在他跟前报备过："怎么与我说起这些？"

山宗朝刚驶离的马车指一下："我不在时，她就由你担着了。"

赵进镰竟觉意外："你这时候倒还挺上心了。"

山宗笑了一笑，长孙信的"临别赠言"还言犹在耳，想不上心都难。他反问："长孙家的，你敢不上心？"

赵进镰一想也是，还道他是对前妻有几分顾念，看来是自己想多了。

长孙信走后，官舍里就只剩下了神容。

午间，广源走在园中，看见了那群刚去内院伺候贵人用饭的仆人们，竟没怎么见少，可见贵人依旧在家中受宠得很。

正巧，神容从内院出来了，恰好也穿过园中，看到了他："你这是拿的什么？"

广源手里捧着件黑厚的胡服，上面还压着条一指来宽的革带。他垂头回："是刚做成的冬服。"

神容看了看天，头顶天蓝云白，秋高气爽："哪里到冬日了？"

广源解释："贵人有所不知，幽州前阵子总起大风，这就是冬日要提早来的兆头。"

神容原本只是随口一问，听到这句脸色顿时认真起来："当真？"

广源点头："真的，我在此三年，早听人说过，后来发现确实如此。"

神容心觉不妙，若是这样，那留给他们开矿的时间就不多了，得赶在冬日前将最难的一段掘出来才行。她转头吩咐："赶快去准备，我要即刻去问刺史借人。"紫瑞应下，去备车了。

神容又看了看那件胡服，分明是军中式样，心里有了数："这是给他做的？"

广源称是："是给郎君做的，他正要去辖下巡防，很是偏远，或许能用上。"

他要去巡防？神容此时才知道这消息，这么巧，还是马上出发。

紫瑞回来了，手里拿着她的披风："少主，现在便走吗？"

神容又瞥了眼那胡服，那男人可能没嘴，都不知道留个信的，当她不存在一样，真不知是不是存心的。她点头："走。"

入车后，神容先派了个护卫去请赵进镰。她知道幽州城门关得早，此时已过午，离大狱又远，不好耽搁，便先行上了路。

一路顺畅，东来护车在旁，快到大狱时，眼睛敏锐地看到了后方赶来的一行人马，向车中禀报："少主，刺史亲自赶到了。"

车在大狱外停下，神容搭着紫瑞的手下来，往后看，果然来的又是赵进镰本人。

刚到跟前，他便道："女郎说的缘由我已知晓了，看这架势，冬日确实会提早来。"他从马上下来，接着说，"此事我一直记着，近来也差人安排了，本打算交由令兄定夺，如今他既然回都去了，那就还是请女郎看吧。"

神容稍微放了心，还好这位首官办事牢靠，点头说："那再好不过。"

值守狱卒出来迎接，神容仍留下紫瑞，只带东来随行。赵进镰与她一同进去，看了看她神情，提了句："只是今日不巧，山使正要出去巡防。"他这回又亲自来，还不就是因为山宗把人托给他了。

神容边走边抬手拢着披风，抿抿唇，将兜帽也罩上，只"嗯"了一声，什么也没说。直到进了大门，她停了一下，想起了那日的干涩不适，才问："这里面是不是得先洒些水？"

赵进镰料想肯定是山宗跟她说过这大狱的情形了，笑道："狱卒们会料理的。"

她这才往里走。

大狱里确实在料理，所有通风高窗皆闭，地上有浇过水的痕迹，但随着走动，很快就干了。后面还有狱卒在拿着桶跟着浇，这才能维持那点痕迹。

没过多久，他们便又到了之前去过的那一片牢房外的空地上。这空地本就是个高墙围住的院子，穹顶严密，里面也浇过了水，四周竖着火坛，里面火光熊熊，照得四下透亮，正方便挑人。

赵进镰点了个头，吩咐说："去把人带出来吧。"

狱卒们分头行事，将他们进来的那扇两开的大门关上，又有序地去牢房里提人。之前被挑过的那些人都已被移走，这次是另一批人，有许多是从另一片牢房带过来的。

神容特地留心了一下他们过来的方向，是条长长的过道，正是之前她去底牢的那条道，想来一定也是一批重犯了。

犯人们分列被押了过来，在狱卒泛着寒光的刀口下，挨个跪下，竟乌泱泱地跪了一大片，一眼望去，一片漆黑的头顶。

赵进镰道："这回能带出来的都在这里了。"话音未落，却见神容已经迈步，竟亲自上前去看了。他暗自惊异，这位贵女的胆识可真是异于常人。

火光下，各色犯人都有，比之前要好很多，神容看到了不少壮年。她取了块手帕在手里，轻掩口鼻，脚下缓慢地在犯人当中走着，一步一看，凡是觉得不行的，便朝身后东来看一眼。东来接到示意便伸手拽住对方囚衣后颈，将之拽到一旁。不多时，被筛出来的人就一大群了，狱卒们将他们都押了回去。

神容从最后两列人当中走过去，发现他们都披头散发，看不清脸，手上不仅有镣铐，脚上也有脚铐，但看着身材都很壮实。她走回去，拿下帕子，低声问赵进镰："那最后两列是关外的？"

赵进镰看了一眼："正是。"

那就难怪是这般模样了，神容刚才看着就觉得眼熟，因为在驿馆里见大胡子们捉的就是这样的人，说不定他们当日抓的那几个就在其中。

"关外的不行。"神容不放心，哪怕他们明摆着能用，但敌寇就是敌寇。

赵进镰认同："确实，先前安排时只叫他们将身体好的都拎出来，身份却也要紧，关外的自然不行，山使也不会松口。"

神容听他提到那男人，不自觉算了下时辰，料想他此刻应当走了。

军所大门外，此时整队待发。

送完长孙信回来的胡十一这次也要随行，他手里拿着广源送来的那身胡服交给了后方行军收纳，转头看前面："头儿，咱这回还是夜巡？"

山宗站在他那匹高头大马旁，缠着护臂，紧紧一系："嗯。"否则他们也早已出发了，何必到这午后日斜才动身。

夜巡是最出其不意的巡防，以往没有，屯军所建起来后才开了这先河，众人都认为这是他独创出来应对关外的军策。

准备妥当，山宗上马："都安排好了？"

胡十一道："军所有雷大，张威会去伺候那金娇娇，都已妥当了。"

说到金娇娇，他倒是又想起了一茬："对了，刺史派了人来送行，顺带捎了个信，那金娇娇今天又去幽州大狱里挑人了。"广源来送了衣服不久，刺史的人就到了，他赶着上路，就全给打发了。

山宗一手扯了缰绳，想起先前那么警告她不要再去，居然还是去了，还真是没个听话的时候。

“去把这几日送到的狱录拿来我看看。”他忽然说。

胡十一都准备上马了，听了这话，只好又回头去军所取狱录来。

狱录记述幽州大狱诸事，主要是为了监视犯人行动。山宗坐在马上，接过来翻看，近来太平无事，尤其是柳鹤通，被用完刑后老实得很，再没有过闹事的举动。他将狱录丢回去：“那些关外的呢？”

胡十一接住：“他们？料想是被咱们抓怕了，听说进牢后一直安分着呢。”

山宗冷笑：“关外的就没安分过。”

胡十一愣了愣：“啥意思啊头儿？”

“当时驿馆里收到五个关外的，紧接着，巡关城就又抓到几个，他们来得频繁了些，倒像是刻意在送。”山宗手指抵着腰间的刀，慢条斯理地说。

幽州大狱那种地方，关进去有动静才是正常的，越顺服越不对。不知道他们如此忍耐，是不是在等一个机会。

“女郎可选好了？我们进来已久，怕是天色已晚，回城都要叩城了。我担着责，可不能叫你久待。”大狱里，赵进镰看着身旁披风笼罩的身影，在这大牢里明显出挑得格格不入。

神容转头看来：“刺史担了什么责？”

赵进镰惊觉失言，抚须而笑：“没有。”

神容也没在意，转过头去，又看向空地里挑剩下来的人。似有视线投过来，她顺着看去，只看到最后那两列跪着的人，但他们披头散发的，夹在这众多人当中，并不能看清，或许是她看错了。

她对东来道：“将那后两列的先带下去，剩下的再看。”

东来领命，去向狱卒传话。几个高壮的狱卒立即迈着虎步过去，提刀呵斥：“起来！走！”他们对其他犯人还算公事公办，但对关外的分外严厉。毕竟是敌方，若非要留着他们性命盘问军情，敢这么潜入关内，早该杀了。

那一群人被连拖带拽地提起来，缓慢拖沓地往那通道走，要回到那幽深的牢房里去。一个狱卒嫌他们走得慢，上去就踹了一脚，被踹的犯人一头扑倒在那道口就不动了。

神容本已去看其他人，听到动静朝那里看了一眼。

“别装死！”狱卒上前去扯，手刚伸过去，那地上的一跃而起，手镣一套，扣上他脖子，扑上去就咬住了他耳朵。狱卒痛号，只这瞬间，另一个披头散发的就冲向了他下盘，他手里一松刀落了地，便被第三人夺了去。

变故横生。这一番动作迅疾如同演练过百遍，在场的犯人顿时全都跟着乱了。

东来快步近前，护着神容后退。赵进镰已然大惊失色，一面招手唤狱卒，一面挡在她前面急喊："快！通知山使！"已有狱卒跑去开门，但随即他就想起来，山宗已经走了，脸瞬间又白几分。

神容愕然地看着眼前剧变，一手下意识地紧按怀间书卷。眼前已成斗兽之地，重犯狠戾，似乎是早有预谋。狱卒扑压，人影翻蹿，满耳都是嘶吼之声。

忽闻轰隆马蹄之声，如雷震地。她转过头，只听见一阵昂扬马嘶自外卷来，紧接着蓦的一声巨响，大门乍破，为首的一人一马率先冲入。

马上的人一跃而下，黑衣猎猎，凛步携风，一手抽出刀。后方众骑齐下，抽刀而上。

刚杀了一个狱卒的犯人认出了他："山……"

山宗一刀挥出。

鲜血溅到鞋尖，神容后退一步，睁大眼睛看着那男人。

山宗仗刀往前，脚下连停都没停一下，刀尖鲜血淋漓："动手的留头。"

披头散发的关外敌贼们砍开锁镣，四处冲杀狱卒。鲜血和惨号刺激着其他重犯，恶胆一壮，罪心复起，暴乱形势瞬间扩大。仿佛这样就能有机会逃离这无间炼狱时，就听到了这森冷的一句——"动手的留头"。惯常军令，闹事者格杀勿论。

山宗一直没停，手起刀落，毫不留情。混乱厮杀的局面像被撕开了一角，那一角在他脚下延伸，刀影挥掠，过处无人站立。

浑水摸鱼的重犯里有人一看到他出现就起了退缩之心，但手里刀沾了血，迎头对上那黑衣人影，喉上已寒，直直倒地。活着的两股战战，冷汗涔涔，干脆豁出去冲杀而上，迎接他们的是他身后紧随而来的军所兵戈。胡十一率人跟随在后，队伍应命散开，没有只言片语，只有手起刀落。

"团练使饶命！"终于有人忍不住丢刀求饶，那声音也戛然而断。

军所兵卒练兵千日，一句军令就各司其职，行兵列阵，游走在四角，偌大的空地上像是被闷上了一层罩子，再混乱的局面也逃不过一刀毙命。

山宗根本不给任何喘息之机，手起刀落，以暴制暴。

神容被挡在后方看着那幕，呼吸微窒，第一次见他这般模样。东来察觉不对，回头看她。她轻轻说："先离开。"

大股狱卒自通道内拥来，刚在一旁的赵进镰在退避中已被狱卒隔散，难以顾及他们。甚至有重犯还在往他那里冲，或许是想挟持刺史做本，却又被军所的刀口逼退。看架势也会有犯人往他们这里来。东来毫不迟疑地抽刀，护送神容往外，神容边走边又拢着披风回看一眼。

山宗雷霆镇压，眼里只有暴徒。杀红了眼的犯人不断冲向他，又接连倒下，他也只不过是被划开了一只护臂衣袖，松散了袖口，连发丝都没乱，手中直刀早已血浸刀柄。又是一人朝他砍去，他回身一刀，继而蓦地一把扯下那只碍事的衣袖，连带中衣衣袖也撕去，缠住刀柄，露出整条右臂，血脉偾张，青黑盘绕，赫然满臂刺青。

“少主小心。”东来低低提醒一句，护着她退入墙侧暗影。神容回过头，仍心如擂鼓。

被破开的大门还在前方百步之外，门口的火坛被马蹄踏翻，一片昏暗，只能隐约看见外面有持刀把门的军所兵卒。对面边角里忽闪过幢幢人影，那里不知何时倒了两个狱卒，神容再侧头时看到那群披头散发的敌贼仍在负隅顽抗。

他们忽然发难，必然早有预谋，她忽然想起先前那若有若无看她的视线。

“能否殿后？”她看一眼东来。

东来训练有素，迅速应对：“能，请少主先行。”

神容一手始终紧护在怀间，一手解开披风：“千万小心。”

厮杀声中，她循墙疾走，往大门而去时，对面有人影冲了出来。

火光映着刀影，场中渐渐沉寂，残风卷入，吹开四周的血腥气。

最后一个披头散发的敌贼被一刀毙命，只剩下没来得及暴动和不敢暴动的犯人们蹲在一起，哆嗦不止。山宗立在场中，脚边是滴答作响的刀尖沥血声。他一手撩起衣摆，擦了刀身血迹，扫视一圈，如看困兽：“清场。”

兵卒散开，清查是否有余孽藏匿。狱卒们无声上前清理尸体，仅剩下的犯人们被连拖带拽地带回牢房。赵进镰被狱卒们挡在空地边角的一处坛火边，身前是倒了一地的重犯尸首。虽脸色未定，但身为刺史，他仍要稳定局面，转眼四顾之际，忽然一声惊呼：“女郎！”

山宗抬眼。

斜角暗影里，走出三个披头散发的身影。为首的手镣已砍开，脚镣却没来得及斩断，无法疾跑，只能一步一沉地迈着迟缓的脚步而来，一手持刀，手里挟持着披风罩身的女人。左右都是兵卒，他不近前，散发下露出一双闪烁不定的眼：“姓山的，放我们走。”

山宗垂刀点地："费这么大劲，就为了营救你这样一个废物？"

那人是去年落入他手里的一个契丹小头目，连名字都不记得了。如今被大狱削去了几层皮，早已不成人样，但至今还撑着，又有人来营救，想必是探到了军情，送不出去也要拼杀出去。

"少废话，老子一定要回去！"那人喘着粗气，手里的刀一抬，迫近手里女人兜帽下的脖子，忽然阴恻恻地笑起来，"听说这个曾经是你的女人，你的前夫人。"

一旁持刀相向的胡十一正严阵以待，听了这话一愣，甩头看向山宗。什么意思？那被挟持的不是金娇娇吗？金娇娇是谁的前夫人？

山宗刀尖离地，冷眼看着他，目光一转，又看向披风下的身影。她到现在没动弹过，兜帽压着，头一直深深低垂，一只手紧紧拉着披风下沿，只露出几根手指。

他忽然提起嘴角笑："你都说了是曾经的女人，谁还当回事？"

那人怒道："你少给老子装模作样！先前那老东西闹腾的时候已有人看到了，我打听得很清楚，这不仅是你的前夫人，还是个有来头的，我倒要看看，她横死在你面前，你能不能脱了干系！"

山宗点头："那你就试试，看是你的刀快，还是我的快。"

在场的人鸦雀无声。别说那几人，就连赵进镰和胡十一都惊住了。

山宗忽然下令："动手！"

胡十一下意识就要动作，却见那人挟持的"金娇娇"披风一掀，刀光一闪，隔开了对方的刀。

那人只专心防范着山宗会不管不顾地出手，猝不及防刀被隔开，就见眼前寒芒逼近，一侧闪开，再回身，胸口一凉。山宗的刀自他胸口直贯而过。几乎同时，胡十一带人上前解决了剩下的两人。

远处的赵进镰看清情形，这才长松一口气。

山宗上前，抽了自己的刀，在对方身上擦了擦，看向一旁的东来："身手不错。"

他恭谨垂首："是少主信任。"

披风里的人是东来。神容身形高挑，他劲瘦而年少，被宽大的披风遮挡，几乎看不出来有异。山宗是看到他露出来的手指才有所察觉。长孙神容的确会挑人，一个近前护卫，抵得上他军所里一个练成熟手的兵，还能随机应变，难怪能被她信任。

他转头："她呢？"

东来说："少主警觉，已经出去了。"

方才在神容问他能否殿后时，便已有了决断，就是为了防止那暗处藏匿的人影是冲她而去。果不其然，东来刚披上她的披风走出那片墙侧暗影，就有人冲向了他。

山宗提刀出去。

守门的兵卒提前领了军令，在此把门，寸步不离，看他出来才算结束。领队的告诉他，目前为止只见长孙家女郎一人出来，直往大狱大门而去，或许是已经回城去了。他们知其身份贵重，未曾阻拦，还帮她挡了门内风险。

山宗“嗯”一声，又往监狱大门外走。

外面暮色四合，他们之前飞速行军而来时下令避让，长孙家的车马都还远远停在道上，此时车前挑着一盏灯火，长孙神容侍女的身影守在那里。说明她还没走。

他慢慢迈步，看向大门两侧。大狱干燥，到了这门外，才能看见草木踪迹，还只能种活耐干耐风的风棘树，一丛一丛茂密地发到他腰高处。山宗走到一处树丛旁，敏锐地扫见了一截轻纱衣角。

他脚步更缓，在旁徘徊踱步，盯着树丛说：“看来还有漏网之鱼跑出来了，我数三声，若不出来，休怪我就地正法。”说着手中刀架在肩头，开始数数，“一、二……”

树丛未动。

他笑，故意把刀尖伸出去：“三！”

出口的瞬间，树丛一动，神容的脸露了出来。昏暗里，她雪白的下颌微微抬着，正对着他伸出的刀尖，眼睛一眨不眨地盯着他。

他收回刀：“早出来不就好了。”

神容看着他，背后天地昏沉，他立在眼前，高挑挺拔，一身浓郁血气尚未散尽。

“里面都解决了？”她问。

山宗说：“嗯。”

“东来也没事？”

“嗯。”

她轻轻舒出口气，又摸了摸怀里书卷。

山宗一直在看她，可能连她自己都没察觉，这两声问话里夹杂着些微的声颤。

“被吓到了？”被吓到了也不奇怪，她这样被捧在手心里的娇女，此生本不该见识这样的场景。但她比他想的要机灵多了。

神容抿抿唇：“没有。”

他心想还挺嘴硬，刀指了指树丛：“那你还不出来？”

神容看他一眼，缓缓站起身来，迈步时衣摆被丛枝挂住，牵牵扯扯。山宗伸手抓住她胳膊，拉了一把。

她愣了一下，看到握着她的那条满是刺青的手臂，绷紧的线条如刀刻出，心头莫名地突跳两下，抬头去看他的脸。

山宗对上她视线，才发现她脸色微白，双唇微张，是在她身上从未见过的可怜姿态，声音不觉放低了些，又问："吐了？"

神容马上回："没有。"

就当没有好了。他脸上又露出笑，松开手，转身要走。

神容看到他那笑就觉得气闷，她急于出来，是为了防范对方的诡计，不能落入对方手中，否则只会叫在场的人都投鼠忌器，可能还保不住书卷。都这时候了，他竟然还取笑她。她盯着他背影，心说坏种一个，就永远没有低头温软的时候，他日定要叫你……

山宗霍然回头："还不走？"

神容眼神动了动："我冷得不想走，不行吗？"

身上一沉，是山宗剥了胡服抛了过来，虽然缺了右臂的袖口，但仍然厚实，只是血腥味仍浓。

"不行，马上走。"他换手拿刀，转头先行。

天亮时，紫瑞端着碗热汤，快步走向官舍主屋。进门后她又放缓了脚步，生怕惊扰了里面的少主。

神容此时正倚榻坐着，膝头搭着厚厚的貂皮。淡白的朝光从窗口照进来，她脸上终于又见了血色，只是还带着些许的倦意。昨晚从幽州大狱返回，到现在一夜过去，她根本没怎么睡好，干脆早早就起了身。

紫瑞端着热汤近前来，心里先念了句"老天保佑"。她昨夜已经听东来说了，那大狱里竟然出了那样凶险的事，她们当时就候在外面，居然一点儿动静都没听到。还好少主没出事，否则她得自责死，无法向回都的郎君交代，更无法向国公府交代，这可是长孙家的心头肉啊。

"少主，用些汤吧，昨晚自大狱回来到现在您都没吃什么。"她轻声说。

神容端过去，低头轻抿。紫瑞特地煮的宁神汤，入口温甜，只是从大狱回来后到底还是觉得干，宁愿饮清水，喝了两口就不喝了。

转头之际，忽而看到紫瑞轻手轻脚地在一旁案头收拾着胡服，正是昨晚山宗剥下来丢给她披的那件，上面还能隐约看出块块干涸成褐色的血迹，她想想问了一句："他昨晚何时走的？"

昨晚他叫她走，之后领了一队军所人马送她和赵进镰回到城里，到了官舍门口她便没见到他了。当时官舍上下一见到军所来人个个浴血，特别是团练使还只着了中衣，赤露一臂，形如修罗，顿时都一片忙乱。她被仆从们急急请回房去，的确什么也顾不上。

紫瑞见她看着那衣服就知道是问谁，不自觉往外看了一眼，有些犹豫不知该不该说的模样："其实……"

其实山宗就在官舍。客房里，广源正在伺候他更衣。

昨晚返城时城门已关，为了送神容和赵进镰的车马返城，他亲率人马回了趟城。赵进镰拖着受惊的身躯也要坚持先送神容到官舍。结果一到官舍，广源出来看到他那衣衫不整的模样便吃了一惊，非要他留下来住一晚，伺候好了再回军所。赵进镰也劝他，大狱暴乱已平，他暂歇一下也应该。他看着左右都瑟瑟发抖不敢看他的一群下人，觉得自己那模样确实不太像样，便答应待一晚，在客房里睡了一宿。

广源给他换上了一身干净的中衣，正要给他穿胡服，山宗自己伸手拿了。他已经习惯不用人伺候了。

广源看着他熟练地掖上衣领，收系腰带，不免想起曾经他身边仆从环绕的情形。想他曾经也是锦帽貂裘的贵公子，袖口一根金线也足够寻常人家吃上半年的，哪里是现在这样。

"郎君这三年真是把这一辈子没吃过的苦都给吃了。"

山宗看他一眼："少叽歪这些，像个女子一样。"

"我也只是觉得可惜。"广源看看窗外，凑近小声说，"郎君，您看贵人现在来了幽州，这或许就是天意安排，您跟她……"

"我跟她什么？"山宗眼斜斜看他，手上理着袖口。

广源默默闭了嘴，只怕说错话，到时候他更不回来了。

外面有人来报，胡十一来了，正要求见山使。

山宗说："叫他进来。"

广源便只好先出去了。

胡十一昨夜留守大狱，今早回了趟军所没见到山宗，才得知他回官舍了，又赶了过来。他进门时特地看了看这是客房，又看看山宗，没好意思问他怎么回来这里了，直到山宗看他，才将胳膊里夹着的狱录拿出来："头儿，我来报一下善后的事。"

山宗伸手接了狱录，就这么站着翻了一遍。死了五个狱卒，已经妥善安置了后事，赔偿了家人，受伤的也着人医治了。他合起来，点了个头。见惯了生死，这种时候也没什么可说的。

胡十一看看他脸色，黑脸上一双眼动来动去，又伸出根手指挠挠下巴："头儿，我就问问，昨天那契丹狗死前说的可是真的？就那啥，你跟那金娇娇以前真的是一对儿？”

山宗看他模样，恐怕这话憋肚子里都一晚上了，事已至此，也不好遮掩：“嗯，就是你听到的那样。”

胡十一又挠下巴，这次是惊骇的，他琢磨着这是怎么一回事，琢磨来琢磨去倒是一下回过味来了。难怪打一见面，金娇娇让道歉他就让步道歉了！那是他前夫人可就说得通了，以前的枕边人，那不多少得让着点儿。

山宗看他在跟前闷不吭声的，就知道他在瞎琢磨，手在他颈后一拍，吓了他一跳。

“听过就算了，叫昨天那些兵嘴都严实点，没事少在外面说三道四。”

胡十一摸着后颈，眼瞪大了一圈：“不能说？”

山宗眼往他身上一扫，皱眉：“你已经说了？”

胡十一语塞。他也不是有心的，就是一大清早回去，先进营房将张威踹醒，问他可曾听说过这回事。张威自然是一头雾水，顺便还把隔壁的雷大给吵醒了，偏偏雷大是个大嗓门儿，一听就咋呼了，然后就……

他讪笑：“我还是先去守大狱了。”

山宗说：“去守底牢大门，那里没人跟你废话。”

守底牢，那还不如赏他一通军法呢！可胡十一也不敢多话，只能抱拳领命，收了狱录出去了。

到了外面，正好看到广源在，他想起先前的事了，临走不忘到他跟前数落一通：“你小子，上次问你非不说！早告诉我不就好了！”

广源已经听到里面的话了，看着他垂头丧气地走了，嘀咕一句：“就这样，早告诉你也是早受罚。”不过看这架势，郎君对自己还算好的了，至少没罚他。

还没想完，山宗从屋里走了出来。刚站定，他眼睛就越过广源看了出去。广源往身后看，随即退开几步让路。

神容走了过来，襦裙轻纱曳地，看着山宗：“头一回见你在这里留宿。”

山宗听了好笑：“这里不是我的官舍？”

神容回过味来了，这里是他的官舍，怎么说得好似她反客为主了。她眼珠动一下：“嗯。”

广源见山宗手里拿上了刀，似要走了，想留他一下，赶紧道：“郎君还是用了饭再走吧。”说完看看神容，“贵人定然也还未用饭，是否叫人一起准备了？”

神容无所谓道：“我随意，这里也不是我的官舍。”

原来她现学现用也是一绝，山宗眼睛不禁看过去：“那就备吧。”他先往前厅去了。

广源一听，马上跑去安排了。

有长孙家随从在，即便是清早，吃的东西也精致丰富。厅中摆了两张小案，案头摆的都是京中权贵家才吃得上的精细糕点。洁白的瓷盘里托着如雪的膏泥，淋了西域才有的果子酱，鲜红点点，若雪中绽梅，居然还升腾着白雾般的热气。

神容进来入座时，山宗已经在案后坐着了，换了一身干净的胡服也是黑的，衬得眉目间英气勃勃。

她在他身旁那张小案后坐下，问他："你昨日突然赶到，是早就看出他们的诡计了？"

"算是吧。"山宗看过来，"我若是他们，要动手也是选你去的时候。"

神容低低说："那我有什么办法，到底还是要去的。"

他听到了："有什么必去的理由？"

"当然是为了尽早开矿。"

她说得理所当然，山宗却上下看了她好几眼："你懂矿？"

神容对上他视线，忽然笑了一下："你在打探我？"

山宗想想，确实有几分打探意味在里面，咧下嘴说："算了。"

神容敛了笑，心想算了就算了，她还不想说呢，一面拿起了筷子。

山宗并没怎么动筷，这甜腻之物本不是他所好，看一眼旁边，神容倒是吃得端庄细致。上次在刺史府上也不过只是面对面坐着用饭，像这样近在一处，就连做夫妻时都不曾有过，未免有点过于亲近了。

他很快就放下筷子，拿了刀。

神容也正搁下筷子，拿了帕子拭唇，看见便知道他要走了："要回军所还是继续去巡防？"

山宗停步："都这样了，还巡什么巡？"昨天晚到点都不知道会怎样，还巡什么。他说："去刺史府看赵进镰。"

神容听了就说："那我跟你一起去。"赵进镰堂堂一州刺史，也是因为要陪同她入大狱才会经此一难，她理应去看看。

山宗没说什么，他心里所想大同小异：若不是他叫赵进镰担着长孙神容的安危，昨天那场面他也不会在。

广源守在外面，见二人一前一后出来，又一同往大门外走去，还伸头看了一眼。

刺史府里也是一番惊魂甫定。

赵进镰主要是在以为神容被劫持时着实惊了一下，如今休息了一宿，已回缓过来，还能与妻子何氏亲自出来见客。入了厅中，却见山宗和神容都在，就在他厅中相对站着，有些出乎意料地看了看二人，随即才想起来要说话："女郎没事就好，否则我真不知如何向令兄交代。"何氏也跟着点头。

他又叹气："只可惜犯人是没的选了。"

神容听到这个也有些忧虑，但这也是没办法的事。

山宗忽然问："你当时选到人了？"

神容说："现在没了。"都已是他刀下亡魂了。

"只能再想办法，崇君看呢？"赵进镰看他，眼神传话，这就是在把事情交给他了。

山宗不表态，直到他就快开口直说，才终于点了个头："我知道了。"

赵进镰便笑着对神容道："女郎放心，崇君会替你想办法的。"

神容看他："真的？"

他漫不经心道："办得成再说吧。"

反正赵进镰已松了口气，此事还是托给他稳当，谁能在他手底下翻天。何氏也在旁笑，又时不时看着神容笑。

神容忽然发现她今日出奇地寡言少语，与往日大不相同，只站在丈夫身边作陪。直至离开刺史府，她走到大门外，悄悄问了身旁的男人一句："他们是不是都知道了？"

山宗几乎瞬间就笑了："你发现了？"

难怪何氏那般模样。神容面上只"嗯"了一声。

山宗问："就只这样？"

"不然我该怎样？"

他意有所指地说："别的女子应该会刻意避嫌。"

神容毫不在乎，她又不是别的女子："你倒像是有经验，连别家女子如何都能一清二楚了。"

山宗摸过下颌，笑着反问："那你又怎知我没经验？"

神容一怔，他已走出去了。

第五章

山峦崇峻，女子多娇

幽州大狱里，胡十一果然乖乖站在底牢大门外守着。

这底牢幽深，如在暗箱，外面当真一个人都没有，平常就连狱卒都不想接近这种地方。他守着的时候若非能听到里面偶尔传出几声骇人响动，大概会怀疑这大狱里已经只剩下他一个人了。

又是一阵可怖的动静，胡十一搓了下脸。连他一个军中出身的高壮大汉都觉得怪吓人的，这里面到底关了群什么样的人，怪物吧！

正胡思乱想，通道里响起了熟悉的马靴踏地声，是山宗自外走了过来。

胡十一如见亲人，快走几步到他跟前："头儿，怎么忽然亲自来了？"他心想莫不是要饶了他不用守这儿了？

山宗扫一眼周围："有事。"

胡十一顿时泄气，合着并不是要饶了他。

山宗来这儿是为了刺史府里的那番话。在长孙神容跟前玩笑归玩笑，她要为开矿选人已是势在必行。他既然在赵进镰跟前答应了下来，就得找出一批人来给她。

他问："如今大狱里是否还剩有壮力？"

胡十一想了一下："看这情形是没了，就是有也被咱们吓成软货了。"

"嗯。"山宗摸着手中刀。按照长孙神容的要求，的确是出自大狱里的才最合适。但如今的大狱，剩下能用的犯人，他几乎只能想到一个地方有。他抬眼，看向前面底牢那扇高耸漆黑的大门。

胡十一还有点蔫巴着，忽然就听山宗说："去叫人来开门。"他一愣，没反应过来："开哪个门？"

山宗说："底牢。"

胡十一大惊失色，看看他，又看看那扇大门，不敢相信。

"去。"山宗已是下令口吻。

他这才小跑着出了通道。

一群狱卒很快跟在他身后赶来，有一个双手托着个铁盒。胡十一打开铁盒，里面露出一把长达一尺的钥匙，看不出来以什么灌注。他两只手伸进去，用了点力气才拿出来。

“头儿，真要开吗？”胡十一还是有点不确定。

他记得打他到军所时起，这底牢的门就没开过。狱卒送饭以荷叶包裹，送水以瓦罐密封，皆塞入边角四处一掌见方的小洞，任里面自抢自夺，谁知道这里面是个什么鬼样。

山宗声音低沉：“废话怎么这么多，快开。”

胡十一只好托着钥匙上前，狱卒们去帮忙。

就在大门上那齿孔抽动的咔咔声传出来时，山宗走到了门前，一手抽出刀说：“待我一进去就把门关上。”

胡十一诧异地看他：“头儿你要一个人进去？”

昏暗中他只看见山宗眉宇间一片阴影：“对。”

大门轰然开了道缝，顶上灰尘如雨飞落，狱卒们下意识地退了一步，抽刀防护。山宗把衣摆往腰间一掖，侧身闪入。大门又轰然关上。

直到这时候，胡十一才想起来，居然没问一下头儿进去是要干什么。

官舍里，神容正站在廊下抬头看天，也不知还有多久就要到冬日了。

广源从旁经过，停下向她见礼：“贵人先前去了趟刺史府，好像不久就回来了。”

神容回头看他一眼，心想刺史夫妇都已经是那般尴尬模样，他们当时待得算久了，临走还跟那男人一番唇枪舌剑。表面只说：“没什么，只是看一看刺史情形罢了。”

广源称是，悄悄看看她才告退。当时看她跟郎君一起走的，特地打听了一下才知道他们是一起去了趟刺史府，但看这样子，估计二人也没能在一起待太久。他竟觉得挺可惜的，明明都一起用了饭。

神容看了会儿天，又算了下哥哥回都的日子，在他带人回来接手之前，这一段难办的矿眼一定要掘出来才行。也不知道山宗能不能给她找到人。她蹙眉想了片刻，唤了一声东来：“通知军所，我要入山去看看。”紫瑞闻言也立即去着手准备。

神容如往常一般换上胡衣，戴上帷帽，走出府门时，匆匆返回的东来上前低语了两句。神容往外看，跟随东来一路赶来的人是张威。

这回倒不是山宗不来，东来说就没见到他，军所里的人也没见到他，今日他根本不在。

神容想起离开刺史府后便没见到他了，都说了巡防取消了，总不可能是真要与她避嫌。她踩着镫子坐上马背，又回味了一下才上路。

自城中一路直行过去，与往日并无不同，只是今天跟随她的那队兵马有点奇怪。神容隔着帽纱往左右瞄，总觉得似有目光落在她身上。

直到快到城门处，街上人声小了些，她隐约听见城下一个守城的兵伸头问了句："那就是咱们头儿的前夫人？"她一偏头，那兵"嗖"一下脖子缩回去了。

怪不得，居然还全军皆知了。神容目光一转，落在张威身上，他也在朝她身上瞄。

她问："你看什么？"

张威一愣，赶紧说："我看贵人速度，好跟上。"

神容轻哼一声，心想少见多怪，转头拿着马鞭一抽便冲了出去。张威给吓一跳，这位前夫人可别被自己瞎扯的一通伤到哪儿，那就要倒霉了。哪知就要冲出城时，神容忽又勒停了马。

张威带着人追上来，刚松口气，却见她退回几步，停在城下，掀开一半帽纱，指着前方问："那是不是你们头儿的马？"

张威定睛一看，城门下紧挨城墙的屋舍都是守城官值守住的地方，有一间的门口挂着个"医"字牌，那是士兵们免费就医的官家医舍。此时门口停着匹高头大马，皮毛黑亮，鬃毛有一撮泛白，还真是山宗的马。

"正是。"他又指一下旁边的枣红马，"还不止，那个是胡十一的。"

神容下马："去看看。"她将帷帽解下，连同马鞭一同递给身后的紫瑞，先行走入了那间屋子。

里面不大，只摆了简单的胡床小桌，一进去就闻到一股药味。神容捂了下鼻，发现里面还有一间，又接着往里走。里间门口垂着个帘子，她刚走到那儿，偏巧门帘被掀开，面前多出男人高拔的身影。不是山宗是谁。

她差点贴到他身上，收住脚，抬头看他："你在这里做什么？"

山宗垂下眼："我还要问你，你到这儿来做什么？"

神容没说他忽然不见了，只说："我刚好经过。"

山宗看到了门口伸头伸脑的张威，就近拎了桌上的瓷壶，自己给自己倒了杯水。这地方太小，他走动几步，神容就必须得跟着挪几步，几乎是在随着他动。他看到了，偏头看了她一眼，转头一口灌完了水。

神容就在他侧面站着，发现他胡服肩头破了一道，好似是被什么抓破的，还沾了灰尘，又看他脸，他眼垂着，看起来就像那日在大狱里刚刚镇压过暴徒后的模样，甚至还有些倦怠。她上下看了看："你受伤了？"

"没有。"山宗放下杯子。

"那你在这里做什么？"

山宗指了下里间，还没说话，里面传出胡十一倒抽着凉气的低喊："哎哎，轻点儿，轻点儿……"里头胡十一可能没在意外面动静，还在哼哼唧唧的。

神容看了一眼，声音放轻："他这又是怎么了？"

山宗声也放低，笑了一声："他自找的。"

叫他在底牢外面就这么关门等着，他不信。山宗从那底牢里出来时，一开门，他竟还想到门口帮忙，不知被里面什么东西砸了个正着，当场就捂住了肩，所幸被山宗给一把拽了出来。来这儿的时候还龇牙咧嘴，这会儿算好的了。

"那你这里又是怎么回事？"神容朝他肩头抬抬下颌。

山宗扫了一眼，毫不在意："没什么。"

她看着他侧脸，这样看愈发显得他眉眼朗朗，偏偏又是这副装束模样，好似染了些危险的气息。她忽然倾身凑近，轻轻嗅了嗅。

山宗只察觉到若有若无的呼吸拂过脖子，一转头就对上她脸。她纤长眼睫掀起，黑亮的眼盯着他，离得近，眼珠里倒映着他的脸，她的唇几乎要碰到他的肩。山宗不自觉地绷住肩，目光落在她那双唇上。

"你干什么？"他低低问。

"你身上有味道。"她觉得那味道很难形容，可能又是沾了血，又夹杂了别的，直觉他跟人动了手。

山宗声更低："那你就能这样，不知道左右都有人？"

神容眼珠动了一下："人在哪儿？"

里间垂帘忽然被打起，有人出来了。神容转头，看见里面走出来个穿青布衣衫的老大夫，正朝他们俩瞧。她默默别过脸。

山宗肩才松了，似笑非笑地看她一眼，转身问："好了？"

"是。"老大夫又进去一趟。

胡十一揉着肩膀被扶了出来，还有个女子跟在后面，帮老大夫抱着药箱和针灸盒子，是给大夫帮忙的。胡十一才刚看到外面的神容，张威听到动静也跑进来了，张口就问他："你怎么了这是？"

他顿时就一张脸臊红了："你们怎么都在？"合着他刚才叫疼全被听见了？

山宗说："行了，伤了就回去躺着吧。"

胡十一这才算舒心了些，好歹是不用去守底牢那破地方了。

老大夫摆摆手，那女子放下药箱，把准备好的药送过来：“喝完了再来换一副。”

胡十一接过去，又揉揉肩，逞强说：“其实也没什么，我不喝药也行。”

张威说：“你少吹吧。”

山宗转头，见神容还站着，往外走了一步。就这点儿地方，挤进来这些人，她也只好走一步。张威赶紧给二人让道。

神容慢慢走了出去，山宗紧跟在后，矮头出去。剩下的人全都看着他们。

直到他们都走远了，老大夫才问了句：“那位就是……”

胡十一点头：“对，就是她！”

山宗出了医舍，一看到路边那些张威的人马就有了数：“又要进山？”

神容刚被那老大夫打断了一下，现在才看他：“嗯，都说了我是经过。”

山宗被她口气弄得看过去：“那你不用去了。”

“为何？”她不禁侧目。

“现在去了又没人能开矿，何必跑这一趟。”他说，“过几天，等时候到了你去山里等我。”

“等你？”神容歪着头看他，“等你干什么？”

山宗说的时候没觉得有什么，被她这语气一吊，忽然就觉出几分旖旎。她眉梢轻挑，好像他说的不是去山里等他挖矿，而是去山里幽会。他抱臂，幽幽地笑：“你也可以不等。”

神容早听出他大概是有什么安排，哪知他时刻都憋着一肚子坏水，油盐不进，暗暗在心里喊他一声。还没说话，屋子里的人陆续都出来了。

山宗吩咐张威：“把人都带回去，今日不用进山了。”张威听了下意识看神容，她也点了个头。

胡十一揉着肩膀过来：“既然都得闲了，那咱能去吃饭了不？我到现在一粒米未进，就快饿死了！”不仅饿，在底牢那一遭也被吓得不轻，现在缓了过来，饿上加饿。

山宗看他：“不是叫你回去躺着？”

胡十一拉过老大夫：“我这不是得谢谢老军医，他老人家给我用了一通好药，我得请他吃顿酒去。”

老大夫摆手推辞：“不必不必，你现在也不能饮酒。”

山宗说：“行了，老军医是我叫来的，这顿就算我的。”

胡十一顿时双眼放亮：“谢谢头儿！”声音洪亮得都不像有伤。

张威叫自己的队伍回去，也过来凑热闹。

老军医向山宗道了谢，旁边的女子也跟着向山宗福了福身："多谢山使了。"

胡十一早想好了地方，扶着肩膀上路，刚要走，看见了旁边还站着的金娇娇，顿时脚步就犹豫了，看看山宗：这尊大佛在，是请还是不请?

神容在一旁站着，一句话没有。山宗经过她身边，停了一下："你要不嫌弃就一起来。"她朝他身上看了一眼，示意那边紫瑞和东来等着，才跟了上去。

到了地方，是一家再寻常不过的酒肆。众人一进门，伙计就迎上来见礼，恭请山宗入内去坐。此时刚过午，不在饭点，肆中原本也有几个人，见到进来的人是山宗，居然就匆匆离座而去了。山宗眼睛都没抬一下，在伙计的一路恭请中坐了下来。

神容因是女客，被请着坐在旁边一桌。在外饮食不讲究，都是这样一张一张的方木桌，过于粗糙，也难怪方才山宗会那样说。

她坐下时，有意无意地说："难得，我竟又与你一起用饭了。"

山宗脸往她这边一偏："这可比不上你平日吃的那些。"

她轻语："我又没说什么。"

他扯了下嘴角，脸转过去了。

胡十一和张威推着老军医在他那桌坐下，几人都好似在瞄他们，她便什么都不说了。

身旁衣裳轻响，那个跟着老军医的女子坐了下来。神容此时才看了对方一眼，是个样貌很清秀的姑娘，穿一身素淡的襦裙，两手放在膝头，看举止很干练，看面相却又很柔顺。发现她看过去，对方稍稍欠了欠身。

神容觉得看年纪她似要比自己略大一些，却如此客气，微微颔首，算作还礼。不认识，自然也就无话可说。

旁边那桌倒是热闹许多。老军医与他们都熟，大约是准备要退隐归田了，端着杯子，以茶代酒地向山宗敬了敬，说了几句玩笑话：什么在山使麾下行医三年，就被吓了三年，如今年老体弱，实在禁不住吓了，还是赶紧回去享几年清福吧。

胡十一道："你走了，岂不是就留下她一人了？"他指神容身边的女子。

老军医笑道："那也没办法，她还得嫁人呢，难道还能给我打一辈子下手？"

胡十一点头："也是。"

旁边的姑娘笑着说："你们就别总打趣我了。"那边传出几声笑。

神容并不饿，也就一直没动筷，听他们你一言我一语的闲谈，只喝了几口茶。看一眼山宗，桌上无酒，他手里端着的也是茶，除了偶尔对老军医"嗯"一声，到现在也没说什么挽留的话。她心想真是个冷情的男人，好歹人家这也是在跟他告别。

饭到中途，东来忽然走了进来，遥遥几步，垂手而立。神容看到，猜想是有事，见那桌他们说得正欢，不动声色地起身出去。山宗察觉她从身后经过，侧头看了一眼，没说什么。

神容走过去，东来立即跟着她出了门。她想着应是不好直言，一直走到了墙角处，才停下问："何事？"

东来自怀中取出一封信来："长安刚送到的，送信的方才入城要去官舍时正好被我遇上，便直接给少主送来了。"

听说是长安来信，神容拿在手里拆得就快了些，打开一看，是她哥哥长孙信写来的。洋洋洒洒好几页，内容大多是问她在幽州如何，让她照顾好自己。又说了京中工部已在安排接手矿山事宜，一切顺利。翻了两页，才见他以小字写了句："放心，没有把山宗在幽州的事告知父母。"随后又说，不过裴家二表弟登门碰见他时，又问起她了。

长孙信扯了个谎说她近来身体抱恙，就在长安远郊的骊山休养，不好相见，叫她看过二表弟的来信后就配合着装一装，写封信回家，他们好拿去回给裴家二郎，别弄得她好似无故失踪了一样。父母也是这个意思，金矿没现世，都不太乐意将她在幽州的事情传扬出去。

神容这才知道为何这封信有这么多页，原来还附带着她那位裴二表哥的来信。她暂时没看，收起信塞进袖中，撇撇嘴："真是麻烦。"

东来恭谨地垂着头。

"不是说你。"她吩咐说，"替我写封回信给哥哥，就说开矿的事还在准备，二表哥的信回头再说。"

东来称是。

神容又返回酒肆，刚到门口，却见山宗就站在柜上的那用木板搭着的台面前，长身直立的一道身形，胡服墨黑，凛凛一身英气，一手搭着直刀斜斜收在腰侧，一手按了碎银给柜上，先把饭钱给结了。

有另一道身影从后方过来，唤他："山使。"

山宗回身。

是那老军医身边的姑娘。她两手抄着，自袖中取出一个小纸包来，递给他："这个药山使记得回去用一用。我瞧你肩上破了一道，若是伤了皮肉，不大不小也是个伤。"

山宗没接："没事。"

“还是带上吧。”她两手托着送过来。

山宗看了一眼，随意接了，往怀里一收：“有劳。”

“山使不用客气，就当答谢你这顿饭了。”她手这才收回去。

神容不自觉间已走到门侧面，眼斜斜往里瞄，看着山宗什么也没说地走回去了，那姑娘随后也跟着回去了。她这才提了衣摆，缓步进去。

胡十一和张威还在跟老军医你一言我一语地闲扯，时间不长，桌上已是一片风卷残云的狼藉。

山宗走过去，屈指敲敲桌子：“差不多就行了，城门关得早，你们想一直耗在这儿？”

二人立即收心：“是，头儿，马上走了。”

老军医撑着腿站起来：“确实，还有人等着我过去问诊，我也该走了。”姑娘上前来扶他，向山宗福身，快到门口时看见了神容，也福了福身，礼数周全。

神容目送着几人陆续离开，转头山宗已到了跟前。

他笑着说：“以为你已走了，看来你只能自己吃了。”

“无妨。”神容语气淡淡。

山宗早留心到她一口未动，料想她这身娇肉贵的也受不了这等地方，八成是嘴硬。

他提了刀出去，神容跟在他后面，隔了一两步的距离，忽然问：“那姑娘叫什么？”

山宗回了下头：“哪个？”

“这顿饭除了我，还有哪个？”

他了然，头转回去，继续走：“赵扶眉。”

神容挑眉：“姓赵？”

山宗说：“她是军户出身，全家都战死了，赵进镰怜惜，收了她做义妹，所以改了姓赵。”

“哦。”

他忽又停步，回头看她：“你干吗打听人家？”

“随便问问罢了。”神容越过他往前走了。

这回换山宗跟在她后面了。

很快，回到了山宗拴马的地方，那里已经没人，胡十一和张威不敢耽搁，都率人赶回军所去了。那间挂着医字牌的屋门也落了锁，老军医不知去哪里问诊去了。只有东来和紫瑞还牵着她的马守在路的另一头。

“你的马在那边。”山宗走过去解马，提醒她一句，下一瞬，一只手搭住了他胳膊。

“你等等。”神容就在他面前站着，一旁是高头大马，挡了她大半身形，在她身上投下一层暗暗的薄影。

他站定，看一眼那手，又看一眼她：“又怎么？”

神容眼睛看着他，另一只手伸向他怀里，他穿得不厚，隔着一层中衣的薄布，指下结实。从未直接触碰过男人的胸怀，她不禁顿了一下，拿出来时手中是那包药。

“既然都有药了，不如我帮你擦吧。”她撕了个小口，手指伸进去沾了一点，按到他肩头，透过那道被抓破的痕迹，抹进去。

他如往常一样，只是看着，从容不迫，丝毫不惊讶她会知道他身上有一包药。直到她手指在他肩头缓缓抹了两遍，忽然他手一抬，一把抓住了她的手。

神容不禁抬头看他。

“我要是不打断你，你就一直这样？”他的声音低下去。

她脸色未变，淡淡说：“帮你擦药是好心。”

山宗忽然低头，借着马背遮掩，幽幽地说：“其实我早就知道你想做什么。”

神容一怔，看见他嘴边微微上扬，露出了那抹熟悉的笑，既痞又邪。

她想叫他低头。他一直都知道，只是不说罢了。

神容暗暗咬唇，脸上却没什么表露，手腕一动，抽回了手，继而将那包药往他怀里一塞，绕过马就走：“不要我擦就算了。”

山宗直起身，看着她走远，手上还留有她的温热，拉了下衣襟，顺带就抹去了，怀里那包药被他随手一抛，扔进了路边草丛。

几日过去，大风又吹了好几番。

秋阳自窗外一路辗转照到桌案上，阳光里，几页信纸正摊开着。神容端坐案后，刚看完信，拿着笔写了一番客套话，停下后又看了看信纸。裴二表哥的信拖了好几日，直到现在，她才终于看了。

紫瑞在旁边为她研墨，看到她握笔的手背上有一点红印，问道：“少主的手怎么了？”

神容听到这话，翻过手背看了一眼。她一双手白皙娇嫩，被山宗抓过后难免留了点痕迹，居然好几日了还未褪掉，不想竟被看见了。

紫瑞不知情，还有点担心：“莫不是不慎磕到了，可要取药来？”

“不必，又不疼。”确实没什么感觉，她记得那男人当时没用太大力，但就是制着她动不了。

人坏，招也多。她暗暗想完，抚了一下手背，继续回信。

裴家二郎这封信写得挺长，却也没什么实际的事，无非是叫她保重身体，好好休养，若有可能，再给他描述一下骊山盛景就最好了。

神容托腮，想叹气，骊山山脉地风她倒是了如指掌，但景色还真不曾细看过。她哪次入山是去看风景的，分明都是有事才会去的。偏偏她哥哥还叫她装得像点儿，这要如何装？她根本就不在骊山，凭空捏造，只怕反而让人生疑。

她抬头问紫瑞："骊山风光你可还记得？"

紫瑞想了一想，皱着眉回答："奴婢哪里注意过那些，都不曾记得有没有去过了。"

神容干脆搁下笔，起身走出房门，去廊下把东来唤过来，将同样的问题又问了他一遍。东来垂头站在她跟前，也摇头。

她拧拧眉，忽听广源的声音冒了出来："贵人，我倒是知道一些。"

他从东来身后走出来，垂着两手，边想边道："我记得骊山有一处景致颇佳，尤其是这时节的傍晚，夕阳一照，美不胜收。"

神容见他知道，便问细了点："哪一处？"

广源一愣，继而讪讪地笑："隔了太久了，那还真不记得了。"

"南片的断崖上。"忽来一道声音，沉沉打断了几人。

神容循声转头，前几天才在她跟前耀武扬威的男人正从廊下走过来，刀夹在臂弯里，马靴踏地有声。

广源一喜，迎上前去："郎君来了。"

"嗯。"他停下脚步，看着神容，"那一处在南片的断崖上，听到了？"

神容淡淡看他："你去过？"

山宗笑："我哪里没去过？"

神容一想也就回过味来了，广源会知道，肯定也是当初在山家时随他去过。那里是皇家权贵才能去的地方。但当初先帝十分倚重他，山家又有地位，据说连山中温泉的泉眼都赏给山家用过，那种贵族奢侈享受的地方，他会去过一点儿都不稀奇。

山宗也不近前，隔着几步说："大白天的，人在幽州，想着骊山？"

神容微抬下颌："那又如何，我写信要用便问了。"

山宗听了也没问写给谁，就只是笑笑。

她忽然看他："你怎么来了？"总不可能是特地来告诉她骊山景致的。

山宗收敛了笑："我只是经过，来知会你一声，稍后就去山里等我。"说完就又转身走了，脚步很快，看起来的确只是经过。广源追去送他，很快便不见了人影。

神容想了起来，应该是他那天说的时候到了，他说过到时候要她去山里等他。

她回到屋里，坐去案后，照着他刚才说的写了几句，很快就停了笔："行了，这样也差不多了，二表哥历来好说话，敷衍些也没事，就这么回信吧。"

一旁紫瑞帮她收信入封，一边附和："确实，奴婢就没见过比裴二郎君更好说话的人了。"说完屈了个身，出门找人去送信了。

她走了，神容便着手入山，叫东来立即去准备。也不知山宗这来去匆匆的到底是又去了哪里，只留了一小支人马在官舍外面，刚好可以用来护送她入山。神容系上披风出门，带着东来上路。

从城中一路驰马而过，出城时，她忽然瞥见一抹熟悉的人影，马速放慢了些。

对方也看到了她，退在道旁向她福了福身。是赵扶眉，一个人站在城门口，仍然穿着那日初见时的一身素淡襦裙。

"真巧，在这里遇到了贵人。"她微微笑着说，"我正好送老军医返乡，人刚走。"

神容朝远处看了一眼，看到了马车远去的踪影。彼此还算不上熟稔，神容也不知该与她说什么，便点了个头，即刻要走，也就没下马。

赵扶眉倒没什么离别情绪，看起来很豁达的模样。她站在马下，仰头看神容，忽然又笑起来："山使先前也是从这道门出去的，贵人这是又要去找他吗？"

神容不禁看她一眼，只因觉出她口气里那个"又"字有些古怪，仿佛她不该去一样。她笑了一笑，点头："你说得对，我是要去找他。"说完直接扯缰绳驰了出去，余光里只见赵扶眉又退让了几步。

等她赶到山里时，竟然已经有人马先到了。从入山口到望蓟山深处，一路上都是军容整肃的兵卒。

神容下马，走到山道上，看见还在养伤的胡十一居然也出现了，他和张威一左一右分列两边，今日全都一丝不苟地穿着甲胄，拿着兵器，好像十分防范的模样。她奇怪地问："你们这是做什么？"

张威道："头儿吩咐的，叫咱们带着军所的精锐来这里守着。"

神容左右看了看，更觉周遭肃杀："军所精锐？难道他把卢龙军都调来了？"

胡十一莫名其妙："什么卢龙军，咱们叫幽州军。"

神容留心到他们的刀鞘上都铸有篆体的"幽州"二字，心想八成是改名了，也没什么好奇怪的，国中军队大多以地名来命名。只是不知他们为何要搞这么大阵仗。她转头看了看，往望蓟山走去了。

山宗还没来，果然是叫她等他。她迎着山风，走到那发现纷子石的山眼处——如今在她这儿叫矿眼了。往下看，只看到黑乎乎的一片，那山石间似出现了细微的裂纹。她抬头看看天，秋季到了末尾，这时候能开出来是最好的，再拖是真拖不下去了。

左右等了又等，天色都暗了一分。她转头问："人还没到？"

东来在另一头站着："是。"

神容轻轻扯着手里的马鞭，在矿眼附近来回踱步。

直到又过去许久，她都快怀疑那男人是不是在玩儿她，终于听到了一声熟悉的马的嘶鸣，山宗跃下马，直奔她这里而来。

神容一路看着他到了跟前，他黑衣上不知从何处沾了灰尘，衣摆掖在腰间，一手提刀，走动时，昂首阔步，脚下生风。她看着他："我等了你快两个时辰了。"

山宗竟还笑："那还不算久。"

神容扫过他肩头和衣袖几处沾上的灰尘，又看看他那紧收的腰身。本是探寻，往下再看他胡裤裹着的两条修长的腿，又觉得看的不是地方，转开眼，抬手捋过耳边发丝，会意地说："和那日我见你模样差不多，料想你是去了上次一样的地方。"

山宗不自觉看了看她的眼睛。神容眉眼出色是出了名的，眼瞳黑亮，眼角微微上挑，一颦一笑都透着她身上独有的韵味。他觉得这双眼睛有时候实在过于厉害了点。

"没错。"他刀一收，说，"我给你找人去了。"

神容一怔，又看那远处威严的兵卒："你给我找了什么样的人，需要这样严密？"

"你马上就会看到了。"山宗转身，脸上没了笑，只余肃然，"带上来。"

山林间传出一阵阵奇怪的声响，那是锁链拖动，扫过林间山石树木的声音。两列兵卒持刀，押着一群人缓慢地自山道上过来，远看如同押着一条蜿蜒的黑色蚰蜒，古怪又荒诞。等到了近处，才发现那群人浑身都被黑布罩着，看身形个个都是男子，足有几十人，静默无声。

神容莫名觉得这群人不是善类，转过头时声音都低了一些："这是干什么？"

山宗看着那群人："他们太久没见天日了，需要缓缓。"

她忽然反应过来："你给我找的莫非是……"

"底牢的。"他直接说了，看着她脸，像在看她反应。

神容只觉震惊："不是你叫我别起动这些人的念头吗？"

他笑了一下："那不是你说有我在，就能镇住他们？"

她的确说过这话。

山宗又看向那群人，一手按在刀上，就这么看了许久，放话说："揭开。"黑布接连揭去，被罩着的人纷纷暴露在天光下。

神容忽然后退了半步。

山宗偏头，看到她站在身侧，穿着胡衣的身形更显纤长，一双手的手指捏着马鞭，朱唇饱满，眼睫微颤，轻轻抿着。他眼睛移开时不禁低声说了句："不用怕。"

神容说："我没有。"

她没怕，只是从未见过这样一群人罢了。

黑布揭去的瞬间，那群人就被刀背压住后颈迫使着跪下——

一群被剪短了头发，口鼻被黑罩绑住的男人。大多瘦削，却并不虚弱，跪在那里都还梗着脖子，碎发下面露出一双双阴谲的眼，口中不时发出一声一声沉闷的怪声。仿佛是嗜血的猛兽，若非被缚住了口舌，随时都会冲上来咬断人的脖子。

神容过往从未见过这样的人，甚至有点怀疑这样的还能否算是一般意义上的人。尤其是在这山野之间，这群人身上更显得兽性勃发。

"不用诧异，"山宗说，"这已经是打理过的样子了。"

所以本来的面目还要更可怖？神容攥紧马鞭："他们怎肯听你的话打理？"

山宗忽然笑了，听不出什么意味："这一批共有八十四人，我事先进去制住了他们当中的四个，绑在了底牢深处，今日又转移了地方。那四个成了我的人质，余下的八十个就不得不听我号令。他们是一体的，当初一同入的底牢，讲义气得很。"

他说得慢条斯理，稀松平常，仿佛干的不是件虎口拔牙的事，而是如穿叶拂花般闲逸。那群底牢重犯里的一人已被激得猛扑了出来，却被兵卒死死按住，只能狠狠瞪着他，露出左眼上一道手指长的白疤，那只眼都被拉扯得变了形，狰狞异常。

山宗毫不在意，拖着刀走出一步，在他们前面缓步走动："就算是底牢重犯，也要言而有信，应了命就好好在这里干。我可以让你们见天日，也可以送你们上路。"

这下不只那人，几乎所有人都死盯着他，但好歹没有妄动了。山宗摆下手，转身走开。众兵卒早得了命令，着手将这群人的手镣锁链放长，以便于他们劳作，又在每个人颈上套上挂有代号的木牌。

神容看到此刻，心里全明白了。她走到山宗身边，小声问："你说这里的八十人会听话，确定吗？"人都有私心，何况是一群穷凶极恶的重犯，难保不会在见了天日后丢下那四个被扣做人质的同伴脱逃。

“确定。”山宗语气笃定。

她眼神又将他浑身上下看了一遍，轻声说：“难怪这般模样，你这和驯兽有何区别。”

山宗看她：“你是想说我比他们还危险？”

神容心想难道不是？脸上只动了下眼珠：“我可没说，是你自己说的。”

他低笑：“那你何不离危险远点？”

神容斜睨过去，他已回头去查那些人的准备了。

那头，胡十一挨在张威跟前嘀咕：“我现在才知道头儿进那底牢是去干什么的，他竟这么帮着金娇娇啊。”

张威道：“毕竟做过夫妻，你没听过那什么，一日夫妻百日恩吗？”

胡十一点头，正好看到那两人自一处不知说了什么又散开，忍不住又道：“你别说，单论模样，他俩做夫妻真是有点配。”

张威认同：“配，配。”

手镣放长，脚镣却又多加一道，只给允许劳作的自由，想跑难上加难。

山宗抬手挥一下，胡十一和张威停了私下闲扯，马上各带人手散开，去周围各处设好的点布防守卫。之后会定时轮换人来看守，望蓟山周围如罩铁桶，密不透风。

山宗转头，看向离他几步之遥的女人：“你若想缓缓再用他们也行。”

神容心想小看她不成？她已经接受了这批人，没什么好缓的，从怀里取出一张黄麻纸说：“不等，马上就开。”说着将图纸交给东来，“拿去给他们认一认门路。”

山宗看着东来将那张黄麻纸展开，露出里面一幅描画的山形图。图上清清楚楚勾勒着蜿蜒曲折的线条，当中标注了矿眼，甚至下铲处的字眼。他的眼又看向神容。

那是神容早就在描画的矿眼位置图，便是为这一日准备的。东来拿着那幅图走去那群人前面，举着缓缓走动，确保每人都能看到。

那群人已被允许站起来，黑罩还在口上，偶尔发出几声怪声，如嘲如笑。直到山宗手一动，铿然抽了一截腰边的刀，又一把按回去，仿若警告。

长孙家的随行护卫都已有经验，神容让东来带着人先去按图定点下铲，之后苦力再由这群人承担。东来带着护卫们在矿眼附近几十步的地方凿了一铲，然后让开，去定另一处。

沉重的锁链拖过山石，那群人在刚见到天日没多久后就开始了首次劳作，被分作几小股，隔开，用来分凿各处定下的点。一队兵卒拿上鞭子跟着巡视。

起先没有人动，那个之前想扑出来的白疤男人甚至在拿到开山钻孔用的铁钎时，还沉沉转头看了山宗一眼。不巧，山宗抱着胳膊早已盯着他。

那白疤男人的旁边终于走出去个男人，先下了第一钎。有人带了头，陆续就有人动了。最后白疤男人也不得不下了钎。铁链沉重，他们每一下都要用三份的力，很快就气喘如牛，汗湿囚衣。

神容远远看了一会儿，再看天色，头顶天光又暗一分，山中的时间总是过得很快。身边脚步声响，山宗走了过来，对她说："走。"神容跟上他的脚步。

经过胡十一和张威跟前时，二人不约而同地向山宗抱拳。只因早有军令，他们会在他不在时留在山里镇守。

山宗走下山道，一手扯了马缰："可以回城了。"

神容也牵了自己的马，回看一眼山里。

"放心。"他翻身上马，说了这两个字。

她也不知他从哪里来的这么笃定的底气，但看模样的确是镇住了那群人，便点点头说："那好吧。"踩镫上马的时候，东来和护卫们也出来了，不过都只骑上马在远处跟随，并未上前。护送神容来的那队人也留在了山里，只有山宗一人骑着马和她同行。

神容本以为他会半道转向去军所，谁知他一直走的是回城方向。

到进了城，他勒停了马，一跃下来说："等他们过来，你和他们一起回官舍，我还有事。"

神容心想难怪和她同行了一路，还以为是好心要送她。

山宗进了城头下一间开着门的屋子。里面没人住，有两个守城兵在休息，见到他就抱拳出去了。

神容下马跟进去时，他已经坐下，此时才发现了身上的灰尘，拍了两下，将腰间掖着的衣摆也拿下来。

神容与他隔着一臂宽的小案坐下，他忽然转头过来看向她。

她不禁问："做什么这样看我？"

山宗说："你从哪儿学来懂矿的本事？"从看到那幅图的时候起他就确信了，她应当懂行。

神容不料他突然问起这个，手指玩着马鞭说："你不是不打探了吗？"

他手臂在案边一搭，坐随意了，扯扯嘴角："随你，你也可以不回答。"明明问话的是他。

神容搁下马鞭，侧过身正对他，故意往他那儿倾了倾："其实我真正懂的不是矿。"

山宗的脸又转了过来。

她伸着根手指随意指了下门外："是山川河泽，尤其是山，你信不信？"

他既不说信，也没说不信，只是盯着她："山？"

神容一手支腮，钩子般的眼神瞄着他，故意卖起关子来："或许有一日，你这'万山之宗'，也会被我懂得透透彻彻呢。"

他黑漆漆的眼看着她的脸，嘴角浮上一抹似有似无的笑，过了一会儿了才说："恐怕没那一日。"不等神容说话，他忽就坐正，朝门口看去。有人来了。

神容抿住唇，也收手坐正。

从门外进来的是赵扶眉。她手里提着一摞捆在一起的药纸包，先看了眼神容，转而向山宗见礼："山使，你先前交代的药我准备好了。"

山宗颔首："放着吧。"

赵扶眉过来将那一摞药放在案上，又向神容欠身："贵人也在，先前遇到山使出城，他交代说有一批久未见天日的犯人出来服苦役，有些带着伤病，怕误了正事，叫我备些药给他们。"

药就堆在手边，堆满了整个小案。神容拿了马鞭站起来："有劳你。"

赵扶眉温笑，转头又对山宗道："老军医走了，我跟着他老人家三载也只学了些皮毛，这些药怕是配得不好。"

山宗"嗯"一声，看起来很无所谓："只要能用就行了。"

赵扶眉低头从袖中取出纸张："这是用法……"

神容听着她在那里说着话，注意到门外东来早已到了，在她马旁等着。她瞥一眼山宗，又看一眼赵扶眉在他跟前叠手身前的温顺模样，忽然想起了几个时辰前，她在城门口问自己那句是否又去找山宗的话，竟轻轻笑了笑。都是女子，有些小心思心照不宣，她又不傻。

山宗听着赵扶眉的几句话，虽没抬眼，也留心到了一截披风下摆自眼前轻轻而过的动静。水青的披风下摆掩着女人的小腿，随着她转身的动作自他眼底划过，往门外去了。

"山使自己的伤是否已好了？"赵扶眉忽然问。

"嗯。"山宗看时候差不多了，拿了药，起身往外走。

赵扶眉看他要走了，便不再多言，在他身后福身说了句："山使慢走。"

山宗出门，将药纸包扣上马背，翻身而上，走之前左右看了一眼，四周已无人影。神容刚才自他眼前悄然出了门，东来和护卫们都不在，原来已经一声不响地回官舍了。

他没来由地想道：这回居然说走就走了。想完，缰绳一扯，策马出城。

第六章

望蓟之远，情思之眷

广源忽然发现，官舍里竟又开始进进出出地忙碌了，倒与先前长孙侍郎还在时一样。他也不知贵人在忙碌什么，但想起先前郎君叫贵人入山去等他，料想她忙的事会让二人常在一处，暗地里还有点欣喜。

早上，城门开启的鼓声刚响过，他就目送神容带着护卫们又入山去了。不想他们走了没多久，刺史府的一个下人就来了官舍，送来了份帖子。广源身为管事去接下，听说是给神容的，且要即刻送到，便揣着帖子赶往山里去送一趟。

时候尚早，山里秋雾缭绕。因为守卫严密，广源到了也没能进去，只在入山口。恰好雷大带队来跟胡十一的人换岗了，后者打着哈欠出山，两厢撞个正着。

一见到他，胡十一就说："你怎么来了？这里可不是随便能进的，要不是看你是头儿的下手，还没进山你就被按下了。"

广源从怀里拿出刺史府的帖子："那你帮我把这个帖子交给贵人就是了。"

胡十一嘀咕他小子伺候金娇娇可太尽心了，哪像是对自家郎君的前夫人，拿着帖子回头去送了。

广源伸头看了一眼山里，什么也看不清，只听见哐啷作响的凿山声，也不知里面是什么情形，贵人忙的事情还真是有些奇特。

神容身罩披风，戴着兜帽，站在树影下，正看着那群人开凿。

拿着鞭子的兵卒跟随得分外戒备，时刻巡视不停。那群人仍是那副如兽如鬼的模样，拖着沉重的锁链，一小股一小股地围绕矿眼散开，重复着抬臂和落下的动作，竟然真的没有人跑。

她看了一遍那些开凿出来的孔洞，觉得他们真是有些异于常人，大约也是用的药的确有用，如此繁重严苛的劳作居然速度也能跟上。

胡十一拿着那份帖子送了过来，旁边的东来拦他一下，先接了才送到神容手里。他心里叽歪，这些高门大户真是规矩多。

神容打开帖子看了一眼，原来是幽州要举行冬祭了。这是幽州每年的大事，今年因大狱里出了场乱子，赵进镰就将此事提了前，因而递了帖子来请神容。

她合上，问胡十一：“冬祭请我做什么？”

胡十一恍然大悟道：“我道是什么事，合着是要冬祭了，刺史一定是想请贵人去热闹热闹呗。”他心想天底下哪个女子会天天待在山里，有这种事不用请都去了。

神容明白了。她看看左右，发现山宗今日没来，只在心里过了一下，便收起帖子，吩咐东来：“你留在这里，替我盯着他们。”东来称是。

神容走出树影，恰好一小股搬石的重犯走了过来。这一股五六人，看到她，几乎全都甩头看了过来，尤其是打头的，绑着口鼻的黑罩下怪声沉沉，眼神狠戾得像是要吃人。这种地方有个女人，总显得分外软弱可欺。

神容察觉，之前山宗在时他们没能造次，他们是趁他不在想吓唬自己，但这又不是第一回见他们的时候了，她早已不惧。她干脆停下，扶一下兜帽，冷冷回视回去。紧接着是兵卒挥鞭子抽去的声音：“乱看什么！”

那群人挨了抽，脸才陆续低下去了，为首的那个大概是觉得没吓到她，低头时黑罩下又发出了一阵怪声。

神容看了眼那个打头的，就是之前那左眼有道白疤的男人，留心了一下他脖子上的木牌，上面的代号是“未申五”。这一定就是里面最凶狠难驯的一个。她转头出去。

广源还没走，见她出来，见礼道：“贵人可是接到帖子要回去了？”

神容点了点头。

他立即问：“不等郎君来？”

神容看他一眼，反问：“我等他做什么？”

广源一时无话可说。

神容今日入山来时没带紫瑞，现在把东来留在了山里监督开矿，坐上马时便对广源说：“你跟我走一趟。”

广源提提神，爬上马背跟着她。

冬祭对幽州来说确实是件大事，官署里，诸位官员会在刺史带领下祭拜祈福；城中则也会跟着有些活动，商贩买卖自然也积极，因而就很热闹。

这些赵进镰在帖子里都写了，他是请神容去官署观礼的。帖中说既得知山宗已带人入山，祭拜时理应一并祭告上苍，祈求保佑开矿顺利。这么一说，神容倒不得不来了。

入山时城里还没开始热闹，再回城已有官差在街头骑马敲锣将冬祭消息传开，陆续就拥出了人。道路有碍，神容领着广源骑马赶到官署时便晚了。官署里祭礼已毕，大门口车马频动，官员们已陆续散去。

广源路上才知道是冬祭提前了，进了官署大门便下意识地找郎君，可一路进去也没看见他的人影。也是，往常他就不爱凑这个热闹，这回也未必会来。

早有小官差去里面通报了，神容没走几步，何氏便带着人出来了。她今日穿着庄重的厚锦襦裙，越发显出几分富态，笑着迎上来道："还以为女郎不来了，都怪我们去请得晚。"其实是因着神容跟山宗的事有些尴尬，何氏和赵进镰特地商议了一下要不要请，这才决定晚了。

神容掀去兜帽，并不在意："不必客气，我近来正好也忙。"说完忽然发现何氏身后还跟着赵扶眉。大概也是来观礼的，她穿了身对襟襦裙，一袭的水蓝，也有些郑重。

何氏怕她们不认识，介绍了一下："这是赵扶眉，是我与夫君收的义妹。"

赵扶眉笑道："我与贵人早已见过几回了。"

何氏听了很高兴："那也是好事，那就多个人陪伴女郎了。"接着又提议道，"好在城里刚开始热闹，倒比刚才的祭典有意思多了，女郎现在来了，不妨一起去城中看看。"

赵扶眉也说："便请女郎赏光同行吧，否则常去山中，也是无趣。"

神容笑笑："山里其实很有趣。"说完也没提答不答应同行，转身先行出去了。

何氏对赵扶眉笑道："瞧见没，长孙女郎其实也是个爱说趣的人。"

赵扶眉跟着笑了笑，要走时注意到今日在神容跟前伺候的不是之前见过的侍女，也不是那个少年护卫，而是广源，多看了好几眼。

何氏看见她眼神，压低声："你也发现了？我先前还奇怪广源为何对长孙女郎如此尽心，如今才知道缘由了。"

赵扶眉点头："嗯，听说她与山使做过夫妻。"

"正是了。"何氏轻语完，便示意她不要说了。

城中比来时更热闹了。

神容的马暂时骑不得，交给跟随的护卫牵着。一队军所兵卒照例护送她返城，此时才离去返回山中了。神容将兜帽又戴上，步行在喧闹的大街上。四周都是护卫，还有刺史府的仆从，没有路人能近身。

神容走慢了点，便听见了后方何氏的低语："……我与你义兄都在计划着了，老军医既已走了，你年纪实在拖大了，会尽快给你找个好人家的。"

赵扶眉小声回："我知道了，多谢义兄、义嫂。"

神容只当没听见，左右与她也没什么关系。

忽然身侧的广源一动，竟越过她往前小跑过去了："郎君！"

神容抬头，看见原本街上熙熙攘攘的人群如潮水般自行往两侧分散，山宗提刀跨马，一个兵卒没带，就这么在人群里现了身。

看到广源的时候他就发现了神容，又见她穿着胡衣，外罩披风，便知道她是从山里来的。他下了马，广源立即为他牵住。

何氏已笑着走过来："山使今年也来晚了，否则，祭典该你与夫君一起主持才是。"

山宗说："军所要练兵。"

何氏就知道又是这理由，习惯了，他不想来，还有人能勉强不成？她也不过只是客气客气罢了，说完瞄瞄神容，便无话可说了。

赵扶眉如往常般向他见礼。山宗点了个头，看了眼神容。

神容正好缓步走到跟前来，脚下没停。

他转身，边走边问了句："赵进镰请你来的？"

"嗯。"神容放低了声音，虽是如常言语，但下意识里就是不想叫后面的何氏和赵扶眉听见，"我也来晚了，第一次听说幽州还有冬祭。"

大约是因为刚在演武场里练完兵的缘故，山宗的嗓音低下时略哑："以往幽州受关外侵袭多在秋冬之交，这几年太平，就有了这冬祭。"

神容想了想就明白了："所以幽州才每到秋冬季就戒严是吗？"

"嗯。"

两个人虽然说着话，却又都目不斜视，尤其是山宗，离神容大概有一臂距离。若非听到些寥寥字音，后面的何氏和赵扶眉几乎看不出二人是在交谈。

神容瞥了一眼彼此中间空着的位置，不知为何，居然很想看看后面赵扶眉的神情。先前她先行离开了那间城下的屋子回了官舍，不知道他们后来还说了些什么。她有些漫无目的地想：只说药吗？

"郎君，"广源唤了一声，指着前方道，"既然已来晚了，那里有百姓们放河灯祭祀的，不如去看看，便也不算是空跑一趟了。"

何氏听见了，正好觉得走得有些乏了，点头说："挺好。"

神容不置可否，旁边山宗也没说什么。

不知不觉到了地方，古朴的石桥下，是条不窄不宽的城中河流。

民间百姓行冬祭，便大多是放河灯，从早到晚地放。此时河边两岸都有了不少人，甚至有人就在河边现做河灯卖，水面上漂出一盏又一盏各色灯影。

神容站在河边看了看想，以前这里可能真受过不少战事之苦，她还记得先前有个挂花挂草求避战祸的日子呢。想到这里，她不禁看了一眼山宗。他在这里镇守，虽然百姓们都对他畏惧得很，但何氏也说过，幽州内安外防都要靠他。

山宗明明直视前方，但她兜帽一动，就已敏锐察觉："你看什么？"

神容暗想太机警了，一边说："看你要不要放啊。"

他平静地说："这是祭祀亲人和战死将士的，我从没这个闲心。"

神容想起他在大狱里手起刀落的冷硬模样，心想他的确不会有这种闲心。

何氏和赵扶眉很快也走了过来。

广源守在那儿，躬身道："这面河岸人多，对岸人要少些，刺史夫人不妨去那里，免得被推挤冲撞。"其实这头百姓不用见到长孙家那一群护卫，单只见到山宗本人就已主动回避了。

何氏倒不介意，来这里也是陪赵扶眉祭奠一下亲人。但山宗和神容在这头，她这知情的在旁也不自在，便叫赵扶眉道："那我们便去对岸。"赵扶眉隔着护卫们的身影朝岸边看了一眼，应一声，跟着何氏上桥走了。

广源已买好了河灯送过去："贵人放一盏河灯吧，来都来了。"神容伸手接了。广源看看她，又悄悄看一眼站在一旁的郎君。他心里抱着微小的希冀：不知郎君和贵人还有无可能，若有，或许郎君也就能重返山家了。

神容在河边蹲下，托着那盏做成莲花状的河灯去放。河水里映出她的身影，旁边的男人黑衣飒爽，臂下携刀，长身直立。

对岸似有目光，神容看过去，对上了赵扶眉蹲在那里看来的视线。她也正在放河灯，目光交会，她微笑不语，低头将河灯放了出去。神容便也笑了笑。

"你笑什么？"山宗的声音忽然响在头顶。

神容抬头看到他正看着自己，收了笑容，淡然说："觉得有些事有趣罢了。"

山宗看了眼她手中，忽也一笑。

她觉得不对，低头一看，手里河灯早已漂了出去，她胡衣的袖口也不小心浸了水。她蹙了蹙眉，站了起来，捏着那湿答答的袖口侧过身，瞥他一眼："替我挡挡。"

山宗脸上带笑，不说好，也不说不好。

神容自觉失仪，不料被护卫和广源他们瞧见，以披风遮挡，仔细拧了拧，又挽着那胡衣袖口卷起几道，取了帕子擦拭被弄湿的小臂。

山宗无意一瞥，就看见了身侧她那一截雪白手臂，如瓷如绸。她低着头专心致志，露出的一截后颈也如雪莹白。他转开视线。

神容忽在此时抬了头，眼瞄着他，轻语："好看吗？"

山宗眼转回来，低笑："没留意。"

神容抿唇，拉下衣袖，斜他一眼：“随你，我要回去更衣了。”说完转头往外。她直接走了，广源只得跟上。

山宗摸着刀，又无声一笑，随后想起对岸有人，才也走了。

冬祭之后不出十日，山中就有了明显变化。大风自北而起，呼啸在山间，山林茂密，到了这望蓟山里，反而被敛了锋芒。

今日东来先到，手里拿着那幅矿眼图，在望蓟山里走动，对照着图纸检视了一圈，转身时就见神容自外赶了过来。他收了图走近，将这几日的结果告诉她：“少主，进展还算顺利。”

神容点点头，转过头去，也看了一遍。

矿眼附近掘出来了一个又一个孔洞，个个碗口大小，深幽难辨。这只是开始，之后还得开大口径，继续往下深挖，开出矿道，才能取矿淘金。这矿眼下的一段就是最难的一段。

她看完转头，又去看那群人，他们一小股一小股地被押着，布满了周围山下各处。

此时快到午时，兵卒们正好过去派饭。只有这个时候，他们的口上缚着的黑罩才会被看守的兵卒取下，只因那黑罩后面也有个小锁，要有钥匙才能取下。

神容看见，朝东来递了个眼神：“他们力气算出得不错。”东来会意，垂头领命，去今日负责镇守的张威跟前传达了几句，张威便唤了兵卒，吩咐给他们今日伙食多加一些。

往常饭食只有一只荷叶包，今日多了一包。一群人如同饿虎扑食一般捡了去，蹲在那里狼吞虎咽。

神容看着不禁蹙了蹙眉，转身走去矿眼附近。那里也有几小股人待着，大多看到她仍是盯着。纵然她来了多回，这种地方有个女人也是古怪的。

神容拢一下披风，并不在意那些目光，反正这些时日也被看多了，他们又吓不住自己。她站在矿眼边，低头往下看了看，这里如今也被凿深了许多。

看了一会儿，她又蹲下，用手里的马鞭去拨那些边沿的碎石，捡了一块在手里细看情形。身边忽然有铁链拖动声，她头一转，看见斜后方慢慢接近的男人。

像个野人，囚衣换过了，碎发却如被搓过般打了结，沾了山石灰尘，手里拿着的饭团啃了一大半，连带包裹用的荷叶都被撕扯掉了一半。

她没动：“你想干什么？”

那人一双眼阴谲地盯着她，忽然露出一口森森的牙：“你这小丫头，竟不怕老子。”

神容第一次听到他们说话，第一反应竟然是居然还能开口，只是粗声粗气，如沙砾碾过般难听。她看了一眼左右：“这么多人在，我用得着怕你？”

那头一群兵卒已围过来，拿鞭戒备，若非神容没下令，已经直接抽上来了。就连张威都拿着刀在旁边紧紧盯着。

那人也跟着扫了一眼左右，似乎很是忌惮，没再接近，喉中发出两声怪音，转头时露出左眼上那道醒目的白疤。神容看了眼他脖子，果然又是看着最凶恶的那个，未申五。

有个更粗厚嘶哑的声音低低说：“你给老子闭嘴回来。”

神容朝声音来源看去，那是个上了点年纪的犯人，几根鬓发灰白，拿着饭团蹲在未申五后方，正盯着他。她依稀有点印象，这是当时第一个带头下钎的犯人，瞄了眼他的脖子，木牌上写着“甲辰三”。

未申五对那话置之不理，拖着沉重的锁链蹲着，咬了口饭团，连带荷叶也一起嚼在嘴里，丝毫不觉，两眼阴沉地盯着神容，忽又笑起来，口齿不清道：“听说你是山宗的前夫人，那群狗兵卒说过，被老子听到了。”

神容微微蹙眉：“这与你何干？”

他笑得白疤耸动，露出的下半张脸虽正常，却因这表情整个人更显狰狞可怖。神容忽然听见他暧昧地说：“姓山的顶多有个人样，或许床上能耐不错，你这样娇滴滴的美人儿，嫁过他真是亏了，不如跟我，老子绝对比那姓山的强。”

神容蓦地脸色一冷，霍然起身：“东来！”

东来飞快过来，抽刀就架住了对方的脖子，一把按下。

他手里的饭团掉在地上，滚进石坑，脖子梗着，居然还在笑，阴狠地看一眼东来：“搁以前老子一只手都能弄死你。”

东来根本不废话，刀一压，逼出他后颈一道血痕，压得他头又低一分。

张威见状不对也抽刀跑了过来，其他几个想动的人，被兵卒们的鞭子一抽，都待在了原地。

神容何曾受过这般侮辱，脸色变幻，垂眼盯着那凶狠的未申五：“教他嘴巴放干净点！”说完，她扭头就走。

东来一脚踹在他脸上。

他竟还想反抗，刚一挺脊背，耳侧疾风一掠，有什么贴着他侧脸插落在地，铿然有声，是把生冷的直刀。

张威退一步：“头儿。”

山宗直接策马而来，人还在马上，居高临下地看着这里："未申五闹事？"

张威答："不知他那张狗嘴跟贵人说了什么，惹得贵人动了怒。"

那人"呸"一声："老子有名有姓，去你的未申五！"

山宗下马，几步过来，抽了地上刀，一脚踏在他脸上，刀尖对着他嘴："你要嫌那罩子多余，我也可以直接点，割了你的舌头。"

甲辰三想起身，周遭其他重犯顿时也有人想动，被兵卒刀鞭横拦，又制止回去了。

马靴下，未申五半张脸都贴着地，粗哼阵阵，仍狠狠瞪着他："姓山的，老子迟早杀了你！"

"想杀我的人多了去了，你又算老几？"山宗一脚踹开他，提着刀，冷眼扫过四周其余犯人，"将他们嘴上的黑罩都除了，让他们说，但以后谁再胡言乱语一句，我先割了那四个人的舌头。"

在场的犯人似被震慑住了，静默无声。未申五嘴角脖上都有了血迹，被拽下去时都还恶狠狠地瞪着他。

兵卒们真的就没再给他们套上那束缚口舌的黑罩了。山宗收刀，看过四周，才抬脚走出去。

压抑的气氛直到此时才松。就连张威都不自觉吐了口气，转头怒喝："算你们命大！不想吃就起来！快滚去干活！"

山宗一直转过半边山脚，才看到了女人的踪影。

神容正站在一片平坦的山地上。他走过去时，马靴踩动山间落了一地的枯枝碎叶，咯吱作响。她听见声，转头朝他看了过来。

山宗停在她面前，看她脸色冷淡，问："他跟你说什么了？"

神容眼光微动："他调戏我。"说完想起那番话里说他的，不自觉就往他身上瞄一眼，离得近，一眼瞄见他宽肩，往下就是他护腰革带绑缚的腰，她暗暗抿唇转开眼，不想又重新回忆起那个梦。

山宗看她眼光浮动，不知在想什么，料想未申五说的也不是什么好话，拨着手中的刀鞘说："他以后没那个胆子了。"

神容仍有不忿，轻轻哼了一声，转头看着别处，随即才发现前方层层树影中，显露了蜿蜒石墙："这里可以上关城？"

山宗朝那头看了一眼："嗯。"

当日他正是从这里冲下来，直奔溪水，抽刀拦了她往望蓟山的去路。回想起这个，他便看了眼神容。大概他那一刀不掷过去，没后面那些事，她可能不会这般与他针锋相对。

神容已往那里去了，穿过树影就看到了往上的一道上行石阶。她回头问：“能上去？”

山宗提刀过来：“你要上去干什么？”

“随便看看。”她提了衣摆，往上走。

山宗只好跟上。

关城高立，山岭瞬间矮下几分，成了水墨泼洒的远景，天际层云翻滚，大风凛凛而来。

神容被风一吹，方才的不快散了几分，朝望蓟山中看了一眼，依稀可见那里人影幢幢。她早就想问了：“那座山为何叫望蓟山？”

山宗站在她身后，跟着朝山中看了一眼：“一个名字，有什么好问的。”

她回头看过来：“莫非你不知道？”

他笑，将刀夹在臂弯里：“因为遥遥对着蓟州城，就叫望蓟山。”

“蓟州？”神容想了想，随即想了起来，“那里不是已经陷落十几年了吗？”

蓟州以往是国中故地，十几年前，当时的幽州节度使叛乱引发动荡，让关外奚人和契丹人联合乘虚而入，把那里夺了去。神容刚记事时曾听父亲说过，多年过去，早无印象，只因如今的地图上已经没有蓟州，被一提及才想起来。

山宗“嗯”一声：“但山还叫望蓟山。”

神容点头，表示知道了，转头朝关外望：“哪个方向？”

他说：“东北向。”

神容朝向东北方。天气不好，大风携带的尘沙在远处漫舞，莽莽河朔天地一片雄浑，四面方向看起来都一样。她忍不住低低说：“就这也叫能望见？”分明是乱取名。

山宗在旁看了好笑，如果寻常就能目视千百里，还要他们练兵做什么。他伸手拉了她一下，提醒说：“往东走两步，手遮起来看。”

神容被风吹得眯了眯眼，抬起一只手挡在额前，忽然察觉到臂上他的手，转头看了过去。

山宗一触就已松开，对上她皎皎生辉的眉目，垂眼又看到她被他不经意间拉近的身影。她身上的披风与他的胡衣相接，发出摩擦过的轻响，这次离得比上次放河灯时还近。他觉得自己刚才拉她那下有点多余，且不该。

神容刚有些意外，就发现他马上松了手，挑挑眉：“然后呢？”

山宗眼里沉沉幽幽地一动，抬着下巴笑一声：“然后关城不能久待，看够了就下来。”话音未落，脚已走动。

神容看着他从关城石阶上下去，盯着他那黑漆漆的头顶直到消失，才转身又看一眼关外。

仍是没看清。

等神容再回到矿眼附近，那里已经恢复原样，仿佛之前那点骚动根本没发生过。但她还是一眼就注意到那群重犯口鼻上的黑罩没了。

“怎么回事？”她问东来。

东来听出她语气里的不悦，近前低语了几句。神容往前看，山宗先一步回来，正抱着刀站在那里盯着。东来说这是他的安排。难怪他刚才说他们以后不敢了，原来已经教训了那个不要脸的。

神容找了一下那个未申五，他此时已被反手绑了起来，扔在一堆碎石之间，脖子上血迹和嘴角血迹都无人处理，歪在那里怪声粗喘，碎发杂乱得更像个野人。

东来按着刀问：“少主是否还要处置他？”

神容冷冷转开眼说：“反正马上也要入坑开挖了，他下了山坑深洞中，还能胡说什么？”

“那就让他第一个下去。”山宗忽然接话。

神容转头看他。

山宗盯着那头说：“叫他下去打头阵，若是失手被埋在下面，也省得我动手了。”

未申五愤然地一动，被左右看着他的兵卒一人一脚踹了上去，又倒回乱石间。但大概是怕山宗真去割了那四个人的舌头，他也只狠狠喘气，一个字没说。

山宗慢条斯理地走过来，拇指抵着刀柄，一副随时都会动手的模样，看起来倒比他还要更狠，甚至又激了他一回：“早点这样，也就不至于成这德行了。”

被拔了牙的猛兽也不过如此。未申五咬牙，怪声阵阵，终是忍了，却仿佛比当场杀了他还难受。

山宗经过神容身边，停了一下脚步，低声说：“现在信了？我说过他不敢了。”

神容看他，刚才就觉得他是故意的，竟然是真的，倒好像是在替她出气。她心里也的确出了口气，仅剩的一点不快也没了，脸上却波澜不惊：“嗯，信了。”

山宗一笑走过，往另一头去了。

神容再去看未申五，他已被东来拖着推去矿眼的坑洞前。绑缚松开，开山的铁镐丢了过来，在一片刀口的押解下，他果然被第一个按入了坑中。

有山宗亲自镇守，那群人再没出什么动静。神容离开山里时，其余的犯人也被兵卒们赶了过来。甲辰三拖着铁镐第二个下去，陆陆续续所有人都下了坑洞。凿山声从地上转到地下，变得又沉又闷。

天色将暮，大风竟然吹得更烈了，从出山到回城的一路上都是漫卷的尘沙。负责护送神容的一队兵卒也被吹得前行缓慢。

神容坐在马上，正拢着兜帽遮挡，听见后方山宗不紧不慢的声音下令说："行军式，斜行绕一段再入城。"他也出了山，就策马跟在后面。

众兵卒称是。

等快到城门口，有城墙围挡，风势才转小。神容揭下兜帽，扭头发现他还在："怎么今日你也有事？"

山宗单手扯缰，一手拍打着衣摆上沾上的灰尘，反问了句："难道没事我就不能入城了？"

神容还没说什么，又是一阵风携尘而来，立即抬手遮住眼。

东来敏锐察觉，自旁乘马近前："少主可是眼迷了？"

她闷声"嗯"一声："眼里进了沙子。"

因为她那身本事，她的眼睛自然也十分重要，只是被粒沙子硌一下也不能不管。东来立即取了块干净帕子给她。神容拿在手里，遮住那只眼。

身下马蹄未停，已进了城门。有道女子的声音唤了一声："山使。"

神容脸微微一偏，看见熟悉的身影站在城下的医舍外。赵扶眉正拢着手在那里，面朝着城门，看起来就像是在等人。

山宗跨马而入的身影刚出现，她便唤了，接着就看到了神容，顿了一顿，缓缓露出丝笑，又欠身见礼："贵人。"

神容以帕遮眼不太方便，没有说话。

山宗已下马，忽然说："帮她打理一下。"

赵扶眉闻言一怔，而后过来请神容下马。神容这才知道说的是她，还以为方才只有东来发现她眼睛被迷了。

"贵人这是怎么了？"赵扶眉扶她进医舍，进门时看了看，便明白了，"不过是迷了眼，小事，小心清洗一下就好了。"她端了只装了清水的浅口铜盆过来，请神容坐下。

外面众人正暂停等待。

等神容眼睛舒服了些，才发现这医舍里已收拾过，桌上摆着只软布包裹。

赵扶眉在旁擦着不小心溅出来的水迹，冲她笑了笑："这里很快就要有新军医来接替了，我一个女子，年龄大了，再处理这些军中伤病不方便，以后就不过来了。”

神容点头，一只手仍拿帕子又轻轻擦了两下眼睛才放下。

赵扶眉叠一下手里拿着的干布，看她一眼：“其实，贵人只要少出城入山，也就没有这等恼人不适的小事了。”

神容觉出这一句话里有话，稍稍抬起头：“我入山是有事要办。”

赵扶眉擦去最后一滴水迹，看着她还泛红的那只眼：“那这事，莫非是每日要与山使一起才能办的吗？”

神容此时才注意到她今日颇有些不同，一向都是素淡衣饰，今日居然穿了一身缥红，腰间搭着条印花的簇新系带，就连头发都仔细梳过，发间斜斜插着一支珠钗。她不禁朝外看了一眼，没看见山宗人影。多少已猜到了，赵扶眉刚才可能就是在等他，偏偏见了自己与他一道回来。

神容说：“不错，的确需要他同办。”

赵扶眉没有作声，擦完了桌子，又端开铜盆，返身回来时才又笑道：“山使其实可惜了。”

神容问：“怎么？”

赵扶眉不坐，只在她面前站着，温温和和地道：“以前曾听老军医解释过，嫡长为宗，尊崇为宗，万心归向亦为宗。山使的名字便代表了他在山家的地位，却又听说他一心和离便决绝地离了家族，怎能叫人不可惜？”

神容神情瞬间淡下。的确，这才是山宗名字的含义，不是她戏言的那句“万山之宗”。

他是山家嫡长，都说他出生就被寄予了厚望，才有了这个名字。后来他也的确年少有为，是众望所归的山家继承人。

赵扶眉看似无心的一句，却是在提醒她这段过去，是她与山宗姻缘破裂，让他远走幽州，光辉不再。所以她这样一个被和离的外放之妻，就不该总出现在前夫跟前。

神容手指搓着那块遮眼的帕子，端端正正坐着，忽而就笑了。

她眉眼艳丽，一笑便如风吹花绽，夺人目光。就连赵扶眉也恍了下神，却又诧异：“贵人因何而笑？”

神容眉眼有笑，口气却淡：“我只是觉得有趣，与谁的事便去找谁就是了。我与他之间的事，我只找他，与你无关。同样，你要与他如何，又何必来找我，我并不在乎。”

赵扶眉一时没了话。刚才那番话的用意被她听出来了，没想到她竟会是这样的反应，还以为她这样的高门贵女会顷刻恼羞成怒。

神容起身出去。下一刻东来就走了进来，放了块碎银在案上算作答谢。

等屋内没了人，赵扶眉才动了下脚，往外看了一眼。

神容出去没走几步，便见山宗一手拎刀，从隔壁屋中走了出来，彼此正好迎面相遇。

她停下，眼神斜睨他："她就是你的经验？"

"什么？"山宗起初不知她在说什么，稍一回味才想起曾经回敬过她的话，没想到她还记得，上下看了看她，又问，"谁是我的经验？"

神容一只眼泛红未褪，只冷冷淡淡地一瞥，其余什么也没说，越过他就走了。

山宗看着她踩镫上了马，带着东来和长孙家的护卫们沿街而去，转头朝医舍看了一眼。

赵扶眉走了出来，向他福身："已等山使多时了。"山宗走过去，她侧身让开，请他进门。

里面收拾过后，地方也显得大了一些。山宗看了一圈，在神容之前坐过的胡床上坐了下来，看一眼赵扶眉："老军医叫你留了什么话给我，说吧。"

赵扶眉今日托人去军所带话给他，说老军医临行前留了话给他，不好传递，要当面告知，请他来这里一趟。出山后他指挥神容一行入城时想了起来，便跟着过来了一趟。

赵扶眉只叠手站着，没有作声。

山宗拿刀的手指点了点刀鞘，站了起来："想不起来就不用说了，等你哪天想起来告诉胡十一就行了。"

赵扶眉忙唤一声："山使等等，是我自己有话说。"

他站住了，眉峰略蹙："有什么话不能大大方方说，需要捏造个理由？"

赵扶眉垂低头，手指捏着衣摆："山使恕罪，自是不好直言的话，才不得不如此。"她声音稍低下去，"这话我认识山使三载，便已藏了三载。"

山宗手指仍有一下没一下地点着刀鞘，脸上没什么表情："既然是三载都没说的话，现在又何必说。"

赵扶眉忍不住抬头看他："莫非山使已经知道我要说什么？"

一个女子宁愿编造理由也要将他请来，来了后就只有她一个人，能说什么？除非山宗是毛没长齐的黄毛小儿，才能睁着眼睛在这儿装傻充愣。他转身要走："只要你不说，我便只当不知道。"

赵扶眉竟追了一步："山使，我只怕现在不说便没有机会了。"她怕山宗说走就走，一鼓作气道，“山使和离三载，至今独身一人，纵然你我过往没有深交，却也相识了三年，你既然了断了前缘，那何不看看新人？”这番话过于大胆，以至于她说完时早已双颊红透。

山宗转过身来，神情几乎没变：“你也知道我和离了，方才坐在这儿的女人是谁你不知道？”

赵扶眉有些错愕：“自然知道，长孙女郎是山使的前夫人。”若要说从什么时候起了今日的念头，大概就是从军所里传出这消息时起，她听说他的前夫人如今就在幽州。真正下决心却是在那日放河灯时，她在对岸看得清清楚楚，他们二人站在一处，时而低语几句的模样，时近时远。

“既然知道还说什么？”忽听山宗笑了一声，她看过去。他脸上那点笑已没了，整个人黑衣凛凛，出口无情：“那是我当初三书六礼迎娶回去的正室夫人，照样和离两散，你又凭什么觉得我对你就会特别？”

赵扶眉竟然找不到话来应对。

山宗说完就出了门。上马时，他想起了神容临走时的话，她竟以为赵扶眉是他的经验。

他提了提嘴角，真要论经验，难道不该是她这个前夫人排在前面？

官舍里，紫瑞推开主屋窗扇。狂肆的大风天早就过去了，外面阳光正好，只是如今越近冬日，越能觉出天冷了。她算了算日子，忽然觉得有些奇怪，走去窗边软榻旁伺候，一面道：“少主有阵子没有入山去了。”的确有阵子了，从那日迷了眼回来就没去过，紫瑞甚至担心她是不是眼睛还不舒服。

神容倚在榻上，手里翻着书卷，淡淡说：“有东来替我看着，不需要日日都去。”

紫瑞明白了，不打扰她，准备退出去。

神容忽然想起什么，叫住她：“长安最近可有信送到？”

紫瑞摇头：“没有。”说罢屈了屈身，才又退去。

神容想了想，觉得不该，以长孙信对矿上心的模样，离上次来信可有些久了。京中应该已经准备得差不多了，照理说他早该来第二封信说一声才对。

正想着要不要写封信回去问问，刚退出去的紫瑞又返回到了门边：“少主，刺史夫人到了。”

料想何氏来多半又是好心请她去城中打发时间之类的，神容提提神，将书卷收起来，出去见客。

紫瑞说已请了何氏去花厅坐等。神容穿廊去花厅，到了地方，却见她人不在厅内，就站在门口。

见她出现，何氏笑着迎了上来："听闻女郎这些时日都没入山，莫不是身子哪里不适？"

"没有。"神容笑一下，岔开话，"夫人有事？"

何氏道："倒不是我有事，是受人之托才来叨扰女郎。"说着她抬一下手，请神容进厅，"女郎还是进去说吧。"

神容走进去，这才明白是怎么回事。

厅里坐着赵扶眉，看她进来就站了起来，向她欠身："是我托义嫂带我来见贵人的。"

外面何氏已走开了。神容什么也没说，走过去坐下。

赵扶眉这才重新落座，与她中间隔着一方小案，案上的茶水她一口没动，今日又换回了素淡衣裳。

两厢静静坐了一小会儿，她忽然说："我是来道歉的。"

神容手指把玩着臂上的轻纱披帛，看她一眼，不动声色。

赵扶眉坐在那里，微微垂着头道："那日我的确是故意说的那番话，外面都说当初是山使铁了心要和离，所以我想这根刺一挑，贵人必然恼羞成怒，此后与山使不相往来，那样或许我就能有机会了。"

神容听着，仍一字未言，脸上也没变化，毕竟她早就已经看出来了。

赵扶眉搁在衣摆上的手指轻轻握住，接着道："说出来贵人可能不信，其实我认识山使三年，也就暗暗恋慕了他三年……"

三年前幽州战乱平息，山宗刚刚到任团练使，这座城还是个黑白混沌之地，绿林并走，强盗横行。赵扶眉某日在路上偶遇劫匪入城洗劫，险些要和一群百姓被乱刀砍死。还没来得及害怕，那群劫匪就接连倒了下去。

后来纷乱四散的人群里，她只看到当先而来的山宗。他坐在马上，丢了手里的弩箭，随意地用衣摆擦去手背溅上的血迹，又抽出刀。头顶天光正亮，他却如来自深渊。

那时候她看着那马上的人张狂不羁的模样，见乱即杀的狠戾，还以为他是另一拨匪类。直到一旁有人告诉她，那是他们幽州新任的团练使。

其他人都畏惧得要命，赵扶眉不知为何却在心里留下了印记。大概是幽州太久没出过这样一个能威慑四方的人了。

然而，这不过是山宗在幽州三年中微不足道的一件小事，大概他早已忘了。赵扶眉也从未对人提起过，如今也不过是稍作回味即止。

她悄悄看一眼神容，没有在她脸上看出什么，自嘲地笑笑：“那日是我最后的机会，此后我离开了医舍，刺史府就会为我谈婚论嫁，是我太心急了。”

赵进镰夫妇都知道山宗的为人，他曾出身显赫，如今却独来独往，以军所为家。他们曾说过他太复杂，甚至离经叛道，与寻常人都不是一个天地里的，自然也从没想过为她牵线搭桥，更别提如今还得知了长孙家贵女与他的过去。所以，她只能自己私底下搏一搏。

神容听到此时，终于开口，语气仍淡：“其实你不必特地来与我说这些，我只是他的前夫人，又不是现夫人。”要争要抢是她的自由，只要不拖旁人下水，谁又能说什么。

赵扶眉勉强笑笑，为什么来这一趟，大约是觉出山宗对这位前夫人的不同，那只是身为女子的一点直觉，她也不知准不准。他对自己却是与对别人一样，决绝无情。

“就当是谢贵人当日那番赠言吧，也谢不计我冒犯之恩。”她站起来，福身，“愿贵人接受我的歉意，我告辞了。”

神容没有说话，看着她出去了。

外面何氏小声问：“你们悄悄说什么了？”

赵扶眉答：“没什么，聊了几句闲话。”

何氏道：“也是，往后你若成了婚，走动就少了。”

神容听着她们说话声渐远，心里却在想，竟然会有人对那男人暗暗爱慕了三年，比他们做夫妻的时间都长。她也不知为何要比较这个，明明是两桩不相干的事。

无声地坐了一会儿，她不再想了，起身出去。

紫瑞在门外看到她走出来的样子，还以为是要出门，忙问：“少主是要入山了吗？”

神容理顺臂弯里的轻纱，想了想：“不去。”说完转身又回去主屋。

神容真就一直没有入山。

就连广源都发现了，也不好问。早间，广源出去了一趟，恰好在城中街道上发现了远处例行巡街的军所人马，跑去一问，果然郎君也亲自来了。

山宗从城头上巡视完一遍，正好下来，看到广源在，猜到他大概要说什么，懒洋洋地道：“最近都好，不用问了。”

广源近前，却说了句不一样的：“那郎君近来入山了吗？”

山宗停步：“该去的时候自然会去。”

广源道："贵人好似好久没去了，她往常总去的。"

山宗发现了，上次因为未申五不大不小地闹了一下，他其实近来去得算勤的。最近山中开凿顺利，神容的确没再去过，留在山里看着的都是东来。他收紧一下护臂，扫一眼广源："你管这些干什么，少打些鬼主意。"

广源一下就被他的话弄得无言以对，嘴巴一张，又闭上。他跟随郎君多年，几乎是一同长大的，太知道他有多聪明了，有点儿什么花花肠子根本瞒不过他。

"行了，回去吧。"山宗已坐上马背，径自往城外去了。

出了城门，他才又回味了一下广源的话，长孙神容这次没进山的间隔的确有点久了。他早察觉是因为那日赵扶眉的事，不自觉竟想笑。

长孙神容还会因此吃味不成？她也不过就是想叫他低头罢了。一定是因为赵扶眉说了什么，让她心有不快才会这样。

他扯一下缰绳，下令左右："入山。"

刚至半路，一兵骑马飞驰而来，正是从山中方向。山宗停下。

对方马尚未勒住，已一下滑跃而下，似万分紧急，飞奔近前就迅速跪报。

官舍外，忽有快马疾驰而回。神容拿着书卷，人在房中就已远远听到急促的脚步声自廊上而来，觉得有些不对劲，起身走出门去。

回来的是东来。他几乎是一路急行而至，身上沾满尘灰，一走近就道："少主，山里出事了。"

官舍里紧接着就又忙起来。

广源刚回来不久，只见到一大群长孙家护卫匆匆往府门外而去，便知贵人肯定是终于又要入山去了。但情形看着与往常不太一样，像是出了什么急事。他没多问，只叫人去帮忙准备。

神容带着紫瑞和东来，来不及换衣服，一边系着披风就一边出了门。马已被护卫牵来，她踩镫上马，马不停蹄驰了出去，一路飞奔出城，再至山下。山里早已兵甲赫赫，遍布山头，像是整个军所都被搬来了。

神容下马，沿着山道快步走向望蓟山。这里的人更多，无处不是兵。她一直走到矿眼处才停下来俯身查看。矿眼坑洞已被挖深，下面看不见底，只是幽深黢黑的一片。底下不再传出破山凿石的声音，四下一片寂静。她缓缓站直，看过四周，眉头暗暗蹙紧，手指捏紧披帛。

后面马靴踏地，步步有声，她一回头，山宗已到了身后，正看着她。

"你也收到消息了？"

神容看向他脸："怎么会……"

那群人不见了。

东来回去报时她根本不信，但到了这里才发现是真的。怎么会？那样锁镣加身，要跑根本跑不远。四周都是看守的兵卒，要跑出山更是难如登天。但他们居然就这样不见了。

山宗半路收到消息赶来，已经看过周围各处，没有发现任何踪迹。

胡十一和张威各带一队人赶了过来。

张威说："头儿，找遍了，没有。"

胡十一急得骂："挖了一夜就把人给挖没了，见鬼了不成！"

因为冬日将至，连日赶工，昨天深更半夜时都还能听见坑下开凿的声音，其间兵卒们还提着鞭子下去看过一回，但至后半夜就没声了。

以那群人如兽般的体力，兵卒们根本不信他们会累瘫，只当他们是偷懒，故意在坑口甩了几鞭子，一直没回应才察觉不对。再去下面看，就发现出了事。

神容已听东来说过，还是难以相信。

山宗在旁走动两步，声音幽冷如冰："再搜。"

第七章

绘山于眼，救人于险

所有人再度出动。山石被一队队的兵卒脚步踏过，几乎要被踩碎成粉尘，无数刀砍掉障眼的树枝，附近的山头仿佛都快要被踏平。

神容默默站在矿眼旁边，咬着唇，手指不时捏下轻纱披帛，眼睛盯着矿眼看了许久，终于慢慢转动，看向身旁的男人。

山宗站在她旁边，黑衣肃肃，眼底一片幽沉，仿若山雨欲来。有些时日没看到他了，再见却是这样突发的境况。

忽然他眼一动，也朝她看来，目光停在她脸上："怎么，你在慌？"

"没有。"神容立即否认。只是在想后果罢了，长孙家本就是为了立功而来，所以现在只能有功，不能有过，他不懂。

山宗知道她习惯嘴硬，就是真慌了也不会承认。

神容忽然问："他们不见了，你我会如何？"

"还能如何？"山宗幽幽地说，"一群被押在底牢任其自相残杀的重犯，犯的当然是无法饶恕的滔天大罪，在你我手上丢了，自然是一起被杀头了。"

神容蹙眉看他，他竟能说得如此轻巧？她低低说："想都别想。"人一定要找回来。

山宗耳尖地听见，又看她一眼，算了，再说像是吓她。

胡十一和张威又找完一圈回来了。

"头儿，还是没有。"张威已经气喘吁吁。

胡十一忍到现在，早就忍不住了，开口就骂："那群狗贼果然是偷偷跑了！"

山宗摸着手中的刀："他们不可能跑。"他忽然转头就走，"继续搜！"

胡十一和张威都愣了一下，见他亲自去找人，赶紧跟上。

神容看着山宗的身影走远，想了一下他的话，忽然回过味来。

从入山开始到现在，一直都是实打实的苦役劳作。那群人在严密的看守下，每日能睡上两三个时辰已经算不错，所有体力都用在了劳作上，如此负荷，再来一场天衣无缝的逃跑计划，未免有点异想天开。

就算有体力，这么一大群人，又怎么可能堂而皇之地就在漫山遍野兵卒的眼皮子底下不见了。但是，报信时已经默认他们跑了，便也叫她认为那群人是真的跑了。

“不对。”她看了看左右，如果不可能跑，也跑不掉，那就只有一个可能——他们一定还在山里。

她又看一眼那矿眼深处，转头唤：“东来！”

东来快步近前，不用说就已明白她意思：“少主是否要属下进去一探？”

神容点头。

之前下去的兵卒已经检查过好几回，下面只有开出来的一段坑道，剩了他们丢下的几把铁镐铁钎，其余就什么也没有了。光是听着这样的场景描述，的确像偷跑的模样。但神容已经生疑。

东来绑缚两袖，麻利地往下，进入了坑洞。远处传来胡十一隐约的骂声：“这群怪物是插翅飞了不成！”

神容定心不管他，在矿眼附近来回走动沉思，衣摆被脚下碎石牵绊也浑然不觉。

不知等了多久，东来出来了。他一跃上来，半截裤腿湿漉漉的。

神容一看见就问：“有水？”

东来称是，喘口气说：“坑道底处汪了一摊水，但不知是从哪里来的。”

紫瑞在旁看了看天：“可并没有下雨，连日来都是好天气啊。”

没错。神容垂眼细细思索。

如今采矿用的是房柱法，即在山腹中开出坑道，再以结实的木柱做支撑，形成一个又一个内部开采空间，如地下屋穴。这下面也不例外，开出的这一段刚刚以木柱撑住，一人矮头的高度，因为只这一段，其实算得上是密闭。

既然没有下雨，怎会有水进去，还只汪在了坑道底那一处？她问：“还有没有别的？”

东来仔细想了想：“汪水的那一处看着有开凿的痕迹，但没凿开，我踩了踩，只被凿得有些活动了。”

神容理着头绪，有水，活动。忽然想到什么，她抬头：“图！”

紫瑞闻声而动，小跑过来，从怀里取出那幅矿眼图，在她眼前展开。

神容一根手指点上去，沿着矿眼慢慢划出，直至东角。东角有河。她伸手入怀，取出锦袋，拿出书卷。

“山势坐北，往东倾斜，斜坡走角百丈，其后应当有河。”她将这句反反复复低念了两遍。大概是她低估了这山，这其中一定有什么玄妙。

紫瑞和东来都不敢打扰她，直到她忽然说："牵马来。"

山宗策马踏上一片斜坡，扫视四下，一只手始终提着刀，拇指抵在刀柄处。看着随意，甚至有些漫不经心，但左右都知道，这已经是他随时要下狠手的架势了。如果那群人真跑了，追回来怕是死无全尸。

胡十一硬着头皮上前："头儿，要么咱们还是张榜全州通缉好了？那下面咱们看过很多回了，山肚子里还没打通，又没路给他们走，就只可能是从上面跑出山了。"

话虽如此，其实他也想不通。明明他跟张威如此严密地看守，就是一只苍蝇飞出去也会被发现，何况是那么一大群人要从坑底出来，再跑出山。但人不见了是事实，他跟张威都要担军责，唯有不惜一切赶紧把人抓回来才行，否则只能提头见了。

山宗说："我说过，他们不可能跑，如果他们要丢下那四个跑，那早就可以跑了。"

胡十一心想那要怎么找，急得挠头。一旁的张威也板肃着张脸，心急如焚。

山宗看过周围，正要继续去下一个山头，忽见远处一马穿山过林，自远处奔至，如清风掠来。

是神容。山路不平，她骑得太快，胸口微微起伏，缓了缓，才看着山宗说："他们就在山里。"

"啥？"胡十一抹去额上的汗，如坠云雾，抢话道，"还在山里？那怎么可能，这山又不能吃人，好端端的就一个不剩地吞了？"

神容环顾一圈，眼神渐渐凛起，轻轻哼一声："就是真能吃人，也要给我吐出来！我偏不信了，这世上还没有哪座山能在我眼前造次！"说完，她便拍马往前。

胡十一和张威面面相觑，完全不知她在说什么。山宗目光却已追着她出去，继而一振缰绳，策马跟了过去。

马奔上一处高坡，神容停下。

山宗策马而至，身后是浩浩荡荡跟随而来的军所兵卒。他一停，众兵皆停。然后山宗看见神容低头，从怀里取出了一卷卷轴书。他见过，那卷《女则》。

神容在马上展开书卷细细看了看，又抬头环顾四周山岭。

胡十一和张威也跟了过来，远处是跟过来的紫瑞和东来。

众人都觉得不解，张威看胡十一，胡十一也蒙。金娇娇这是干什么，都什么时候了，她居然还有闲心看书？

神容看得入神，环视山岭时双唇还轻轻动了动，黑亮的眼沉沉浮浮，如缀珠光。她在推测位置。

胡十一实在心焦，差点忍不住就想催一下，刚提口气，前方竖起一只手，立即噤声。

是山宗。他一直在马上看着，眼睛没离开过她身上。

此时的长孙神容与平时大不相同，像是变了个人，眼里只有手里的书和周围的山，不见万物。

终于，神容拿书的手垂了下来。书卷里记载的望蓟山其实暧昧不明，多有隐晦之处，有些连她也不确定，所以发现这里有金矿时，她也没有想到。现在却可以肯定，这里不简单。

以她对书卷的了解，它只会记下有用的事物，所以在望蓟山这里特地记述的东角的河，只怕不只是简单的定位标记。

坑道尚未挖通，就已经有了水，不是自天上而来，那就只可能是从山中来的水。东来说那些人凿动了汪水的那处，已经凿得活动，恐怕是说反了。

应该是山中有一段空洞，直通东角河岸，或许就在矿眼下面的某一处，以往未曾开采，地风平稳，这里也就静默无事。但他们凿错了地方，穿风引流，地风乍破，引发了水自空洞一路吸卷上来，冲动了那处。冲开之后，又退去，就算那一角山石归位，也会活动，留下的就只有一摊水迹。

这种地风极其罕见，一般只有山势广袤且通地河的地方才会有。她以往只在书中见过，从未真正遇到过。当然，她以前也从未开过这样的大矿。

所以他们不是跑了，相反，他们甚至是被困住了。

神容抬起一只手，在周围各山点过，眼睛看过东角河岸，再三推断，慢慢手指一划，停住："那里。"

山宗立即问："那里什么？"

她说："人就在那里。"

现场鸦雀无声，只觉诡异，这也太信口开河了。

山宗看她两眼，蓦然一抽刀，策马就往那方向冲了出去。尽管不明所以，胡十一和张威也连忙带人跟了过去。

望蓟山漫长连绵的山脉蜿蜒如天梯，倾斜而下，拖坠在东角河岸。河岸和山脉中间却有一下陷之处，数丈见圆，里面遍布杂草。

山中多的是这样坑洼不平的地方，并没什么奇特的。但神容指的就是这里。

胡十一和张威在左右看了又看，回头问："这里怎么可能有人？"

山宗扫过周围，有一处的杂草全往一边歪斜，仿佛被冲刷过，旁边的山壁是土质，露出一道碗口大小的豁口。他从马上一跃而下，拖着刀大步走过去，几刀砍去杂草，一脚踹在豁口上。

轰然声响，豁口崩裂，里面居然有水淌了出来，甚至还有风。

胡十一和张威冲过来，往里一看，惊讶得眼睛都瞪圆了。

谁都以为这半边山壁里是实的，再不然也就是个洞。可这里面竟然像个罐子一样灌满了泥沼，就像他们之前挖出来对付关外人的那泥潭一样。边上山石嶙峋突出，上下左右全是一个个紧紧攀住的人，如兽如怪，锁链彼此相缠，一个拉着一个，有的半身入泥，有的攀在上方，形似蝙蝠，否则就会全掉下去。如果不刻意寻找，几乎已经看不出人形。

胡十一看得咋舌，想到一定是坑道里忽然出了什么状况，这群人当中有人被卷走了，其他人要么想救，要么互相拉扯，才一起陆续落到了这里。但他实在想不明白是怎么落来这里的，那坑道看起来毫无异常啊。

就这瞬间，光从豁口漏了进去。

最边上的一个人笑出一口森森利牙，精疲力竭地嘶哑道："姓山的，想不到老子们还没死吧？"是未申五。

山宗站在豁口前，扫视了一圈，冷笑着点了点刀尖："算你们命大，还能多活几天。带出来！"张威推一下发愣的胡十一，他这才回过神来，赶紧领命。

东来过来时，那群人已经被陆续带出。兵卒们去东角河中取来水，大股地往他们身上浇，满地泥水横流。一旁有人在挨个对照代号木牌点人。

东来拿着那幅矿眼图再展开给他们看了一遍："你们凿错了，看清位置，否则下一次就没这么好命了。"这是神容的吩咐。

那群人一言不发，就连怪声也收敛了发不出来。这场突变已经让他们耗尽了所有气力，就算还有一点残余，也都被瑟瑟寒风刮走了，现在大概只有眼睛还能动了。

山宗策马而回时，山里居然还亮了一分。日上正空，丝毫不觉流逝了多少时间。他策马到半途，停住，转了方向，往刚才神容站的地方而去。

神容还在，手里的书卷刚刚纳入锦袋，收进怀里。

山宗携着刀，一步一步走到那坡地下方。

她转头看了过来："找到了？"

山宗点头："一个不差。"随即问，"你是怎么找到的？"

神容暗暗舒了口气，脸上露出了笑容，朝他身上轻轻扫过一眼，遥遥看向望蓟山："我早说了，没有山能在我眼前造次。"

山风呼啸而过，周遭树影婆娑，她居高迎风而立，披风翻掀，轻纱披帛在身侧飘若游龙。

山宗从未见过她这样意气风发的时刻，周围群山如抱，河流奔腾，仿佛都已向她垂首臣服。

惊鸿一瞥，如露如电。

胡十一好不容易忙完过来，见他站在坡下，不禁奇怪，悄悄凑去他身后问："头儿，你在看什么呢？"

山宗低低地说："日头。"

"日头？那有什么好看的？"胡十一嘀咕着抬头去看，又赶紧拿手遮眼，"啧，真晃眼！"

山宗半边嘴角扬起，对着那道身影眯了眯眼："确实。"

太晃眼了。

几个时辰后，赵进镰带着左右随从匆匆赶来了山里。

他一路喘着气，直到亲眼看到那群犯人已被带回，才长舒一口气："还好没出事，否则真不知是何等后果，这群人要是没了，我们可全都脱不了干系。"他边说边有些后怕地扶了扶头上官帽。

神容和山宗一左一右站在他面前，对视一眼，没说话。

他们其实清楚，那群人当时已经很危急，晚半点都有可能会支撑不住掉入泥沼，届时怕是连尸首都找不到了。那场营救算得上惊心动魄，只怕说了更惹赵进镰后怕，干脆不表。

赵进镰是收到消息才特地赶来看情形的，此时见事情已经平息，人也一个不少，就放心了。他定了定心打算出山，忽又想起一事，对神容道："说起来，长安早就来了消息，工部的人已在路上，不知女郎可知晓？"

神容听了意外："是吗？我并未收到消息。"

赵进镰笑道："那一定是长孙侍郎忙忘了，这消息是由工部直接发到了幽州官署，料想就这几日他们便能抵达了。"

神容更觉意外，她哥哥何时是个会故弄玄虚的人了，这么久也没收到他的信，原来人都已经在路上了。她冲赵进镰点了点头："那就等他们到了再说吧。"

赵进镰也点头，临走又看了看那矿眼附近蹲着的一大群犯人，才终于出山离去了。

他走了，神容还站着。

山宗看了眼天色，又看她：“你还不走？”再待下去，时候就不早了。

神容说：“不走，我今日得留在这里。”说着看他一眼，“你也得留着。”

山宗盯着她：“为何？”

神容指一下望蓟山：“因为这里还没安稳，我要在此镇山。”

“镇山？”

“对。”

山宗觉得这话听起来就像是个要镇守一方的将军，不禁笑了，她到底还有多少门道？

神容瞥他：“笑什么，笑你也要留下。我镇山，你镇他们。”她指那群犯人。

山宗摸了摸嘴，笑而不语。没什么好说的，她今日立了头功，自然是听她的了。

也就是如今发现了这山里的特殊地风，神容才需要镇山。眼下刚出过事，地风已经不稳，按照经验，短时间内还会有状况。这就像地动之灾，震过之后往往还有余震，要全避过了才算真正过去。她在这里守着随时应对，就叫镇山。以往并没有过，这其实是她第一回镇山。

东来和紫瑞得知少主要镇山，都立即着手准备，还遣人返回官舍去取了所需的东西来。

天色将暮时，离矿眼不远的空地上支起了火堆，火上煮着热汤，肉汁香气四溢。

另一边是被守得更严密的重犯们，眼下三五成一股地待着，他们都没再下坑，一个个像是影子一样蛰伏。

神容换上了件厚披风，自那里经过时，忽觉有人盯着自己，一扭头，一个蹲伏的身影正对着她，看不清脸。她直觉就是那未申五，问：“你又想干什么？”

那人一开口，发出声古怪的笑，果然是未申五的声音：“听狗兵卒们说，是你这个小丫头带人找到了老子们。”

神容冷淡道：“怎么，要谢我不成？”

未申五喉中一声怪声，仍像笑，接着陡然没声了。

神容下意识回头，一眼看到山宗拎刀而立的身影。他脸朝着这里，逆着火光看不清神情，唯长身高拔，宽肩劲腰被描摹得清晰。

难怪未申五没声了。她瞄一眼身后他被驯服的身影，朝那头走过去。

山宗果然一双眼沉幽幽地盯着未申五，她走近了，那双眼才看到她身上来：“如果这山里还有状况，会是什么状况？”

神容摇头：“不知。昨夜出的事，料想若到明日没事，也就说明地风稳住了，可以继续开凿。若是有事，那也得等它真发生了才会知道。”

山宗回味她随口而出的这番话，“地风”这个词以往都不曾听说过，瞄一眼她被火光映照的明亮眉目，仿佛又重新认识了她一回。

火上热汤已经煮好，紫瑞过来请他们去用。旁边，东来领着护卫们竖起了防寒的垂帐。

神容在火堆旁坐下，端着汤碗只喝了两口，便要递给紫瑞。

山宗坐在旁边，看了一眼说：“你最好把汤喝完，山里磨体力，夜里还冷。”

神容不禁看住他脸。

他对上她视线：“怎么？”

“我在看你是不是又故意说来戏弄我。”他以前还说过这山里晚上不太平呢。

山宗眼里带笑：“没骗你，喝完。”

神容看他这回笑得倒不太像坏相，才将信将疑地端着碗又低头去饮。

胡十一和张威刚把军所里多余人马调度回去，过来就看见长孙家这贵族做派，竟还要竖起一顶豪华的垂帐来，在山野里都这么万事齐全，正啧啧感叹，又见那二人坐在一处饮汤的画面——

山宗端着汤碗，屈腿坐着，眼斜斜看向身旁的神容，火光映着他的脸，嘴边一丝若有若无的笑。

胡十一没见过他这不经意的笑，拿胳膊肘撞撞张威：“我莫不是瞧错了，怎么觉着头儿那样子看着很和善呢？”

张威嘀咕：“你是夸头儿还是骂头儿，是说他平日里不和善呗？”

胡十一心说废话，但也不敢说出口：“我是说瞧着好似有些不同。”总觉着头儿对金娇娇比以往要注意多了，在他旁边喝个汤有什么好看的。

张威道：“你总说他俩配，自然是觉得不同了。”

似乎也有道理，胡十一抓抓耳。

汤喝完，垂帐也竖好了。趁着东来请神容入内避风，山宗离开火堆，去了矿眼处。

未申五还在那里蹲坐着，嘴角嚼着兵卒派下的干饼，齿间吱嘎有声。看到山宗的马靴出现在眼里，他就抬了头，嘴里怪哼一声：“怎么？”

山宗冷着声说：“以后离她远点。”

未申五咧开嘴笑：“离谁远点？你以前的夫人？可真是个有本事的小美人儿，你如何舍得的？如今只能看不能碰，不难受？”

山宗刀尖点在他面前：“说，接着说，那四根舌头我随时都能给你送来。”

未申五阴沉了眼，笑也变成了阴笑："放心好了，按你说的，老子自是不会'胡言乱语'了。"

山宗冷眼扫过他，转身走开。

神容正站在垂帐外，看到他过来，问道："你今晚在哪里安置？"

山宗笑："又不是什么大事。"行军的人从不在乎这些。

神容看着他，忽而指一下眼前垂帐，低低说："可要给你也竖一个？便挨着我的好了。"

山宗看见她那轻描淡写的眼神，便知她是故意的，扫了眼左右，低声回："那你何不干脆请我入你帐中呢？"

被他将了一军，神容眼神轻动，抬手顺了下耳边发丝，又看过去："我敢请，你敢入吗？"

男人与女人斗嘴，但凡有人收一句，也就过去了，偏要各不相让。

山宗看她的眼神沉了点，迈步，借着错身之际幽幽低笑说："这种话以后少说点，迟早吃亏。"

神容扭头，看着他走过的背影，暗暗骂了句：坏种，不识好人心，谁管你住哪儿！

垂帐中，紫瑞特地置了毡毯，铺了好几层软垫。神容却也不好卧，嫌不舒服，只斜倚而坐。她一直拿着书卷，借着外面火堆的光看了几遍望蓟山的描述，推测着可能出现的情形。最后还是勉强睡了小半宿，等她睁开眼，天已经亮了，掀帘出去，帐外一片寂静。

紫瑞守了一夜未睡，见她出来，立即取了水囊过来，请她梳洗。神容就站在外面净了手脸，缓缓扫视四周。

紫瑞道："少主放心，东来一直留心着，这一夜没什么动静，一切如常。"

神容"嗯"一声："那就好。"

东来过来请示："少主可允许他们继续开凿？"

神容看一眼远处那群如蛰伏刚醒的重犯们："去吧。"

东来去传令了。

神容刚转身，就见山宗迎面而来。

不知他这一夜是在哪里睡的，也不知到底睡没睡，居然精神奕奕。神容自他身上瞥了一眼，也懒得问。

山宗看到她这眼神就有数，难免好笑，有时候她这气性可真是不小。

神容说："没事了，你可以不用镇着了。"

他看一眼望蓟山："这么说你的山镇住了？"

神容刚要说话，忽觉不对，竖着根手指感受了一下，拧眉："怎么又起了大风？"

紫瑞拿着她的披风过来，为她搭上，一面道："确实，昨夜后半夜就吹起来了，还好这山里感觉不大。"

不是山里感觉不大，只是山里的人感觉不大罢了。神容转头，见东来已叫张威让那群人下了坑道，立即过去。

山宗的目光也追了过去。

神容走到坑口时，就已从怀里取出了书卷。地风已破，一点风吹草动都要小心。其实，这里一凿就引发了水流吸卷的事也不寻常，她好似遗漏了哪一点。

对着书卷看了又看，忽然想了起来。她记得曾经见这下面黑乎乎的石头上出现过细小的裂纹，原来那时候就已经有警示了。

"快，叫他们上来！"

东来闻言立即传令："上来！"

张威看到，好奇地问："怎么了，不是能凿了吗？"

神容断言："不能，这下面不稳，肯定会塌一回，赶紧上来！"

昨日她也是这样笃定的语气，大家虽奇怪，却也信了。下面锁链拖动，划过坑底山石，犯人们又陆续被赶出来。

未申五又是第一个进，自然在最后出来，灰头土脸地看了眼神容，但看到不远处站着的山宗，也只是怪笑了一声。

神容没心思管他，忽而抬头凝神："是不是有声音？"

山宗也抬了头，下一瞬霍然开口："快点！"

他狠惯了，一下军令就叫人一凛，顿时兵卒拉扯人的速度快了。

犯人们被扯开的刹那，脚下就开始摇晃。轰然闷响，坑道里支撑的木柱应声折断，内部崩塌，坑口烟尘弥漫。

胡十一在那头挥手喊："快走！"

紫瑞连忙要来搀扶神容："少主快离开。"

神容刚朝她走出一步，脚下又是一晃，险些摔倒，手中书卷脱手而飞，直往矿眼坑口滚去。她心中一急，还没站稳就追了过去。

"少主！"紫瑞和东来异口同声地喊。

胡十一和张威在远处见状也吓了一跳，眼睁睁看着她追着卷书跌落下去，忽有道黑影一闪，迅速冲了过去，直奔向她。

“头儿！”

山宗几乎跟她同时落了进去。

漫长的地动山摇过后是一片死寂。

神容整个人都伏在坑下，人还清醒着，只是耳中嗡嗡作响，像被狠狠敲了一记闷棍，浑身都使不上力气。直到再也感觉不到那阵摇晃，耳朵里才渐渐清静，她勉强动了一下，一只手缓缓摸到腰上。

她记得刚才掉下来的时候有条手臂勒住了她的腰，垫了她一下，才不至于叫她一头栽落到底。当时视线里一闪而过了男人漆黑的衣角，接着就什么也看不见了。

眼前的确什么都看不见，一点光都没有，黑乎乎的一片。就在她怀疑是不是自己记错了的时候，一只手突然抓住了她胳膊。

后面几声布料轻响，她听见山宗的声音：“别乱动，受伤没有？”

神容怔了一下，原来没记错，的确是他搂了自己一把。她轻轻动了下脖子，被周围漂浮的灰尘呛到，低咳一声，软绵绵地说：“我不知道。”

山宗那只手用力一拉，将她扶坐起来，另一只手伸过来，在她臂弯处捏了一下，又移到她肩上、颈后，往下利落地一滑，停在她腰上，收了回去，才说：“应该没事，缓缓就好了。”没摔坏什么地方，大概是落下来的时候被震了一下。

神容完全由着他的胳膊撑着，半边身子都倚在他身上，黑暗里稍稍抬头看了一眼：“坑口被埋了。”所以才这么黑。

“嗯。”山宗手臂在她腰上一提，就将她带到了边上，让她靠墙坐。

顶上被埋，随时可能会再落下什么，换个地方比较稳妥。也不知这下面塌陷了多深，其他动静一点也听不到，像是与世隔绝。

神容往他身上看，但在这毫无光源的地下什么也看不到，感觉他似掖了下衣摆，在她旁边坐了下来，一手搭在膝头，脸朝着她：“坐着吧，等你缓过去再说。”

神容忽然反应过来，她如何能缓，往前一倾便想动。

山宗一只手扣住她肩：“你想干什么？”

“我的书。”她伸手在身侧摸，顺着纷乱的土尘和坚硬的山石，摸到了男人裹着马靴的小腿，手指刮过靴筒上硬实的皮革。

山宗腿一动，顺势也扣住她那只手腕，不客气地笑一声：“还好意思说，为了卷书连命都不要了。”

神容动弹不了，黑暗里蹙起眉头：“这书比我的命都重要。”

"你说什么？"山宗差点要怀疑自己听错了，"一卷《女则》比你的命都重要？"

神容下意识回："谁说这是《女则》？"

"那这是什么？"

她顿一下，声低下去："你不明白。"

山宗又笑一声，被她给气笑的，为了一卷《女则》连命都不要了，他的确很难明白。他松开神容的手，伸手一撑，从地上站起来，去摸左右山壁查看情形，腰间刀鞘划过山石，发出一阵响。

神容抬头看他，虽看不到，但也大概猜到他此时必然矮着头，施展不开。这里面已经塌陷，坑道会更低矮。她抿了抿唇，为了书卷，还是开了口："你帮我找找……"

"一卷《女则》而已，"山宗说，"出去不就又有新的了？"

"我说过，那不是普通的《女则》。"

"哪里不普通？"

话又绕了回来。

神容眉头蹙得更紧，轻声说："只有我们长孙家的人才能知道，你与我又不是一家的。"

山宗听见了，身一停，忽而说："勉强也算做过半年一家的，也不能知道？"

神容立时眼神飞去一眼，只可惜黑乎乎的什么也看不见。什么做过半年一家的，他是故意硌硬她不成？

山宗感觉她仰着头，便觉得她一定是盯住了自己，看来恢复得还不错，还有力气不快，提醒道："都叫你别找了，你我现在重要的是保命。"

神容咬住唇，扫视左右，心里已经焦急万分，虽然他说得不错，但书卷万分重要，她绝不能不管。

犹豫了一下，她又看了眼身前男人模糊的身影，终于说："我若告诉你，你就肯替我找吗？"力气没回来，尽管语气认真，她声音也是虚软的。

山宗听在耳里，像有什么在耳郭挠了一下，蹲下，重新在她旁边坐下来，也认真了几分："说说看。"

神容想了想，郑重说："你不能说出去。"

他"嗯"一声："我应当没有传扬《女则》的嗜好。"

神容听他口气没有平常那样玩笑，才开始思索如何起头。好一会儿，她才开口说："这要从我长孙家祖上长孙晟说起。"

山宗略一思索："前朝显达长孙晟，知道。"

神容在黑暗中点头："对。"

长孙晟天纵英才，十八岁便为前朝司卫上士。传闻当年突厥南侵，形势危急，他却临危不乱，口陈形势，手画山川，便定了突厥虚实。据说他对所述山川河流皆了如指掌，讲得分毫不差。当时的人都说那是因为他潜伏突厥多年搜集情报的缘故，但其实与他本身所知大有关联，那是长孙家世代累积成就的所得，被他发挥出了另一番作用。

后来，改朝换代，到了今朝。其女文德皇后长孙氏，在后宫中留下了一部亲笔写就的书籍，名为《女则》。据说此书问世时有三十卷，又有人说是二十卷，然而外面刊印流传的却只有十卷，记述的是历代女子的卓著事迹。但只有长孙家的人知道，那些外人看不到的余卷都已汇集成一卷，里面不是什么女子事迹，而是长孙家对山川河泽经验认知的总结。

长孙一脉在今朝数代起伏，这一卷书也随之沉淀，只因祖上传承多有隐晦，时间越久，越是晦涩难辨。往后的长孙子孙都自幼承袭家学，以求钻研精通。这一代到了神容手上，她勘透了这一卷书，也得以继承了这一卷书。

所以这怎会是一卷普通的《女则》，这是长孙家历代先祖的心血。她既然请出了这卷书，来了这一趟，就绝不能丢了这卷书。

"你现在知道了。"神容说完了，看向身旁的黑暗。

山宗的脸始终朝着她，静默一瞬，才说："所以你才说你懂山。"

"没错。"神容说，"我还会骗你不成？"

山宗仍盯着她黑暗中的身影，长孙家的本事他曾有所耳闻，但从不知道是这样一回事。难怪她为了那卷书如此奋不顾身。她拿着这卷书在山中寻人镇山时，原来握的是柄无上利器，还是只有她一人才能用的利器。

"我已告诉你了，你到底要不要帮我找？"神容追问。

山宗却坐着没动。

她不禁有些急了，坐到此刻也觉得没那般无力了，扶着山壁就要站起来。

"把手伸出来。"山宗忽然说。

神容顿了顿："做什么？"

"你不是要书？"

她将信将疑地伸出手去，也不知他能不能看见。

手心一沉，熟悉的黄绢触感，她立即握住，接着又反应过来，看他身影："原来就在你身上，你骗我？"

山宗是搂着她摔下来的，那卷书就落在他手边，她连命都不要也要追回来的东西，他自然就捡了。

“我是叫你以后学乖点，书是死的，人是活的。”他说完，又站了起来。

神容将书仔细收入怀里，失而复得，便也不在意他这使坏的一出了。她看看左右，也想跟着站起来：“我们得尽快出去，这里被埋了，久了便会闷。”

一只手拉了她一把，山宗看出她想站起来，就伸了手。他站起来就是想走的意思了：“去哪儿，听你说。”她既然懂，自然听她说。

神容一站起来又被呛得咳两声，坑道里塌陷后到处都是漂浮的尘灰，她只能捂着口鼻，闷闷说：“只能往里走了。”

山宗往前：“跟着我。”

神容只感觉出他的胡衣蹭着她身侧过去，扶着山壁缓缓地跟了上去。

坑道到底，没了路。山宗在前开道，到了尽头停住，一只手摸过两边，没有塌陷其他地方，这里走不通。他回头看一眼。

神容扶着山壁的身影跟在后面：“怎么，竟没塌空？”

“嗯。”这里还有根木柱未断，居然还算完好。

她拧眉，捂着口鼻又被呛得咳一声，低低自语一句：“那就糟了。”

山宗接话：“糟什么，莫非这坑道就是你我葬身之处？”

神容一听就说：“不可能，我不可能找不到路。”

山宗听到她这语气，想到的居然是她意气风发的那一刻，现在才知道她有这个底气的原因。他不禁低笑：“长孙家竟然……”

神容只听到半句，下意识地问：“长孙家竟然什么？”

山宗想说长孙家当年竟然愿意将她这样一块宝交到他手上，但话还没说完就戛然而止。他没答，凝神听了一下动静：“外面一定在找我们。”

镇山的和镇人的都没了，外面恐怕已经乱作一团。神容也猜他们肯定已在想法挖开这里，但到现在还没有动静传下来，只说明塌得深了，埋得也深了。

她忽然想到什么：“这里还有一条路。”

山宗几乎瞬间就回过味来：“你是说他们被卷走的那条路？”

神容点头，怕他看不到，又说：“对，就是那条路。”

山宗抽刀：“退远点儿。”

神容扶着山壁退开几步，一片漆黑中，只听到刀尖拖过山石的声音尖锐。

“说吧，在哪儿？”他一个指挥过千军的人，此时在等她指挥。

神容说：“坑底会活动的地方，那块山石必然有裂缝。”

话音刚落，山宗就找到了地方，身影一动，送刀入缝，用力撬下去。

刀差点被折断才听到大石活动的声音。山宗不再用刀，徒手扣住山石，臂膀上的肌肉寸寸绷紧。

随着沉闷的一声响，那根仅剩的木柱也晃了一下，山宗终于把石头挪出了道缝，只能容一人通过，已是极限。

山宗毫不迟疑地说："我先下去。"他要先去探路。

神容走到那里，仍是一片漆黑，但有风能指引那道缝口所在。没有水吸卷过来，山摇之后地风终于平息了，要走现在正是时候。

山宗在下方窸窸窣窣的响动渐渐远离，不久就没声了。神容两手扶着缝口往下看，心里紧跳一下，不确定地唤："山宗？"

下方传出沉沉的一声："这儿。"

她悄悄舒了口气。

他说："下来。"

神容将碍事的披风脱掉，准备下去前又找了他一遍。

山宗似察觉了，说："我叫你直接下来。"

"什么？"神容还不知下方是何情形，难免谨慎，但也只好往下。

下去的瞬间就到了底，一双手臂稳稳地接住了她。她下意识攀住男人的肩，觉得他方才用力挪石的劲头还没过去，肩上仍绷得如石头般紧硬。

她有点后怕地抓紧他肩头："你竟叫我就这样跳下来？"

黑暗里，山宗的脸正对着她，手臂稳稳将她托着："怕什么，我还指望靠你出去呢，岂会让你有事？"

她的心终于缓缓定下。

这下方居然很大，看不清四周，也不知是什么情形，只能顺着风吹进的方向一直往前，不知过了多久，仿佛一直没有尽头。

神容终于忍不住问："是不是过去很久了？"在这不见天光的地方很难分辨到底过去了多久，她是觉得疲惫了才问的。

山宗在前面说："是很久了。"脚下不平，深一脚浅一脚的，他需要在前面探路开道。

神容因为疲惫，却已渐渐落后，只听得见他声音，不知道他人在哪里，转头找了找，仍看不清。她试探着唤了一声："山宗？"

"嗯？"他声音还在前方。

神容不想直言是在找他，轻声说："没事。"

没走出多远，忽然撞到什么，她一下止住脚步。

是男人的胸膛，她迎面撞上去，差点要往后退一步，胳膊被拉了一下。山宗在她头顶说：“找我？”他察觉出来了。

神容说：“没有，唤你一声罢了。”

早知她是个嘴硬的，山宗只无声笑了笑，一手朝怀里伸了下，送到抓着她的那只手里。

神容摸了摸，是纸裹着的一块东西：“什么？”

“军粮，吃饱了再上路。”山宗估算过时间，的确过去很久了，到现在水米未进，人会吃不消。

神容被他说了才发现的确饿了，剥开外面那层纸，拿到嘴边咬了一口，也不知是肉干还是什么，硬得叫她皱眉。

山宗说：“是难吃了点，但这里也没别的给你吃。”

神容忽然抬头看他：“你莫非能看见？”怎么能看见她模样似的，先前还那般稳稳地接住了她。

山宗笑了，他自幼习武，接受的都是将才教导，眼力也是必要的一项，在这样的环境里看个大概还不难。“何必在意这个？你又没什么不能看的。”

神容用力嚼了嚼那硬邦邦的军粮，心想都这境地了还能这般痞样。却又多少觉得放心，仿佛被困在这里在他眼里也不是什么大事。

等她强忍着也再吃不下去那军粮时，已经只剩下渴，不禁伸手摸了摸喉咙。

“想喝水？”山宗问。

“这里没水喝。”她很清楚，自然也就没说。

眼前山宗好像动了一下，下一刻，她唇上忽然一凉，沾到了湿润，下意识一抿，才察觉抿到的是两根手指。

山宗知道有水席卷而过，一定会留下点痕迹，伸手在山壁上摸了摸，沾了点残余的水渍按在了她唇上。

常年握刀的指腹压在她唇上，若压上一汪春水。她一抿，如啄如含，霎时就是春水交融。有一瞬，两个人谁也没动。

神容的鼻息拂在他指间，也许是错觉，她觉得山宗好像离她近了一些，男人的身影在黑暗里给人一种威压。她的脸正对着他宽正的肩，能清晰地听见他的呼吸声。这下她居然觉得唇上更干了。

感觉很漫长，但其实没多久。山宗的手指从她唇上抹过，声低低的：“沾点水先撑着，别咽。”

神容回了一声“嗯”，慢慢舒出一口气。

山宗头微低，手指反复搓了两下，才又动了。

神容只觉得自己的衣袖被他抓住，人跟着往他身前贴近一分，随即就发现他手上做了个扯系的动作，好像将什么缠到了一起。

她伸手去摸，摸到自己腰上的系带。那条垂着丝绦的绸带，在她紧收的腰身上缠了一圈后本来还有一长段坠着，刚刚已被他打了个结，结扣处是他腰上束着胡服护腰的革带搭扣。

“免得你丢了。”山宗说着转身，“跟紧点。”

腰带相连，也就一步的距离，他一走，神容就感觉到了拉扯，跟着他往前。

这种山腹中天生的通道如肠曲折，时高时低，碎石遍布。若非吃了点东西，神容恐怕就要撑不住了。她边走边想象着那群人被水吸卷而走的情形，暗自摸着怀里的书卷推算。水吸卷的速度自然快，如今他们只用脚在这里面走，真不知道已经过去多久。

脚下忽然踩到一摊汪着的水，被石子硌了一下，神容身一斜，腰带跟着一扯，山宗回头就抓住了她：“你没力气了？”

神容站稳，喘口气说：“是你走太快了。”

山宗换了只手拿刀，另一手又带她一把，他走得已经算慢的了。

“风好像大了些。”神容忽然说。

山宗往前看，除了她方才踩到的那一处，脚下好像也平坦了许多。他说：“你走前面，免得错过出口。”

神容往前带路，身侧是他紧跟的身影。

没几步就是狭窄拥挤的地方，难免舒展不开，他在她侧后方俯身靠近，几乎是与她紧贴着通过。

神容只觉得背贴上男人胸膛时一片炽热，不禁又想起方才他抹过自己唇上的手指。但紧接着，扑面而来的一阵风就将她的思绪吹散了。微弱的光在前面冒出来，她不自觉就扯住了身侧的衣袖：“到了。”

山宗看一眼胳膊上她的手，又看一眼她侧脸，微光里也能看出那丝振奋，嘴角不禁牵了牵：“嗯。”

神容往前走，最后的力气都用在了这段路上。山宗依旧紧跟着。直到那抹光渐强，眼前出现了巨大的开口，从黑暗到乍见光亮，彼此都不得不抬手遮了遮眼。

山宗先适应，放下手往前看，接着就笑了一声。神容拿开手去看，心却沉到了底。

眼前是开口，一丈多高的下方却是个像罐子一样的洞，下面全是泥沼，不知多深。她看山宗："你竟然还笑？"

山宗笑是因为这里就是发现那群人被困的地方，他当时踹开的豁口还在另一头，那里透进来的光更亮。早就想到同样的路得走这里，只是没想到是这样垂直下去的，还以为该有其他路径绕过去。他不笑了："你那里还有没有别的路？"

神容没作声。

他转头去看时，发现她一只手扶着凸出的山壁，微微歪着头，无精打采的模样。

"没有，"她恹恹地说，"我也没力气了。"

本就是一路撑到现在的，只为了赶紧出去，现在这样一个泥潭在下面，毫无落脚点，无疑是最大的难关。她又没法像那群怪物般的重犯一样，被水卷下去还能及时攀住山壁挂着不掉下去，她实在没有那个体力支撑了。

山宗看着她："那你打算就这样待着？"

神容蹙了蹙眉："不打算，可我下不去山壁。"

下去是深渊般的泥沼，可拖着也会消耗体力，进退两难。她摸着怀里的书卷，一个镇得住万山的人，怎么能被山吞没，她不信。

"那就试试我的路。"山宗忽然说。

神容不禁看向他。

山宗低头，将彼此缠在一起的腰带解开，那根革带也从腰上拿下，除去护腰，松开护臂。

"你要干什么？"她看着他宽衣解带。

山宗将脱下的胡服罩在她身上，衣领翻起，严严实实地遮住她的口鼻，就算真跌入泥中也不会呛泥。

"我数三声，你跟我一起跳，其他什么都不用管。"

神容被他厚厚的胡服裹着，只露出双眼，难以置信地大睁着。

山宗对上她眼神，勾起半边嘴角："怎么，胆怯了？"

神容咬唇不答。这么大胆的"路"，只有他想得出来。

山宗把刚解下的革带系上，又将她的腰带和自己的绑在一起，抬头时忽然手臂一拉，拽她入怀，一只手牢牢箍住她腰："书收好了。"

神容一怔，压了压怀中，他已不由分说开始数："一。"她心中一紧，不禁抓住他中衣衣襟，正全神贯注地等着他喊二，霍然身下一空。

他毫无预兆就跳了。

陡然失重，又陡然一顿。神容紧紧闭着眼，睁开时看见山宗近在咫尺的脸，他一只手扒着山壁凸起的山石，手臂用力，中衣衣袖都已被撑起，另一只手牢牢扣着她。

“踩住。”因为用力，他的声音又沉又闷。

神容立即往山壁伸脚，踏到了嶙峋的石块。脚下不远就是泥潭。

他又说：“听好我的话，你挪一步，我再动一步。”

神容压着剧烈的心跳：“好。”

不像犯人们被锁镣牵扯，山宗施展得很顺利，只不过多了神容在他身上，每一步攀移都缓慢又谨慎，缓缓接近被他踹出的豁口。

“再往后一步。”

“踩到了。”

山宗抱她更紧，最后一步，几乎是跃了过去，从豁口摔出，滚入杂草。

神容大口大口地喘气，眼前是他的脸，她就伏在他身上。

山宗也在喘气，黑漆漆的眼看着她。

头顶是蒙蒙亮的天。他目光从她惊魂未定的眼神，扫过她发白的脸，微微张着的唇，又到她起伏不定的胸口。他手在身侧一撑，坐了起来，彼此紧贴的身体分开。

缠在一起的腰带被解开，神容才算回神，山宗已经起了身。

“走吧。”他走出去时只穿了中衣胡裤，刀竟还在腰后绑着没掉，随着步伐轻晃，看不出刚经历过那般凶险的一出，反而比平时更多了几分张扬不羁。

神容默默坐着，看一眼身上他的胡服，又看一眼他走出去的身影，忽觉周身都是他的气息。

她跟着起身，随他走到东角河岸，看到奔腾的河水，才又记起早已口渴难忍。蹲下去撩水抿了一口，才像是彻底回缓过来了，她又往旁边看。

山宗刀放在脚边，全然不顾寒冷，在抄水清洗，袖口高挽，露出右臂斑驳的刺青，似有一块青紫，挂了淋漓的水珠。

还没看分明，他站了起来，似笑非笑说：“料想很快就会来人了。”说话时拉下袖口，遮住了臂上刺青。

“头儿！”果然，远处忽然传来了胡十一炸雷般的声音，紧接着一群人就冲了过来。

坑口那边到现在才挖开，没找到人，胡十一忽然开窍了，想起这里找到过那群犯人，便带人赶来这里搜寻，没想到还真遇到了。如今他眼下都多了层青灰，看看山宗，又看看一旁刚自水边站起的神容：“你们这一天一夜是怎么过来的？”

山宗问：“一天一夜了？”

“可不是！”胡十一实打实一天一夜没睡，忽然注意到山宗的胡服在神容身上，来来回回看了好几眼。

神容没在意，正在看天。怪不得是刚亮的样子，原来过去这么久了。

紫瑞和东来也从远处赶了来。

一到跟前，先看到紫瑞泛红的眼：“少主终于出来了！”

东来说：“我早说过，没有山能困得住少主。”

神容看一眼山宗，他也朝她看了一眼，谁也没说什么。

紫瑞过来扶她，看到她衣衫不整地披着山宗的胡服，都不敢多看山宗一眼，低声提醒：“少主还是快回去吧，已有人等了许久你们的消息了。”

神容随口问：“何人？”估计是赵进镰。

紫瑞却道：“工部的人已到了。”

赵进镰站在官署大厅外等候着，时不时看看院中竖着的日晷，又时不时来回走动。

神容这一番涉险他始料未及，心已悬了一天一夜，后来听说山宗也一并下去了，他才稍稍定心。山宗的本事他是知道的，在那坑下要护住长孙贵女应当不难，只要尽早挖开将他们救出来就一定会没事。

还好，终于收到消息说人已出来了。只是人刚回来，也需要时间料理整顿，他眼下只能耐心等着。

约莫又等了一刻，官署外有车马驶到，赵进镰立即去看，很快就见到了长孙家的侍女和那少年护卫一前一后来了。紫瑞和东来先在前引路，到了廊下又停住退后，让神容走在前头。

神容梳洗休整了一番，此时更了衣描过妆，看起来与平日已无两样。

赵进镰又松口气，这几日可真是提心吊胆够了，上前两步道：“女郎总算无事，听府上侍卫说你一定能出来，果然不假。”他不知东来如此笃定的缘由，只当是吉人自有天相。

神容点头，没有多说，开门见山道：“我听闻工部官员已到了。”

赵进镰在此等她正是为了这个，马上请她进去：“已等候女郎多时了。”

神容进了厅中，里面果然坐了一行人，个个身着圆领襕袍的官服，头戴幞帽，脚穿乌皮六合靴，齐齐整整的京官模样。

正中座上的是个花白胡须的老者，官帽下一张脸面貌肃正，看起来精神奕奕，毫无长途跋涉的倦怠。一见到神容，他便起了身，笑道：“真是虚惊一场，都怪我晚到了，叫赵国公掌上明珠如此涉险。万幸听说你已脱险，否则我便要拖着这身老骨头亲自去破山寻人了。”

神容见到他颇为意外，立即便要屈膝见礼：“刘世伯竟亲自到了。”

来的是工部刘尚书，谁也没想到工部首官竟然亲自来了这边关。

刘尚书虚扶一把，满脸和颜悦色：“我与赵国公交情匪浅，侄女何必如此多礼。此番前来也只不过是为令兄把一把关，他能发现这样的大矿，已是难得的本事，圣心大悦啊，这里少不得还是要等他来开的。”

刘尚书算得上是长孙信的半个师父，因为长孙信身上有长孙家的本事，一直颇受他欣赏，明里暗里都有将尚书一位交接与他的意思，长孙家是知道的。

神容到现在都没找到哥哥人影，听完这番话才有机会问：“那为何家兄不直接来，反倒要请世伯暂来坐镇？”

刘尚书道：“那你就得回去问他了，他说要等你回去了才能再来幽州。”

神容微怔，随即又若无其事地点了下头。

军所里，胡十一冒冒失失一头撞进山宗屋里，就见他正往胡衣外绑缚护腰，肩上湿漉漉地披着发，显然刚刚洗完一个澡。

他往边上站了站。

山宗看他一眼：“你跑进来干什么？”

胡十一看看桌上那件换下来的中衣，已经松垮得看不出模样，好像还有破的地方，便知凶险：“我来看看头儿有没有受伤，可要给你拿药来？”

“不用。”山宗已经自己处理过了。

胡十一不太信，既担心又好奇：“我瞧着那金娇娇一点儿事没有，头儿你的衣服却是一直在她身上披着，哪能一点儿伤没有。说起来，这一日一夜，你们到底是怎么过的啊？”

山宗笑着看他：“怎么过？你说呢，孤男寡女在伸手不见五指的山腹里，能怎么过？”

胡十一不可遏制地眼亮了，毕竟这二人以往做过夫妻，他又是亲眼瞧着山宗直扑下去救人的，独处这么久，又衣衫不整地出来，就叫他头脑里多了点胡思乱想：“难道……”

山宗按住他后颈就往桌上一磕，磕得他捂头一声痛号。

“说风就是雨，你还来劲了。”

胡十一被磕清醒了，退远两步，只能捂着脑门讪笑：“没有没有，那时候自然是保命要紧，能有什么事。”一边说一边“嘘”一声。

山宗抬起手套护臂。

胡十一见他一抬手又吓一跳，生怕刚才那样再来一下，赶紧找个理由溜了：“头儿你歇着，我去练兵了。”

山宗看他出去了，才接着整衣，却又听见外面刚走出门去的胡十一传来一声古怪的“咦”，紧接着又没声了。而后他门外便有兵卒来报：“头儿，有贵客至。”

山宗头也不抬地问：“什么贵客？”

回应他的是门上的几声敲门响，不轻不重的几下，仿佛能听出来人不疾不徐地抬着手，安然等着的模样。兵卒脚步声远了点，似已退开。

山宗走过去，一下拉开门。

门外的人手还抬着，刚准备再敲一回，忽然门开了，便转头朝他看了过来。是神容。

山宗看一眼左右，门外的兵卒都退出老远去了，有几个还在伸头伸脑的，一对上他扫去的眼神也溜了。

如今全军都知道他们的事了，她在这里出现自然会叫上下兵卒都忍不住想看热闹。只有神容身后跟着的广源和东来还留在门外。

“郎君没事就好。”广源一直伸着头，看到他出现就这么说了一句，似放了心，显然也是知道山里的事了。

山宗看一眼身前的女人：“你不是去见工部官员了，怎么来了军所？”

神容说：“来都来了，哪有那么多理由。”说着往里走了一步，又停下看他，“不请我进去说话？”

门窄，需要他让开点，她才能进。

山宗又朝外看一眼，广源和东来也已都退开了。他让开一步，任门开着，回头进了屋。

神容跟着走了进来，先看了眼里面情形。

这里面也就是间营房，只不过是他独住的，简单得很，桌椅都是单个的，最里一张床榻，很窄，只能容他一人卧下的模样。头一回看见这里面情形，神容什么也没说，反正早也猜到了。

她在四下看着的时候，山宗正斜斜靠在桌前，也在看她。自山里出来，她便又恢复了元气，乌发垂顺，披风长坠，应该是骑马来的，手里的马鞭还没放下，一边在手指间慢慢转着，一边在他这间屋里慢悠悠地走动。

直到襦裙如水一般柔软的下摆停在他身前，轻绸的边沿搭在他的马靴上，她一只手碰到了他的肩："可要我帮你？"

山宗垂眼，才发现她手指挑着的是他还散着未束的头发，看她的眼里带了丝笑："这不是你该做的。"

神容眉头微挑，手指自他发间一穿而过："只是觉得你也在山里帮过我而已。"

为他束发，未免太过亲近了些，她说完便察觉出来了。那是夫妻之间才会做的事，想到此处又瞄了瞄他的模样，他这样散发站着，黑发黑眼，形容随意，更显出一身浪荡不羁。

神容走近一步，捏着马鞭仰头看他，忽然低声说："其实在山里的时候，你我不是更亲近的事都做了？"

山宗顿时盯紧了她。那一片黑里的情形仿佛还历历在目，她此时在他跟前仰着头，一截脖颈雪白，眼瞳黑亮，抿着描过的一双唇，便叫他又分毫不差地回忆了起来。

他一手撑在桌沿，才离她的脸远了点，嘴边的笑意味不明："我也不是什么君子，那种时候做什么都是应当的。"

神容看得明明白白，这张脸分明生得剑眉星目，偏偏表情微妙，叫她想起他那日说她"迟早吃亏"的模样。

"罢了，"她今日没有斗嘴的心情，看了看他的脸说，"我是来谢你的。"

山宗早看出她是有事才会来，但没想到她会这么说，倒有些不习惯了，眼里的笑也深了："你也助我出来了，下次我若救了你，你再谢我不迟。"

神容忽然看入他双眼："下次？"她眼神转离他身上，淡淡道，"你凭什么觉得还有下次？"

山宗看她的眼里笑意渐无："为何这么说？"

院角里，除去先前那几个溜掉的兵卒，此时胡十一和张威、雷大三五人正藏头露尾地朝那片屋舍翘首。

张威推胡十一："你先前不是去打听了吗？打听出什么了，他们一天一夜都做什么了？"

胡十一捂额："他们什么也没做，别问了，咱也别看了，还是去练兵吧，我头还疼着呢。"

话到此处，就见他们口中的金娇娇从屋中走了出来，戴上披风兜帽，领着广源和东来，往军所外走去了。

胡十一刚说要走，见状又留了一下，几人不约而同地又往屋里看。什么也没看到，山宗没露人影。

军所外，紫瑞见神容出来，将马送了过去。神容坐上马背，一字未言。

紫瑞觉得不太对劲，又担心她是出山不久，尚未完全回缓，劝道：“少主还是回去多歇一歇，您需要好好养精蓄锐。”

神容忽笑一声：“无妨，待回了长安，多的是我歇的时候了。”

紫瑞有些意外，看了看东来，甚至还看了眼广源，他们似乎也没想到。

神容也没想到，但刘尚书说那番话时她便知道，她哥哥要等她回去才能再来，便是在催她返回长安了。

矿眼最难打通的一段已掘出，望蓟山的地风也稳住了，冬日将至，似乎的确没她什么事了。方才在那间屋里，山宗问她为何这么说，她回：“因为我要回长安了。”

“可惜。”

紫瑞忽然听到她这低语的一句，凑近问：“少主说什么可惜？您已寻到这样前所未有的矿山了。”

神容朝军所大门看了一眼：“我说的是别的。”

第八章

长安迢迢，贵女娇娇

工部的人一到，没过两日，望蓟山里便多出了许多新身影。刘尚书带着一行属下官员入了山，有条不紊地开始了工部接手事宜。

看完了四周一圈山岭之后，他转向身旁道："真是百年难得一见，谁能想到幽州还会有这样的大矿。"

神容就跟在他身旁，闻言只是笑笑。谁都想不到，才是他们长孙家祖传书卷的宝贵所在。

说话时往前，已到矿眼坑口。塌陷过一回之后，这里又被清理了出来，如今看起来与之前已没什么两样。

就在坑口附近，蹲着那群开矿的犯人。今日他们都被聚在了一处，由兵卒们严密守着，只是怕冲撞了这些新到的京官。

刘尚书看了几眼，问神容："这些人瞧着都是重犯？"

神容点头："是，不过世伯放心，他们早被镇住了，可以一用。"

刘尚书听了抚须而笑："想必是被那个幽州团练使的威名所慑了，我来幽州后略有耳闻，听闻多亏了他，侄女你才能安然从山里出来。"

神容不禁看他一眼，听他口气，倒好像不知道幽州团练使就是山宗。但他只要听到名字，应该就会记起那是曾经的山家大郎君，她的前夫君。

刘尚书忽然转头找了一下："赵刺史何在？"

赵进镰今日也在，就在不远处吩咐事宜，听见老尚书开口，笑着走过来。

刘尚书慈眉善目地看一眼神容，对他道："我这侄女可是赵国公府的心头肉，眼看着就要回都了，我可得好生安排一下她的出行安全，有些事要与你商议。"

赵进镰看了看神容，脸上意外一闪而过，仍堆着笑："刘公请说。"

二人说着话走远，神容没跟上去，往矿眼走两步，朝下望，黑乎乎的，叫她不免又想起在其中经历过的情景，抬头不看了。再环顾左右山岭，竟觉得已经有些习惯这片群山了。毕竟以往也没有哪处的山能这样折腾她一番的。

隐约间似有人在看她，神容看去，对面那群被守着的犯人里，那张左眼顶着白疤的熟悉的脸又露了出来。

“听说小美人儿要走了？”未申五露出笑。

兵卒一鞭子抽上去：“放肆！”

未申五被抽了也只露了个狠眼色，脸上的笑还挂着，又盯住神容。

神容懒得看他：“我既然要走了，也不计较你过往的冒犯了，该做什么做什么，少在我眼前晃。”

“说什么冒犯，姓山的可盯着老子呢。”未申五龇牙笑，“只是遗憾哪，还没报答你的救命之恩呢。”

神容只觉得他阴阳怪气：“谁要你的报答。”说完转身就走了。

兵卒的鞭子又抽了过去，未申五居然还笑着躲了一下，但马上就阴着脸收敛了，眼睛盯着神容离开的反方向。

山宗黑衣猎猎，手提直刀，正自反方向穿林而来。

未申五一直盯着他，等他到了跟前，又露出欠抽的笑来：“你的小美人儿就要走了，莫不是舍不得了，摆着这么一副脸色？”

山宗居高临下地垂眼，拇指抵在刀柄：“什么脸色？”

后面的甲辰三动了动，拖着镣铐的手按住了未申五的肩，生硬地道：“闭嘴吧。”

未申五似真被按住了，怪笑一声，没再说。

山宗看了眼甲辰三：“还好有人还记得我的话。”拇指终于离开了刀柄。

远处传出了车马声，工部官员们已经走远。

今日张威带队守山，听说山宗来了，从另一头赶过来：“头儿，怎么才来？金……不是，长孙女郎刚刚已随工部的人走了。”

山宗已经听见了，扣着刀走过那个矿眼坑口，只“嗯”了一声。

张威没看出他有什么反应，倒好像又多了几分漫不经心。这几日练兵他也大抵如此，但大家都很害怕，总觉得他好似更狠了点，不敢有半分懈怠。

张威瞎琢磨一通，又跟上来，从怀里摸出个册子递向他：“头儿，这是刺史刚走前吩咐交给你的，说是那位工部老尚书的安排，请你自行定夺。”

山宗看了一眼，册上确实盖有工部印，接过来打开。张威又偷看他神情，打开的时候还没见有什么，等看完才见他脸上有了点变化。

山宗两眼倏然一抬，朝出山的方向看了一眼。

“刘尚书写了册子，委托崇君护送女郎回都。”山外回城的路上，赵进镰坐在马上，对旁边的神容如是说道。

神容坐在马上，刚扶了下头上帷帽，闻言诧异地看他一眼，又看了眼前方刘尚书的马车。

赵进镰仿佛看出了她的意外，其实他也没想到，刘尚书要跟他商议的所谓出行安排，竟然就是这个，说是为了让赵国公安心，不能让长孙家贵女就此上路，一定要安排人护送才放心。

赵进镰看看左右，低咳一声道："刘尚书应当只知团练使，不知是崇君，我也刻意未提。"

刘尚书是为爱徒来暂时坐镇的，对于幽州团练使到底是谁，还真不需要特地过问。既然他没问，赵进镰自然不会多嘴，毕竟也耳闻了这位刘尚书与赵国公府交情不浅，多说多错。

神容心想难怪，一边转头往望蓟山看了一眼。自她告诉了山宗要回长安的消息，还没见到过他。

赵进镰又低咳一声，想看她神色，可惜隔着帽纱看不分明："不过，此事还要看崇君怎么说。毕竟他任团练使三载以来，从未出过幽州，当初接受任命时便是这么定的。"

是吗？那也未必能劳驾他护送这趟了。神容心里回味一遍，只若无其事地应了一声："有劳刺史，我知道了。"

暮色四合时，山宗回到了军所。

从马背上下来，手里还拿着那工部的册子。他又看了一眼，随手收进怀里，刀夹在臂中，一只手慢慢解着袖上护臂。

"头儿？"胡十一从演武场过来，一直走到他马旁，"听张威说金娇娇要走了，工部要你护送她回都？"

他耳朵比谁都灵光，早听到了风声，又最是个按捺不住的，总是第一个冒出来。

山宗解下那只护臂，抖去灰尘，皮笑肉不笑地看他一眼："你头不疼了？"

胡十一顿时忌惮地后退半步，捂额说："我只是觉得不对，你可是从不出幽州的啊。"他记得三年前刚入军所时，就听到过山宗的任命状，虽是一带而过，也记得那八个字：永镇幽州，不出幽州。这三年来也确实从未见他离开过幽州半步，就如那八字所言，他就是永镇此处的架势。

山宗拿下臂弯里的刀，嘴角又笑一下，什么也没说，转头进了自己的那间营房，他才又从怀里摸出那册子，最后看了一眼，连同刀一并按在桌上。

的确已经三载未出幽州。护送长孙神容回长安，他从没想过会有这样的安排。

山中忙着交接的时候，官舍里已经着手收拾了好几日，到了出发这日，也就没什么可收拾的了。

长孙家的仆从倒没打算全带走，毕竟长孙信还要来。这官舍如今不像山宗的地盘，倒好像成了他们长孙家在幽州的一处别馆了。

车马已经齐备，广源站在府门外看着，此时垂头耷耳。他多希望有朝一日郎君能跟贵人一同回去，回去繁华的东都洛阳，贵不可及的山家。眼下，贵人就要走了，郎君却连人影都不见，想来都已成泡影。正要叹息，紫瑞和东来一前一后出来了。

神容身罩披风，一手按着怀中书卷，出了官舍。踩着墩子登车时，她稍稍停了一下，忽朝街道一瞥，行人寥寥，无兵无马。

紫瑞眼尖地问："少主可是还有事要等一等？"

神容目光收回，轻轻抿了抿唇，直接登车："没有，走吧。"

昨日已与刘尚书道过别，赵进镰夫妇原本想要为她饯行也被她婉拒了，于是今日马车驶过城中长街，一路都只有长孙家一行，一如她来时光景。

时候尚早，城门未开。马车停在城下，东来近前去通传。

城头上闪出胡十一的身影，他往下喊："知道了，这便给你们开城门！"

马车门帘掀开，神容朝城上看了一眼。

胡十一打发了城头守军去开城门，正好在上方看到她微微探出的身影，摸了摸鼻子，竟然莫名地有些感慨。

这金娇娇起初叫人觉得她脾气傲，惹不起，可久了居然也习惯了，幽州没了她，那望蓟山里也没了她，便总叫人觉得好像少了点儿什么似的。他忽然想起什么，从城头上往军所方向遥望。

山宗那日从山里回了军所后，一直没有提起这事，也不知今日会不会来。胡十一想，应当是不会了，毕竟三年都没出过幽州，那是任命时发下的话，必然是有分量的，以头儿说一不二的做派，怕是这次也不会例外。

城下，马车已经缓缓通过。

天半青半白，朔风漫卷过荒野，拍打在马车两侧。空荡无人的官道上，安静得就连南去的雁鸣也没了。

车帘被吹动，神容觉出明显的寒冷，呼气时竟发现鼻间已缭绕起淡淡的白雾，冬日到了。

霍然远处马蹄阵阵，一队人马如闪电奔至，将长孙家车马前前后后围了个严实。东来迅速应对，驭马车前，差点就要抽刀，待看清那群人马的模样，又收刀退后。

神容揭开车帘，马车外面，军所里的兵马齐齐整整地装束甲胄，围住了左右，也挡住了他们的去路。后方，一身胡服贴身收束的男人提着刀，打马而出，朝她马车走来。

神容一直盯着他到了面前，才确信真的是他。她手指拨着车帘，其实很意外，但面上平静无波："这是做什么？"

山宗停在她车前："送你。"

"怎么送？"神容挑眼看他，"听说你三年都没出过幽州了，只在这里送行一段的话，倒也不必如此麻烦。"从上路到现在，她其实也没抱希望他会来了，说完这话，她便要拉下门帘。

手被一截冷硬的物事拦住，是山宗的刀鞘伸了过来，这刀鞘卡着她的手，不让她放下门帘。

"确实麻烦，安排到现在才能赶过来。"他的脸在暗淡的天光里看不出有没有笑，或许语气里有，"护送你回长安。"刀鞘这才抽回。神容一时意外，手一垂，门帘落下。他的身影同时掉转马头，去前方开道。

后方城头上，胡十一两手搭额，仔仔细细看出个大概，惊讶万分。

头儿居然要踏出幽州了？就为了金娇娇！

出幽州去往长安方向，虽一路放晴，但气候的确已经入了冬。

一个小小的暖手炉在怀里搁着，车里弥漫着炉中逸出的淡淡熏香，神容在手里摩挲了一下，揭开门帘朝外望。

马车此时正行在山道上，左右两侧皆是护卫的军所兵马。当中男人黑衣骏马，一手松松地抓着马缰，刀横马背。

神容车帘半揭，朝后方来路看了一眼，又看他。他三年未出幽州，如今却早已身在幽州之外了。

山宗似背后长了眼，忽然回头："怎么？"

神容与他眼神撞个正着，想了想说："你三年才出一回幽州，就不用担心吗？"

他问："担心什么？"该安排的他都安排好了，不然也不会在她快走的时候才赶到。只不过胡十一和张威此时大概已经累得叫苦连天了。

神容又想一下："幽州安防，再比如那些底牢重犯，都不用担心？"

"没事。"山宗语气依旧笃定，"近来安防无事，那群人我早说过了，他们不会跑。"

"万一他们知道你走了，便不管那四个人了呢？"

“那也要看到我死了，他们才会甘心跑。”

这一句随口而出，神容却不禁将门帘掀开了点：“为何，他们跟你有仇？”

山宗笑一声：“没错，血海深仇。”

神容看他神情不羁，语气也随意，这话听来半真半假，不过想起那个未申五处处与他作对，倒的确像是有仇的模样。

“少主，到了。”一旁东来忽然出声提醒。

神容思绪一停，朝前看，身下马车已停。前方是一座道观。

山宗下马：“走的是捷径，今晚在这里落脚。”

神容看着那道观：“我认识这里。”

他转头问：“你来过？”

她搭着紫瑞的手下车：“来过。”他们来时也是走的捷径，这道观就是她来的时候住过的那座，怎么没来过。

兵马进观，知观闻讯来迎，看到神容的马车和一行长孙家随从就认了出来。

“原来是贵客再临，有失远迎。”知观一面说着，一面去看那些入了这清净之地的兵卒。

道家的都讲究个观相识人，知观只看到为首的男人气宇轩昂，提刀闲立，凛凛然一股贵气与戾气交叠，分不清黑白善恶模样，与之前那位温和的长孙侍郎可谓一天一地。原本他想说一句清修之地不好带刀入内的话，最后到底还是没敢说。

一番料理过后，天色便不早了。神容在善堂用了饭，回房时天已擦黑。房内已点亮灯，她进去看了看，还是她来时住过的那间。

外面还没安静，一下来了太多人，这小小的道观根本塞不下去，光是安排客房就要头疼半天。神容在屋里听见山宗的声音：“随意安排一间便是，我没那么多讲究。”

随后知观回答：“是。”

她往外看，紫瑞正好端着水进来伺候梳洗。

“少主，知观打听了一下您与山使的关系。”紫瑞小声说，“说是怕安排的客房不妥，冒犯了您。”

神容回味着方才山宗的口吻，无所谓道：“随意，我也没那么多讲究，他既身负护送之责，又哪来的什么冒不冒犯。”

紫瑞记下她的话，一边送上拧好的帕子。

待外面彻底安静下来，已然入夜。

神容身在这间房里时没什么，坐在这张床上时也没什么，到在床上躺下，闭上眼睛，却渐渐生出了不自在。她睁开眼，在黑暗里盯着那黑黢黢的帐顶。都怪她记性太好，在这熟悉的地方，竟又记起了曾在这里做过的梦。

就在这张床上，她梦里全是那个看不清的男人。宽阔的肩，肩峰上摇摇欲坠的汗，汗水似在眼前不断放大，映出了她烛火里迷蒙的脸……神容一下坐起，一手按在怀间，压着乱跳的心口，心想疯了不成，竟又回想了一遍。

她赤着脚踩到地上，去桌边倒了杯水。水凉了，喝入喉中凉得不适。她摸摸胳膊，又坐回床上，摸出书卷，想看着分一分神，可一直没点灯，人拿着书，毫无睡意。

“破地方，以后再也不来了。”她低低呢喃一句，将书卷收好，穿了鞋，开门出去。

紫瑞还在外间睡着，丝毫不觉。

神容出了门，迎头一阵凉风，沁人心脾，倒叫她方才乱七八糟的思绪散了一散。

旁边忽然有两声脚步响，是故意点了两下，仿若提醒。神容转头，看见月色下男人被贴身的胡服勾勒出来的身形，宽而直的肩，紧收的腰，脚下身影拉出斜长的一道。

“你怎么在这儿？”她下意识问。

山宗低低说：“后半夜了，照例该巡一下，你当我的护送就是倒头就睡？”

她没作声。

“你出来干什么？”山宗其实早就听到里面动静了，走来走去的，大半夜的是不用睡觉不成。

“那房里睡得不舒服。”神容瞎找了个理由，声音也压得低低的，怕被人听见。

山宗话里有笑：“哪儿不舒服？”

“做了个噩梦。”

“什么噩梦？”

神容瞄他一眼，又瞄一眼，最后说：“我忘了。”

山宗心想在山里落难都没被吓着，如今倒被个梦吓着不敢睡了，看了眼她身上只披了外衫的单薄模样，却也没笑。

“那要如何，你就在这外面站着？”他一只手伸出去在旁推了一下，一扇门应声而开，“你要实在不愿睡你那间，就睡这间，五更时我叫东来将你的侍女叫醒来伺候，不会有人知道。否则病倒了才是噩梦，路都上不了，还回什么长安。”

神容脚下走近两步，看那扇门：“这是谁的？”

“我的，现在不用了。”他头歪一下，示意她进去，“也没别的房给你了，除了你那间，就这间是上房。”其余的客房几乎都是几人一间里挤着。他说完又笑着低语：“放心，我不会说出去的。”也不知是说她做噩梦的事，还是换房的事。

神容看了眼那扇门，又看一眼他近在眼前的身影，却另有一种不自在被勾了出来。居然叫她去睡他睡过的床，这算什么？

“卑鄙……”她低低说。

“什么？”山宗已经听到了。

“问什么，我知道你听到了。”她轻声说，“你就是想耍弄我，一边退避三舍，一边叫我去睡你的床，回头指不定还会再来呛我一回。”

山宗盯着她，黑暗里的脸看不出什么神情。有一会儿，他才笑出一声：“那你倒是别大半夜的站在外面，还叫我瞧见。”他一手握住她胳膊，往回送，“当我没说，回去。”

神容猝不及防地被他抓到胳膊，才察觉自己身上已被风吹凉，他的手抓住的臂上是满满一掌的温热。

她还没往回走，忽有声音混着脚步由远及近而来：“头儿！”

山宗反应极快，抓她的那只手改推为拉，一把拉回来，就近推入眼前的房门。

门甩上的瞬间，就听见脚步声到了门外，一个兵在唤：“头儿！”

神容被他扣着按在门背后，他口中若无其事地问：“何事？”

外面报：“有人闯入！是一队兵马！”

神容一愣，又被他的手按紧，半边肩头落在他掌中，热度全覆上来，驱了寒凉，叫她不自觉颤了一下，又忍住。

“什么兵马？”山宗又问。

兵卒回：“是此地的驻军，直冲进来，说凡幽州军过境必查，头儿是否要下令应对？”

山宗忽而笑了一声：“我知道是谁了，先别动手。”说完他一手携着神容往里去，直推到墙角，那里设案摆烛，供奉三清。地方太小，山宗将她推进去，一手扯下上方搭着的软帐垂帘。

神容不知背后靠着哪里，只觉得整个人都被压在又窄又小的一角，身前就是他身影，动不了，被他扣着，垂帘一拉，她几乎完全贴在了他怀里，像被抱着。

之前在山腹里也被他抱过，但当时满心想着出去，不像这回，她能清楚地感觉出他抵着她的肩和胸膛有多结实。

她的手垂在身侧，抵着他的腰，手指一动，刮过他腰侧，又被他一下贴紧压住，无法动弹。呼吸略急，她胸口起伏，又想起梦境，但梦里没有他的气息，此时周遭全是。

果然卑鄙。她咬着唇想。

山宗这一番动作又快又急，完全听着外面动静而动，怕她出声被察觉，根本不给她动弹机会。她此时不动了，他便也不动了。

她穿得太单薄，襦裙坦领，他眼前就是她颈下大片的雪白。那片雪白微微起伏，以他的眼力，在昏暗里也被他看得一清二楚。他耳朵听着外面的动静，牵扯着她的鼻息，慢慢转开眼。

彼此无声的瞬间，外面亮起火光，有人举着火把到了门外，脚步阵阵，这架势是来了一大群人。

“领幽州军的就在这间房里？”一道声音问。

周遭传出齐整的拔刀声。

那道声音道：“幽州军自我境内过，居然还要对我方拔刀相向？是想吃罪？”

门赫然被破开。

声响的瞬间，神容看见山宗的脸朝她一转，食指竖在嘴边，做了个噤声的动作。下一瞬，身上一空，几乎就在有人进门的同时，他就掀帘出去了。

火光映在门口，没照进来，神容在垂帘缝隙里刚好能看见门口来人的模样。是个年轻男子，瘦高面白，眼睛细长，同样着武装胡衣，配的是柄宽刀，扫视四下：“领军的人在何……”话音骤停，他目光落在帘外，脸色一变，“山宗？”

山宗挡在垂帘前，整一下被压皱的衣襟，又收紧了绑着的护臂，才看他一眼：“怎么，头一天认识我？”

对方打量着他，火光照出细长的眼，里面没有善意：“我接到消息说有幽州军过我檀州地界，居然是你本人亲率。我是看错了不成，你居然出幽州了？”

山宗说：“既是我本人亲率，还有什么问题，劳你檀州周镇将半夜来查？”

“兵马过境就该查，何况过的是你幽州军，我更要查。”对方看着他，回得很冷硬。

神容透过垂帘缝隙暗暗看着。

此地属于檀州，她记得以往幽州还有节度使一职时，下辖九州与两县，檀州也是下属州之一。如今没了节度使，各州分治，也分出了各州军政。檀州地位不及幽州重要，因而军政之首只称镇将，不比团练使。

她觉得这个姓周的将领半夜突袭，如此行为，好像是有意针对幽州军而来。再回味一下，又觉得不是，更像是针对山宗。但随即她就看不分明了，是山宗又往帘前挡了一步，遮住了缝隙：“下州镇将，还没资格查本使。”

对方脸色顿时不好，白脸里透出微青："既然各州分治，这里不是幽州，在我地界，我就能搜查你所有人，每间房。"

神容下意识地捏住衣角，兵马莽撞，或许他真做得出来。

忽听外面一声笑，山宗拖过一张胡床，在帘前一放，衣摆一掀，坐了上去，一手执刀撑地，两眼盯着他，嘴角始终挂着抹笑："你可以试试，敢在我这里搜半寸，我也不介意二州相斗，在道门之地见血。"

刚才破门而入的兵手中火把一晃，竟各自后退了半步，因为都知道他从不说半句虚言。方圆各州，谁人不知道幽州团练使是怎样的为人。

对方脸色几度变幻，一言不发，似在权衡。山宗就这么撑刀坐着，冷眼相看，与他对峙。

许久，大概久到火把都快烧去半截火油的时候，他才终于挥手示意左右别妄动，看着山宗道："我的确没算到来的是你本人。算你有种，为了不让我搜查，连这种狠话都放了。"

他环顾左右，又道："听闻观中还有其他贵人在，今日就先到这里，免得闹大了难看。"说完沉着张脸转头走了，迈出门去时手上还紧按着宽刀，憋了一肚子火的模样。

左右持火来兵纷纷随他退出。外面的幽州军防范到此时，这才陆续收刀回列。

东来在门外紧跟着就道："山使，少主……"

"没事。"山宗及时地打断了他的话。这么大动静，一定叫全观都惊动了，只要那房里紫瑞一醒，必然就会发现他们的少主不见了。山宗撑刀起身，朝门外吩咐："关门，收队。"

一名兵卒立即将门关上，外面众人脚步声离去，房中又再度暗下。

垂帘被掀开，山宗走了回去，神容还在暗处站着。

"那是什么人？"她问。

山宗说："檀州镇将周均。"

神容低低哼一声，心想以后就别叫她再遇见此人，口中又问："他也跟你有仇？"

山宗笑了："没错，我仇人很多。"

神容虚惊一场，看一眼他的身影，还想着他方才拦在外面的模样，本要转身，发现身前被他堵得严严实实，才察觉出应该出去了，可又被他挡着进退不得，轻声说："让开。"

山宗看着她在身前轻动的身影，昏暗里她声一低，便有些变了味。他声音也跟着变低："等着，等外面没动静了，我先出去。"说完，他真静静地等了一瞬，脸始终朝着她，直到听见外面自己的兵卒都归了队，脚步已远，才转身掀帘出去。

门拉开，外面又传出东来的声音："少主她……"

"跟我走。"山宗发了话，顿时外面连最后一点动静也没了。

神容理了理衣裳，这才匆匆出去，拉开门，提着衣摆，直到迈入自己房中都走得很快，关上门时又捂了捂心口，她才舒出口气来。

"少主昨夜后半夜是去了哪里吗？"早上动身前，紫瑞忍不住悄悄问神容。

昨夜她被突来的兵马动静惊醒，就发现少主不见了。等她急忙出去叫东来找了一圈再回来，却又见少主好好地回来了，就躺在床上安然地睡着。怕打扰她安歇，紫瑞就一直忍着没问，直到此时要走了，才有机会悄悄问出口来。

神容走出房门，手指上绕着披风领口的系带，语气清淡地说："没出去过，定是你瞧漏了，我一直都在房里，外面那么乱，我早听见了，又怎会出去？"

紫瑞跟上她脚步，心想或许自己是被那群突来的兵马给弄慌了，所以才看漏了？

道观外已经准备好要启程。神容走到最外面的三清殿，一眼看见山宗已经在殿里站着。

她脚刚迈进去，他的目光就看了过来，不偏不倚与她的视线对上，彼此不动声色。昨夜后半夜的事，各自心照不宣。

旁边知观的声音传来，神容才转开眼。

殿中香案上摆着香烛祭品，众道士正列在两边轻声诵经。知观挽着拂尘上前来，呼一声"三无量"，施礼道："昨夜出了那样的事，定然惊扰贵人了，今早在此设香供奉，以求保佑，愿此后都不会再有此等兵戈之事出现在这小小山门。"

神容看他挽着拂尘的那只手里还端了盏清水，里面搭着一根飞禽如雪的白羽毛，问道："这是要做什么？"

知观道："这是取水能清净万物之意，贫道请为贵人去一去晦杂之气，便也是希望此后贵人一路都能顺意了。"

神容料想昨晚那一出叫这些道士吓了个不轻，但引出这事的人此时就在旁边站着呢。她挑眼看过去，冲着山宗道："我就不用了，倒是有人需要的。"说着两指捏住那根白羽毛，沾了沾盏中清水，往旁一步，走到山宗跟前。

山宗发现她走近就看住了她。

神容手持羽毛，一脸认真地在他肩头左右各点了两下，一面振振有词地说："愿君去晦，此后少有仇人上门寻衅。”

轻飘飘的羽毛从他左肩跳到右肩，无意间拂过他下巴喉间，带来轻微的痒。山宗喉头不自觉一动，垂眼，看见自己黑色的胡衣肩头留下了点点水迹，眼睛又看向她。

神容做完了，看他一眼，转头将羽毛放回知观手中，大约是觉得他那威风齐整的戎装肩头被她拂了这几滴水有些好笑，眼睛都弯了。

山宗看得一清二楚：“有这么好笑？”

神容抬起头，一本正经地说：“我哪有笑？明明很认真地为你去晦了，竟还不领情。”说完，她便举步出了殿门，要去登车了。

山宗一直看着她出去，扬起嘴角，又看了眼肩头，抬手拂了一下，笑还在嘴边。

知观看了他几眼，见到他露出这出乎意料的笑颇为不可思议，才敢上前来搭话，奉上一枚叠着的纸符：“这是为贵人准备的平安符，还请郎君转交。”

山宗看了一眼，又朝外看了眼刚刚落下的车上门帘，笑才收敛：“免了，这一路她由我护，用不着这个。”

知观愣一下，尚未来得及应话，他已经一手提刀，大步出殿走了。

众人上马，队伍启程。

离开道观坐落的那座山，马车驶上官道，神容从敞开的窗格朝外看。初冬时节，两侧是一望无垠的荒野。尘烟弥漫过处，荒野远处隐隐显露了一群骑在马上的人影。

离得太远，神容正想眯眼细看，窗格旁传来山宗的声音：“不用看了，还是他们。”

她便会意了，果然还是昨夜那个叫周均的镇将。想起昨夜的事她便不悦，险些被撞见不雅模样，眉心都蹙起来了：“难道他们还想再来一次不成？”

“他们不敢再来，除非真想动手。”山宗说着，看向窗格，声音带着一丝难以察觉的笑意，“如果他们再过来，那岂不是说明你刚才在道观里那一番是白忙活了？”

神容闻言不禁朝他那水迹未干的肩膀看一眼，仍有些想笑，还是忍住了。

堂堂团练使，竟就这样肩挂水迹上了路。一定是他浪荡惯了，才会这样一点也不在意。

直到出了檀州，周均的兵马果然再未近前。

因走捷径之故，队伍不用多久就远离了幽州河朔大地。自北而来的寒风随着他们的队伍一路同行，进入了中原才开始转小。天上的日头虽依旧很远，但比起河朔幽州，勉强还是能感觉出淡薄的温度了。

马车缓缓驶向前方的城门。

紫瑞坐在车门外，算了下这连日来赶路的时辰，因为捷径上时常落脚不便，大多时候都暂歇一晚就又继续上路，一直没好好在哪座城里待上一待。此时就要入眼前这城，也算是沿途难得一见的热闹情景了。于是，她回头问帘内："少主，进了城可要停下歇一歇？"

神容在车内说："那就停车吧。"

队伍在城门口停下。城头上有守军，远远看见有兵马到来，例行下来两个人见询。

山宗坐在马上，只从怀里取出那份盖有工部印的册子出示了一下。

神容揭开车帘下来，戴上披风上的兜帽，朝他那里看了一眼。两边军士已经互相见完，守城军见是有京务的兵马便客客气气地请山宗入城。

山宗朝她这里看来，见她出了车，便也下了马，将缰绳交给后面的兵，走了过来。

神容见那两个问询的守城军还追着他看了几眼，又看了看她这里，这才陆续回去守城了。她问山宗："他们做什么要看你我？"

山宗无所谓地一笑："管他们做什么，爱看就看。"

神容便没在意，转身朝城内走。

紫瑞想少主应是坐久了马车乏了，想要走一走，便和东来领着人在后面跟着。

山宗回头示意自己的兵成纵队在后护卫，不知不觉与她并肩而行，脚下已经走出半条长街。

路上偶尔有路过的盯着他们瞧，神容发现了，低声说："我怎么总觉得有人在瞧我？"

山宗早看过周围，提刀的那只手玩儿似的，拇指在刀鞘上一按一按，嘴里说："有些是好奇的百姓，有些是小毛贼，兴许是想看看有无机会动一动歪脑筋，谁让你看着就是个贵人。"

神容抬头看他一眼，心想其实他只要换身装束，如以前那般锦帽貂裘，又何尝不是一副贵人样。心里只过了一下，她随口问："你怎么知道？"

"以往幽州贼匪遍地，这种人我见多了。"山宗脚下一转，从她身后绕过，走到了外侧，将她挡到了道路里侧，眼朝路边一扫，顿时两个鬼鬼祟祟跟随的身影就掉头跑了。

神容这才相信了，不禁又看他一眼。他平时很坏，这种时候却还是叫人心安的。

山宗连神情都没变过，对上她视线才露了点笑，随之却又收敛了。他脚下没停，稍微朝后偏了下头，忽而朗声说：“都在这里等着。”他的那队兵立刻停下。后方跟着的紫瑞和东来对视一眼，也停下来。

神容刚回头看来，就听他低声说：“跟着我走。”

她微怔，看看左右，不动声色地跟上他脚步。

山宗起初只是慢条斯理地提着刀在走，神容便也不紧不慢地跟着。到了前方岔道口，他先拐了进去。

神容走到那儿，也跟着拐进去，从方才的主路拐到了眼前的小路上，却没了他身影。

一只手忽然伸出来抓住她手腕，她一转头，人已被拉入侧面一面矮墙后。山宗的声音低低响在头顶：“别声张，还有人跟着我们。”

神容错愕，看了看他近在咫尺的衣襟：“还是毛贼？”

“应该不是，看起来是同时盯着你和我两人的，叫别人等着，才好把他们引出来。”山宗眼睛看着外面，面沉如水，“应该快来了。”

神容刚想问那要如何应对，就见他脸上露了玩味的笑来：“走，玩儿他们一下。”

他又往外走，脚一动才发现手还扣在她手腕上。神容由他拖着手，正两眼看着他。山宗这才松开，好笑地摸了下嘴。她一路捧着暖手炉，袖口沾染了熏香，似也沾在了他手上，抹到了口鼻间，清晰可闻。

神容看他走出去了才跟上，仔细听了又听，没听到什么，只能看着他动静。

山宗忽然停了，手里又和玩儿一样摸刀鞘。

神容见他停下，表面无事一般走过去，伸出手来，在他腰上绑缚护腰的革带搭扣上按了一下，仿若妻子为丈夫整理衣裳一般自然，借着靠近，轻声问：“哪里？”

山宗不禁垂眼去看她的手，那只白嫩的手五指纤长，从他腰上抽离。他不确定她是否有意，但他的确多看了几眼。

“别问，一直走到头等我。”他压着声，一手在她腰后轻推了一下，眼神示意她往前。这下顺水推舟，看起来倒真像是彼此亲密的了。神容往前走时，总觉得他是故意的。

走到尽头就是个死巷，她这才明白山宗是在找地方动手。她怕还有人在暗处盯着，往巷里多走了几步，一面猜测着是谁一入城就盯上了他们。若是只盯着山宗，那可能还是他的仇人，可盯着他们二人，那会是谁。忽然想到，难道是熟人？

没过多久，忽然传来一声痛号，神容闻声转头，就看见一人被狠狠摔了进来。山宗挡在巷口，刀未出鞘，直接抵在那人喉咙上，低声问：“谁叫你来的？”也不知他是如何动的手，那人躺在地上根本已说不出话来。

忽然外面有道声音喊道："等等！"

山宗冷笑，侧过身："这时候才算真现身了。"

神容朝巷口外看去，一马疾驰而至，马上下来一个身着甲胄的少年，快步过来，一看到山宗就跪了下来，头直点到地上："大哥，你终于回来了。"

山宗看了他一眼，缓缓地收了刀："是你。"

神容马上就认了出来，打量着他，那是山宗的幺弟山昭，没想到竟然会在这里遇见。

山宗脸上竟没多少意外："城头守军是山家军，所以进城就盯上我了。"他其实进城时就有数了，只是没想到自己的亲弟弟就在这里。

山昭一下抬起头："终于见到大哥回来，不敢贸然相认，才悄悄派人跟随。"他又看向神容，这下眼睛都红了，"嫂嫂，我没料到你竟跟大哥一起回来了。"

神容一怔，看一眼山宗，不自在地别过脸："你叫错了。"

山昭是山宗一母同胞的嫡亲弟弟。三年前，神容还在山家时，他还是个半大的孩子。如今即便跪着，也能看出蹿高了一大截，长成了少年模样。

那时候山宗领兵在外，山昭因为年纪小却终日在家，所以认真计较起来，在神容那半年的山家生活里，跟他这个弟弟反而还要更熟一些。一个是长孙家老幺，一个是山家老幺，本也投契。后来她和离远去时，恰逢山昭入营受训，一别三年，再没见过。

大哥三年未见，嫂嫂也是，也就难怪山昭一见他们就红了眼。他爬了起来，把地上躺着的那个兵拽起来往外推，打发人走了，只剩下重逢的三人，才吸吸鼻子，面朝神容道："都怪我当初不在家中，没能拦住嫂嫂，嫂嫂如今不认我也是应该。"

神容又蹙眉，心想这是岔到哪儿去了，低声说："少胡说了，那与你何干？"说着瞥一眼旁边的山宗。

山宗也看她一眼，脸上又是那副似笑非笑的表情，但只一下就隐去了，伸手提一下山昭后领："行了，这么大人还这德行，没点长进。"而后又看神容一眼，"走吧。"

神容正要跟着他出去，袖口忽被扯住了。

山昭拽着她衣袖，另一手直接抓着山宗手臂："大哥，在我这里留一留不成吗？"说着，他的眼睛又要红了。

神容对他这模样一点不奇怪，她记得他十分敬仰山宗这个大哥，有事没事都把他挂在嘴边，曾经那半年里，但凡有他大哥在外的消息，都是他第一个跑来告诉她。

“嫂嫂，大哥还有三五日会经过洛阳，说不定到时就能回来看你。”

“嫂嫂，大哥又换地方了。”

“这回我也不知大哥调兵去哪里了，嫂嫂不用挂念，等我有消息了就来告诉嫂嫂……”

想到这里，她甚至有些不忍心，一时就站住了。

山宗看了眼被他抓着的胳膊，又看了眼神容，笑着叹气：“行吧，左右也是要落脚，说地方吧。”

山昭顿时大喜，松了手出去带路：“不远，大哥快随我来。”

半个时辰后，军所人马齐整地进入城中守军住所，在空旷的高墙大院里停下整歇。长孙家护卫随从也由紫瑞和东来领着，一并跟了过来。

山昭此时心情平复了，一到了地方便要亲自送神容去后方住所。那里有一处两层的小阁楼，存放兵书用的，平时不住人，如今正好可以给他嫂嫂这样的贵女住。

他沿着长廊在前带路，边走边说：“我随军在这河东一带驻守有半年了，今天能看到大哥携嫂嫂同归，才知道来这里是值得的。”

神容缓步跟着，看了看他侧脸。

山昭跟山宗虽是一母所出，但并不相像。山宗剑眉星目，一张脸棱角分明，天生一身的英气，自带威仪，一举一动都张扬不羁。他这个弟弟却面貌柔和许多，看着就好脾气，本身也的确是个服帖好说话的秉性。

她不免就放软了点语气：“都说了你叫错了，我已经不是你嫂嫂了。”

山昭自然记得和离那桩事，可看她都随大哥一起回来了，难道还不是事有转圜？他想嫂嫂可能是对山家心存不快，越发感到内疚，脚下慢慢走到阁楼大门前，为她打开门：“可是，我心里只认你这一个嫂嫂，不叫嫂嫂又能叫什么？”

神容被他的话弄得不知该说什么，提着衣裙入楼时说：“随你，反正别再叫我嫂嫂。”

山昭目送她进了楼，再回到长廊上，看见大哥在那儿站着，脚步就快了：“大哥。”再见他，山昭又要施礼。

山宗刀鞘伸过来一托，拦住了，一手在他肩头拍了两下，勾着唇说：“还不错，这三年结实了不少，就是动不动就哭的毛病没改掉，哪像个山家爷们儿。”

山昭强忍着如潮的心绪：“我比不上大哥，山家的儿郎就没人比得上大哥。”

自小山宗就是他们山家子弟仰望的目标。他是山家老大，从小天纵英才，除去一副不羁的秉性，几乎没有缺点。山家儿郎到了年纪都要入军营。家中希望他有所收敛，特地让他学文到十五岁才入军营，可即便如此，短短三年他就练出了一支强悍兵马，成了叫人闻风丧胆的领军将才。

人如其名，他就是山家之宗，万心所向的砥柱。山昭至今印象最深的，还是很小的时候，跟着他在雪地里演练兵法的场景。那时候山宗是最清闲的，会时常在家，披一身厚厚的貂领大氅，拿着截树枝就如利刃在手，懒洋洋地立在山家的练武场里指点他。

那时候他玩心重，根本不想学，反正怎么学都是赶不上大哥的。山家有他大哥一个天之骄子就够了。可他没想到，后来大哥与嫂嫂和离，居然就断然离开了山家。

“想什么呢？”山宗手里刀鞘敲他一下。

山昭回过神来，为了证明自己是个爷们儿，只能堆出笑：“我见大哥回来高兴，还以为这辈子都见不到你了。”当初他跟嫂嫂和离，在家引起轩然大波，山昭想去找他，却身在军营，始终没能成行。

他还是山家那个无人企及的标杆，但也是离经叛道的反例。如今在山家已成禁忌，几乎无人提及，就怕提了长辈伤心。

山宗笑一声：“我知道你在想什么。我的事，你就别操心了，该干什么干什么，别搞得像生离死别一样。”说完刀鞘又在他肩头一敲，就如当年在练武场指点他时，偶尔用树枝挥过来的一记抽打，而后便转身走了。

山昭看着他背影，总觉得他还是当初的大哥，可到现在他也并未应自己一声。如今他脱去了锦衣华服，甲胄加身，却又像比以往更加恣意，更难以束缚了。

阁楼里点上灯的时候，神容已在楼上待了几个时辰，一直在看书卷，连饭也是在房内用的。

她不想再对着山昭的红眼眶，也不想听他一口一个“嫂嫂”来叫她。她倒想硬起心肠，可每每想起那半年相交，又觉得他可怜兮兮。

紫瑞送了热水进来，竖起屏风。难得有个不错的落脚处，今日能为少主备汤沐浴。

神容走进屏风时，紫瑞刚试了试浴桶里的水温，屈膝说：“热度刚好，少主稍候，我去取澡豆来。”说完先退出房去了。

神容听了下外面动静，一点没听出来，一对亲兄弟三年没见，居然没一点热闹。随即想起山宗先前的模样，便也想通了，从见面到现在，分明就是山昭一头热。

她边想边解了腰带，褪去外衫，刚搭到一旁架上，就听见门响，有人进了门。她以为是紫瑞，自然而然地吩咐：“过来吧，可宽衣了。”

没有回音，她转头，半边身子探出屏风，一眼看见门口侧身站着的男人。

山宗一手搭在门上，看起来正要出去，但已经被她发现了，他手收回来，看她一眼，嘴角扬起："这我就不能帮忙了，是山昭那小子搞错了。"竟然告诉他在这里安置，来了就看见屏风后雾气蒸腾，女人身影袅娜，正在宽衣。这房间根本是长孙神容的住处。

神容看一眼自己身上，想起刚才居然是在叫他过来宽衣，耳后就有点生热，看着他的眼神动了动："你都看到了？"

山宗嘴角的笑深了点，实话实说："隔着屏风，并没看清。"

神容看到他那笑，耳后就更热了，一咬唇，从屏风后直接走了出来："如何，你还要看清点不成？"

山宗的眼神渐渐定住，看着她从屏风那里走到跟前。

她身上只剩了一层薄薄的中衣，白而轻透，里面软绸绣纹的抹胸若隐若现，一根系带轻束腰肢，半松半挽。偏偏她还逆着灯火，婀娜的线条在他眼底勾勒描摹得淋漓尽致。

神容抬头，露出颈下的大片雪白："你看啊。"

说完这话，她就看见山宗的眼睛轻眯了一下，眼底敛尽了灯火，幽沉里蕴了两点亮，那点亮里是她抬起的脸。

他嘴角依旧提着，薄唇轻启："看来我说的话你已经忘了。"

她眼珠动了动："什么话？"

肩上忽然一沉，是他的两只手伸了过来，一左一右捏住她肩上微敞的衣襟，往中间一拉，遮住了那片雪白："我说过，你再这样，迟早要吃亏。"

神容被他两手紧紧抓着衣襟，不得不把头抬高，正对上他黑如点漆的眼，只觉他方才手从自己肩下蹭过后，有点火辣辣的疼。

"吃亏的也可能是你。"她挣扎一下，想拨他的手，"松开。"

山宗被她的犟劲弄笑了，不仅没松开，还腾出只手，连她那只手也给制住了，往前一步，迫使她后退。

神容被他压得直退到了墙边，他手才松了。身侧一响，他推开了窗子。

门紧跟着就被"吱呀"一声推开，神容扭头，紫瑞走了进来，手里捧着只装澡豆的小袋："少主，请入浴吧。"

她一回头，窗户大开，哪儿还有男人的身影？

紫瑞见窗户开着，过来关上，小声嘀咕："什么时候开的，我分明关上了的。"

神容理一下被男人扯皱的衣襟，又摸一下肩下，到此时才察觉颈边也是烫的。走入屏风时她一只手还按着，低声说："不用管，闯进来只野猫罢了。"

阁楼外隔了栋院子就是山昭的住处。山昭刚进屋，门就被一脚踢开，走入了一个男人高大挺拔的身影。他诧异地看过去："大哥，你不是安置去了？"

山宗过来扯着他后领一拽，刀随手抛去他床上："谁叫你瞎安排的，叫我们同房？"

山昭这才明白怎么回事，却是更诧异了："你们夫妻既然已经和好，难道还要分房？"

"谁说我们和好了？"

"你们都一起回来了，这不是和好是什么？"

山宗想踹他，看他什么都不知道，还是忍了，掀衣在他床边坐下："你的兵没告诉你我出示的工部册子？"

山昭眨了眨眼，还有点没回过味来："那……难道就只是京务？"

山宗随意摩挲了一下手掌，手里似还有女人肩下的滑腻，漫不经心地说："不然呢？自然就只是京务。"

山昭盯着他看，他的脸隐在忽明忽暗的灯火里，只听得出口气里的随意，看不分明神情，也听不出这话是真是假。

山宗收起一条腿，又看他一眼："所以，你即便去告诉山家我回来了，也没什么用。"

山昭顿时无言。其实去洛阳送信的快马刚刚启程。

次日，神容下楼时，才察觉这地方有些热闹了。紫瑞朝外面看了看："少主，好似来了不少人马。"话刚说完，就有一个守兵过来请神容去前院。

神容带着紫瑞走去前院，山昭正好从厅门里出来，看到她就上前来请："嫂嫂，昨日匆忙，没能给你们接风洗尘，今日安排了，快入厅坐。"神容刚要开口，他似反应过来了，垂下头，"我知道了，自是不会在外人面前乱叫的。"

她心想还分什么外人，如今他们彼此就是外人。但看他这模样，或许山宗已经与他说了什么了。她将紫瑞留在门外，一言不发地进了门。

厅中设案列席，上方坐着山宗。神容款步走去，在他身侧的案后坐下。

山宗早就盯着她，这两日天气好，她都穿着宽松的抹胸襦裙，总露着一截雪颈。只一眼他就记起了昨日情形，想起她当时叫他松开的模样，自己也觉得当时手上力气太大了点。

神容眼睛瞄过来，发现他盯着自己，微微启唇，比了个口型。

山宗一只手搭在案上，低声说："你竟然骂我。"

她那口型分明是：登徒子。

神容轻声说："骂错了？若我当时叫一声，你看吃亏的是谁？"

"还是你。"山宗笑，"你觉得我会让你叫出来？"

神容顿时眉头一挑，眼又朝他看去。

山昭忽然进了门，打断了二人："大哥，这城里的山家领兵都到得差不多了，都是听说了你入城的消息赶来拜见的。"

神容便明白为何外面来了许多人马了，原来赶来的都是山家的下属。那她在这儿坐着就没什么意思了，她又不是山家人，难道还要受那群人拜见不成？

外面有兵来报又来了几个，似乎很急切。山昭要去安排，边出门边道："大哥稍坐，我去叫他们来。"

他刚出去，神容就站起来出门。走到门外，却觉得身后有人跟了出来，她回头，发现山宗就在后面。他指一下外面："外面有马，你不如先骑了去城里等我。"

神容不明就里："为何？"

他低笑："难道你还想在这儿待着？"

她便明白了，眼珠转了转，居然觉得这个主意很不错，点了点头："可以。"说完招手唤过紫瑞吩咐了两句，就提着衣摆迤迤然往外去了。

的确来了很多人，都在邻院偏厅里跟山昭说话，人声嘈杂。经过那里就到了外面的高院，军所的马都还拴在这里。

东来跟了过来，受她示意，为她牵了一匹马来。神容将累赘的衣摆理了理，踩镫上马，奔出了大门。守门的兵没敢拦，去匆匆禀报山昭了。

神容策马，一路奔至大街，回头看时，两侧路人都在好奇地朝她观望。但很快他们就纷纷避让开了。一匹烈马闪电般朝她这里奔了过来，马上的男人黑衣凛凛、势如疾风。

"走！"山宗经过，根本未停，手中刀鞘在她身下的马臀上重重一拍。顿时，神容的马就紧跟着他奔了出去。

后方很快传来山昭策马追来的呼喊："大哥……"

哪里还有那两人踪影。

一直到出城十里后，神容才勒住了马，这一路跑得太快，停下了她还有些气喘吁吁。

山宗在她前面停下，扯缰回头，遥遥往后看了一眼："甩掉了，他没追上。"

神容瞄瞄他，喘口气说："可真是个绝情的大哥。"

山宗看着她被风吹得微乱的发丝，微微泛红的双颊，笑着问："那你又如何？"

"我如何？"神容理所当然地回，"我又不是山家人，我走本就是应该的，怎样都不能说是绝情。"说话时，她扯着缰绳打马从他身旁越过。山宗的目光随着她的身影转了半圈，笑有点变了味，因为她没说错。

"我自然绝情，你是最清楚的。"他扯着缰绳，缓行跟着。

神容闻声回头，他就那样眼神幽深地看着她，仿佛是在打哑谜。她忍不住鼻间轻哼一声，转过头来，低声说："没错，我最清楚了。"一路看下来，还是个绝情的坏种。

远处，军所兵马已经以行军速度赶来，紫瑞和东来领着剩下的长孙家护卫随从紧跟着就到了。毕竟两个为首的已经溜了，山昭不会阻拦他们。

队伍拖着尘烟，过来与他们会合。紫瑞从马车上下来，请神容下马登车。神容刚要下马，旁边男人绑着护臂的胳膊伸过来，拦了她一下。

"我要是你，就还是骑马。"山宗说。

神容不禁奇怪："什么意思？"

"会比较方便。"他玩味地笑，"放心，我没必要拿这个骗你。"

神容想了想，刚才直接离开也是他的主意，倒是省去很多麻烦，便没下马："那就勉强信你一回。"

山宗手里刀鞘这次在她身下马臀上轻拍了一下，带头往前先行。

队伍又继续启程。

之后的路上，神容果然没再乘车，只要上路，便一直都是骑马与山宗同行。

时日推移，山昭连同他驻守的河东大地都被他们甩在了身后。冬日也渐渐深了，日头离得更远，再无丝毫热度，但好在一直是好天气，无风无雪。

神容坐在马上，身上罩上了厚厚的披风，兜帽戴得严严实实。

远远的，视野里露出了一片山岭，如剑出鞘，遥指天际。

神容对走的这条捷径的确算不上多熟悉，但对山是熟悉的。她边行边看，恍然间就明白了："原来就快要到洛阳了。"看这山脉走势，分明就是洛阳附近的山岭。

山宗在她旁边并驾同行："嗯，没错。"

洛阳在东，神容看着他行马的方向，却是朝着另一头，会意地说："看来你并不想从洛阳过。"

山宗脸偏过来："难道你想从洛阳过？"

她毫不意外地回答："不想。"山家就在洛阳，她来时那趟就特地绕路避开了，回去时又怎会经过。

山宗看见她转开脸时眉眼神色都淡了，便知她在想什么，扯了下嘴角，什么也没说，只抬手朝后方挥了两下。军所兵马看出军令示意，立即紧跟而上。

山宗靠近神容马旁，指一下后方的东来："我的人带上，你那些随从还是得要叫他们再落后一回了。"

神容心不在焉地问："你又想如何？"

"往右一路而去有个小城，可以绕过洛阳，我们去那里，才不会被人截住。"

她这才集中精神看着他："截住？"再一想，前后全明白了，"你让我这一路都骑马而行，莫非是随时准备着还要再跑一次？"

山宗盯着她，黑如点漆的眼忽而一动，往那片山岭的方向扫去个眼色，示意她看。神容扭头，隐约间看到那片山下拖拽着一股细细烟尘，一队渺小如黑点的人马身影若隐若现。

"你发现了？"他说，"都是和山昭手底下那群领兵一样的下属，麻烦得很，一旦见到了你我，争着拜见，没个十天半月就别想脱身了，你又是否想见？"

神容心想见什么，那些人与她何干："自然不想。"

"那还等什么？"山宗忽笑一声，"再不跑就来不及了。"说完刀鞘精准地抽到她的马身上，神容立即就被奔驰而出的马带着疾掠了出去，山宗带着兵马紧跟而出。

他早知道一旦遇上山昭，他回来的消息就一定会被送去洛阳。以山家在洛阳的势力，只要他在洛阳附近任何一片地域现身，就逃不过他们的眼线。果然，这次还没等到他们抵达洛阳城门，就已有人盯上来了，想必是收到消息后彻夜赶来这里等着的。

远处那群渺小的黑点似乎有所察觉，细烟扭转，往他们这里接近。

神容嫌麻烦，遥遥疾驰出去时就唤了一声："东来！"这是要他帮忙挡着那群人的意思。

后方东来的回应随风送至："少主放心！"被撇下的长孙家护卫们于是转向，去半路上横拦那群黑点。

另一头，两匹快马已经竞相追逐着奔出去很远，后方是齐整的兵马纵队，拖着没来得及被吹散的灰尘。

疾驰几十里外，城镇已至。

一扇灰扑扑的高大城门正在前方巍巍敞开着。神容的马一路快跑入了城，才放慢下来。

城里居然很热闹，街上都是人，她不慢也不行。待她扶着被风吹歪的兜帽回头看时，才发现不见了山宗的身影。方才明明还听见他和军所那阵齐整马蹄声就紧跟在后，入城一阵喧闹，只这一下工夫，竟然就不见了。

人还没找到，路上的居民却已越来越多。神容的马被挤得顺着人流往前了好一段，才看出城中是有庙会。

沿街都是摊点铺子，行人如织。街心架着高台，附近庙宇里的僧人们正在高台上谒经诵佛，下方是如潮的善男信女。

神容抓着缰绳乘马到那台下，再也无法走动了，干脆停了下来。她眼睛扫视四下，仍未看见山宗的身影。不禁蹙起眉头，前后围得水泄不通，也进退不得。

山宗还在城外。他发现有几个没被拦住，还是跟了上来，嫌碍眼，进城前指挥人兜着他们转了一圈，彻底甩开了，才入了城。没想到今日敞城，里面竟然如此热闹。

神容不在入城处，只这一会儿工夫就不见了踪影。他只扫了几眼，便示意左右上前。军所兵马分两侧开道，再拥挤的路人也得避让。中间只勉强让开两人宽，山宗已直接策马经过。

直走到人声鼎沸的大街中心，他才看见那诵经高台下方还坐在马上的神容。她一只手扶着兜帽，眼睛慢慢扫视着四周，眉心微蹙。山宗见到她人在视线里便勒了马，摆手叫左右收队，一边紧紧盯着她。

神容时不时地被推挤一下，也不能全然专心找人，眉头蹙得更紧，咬了咬唇，甚至想张口唤一声，看看这么多人，还是忍了。

那边山宗将她的神情看得一清二楚，忍不住笑了，一只手轻轻摸着刀鞘，看她何时能发现自己。

忽闻高台上一声敲钵声响，某个僧人念起了《坛经》：“时有风吹幡动。一僧曰风动，一僧曰幡动……”经声里，神容的脸终于转到了这个方向。

山宗与她对视，耳里清晰地听见僧人念出后半句经文：“不是风动，不是幡动，仁者心动。”他嘴边的笑又扬起来。

神容却已在对着他拧眉了，动了一下，似想过来，又无路可走。

山宗倒也干脆，手抬起来，故意抽了一下刀。半截刀出鞘，声音不高不低，紧靠左右的百姓已经被吓得避让开了。军所的人马又聚拢而来，分开人群。高台上僧人仍在安然念经，不问俗事。

山宗驭马过去，周围的人虽避让，也都忍不住打量他们，尤其是往神容身上瞧。他扫了两眼，伸手抓住神容马上的缰绳，往身边一扯：“走了。”

神容的马完全由他掌控，被他牵出这泥淖一样的人堆里。

"差点都把人给弄丢了，你便是这样护送的？"出人群时，她故意盯着他问。

山宗看她一眼，笑："你不也没丢。"

神容轻轻白他一眼，本想说什么，看到前方已往城外而去，就没作声。

马受缰绳牵扯，不自觉就挨近，彼此的小腿几乎贴在一起，轻绸的衣摆蹭着硬革的马靴，窸窸窣窣。神容忍不住动了一下腿。

山宗感觉腿侧有她的腿蹭过，垂眼看了看，反而把缰绳又扯得更近，她动不了了。

直接穿城而过，从另一道城门出去，就到了城外。彼此紧挨的两匹马这才分开，山宗松了缰绳："这里没人堵着了，东来如果够聪明，可能已经从另一头绕了过来。"

这里是洛阳附近，他自然了如指掌。神容听了没说什么，抓住缰绳："真快。"

山宗看她："什么真快？"

她看了一眼头顶沉沉的天光，忽而说："你过来我告诉你。"说完下了马，一面暗暗动了动脚，都怪他马靴压着她的小腿太久了。

山宗盯着她，缰绳一扯，驱马靠近，也下了马。

神容沿着城外的路，看过四面山岭，走上一处坡地，迎风一吹，兜帽都被吹开，露出她如云的乌发。

山宗跟在后面："你在看什么？"

"你说我在看什么？"她回头，看着他，"难道你会不知道，洛阳之后，不远就是长安了吗？"

山宗眼睛抬起，盯着她。他自然是知道。

神容其实只是随便看了一眼，并没有去看长安的方向。她回头走到他身边，停在他面前，眼光淡淡地看着他："一路护送到了这里，不久就要到长安了，你就没什么要与我说的？"

山宗与她对视："比如？"

"比如……"神容拖着语调，白生生的下颌微微抬起，迟迟不说完。

离得这么近，山宗几乎看清了她刚刚被人潮挤出薄汗的鼻尖，又被这城外的风吹出微红，只要一低头，彼此鼻尖便要相触。他觉得喉间都有她的呼吸，喉头微动，嘴角也动了动，露出痞笑："你如此有本事，理应回到长安享荣华富贵。"

神容盯着他，目光在他脸上转了转，眼睛黑亮。她心想他还是那副坏相，撇开了脸："这还用你说？"她已懒得再说，转过身来，沿原路返回。

"少主！"远处忽然传来东来的声音，他果然从另一头绕过来了。

神容抬头望去，东来和紫瑞带着长孙家的护卫随从们都在前方官道上等候着，也不知是何时到的。他们的身后，是另一拨人，一人从其后打马出来，他圆领宽袍，峨冠博带，眉目朗朗，笑着唤她：“阿容。”

神容怔一下：“大表哥？”

来人居然是裴家大表哥裴元岭。她这个大表哥向来办事稳妥可靠，深得两家长辈喜爱，与长孙家也有姻亲，会来倒是不意外。她只是不知道他是怎么来的，何时来的。

裴元岭笑着点头：“你哥哥猜想你快到了，早留心着，你二表哥却还不知你所在，所以托我来接你。”

神容明白了，微微偏头看一眼身后：“接我的人来了。”

山宗站着：“看到了。”

她又说：“那我就过去了。”

“嗯。”他没说别的，一桩任务突然结束了，似乎没什么可说的，只一直盯着她的身影。

神容心想绝情就是绝情，一路也没能叫他低头，咬了咬唇，毫不停顿地往前走了。

裴元岭脸上带笑，看着她到了面前，紫瑞立即上前来伺候她登车。神容走去车边时，忽见大表哥没动，目光就看着那头的山宗：“崇君，许久不见了。”

山宗颔首：“确实许久不见了。”

她这才想起来，大表哥与他是旧交。

东离洛阳，西往长安。

再上路时，坐在马车里，听得最清楚的不再是军所兵马那种肃穆的马蹄声，而是换成了贵族松散的步调。神容在车里坐着，百无聊赖地捧着自己的暖手炉，忽闻一声庄严的钟响，悠悠扬扬随风而至，外面裴元岭带笑的声音紧跟着传进来：“阿容，看看这是到哪儿了。”

神容揭开车帘，看一眼他带笑的脸，转头往前，就看见了高大威仪的城门。城头楼阙四角向天，指日穿云，伴随那一声钟响而来的是城内喧闹的人声。

到长安了。她捏着车帘，眼睛往后瞄去。

军所兵马还在后面跟着，远远离了一大截。为首的男人一袭黑衣，手指摸着横在马背上的刀鞘，目光原本闲闲地落在街上，此时忽然向她看来。

神容与他眼神撞上，放下车帘，又坐了回去。

那天在小城外遇上后，裴元岭与他相认，接着就问他：“崇君是否还要一路护送到底？”

他竟笑着说：“自然。”

而后就真的按原计划一路护送着她来了长安，只不过再未近前。途中有两次在驿馆落脚，他都与自己的兵马待在一起，彼此也再没说过话。

马车驶入城门，自大街进入东市，在一片繁华声中停了下来。

裴元岭对着车门道：“我也有阵子没去赵国公府拜会过姑母了，阿容你不妨下车来帮我选个小礼，稍后也好一并带回去奉给她。”

神容回过神来，摸着暖手炉回道：“也好。”外面紫瑞将车帘揭开，她将暖手炉递出去，探身出车。

东市繁华，人流众多，此时街头上多的是人朝这里观望。神容顺着他们的视线看去，原来是在看军所人马。这是外来兵马，都中百姓少不得要多看两眼。

山宗在低头别刀，抬头时又朝她看来。

“阿容，你先进去挑着，等一等我。”裴元岭又在旁道。

神容点了点头，转过头不再看，走入街旁的铺子。

那头，裴元岭已走到山宗身边，上下打量了一番他那身胡衣装束，摇了摇头：“你知道自己已经到什么地方了？就凭你如今还敢跟来长安的这份魄力，我只能说，果然还是当年的那个山家大郎君。”

山宗随手拍去衣摆上的灰尘：“我既然接下了这职责，自然要送佛送到西。”

“送佛的可不会一直盯着佛。”裴元岭微微笑道，看他的眼神很是微妙。

山宗嘴角勾起：“不盯着又如何护？”

便是这痞样也与当初一样。裴元岭又笑了笑，自认不是山宗的对手。不过放眼世家子弟，谁又能是山宗的对手？

这三年间他销声匿迹，无人知晓他去处，就连自己这个旧交也不知其踪。直到此番他回来，裴元岭才知道他原来一直待在幽州，竟然还是护送着他和离的前妻回来的。这二人一路下来几乎没说过话，尤其是在自己的面前，但裴元岭还是觉出了一丝不同。那种说不清道不明的不同，便如方才他们彼此若无其事对视的那一眼。

还未等他再开口，街上忽然开始喧闹。有官驾经过，前方一列侍从当先开道，百姓们纷纷让路。他们这一行队伍人数众多，占了半边大街，此时也不得不往边上退开几步。

那辆车驾自路上经过时，裴元岭施施然抬袖遮额，认了出来，低声道：“是河洛侯的车驾，应当是刚刚见过圣驾，要返回洛阳去了。”河洛侯出身崔家，亦是扎根洛阳的大族，但与山家不同，乃文显之家。

山宗只朝路上瞥了一眼。

裴元岭看着这阵仗，接着又低声道："你在幽州三载，怕是有所不知。去年今圣登基，河洛侯扶持有功，如今崔家显赫，才会有这般排场。倘若你还在山家，洛阳如今又岂会只有崔家独大。"

山宗无所谓地一笑，这些世家风头离他已经很远，只问了句："当今圣人是个怎样的人？"

裴元岭不能叫人听见他们议论这些，声音更低："圣人还年少，原本谁也没想到会是他登基。"

当年先帝最宠爱的是膝下幺儿，就连长孙家和他裴家也是暗地里站在皇幺子这边的。不料，后来皇幺子因病早逝，一番兜转，几番变化，最后立下的储君竟是个就快被人遗忘的藩王世子，便是今圣。虽然年少，但登基后他便开始收拾先帝的心腹大臣，还是叫人忌惮。所以，要论当今圣人是个什么样的人，裴元岭一时也无法说清。

山宗听完，什么也没说，垂眼把玩着腰间刀鞘，如在沉思。直到忽而想到什么，他嘴边才浮出笑来。

总算明白为何长孙神容会如此不辞劳苦地赶赴幽州，寻出了这么一个大矿来。原来是怕得罪新君，想要立功求稳。

官驾阵仗过去了，道路恢复通畅。裴元岭朝那铺子转了下头，留意到铺子前只站着紫瑞，问道："阿容呢？"

紫瑞答："少主在铺中，到现在还没出来。"

山宗朝那里看了一眼。

身旁的裴元岭已朝他看来，四平八稳地理了理身上衣袍，笑道："还不去道个别？你可不要以为我还会让你护送到赵国公府门前。"虽然以山宗的为人，可能还真有那个胆。

山宗看他一眼，嘴角一提，越过他走向铺子。

铺中是卖胭脂水粉的，只一张柜面，却摆满了琳琅满目的盒子，三三两两的妇人聚在那里挑选。忽见有男人进来，妇人们都看了过去，一眼之后看到他模样，忍不住又看一眼，带笑地瞄着他窃窃私语。

山宗往里走。临窗垂帘，帘后设席，那里放着张小案，神容就隔着帘子坐在案后。

案上摆着只小盒，她手指沾了点，在手背上慢慢抹着看色，听见了身后的脚步声，只以为是裴元岭，头都没抬："我随便选了，料想大表哥是要与他说话才支开我的，只在这里打发打发时间罢了。”

山宗站在她身后，无声地笑，眼睛看到她的手背上。这手在幽州数月，也没被秋风吹黑，还是生生白嫩，此时沾了一点嫣红，往他眼里钻。

神容又抹一下，才问：“你们都说什么了？”

没有回音。

“算了，我也不想知道。”她说。

山宗不禁又笑。

神容取帕擦了擦手，一手拿了刚试过的那盒胭脂往后递：“就选这个吧。”递出去时回了头，才发现身后的人是谁，她不禁一怔。

山宗站得近，她的手递过来就直接触到了他胸膛。彼此对看了一瞬，他垂了下眼，神容若无其事地收回手。

山宗终于开口：“我就送你到这里了。”

神容才知道他是来道别的，眼神动一下，点了点头：“嗯，这一路有劳山使了。”

山宗察觉出了她语气里的冷淡，盯着她，扯了扯嘴角，发现已没什么话可说了。

神容斜睨他：“你还有事吗？”她站起身来，“没事我就走了。”起了身又不比坐着，反而离得更近了，她的鞋尖抵着他的马靴。

山宗看着她，侧身让开一步。

神容越过他出去，经过时手臂轻轻擦过他，往帘外去了。

裴元岭等在门外，看到她出来，几步之后就是山宗，笑了笑：“阿容为我选了什么？”

神容将那盒胭脂递给他。

裴元岭接了，纳入袖中，又笑着问：“怎么你自己没挑一个？莫不是已从幽州给姑母带了礼物？”

神容听到幽州就往后瞥了一眼，挑挑眉说：“没有，幽州没有我想带的东西。”说完便往马车去了。

山宗一直看着，直到她已踩墩入车，放下车帘。

裴元岭上了马，特地自他身边过一下，笑道：“好了，佛送到了，接下来是我的事了。料想你会在长安待几日，我回头再找你。”

山宗不置可否，朝远去的马车又看了一眼，翻身上马。他手挥一下，带领兵马去官驿，恰与马车反向而行。人来人往的大街上，两队渐行渐远。

半个时辰后，神容的马车停在了赵国公府外。众仆从连忙出来伺候。

神容下车时，裴元岭也下了马，揣着她选的那盒胭脂道：“我先去给姑母送礼去，你先去见一见你哥哥，料想他也等急了。”

她点头，进了府门，忽而又唤：“大表哥。”

裴元岭回头，文雅地笑：“放心好了，我说话你还用担心？是我接你回来的，只有长孙家护卫跟着你，再无他人。”

神容就知道他办事稳妥，所以她哥哥才会想到让他去接自己，想想又说一句：“我也是为自己着想罢了。”

裴元岭笑着点了点头，先往前厅走了。

神容穿过回廊，先去她哥哥的院子。刚到院门，就见一道穿着月白圆领袍的身影闪了出来，不是长孙信是谁。

“阿容！”长孙信一见到她就快步迎了上来，对着她左右看了看，松了口气，“等了这许久，还好你好好地回来了。”

神容解下披风递给紫瑞，先叫她退去，这才问：“你怎么了，说好要带工部的人去幽州，偏偏请了刘尚书去坐镇，却连一封信也没有？”

长孙信看看左右，见没人在，才靠近一步道：“我实话相告，也好给你个准备。”

神容看着他，等着他说。

他小声道：“父母都知道了。”

神容一开始没回过味来，看到他眼色才反应过来，他是说山宗在幽州的事被父母知道了。她顿时蹙眉：“你不是答应我不说？”

长孙信立即道：“这可怨不得我，我原本是一字未提的，只怪前后两件事连着，想不发现也难啊。”

一件是神容回给裴家二郎裴少雍的信，里面描绘了一番骊山景致。本稀松平常，可裴少雍一看那位置，竟认出了那是当初先帝赐予山家的地方，便生了疑，甚至想去骊山走一趟。此事不知怎么传入了他们母亲的耳朵里，便已留了心。

没过多久，又出一事。被关入幽州大狱的柳鹤通都要快被人给遗忘了，他没被落罪的家人还在四处为他求救，求着求着便求到了他们的父亲赵国公面前。求救的理由是幽州大狱实在惨无人道，听闻镇守幽州大狱的幽州团练使更是手段残暴，换个地方坐牢也是好的。赵国公虽无心理会，还是叫人过问了一下幽州大狱的情形，不想根本不得而知那位团练使是何人，如同不在百官之列一般。这下反而叫赵国公注意了，毕竟他的爱女还在幽州，于是他动用关系，出入宫廷，终于看到了先帝的官名册。册上在幽州团练使的军职之后，是一个熟悉的名字：山宗。

这前后两件事一交叠，长孙信就是想瞒也瞒不了了。

“这下你知道我为何不能给你写信了？父亲母亲生怕我再给你通风报信，非要你回来才能放我去幽州。我只能请动老尚书出面，又请大表哥去接你。”长孙信一口气说完，无奈叹气，却见面前神容有些心不在焉一般，眼珠微动。

他料想是自己说严重了，又温声安慰：“你也不必担心，父亲母亲只是不放心，要怪也是怪我隐瞒不报。”

“不是，”神容看看他，轻飘飘地说，“我只是在想，父亲母亲既已知道了，最好还是别叫他们知道他来了长安。”

长孙信一愣：“什么？姓山的来了长安？”

神容点了点头，想起了不久前的道别，低低说：“是他护送我回来的。”

长孙信顿时连着低咳两声，小声说：“他还真敢，最好藏好点！”

第九章

千秋天寿，灯火如昼

因为爱女归家，今日赵国公夫妇难得都在家中，就在前厅里坐着。

裴元岭刚走没多久，门外就传来了清脆的呼唤声："父亲、母亲。"神容脚步轻快，一阵风似的进了门。

榻上坐着的妇人立即起身，朝她伸出手："终于回来了，一直在等你。"

神容快步上前，想要屈膝见礼，被拦住了，顺势就亲昵地挽住她胳膊："母亲。"

她母亲受诏命封赐，被尊称为裴夫人，平日里最为端庄得体，只在她这个小女儿跟前才会如此不拘。一见面，裴夫人先捧着她的脸左右看了看，蹙着细细描过的眉道："瞧着好像是瘦了点儿。"

"没有。"神容笑着拉下母亲的手，转向榻上另一边坐着的父亲，屈膝，"父亲。"

赵国公穿一身软袍便服坐着，人至中年也保养得宜，面貌堂堂，脸白无须，早就看着爱女，这会儿笑起来才露了眼角微微细纹："回来就好，幽州那种地方，叫你受苦了。"

一听到"幽州"二字，神容脸上的笑便更深了："何曾吃苦，幽州刺史赵进镰与他妻子分外照顾我，凡我入山探风，出山住宿，一概事宜都料理得妥妥帖帖，就连开矿的人都是他亲自陪同我去挑选的呢。"

这些都是实话，只是没说全罢了，有关那男人的部分全略去了。说完，她的笑又隐去了："其他就没什么好提的了，遇到了个旧人而已。"

裴夫人本还想找话问起那姓山的小子，不想还没开口，她居然自己先说了，不禁看丈夫一眼。赵国公想了一番，记起之前他去信幽州官署时，赵进镰对山宗半个字未提，或许的确是没什么好提的。但他还是有些狐疑，试探地问："既然遇到旧人，便无事发生？"

神容脸色无波，摇摇头："无事。"

裴夫人当即冲丈夫摇了个头，示意他不要说了。原本是她想问，此时女儿真在跟前，又怕再说下去叫她不痛快。

赵国公当年也是个风流公子，年轻时四处寻山探地风都要带几个美貌女婢。哪知后来一朝得见裴家女儿，忽然收敛心性，再不拈花惹草。他与裴夫人婚后恩爱非常，膝下一子一女都疼爱有加，神容从小容貌能力无一不过人，更是宠上加宠。所以眼见妻子这一眼色，他也不忍心问了，最终也没说出那个名字。

长孙信就在这时进了门，笑道："父亲、母亲，我早说了，阿容在幽州好得很，这下你们可以放心了。"说完，他悄悄看了一眼神容。兄妹俩方才就商量好了，为叫父母放心，不如自己先将事情挑出来。

裴夫人拉着神容在榻上坐下，宽慰般笑道："也没什么，反正你已回来，幽州的事可以忘了，后面的事交给你哥哥就好。"

神容点了点头，语气却有些轻："我知道了。"

长孙信听他母亲这话就知道没事了，笑着问："那我是不是可以去幽州了？那么大的矿，我们长孙家如此重要的功劳，我不去可不行。"

赵国公早有这打算，只是在等神容回来罢了，点头道："总让老尚书坐镇也不行，你去准备吧。"

长孙信松了口气，又冲妹妹递了个眼色。

待拜见完父母出来，兄妹二人走在廊下，才算彻底松快下来。

长孙信低声道："多亏大表哥口风稳，没叫父母发现。"

神容"嗯"一声，不知在想什么。

长孙信看了看她脸，忽而问："我怎么觉得你回来了不太高兴？莫不是那姓山的……"他声音低下去，"莫不是他又惹你不快了？"

"没什么。"神容不想提，反正已经道别。

长孙信摇头："算了，如今只希望那邪坏的早些走，千万别叫父亲母亲发现他来了长安。届时你说不清，我也说不清，节外生枝，妨碍了矿山的事不说，还将大表哥给拖进来了。"

神容自然有数，朝高立的院墙上方看了一眼，碧空如洗的长安天幕，与幽州的雄浑苍茫截然不同。她口中淡然说："他事已了，说不定早走了。"

不管那人走没走，反正赵国公府内是无从得知的。最受宠的小祖宗回来了，府里便像是鲜活了起来。

裴夫人总觉得女儿在幽州吃了苦，遇上姓山的小子想必也不痛快，连着两日都叫人往她屋中送东西，还特地嘱咐她多在家中休息，好好休养一阵。

房间里，紫瑞将那些吃的用的都收了，一件件在桌上整理着，看了眼坐在榻上看着书卷的身影，想了想，小声说了句："少主，东来今日要入城办事，马上就出门了。"

神容翻着书："我知道了。"

紫瑞便不多说了。看来少主是不想打听山使的动向，否则应当会顺着她的话吩咐东来去看一看才对。

神容又翻了一页书，门外有个婢女来请，递了张精致的花笺进来。紫瑞取了送到神容面前，她将书卷收起，展开看了看，见上面写着个地名，起身说："是阿姊想要见我。"

她口中的阿姊其实是堂姐，名叫长孙澜。幼年时其父母便因病故去，后来一直养在裴夫人膝下，是在赵国公府长大的，等同她和长孙信的亲长姐。后来也就由裴夫人做主，嫁给了她的大表哥裴元岭，算是亲上加亲。

神容也许久没见到她了，接了花笺便叫紫瑞给自己更衣，又命一个婢女去母亲处传了话，出门去赴约。

花笺上的地方是间茶舍，开在西市僻静处。

神容从马车上下来时，正是午后，四下更加安静。还没进门，已经看见舍中站着的身影。

长孙澜穿一身鹅黄襦裙，早已在等着了，笑着朝她招手。她步入舍中，正要唤"阿姊"，手就被牵住了。

"知道我今日为何找你在这里见？"长孙澜由裴夫人抚养长大，也颇得几分裴夫人的气质，眉目清秀，神态语气都颇为端庄。

神容转了转眼珠，心想莫非大表哥已经告诉她山宗的事了？正思索如何开口，却听她道："是有人托我来搭桥的。好了，桥我已搭好了，该走了。"说完也不多言，冲她笑了笑，领着婢女就出门走了。

神容目送她登车离去，很快回过味来，八成是有人借她阿姊的名义将她请了来。无非是裴家那几个表亲里的，小时候他们就爱玩这种花招，被家里管得严，又怕她母亲怪罪，便找各种理由请她出去。

一旁茶舍的伙计来恭请，说是方才那位夫人早已备好了雅间，请她入内去坐。神容领着紫瑞入了雅间，里面连茶都煮好了。案上一只小炉，明火未灭，上面壶盖被热气掀得一开一合。

她敛衣坐下，手指挑着一动一动的茶壶盖打发时间，想看看是谁在玩花样。

许久，只听门外紫瑞的声音开了个头，又戛然而止，似是被拦住了见礼。

神容知道人来了，故意装不知道，等脚步声到身侧了，才瞄了过去。一眼看到对方穿着双马靴，她不禁微怔，立即抬头，眼神又瞬间缓下：“二表哥。”

站在身侧的是裴家二郎裴少雍，一脸笑意地看着她：“被你发现了。”

神容打量了他一下，平日里她这个二表哥都是一副文绉绉的打扮，今日偏生穿了胡衣，踩了马靴，颇叫人不适应：“你怎么是这副打扮？”

裴少雍在她对面坐下，看了看她，好笑般道：“我本想打马去骊山寻你来着，出门时才听大哥说你已回来了，怕在国公府上说话不方便，才想法子请你出来的。”

“有什么话不方便的。”神容伸手去揭茶壶盖。

裴少雍抢先揭开了，还取勺为她盏中添上了茶汤，一边看她神情：“只怕说了会叫你不快。”

神容知道他历来最会照顾人，无所谓道：“你不说我如何知道？”

裴少雍放下茶勺，这才道：“我只想问问，你这么久没露面，是真在骊山？你若在骊山，为何又会在山家地界，你们不都已……”话到此收住。

神容手指捂着茶盏，闻言抬头去看他，却忽然留心到他身后那扇开着的窗户。窗外面正好有一行人骑马过来。一行也就五六人，皆是兵卒打扮，正中站着的男人身高腿长，携刀倚马，实在太抢眼，一眼就看到了。

他竟然还没走，居然还在这长安大街上！

“阿容？”对面的裴少雍见她盯着窗外，自然而然就想回头。

“二表哥！”神容连忙唤他。

裴少雍头转回来：“怎么了？”

“你方才的话我没听清，外面太吵。紫瑞，去将窗户关上。”

紫瑞进来，去掩上窗，一下也看见了外面的情形，却见对面的人也发现了这里，眼睛一下扫来。窗户合上了。

裴少雍看了一眼：“我倒没听见外面有动静，特地选的这僻静地方。若你嫌吵，那我们换个地方。”说着便要站起来。

“不用。”神容立即拦他一下，想了想，站起身来，“二表哥先坐着，我想起车上落了个东西，先去取来。”说完看一眼紫瑞，出了雅间。

裴少雍皱眉，问紫瑞：“怎么伺候的，为何不去替你家少主取来？”

紫瑞知道少主去做什么了，垂首为她遮掩：“是少主贴心之物，所以她要亲自取。”

外面，神容出了门，便见街对面的男人正看着这里。她走过去，看清他脸，才算确信他真在：“你怎会在这里？”

山宗早在紫瑞关窗时就注意到了那间茶舍，一眼看见里面她正坐着，还有个男子背对窗口。没想到她竟出来了，第一句就问这个。

他看着她的脸，言简意赅说：“有事。”他刚从长安官署过来，在等自己的兵马集合回官驿。

神容蹙眉：“你得赶紧走。”

山宗眼里黑漆漆的，手上抱起刀：“为何？”

没等神容说话，茶舍门口忽然传来紫瑞的声音：“少主……”

神容听出这是提醒，是她取东西太久了，倘若裴少雍此刻出来，一眼就会看见他，而后认出来，接着消息就会传到赵国公府。她想也不想就抓住他胳膊推了一下：“走，快些。”

山宗岿然不动，垂眼看了看护臂上多出来的手，又朝茶舍看了一眼，心里有了数。

“快啊。”神容催他。

他勾起唇角，随着她那点力道迈动脚步。

那边裴少雍已出了茶舍，正在马车那里：“人呢？”

神容脚步更急。忽然胳膊被反扣了，山宗反客为主，拉着她在几步外一拐，走去最近的一处院墙拐角后。

神容侧身站着，身前就是山宗，他的手还握着她胳膊。方才走得有些急，她平复了一下呼吸，垂眼时看到他的马靴，黑漆漆的革靴，鞋尖带尘。分明与裴少雍所着光鲜洁净的那种全然不同，她先前竟然认错了。

“不想叫他瞧见我？”山宗忽然问，声音低低的，“还是不想叫长孙家发现我？”

神容抬头看见他下颌，别开眼：“你自己不该清楚吗？”

耳里只听见他低笑一声：“我倒是无所谓，赵国公当不至于对执行京务的我做什么。”

神容听了微微气结，鼻间轻哼一声：“你自然是天不怕地不怕了。”

山宗看着她，又说完后半句：“只不过你可能会麻烦些。”

神容心想知道还说什么，心里有气，动了一下被他抓着的手臂。

忽闻外面一声唤：“阿容？”

神容臂上一沉，山宗不仅手没松，还反而扣紧了，脚下一动，胸膛贴近，挡住了她。

“阿容？”裴少雍一路找过来，转头四顾，只看到侧面路上一片院墙，墙边站了个一身胡衣武服的男人，身姿颀长背对外面，一手撑着墙壁。多看了两眼，才发现那男人另一只手里还捉着只白生生的手，才知原来他身前还藏了个女人。

裴少雍也忍不住皱着眉，低低骂了句："龌龊。"一面沿原路回去继续找了。

神容被山宗堵在身前，方才清楚地听见裴少雍的脚步声近了，几乎屏住了气，整个人都缩了缩，脸快贴在他衣襟上，耳中清楚地听见他的呼吸声。这样的呼吸她一路听过几回了，可又如何，对他而言并不算什么，他还是那副绝情模样。想到此处，等那脚步远了，她便伸手推了一下："行了。"

山宗一直盯着她的额角，去看她神情，只看到她垂着眼淡淡的模样。他松开了手，退开了点。

神容抬手理一理鬓发："我也是为自己着想，请山使在此等候，等我们走了你再出来。"说完，她只轻轻扫了他一眼，便转身走了。

山宗在原地倚墙而立，看她出去，心如明镜。是因为他没低头，她不服输。

神容在画图。

还是那张矿眼图，她眼下重新描细了点，这是考虑到之前那里地风不稳，出过事，标清楚了好给她哥哥带去幽州用。

自茶舍回来后她就分外乖巧，就待在房中专心描图，只叫东来留心着外面动静，千万不要叫她父母发现那男人还没走。

标完最后一处，紫瑞到了跟前："少主，裴二郎君的话您可还记得？"

神容搁下笔，抬头看她："什么话？"

紫瑞笑道："那就是不记得了，少主一定忘了今日就是天寿节了。"

神容这才记起来，她从茶舍和裴少雍一同离开时，提到过这个。

当时他会那般找她，是因为紫瑞替她编了个理由，说她的贴心之物不见了，去附近寻去了。他不放心，才一路找了出来。好在他为人开朗，不在意小节，见到神容回去就没事了，并未多追问。后来离开时，他只遗憾自己话没说完，便提议说过两日就是天寿节，请神容一同出去观礼。

神容当时只担心山宗忽然冒出来会被发现，坐在车里眼睛都还时不时瞄着窗格外的动静，压根没留意听，随口答应了下来。回来后就忘了，直到此时紫瑞提醒，才记起这事。

她想了想，长安的节庆都盛大隆重，街头百姓众多，到时候全都拥出来，就算山宗还在也不易被发现，才算放了心，应了声："我知道了，会去的。"

所谓天寿节，是指帝王生辰。这一日会全都庆贺，帝王赏赐群臣，与民同欢。

只不过如今的少年帝王似乎并不想大肆庆贺，连与文武百官的宫宴也没有，更没有召各地方臣子入京来送礼，只准了全都清闲一日，庆典从简。尽管如此，繁华东市已开始夜不闭户。长街十里，灯火连绵。

山宗提着刀走到一家酒楼前，停在门口时，忽然朝两边看了看。街上人来人往，但都只是路人。不知道自己在想什么，居然以为还会再撞上那熟悉的身影。他摸一下嘴，觉得好笑，拎着刀入了楼内。

二层雅间早已有人在等候。

山宗低头走入，里面小案分列，酒香四溢，飘着股腻人的脂粉香气，抑或是长安的繁华奢靡味。

裴元岭着一袭鸦青的圆领袍，正坐在案后，看他到来，坐正了些："说好的回头找你，结果三请四邀，你才终于来了。"

山宗在他旁边坐下，刀抛在脚边，屈起腿，一手随意地搭在膝头。

裴元岭看了摇头："三年不见，你变了许多，只身上这股劲儿还是没变。"

山宗自顾自地给自己倒了盏酒，垂着眼，懒懒散散的模样："不就老样子，有什么变的。"

裴元岭盯着他看了好几眼，还是摇头："变了，只是说不上来。"

他们少年相识，裴元岭见识过他最耀眼夺目的时候，那时候他身上虽有不羁，但风头正劲，自有一股蓬勃气势。如今却多了许多说不出来的东西。又想了想，裴元岭回过味来了，笑起来："是了，你多了一股忍劲儿。"

山宗看他一眼。

裴元岭眯着眼，看来颇为暧昧："莫要这般看我，都是男人，又知交一场，这一路下来我都看在眼里，你知道我在说什么。"

还没接着往下说，一群锦衣华服的贵族子弟说说笑笑地从隔壁摸门到了这里，纷纷朝裴元岭搭手见礼："裴大郎君，听闻你在这里，我们特来拜会。"

裴元岭笑眯眯地点了个头。

众人皆颇觉光荣的模样，互相报了家门后才回去隔壁。

一些爱结交的五陵子弟罢了。裴元岭没管他们，转头打量山宗："如今的长安子弟看到你这胡衣烈马的模样，还有谁能记得你当初的贵胄之姿，都只认得我了。"

山宗对那群人连眼睛都没抬："我来长安又不是为了他们。"

裴元岭又笑眯了眼："自然，你是为了阿容，所以我说你在忍，难道说错了？"

山宗看他一眼，脸上挂着抹似是而非的笑，不承认，也没否认。

楼外忽然亮起一片，百姓们放起了祈福的天灯，如漫天星光放大在夜空。裴元岭指一下外面道："今日是新君生辰，你留着不走，总不可能是只想看个庆典。"

山宗端酒饮一口，扫他一眼："只不过是我难得出幽州一趟，才多留了几日罢了。"

"听着像借口，依我看你分明是想看别的，比如看人。"

"人？"他漫不经心地转头看向窗外，"哪个？"话音未落，眼神凝住。

喧闹的大街上，有人自马车上下来，襦裙曳地，纤挑夺目的一抹身影，就映在他眼里。他摸着酒盏低笑，还是碰上了。随之就发现她的身后多了个身影，是个男子。紫瑞、东来和长孙家的护卫都只在后方远远跟着。

神容如约而来，在半途与裴少雍见面，一道来了这里。

只因裴少雍听他大哥裴元岭说了，只这里是最热闹的，能看见全城中最精彩的庆典，他想神容久未回来，一定会乐意看一看。

前方正好有西域外邦的胡人在表演戏法，他叫住走在前面的神容："阿容，我们去看看，正好说会儿话。"

神容停了步，与他一道走过去。

许多人围在一起，表演的胡人男女们各自分工，男人们在演顶缸吞火，女人们在举钵求赏，演着的时候嘴里还要加上一句"恭祝今圣千秋"的好话，蹩脚生硬，却引来围观的人欢笑叫好。

神容见那几个胡人皮肤黝黑，一副高壮模样，就想起了幽州军所里的胡十一和张威，还真是像那几个百夫长的模样，竟觉好笑，不禁弯了眼。想着想着不免又想到那男人身上，但很快就又记起她母亲的话，叫她将幽州的事都给忘了。她撇撇嘴，不看了。

裴少雍在旁为她挡着拥挤的人群，生怕别人挤到她，只看到她一闪而过的笑脸，还以为是表演叫她开心了，也跟着露了笑："阿容，趁你心情好，我也想说个高兴事。"

神容偏过头来："二表哥要说什么？"他那日在茶舍就说有话没说完，料想就是要说这个。想想上次事发突然，她只顾着隐藏山宗，也的确是怠慢了这个表哥，于是稍稍歪头，做出认真听的模样。

裴少雍替她挡着人，一阵推挤，难免就靠近了些，看到她歪着头，乌发就在眼前，幽幽发香可闻，不禁有些心旌摇荡。

"什么话啊？"神容还在等他开口。

裴少雍回过神来，脸上的朗笑忽然变得腼腆许多，声也跟着低了："我是想告诉你，家里为我说的婚事被我推了，我想去求取功名，阿容觉得如何？”

周遭嘈杂，神容听了个大概，微微蹙眉，摇头说：“此事不要问我，你自己的事，应当自己做主。”这是他的事，也是裴家的事，怎么样也轮不到她这个表妹来指手画脚。

裴少雍脱口道：“自然要问你，我是为你才……”

一阵推挤，因为胡人喷火，众人下意识退后避让，神容也被推开了几步，被后方看着的紫瑞好好扶住。

酒楼上，裴元岭早已看到了山宗目光所在，临窗朝楼下看了一眼，笑起来：“人看到了？”

山宗转回目光：“嗯。”

裴元岭心想这时候倒诚实，伸手指了指：“看到没有，那是我二弟，早就在寻机会了，一直推脱议亲，今日又费尽心机地将人带出来，在想什么就不用我说了。”

山宗认出来了，那天在茶舍的那个男子也是他，裴家二郎裴少雍。他没应声，低头饮酒，灯火映出他搭手而坐的侧影。

裴元岭坐近一些，一手拍在他肩上：“你知道我们当初有多羡慕你？二都世家子弟，哪个比得上你？天生的将才，又是山家嫡长，天家瞩目，迟早的封疆大吏，天之骄子不过如此。”

山宗仍自顾自饮酒，仿佛在听别人的事。

耳中听他又道：“阿容自小天赋异禀，就是长孙家那颗最耀眼也最难摘的明珠，当初我们裴家子弟哪个不想去天上碰一碰这明珠？但哪怕有表亲也没用，长孙家最后选中了你，只因想给她最好的，我们也都心服口服。”

裴元岭说到此处，伸手勾住他肩，笑一声：“你以为你当初是如何娶得她的？对你而言是唾手可得，实际却早已是暗中厮杀过一番了。长孙家将这样的至宝给了你，你却说不要就不要了，连山家的一切和前途也不要了？”

山宗咽下口酒，想起了山中情形、路上情形，在脑海中晃过许多，吐出口酒气，笑：“你究竟想说什么？”

裴元岭看着他，笑意敛去，凑近：“崇君，你实话告诉我，你身上是不是藏了什么事？”

久久没有回音。直到山宗放下酒盏：“原来是来套我话的。”他说着推开搭在肩上的手，撑刀站起，踢裴元岭一脚，“早知你还是如当初一般啰唆，我便该早点离开长安。”

裴元岭跟着站起来，隔壁那群子弟又说笑着过来了。他们手里抱着瓷壶，是来请裴元岭行酒令玩投壶的。

裴元岭无心玩，摆手推辞。

那群人这才注意到山宗，看他模样不过一介武官，黑色胡服并不是京官模样，便多少有些轻视，只是能跟裴元岭在一处，料想是有些关系，也不好得罪。其中一个笑着递来支羽箭：“来，既是裴大郎君的朋友，不妨露一手给大家瞧瞧。”

山宗接了，霍然一掷，拿了刀就出去了。

羽箭“哐当”一声震在白瓷壶口，落在地上，众人顿时发笑，在笑声中，那白瓷壶突然碎裂，众人皆大惊。

裴元岭看着山宗离去的门口，悠悠叹息：“若你们知道他是谁，断不敢像方才这样去招惹他。”

山宗走到楼下，抱着刀在臂弯里，往前路看，那群人里仍站着那抹纤挑的身影。迎面风吹过来，他迈步往前。

“二表哥方才说什么？”神容被紫瑞扶着，站稳后就问裴少雍。刚才后半句被欢呼喝彩声吞没，她没有听清。

裴少雍刚要说话，又是一阵欢呼，不禁懊恼：“我们换个地方说。”

神容却已没兴致了：“算了，今日是什么日子，四处都吵闹，随便走一走也就该回去了。”说完自他面前矮了下头，灵巧地避让开人群，往外去了。

裴少雍一时无话，刚要跟过去，有个小厮过来叫他，说是大郎君就在附近的酒楼，方才见到他了，叫他过去问话。他心里顿时一紧，知道自己那点心思只有大哥知道，家里还不清楚，八成是要被提点注意了，眼见神容先往前走远了，只好吩咐跟在后面的紫瑞说一声，先去见裴元岭。

神容走在熙熙攘攘的大街上，没走多远，碰上商号铺子在撒钱，说是庆贺圣人生辰，引得左右百姓都去哄抢。她被挤了一下，没往那里去，改道往边上走。走了一段，忽然觉得有人跟着自己，她一边走一边悄悄瞄了一眼，后方人多而杂，也看不出来。也许还是山宗说过的小毛贼，想趁热闹偷摸钱财的罢了，有东来在后面，她倒不担心。

继续往前，却仍觉得有人跟着，身后灯火照下来，拉长了她的身影，那影子上好似叠着另一道长影。她不动声色，故意往侧面巷口处走。一群玩闹的人穿行了过去，周遭安静下来。神容走到巷口处，霍然转身，正对上后方的人。

一声“东来”已在口中，却没有唤出来，她看着眼前半明半暗灯火里的男人，眼光浮动：“做什么，你在跟踪我？”难怪东来到现在没出手。

山宗站在她面前，刚才的确跟了她一路，还顺带帮她挡了一下挤上来的人群，虽然这种小事她的随从也可以做。他笑了笑："嗯，就当再护一程。"

神容觉得他这话古怪，倒比上次更像道别，瞥他一眼："怎么，还要再护一程，是有事，还是有话？"

山宗看着她，没有回答。

神容贴近一步，脚下抵住他马靴，离近了才看清他逆着灯火的眉眼，眼底沉沉的看不分明。

"还是没有？"她轻笑一声，"快到长安时我便问过你一回了。既然还是没有，那便算了。"既然没有，又特地跟来这趟做什么，耍弄她不成？她想往前，但身前山宗岿然不动，就叫她有了气，伸手推他一下："让路。"

那只手忽被一把捉住，她一怔，听见山宗问："你想叫我说什么，也无非就是向你服软低头，是不是？"他的声音低低的，如同在牵引着她。

神容心潮起伏，他果然都知道。手被他抓住，手腕上一阵热。左右出不去，她故意往他身上贴近了一分，仰着头，盯着他的下颌，声音不觉放低："这全看你。"

山宗一动不动，胸膛似是绷住了，温热地贴着她的胸怀，她甚至想往后退一点。他忽然说："你就不怕后悔？"

神容蹙眉，她才不会后悔，只想叫他后悔，呢喃一句："坏种，你才会后悔。"怎会服软，他就永远没有好的时候。

山宗已经听见，拖着她的手一把将她拉到跟前："我是坏种？"他低低地笑，"你还没见识过什么叫坏。"

神容再不想待在这里，用力推他："自然不用你来告诉我。"

山宗制住她的手，牢牢握着，头忽然低下，一下抵住她的额。神容顿时不动了，他的脸近在咫尺，略重的呼吸拂在她脸上，带着微微的酒气。

"你想要我怎样低头，像这样？"

她莫名一惊。

下一瞬，唇上一烫。他的唇毫无预兆地压了上来。

神容愣一下才反应过来，下意识就想推他，刚动就又被他压紧。他用了力气，压着她退了两步，背直抵上巷墙。身前是他颀长的身影，她整个人如被笼罩。山宗压着她的唇，重重地碾，一寸一寸，挤压着她的鼻息。

外面骤然升起一片祈福天灯，照在身前男人的身上。神容仰着头，呼吸乱了，眼前亦不分明，只能看见他碾在她唇上，微微半转的头。她的腰被他掌心握着，灼灼滚烫。

终于那阵天灯升了空，四下又暗，外面传来紫瑞带着不安的一声呼唤：“少主？”

山宗稍稍放开她，那压着她的双唇，至此才算离开。

彼此相对，他呼她吸，急促不停，如有丝线在眼前牵扯、拉拽。谁也没有说话，大概是已经无法说话。

山宗的手从她腰上抽走，眼睛还牢牢盯着她，人隐没在暗影中，往后退了一步，又一步，才转身出去。神容几乎立即就扶住了墙，一手摸着心口，如有鼓擂，一阵一阵，平复不下去。从未与男人这般亲近过，唇似乎麻了，快要没有知觉。

“少主，”紫瑞进来了，小声说，“山使走了。”她想问是否有什么事，没敢问。

神容一字未言，理了下衣襟，暗暗抿唇，还是那般热烫，始终没有退去。

长安官驿是外官入京下榻之处，夜已深，浴房里还有灯火。

“哗”的一声，山宗自铜盆里抬起头，抬手抹去脸上的水珠，才觉得残余的酒气都已散了。

刚沐浴完，他身上只松松套着中衣，拿布巾擦了擦脸，顺带摸了下嘴，无声一笑，披上外衫，一身湿气地出了浴房。

外面寒风正盛，今日因为圣人千秋大庆，官驿内也颇为热闹，不知哪里来的几个外官在饮酒作乐，客房处一片灯火明亮，丝竹阵阵。山宗走到客房外，恰好有个陪酒的女子从那里被打发出来。他从旁经过，迎面碰上，对方竟挨了上来，拦住了他的脚步。

浓重的脂粉香钻入鼻腔，混着女子软软的语调：“这位大人，可需要人作陪？”

那女子只见一个长身英挺的男人迎面而来，散着湿发，松松披着胡衣，本是想着还能再赚一些，不想近了一看，眉目更是英朗，又衣衫不整，正是好下手的时候，眼都亮了，说话间就已贴近向他示好。

山宗抬手一挡，嘴边挂着抹笑：“滚。”

女子一惊，见他挡来的胳膊半露，上面竟露了一大块乌黑斑驳的刺青，吓得脸都白了，连忙头也不回地就走了。

山宗无事发生一般，走入自己的客房，甩上门，坐到床上，扯下外衫时，才发现衣襟皱了。

暗巷里的浪荡又被忆了起来，是亲她的时候压得太紧了。他咧起嘴角，自认这一路已经够忍让，除了对他太熟悉的裴元岭，谁又能看出什么，到最后被她一挑，居然还是没忍住。

灯火在眼前跳跃，照上他右臂，他看了一眼臂上那片斑驳，拂灭了灯火，在黑暗里想，这回长孙神容大概又会骂他坏种了。

一早，神容坐在窗前，对着镜子慢慢照着，见唇上已看不出异样，才暗暗放心。

回想起昨晚回来唇上还红艳欲滴，如有沸水滚过，她不知山宗用了多大力气，像她欠他似的。想到这她忍不住又在心里骂他一句“坏种”，起身离开妆奁。

紫瑞等在门外，见她出来，不太放心地问：“少主可是要去主母处问安？昨夜您似乎是没睡好，不如再歇一歇，主母宠爱少主，不会介意的。”

神容眼神微闪，不想叫母亲察觉异常，点头说：“去。”

裴夫人居主院。神容穿廊过去，远远看见她母亲自院中走了出来。裴夫人穿着庄重的浅赭襦裙，脚步很快，身后只跟了两个贴身的侍女，也没发现她，直往另一头去了。她停步看着，后方忽然传出两声轻咳，回过头，长孙信到了身后。

“阿容，你知道母亲去做什么了？”他神神秘秘道。

神容摇头：“我正想问，你知道？”

“自然，就你不知道。”长孙信看看左右，朝她招招手。神容近前，听他耳语了两句，顿时诧异。

长孙信说完，懊恼地低语：“果然那小子到长安了就没好事！”

神容已往她母亲走的方向去了。

前厅庭院内，此时居然站了几个身着甲胄的兵，只不过未携兵器，可也将院角花木扶疏的景致衬出了肃杀之意。神容来时就已看到他们，那是山家军。她走到厅廊另一角，挨着窗，看入厅内。

厅中多了来客，正端坐着，是个中年妇人，穿一袭宽袖叠领的浅紫绸衣，眉眼清丽，神态柔和，叫人想起与她面貌相似的山昭。那是山宗的母亲。

长孙信跟了过来，在旁站着，小声说：“我没料到山家人会登门。”

神容又何尝想到，更没想到来的是他的母亲。

长孙信看了两眼，意外地“咦”一声：“山英竟也来了。”

神容这才留意到山母身后还站着个姑娘，身着圆领袍，束发，做男装打扮，是山宗的堂妹山英。

裴夫人坐在上首，手边的茶一口未动，看着来客，似乎已经交谈了几句，脸上看不出喜怒：“杨郡君方才说是为何而来？”山宗的母亲被先帝赐封河内郡君，但外人因其出身弘农杨氏大族之故，时常称呼她为杨郡君。

她笑了笑：“我来造访赵国公府，自然是想见神容。”

裴夫人立时拧眉，窗外的长孙信也没料到她如此不避讳，轻轻哼出口气来。

神容对她的直言不讳却不意外，杨郡君虽然面相柔和，但性格直爽，从不拐弯抹角。她只是不知为何要见她，如今二人并无相见的道理。

裴夫人已替她问了出来："杨郡君有何理由见我儿？你我儿女既已和离，赵国公府已没有你们山家要见的人了。"

杨郡君顿了顿："是，我自知无颜，但我们山家上下从未认可过和离，神容永远都是我山家长媳。"

裴夫人眉眼间有了愠色，却还端庄坐着："杨郡君，这些话以后就不要说了，令郎既已无心，如今你说这些又有何用？"

杨郡君看着她，没有退意："我既来此一趟，就知道会惹起裴夫人的怒意，若无此诚心，也不会厚颜登门。你我皆知，神容与我儿本应是一对璧人，他们就不该和离。"

裴夫人皱眉，声稍稍高了："那又如何，三年都过去了，山家现在才来说这些，不觉得晚了？"

杨郡君叹息，声低下去："裴夫人爱女心切，我又何尝不惦记着我儿，这三年他不在山家，就算我们来赵国公府挽回了神容又如何，要让她在山家守活寡不成？自然是要他回来了，我们才有脸来登门。"

裴夫人一愣，继而就问："谁回来了？"

外面的神容顿觉不妙，长孙信冲她递了个眼色，快步入厅："母亲！"他几步上前，笑着去扶裴夫人，"我一直在找您。"

裴夫人却不是好糊弄的，抬手拦住他的话，只看着杨郡君："你方才说谁回来了？"

长孙信暗自头疼。

杨郡君与一旁的山英对视一眼，再看裴夫人脸色，便有些明了了，还未说话，忽有一人直奔厅门而来。

神容正在厅外蹙眉，也看见了，快步而来的是院中那些山家军中的一个，跪在厅门口道："郡君，大郎君在外求见。"

杨郡君登时转头，难以置信一般："谁？"说完不等回答便出了厅门，山英连忙跟上。

裴夫人一下站起："是我听错了？他说谁来求见？"

长孙信扶住她手臂："母亲一定是听错了，他们山家哪里还有什么大郎君，莫急，我这就打发人去瞧瞧。"说着朝外唤一声，"还不去看看？"

神容一手提上衣摆，往外面走去。

山家的人刚刚顷刻间全都出去了，已经一个不剩。神容走到府门外，只见到那几个山家军已经走出去一大截，杨郡君被山英扶着，正在四处张望，口中唤着："宗儿？"

并不见山宗。

紫瑞跟了过来，神容想及时稳住母亲，吩咐道："你找个人去前厅传话，就说是山家误报了，根本没人。"

紫瑞领命去了。

神容走出府门几步，又朝远去的杨郡君看去，她渐行渐远，却还在寻找着，甚至想伸手去牵马，若非山英一直扶着她，低低劝慰，恐怕已经骑马去找了。

"宗儿？"唤声不高不低，隐隐已带哭音，此时那不是什么高高在上的山家主母杨郡君，不过就是个想见儿子的母亲。但她如何会知道，她的儿子此时就在长安。

神容默默看着，直到她们一行就此远离。忽觉对面有人也在看着那里，她眼睛一转，往对面看，却又没看到有人。

"少主。"东来不知何时从府门侧面走来，递给她一张黄麻纸。

神容展开，上面是龙飞凤舞的两个字，没有落款。她想了想，吩咐东来："备车，我要出去一趟。"

官驿里，幽州军所的兵马已经收整行囊，列队以待。山宗打马而回，下了马背，扫视队伍一眼，走向自己的客房。

房中东西已收拾过，他行军一般来了长安这趟，其实本也没什么可收拾的，几身行军胡衣罢了。伸手拿刀的时候，外面忽然传来了车辙声，有马车停在了官驿院外。

山宗才听到一点动静，便拿了刀出去，打开门，正遇上刚走到门口的女人。神容襦裙曳地，臂挽轻纱，缓步走到门外，朝他看来。

山宗低着头，她抬着头，目光瞬间相对。而后神容眼神飘一下，先转开了。山宗的目光幽幽在她脸上转了转，很自然就退后一步。

神容提衣进门，站定后说："是你将你母亲引开的。"不是询问，是陈述。

山宗脸上露了笑："你帮我躲一次，我也帮你避一次，不是正好。"

其实他早就料到会有这日。山昭那小子将他回来的消息送去了山家，他母亲既然知道他是与神容一起回来的，着人在洛阳城外截他又没截到，一定会赶来长安。一切如他所料。

神容心道果然，当时站在对面一直看着杨郡君的就是他本人。他明明当时就在那里，却还是没有跟他母亲相见。

“还是绝情。”她低语。

山宗扯了下嘴角，却没笑出来。一个男人对自己的母亲这样，确实绝情，他无话可说。

神容此时才留心到房内的情形，又看他手里提了刀，心中了然：“你要走了。”那张黄麻纸上只写了两个字：放心。她知道是他留的，觉得古怪，所以来了这趟，原来是他要走了。

山宗看着她，“嗯”一声，声音不觉放低：“本想告诉你，但昨晚已道过别了。”

“昨晚”二字一入耳，神容的目光便移了过来，却先看到他那双薄薄的唇。霎时间那暗巷里叠在她身上的身影，巷外灯火，甚至当时街头的喧嚣声都在眼前耳边鲜活了起来，唇上似乎都还留有那重压的力度。

她抿一下唇，抬手撩过鬓发，斜睨向他：“这就是你的道别？”她轻笑一声，“你选在此时走，倒像是跑，昨晚怎么没见你是这般㞞的？”

山宗立时盯住她，被气笑了：“你是说我现在㞞了？”神容眼神仿佛在说：难道不是？山宗脚步一动，径直走向她。

神容一怔，他已到跟前，越来越近，直贴到她身上。她往后，他仍往前，一退一进，直到她背抵上桌沿，一手撑住，抬头去看他，却一下对上他贴近的脸。

鼻尖相对，呼吸可闻。神容又看到他的薄唇，眼珠动了动，撑在桌沿的手抓紧了些。

山宗低头贴着她的脸，垂眼看着她的神情，声音沉了下去：“你不㞞，那你就再也不要去幽州，否则……”

神容稳着呼吸，下意识地问：“否则如何？”

山宗慢慢触到她鼻尖，嘴角扬起，声音更沉，在她耳边低语了一句。

神容鼻尖与他相触，呼吸相缠，忽然身上一轻，他直起身，大步往外走了。

外面马嘶几声，兵卒应令。等神容鼻间呼吸顺了时，只听见了远去的马蹄声。

长孙信与神容兄妹俩多年默契不是虚的，紫瑞叫人去报说山家人传错了话，他就借机将裴夫人稳住了。裴夫人起初怀疑，但再三问过左右，终是无人见到有山家大郎君的身影出现，便以为是山家人认错了。

长孙信这才放心去找神容，在她屋中坐了许久，其间朝屋外看了好几次，才终于见她进了门。

“你可是去叮嘱姓山的了？”他开口就问，直觉她出去这么久应该是去见了山宗。

神容原本去这一趟是带着这个打算，但也用不着了，缓缓地走近说：“他走了。”

长孙信顿时长松口气，轻拍一下案头：“那真是太好了，否则我都不能安心去幽州。”他自椅上起身，理一理衣襟，舒心地笑，“刚好与他错开，我可以准备动身了。”说着就要走，经过妹妹身边，又生出点怀疑，“他就这么走了？就没与你说什么？”

神容看他一眼，想起纸上的字，轻描淡写地说：“他叫我放心，没什么好在意的，说完便走了。”走得如此之快，待她出去时，已无任何兵马踪迹，干净得就像是从没有来过。

“难得他说句好话，我倒是放心了。”长孙信因为听说是刘尚书做的护送安排，一直就没多想，“早走早好，这次是他送你回来，怕说不清，下次他要是敢单独来试试，可不一定这么走运了。”说完心里舒坦许多，他出门走了。

神容在榻上坐下，习惯使然，摸出怀里的书卷握在手里，心想他肯定不会再来了。否则之前在官驿那间客房里，他就不会说出那番话。叫她不厌，就再也不要去幽州，否则……

“否则如何？”她当时问。

山宗触过她鼻尖，最后贴在她耳边，沉声带笑：“否则，你就是真后悔也没用了。”

神容握书卷的手指不觉屈了一下，直至此时，都还记着他话里那丝危险的意味。

长孙信早就准备着，一旦决定了要动身，不日便可以启程。

出发这日长安天已转寒，风声阵阵拂过赵国公府的廊前。叫刘尚书继续坐镇幽州的确不合适了，得赶紧去接手。

裴夫人因为山家到访的事好几日都不太顺意，此时儿子要走了，才算将这些抛去身后，临行前，特地将他留在厅中叮嘱了几句。无非是叫他在幽州不要与姓山的小子往来，他们长孙家再也不想理会这等离经叛道、抛妻弃家之人。

“若非看在矿山重要，岂会对他客气。”裴夫人坐在榻上低低道。

长孙信身着厚衣，围着狐领，乖乖在旁点头应和，心里却在想：在长安还能对他不客气，要在幽州，就是没矿山，怕是也有些难。毕竟他是幽州军政之首，在他的地盘上，如何能对他不客气。那个军痞地头蛇！

赵国公在旁负手踱步，沉吟道："幽州是何等地方，鱼龙混杂、关隘要地，多少枭雄起伏，有几个能撑到底的。那小子能在那里执掌军政，确实不简单。只是他的军职只在先帝时录有，这三年如同销声匿迹一般，也是古怪。"

裴夫人拧眉，觉得这话像在夸那小子："他若简单，当初岂会挑上他？谁知他就是个有眼无珠的。"

赵国公笑了笑，安抚她："好了，别让阿容听见。"

裴夫人这才不说了，朝长孙信点了点头。

长孙信终于解脱，朝父母拜过，出门上路。

神容的马车已在府门外等着送行。她坐在车中，揭着车帘，看到哥哥出来，会意地说："一定是叮嘱过你一堆话了。"

长孙信冲她笑了笑，坐上马背："哪里能瞒得过你啊。"

一路出了城外，直到十里亭处，车马暂停。天上竟飘起了小雪，轻絮一般打着旋飞舞在十里亭的木柱旁。

神容从车里下来，走入亭内，从袖中取出早已画好的矿眼图递给长孙信。长孙信拿了展开一看就点头，图上标记得清清楚楚，哪些地方出过状况也都一目了然，他这才知道，那山里还有过这些动静，也多亏有她在。那地方更多的其实是她的功劳，这段经历想必于她也不同一般。

想到此处，又想起父母那番叮嘱，长孙信看了看她，温和地低语："你这趟回来了就好生在家歇着吧，也好让父母放心。在幽州时如何都不要紧，你要出气还是要叫他服软，哥哥自然都站在你这头，但现在家里已经生疑，最好还是不要跟那邪坏的再有牵扯了。"

神容看他一眼："本也不会再有什么牵扯了。"人都走了，还能有什么牵扯。

长孙信心想也是，放心地点头，收了图。正准备出亭上马，忽然有一人快马加鞭朝这里奔了过来。长孙家护卫都在亭外守着，见有人到来，皆很防范，却听马上那人在唤："堂嫂！"

马至亭外，下来一个着圆领袍，做男装打扮的女子，小跑着进了亭中，向神容抱拳："堂嫂，可算见到你了。"是那日登过赵国公府门的山英，她竟还没离开长安。

神容仿佛遇上了另一个山昭，立刻侧了侧身说："别这么叫。"

论年龄，山宗长她五岁，山英虽是他堂妹，其实比神容还要大一岁，但仍称呼她堂嫂。山家女儿也大多习武，山宗的父亲是山英的伯父，山英追随她伯父习武，因而时常出入山家大宅，与神容熟稔仅次于山昭。

也不知她骑马追了多久，额头上都出了细汗，她用手背抹了下道："堂嫂不愿听，我也不能改口，山家上下都仍尊你是山家长媳，你就是山家的未来主母。”

神容还没作声，长孙信已忍不住在旁掩唇干咳一声。他实在是听不下去了。

山英转向他，看了两眼：“是舅哥啊，许久不见。”

他顿时退半步：“你唤谁舅哥，我可不是你们山家的舅哥！”

山英出身将门，又常年习武，颇有几分男子豪气，对他这话并不在意，又面朝神容道：“伯母去赵国公府没见到堂嫂，又思念大堂哥，我只得劝她先回洛阳了。”

听说杨郡君回去了，神容倒放心了些，至少不会登门了，也免得她还在长安寻找山宗所在，又问山英：“既然如此，你怎会来？”

山英道：“我还是想见一见你，这些天我一直听着赵国公府的动静，到今日才有了机会。”

神容冲她一笑：“你是想问你大堂哥所在是不是？”

山英点头：“是。”

神容看了眼亭外雪粒纷飞的天：“他早走了，算算日子，指不定走出去多远了。”有几日了？她没算过。

“这么说，他那日果然在长安。”山英懊恼地呢喃一句，觉得被骗了，忽而抬头问，“那你可还会再去见他？”

神容又想起了官驿里的那番话，还有那句危险的警告，手指轻轻绕着腰间丝绦：“我会与他重逢可不是特地去见他的，我去哪里全看有没有去的道理，在我，不在他。”

山英皱皱眉，听这话就知道是长孙家的小祖宗的口气，那好像是不会去了。她无奈道：“当初大堂哥和离后离家而去，伯父震怒，之后便卸甲不问世事了，也不准我们去找他，所以直到他这趟回来，我们才知道他一直待在幽州，可还是不能去找他。”

神容有些诧异地看她一眼，当初自己携书而去，无暇他顾，也是今天刚知道这些。山宗的父亲曾贵为上护军，竟已卸甲不问世事了，难怪许久没有他的消息了。她虽诧异，却什么也没说，走出亭子去登车了。山家的事毕竟跟她也没太大关系了。

可山英的话还没说完。现在山家上下皆知当初一心和离的堂哥护送着前妻回来了一趟，她堂哥何曾护过谁啊，焉知这二人之间是不是有了什么，说不定只有她堂嫂能撬动她堂哥了。她直接追到车旁：“堂嫂。”

神容收住踩墩的脚，指了指亭内站着的长孙信：“我哥哥倒是要去幽州，有什么话要带给你大堂哥的，你不妨找他传。”

山英不禁去看长孙信。长孙信也朝她看来一眼。等山英再回头，马车已经动了，神容就这么自她眼前走了。

车驶出去好一段，神容摸出怀里的锦袋，抽出书卷，手指在卷首的“女则”二字上抚过。卷轴处有一角因为之前摔下坑洞，被山石刮到，留了点儿抚不平的痕迹。

她又仔细收入锦袋，想，是时候再封上这卷书了。

比起长安，千里之外的幽州是寒风卷沙的世界。

军所里，胡十一刚从山里换岗回来，一头钻进张威的营房就抱怨：“头儿什么时候回来？我天天盼，再不回来这么多军务要压死我了。”

张威坐在那儿对着火盆擦兵器：“我早算着呢，按照咱们正常行军的速度，一个来回，还有三五日就该到了。可万一头儿想在京中过个冬呢？他都三年没出过幽州了。”

胡十一挨过去，伸着手在火上烤：“啥叫在京中过冬，跟金娇娇一起过？”

张威道：“那也有可能。”

胡十一“啧”一声：“可我听说那个工部老尚书昨日动身回去了，工部的任务没了，他还是得回来啊。”

刚说到这里，就听见外面马嘶之声。胡十一觉得耳熟，起身跑出去，远远看见一队人马驰了过来，为首的黑衣提刀，一跃下马。

“头儿？”胡十一惊讶地跑过去，“刚算了最少也要三五日你才能回来，怎么这么快就回来了？”

山宗马靴靴面覆着厚厚的尘土，眼下微带青灰：“急行军回来的。”

刚跟出来的张威咋舌：“急行军？那岂不是日夜不停？”胡十一也愣了，用急行军未免也太赶了。

山宗没说话，大步往营房走。

这一路日夜兼程，没有停顿，选了另一条捷径，直奔幽州，直到推开营房的门，才算彻底停下。

胡十一跟进来，接了他的刀搁在桌上，看他满身风尘仆仆，赶紧给他倒杯水端来：“头儿，这么急干什么？就算工部的任务没了，你也犯不着这么赶啊。”

山宗接了一口灌下，喉头滚动：“迟早都是要回的。”

胡十一恍然大悟，对了，他要永镇幽州。

“出去吧。”山宗把杯子递给他，走到床边坐下。

胡十一知道他需要休息，放下杯子出去，出了门，又回头扒着门框问了句：“那工部老尚书回去了，是不是长孙家来人接替了？那金娇娇往后还来不来了？”

山宗坐在那里，笑了一声，懒洋洋地伸了下发僵的腿：“不来了。”

她怎么还会来？这里已没了她再来的理由。但他还要永远留在这里。

第十章

望蓟如新，幽州如故

一张镶嵌青玉的双陆棋盘摆在赵国公府的花园凉亭里，左右围了一圈人。

神容侧身而坐，衣裙曳地，臂间轻纱披帛一动，手中掷出两颗象牙色子，另一手捏着髹漆的木马棋子移动，"啪"一声，一局得胜。

裴少雍自对面笑着抬头："又叫你赢了。"

裴元岭站在神容身旁，也笑："阿容还是厉害。"

左右围观的人都笑起来，神容跟着笑笑，起身让开："你们玩吧。"马上就有人接替了她的位子。见她不玩，裴少雍也不玩了，一样起身让了座。

自长孙信走时那一场小雪后，长安这个冬天连日都是晴朗的好天气，竟没往年那么冷。正值年节热闹，裴家几个表亲都登门来拜会，他们便在这园中玩起了双陆棋。

神容走出凉亭，遇上缓步而来的堂姐长孙澜，听她笑道："看来又是你赢了。"

"是，不玩了。"神容说。

长孙澜看她兴致缺缺，又笑了，轻轻扯一下她衣袖，凑近低语："弟弟去幽州了，我便知道你先前出门那么久，定也是去了幽州。以你的本事，料想那里已出大矿了。"

同样是长孙家子孙，长孙澜岂会不懂这些？只不过开矿都是工部的事，外面不会有多少风声。她觉得奇怪："你可不会轻易出面的，此番既然待了那么久，料想那里非同一般，为何却又不去了？"想了一想，她会意道，"是不是母亲舍不得，可要我去劝慰劝慰她？"

长孙澜受赵国公府抚养，自小起就称呼赵国公夫妇为父母，因其身世颇受裴夫人怜惜，有些时候说话是好用的。

神容淡笑，伸手搭住她手臂，摇了摇头："不用了，阿姊还是别去说了。"她哪里知道真正缘由，去父母跟前说了更要糟。

长孙澜还追问了句："真不用？"

"嗯，不用。"

长孙澜便没再说了，往前去了裴元岭身边。

神容走去另一头的小亭里坐了，听见后面有人唤她："阿容。"是裴少雍跟了过来。

她看了一眼："二表哥不玩了？"

裴少雍指指那头："你看看，人都来了。"

神容朝那边玩棋的凉亭里看，长孙澜来时将那些表亲的家眷也带来了，眼下那边站着的皆是成双成对。

裴少雍看看她，眼里含笑："我还不如待在这里了。"

神容转回头："二表哥若羡慕，也早些成婚就是，你下面的弟弟妹妹都成婚了，你又何必总拖着。"

裴少雍笑起来。他的相貌是裴家子弟里顶好的，独输裴元岭几分气质，特别是笑起来的时候，让人只觉得眼前一亮，如沐春风。他说："我那日不是告诉过你，我想去求取功名。"

神容记了起来，斜斜一倚，靠着亭柱："其实裴家如此鼎盛，二表哥迟早是要做荫官的，又何苦去挤那独木桥？"她的外祖父曾经官拜宰相，几个舅舅也都在京为官，裴家将来能给他的又岂会差到哪里去。

裴少雍见她不经意露了丝慵懒之态，多看了几眼，一时就没想到如何接话。

亭外却已有人接过了话头："是啊，何苦呢？"

神容看过去："大表哥。"

裴元岭信步走入，含笑点头，冲对面的二弟看去一眼。

裴少雍没作声，那日天寿节被叫去酒楼上说了几句，现在还记得。

裴元岭带笑道："不论是相貌秉性，还是家世，京中多少女子赶着跟你结亲，何必如此死脑筋？是不是啊，阿容？"

神容忽听他问到自己身上，点了点头："自然，二表哥一定是太挑了。"

裴少雍看她一眼，低声自语："我确实挺挑的。"说完站起来，先出去了。

神容看一眼他背影："怎么，是我方才说太过了？"

裴元岭摇头："岂会，你知道他脾气，只会是嫌我说他多了。"

神容说："大表哥是裴家表率，说什么都是对的。"

"那是自然，他是我二弟，我还能不为他着想？"裴元岭朝离去的裴少雍看一眼，心里叹气，他根本不知道自己的对手是谁。思及此处，裴元岭又看神容，低笑问："对了，那日天寿节，你可遇上他了？"

神容没料到他会突然问起这个，那夜的情形又被勾上心头，面上却若无其事：“我不知道大表哥在说谁。”

幽州。

长孙信一到，连城都没入，先领着一行护卫直接赶去望蓟山。下马走上山道时，远远看见了军所兵马把守在入口处，他停下脚步，回头看一眼：“你还跟着，这里面你可进不去了。”

护卫之中跟着一袭深色圆领袍的山英。她走了过来，朝眼前连绵起伏的山脉看了一眼，又看长孙信。他斯文俊秀，缓带轻裘的一身清贵样，却行走在这大山之间，她不禁感叹：“长孙儿郎撼山川，早听过这说法，舅哥原来挺有本事。”

长孙信负手笑：“那是自然。”接着笑又没了，“说多少回了，别叫我舅哥。”

山英道：“叫习惯了，的确已难改口。你若实在不想听，我下次不叫就是。我们山家如此坚持，还不是出自惋惜。”

长孙信问：“惋惜什么？”

“自然是我堂哥堂嫂。”山英叹息，“那二人分明都是顶出色的，本该是天造地设的一对，谁见他们分离不可惜？”

“我不可惜。”长孙信鼻间哼出一声，“我妹妹自然是顶好的，比你们山家想的还了不起，你那堂哥可未必。”

山英皱眉：“我大堂哥可是天纵英才……”话说一半，忽然一顿，她迅速闪到众人身后。

长孙信转头看到远处，一行兵马正在往这个方向来，齐齐整整，踏出阵阵随风而去的尘烟。他拉了拉身上的披风道：“你跟了一路来这幽州，不就是想见他，现在又躲什么？”

山英在他身后，借着两个护卫的背挡着，小声说：“我不能暴露，否则被我伯父知道我来找过大堂哥，定会逐我出山家。”

长孙信听了由衷赞叹：“看来山上护军才是最明白事理之人，做得好。”

山英没理会他的话，悄悄伸头朝那边马上的男人看了又看，觉得他们越来越近了，自己不能再待下去了：“好了，我已看到大堂哥安好，回去便可以宽慰伯母了。”她挪个位置，拍了一下长孙信的肩，“多谢舅哥给我行了个方便，下次有机会我再保一回舅哥行程。”

长孙信回头：“你刚还说不叫……”

山英已上了马，快速从另一头跑远了。

他掩唇轻咳一声，若不是看在相识一场，谁会带个山家人同行，还说什么保他行程？但见那队兵马已至，他理一理衣袍，又端起了大族风范。

队伍停住，山宗一骑当先，眼睛早就落在远处，山英根本没逃过他的眼。他朝旁人下令："去盯着她，直到她离开幽州地界。"一名兵卒抱拳，驰马跟去。

后面的兵马陆续跟来，山宗这才看向山道上的长孙信。

他身后的胡十一已打招呼了："长孙侍郎回来了，金……"说着看一眼山宗，没往下说了。

长孙信问："金什么？"

胡十一挠头，努力搜刮文辞："我是问令妹，对，令妹。"

长孙信看一眼山宗，往山深处走，一面道："阿容好得很，长安繁华，那么多裴家表亲还陪着，哪一样不比这里好。"

胡十一莫名其妙："怎么，他这是嫌弃咱们这儿？"

山宗抓着马缰，漫不经心地笑一下，什么也没说，毕竟这话也没说错。继而手上一扯缰绳，打马往山里奔去。

胡十一看他策马疾驰走了，这才意识到，好像不该在他跟前提金娇娇。

山宗提刀去了矿眼处，正好看见长孙信低头踩着挂上的木梯下了坑洞。坑洞外是那群底牢犯人，因为工部侍郎来了，要视察，自然都出来待着了。人堆里传出涩哑难听的怪笑，似嘲似讽。

山宗抬眼看去，除了未申五，还能有谁。

本来只需要他们开一段矿眼下的坑道，但他们力气的确好用，刘老尚书坐镇时就还是用的他们，继续做最重的苦力，直到今日。

未申五刚从坑下上来，灰头土脸，端着只木碗，灌掉了里面的水，盯着山宗阴笑："这么久没见你，还以为你死了，老子白高兴了。"

一旁的兵卒立即甩去一鞭，他"嘫"一声，但他嘴贱习惯了，根本不在乎。

山宗没理会。

未申五看那坑洞，又道："来了个小白脸，倒有几分像你的小美人儿。你的小美人儿呢？她不要你了？"话还没说完，就桀桀笑出了声。

山宗动了，刀鞘点地，拖着走过去，一脚踹在他肩上："果然是太久没见了，我的刀也许久没见血了，叫你见了我又敢挑衅了。"

语气并不高，但其余犯人都没动。

未申五摔翻在地，坐正了，吐出口混着尘土的唾沫。

"这是怎么回事？"下面忽然传来长孙信的问话声，隐隐约约不太分明。

山宗朝坑洞看去。

过了很久，才见长孙信从下方上来。他扶着木梯出了坑洞，拍去身上灰尘，束袖的系带一扯，手里还拿着张勾描的图纸。

山宗见过，那是长孙神容画的矿眼图。

长孙信将图纸一卷，皱着眉就往山外走了，脚步很快，脸色凝重，与来时的模样截然不同。

山宗又看坑洞，察觉应是有什么不对，但看不出有什么不同。这山里唯一的不同，只是少了那道身影。

一匹快马奔至长安赵国公府时，神容站在房里，刚刚对着书卷拜过。

雕着古朴纹样的紫檀木盒已经启开，她双手捧过书卷，放进去，刚要动手合上，紫瑞快步进了门。

“少主，”她垂首在后小声说，“国公请少主暂停封卷，郎君来信了。”

神容手上一停，觉出不对，转身出门。

赵国公和裴夫人都在书房里，一站一坐。神容到时，二人正在低语，见她进来才停。她看了看父母：“可是出什么事了？”

“那倒不是，”赵国公将手中刚拿到的信递给她，“只是出了些偏差。”

神容拿过来，很快看完，抬头时有些错愕：“这是怎么回事？”

赵国公道：“便是你看到的这般。”

在神容返京期间，刘尚书已经着工部官员安排，让人在那矿眼下方拓长坑道，往下深挖，开出了一间一间的采矿间。这是他为长孙信开好的头，只待长孙信本人到了，再沿先前探得的矿脉继续挖山开采就好。

然而等长孙信真到了下面，对比神容的矿眼图，却发现有了变动。刘尚书只动了矿眼下那一段，也多亏他只动了那一段，因为其他地方已有了变化，矿脉似乎有了一丝偏移。这就是所谓的偏差。这变化不明显，其他人或许看不出来，但长孙信不会看不出来。那日他出山后，一连数日又进山多次，所探结果都一样，的确是变了。

裴夫人在旁拧着眉：“阿容，你快看看书卷上如何说的。”

神容直接摇头：“没有。”

连赵国公都讶异：“一字未提？”

神容点头，蹙一下眉，又松开：“早在幽州，我就将那片山的记述看了不下百遍，书中对那里不曾有过这样的记录。”

赵国公负着手来回踱步，脸色肃然：“连我也不曾见过这样的矿山。”

神容启唇，轻轻开口：“我可以……”她想说走一趟，但见母亲看过来的眼神，又合上了唇。

过了片刻，也思索了片刻，她起身说：“眼下谁也不知情形，还是叮嘱哥哥小心为上，有任何事再来信，我不信此事我们办不成。”她历来不服输，山里的什么波折没见过，说完屈膝，便要出门。

裴夫人看了看她身影，又看丈夫，既忧心这突来的变动和远方的长孙信，又不太想她亲赴幽州。

赵国公还在沉思，忽然开口：“等等。”

已走到门口的神容回头。

赵国公又踱两步：“我问你，那山中可曾出过事？”

神容抿一抿唇，诚实答：“出过，曾有地风不稳，水流卷吸，险些酿出人命。”

裴夫人脸色一惊，差点从座上站起来，她从不知道女儿当时在幽州的情况如此凶险。

赵国公抬手虚按她一下，脚步停住，又问：“那你可曾镇山？”

“镇过。”神容说，“镇住了。”

赵国公脸色一缓，点了点头，脸上露出笑意，他自然知道他这女儿的本事：“那你就去吧。”

神容一怔，裴夫人也诧异地看来。

赵国公一手搭在裴夫人肩头，安抚地拍了拍，转头对神容道：“去吧，你能镇住那山，便能再降伏它一回。只不过……”他拖了拖语调，“那个旧人，你就不要太在意了。”

神容眼里微动，点头：“知道了。”

递送消息的信件传到幽州时，长孙家的队伍已经远去长安数百里之遥。

官道上，车马辘辘前行，紫瑞在车外看了看头顶泛着青灰的穹苍，转头朝车内问：“少主此番出行太赶了，可要暂歇？”

神容坐在车中，手指轻轻抚着装着书卷的锦袋：“暂时不用，赶快一些，免得耽误开矿，也省得叫我母亲再多挂心。”

出发的时候她都是悄悄走的。裴夫人虽然知道事出有因，但始终是不太乐意她亲去幽州，埋怨赵国公决定下得太快，还因此与他置了气。直到她出府门时，都听说她父亲还在安抚她母亲。

这一路她走的还是老路，毕竟是捷径，只不过遇上熟悉的地方都绕过了，嫌麻烦。

绕过山昭所在的河东那座城后，北来的寒风开始收敛了气势。连日以来，除去在驿馆落脚，路上从未停顿，至此才算稍稍放缓，神容此时才吩咐暂歇休整。

东来领头，将队伍带至官道旁一座矮亭外歇脚。神容踩着墩子从车里下来，抬手感受了一下吹过来的风："好像没那么冷了。"

紫瑞在后面给她搭上披风，笑道："还是少主赶路太快了，若是像先前那般，本该要入了春才到幽州。"

神容看了看天，其实春日已经来了，只不过这一路直往北方边关而去，是不大感觉得到的。

真是奇特，冬日她离开了幽州，春日又在去的路上了。

"少主还是入亭去坐吧。"紫瑞先进去擦了擦石凳。

神容缓步往亭内走，忽见一旁东来往她这里走了两步，挡在了她身前，手作拔刀状，眼睛盯着道上："少主小心。"

他视线所望之处，几道人影一路在往这里跑，好像出了什么事一样。神容顺着他目光看去，凝神眯眼，才看清了那几人模样："怎么好似有些眼熟？"

就这片刻工夫，那几人已经一口气跑到了亭外，一共三人，皆身穿粗布短打，额缠布巾，腰别匕首，为首的是个满脸络腮胡的大汉。

那个大胡子跑着的时候就在看这里，到了亭子附近，他忽然脚下一收，朝身后二人一招手，从道上冲下来，直奔亭前的神容："是你！你是当初幽州驿馆里的那个贵人！"

护卫们立即上前，神容拦了一下，走出东来身后，近看那几人，又联系他的话，才算认出来了："哦，原来是你们。"

大胡子一头汗，急急忙忙道："是咱们，咱们就是当初给山使送关外敌贼的那几个，在幽州驿馆见过的！"

没错，是见过。那都是神容当初刚到幽州时的事了，没想到，他还能一眼认出她来。她记得这大胡子当时还管她叫"狗屁贵人"来着，后来才发现他们几个是绿林中人。神容不想见这等嘴贱的，摆摆手，往亭内走。

东来立即去赶人。

大胡子却不肯走，着急喊："贵人且慢，求贵人助咱哥儿几个躲一躲追兵，以后一定报答！"

神容都没看他们一眼："我为何要帮你们躲追兵？"

大胡子更急："你不是认识山使？咱们最后一回见是在间香粉铺子外头，当时山使在交代咱们事情，后来被你一推窗给打断了，记不记得？"

神容听到此处才停下脚步，仔细想了想，是有这回事，也很久了。

大胡子接着道："眼下咱们就是替山使办事回来了，要是被逮了就没法去幽州见山使了，你就是为他也该出手才是。"

神容微微扬眉："为他？"她连那男人要这几人办的是什么事都不知道，却被说得好像成她的事了。

大胡子还欲再说，远处已有马蹄声传来。他们几个耽误得够久了，马上就要跑："贵人快看，就是他们！"

神容朝那边看去，一行人马远远而来，看模样是兵马，难怪叫他们怕成这样，她再细看，竟也看出了点熟悉。

待到那群人近了些，她看见了领头的那个穿着胡衣，面白眼细，腰上配着一柄宽刀，一下认了出来，居然是那个檀州镇将周均。回京时在道观里被他夜查的事还记得清清楚楚呢。

"真是巧了，"神容笑了笑，"那我倒是还真要管了。"

大胡子一行人已经拔脚跑了。

周均的那队兵马循迹追过来时，正赶上一行车马队伍上道启程。当中车驾宽而华丽，上遮轻绸华盖，有点眼力的就能看出来，那是京中样式，车中的人必然出身贵胄，却严严实实挡住了他们的路。他们的人往右，贵人的车驾就往右；他们往左，车驾也往左。

车中，神容透过窗格朝外望着，周均甚至都想从他们中间横穿，但被东来拦了。双方在马上对峙，已有剑拔弩张之势。

周均手按着宽刀："我檀州兵马正在追捕几个绿林贼匪，还请诸位不要阻拦。"

东来回："这里不是檀州。"

这是神容刚才吩咐好的话。即便是要追绿林贼匪，在别人的地面上，也不能生事，周均注定拿她没办法。

果然，周均最终带着人往回退了一段，朝另一头绕行走了。

算他识相。神容没再管他，朝外吩咐："快走，直奔幽州。"

望蓟山里，长孙信又刚从坑洞里上来，正拍着灰尘皱眉想法子，一名护卫快步自山道而来，双手呈上刚送到的信件。

长孙信看那信封便知是赵国公府送来的，立即接过拆阅，看完低低"咦"一声：

“那岂不是就快到了？”带着随从们匆匆出山去了。

胡十一刚由雷大来替了岗，还没走，伸头看了一眼，转头正好瞧见刚从关城过来的山宗，立马告诉他：“头儿，长孙侍郎刚有急事走了。”

山宗随口问：“什么急事？”

胡十一道：“就听他自言自语了一句什么‘快到了’，也不知是说什么快到了。”

山宗往山外看了一眼，料想还是坑下的事，扫一眼那头被看守着的重犯，走出山道，翻身上了自己的马。

胡十一跟上去：“头儿是要直接回军所？”

“嗯，回去练兵。”山宗策马出山。

胡十一上马跟上，对此已见怪不怪了。自京里回来这么久了，他一直就埋头忙军务，哪一处都亲力亲为，像不嫌累一般，眼下都这时辰了，还要去练兵。

回到军所时日已微斜。山宗下马，直往演武场走。身后大门外忽然冲来一人一马，老远就在唤：“郎君！”是广源的声音。山宗停下脚步，手上拆着护臂的绑绳。

广源马骑得太急了，简直是横冲直撞的，守门的差点都被刮到，还是门口的胡十一一把给他扯住了，骂道：“你小子干吗呢，搞袭营都没这样莽的！”

广源根本顾不上他，一翻下马就跑到山宗跟前：“郎君，方才长孙侍郎回去嘱咐他们家随从快些安排，说是人就快到了。”他说得太快，竹筒倒豆子似的，说完还在喘气。

胡十一在旁听得咂嘴：“谁啊？谁快到了？”

山宗拆护臂的手一停，倏然抬眼。长孙信在山里的话，眼前广源的话，连一起，一下全明白了。

广源喘口气：“还能有谁，当然是……”

话没说完，看见山宗已经动了脚步，把护臂绑绳紧紧一系，大步走向自己的马，翻身而上。

胡十一愣住：“咋，头儿你不练兵了？”

山宗手里缰绳一振，直接疾驰出了军所。胡十一这才反应过来，赶紧唤人，又上马跟上。

幽州雄浑的山岭在天际起伏连绵，神容绕过了那座经过了两次的道观，再不远就会进入幽州大地了。

“少主。”外面东来忽唤。

神容揭帘：“怎么了？”

东来打马来到车前，低声说："之前那队兵马跟来了。"

神容透过窗格往后望，果然看见一队兵马拖着尘烟跟在后面，约有十数人，看起来就像是在追他们。为首的人胡衣宽刀，老远看不清神情，但也能大概看出他一双细眼盯着这里。

檀州镇将周均。

东来道："他们肯定是没追到那几个绿林人才来的。"

神容猜也是这样，笑一声："追过来做什么，找我要人？不用管他，直接往前甩开他。"东来称是，下令护卫驭马加速，车马碾着道上尘土飞扬，行将进入幽州。

神容往窗格外又看一眼，蹙眉，周均竟然还追着，马蹄声近已可闻。但随之，另一波更强劲的马蹄声就盖了过来。

神容循声往前看，窗格里只有弥漫的烟尘，看不分明，她却隐约看见了一抹浓黑身影，伸手揭开车帘："停车。"

车马骤停。她终于看清，前方疾驰而来的男人，黑衣烈马，凛冽如刀出鞘。尘烟漫舞，除了风声和马嘶声，只余如雷马蹄声。山宗策马而至，一扯缰，在车前停下。

神容抬头看他。

他也在看她，眼神幽幽深深落在她脸上，嘴角微提，看了很久，才转去后方。

后方的周均追上来了，一阵勒马声。他细长的眼早就盯着山宗，却见他只盯着眼前的马车，此时才看过来。

山宗看着他："何事？"

周均看一眼马车："前些时日这位贵人刻意阻拦我追捕绿林贼匪，原来与你有关，你们是相识的。"

神容在车中听着，不动声色，料想他也不能把自己怎么样。却见车前的山宗打马往后去了。他问周均："你追来干什么？"

周均道："我办我的事，应当不用向幽州团练使报备。"

"那得看你办的是什么事了。"山宗横马在车后，挡在他前面。

周均眼眯得更细了，又朝那边马车看去，看到窗格里鬓发如云的女人半张雪白的侧脸，意外地看了他一眼："原来车里的贵人是个女子。"

山宗："与你无关。"

周均凉丝丝地道："是与我无关。这是位贵人，我行事自然有数，但你要阻拦我，也要看看这是在什么地方。"他指一下前方，是一块竖着的石碑，上书"幽州"二字，一旁是挑着幽州幡的木杆，距离他们所在还有至少百步，而他们脚下尚属檀州管辖。“这里是我檀州地界，不是你的幽州。”

神容又有了上次的感觉：周均不是在针对她，言辞间都是在针对山宗。如果真与她对上，她亮了身份，对方也不敢做什么。

山宗什么也没说，打马往回一转，到了幽州界碑前，忽而一扯缰绳，令马抬起前蹄，一下踹在了界碑上。界碑倒地，他又抽刀，俯身一刀砍向木杆。木杆底端断裂，山宗一把接住，策马回来，到了马车后方，用力一插，而后才抬眼看来：“你方才说什么，再说一遍。”

周均顿时手按上刀：“山宗！你竟敢擅扩地界！”

“我什么不敢？”山宗拎着刀，扯着马，在他跟前缓缓徘徊，“你又不是第一日认识我，或许你是想将这些私怨小事再闹大一些，还想要我拿出上州团练使的军职来压你一头才甘心？”

周均脸色铁青，冲他冷冷点头：“你就别有下次！”余下一个字也没说出来，终是厉声下令，掉头走了。

神容一直在车中看到现在，盯着那男人的身影，方才也有点被惊到了。

山宗打马回来了，看着她说：“放心，他向来雷声大雨点小。”

神容瞄了瞄他：“无法无天。”手上放下了车帘。

山宗对着车帘笑了笑，自马上坐正，那头胡十一终于带着几人追上来了。

“头儿！”他刚想问跑这么快干什么，一眼看到眼前的马车和队伍，马上明白过来，金娇娇回来了！

马车上路，山宗指一下后面竖着的木杆：“这里弄回原样。”胡十一对着现场莫名其妙，但山宗已跟上神容的马车走了。

行至幽州城下，天色已晚，城门已合。但城头守军一见这队人中有山宗，立马开了城。早就有一个长孙家的护卫等在城门内，拦车禀报说：郎君已在来接的路上，请少主稍候。

车马停下。神容从车里下来，往路边看。山宗下了马，看她一眼，走向城墙下一间亮灯的屋子：“去里面等。”那里面的两个兵闻声就立即出来让了地方。

神容理一下身上披风，走向那屋。刚进门，一只手抓住了她的手臂，身后的门随着一声轻响合上了。她回头，正对上山宗的胸膛。

他看着她，低声问：“你怎么又来了？”

神容眼神正好看到他凸起的喉结，刻意忽略了他抓着自己的手有多热，轻声说：“我有来的理由，与你那日的话可无关。”

说完没听到动静，她抬头，看见山宗勾唇在笑，眼里敛着屋里暗暗的灯火：“我也没说什么。”

神容不禁咬唇，想转身去拉门，没能动，手臂再动就要贴着他的腰穿过，好似要抱上去，干脆不动了。

山宗的手还抓着她。

外面传来了长孙信的一声“阿容”。他这才松了手，拉开门。

神容看他一眼，从他跟前出去，衣裳轻擦而过。

山宗低着头，嗅到了她发间的幽香。直到此时，才相信她真又到了这幽州。

这一路紧赶慢赶，很是辛苦，可神容入了官舍也只休息了一日，便开始着手处理山里的事。

日光煌煌地照入窗里来，桌上摊着矿眼图，长孙信在她对面坐着。

神容看着图时，他正在看她，一连好几眼，终于忍不住开口：“阿容，你入城当晚怎会跟姓山的一道，难道是他去接你的？”

神容抬了下头，心里回味了一下，那是去接她的吗？其实她也不确定，只觉得他来得既快又及时。“谁知道呢？”她淡淡说，“或许是他碰巧去边界遇上的。”

长孙信点点头，算是信了：“还好，如今是在幽州了，父母不在跟前，你要如何我自是不会多问，只要你自己心中清楚就好。”

神容看他一眼，又低头去看图：“嗯，我向来清楚。”不就是要那男人后悔吗，何必特地提醒。图也没什么好看的了，她站起来：“算了，还是去山里亲眼看看。”

长孙信便不再提姓山的了，跟着起身，与她一同去。

此时军所里，大胡子一行三人正恭恭敬敬在正堂里站着。左右无人，只有首座上坐着山宗。

低低的一阵汇报声后，大胡子递给山宗一张皱巴巴的纸：“山使，咱就知道这些了。”

纸上是手画的歪七扭八的地形图。

山宗一手撑着搁在脚边的刀，一手捏着看了许久，才颔首：“嗯，我知道了。”

大胡子松了口气，压着粗嘎的声音道：“总算能来见山使，哥儿几个险些被那檀州的周镇将给逮到，连命都差点要没了。”

山宗知道那事。他们运气够好的，正好碰上神容，偏偏周均还得罪过她。想起她那点脾气，他便忍不住笑了笑，回味了一下大胡子报的事，又收敛，看一眼大胡子：“去问胡十一领了赏钱就走，此后不要出现，就当没替我办过事。”

大胡子连声称是，带着一起的两个弟兄出去了。

山宗将那张纸叠好收入怀里，起身提刀出了正堂，果然他们已经走得干干净净了。

胡十一知道他要入山，早就牵着他的马在大院内等着，刚打发了大胡子几人，好奇地问他：“头儿，大胡子这回来怎么不是来送敌贼的？”

山宗接了马缰，翻上马背：“你就当他们没来过。”

胡十一便有些明白了，猜那几人是悄悄办了什么隐秘的事回来禀报的。

这幽州以往的绿林强盗里什么样的人都有，后来被山宗镇压，死了的死有余辜，活着的全都服帖，再不敢生事，反而有时候还全心全意为他办事。军所上下对此早已习以为常，也就只有他能将一群黑道上的驯成自己的手下了。

山里情形看起来并无什么不同。

神容跟着长孙信入山时，抬头远远看了看那片再熟悉不过的山岭。今日天气晴朗，眼里的望蓟山如被日光描出了金边，如此明丽，却越发显出一丝神秘。

到了矿眼处，长孙信低低将下方情形与她说了，而后道：“这下面也仍只敢采那一段，其他地方都还不敢碰，只怕碰错了又要出一回事。”

神容点头，往两边看了看：“我下去看看，你替我往东角河岸处看着风。”

只有长孙信懂她意思，点头道：“好。”说完带了两人去往东角。

东来扶着坑洞壁上挂着的木梯，紫瑞扶着神容送至坑洞口，神容小心地踩着，一步步往下去，周围越来越暗，只剩头顶有一束光。毕竟摔过一回下来，神容对这下面有些印象，扶着坑壁一点点往前。

后方跟着东来：“少主小心脚下。”

渐渐往前，就是坑道底部，当初她与山宗落下后逃出去的地方，如今两边壁上有了火把，眼前亮起来了。

神容走到那块被水冲松动的大石处，当时山宗挪动过，如今已被移回原位，再也感受不到下方的风了。她却好像看见了什么，正想凑近去细看，忽然那大石上多出一道庞然黑影，她悚然一惊，猛地一转头。

眼前多了张脸，正冲她阴笑，左眼上白疤狰狞，像个鬼影。

身侧东来“唰”一声抽出半截刀，她下意识往后一退。

那是未申五，拖着开山的铁镐，咧着张嘴冲神容笑。这坑道有一面的侧面已按照矿眼图开出了另一条坑道，那里已经挖深，有哐当作响的凿山声传出来，他就是从那里面冒出来的。

“小美人儿居然又来了，”他怪笑着说，“老子还真有点想你了。”说着“呸”了一声，吐出口唾沫，“就是便宜那姓山的了。”

东来手里的刀又抽出一截。

神容陡然被吓了一下，脸还微白，没好气地看着他，忽闻坑道里传来铿锵有力的脚步声，有人过来了。

未申五转下头，拖着铁镐往侧面坑道走，阴沉笑道：“来了，呵！”一个兵卒已追出来抽鞭，他退回那坑道里去了。

神容往前看，火光映照出了男人颀长的身影。

山宗半矮头，走到了跟前，眼睛早已看着她：“你果然在。”

神容声音有些轻：“你也来了。”

山宗刚才来时看到外面的紫瑞，就猜她是下了坑道，这里面一堆重犯在，他便下来了。他看了眼她脸色，又见退开的东来刚按回刀，扫一眼侧面坑道：“未申五又冒犯你了？”他记得自己警告过未申五要离她远点。

“他骂你比较多。”神容说。

山宗脚下这才没动，笑一声：“随他去。”都要杀他的人，骂他又如何。

神容看了看他，周遭安静了些，她忽然想起先前被打断的事，转身去看那块大石。看不太分明，她只能敛衣蹲下，一边转头朝后看了一眼。

身后火光一亮，山宗取了山壁上别着的火把走过来：“你在看什么？”

眼前倒是亮了许多，神容指那大石：“你动过这大石，那道下去的缝隙被堵上后好像有些不一样了。”

山宗将衣摆在腰上一掖，蹲在她身旁，举着火把：“所以，这就是你再回幽州的原因。”

神容看他一眼，挑眉：“自然，都说了不是因你激我那番话来的。”

山宗笑：“是，你不㞞。”声却低了许多。反正他也早就知道她那点心思。

神容不禁又瞄他，觉得他坏心又犯了，在戏弄她。

山宗却又不说了，手里火把动一下，头朝大石一歪：“你不看了？”

神容这才又去看那缝隙。缝隙在石底，火把照着也难看清楚，她只能伸手去摸。

倾身往前时，就快挨着山宗身上。他蹲着，一条腿绷紧了裤腿，就在她眼前，完全能看清是何等的结实修长，一只手搭在腿上，火光映照，五指修长有力。神容转开眼，好不分心去摸缝隙，想起他眼力好，低低说：“你帮我看看。”

手上忽然多了只手，刚刚见过的修长五指已抓在她手上，往右一拖：“是这里？”

神容摸到了，那里还有道细小的口子，没有完全合上。

“嗯。”她应一声，转头瞥见后方东来早已退远，手在那细口上摸了又摸，有了数，缓缓往回抽，在他手掌里轻轻地刮了一下。

山宗几乎瞬间就转头看了过来。

神容因为被他拖了一下手，人也挨着他，抵着他的肩，脸也离得近，低声说：“你手心好热。”顿了顿，又说，“有茧，不像贵公子的手了。”

山宗看着她的唇在动，声也跟着低沉：“我本就不是了。”但她还是，那只手柔软娇嫩，如掌中一抔柔纱。他五指蜷起。

神容与他目光相对，仿佛火把的亮已落进他眼里，漆黑的眼底跃动着两簇火苗。她没来由地心里紧了紧，觉得他的眼神变了。

然而侧面坑道里的凿山声又清晰地响起，木梯那头传来东来的声音：“少主，郎君返回了。”

神容觉得眼前那两簇火苗似收敛了，开口回：“知道了。”

山宗从身旁站起来，眼睛还盯着她。

她起身，抚了抚衣摆，暗暗舒了口气。

长孙信等在外面，看到神容出来，立即伸手拉她一下：“东角没有变化，你看了下面如何？”

紫瑞在旁轻轻拍着她衣上的灰尘，神容说：“被地风冲动过的大石如今回归原位，本该严丝合缝，现在却多出了道一指宽的细口，说明确实偏移了。”

长孙信叹气，又问：“那这条矿脉变动可大？”

神容摸出怀里书卷：“我要算一算。”

长孙信走近两步，正等她结果，就见那坑洞下面木梯处，有一人跟在后面出来了，一袭黑色胡服，不是山宗是谁。他顿时看看妹妹，意识到这二人方才是一起在下面，皱着眉扫了山宗一眼。

山宗留意到他眼神，竟还笑了一下，拍打着胡服上的灰尘，往神容身上看。她身上也穿着胡衣，手里拿着书卷，时而抬头看一眼四周。他便知道，此时此刻又是她手握利器与山对阵的时候了。

有一会儿，神容看完了，将书卷收了起来：“看来我得再探一回了。”

长孙信一愣：“什么意思？”

神容指着远处：“变动在那里，我要去那里走一趟。”

“那里不行。”山宗忽然开了口。

神容回头看他：“为何不行？”

他朝那里扫了一眼：“那里是边境，任何人不得靠近。”

“任何人？”她眉梢微挑。

自然不是任何人，他和军所人马可以去。山宗盯着她：“你非要去？”

神容点头。

山宗转身走到马旁，抓住缰绳时说：“只带你一个，多一个都不行。”

长孙信都要命人去牵马了，闻言立即道：“什么？”

“涉及军情布防，越少人知道越好。”山宗看向神容，神情严肃，不是玩笑模样，“看你。”

神容朝哥哥示意一眼，走去他跟前低语：“走啊，又不是第一回与你同行。”

山宗朝长孙信看一眼，觉得这仿佛是句暗语，嘴角的笑一闪而过。

望蓟山的山脉连绵，呈东西走势，一头直至东角河岸，一头拖拽往西北角边境，静默地伏于幽州大地。

两匹快马穿山过林，先后到了地方，停了下来。

山宗从马上下来：“下来吧，前面只能步行。”

神容跟着他下了马。

他们的后方，遥遥停着胡十一带领的一队军所兵马。那是山宗吩咐他们在后方听令，若有突发情况好及时接应。

神容往前看，前面一片坦途，茅草刚开始春发，一丛一丛地在风里轻摇。明明可以直接驰马过去，他却说只能步行，她猜大概是有布防上的安排，便依言丢开马缰，徒步走过去。

她要去的山脚要越过这里，还在那一头。她的脚刚要踩上那片茅草，身后脚步声急至，腰上一紧，山宗一把揽住她往后一拽。她脚下刚踏过的地方已经陷下去一块，露出下方森森的尖矛，原来是陷阱。她愕然地看一眼山宗。

山宗松开她的腰，又扣住她手腕：“你跟着我走。”

神容缓口气，跟着他从右侧穿过去，他踩一步，她跟着踩一步。

这里处处稀松平常，毫无标记，但他十分清楚该落脚的地方，每一步踩下去都安然无恙，再没有中过陷阱，只是十分曲折。神容被他扣着手腕，跟得很紧，留心之后发现，脚下走过的其实也只是一条极细的小道。

她抬头说：“难怪你说只带我一个。”

山宗脚下踏出了那片范围，回身拉她一把：“别分心。”

历来山林是最容易潜入的地方，崇山峻岭也不例外。这边境附近的山里几乎遍地都是军所布下的陷阱，这不过是其中一个。带的人越多越麻烦，光一个个过去就得费多大劲。

神容一脚跟着踏了出去，长舒一口气。

他有些好笑地看她一眼，又拉一下她手腕："前面还有一段。"

再往前出现了神容之前见到过的泥潭，几丈宽，前后都见不到头，也不知多长，这次连诱敌深入的石块也没有，根本看不到有路径可以过去。

山宗此时才松开她手腕，往前一指："再往外就是边境线上了。"

神容朝那头看了一眼："都到这里了，岂能退步。"

山宗看了看她，忽然开始解腰带："等着。"

神容疑惑地看着他，就见他解下腰带，护臂护腰都卸了，又除了胡服，只穿着中衣胡裤，沿着那泥潭走了数丈。

他在潭边蹲下，将衣袖往上拉，伸着那只斑驳的右臂探入泥潭，越探越深，最后整个人倾下身，单膝着地，一手撑在岸边，右臂完全伸入了潭中，衣袖都浸了泥。他似乎是拉住了什么，一下扯了上来。

一片泥浆飞溅，泥潭中冒出块木板，上面还有层泥水在流。山宗起了身，甩一下泥浆遍布的胳膊："过去吧。"

神容看了看他，提起衣摆，一只脚先踩上去，没觉得太滑才往前走。

山宗走过来，就在后方跟着，见她脚下忽然打了个滑，手就立即伸了过去，但她马上又站稳了，直直往前走过了那块木板。他扯扯嘴角，手收了回来。

神容终于看清望蓟山的另一角。高耸的山岭如同穿入了云中，葱茏茂密的树林连绵不绝，在她眼前铺陈至西北，那里是如龙蛇盘踞的一段关城。关城依山而建，山岭似在那一处被拦腰斩断，说明还有一段山岭在关外，这出乎她的意料。

"这座山是跨境的？"她回头问。

"嗯。"山宗应了一声，提醒她，"这里方圆百步都是安全的，你可以随意走动着看。"说完走去了另一头。

神容又转头去看那段关城，对着手里早已展开的书卷，静静沉思。按照推算，变化就在这里，但没想到看不到全貌，居然还有山岭在关外。她缓步走动，一寸一寸观察着周围的地风，思索着矿脉的走向，又一遍遍看向那段关城。

等在原地探完一圈地风，神容才发现山宗方才走了还没回来。她还记得他先前走去的那一头，便顺着方向找了过去。

还在他说的方圆百步内，不用担心陷阱。神容踏着半枯半绿的茅草往前，渐渐听到了水声，绕过两棵矮树，看见了一条流淌的浅溪。

山宗背对她坐在水边，胡衣革带都堆在脚边，他右臂上的泥浆已经被清洗掉了，那件中衣的衣袖也搓洗了，沾了水浸湿了一大片，正被他拿在手里拧着水。

神容一眼看到的是他赤裸的背，宽阔的肩，肌理舒张，往下是他紧窄的腰身，束在胡裤里，腰侧线条半露……

她不禁怔了怔，朗朗白日下猝不及防看见了男人的身躯，即使看见的只是肩背和如同勾描的一个背影，也足以勾起她心底那个隐秘的梦境。

山宗已有察觉，忽然回头。神容猛然与他视线相接，眼神不禁一闪，转身就走。山宗看着她背影，手里半干的中衣甩了甩，穿上身，起身。

神容刚绕过一棵树，被男人大步而来的身影拦住了。山宗挡在她身前："你跑什么？"

神容自然不能说是想起了那个梦。每一次想起皆是被他勾出来的，她分明不相信那男人是他。绝不可能是他！

再想下去，心里都生出了不忿。她淡淡移开眼："谁说我跑了。"

"我说的。"山宗笑，看一眼自己身上，"生赧了？我以为你花招那么多，胆子是一直很大的。"

神容顿时一眼扫去，盯着他带笑的眼，心想这人果然坏到了家，竟还得意起来了。"你说谁花招多？"她轻哼一声，往他身前走近一步，"你又哪只眼看到我跑了？"

山宗垂眼看了她一瞬，忽然伸手搂住她的腰一收。神容一下撞入他结实的胸膛，碰到他半湿微敞的中衣衣襟，听见他的声音在耳边问："那现在呢？"

她微怔，不自觉慌了一下，又稳住，手上抓住他的衣襟："现在如何？"

陡然腰上一紧，是他的手扣紧了，接着耳边一热，他的唇猛然贴了上来。

神容呼吸顿时变得急促，抓紧了他的衣襟，脸被迫偏着，看到了他扣在她腰上的胳膊。那只衣袖半湿地卷着，斑驳的刺青露了一半，挂着点滴水珠，他搂得用力，小臂上硬朗的肌肉线条清晰显现。

她轻轻喘口气说："你这才是花招……"话音骤失，她咬住了唇。

山宗啄着她的耳垂笑了一声，像回应她一样，头更低，重重贴着耳际亲去脸侧。

山宗一手拨过她的脸。耳里忽然听见了马蹄声，他停了，眼睛还盯着神容的唇。神容脸颊飞红，斜睨着他，身躯软软相贴，胸口一阵阵起伏。

"我们耽搁久了，他们找来了。"山宗搂着她腰的手臂松开，声还低沉。

胡十一带队按命令等在后方，一直看着日头，觉得实在是有点久了，金娇娇也就是看个山，可别是出了什么事，就领了人打马过来看情形。还老远，看见那两人从边境那里过来了，各自牵着马，金娇娇走在前面，后面跟着他们的头儿，胡服穿得不太周整，护腰护臂都塞在马鞍下，衣襟稍敞。

胡十一知道这一带情形，料想他是亲自动过陷阱，这回倒没多想，下了马，先叫人去将他们经过的地方都恢复原样，等他们走近了，忙问："没事吧，头儿？"

山宗扫他一眼："我既然没传讯，你说有没有事？"

胡十一蒙了蒙，这话听着不对，好像他不该来。他让开两步，讪笑："那应该是没事。"

山宗去看神容，她已踩镫上了马背，一手拉着胡衣的叠领竖了起来，遮挡了那脸侧。她自马背上往后看："我哥哥还在等我的结果，我要先走了。"并不等人答话，说完，她就拍了拍马，沿着原路返回。

山宗示意两个兵先跟上去护送，才去扯缰上马。

神容回到矿眼处，长孙信的确在等她，老早就朝这头望着。等她勒了马，他走上前来，本想问结果，见到她模样，对着她脸看了看："领子怎么竖着，可是被风吹久了？"

神容不自然地抬手抚一下耳边鬓发，顺着他话点头："是，有些冷。"

长孙信立即吩咐紫瑞给她取披风来。

神容也没下马，系上披风，兜帽也戴上，脸侧耳垂遮得更严实，怕他再问，抢话说："入山够久了，还是先回去再说。"

"也好。"长孙信去牵马，才想起回头看一眼。

刚好山宗带着人过来，身在马上，胡服落拓，眉梢眼角都挂着不羁。

神容打马要走时又看他一眼，朝他动了动唇：坏种。别人可能看不见，山宗却看得分明，也毫不意外，眼看着她打马出山走了。

长孙信也看了他一眼，对他这不雅模样皱了皱眉头，迤迤然上马，跟上神容。

神容出了山，直至快到幽州城下时，又悄悄摸了摸耳边，居然还火辣辣地烧着，尤其是耳垂。东来和紫瑞还一左一右跟着。她放下手，当作无事发生，便不去想那男人先前肆意作祟的嘴了。

前方也有一队骑马的人正在入城。右侧的东来轻唤一声："少主，是他们。"

神容彻底回了神，看向那队人，是一队兵马——檀州兵马。为首的露了个侧脸就进了城，是檀州镇将周均。她不禁多看了一眼，他跑来幽州做什么？

广源近来心情颇佳，皆因贵人又返回了幽州。只可惜一直没能跟贵人说上话，直到有封请帖送到官舍，他才终于有了机会。他手捧着请帖去往主屋，屋外正守着紫瑞和东来，只听见长孙信的声音隐隐约约从屋中传出来。他这才想起来，贵人自再来后就一直在忙着山里的事。

忽听屋内长孙信声音高了一些："这便是你探的结果？"

"嗯。"神容应了一声。

而后没了声音，再一会儿，长孙信从屋里出来了。

广源立即上前，将请帖双手呈上："刺史府来帖，请侍郎与贵人今晚同去府上赴宴。"

长孙信看了一眼，又看一眼门内："我哪有心情赴什么宴，不去了。"

神容从门内走了出来，接了帖子："哥哥不去，那我可去了。"语气好像是在逗他。

也不知刚才兄妹二人谈到了什么，长孙信难得地板着脸："不去。"说完就走了。

连一旁的紫瑞和东来都很诧异，郎君何尝这样过，平常什么事都是顺着少主的。

神容翻看了下那张请帖，无奈说："那就我去好了。"

广源趁机搭手向她见礼，小心翼翼道："此番贵人来幽州，一定会待久一些吧？"

神容看他一眼："那可不一定，全看我事何时了。"说罢吩咐紫瑞、东来去准备赴宴事宜。

广源洋溢的心情被浇凉了一半，只希望她事慢些了，在幽州好待久点，越久越好。

刺史府的那张请帖上，写着邀请长孙侍郎，又特地添了句"得知长孙女郎已再临幽州，还请务必一起赏光出席"。神容在前往的车上，都还在想着与哥哥讨论的事。她自边境探完地风回来，便与他讨论了结果，之后又连着议论了好几次，直到方才她提了个想法，却惹了他不快，叫他连刺史府的邀约也不理了。

马车停下，刺史府到了。神容暂时放下矿山的事，下车入府。

天刚刚黑下，府内灯火通明。神容往前厅走去，忽感院角有目光看来，不禁转头，一眼看见山宗。他站在一棵花树旁，一截花枝伸出来，轻佻地搭在他肩头，他正看着她，眸映灯火。神容瞬间想起边境山里他做的事，手抚一下鬓发，捋过了耳侧，一字未说，径自往前走了。

山宗也是受了邀请刚到的，解了刀走到这儿，正好看到她进来就站住了。她却什么也没说就从他跟前走过去了，他心里有数，盯着她背影看了一会儿，缓步跟上。

赵进镰已出来迎接，笑着问候了神容，听闻长孙信没来，有些遗憾："今日有桩喜事，本想一起热闹热闹。"

神容问："刺史有何喜事？"帖子上没说，否则她至少也会叫紫瑞备份礼来。

赵进镰请她进厅："入内说。"一面朝外看，看到了慢步跟来的山宗，"崇君，快来，就等你了。"

神容看一眼身后的男人，他已走到身侧，朝着她站着。

赵进镰忽又对她笑道："今日有别州军首来，自然是要请崇君的，没想到长孙侍郎未能前来，女郎还请随意，不要拘束。"听着像是怕她尴尬而作的解释，何氏也在旁微笑。

神容没说什么，提衣入了厅内。

厅中左右分列了两列小案。左列首座坐着个男子，见人进来便起了身，一身胡服泛蓝，脸白而眼细，赫然就是檀州镇将周均。

神容意外地看了他一眼，记起从山里回城时撞见了他入城，原来是来了刺史府。她不禁往后看，看到山宗提刀闲立，脸色如常，似乎是早就知道他来了。是了，他若不知道，周均也进不了城。

赵进镰以为神容不认识，向她介绍："这是檀州周镇将。"说着又向周均道，"这位是长安赵国公府的长孙女郎。"

周均自神容进门就看了过来，见这位贵女乌发高绾，身着轻绸襦裙，臂弯里挽着雪白的轻纱，灯火下一张脸雪肤花貌。出于惊艳，他多看了两眼，随即却觉得有些眼熟，似在哪里见过，尤其是侧脸，忽往山宗身上看去："赵国公府……原来如此，当日车中的贵人原来就是长孙女郎。"

山宗扫了他一眼。

神容听他话里提到赵国公府时有丝恍然了悟的意味，倒好像是知道她跟山宗的过往。

赵进镰有些讶异："难道二位见过？"

她立即说："不曾。"

赵进镰在三人身上看了看，会意地不再多问，抬手做请："那请入席吧。"

厅外接连走入多人，皆是幽州官署的官员，贵宾入了席，他们才陆续进来，挨个见礼落座。

山宗入座。按身份排座，他身旁小案本是长孙信的，此时自然只坐了神容。她只往他身上瞄了一眼，而后就不看他了。山宗看了看她，转回目光，对面周均正在盯着自己，细长的眼里一片了然。

开了宴，赵进镰在上方道："今日请诸位前来一聚，是为我府上一桩喜事，这喜事是舍妹赵扶眉和周镇将的，也算是幽、檀二州的。"说着举起酒盏对着周均微笑，“用不了多久，我便可称周镇将一声妹夫了。”

身旁何氏跟着笑：“是，扶眉呢？快进来吧。”

神容闻言诧异抬头。

厅外走入了赵扶眉，还如以前一样穿着素淡的襦裙，一路微垂着头，走去上方，挨着何氏身侧跪坐下来。周均细长的双眼早已看在她身上。

赵进镰笑道：“周镇将，扶眉虽为我义妹，那也是刺史府上的人，你可不能亏待了她。”

周均看着赵扶眉，点了点头：“赵刺史放心。”

赵扶眉这才抬了下头，迅速看了他一眼，又看了看另一边的山宗和神容，快得就像未曾动过。

神容悄悄看一旁，山宗一手握着酒盏，斜斜坐着，垂眉敛目，根本没像在听。她又朝上方看一眼，灯火照着赵扶眉光洁的额头，叫她整个人显得愈发和顺温婉。

没料到一冬没见，再见就是她结亲之时了。

今天算是一场家宴，厅中只有官员们争相道贺敬酒之声，偶尔赵进镰会和周均聊几句。赵扶眉几乎全程都垂着头，连口酒水都没动。好在很快就结束了，何氏请神容去别处小坐，转头与她低低说了几句，唤了一个婢女来，让她先出去了。

神容起身，经过山宗身边，他一手搭在膝头，抬眼看她，嘴角一抹笑一闪即逝。她看了看左右，发现没人在看这里，才自他身边过去了。

赵进镰见女眷们都走了，才看向山宗和周均。他早听说过这二人不对付，却没想到这么严重，席间竟然一句话也没有，于是只好堆起笑，提议大家都去偏厅稍坐饮茶。

山宗一开始坐着没动，他习惯了独来独往，不太与官员们走动，平日也从不参与这类聚会，今日是例外。但旁边已有官员在请他先行，他才起了身。到了没有灯火的园中，众人或前或后，离了一大截，身旁忽然多了道人影。山宗瞥了一眼，脚步没停。

多出来的是周均，他低声道：“原来那车中的贵人就是你的前夫人，想不到她如此‘顾念旧情’，还帮你阻拦我抓那几个绿林贼匪。”

山宗只笑一声，心想这得怪他自己，谁叫他得罪了长孙神容，却懒得跟他说，根本不搭话。

周均忽也笑了声：“是我瞧错了？看你那日举动，对你这位前夫人未免太不一般。”

山宗停步：“怎么，你已闲到可以管我的私事了？”

周均也停下，冷笑："那就不说私事，说那几个绿林贼匪。他们一直受你庇护，定是私下替你办了事回来，我的人探得他们曾经出过关，去过故城蓟州。"

山宗在晦暗中站了一瞬，继续往前，只留下一句："此事与你无关。"

周均看着他头也不回的背影，阴沉着脸，转头见赵进镰已领着挑灯的随从过来，只好装作什么都没说过一样去往偏厅。走时有意无意朝周围看了一眼，没再看见赵扶眉，也没再见到山宗那位前夫人。

神容没有去别处坐，而是与何氏告了辞，准备走了。到了廊下，却见赵扶眉在那儿站着，好似在等她一样。

"让贵人见笑了。"她福了福身。

神容说："见笑什么，我只是没想到。"

赵扶眉垂着眼："其实我也没想到。"

这桩婚事是幽州冬祭之后说起的。赵扶眉年纪不小了，幽州难以选到合意的，赵进镰便想到了去他州选。

檀州镇将周均年纪合适，早年有过一妻，因病亡故，膝下空虚，也正是需要续弦的时候。他没什么高门背景，武夫出身，正好赵扶眉也是军户出身，挂着赵刺史义妹的身份，也算与他如今镇将的身份相符。

"能嫁一州镇将，我没什么可挑的。"赵扶眉看看她，有些讪讪地笑了笑，"只不过听闻他与山使有仇怨，我曾听义兄提及过一些。"

赵进镰本因山宗之故想要算了，但实在没有其他合适人选，为义妹终身着想，还是遣了人去拉线，后来就敲定了。

"嗯。"神容也没什么好说的，人家都要成一对了，她总不能说看不惯周均。

赵扶眉忽问："贵人可知道他们是为何结仇？"

神容不禁看她："不知道。"

赵扶眉轻声道："有人说是因为如今九州分治，一盘散沙，他们为争幽州节度使的位子，才结了仇。"

神容想了想，却觉得不像。山宗连一个团练使都做了三年，要真在意那个位子，他就不会离开山家了。至于周均在不在乎，那就不知道了。

一旁紫瑞来请，说车马备好，可以回了。赵扶眉福了个身，不再多言。

神容觉得她特地提起这个，未免太在乎了，但也没说什么。今日席间见她还看了山宗好几眼，其实早就留意到了。

紫瑞先出去摆车墩子，神容走向府门，又看见那男人。

山宗没去偏厅，也刚走到府门口，正从一个随从手上取回自己的刀，看到她，嘴角半勾。她走过去，就听见他低低说：“在躲我？”

“谁躲你了？”神容斜睨过去，轻声说，“倒是你，爱慕你三载的人就要嫁给别人了，你还笑得出来？”

山宗的笑瞬间没了，沉了眉，眼底一片幽沉：“难道我该在意？”

神容觉得他那眼神颇为不善，蹙着眉，低语一句：“谁管你。”说完出门，直直走去车边，转头却见山宗牵了马就在身后。她忍不住问：“你还不走？”

“你不是不管我？”山宗翻身上马，脸上有笑，眼还沉着，“我今日回官舍。”

回官舍是临时决定。山宗本就觉得出城回军所要为他特地开城门很麻烦，被神容一问，干脆顺水推舟就说要回官舍。

幽静的大街上，一车一马穿过，一路无话地停在官舍大门前。因为神容出去赴宴，官舍门口还悬着灯。

广源抄手等着，看到东来护着马车过来，上前来迎，忽然看到车后马上一身英朗的男人，顿时惊喜：“郎君？”

山宗从马上下来，缰绳抛给他，刀也递给他：“嗯。”

神容下车，看了他一眼，先入了府门。

广源没在意，仍难掩欢喜：“郎君是特地送贵人回来的？”

山宗扫他一眼。

他噤了声，觉出他这一眼不大痛快，可能是自己多嘴了。

那头神容回了主屋，发现里面亮着灯。临窗的榻上，长孙信正襟危坐，显然是在等她。

神容打发紫瑞退出去，对他道：“如何？我都赴完宴回来了，我先前那想法，你也该考虑好了。”

长孙信拢唇轻咳，脸还如先前那般板着：“亏你敢提。”

神容挑眉：“我又有什么法子，那山是跨境的，也只能这样了。”

长孙信一下站起身，斯斯文文的一张脸，眉心却拧在一起：“就没别的法子了？”

神容摇头：“没有。”

他似是无奈，来回走了几步，看着她道：“要我同意也行，你须保证自己安全，怕是姓山的那边你就打不通。”

神容眼睛不自觉往外望：“那我只好让他答应了。”

长孙信皱一皱眉，也没留意到她的眼神，摇了摇头，出门走了。

客房里，山宗打发了广源，解了护臂、护腰随手抛在桌上，走到门口。主屋那间院落的灯火还亮着，他看了两眼又不禁好笑，有什么好看的，她倒是会拿别的女子来堵他。他退一步，动手关门，视线里多出了女人的身影。

神容从暗暗的廊下走到了客房门前，看了看左右："我有事找你。"

山宗有些没想到，手撑在门上，低头看了她一瞬，才问："怎么？"

神容借着门内的灯火看了看他的脸，没见他像之前那样沉着眼了，低声说："我想借你的力，外出一趟。"

山宗撑着只手在她身前，就好似拦出了门前一小片天地，只有他们二人能听见彼此的声音："外出去哪儿？"

神容的声音更低："关外。"

山宗差点以为自己听错了，都笑出了声："什么？你要去哪里？"

神容忽又发现他眼神更沉了，心一横道："去关外，我要去看望蓟山在境外的那一段。"

这就是她与长孙信提出的想法。长孙信自然反对，这么多年头一次在她跟前不高兴，就是不想让她去冒险。但神容探完地风后的结果就是这样，她需要出关一趟，非去不可。

山宗脸上沉笑："那找我的用意呢？"

神容说："问你借人，保我无恙。"她既然要出关，就要保证安全，只有军所有能力保证她安全。

山宗作势关门："看来我不该回官舍。"

神容侧身，堵在门口，不让他关："不要忘了那几个绿林人是如何从周均手上逃过的，他们一定给你带回了什么有用的消息了是不是？你看，我也帮过你，你怎能不帮我？"

山宗又被她气笑了："你还真够固执。"

"你不也一样？"

他手臂忽然一伸，勾着她的腰推到门后："你可别激我。"

神容一怔，看着他脸上意味不明的笑，有点分不清他是在说出关的事，还是说别的。

"方才是谁进官舍来了？"外面不知何处隐约传出问话，是长孙信的声音。

山宗记着呢，这官舍里还有个长孙信在。他看一眼身前的神容，压着声音沉沉地问："你真要去？"

神容瞄着他搁在自己腰上的手："嗯。"

山宗收回手站直，顿了顿说："明日早些醒，随时听我动静。"

她眼中一亮："你答应了？"

他拉开门："趁我现在还没反悔。"

神容迈脚出了门，走出去几步，又回头看他。他倚门站着，面朝着她，几眼之后，动手在她眼里合上了门。

她算是看明白了，其实他还是不太愿意她走这趟。

官舍里这点动静，长孙信丝毫不觉，他只担心神容要做的这事，大半宿也没睡。直到次日一早，天还没亮，紫瑞就到门外来报："郎君，少主请您留守山中地风。"

长孙信惊醒，人自床上坐起："她还是决定去了？"紫瑞在门外称是。

主屋里，神容穿上了石绿的叠领胡衣，收束衣袖，绑发束辫，这样便于行走于山林间，乍一眼不会太显眼。她自镜前整理好了衣裳，朝透着青灰天光的窗户走去，伸手推开，垂眼看到一双男人穿着马靴的小腿，抬起头，小声说："怎么才来，一直在等你。"

山宗手里的刀鞘伸着，刚想在窗上敲两声，不想她突然推开，目光越过着她那张明艳得过分的脸，看入她身后房内。这房内摆设与在山家时一样，她伸手推窗对着他的一幕映在眼里，忽然有些不太真实。他抿住唇，又扯开嘴角，当作什么都没看到，转身说："走吧。"

等长孙信赶来时，主屋已经没人了。

神容只带了东来，身骑快马，跟随山宗，一路赶去望蓟山中。再次抵达那片边境的山里时，天才泛出一丝鱼肚白。山宗下了马，神容马上就也下了马，示意后面的东来也下来，怕再遇上之前的陷阱。

这次走的是一条新路，山宗抓住神容的手腕，看一眼东来："跟紧我的脚步。"

东来垂首，只当没看见他拉着少主。

照旧避过了几个陷阱，山宗终于松开神容，往前走到一道覆盖了厚厚尘灰和枯叶的石阶入口："上去。"

神容跟着他往上，一直走到上方关城之上，正是那段拦截了望蓟山最后一段山脉的关城。

天际青白未明，大风呼啸刮过，城头上早有十几个兵卒等着，领头的是胡十一和张威。一见山宗，他们就走了过来。

胡十一道："头儿，按照你的吩咐，都准备好了。"

还在半夜时，广源就拿了山宗的团练使手令奔往军所传了命令，叫他们挑十几个精锐到这里等着，弄得他们一头雾水，连夜就起来挑人手。

神容往山宗跟前走近两步，此时才算明白：“原来你早就安排好了。”

山宗朝关外歪下头：“你现在改主意还来得及。”

神容朝那莽莽昏沉的关外大地看了一眼，捏了捏手心，还是摇头，轻声说：“别人不知道，你总知道，我要亲眼看过才能断定整条矿脉。过往那本书卷没有记述，或许是时候由人去添上新的一笔了。”

山宗看着她的眉眼。确实，他知道，她的本事不就是这个吗？“绑绳。”他忽然下令。

那头胡十一和张威本还在猜他俩在低低地说什么，听到山宗这不高不低的一句，立即招手左右动作。

胡十一在城头墙口卡上一个顺滑的圆环，拿了根结实的长绳穿过圆环，一头递过来。山宗接了，一边在自己腰上绑，一边说：“绳子拉好，全都背过去。”

胡十一和张威面面相觑，二人合力，紧紧拉住那绳子的另一头稳住，一面背过身去，也示意那十几个正在绑绳的兵都背过身去。

山宗绑了绳，看一眼天色，往神容身上贴去，迅速将绳索在她腰上也缠了一道。神容刚低头看了一眼，腰上一沉，山宗两手在她腰侧一撑，竟直接将她托了起来。她一惊，扶住他双肩，回神时，人已被他托着踩到城头墙口上，高出了一大截。

山宗一脚跨上来，收紧绳索，将她和自己绑在了一起，低头说：“只有这一条路是最快最出其不意的。”

神容紧贴着他紧实的腰身，额角挨着他下巴，感觉他说话的呼吸一阵阵掠过头顶，或许是被这无遮无拦的大风吹得身子轻晃，不自觉悬住了心。她忍不住朝关城下瞄去，尚未看清多高，脸就被男人的手掌拨回来。

“我特意挑了十几个顶尖好手保护你，都是生面孔，不易被察觉。”山宗搂紧她，忽就下令，“下！”

胡十一和张威背对着他一踏步，将绳索互相缠绕拉紧，回一句：“下。”

山宗一手拉着绳，一手抱着神容，自城上而下。

绳索自圆环内穿过，一顿，继而由胡十一和张威送力，一点点往下放。神容这才意识到这关城有多高，耳侧只余下了风声。山宗抱着她，他们缠在一处，如同一体。周身都是冷的，只有贴着他的胸膛和腰身是热的，神容觉得他浑身都是绷着的。

头顶忽然传出一声笑，山宗竟还笑得出来：“我就没见过你这样胆大的女人。”

神容不禁抬头，发丝扫过他下巴，微微的痒。

他低头：“我要是你就不会乱动。”

“还不是你先开头……”

上方绳子一顿，绳索陡然晃动，神容下意识地贴紧他，手臂搂住他的腰。

山宗嘴角微提，搂她的手立即移到她颈后，用力一按，低头护住她，拉绳的手一松，迅速滑下。

直到脚上踩到山石，颈后的手松了，神容才从他肩窝抬起头来，心口还在紧张地急跳。

脚下是一片往下的险峻山坡，往前野林遍布。身边又拉下一道绳索，东来滑了下来。紧接着那十几个精兵陆续滑下，在一旁待命。

山宗手上解着绳索，眼睛看着她：“我不出幽州，就在这里等你，你只有几个时辰，天黑前必须回来。”

神容想了起来，这回没有工部的册子能指使他出去了，点了点头，稳住脚下。

山宗把最后一截绳索从她腰上抽离：“去吧。”

东来走过来，神容带着他往那片山岭走去。

山宗看着她的背影，低低开口：“护好。”

那十几个兵抱拳领命，迅速跟过去，随着神容很快消失在山林间。

第十一章

危安相继，携手同归

望蓟山在关外那一段山岭虽视野可见，但走过去还是费了些时间。终于到了地方，头顶的天早已亮透。

神容站在那段山岭之下，细细打量，主峰皆在关内，这一截只是收尾，一眼就可以看到头。但与关内的山势不同，这一段陡峭非常，山壁参差嶙峋，山脚下绕着条细细的河。

打量完，她又沿着岭下缓步走动，探了周围地风。这一带人迹罕至，草木茂密，但并没有什么能引她留意的“风”可捡。她停下，朝后面的东来点头。

东来接到示意，抽出工具，到她所站的脚下破土，往下挖了一个碗大的小口。一直往下，直至一臂深，都挖掘得很快很顺利，没有遇到任何阻力。

神容看了一眼，说：“停吧。”

东来收手直身：“少主，看来没有矿石。”

“没有才好，若是还有一段矿脉在关外，那才是麻烦。”神容说着又抬头朝眼前山岭看了看，一手按在怀间，慢慢推算着矿脉走向。书卷还在她怀里收着，但上面没有记述，已不能给她指引，她这回只能靠自己。

东来让开一步，知道这时候关键，不敢有半分打扰。

神容的目光几乎是一寸寸从关城方向往山岭这头看过，渐渐摸出了个大概，接着目光在山岭最尾端停住：“那里不太对。”那里靠着河水，没有树也没有草，光秃秃的山壁陡峭，山石愈发嶙峋甚至尖锐，像是被刀斧劈出来的，山脚处更是坑坑洼洼。神容又看了一遍说：“好似人为动过。”

东来立即道：“属下去看看。”

一直在旁护着的那十几个兵此时齐齐接近，其中一个向神容抱拳：“贵人小心，那里应当是关外敌贼弄出来的。”

她问：“也是陷阱？”

那兵回：“不只，关外的一心想办法入关，除去陷阱，还会凿山借道，想从山里进入关内也是有的。”

神容便明白了，这片山岭还真被劈凿过，而且次数很多，才变成了这么一副嶙峋模样。然而关外敌方不知道望蓟山的特殊，这山变化多端，前所未见，根本不能乱凿。这段山岭虽无矿脉，地风却还牵扯着关内主峰，这里地风不稳了，便导致关内的矿脉产生了一丝偏差。

她想了想，既然如此，不如干脆再动一下这山岭，让这里不稳的地风泄去。不破不立，这样既能让关内山势彻底平稳，才好放心地开采矿石；又能破坏了关外潜入的路。

“能否破坏了那些？”她低声问。

那兵道：“这不是什么难事，关外的布防远不及关内严密。咱头儿那些兵术，就是给他们照着抄都未必学得来。”听语气他对山宗分外自豪，说完一抱拳，拨出五六人，迅速往前去了。

神容吩咐东来：“去帮着他们，这里地风已经不稳，留意动静。”东来领命跟了过去，一边抽出刀去帮忙。

剩下的几个兵都还记着山宗的命令，围在神容身侧好好护着。神容凝神留意着地风。

前方那几个兵手脚麻利，在那坑坑洼洼的山脚也游刃有余，抽刀弯腰，不知刺到了哪里，很快就有轰然一声闷响传出。一大片地塌了下去，露出一个陷阱的大坑，紧接着又塌了好几处。很快，牵扯出了更大的动静，那阵沉闷的声响一直没停，如从地底传出。

神容早有防备，立即唤：“东来！”东来马上命令那几个兵离开。

神容唤完却觉得自己脚下都在震颤，如同之前经历过的一样，熟悉的山摇来了。她看向山岭，碎石飞溅，有一片山石竟整个地滑了下来，直往下砸落。

“往前！”她指挥东来带人去那里躲避，一面也往那里避让。身边紧跟着保护的兵卒却阻拦了她：“贵人不能再往前，那里容易遇上关外敌贼。”那头东来也同样被那几个兵拦住了。

不能往前，神容就只能去看山脚那条河了，蹙了下眉：“那就去河里，若有吸力，尽量稳住，等这一阵过去再说。”

山摇竟还在继续，滑下的山石没头没脑地飞落。河水在咕咕冒泡，说明神容的判断没错，河里的确有吸力。她早料定这里地风不稳时也会有关内那样的水流吸卷。

一块山石飞来，多亏一个兵推了一下神容才避开。神容被推着顺势就踩入了水里，水流没过小腿，一阵冰凉，尚未来得及说话，巨大的吸力已袭来，且不止一股，方向也不一样。她反应极快，深吸口气闭住，果不其然被水中吸力一卷，人就倾倒，浑身浸了水。

所有人都在往她这里赶，但水流是阻力，有个兵卒托了她一下，把她往岸上推，自己却被水流卷开了。

另一头东来勉力蹚河而来，山摇中河水倒吸，他好不容易近前，只来得及扯了一下她的衣袖，就又被吸卷回去。

神容被这一扯稳住了身形，但阻止不了水流吸力，人迅速随水流漂出去。偏偏那片滑下来的山石砸落入了河面，她不知又被哪个兵推了一下，这一下太用力，她顺力被卷往另一头，砸下的山石和溅起的水花已将她和他们隔开。

在一阵急速的水流吸卷中，神容只能漫无目的地漂着，直到挨到岸边，她两手紧紧抓到了茅草才得以停下。她急急喘了两口气，差点就要脱力，好一会儿才缓过来一些，费力地上了岸，虚软地挨着棵树坐下。

浑身湿冷，但她第一件事是拿出怀里装书卷的锦袋看了看，还好锦袋可防水火，只要没丢就好。她又放心收回怀里，这才拧了拧湿透的衣裳，一口一口缓着呼吸，一面没好气地想：幽州的山脾气真不小，跟幽州的人一样，难驯得很。但她还会镇不住不成？现在还不是安分了。

河水的确已经平静，再无动静。她转头往被卷来的方向看，一怔，那片山岭竟已不在视线里了。

水的吸力太强了，只这片刻工夫，居然就漂出来这么远。不见东来也不见那群兵，他们可能还在那一头。

神容看了眼天，就快过午时，几个时辰一晃而过，她得赶紧去与他们碰面。那片山岭地风已泄，就如一个人的坏脾气被捋顺了，她出来的目的已达成，这就够了。

她把身上的胡衣又拧了拧。这胡衣厚实不贴身，倒是好事，此时也没起风，不至于更冷。神容提起力气起身离岸，穿过一片山林，才看到了那片山岭的一个岭尖。

原来是被河流带着绕了个向，难怪看不见了。她推算了一下距离，循着方向过去，忽然听见一阵急促的马蹄声，连忙止步，避去树后。远处一队披头散发的男人骑马而来，手提大刀，是关外的兵马。

神容转头就走，一面想起那几个兵的话，果然一路往前会遇上关外敌贼，她现在就已经被水卷来前方了。只能在林中快走，身后似乎一直能听见马蹄声。神容几乎用光仅剩的那点力气，终于走出林子，到了一条土路上。

路上正有一行五六人的队伍缓缓经过，有马有车，马背上还有货，看起来像是一支走商的队伍。马车里探出一个穿着一袭绣彩的胡衣的皮肤黑黑的妇人，朝她招手，好像在唤她过去一样。神容听见身后马蹄声似又近了，咬了咬牙，只好快步过去。马车竟还停下来等她，那妇人伸出只手来拉她，一面笑着对后面说了句胡语。

关外主要是奚人和契丹人，他们的容貌与汉人相似，只是语言不通，这个妇人说的不是契丹话，是鲜卑话，应该是奚族人。长孙家祖上也有鲜卑血统，神容能听懂一些鲜卑话，她听懂了这妇人在对她身后说："这是我们的人，一直等着她回来呢。"

神容一下被拉上车，迅速往后看一眼，后方那队披头散发的兵马已经追到了跟前，听了妇人的话才停了。妇人又说了句胡语，队伍里一个行脚的奚族男子过去给他们递了点儿碎银，那群兵马收了钱，这才掉头走了。马车瞬间就动了起来，走商的队伍上了路。

神容去看那妇人，微微欠身致谢。妇人似乎是队伍领头的，笑眯眯地看着她，指指她身上的湿衣裳，用胡语问她怎么了。神容为了不暴露是关内来的，故意指指自己的唇，摇头，装作不能说话的样子。

那妇人露出恍然大悟的神情，继而笑得更深了，从身侧拿了一块胡毯递给她。神容接了，披在身上，两手拉在胸前，虽然她今日特地穿了胡衣，绑着发辫也像个胡女，但刚刚躲开那几个兵马，不代表可以松懈。

妇人又很热心地递来水囊，拔开塞子，还有热气。神容身上正冷，但摆了摆手，装作不渴的样子。妇人便将水囊放下，递来一块胡饼，又笑着请她吃。神容看了一眼，还是摆了摆手，虽然她确实早就饿了。妇人便不再递东西给她了，只是打量着她笑，仿佛十分满意的模样。

神容趁机朝车外看一眼，没再看到那片岭尖，不知道走出了多远，看眼下情形，也不好随便停下，怕再遇上那些关外兵马，只希望他们不会去那片山岭处。她一边看车外，一边又看天色，思索着在哪里下车合适。

忽闻车外多出了人声，好像是到了什么城镇的模样，马车也不再颠簸了。但那些声音只一晃而过，马车好像一下变快了，神容甚至一只手扶住了车门，才不至于摇晃。对面的妇人还笑着用胡语说了句："没事，放心。"

车许久才停下，像是直接拐入了什么地方。妇人先下了车，朝神容招手，脸上还是那般满意的笑。

神容朝外看了一眼，是一间院子，院外是一条不宽的街道，街上胡人酒肆林立，应是到了附近的一个小城里。她揭开胡毯下了车，心想到了这种地方也好，也许更方便东来他们找来。

那妇人指一下院内的屋子，用胡语道：“进去坐吧，这里面可是个好地方。”

神容看她一眼，见她脸上又露出了那般满意的笑来，心中动了动，点头，往那屋子走。走到一半，又立即转身往院门跑去。

妇人忽然尖利地叫起来，神容身后一下追来两道身影，一左一右架住她就往回拖。那是两个高壮的胡女，简直像男人一般有力气。

神容被拖回去时，身上已经彻底没有了力气，疲惫和饥饿几乎耗空了她，她实在无法挣脱，直接被拖回了那间屋内，接着眼前一黑，她脸上被遮上了一块黑布。

嘀答嘀答的声音在响，好似是漏刻声。神容迷迷糊糊地醒来，眼前有朦胧的烛光。

耳边一个女子的声音响起：“唉，这是遇上牙婆子了，这关外的牙婆子可非我朝那样的，都是直接偷啊抢的，才不管是不是伤天害理呢。”

神容一下就清醒了，撑着床坐起，依然是一手立即去摸怀间。

一个女子挨过来：“找你那书吗？不用担心，他们叫我搜你身，我一看就一本《女则》，有什么好搜的，又给你塞回去了。”

神容已摸到了，看向对方，那是个眉眼细细很有风情的女子，穿一身染彩襦裙，梳着乐人发髻。

她开口问：“你是汉人？”声音有些嘶哑。

对方盯着她看了看，大喜：“说了这么久没回音，差点以为你是胡人，还好我猜对了，你和我是一个地方来的。”

神容又打量四周，这只是一间简陋的住房，有一个妆奁在，才能看出是住女子的。她的身下是一张低矮的床席，铺着一层艳丽的胡毯。她瞬间就厘清前因后果了，那个妇人竟敢卖了她！

那女子看她脸色不悦，轻笑道：“说来真是奇特，你是唯一一个被牙婆子卖来还好端端的。我见过之前被骗来的，都半死不活了，你一定聪明，没吃他们的东西，也没喝他们的水。”

“若非出于无奈，我根本不会上她的车。”神容咬了咬唇，“待我出去再问她……”

“算账”两个字还没说出来，她忽而一怔，连忙起身去看窗外，却发现窗户推不开。尽管如此，窗外的天黑了她还是看出来了。

“我昏迷多久了？”她回头问。

女子叹气：“都昏一日了，你一定是吃了些苦吧，我给你灌了好些米汤呢，衣服也是我给你换的。”

神容这才顾上看身上，果然已经换上了一身胡衣，五彩斑斓的。她心想糟了，过去这么久了，山宗还在关城那里等她。

“怎么了？”女子问她。

神容坐回床席，面沉如水，一言不发。

女子凑近来，挨着她跪坐：“我照顾你时就在想，看你一身贵气，可别是出身二都，如今听你口音，应是长安人士无疑。”

“嗯。”神容有些心不在焉，此时也没有心情理会别的。

女子朝她跪坐端正了，见礼，自称也换了：“贱妾也是长安人士，曾出身长安教坊，会弹箜篌，名唤杜心奴。前些时日自国中往边关采乐，在易州地界遇上一群商人，他们起先说请贱妾来这里奏乐，不料来了之后，他们竟不肯放贱妾走了，所以贱妾与贵人一样，皆是被骗来的。”

神容淡淡说：“那又如何？”

杜心奴笑了笑：“贵人有所不知，这地方其实是个销金窟，销的无非是酒和色。贱妾看贵人似乎出身不凡，或许是会一些宫廷乐舞的，不知能否与贱妾配合一番，明晚博个头彩……”

“想都别想。”神容直接打断了她的话。早看出这地方不是什么正经地方，但叫她去献舞，做梦不成？

杜心奴一愣：“贵人不愿？”

神容轻哼一声：“他们不配。”

杜心奴这下算是彻底确定了，这的确是位贵人。否则，对方不会在这般境地下还能临危不乱地说出这番话来。

她瞄了瞄神容，试探般笑道：“说起来，贱妾曾有一次在北疆境外落难，也遇上个贵人。不过，她要好说话许多，温柔如月，贵人不同……”

神容转头看她。

杜心奴顿时讪笑：“贵人像日头，这天上哪能缺了日头呢，是不是？”

神容现在没心情与她说这些，她只想安静地想个法子离开，冷淡道：“你就是再编故事也休想说动我。”

杜心奴语塞，心想这贵女看着明明年纪不大，眼睛也太毒了，什么心思都逃不过她似的，口中无奈叹息一声：“明晚会有附近的贵客来，据说要挑人带走的，贱妾本想着这是个好机会，所以，才想请贵人配合来着。”若非见她生得明珠一般，岂会想到这念头。好不容易等到她醒才提了。

神容忽然看她："你说什么？"

杜心奴差点又要愣住，还以为自己说错话了。

神容眼珠动了动，忽然站了起来："那好，跳！"

杜心奴没料到她竟改了主意，高兴道："贵人同意了？"

神容竖起食指，示意她噤声。东来他们一定正在找她，只要有机会逃出这地方，她当然同意。

这小城用脚就能丈量出来，只是一个卫城，所以才靠近关城不远。

每到秋冬关内外戒备之际，这里就只剩下那些披头散发的契丹兵驻扎，总往关内潜入的那些敌探也是从这里派出去的。只有现在春日到了，这小小的卫城才会多出往来百姓和商旅，经常夜不闭城，各种各样的生意行当也就冒了出来。

例如神容现在所在的这个销金窟。

杜心奴将这些告诉她时，正在为她梳妆打扮。房内多点了盏灯，一下亮堂无比，照着铜镜里两道挨坐的人影。

"多亏贵人生了这样的容貌，这种地方只看中色和艺，为的就是赚钱。"

杜心奴手上忙着，一边又道："贱妾因有些技艺，在这里其实还不算被亏待，能被叫来照顾贵人，也可见他们对贵人的重视了。我刚去说了贵人肯出场，可把他们给高兴坏了，都以为贵人被贱妾劝动了，肯听话了呢。"

神容一边听一边理着头绪，由着她摆弄。

杜心奴弄好了，退开些看。神容梳了飞天髻，换上了袒颈露臂的胡裙，腰上绑着五彩的流苏，如同画里走出来的一般。她越看越觉得惊艳："贵人这样了不得的姿容，又出身京中，因何会流落到这关外来，家里的夫君就不担心？"

神容不自觉想起了还在等她的山宗，脸色无波："没有夫君。"

"那可真是奇怪了，"杜心奴讶异，"如贵人这般，在长安求娶的人早就应该踏破门槛了才对呀。"

神容没接话。

杜心奴见她不搭理，猜她大概是不想说这些，生怕说多了惹她不快，岔开话道："还不知贵人如何称呼呢。"

神容可不想暴露了身份，何况她又是长安来的，不管是传出去被关外的知道，还是他日传入长安去叫她父母知晓，都不是什么好事，便说："萍水相逢，不必知道。"

杜心奴心里一过，心想可真是个谨慎机警的贵女，便不问了，只长叹一声："贱妾倒是已嫁作人妇了，早知道便好好待在长安不出来了，料想我夫君该急坏了。这天底下的边关都凶险，以后再也不来了，贵人回去后也别再来了，也免得惹家人担心。”

神容看她一眼：“先出去再说吧。”心里却在想，家人都不知道，除了山宗。他已不是她家人。

也不知他此时在哪里，是不是还在那关城处等着，还是回关内去了。胡思乱想一停，她忽然扭头看向房门，因为发现外面灯火更亮了。

杜心奴也看了一眼，脸色郑重不少，低低道：“这是开始迎客了。”

每到晚上这里就会热闹，今晚自然也不例外。

所谓销金窟，当真如窟一般。大堂顶上是粉白的穹顶，下方是木搭的圆台，铺着厚厚的毡毯，台下四面都是饮酒作乐的座席。

此时圆台四周已有乐人在奏曲，悠悠的胡笛声，混着不断涌入的人声，很快喧闹起来。

房门开了道缝，杜心奴刚朝外看去，就见两个高壮的胡女在门外廊上来回走着巡视。她看了一眼，合门回身，小声对床席上坐着的神容道：“那贵客应当还没来。”

神容看她一眼：“你可知道是什么样的贵客？”

杜心奴摇头：“这种销金窟什么人都有，来的贵客多半是不会透露真身份的，反正有钱即可，我也是好不容易才打听到会有这么个人来。”

神容想了想，那只能搏一搏了，反正这地方她是一定要离开的。

外面渐渐传出了调笑声，添了灯火，似乎更热闹了。忽有一个胡女来门外重重拍了门板两下，响起冷冷的一句胡语。

杜心奴回头，小声道：“该上场了。”说完拉开了门。

神容看了过去，外面的嘈杂人声瞬间传入，胡酒的味道混着浓烈的脂粉气味也送了进来，门口的两个胡女正恶狠狠地看着她。她站起身来，理一理衣裙，往外走。

木搭的圆台上，一支胡旋舞刚歇，几个涂脂抹粉的胡女陆续走下台。没有人买她们，下方酒席间的客人就毫不客气地争相上前将她们拽了过去。顿时响起一片惊叫，但没人在意，也无人阻拦，女人在这里就是货物，那点声音早被男人们的笑声给盖了过去。

杜心奴去圆台边的箜篌后跪坐。她对这地方肆意混乱的场面已经看多了，好在她是教坊出身，八面玲珑，又有一身这里没有的箜篌技艺，勉强周旋得住，但这日子总得有个头，这次遇上神容，是她难得的机会。

一片混乱喧闹中，她悄悄朝后看了一眼，点头示意，抬手作弹。空灵的一声，场中稍静，与关外胡乐不同，扑面而来的是中原王朝的长安风气。

淙淙几声，一声一步，有人顺着乐音踏上了台中，黛眉朱唇，眉目若盛艳光，目光冷淡地扫过全场。

神容只在小时候随堂姐长孙澜一起学过几曲宫乐舞蹈，当时贵胄间有此盛风而已。多年过去，还记着一些，大约不够熟练了，但她的目的又不是跳舞。

她立在台上，等着乐音，目光一点点扫过台下，很多人都在看她，但看不出哪个是所谓的贵客，悄悄往后看，杜心奴拨着箜篌与她对视一眼，皱着眉摇头。

神容暗自捏住手心，难道那什么贵客根本不会来了？刚想到此处，忽见门口处一群人奔跑了过去，似是迎接什么人一般。

身后杜心奴小声急道：“来了！”接着一下拔高了乐音。

神容一下就动了，脚下移步，随着乐音踏出，顺势朝大门看了一眼，果然看见有人进来了。

一个男人的身影，被左右簇拥，从门口缓步而入。他身罩大氅，发束金冠，好似是个中原人的打扮。从门口到台下也就只有几十步，他微低着头走近的身影仿佛也和着乐声。

神容在台上只偷看到几眼，听见下方有几个客人在用胡语低低谈论他——

“中原富商来了。”

“一定是来挑美人的。”

低低交谈声中，那人直往台下而来，左右随行散开，他在席后落座，抬头看向了圆台。

神容留心到他的位置，心中不屑，但为了早已定好的计划，还是故意往他那里舞去。乐声潺潺，似跳珠撼玉；人影曼曼，如璀璨明珠。

神容腰上流苏飘逸，缀了两个铃铛，叮当声随着箜篌乐声，一动便一响，有意引人注目。有人忍不住往她脚下扔来金币，还有人借着酒意扑来了圆台边，冲着她用胡语说着下贱话，四处都是笑声。

神容只觉厌恶，恨东来不在身边，看都没看一眼，胡裙一旋，到了台边，轻身回转，眼睛直直看向那位贵客，目光与他相接，终于看清他模样时，她浑身一顿。

对方搭膝而坐，眼睛看着她，嘴边含着一抹熟悉的痞笑。那张脸不久前还对着她说就在关城等她，此刻竟就在眼前。

神容眼神在他脸上转动，却又觉得不真实，他穿着锦袍，披着大氅，黑发上金冠玉簪。一瞬间，她仿佛见到了当初的那个山宗，她刚嫁入山家时，那个锦衣貂裘的贵公子，山家的大郎君。

乐声又急，神容陡然回神。

山宗坐在那里，眼神从上到下地打量她，还端着酒饮了一口，眼神依旧落在她身上，满眼兴味，嘴角勾得更深。神容压着满腹的疑惑，心潮起伏，连心跳都不自觉快了些，转身，踩完最后几个乐音，始终偷偷瞄他，最后一步，正踩在圆台边沿，眼神直勾勾地看着他。

山宗放下酒盏，搭膝的手抬起，朝身后招两下。

他后面不知从何处多出来一行胡人随从，一直在垂手听命。其中一个上前，扔了一只沉甸甸的大包在台上，哗啦啦的一阵金币响，引来四周一片吸气赞叹声。

山宗忽然起身，走向圆台，到了神容踏着的台边，一伸手拉过她，直接拦腰抱起，大步回座。

四周人声鼎沸，胡语交叠，有人在起哄，有人在叫好。

神容被他抱回座上，还被他携着，人坐在他怀里，一手紧紧抓着他身上大氅，眼睛来回扫视左右："你怎么来的？"

山宗手揽着她的腰，眼睛还盯着圆台，仿佛就是个来挑人的贵客，冷笑："我还想问问你是怎么来的。"

神容咬了咬唇，听出他语气里的不快，想起方才那般在台上的模样都在他眼中，他一定是觉得她很不堪了，不禁转过了头。

山宗揽着她腰的手一按，迫使她的脸转回来。

神容转头时看到台上，忽见上方还在弹箜篌的杜心奴在看她身旁的山宗，一连看了好几眼。

她刚想开口提还有杜心奴，山宗已朝圆台招了下手。

杜心奴立即起身，提着衣快步过来，一下偎在他身侧，小声道："是山大郎君，当年在长安有幸在裴大郎君宴前见过，多年未见到郎君了。"

山宗嘴边挂着笑："原来认得我，那也要装不认识。"

杜心奴脸色一变，立刻称是，收了声，伶俐地为他添酒。

神容看了两眼，他此时一手搂着她，一手接了杜心奴的酒，左拥右抱一般，却不看她。

她看了看他侧脸，淡淡转开目光。

腰上又一紧，山宗又搂紧了："别分心。"

她低语："难道还要我伺候你不成。"

山宗笑："你现在不就该做这个？"

神容不禁看他侧脸，抓他大氅的手一下松了。

山宗却又一把抓了那手，拉她起身："走。"

一旁的杜心奴马上跟着起身动脚。

神容被他搂出去时，那群胡人随从挡在了后方，又去台上放钱交易了，在这里似是常态。

院门外停着辆马车，驾车的也是个胡人。山宗直接抱起神容送进去，紧跟而入，扣着她坐下。杜心奴跟着钻入，一片暗中，挤在神容身旁，大约是紧张，一个字也没说。

"快。"山宗一开口，马车就动了，直接驶出院子。

迎面而来一阵辘辘马车声，与他们擦肩而过。

神容被山宗的手扣着腰，听见他一声低笑："真的来了，晚一步就要走不了。"她这才明白那车里的才是真正的贵客，不知他是如何做到的。

车中无声，都心照不宣地沉默。

直到外面驾车的胡人说了句话，提示要到城门了，山宗扣着神容的手用力，按着她在身前："装像点。"

神容吃痛，轻哼出一声。

旁边的杜心奴已经主动叫出声来："哎呀，郎君别呀……"一连好几声，又细又软，引人遐想。

山宗按着神容，贴在她耳边低沉说："看看人家，你不是很有能耐吗？"

她忍不住又咬唇，攥着他大氅的手死紧。

马车没引来检查，顺利出了城。

不知过了多久，外面只剩下了呼啸的风声，再无一点动静。车停了下来。山宗拉着神容，掀帘下去，外面是一片荒原，不知是什么地方，只有头顶月色如水，照得四下透亮。

杜心奴自车内出来，向山宗福身："真是让人难以置信，竟然这么容易就出来了，多谢郎君。"她还记得山宗的嘱咐，没再称呼山大郎君。接着她又向神容福身："果然找贵人没错，多谢贵人。"

山宗指了个方向："一路往那里走可以随商人从易州入关，这辆车留给你。"

杜心奴再拜，急匆匆就又钻入了车内。

马车驶出去，山宗拉着神容就走，感觉到她的手已冰凉，他才停了，解了大氅，一手搭她身上："告诉你只有几个时辰，不想你居然都要成这关外的红人了。"

神容盯着他月色下的脸，许久才开口："你现在一定很瞧不起我是不是？"

山宗盯着她："你说什么？"

神容不作声了，仰头看着他，抿起唇，大氅下的胸口微微起伏。

山宗看她的眼神定住，月色下她的眼红了，虽是强忍着没显露，但他还是看了出来。从未看她这样过，他走近一步，伸手托一下她下巴："你干什么？"

神容此生何尝受过这等屈辱，已是强压着才撑了过来，只为了尽快出来，找到东来他们，与他会合，他以为她愿意那样？她冷淡地避开他的手："我看你这双手方才左拥右抱，与那里面的人也没什么两样，脏得很，碰我做什么？"

山宗看着她，嘴角勾起，忽然转身走了。神容咬唇站着，心里越发不是滋味，他还笑得出来，竟然还走了。

但很快，几声脚步响，他又回来了，手一下托起她的脸。

神容觉出他手上是湿的，下意识问："你干什么去了？"

"洗手，"山宗在月色下勾着嘴角笑，"你不是嫌我手脏？"

她一怔，他的手已经抹过她眼下，捧起她的脸。

忽然忘了刚才在说什么，也忘了这一路是如何找来的。山宗眼里只剩下她微红的眼，一低头就贴了上去。

神容唇上一热，动手推他。他的一只手伸进大氅，直抚到她腰后，身躯却稳稳不动。

关外的风是冷的，只有唇是热的。

山宗行事向来让人琢磨不透，就连现在也是说亲就亲。

神容还是不忿，偏不想让他得逞，奈何动不了，两手抵在他身前，唇被堵得更紧。

过了许久，腰上缀着的铃铛叮当一声轻响，是山宗的手掌蹭过的缘故。他终于缓缓退开，那双薄唇一点点离开，鼻尖也从相抵到分离。

神容还维持着仰脸的姿势，对着他，一呼一吸地换气，胸口剧烈起伏。唇上是麻的，舌也麻了，似麻到了舌根。

"亲够了？"她轻喘着问，带着一丝挑衅。

山宗也在喘气，胸膛里贴着她软软的身躯。她鬓边一缕发丝乱了，眼里不再泛红，盛着月色，如浸水光，凛冽又动人。他一直盯着她，看出了她那丝不快，抬手，拇指抹过刚被她咬过的下唇，扬着唇角笑："就是没有也该走了。"又沉又坏的语气，话音未落就拉着她继续往前。

神容被拽出去时都还有些不情愿，挣了一下没挣开，只能一手拢着大氅跟上。

没走多远，月色下的荒原里，出现了另一辆马车。驾车的依然是个胡人，显然是早就在等着的。

神容被拉过去，腰上一紧，又被山宗不由分说地抱上车。他跟着低头入了车内，马车便和先前一样迅速驶了出去。

“还好早安排好了换车，否则刚才多出来的那个就麻烦了。”他在黑暗的车上压着声。

神容不搭理他。山宗仍一只手搂着她腰，扣得紧紧的，像是怕她会跑一样。

这次很快，约莫一盏茶的工夫，车就停了。有昏暗的灯火隔着车帘映入车内。山宗搂着神容下车，眼前是一家供往来旅人落脚的客舍，大门半开。

车就停在脚下一条砖铺的窄街上，神容站在车边往左右看，他们似是到了一个镇子里，只这条街便能看到头，也只眼前这家客舍亮着灯。

山宗搂她的手还没松，直接揽着她走入客舍大门。

客舍里大概是听到了动静，立即出来一个络腮胡须的胡人，似是这里柜上的，冲他点头哈腰，一口熟练的汉话：“贵客回来了，快请入内。”

“嗯。”山宗搂紧神容，边往里走边问，“我的随从呢？”

“都在里头等着贵客回来呢。”

说话间入了客舍厅堂，那柜上的将门合上，抬手做了个请：“什么都备好了，贵客随时可去安歇。”

山宗说：“找个女仆来伺候。”

柜上的称是，暧昧地看了一眼他怀里搂着的神容，躬身退去了。

厅堂内一灯如豆，几张方木桌边坐着一群身影，约有十几人。那柜上的离去后，其中一人起了身，其他人也跟着纷纷起身。

一群人皆身服短打，额缠布巾，腰上或小腿上绑着短匕首，在灯火里看来大多横肉满面、目露凶光，似乎都不是善类。

最先起身的那人右眼上还缠了个黑皮罩子，更显凶恶。他走近来，朝山宗抱拳，紧着嗓子唤了个新称呼：“崇哥，都打点好了，就等你带人回来了。”说着瞄一眼他身旁的神容。

山宗颔首，低声说：“办好了就尽快走。”

“是，咱都知道的。”那人退开两步，给他让道。

山宗搂着神容继续往里，她边走边又回头看了看那群人。他们皆朝着山宗，还在目送他，看起来对他既恭敬又畏惧。

往里皆是客房，按门口挂的牌子分出几等。山宗搂着神容走到一间上房外，推开门，将她带进去。

房内亮着灯火，桌上摆着一盘热气腾腾的胡饼，配着几样胡人小食。一只大肚细口的铜壶里盛着热水，壶口还在冒着热气。果然如那柜上的所言，什么都准备好了。

山宗将门合上，才松开搂神容的手。

她扫视着屋内，目光又扫过他，此时才开口："那些就是你的随从？"

山宗差点以为她要一直都不理他了，盯着她反问："你知道他们是什么人？"

神容淡淡说："黑场上的，绿林人。"和那大胡子他们是一类人。

山宗点头："知道就好。那你可知道我动用了多少黑场上的人才找到你？"

神容怔一下，又看向他。他身上一袭深黛的锦袍，发上金冠熠熠，灯火里长身玉立，形貌一如往昔，唯有眼光深沉，还是幽州团练使山宗。

"就这样你还觉得我是瞧不起你？"他脸上的笑一闪而逝，盯着她的眼里沉幽幽的一片，"你要记好了，下次说几个时辰就是几个时辰，别玩儿我。"

神容眼神动了动，才知道他的确是带着气的，先前的情绪反而淡了，顿了顿才轻声说："我没有。"

山宗看了她一会儿，心想算了，反正也没下次了，何必再说这个。

门外响起两声敲门响，有人用蹩脚的汉话在说："来伺候贵客。"是柜上的安排的胡人女仆来了。

山宗拉开门让她进来，指指神容，意思是伺候她，自己走了出去。

外面一群身影，正从暗处往外行去，见到他自客房里现了身，个个都低头抱拳。还是那群绿林人，在他眼前乖巧得不像是行走黑场的。

山宗站在门廊下，摆了下手，他们才继续往外走了。

绿林山野里的人，消息是最快最灵通的，四处都有门路行走。这一群人帮着他利用黑场搜罗消息，打点身份，安排车马，一切才能如此迅速。

山宗吹着廊下的凉风，想起那日在关城处一直等到日落也没见到神容返回，反而等到了一个兵浑身湿透地回来报信说她不见了，当时大约真的动了气。说好的几个时辰就返回，居然就不见了。但他还是找了出来。此时这关外的凉风一阵阵吹着，似乎也在提醒他，他当真找了出来。

又吹了一阵凉风，在那销金窟里沾染的酒气和脂粉气似都散了。身后的客房里，那个女仆退了出来，离去了。山宗听到动静，回头看了一眼，举步回去。

房里静悄悄的，神容已经在床上躺下。

山宗关上了门，站到床前，才发现她已经睡着了，大约是坐在这里就不知不觉睡了过去，身是斜的。

大氅从她身上滑下，半搭在她腰上，又拖下床沿。胡裙很露，她白生生的肩头袒露着，后背也露了一片，几缕发丝因赶路太急而微微凌乱，直扑入他眼底。

山宗的眼神落在她身上，迟迟没移开，想起了那群绿林追查到的消息。

她这样的相貌太惹眼了，他们很容易就在一个牙婆子的手底下问了出来。据说她当时是为了躲避一群关外敌兵，才落入了牙婆子的手里。

他忽然觉得自己刚才不该那样说，她的确没玩儿他。如她这样骄傲的娇女，从来也不曾纡尊降贵过，又何尝做过这等以色事人的事，否则又岂会红了眼眶。

山宗弯腰，将拖到地的大氅拎起来，垂着眼，把她身上从头到脚都看了一遍，没有看到什么伤痕，眼神才缓和。

她腰上流苏间的铃铛还在，他伸出一只手去解，惹得她轻动了一下，腰下胡裙的裙摆里露出什么。山宗看她一眼，那裙摆层层叠叠，他手指伸入，摸到了那东西，是锦袋，里头自然还是她那卷书。

大约是因为要跳那支舞换了衣服，她就将书卷绑在了厚厚的裙摆中藏了起来。他好笑，将锦袋往里塞一下，手指碰到了她的腿。这双腿之前一步一动在圆台上曼舞的情形还在眼前。

他手收回来，将大氅重新搭回她身上，扯了扯身上锦袍的领口，又捻了捻手指，眼中盯着她安睡的侧脸，忽又一笑。

其实她跳得不错。他当时坐在那里，看着她朝自己舞来，看到的是她满身的艳光，那是另一副模样的长孙神容。

可能她不知道，当时满场人的目光都在她的身上。还好他去得够及时。

天亮时，神容睁开了眼。

睁眼就有一瞬间的恍惚，床顶上的幔帐满是花纹，她定了定神才想起自己如今身在何处。那销金窟里的经历就像一场梦，还好梦很快就醒了。

忽觉身旁有人，她慢慢转过头，愣了一下，身侧的男人刚刚坐起。

山宗正在穿衣，转头看了她一眼："醒了？"

神容还没完全回神，眼珠盯着他轻转，又看了看自己身上，她身上胡裙未褪，一条腿还与他相贴着。

山宗眼神在她脸上转过一圈，脸上似笑非笑："不用看了，我就在这里睡的。"

神容拥着大氅缓缓坐起来，昨夜她说睡着就睡着了，一点没有感觉到。"做什么？"她开口问，也不知为何就这么问了。

山宗眼光一下凝在她身上，贴近一分，挨着她的腿也贴得更紧："担心我对你做了什么？"

神容一手撑在床上，斜睨他，看到了他下唇一点破皮，是她咬出来的，眼神晃一下："有什么好担心的，反正这里无人认识我们，认识我们的都知晓你我做过夫妻，还会要求我冰清玉洁不成？"

她的语气很低，一字一字钻入山宗耳中，他不禁笑了，扫过她白嫩的肩头，痞气横生："那我岂不是亏了。"

神容眼上一跳，觉出了话里的含义。他果然是个坏种。

没能继续说下去，因为有人来敲了门。是昨晚那个伺候过的胡人女仆，来替柜上的传话的，说是贵客的随从来了。

山宗这才退开，下了床，脸上那点笑还挂着，手上系着束带，束的还是那件宽大的黛色锦袍。

神容坐到床沿，看了他一眼："什么随从，那些绿林人不是该走了？"她只想知道东来他们现在何处。

"你何不自己去看看？"山宗说着，又看一眼她身上，"换了衣服再出来。"

神容不禁看了眼自己身上，这身衣服太惹人注意，也太露了。

此时客舍的后院里，一群人正在等着。那是东来和负责保护神容的十几个精兵，按照山宗的命令，今日一早赶来这里会合，都已改头换面，穿了寻常胡衣，看起来就像是一群寻常富贵人家的随从。

约莫等了三刻，才终于见到山宗自客房那里过来。

东来抬头看到他模样先愣了一下，已经习惯了他胡服猎猎的模样，忽见他锦衣在身，便不免想起了曾经他与少主刚成婚时的模样，原本想问少主情形如何，也连带着停顿了一下。紧跟着就看到了神容，她就跟在山宗身后，二人看起来就像是从同一间客房里出来的。

东来立即快走两步，向她跪下："少主，是属下护主不力。"

神容身上换了身胡衣，简单地梳了个发髻，都是客舍那个女仆给她置办的。此时终于见到他，才算放心："你们没事？"

东来垂着头："没事，只担心少主。"

神容再不想回顾先前了，云淡风轻道："没什么，我运气算好。你们后来如何了？"

东来看了眼山宗，想起了那日他面色阴沉地赶到那片山岭下的情形。他这十几个兵其实都是好手，只是当时是顾忌少主身份，不敢任意搂抱施救，稍一耽误，就被水流卷开了。然而，山宗并不在乎理由，只看结果，恐怕这些兵回去也要领一回军法。

这些东来就不直言了："也没什么，我们为找少主分开行事，领了命令去办事，一切顺利。"

神容点头，没在意，忽而留心到这后院安静得很，瞄了一眼山宗，轻声说："我早就想问了，你来得匆忙，哪里来的那么多钱财行事？"

在销金窟里买了她和杜心奴二人，又住入客舍上房，这里静得很，就如同包了这地方一般，左右花销皆是贵客派头，又岂会是小数目。

山宗看她："你马上就会知道了。"说着扫一眼那些兵，"把人给带出来。"

东来起了身。

几个兵去后面的一间柴房里扯出几个被捆绑住的人来，一下推摔到神容面前，响起一阵含混的呼声，因为个个都被塞住了嘴。

神容一见他们就冷了眼神，第一个摔过来的便是当日骗了她的那个妇人，那个可恨的牙婆子。

妇人见到她就连连磕头，口中哼着不清楚的胡语求饶，接着又面朝山宗不停磕头。

神容瞬间明白了："原来你用的是她的钱。"

山宗幽幽一笑："她卖你赚了不少，自己那些脏钱自然也都倒出来了，有哪一毫是她自己的钱。"

她冷冷看着那妇人，怪不得，他这算是取恶镇恶。

山宗问她："你想不想出气？"

神容意外地转头："你要让我出气？"

他点头："否则，我绑他们来做什么？"

神容心里舒畅不少，甚至都笑了一下："如何出？"

山宗垂眼看那几人："在别人的地头上不能见血，不过叫他们永远无法作恶还是可以的。"他语气森森，就好似当初镇压大狱里那群暴徒时的模样，神容便明白昨晚那群黑场上的绿林人为何如此惧怕他了。

半个时辰后，在这无人过问的后院柴房里，这几人脸上被刺上当地的刑囚标记，由几个兵拽出后院，送交给昨夜离去的那群绿林。黑场上自然多的是手段让他们无法再作恶。

山宗和神容已经返回了房中，准备启程。

直到此时，神容才算彻底撇去心里的那些不痛快，看了看坐在桌旁正用布缠着刀鞘遮掩的山宗，轻声问："你不是不出幽州的吗？"

山宗手上不停，掀了掀眼皮，脸色似沉了几分："没错，所以出来的只是个崇姓中原富商。”

她回过味来了：“难怪昨夜那些人唤你崇哥。”

“崇哥”两个字从她口中说出来，山宗有点异样的感觉，看了她一眼，暗暗扯了下嘴角，一边将手上刀鞘缠好了，塞入大氅中藏好，起身：“走吧。”

客舍外的那条窄街上，到了白日里才有了往来的人流，皆是路过的行商队伍。

那胡人柜上的收了钱，极其热情，如今见他们要走，又躬着身在门口送客：“贵客放心，车马干粮都备好了。”

如他所言，门口停着辆轻便的马车，东来坐在车上，陆续跟来的兵也都骑上了马。

神容看过一遍，登上了车，揭着车帘往外看山宗。他站在车外，从锦袍衣袖里摸出了几个金币抛给那柜上的，顿时叫人家一阵鞠躬道谢：“多谢贵客，多谢贵客，望贵客与夫人一路平安。”

“嗯。”他一手掀衣，登上了马车。

神容不禁给他让了点位置，盯着他：“他叫我什么？”

车小，山宗将裹住的刀塞在脚下，屈起长腿，声一低就出奇地沉：“你要知道在外行走需要个身份，我是中原崇姓富商，你就是随我出关途中不慎失散的妻子，被恶人拐卖入了风尘之所，如今又被我赎买了回来。”

神容猜也猜到了，紧挨着他的身转一下，嗫嚅：“谁是你妻子。”

山宗瞥过她侧脸，自嘲地笑了笑，确实，她最多是前妻。

外面，东来已将车赶上路。

这一路是有意随着商队走，并不是往关城方向，这是山宗早定好的。他下令时并未说缘由，东来也只能照办。

关外百姓大多牧马放羊，城镇极少。苍茫天地黑下时，就如一片黑沉沉的幕布笼盖四野，只剩头顶点点星光。

一片背风的坡地下，天黑后驻扎了几个圆顶小帐，一群行商的中原人正围着篝火饮酒吃饭，就见另一行十来人赶了过来。那一行人停下，马车上下来个劲瘦干练的少年，过来问他们能否一起落脚，只要借他们几个小帐即可，愿意付钱。都是商人，又都是中原人，自然好说，那几人皆同意了。

少年返回，向车上禀报过，车上便走下一个身姿颀长的男人，身后跟出个穿着胡衣的年轻女人，只一个侧脸也容色绝艳。

众人皆借着火光看着。

篝火直照到车边，山宗一手在神容腰后一托：“过去。”她自然而然就随着他掌心那点力道迈了脚，往那边坐着的那几个中原人走去。

那边几位中原人已经起身，向山宗搭手见礼，请他坐过去交个朋友，又叫他们当中的女眷来招待神容。

山宗拿开她腰后的手，过去坐下。神容被一个年轻妇人请了坐在他们旁边一丛篝火边，接了她们递来的热汤，看一圈眼前，都是女眷，一个个被关外的风吹得灰头土脸，可见路途辛苦。

男人们到底熟得快，旁边很快就与山宗聊开，都已有人在唤他“崇兄”了。神容往那里瞄去，山宗搭膝而坐，一手端着汤碗，刚低头饮过一口，薄唇带笑，锦袍袖口一片暗纹被火光照出来，隐隐一身清贵。

没了凛冽的直刀，褪了胡服马靴，他此时不在幽州，不经意间的举手投足竟显露了一丝世家涵养。但很快他们的说笑声就叫她回了神，她低头饮汤。

一个胖乎乎的中原商人看清了神容相貌，忽然问山宗：“敢问尊夫人如何称呼？我自长安来，曾也见过不少富贵人家、京中显贵，瞧着略有些面善。”

神容端着碗，只能装作没听见。

山宗看她一眼，漆黑的眼里映着火光，忽而一笑：“内子姓金，名唤娇娇。”

她蹙眉，朝他看去。

那个中原商人一听没听过这名字，讪笑道：“那看来只是面善。”

一餐饭用完，交谈便结束了。大家都要赶路，因而睡得也早，各自在附近的小河里洗漱过，回去帐中安歇。

神容躺入一间圆顶小帐里时，篝火已灭。没多久，帐门被掀开，男人的身影矮头进来，一手系住帐门，一手脱着外袍。

“唰”的一声轻响，外袍落在就地铺着的毡毯上，正搭在她腿上。她没动，身旁男人的气息扑面而来，他已躺下，盖了胡毯。

神容睁着眼，眼里是他仰躺的侧脸，昨夜不知不觉睡去，毫不知情，此时才有与他同床共枕的感觉。她悄悄翻身，背过去，否则只是看着他的肩和腰，就又要勾她回想起那个梦。

毡毯太小，他又身高腿长，她这一动就如同蹭着他翻了个身。

颈后忽然一阵热气拂过，山宗侧卧了过来：“你还没睡？”

她心中一动，忽而想起来，他眼力好得很，一定是早发现她睁着眼了，干脆开口说：“你方才说谁叫娇娇？”

山宗的确进帐就仔细看过她了，低低笑了笑，胸腔震动，挨着她的背：“随口说的。”那是胡十一取的好名，想起来就用了，她大概还是头一回明明白白听见。

四下安静，除了渐渐清晰的呼噜声和梦呓声，帐中只剩下彼此并不均匀的呼吸声。

春日席地而卧还是冷，即使铺着毡毯还是难耐。神容不自觉缩了缩身子。

一只手忽然搭在她身上，牢牢将她扣在怀里。是山宗的手，他手掌遮着她的耳，人贴近，低低说：“你知道为何露宿的毡毯都这么小？”

她不自觉问：“为何？”

“就是要这样睡的，否则冷。”他说着，温热的呼吸吹在她颈后。

神容被他牢牢抱着，一动不动，心想他身上的确是热的。

山宗说的不算假话，其实是商人小气，给的毡毯小罢了。等真抱住了她，黑暗里感受却深刻许多。

昨夜她睡着了在身侧，并不觉得有什么，今晚她一直清醒地在身边，软软的身躯全在他怀里，却好像意味不同了。他身体缓缓绷紧，贴着她的身躯，觉得她似乎更软了，如水一般，没有多动，也不能多动，这小小的帐房根本挡不住半点动静。

当初成婚后都没有共睡过一榻，如今他们却在关外做着别人眼里的夫妻。他在一片昏暗里盯着她的发，随即就又想起她在马车上的那句话——“谁是你妻子”，无声地咧了咧嘴角。

当初也从未想过会有这样一日。

神容后来不知道自己是何时睡去的，醒来亦不知是什么时辰，只觉出身后是空的，转了个身，这才发现山宗早已不在帐中。

她仰躺着，盯着小帐灰乎乎的圆顶，回想起夜里他好似一直搂着她，背后胸膛结实温热……

“少主。”东来在帐外唤她。

神容思绪一停，觉得自己不该想了，起身穿上胡衣，掀帘出去。

外面天刚亮起，青蒙蒙的一片，东来手里送来一张皱巴巴的纸，低声道：“山……郎君先行去了别处，叫少主稍后去与他会合。”

神容接过展开，上面是一张手绘的地形图，歪七扭八不像样，一看就不是山宗自己画的。

东来指了半途一个地方：“就是这里。”

她看了两眼，收进袖中：“他没说去做什么？”

“只说了这些，后半夜就走了。”

神容觉得有些古怪，好端端地赶着路，怎么忽就去了别的地方？追问：“可还有别的？”

东来摇头：“没什么了。”

他只记得后半夜守夜时看见山宗出了小帐，身上只穿着中衣，去了趟附近的河边，回来时便告诉他要出去一趟。他当时点起了火折子，见山宗肩搭锦袍，赤露臂膀，半身都是湿气，像是彻底清洗了一番，脸和颈上都是水珠。

“山使不冷？”他忍不住问。

却听山宗低笑一声：“热着呢。”而后留了话，骑了匹马就走了。这些好似是没什么可说的。

神容没再多问，因为其他小帐里已有人起身，人家商队这是要出发了，便朝东来点了个头，也准备这就走。

东来马上去为她取洗漱的用水和手帕。

车马上路时，神容才在车内吃了些干粮，而后又将那皱巴巴的地形图拿了出来。图上画的是路线和方位，一眼能看出来的只有关城。

看到关城，不免想起她哥哥，好几日没回去，他怕是要担心坏了。神容轻叹一声，又低头看。

因为是地形图，上面自然也画了一些地貌，其中也有山川河流，她翻来覆去地看了好几遍，才收了起来，越发觉得画得不怎么样。

春日的关外仍然风大，携尘带沙。刚亮透的天也被吹得昏沉，莽莽四野一望无际，只有几处废弃坍塌的土台耸立着，风一过，带起一层尘烟。

会合的地方到了。马车停下，神容掀帘下去，一手遮着眼往前看。

尘烟散去，显露了一道挺拔身影。山宗背对着他们，面朝着莽莽前方，不知在看什么。若在以往，他们刚到他就该察觉了，但到现在也没回头。

神容盯着他背影，缓缓走过去，故意放轻了脚步，到他身后时，他回了头：“你到了。”原来是知道的。他脸上没什么神情，语气漫不经心，伸手拽了她胳膊，将她拉到土台背风的一边，那里拴着他骑来的马。

神容看着他：“为何要来这里会合？”

山宗拍了拍衣袍上的灰尘：“去了个地方，回关城正好要经过这里。”

神容朝他刚才望的方向看了一眼，猜那就是他刚才去的地方，心思转得飞快，想起那张皱巴巴的地形图：“你去的是图上最后标的地方？”

山宗伸手牵了马：“没错，你看出来了。”

“自然看出来了，”神容说，“料想你也找不到那地方。”

他抬眼：“你怎么知道？”

神容微微歪着头："这有什么难的，那纸上画的山势走向就是错的，对应不上又如何能找到地方。"

山宗紧紧盯着她："你有把握？"

神容还从未被怀疑过看山川河流的眼力，不禁瞥他一眼："不信就算了，你去信那破图好了，看你能不能找到。"说罢，从袖中取出那皱巴巴的纸递了过去。

山宗没接那张纸，直接抓了她那只手，往跟前拉一下："谁说我不信的？"他又不是没见识过她的本事。

神容贴近他，手里忽然多了马缰，又听他说："你跟我再走一趟。"

她抓着那马缰："我还不知要去做什么呢？"

山宗似顿了一顿，才说："找人。"

"什么人能叫你大半夜的跑出来，"神容瞄着他，"是男，还是女？"

山宗看她脸，想从她脸上看出为何这么问，笑了一下："谁会来这种地方找女人？"

神容眼里动了动，意识到似乎是多问了。踩镫上马："我也只是随便一问罢了。"

山宗闻言抿了抿薄唇。他没有另乘一骑，紧跟着就上了马背，朝外吩咐："你们先赶往关城等候接应。"东来尚未称是，他已骑马带着神容走了。

神容坐在马背上，形同被他抱在怀里一般，就如昨夜那样。她捏紧了手里那张纸。

山宗走的果然是他刚才在望的方向，策马速度渐快，看了眼怀里，知道颠簸，一条手臂将她的腰搂得紧了些。

"我知道了。"怀里的神容忽而出声。

他低头，能嗅到她发间的幽香，又被凛凛春风吹散："知道什么？"

"你出幽州还有这个目的。"她说。

山宗在她头顶低笑一声："我是为何出来的，你最清楚。"

神容不作声了，看一眼他搂在自己腰间的手臂，心里有一丝异样感觉。说到底，他出幽州是为她破的规定。

一路荒凉无人，只有他们二人一骑。

山宗勒马时，风仍未转小，远在尽头的天边隐约可见一段起伏的线。像是城墙，离得太远，无法确定，又像是隐于漫漫尘沙间一个不切实际的幻影。

"地方就在这附近，"他说，"我要具体方位。"

神容会意地展开那张纸，一边比对着周围的地形，一边低语："这到底是谁给你画的，一定十分仓促，竟然画成这样。"

山宗自后贴近来看，胸膛完全贴着她的背，看了看她专注的侧脸，不想打断她，没有回答。这就是大胡子当初交给他的地形图，她没有说错，确实仓促。原本他拿到手也没想过能亲自来这趟，因为根本没想过还会再出幽州，还是私自的。

他抬头，警觉地扫视两边，在她看山时提防着危险。

“找到了。”神容对照过后，手指比画了一下，很快确定了方位，往右一指。

山宗策马而出。

一路往前，那道远在天边的线也清楚了一点，的确像是城墙。

神容迎着风的眼微微眯起：“那是……”她心里算着方位，回过味来，“那是蓟州方向？”

山宗抓紧缰绳，锦袍被风吹得鼓起：“嗯，所以只有你我来，免得人多惹来注意。”

神容便明白了，他们离开的卫城在关城左面，而蓟州远远在右，这一路特地绕了点路，原来就是为了来这里。

打马疾行，那段城墙却依旧遥远，因为真正的蓟州还很远。那应该不是城墙，而是如今占据这里的契丹人和奚人造出来的围挡。视野的另一边出现了葱茏山岭的轮廓。

山宗按照指向而行，驰马到了地方，是一处不大不小的镇子，尚在木搭的镇口，便已听见了里面喧闹的人声。

他下马，揽着神容下来，牵马入镇：“记好了，你我是偶然走错方向来到这里的一对行商夫妇，别人问起就这么说。”

神容点头，跟着他进入镇子。

这镇子里居然十分拥挤，到处都是人，全都是披头散发的模样，看来都是契丹人和奚族人，分不清哪些是本地的，哪些是外来的。虽热闹，整个镇子却都灰扑扑的，像蒙了多少年的尘埃一般，连同往来的人脸上也是那般神色，仿佛少了许多生气。沿路地上都是一摊一摊的货物，粗布、干柴，也有风干的肉条，他们原来是在以物易物。此时见到忽然闯入的人，纷纷看了过来。

神容不禁捏紧了手心，她虽穿着胡衣，但山宗还是中原打扮，未免有些显眼了。

山宗抓着她手拉到身侧，低声说：“放心，他们都是汉民。”

她一怔：“什么？”周遭传出来的声音分明都不是汉话，又怎会是汉民？

山宗牵着马在人流中穿行，借着拉她回避行人，歪头贴在她耳边说：“蓟州被占后，许多汉民被赶出城，就多出了一个个这样的镇子，他们不能再作汉民打扮，也不能再说本朝言语。”

神容这才明白，却更加愕然，又看了看那些人。

忽闻一声尖叫，也不知从哪里传出来的，左右的人忽然就快跑起来，全找地方躲。神容被撞，往前一倾，险些要摔倒，好在扶住了一间房屋的墙壁。回身一看，没看见山宗，却正好看见镇口外一行三五人乘马而过，赫然是披头散发手持大刀的兵马。

不知这几个兵是从什么地方过来的，并未进来，只是经过，竟然就叫这里的人如此害怕地躲避，似乎是担惊受怕惯了。

神容顺着人流走了几步，转着头四处看，还是没看见山宗，稳稳神，只能往前找去。

山宗为不引来那几个兵马注意，方才被人流冲开就牵着马回避了几步，隐在一间灰旧的屋舍旁，但眼睛一直盯着神容。她没事，离得并不远，正在往这里走，一边走一边往两边看，像是在找他。

那群兵马过去了，四下像是经历了一场风暴，渐渐恢复如常。

山宗正要出去接她，看见一个满头白发的老妪拉了一下神容的衣袖，问她是什么人，为何来这里，说的是汉话，只是非常小声。

神容左右看了看，亦小声回："我在找我……"

山宗看着她，她顿住了，又朝路上看了两眼，唇动了动，才说完后面的话。

神容应付完老妪，觉得周遭防范的眼神少了许多，往前几步，忽然身后有人贴近，转过身，正落入男人胸怀，一只手已经将她搂住。

山宗揽着她："关外没那么多讲究，我们就这么走。"

神容被他揽着往前，有意不去看左右目光，看了眼他棱角分明的侧脸："你定然早看到我了。"

山宗没否认，确实，连她最后那句话的唇型也看得清清楚楚。

她最后说的是："找我夫君。"

虽然明知那是他提前安排好的话，看清后他还是低低笑了笑。

蓟州被关外占据了十多年之久，很多地方已经看不出这里原本属于中原，譬如这镇子。与其说是镇子，更像是个圈出来的牢笼，百姓们都过得战战兢兢。

神容被山宗搂着穿镇而过，几乎将能走的地方都走了。越走人流越少，眼前已到另一个镇口，再往前便出去了。她到现在也没见山宗停步，轻声地问："没找到？"

山宗"嗯"一声。

神容低语："要在这么多人里找出一个人是很难。"

山宗说："我要找的不是一个人。"

"什么？"她不禁看了他一眼。

山宗搂着她，一手牵着马，眼睛还在周围扫视，没有接话。看过几眼之后，他搂紧神容往前："走吧。"

出了这个镇口，便彻底穿过了那镇子。外面还是那般灰茫茫的天地，一边是遥不可见的蓟州城，另一边是连绵的高山峻岭，如水墨点画在天边。

"不找了？"神容自认判断的方位没错。

山宗将缰绳递给她，眼微垂："不找了。"

神容抓在手里，上马前又看了看他，忍不住问："你到底要找什么人？"

山宗抬眼笑一下，又是那般漫不经心的模样："已不重要，本也没指望一定能找到，这张图给的也不过就是个线索罢了。"话音一落，他食指迅速在唇边竖了一下，脸色已经凛然。

神容没作声，眼往左右瞄了瞄，接着腰被他手一搂，松开马缰，跟着他往前走去。

离了镇口一大截，所见皆是茫茫尘烟弥漫的荒野，只有一条坑坑洼洼的土道。土道边坐着一个人，背后是镇子，正面遥遥对着看不见的蓟州城方向。山宗刚才看到了这人，才停住了话。神容没有留心，此刻走近才看清这人。

这是一个衣衫褴褛的人，花白的乱发披散着，蓬头垢面，脚边一只缺口沾泥的破碗，嘴里在哼哼唧唧像唱歌谣，声音嘶哑沧桑："旧一年，新一年……"原来是个老乞丐。

神容看一眼山宗，见他正在盯着那人看，便没说什么。

忽然那人一动，脸转过来："谁？外来的！"声音沙哑得像有把粗沙子碾过，有些含糊不清，但说的是汉话。那张被头发遮挡的脸也露出了一些，脸上伤疤遍布，下唇斜着，分明已毁了容。

神容微微扭过头，蹙着眉，没有再看。

山宗接话，刻意压低了声："是，外来的。"

那人往他跟前凑了凑，嘶哑道："是中原来的？你声音听起来很耳熟。"

"没错，中原来的。"山宗又说，"我看你也眼熟。"

那人似激动了，两手在地上摸着，像是要摸到他一般。

神容这才发现他眼睛已瞎，甚至连腿也断了，不是坐在这里，是瘫在这里的，根本不知他是如何挪到这地方来的。

“我知道你是谁！”他声音粗糙，一下抓到了山宗的衣摆，摸着那如水的绸面锦衣，兴奋道，“阿爹！是你，你来找我了！”

神容错愕地看山宗，这人都已满头花白，竟然张口就叫人爹？

忽然那人朝她这边嗅了嗅，哑声嘀咕：“好香……”冷不丁就朝她扑过来，“婆娘！你是我婆娘！”

神容吓一跳，山宗搂着她一侧身，挡在了她前面，那人没碰到她。

“我婆娘呢！”他竟还在找。

神容贴在山宗身前，低声说：“原来是个疯子。”

山宗看着那人，“嗯”一声：“不疯就不会一个人跑来这里了，更不敢哼这歌谣。”

那人没摸到，一双脏兮兮的手在地上拍了又拍，像是悔恨，又像是懊恼，接着又不动了，像是怔住了。

神容怕他又出什么疯病，牢牢盯着他。

山宗搂她又紧了些，宽袖里的手臂收在她腰上，紧实有力。

那人忽又开口，声更嘶哑了：“我刚才说到哪儿了？对，中原来的，中原终于来人了，你是谁？”他像是完全不记得中间发疯的事了。

山宗低沉说：“一个崇姓商人。”

“商人……”那人一手去摸自己身上，摸出一块脏兮兮的破皮子，抖索着递过来，“那我给你钱，你帮我捎个信回中原，就说……就说……”

神容看了眼那破皮子，已破得不像样，不知从什么地方拽下来的一块，上面好似绣着字，但太脏了看不清。

山宗竟然接了：“带什么话？带给谁？”

“带给……就说……”那人还在想，脑中糊住了一般，就这么坐着，迷迷糊糊的，竟又哼起歌谣来，“旧一年，新一年，一晃多少年，中原王师何时至，年年复年年……”

神容这才听出来，这是蓟州被占后流传出来的歌谣，十几年了，连她在长安都听到过几回。大概是个盼望回归故国的人，在战乱里疯了，时好时坏。她又看山宗，他还没有走的意思，一直在看那疯子。

下一刻，却见这疯子一把将耳朵贴到了地上，抬头时嘶哑的声音里竟有了丝警觉：“快走，你们快走！”

山宗将那破皮子揣入怀中，一把揽过神容就走。

神容被他带着走出去时，那个疯子坐在那里，又开始哼唱那首大胆的歌谣了：

"旧一年，新一年……"

到了马旁，山宗扶着神容的腰，送她上去："快。"

神容踩镫坐上马背，他便紧跟着翻身而上，自后搂住她，策马出去。

尘烟在身后弥漫，隐约传来了马蹄声，夹杂着胡语喝骂声、疯子的哭叫声、许多人惊慌失措的尖叫声，一定是关外兵马又来了。

山宗没有回头，也没有往后看一眼，直奔往前。

神容在他身前问："他们追来了？"声音瞬间被身下马疾驰的蹄声盖过。

"放心，可以甩开。"山宗声音沉沉的，像是刚才和那疯子说话刻意压低还没转回来。

马跑得太快，她只能低下头避过直扑而来的风，不能看前方，只能往后看。余光里，那个镇子在往后倒退，天边那道隐约的城墙早已陷入了混沌沙尘里，再也不见。沙尘里的确有几个骑马追来的身影，但一直没能跟上来。如果不是有这几个人追着，那个镇子和那个疯子，都要叫人怀疑是不是真的。

山宗策马走的是偏道，虽然来时是神容指路，但他已记住方向。冲入道旁一片枯林时，天光都已昏沉。

"他们没追来了？"神容微微喘着气问。

"甩开了。"山宗低头看她一眼，他们到现在一直在赶路，水米未进，她竟也一个字没提过。明明连在官舍里都是由长孙家随从精心伺候着的。他也没多话，但身下的马行得又快了许多。

出了枯林，已经绕开了他们之前会合的土台处，前方的山岭已然可见。神容认了出来，这一片连绵的山脉里就有望蓟山在关外的那片山岭。

他们此时恰从东来他们的反向赶来，就快到关城了。刚心中一松，山宗忽然急急勒马。神容随马抬蹄整个人往后，几乎挤在他胸膛里。

山宗一只手臂始终牢牢搂着她，眼盯着前方："有敌兵。"

她往前看，只看到一片树影。

山宗松开她，翻身下了马，一手从马腹下面抽出裹满布条的直刀，迅速拆去，露出细长的刀鞘。他将刀别在腰侧束带处，衣摆也掖在腰侧，遮挡了刀身，对神容说："侧坐。"

神容看了看他，依言转身，改成侧坐。

山宗又利落地上了马背，一手抓住缰绳，环住她："待会儿记着别看前面。"神容还没说话，他已策马继续往前。

跑出了树影，天又暗一分，那条当时卷走神容的河流已在眼前。河岸边一排披头散发的兵马在徘徊，足有二三十人左右，完全拦住了去路。

山宗按了按神容的后颈，低声说："抱紧我。"

神容侧身窝在他怀中，埋首在他胸口，心已渐渐提了起来，双臂伸出去，紧紧抱住他腰。

身下的马瞬间疾驰而出，一声暴喝，前方马蹄纷乱而来。身侧疾风一扫，山宗自腰间拔出了刀，直冲而过。

下一瞬，神容只觉有什么溅到了颈边，一阵温热，知道是血，她咬住唇，手上抱得更紧，听着男人胸膛里剧烈的心跳。

马直奔入河，踏起半人高的水花，河水里混入了血和倒下去的尸首。山宗脸色丝毫未变，手里的刀横在神容身侧，直接杀出了一条路。

身后马蹄隆隆，追兵跟至。

神容抱着山宗的腰，心口急跳，鼻尖全是他身上的气息，说不上来是何种味道，如今夹杂了丝丝血腥。

"接应！"忽听他一声喊，声音由着胸膛震入她耳中。

神容察觉身侧冲出来一群身影，抽刀声阵阵，往他们身后去了。是他那十几个精兵。

山宗策马入了山林，循着陡峭的山岭赶往关城。

东来已在关城之上做好准备，绳索也已固定住。一旁是胡十一和张威，带了一队全副武装的兵卒。他们在山宗离开关城后每日都会定点来此查看情形，以作接应。

直至天色暗下时，才听见隐约的马蹄声，接着两道身影出现。

"东来！"是山宗的声音。

"是。"东来这一路已与他配合出默契，如他的亲兵一般，立即甩下绳索。

绳索扔下来时，山岭间回来个精兵报信，急急道："头儿，咱们没损人，但又来了一拨，正往关城来。"

"挡住。"山宗沉声下令。

那兵抱拳，又转头回去拦截。

山宗将刀塞进腰里，迅速用绳索缠住神容，抓着她的手让她拉住绳索，用力握了一下："自己能不能上去？"

神容看他没往自己身上缠，喘着气问："你不上去？"

"我断后，你尽快上去，天快黑了，要防着他们混入关城。"

神容一口一口喘气："会出事吗？"

山宗忽然勾唇，托了一下她的脸，让她看着自己："放心，你不会有事。我说过，你这么有本事，还要享受荣华富贵，值得好好活着。"

"那你呢？"神容下意识问。他是一州军首，幽州的内安外防还要靠他。

山宗将绳子又在她腰上缠一道，颔首，眼底黑沉："我也要好好活着，我还有很多事要做。"说话间手上扯了下绳，朝上一挥手。东来马上往上拉。同时数道绳索被放下，陆续有兵滑下来。胡十一和张威看清了他的手势，派下了兵卒。

大风呼啸，神容往上爬，被吹得晃了一下，往下看已不见山宗身影。

东来与胡十一合力，速度很快，不多时神容脚已踩到关城顶上，她又往外看了一眼。

东来扶住她："少主快走。"

陷阱布防都已处置好，神容被东来扶着，很顺利地通过。

忽闻远处一阵尖锐笛啸，听不出来是从哪个方向传出来的，分外刺耳。胡十一在后面抽刀道："你们快走，斥候示警了，别处有关外的混进来了，还挺拼命！"张威也抽了刀，与他匆匆赶去调人支援。

神容听到过这声音，还有印象，当时一声过后，山宗朝她掷刀，踏马过溪，溅了她一身水。

不知关外的是从哪头混入的，不是从这里的关城，外面的山岭已被她动过了，悬绳处有兵，他们上不来。

走得太快，脚下被山石绊了一下，她站稳，忽见斜前方山林里钻出一个披头散发的身影。

东来迅速拔刀过去："少主先走。"

神容往望蓟山走，那里有军所驻扎的守山兵马，此时已陆续调来，眼前山林间人影绰绰。

这些人就算混进来也无法全身而退，看来是怀疑山宗得到了什么军情，不管不顾地来拦截。难道追来的太多了？她边走边想山宗是不是没能拦住……

终于快到附近，神容走得太快，扶着棵树，捂着胸口不停喘气，身侧似有人影，她转头，怔了一下。

一个披头散发穿着胡衣的敌兵正森森然盯着她，似乎想偷偷近前来挟持她，却被她发现了，一下停住。

神容盯着他手里的大刀，瞥见已有人影赶来，小心后退，免得他突然发难。却见那敌兵脸上忽然露出了畏惧，一步步往后，像是被吓到了一样。下一瞬，一柄细长的直刀横在那敌兵颈下，一抹，对方无声倒地。后面男人颀长的身影露了出来。

山宗持刀而立，看着她，又看了眼她身后。

神容喘着气，不自觉往身后看，树影间是一群身披锁镣的身影。

是那群底牢的重犯，不知何时一个一个从她身后冒了出来，被铰短的头发已长了些，在渐暗的山林间如同鬼魅。难怪刚才会叫那敌兵吓得后退。

“不用客气，小美人儿，”未申五耸着左眼的白疤，阴森森地笑，“说过还没报答你的救命之恩呢，刚才就当是报答了。”他说着看向她身后，阴笑变成了冷笑。但紧接着鞭声就在他们身后挥了出来。

军所兵卒早已赶了过来，远处胡十一在喊：“最后一个，灭了！”

神容回过身，被抓住了手腕。山宗提着刀，带她往前。他身上锦袍已乱，衣摆掖在腰侧，急跨几步拉着她入了树影，回过头一手就抱住了她。

神容一下撞到他怀里才回神，攀住他手臂，还在喘息。

山宗也在急喘，低下头，贴着她的脸，抵着她的鼻尖，胸口阵阵起伏：“刚才有没有受伤？”

“没有。”神容觉得自己的唇就贴在他唇上，说话时几乎在磨蹭，呼吸更快了，“应该没有。”

山宗抱她的手在她背上抚了一下，没有发现有伤，心才放下，抱着她久久喘息。

第十二章

姻缘既见，真心既现

长孙信前脚从山里返回官舍，后脚就收到了山里送来的消息，当即便出门往山里赶。刚刚出城，一名护卫来报，说少主已经由军所兵马护送出了山，去了军所。他二话不说，又打马匆匆赶往军所。

神容坐在山宗的营房里，拿着块湿帕子，慢慢擦着颈边。她被带来这里是为了洗去身上的血迹，免得就此入城引得不必要的惊慌，尤其是她哥哥。到了这里才算心定下来，没有那些惊心动魄的场面了。

外面天早已彻底黑下，桌上一盏灯火，旁边一只铜盆里的水已经染了半红。血都是溅到身上来的，她除了被拉上关城时在城墙上磕了一下肩，几乎毫发无损。她放下帕子，抚过耳边被吹乱的发丝，又整理了一下衣裳，听见了推门声。

山宗从门外走了进来，身上换回了黑色的胡服，眼睛看着她。

神容几乎立即想起了他在山里紧抱着她的情形，当时她鼻间几乎全是他身上的血腥味，不知道他是如何回到山里的，拦住了多少关外兵马。后来是张威过去找他们，他才拉着她出了那片树影。

她看了看他身上："你是不是受伤了？"

山宗刚从胡十一的营房里清洗完过来，扔下手里血迹斑斑的刀，走过来坐下："没事。"

这营房里没什么地方可坐，神容坐在他床上，他此时就坐在她身旁，神容动一下脚，便已挨着他腿："既然说的是没事，那就是有伤了。"

山宗看着她的眼里有几分疲惫："难道你还想看看不成？"他拉了下胡服的领口，歪下头，"在背上，得脱了才能看到。"

神容不知他说的真假，眼还真朝他背上看了一眼，心里想又不是没看过，但没说出来。

山宗看到她的眼神，手就伸了过去，搭在她腰后。他的确有些疲惫，关外增了一拨人来阻止他入关，直至赶到她跟前时，他手里的刀几乎没停过，多多少少还是挂了彩。

神容瞄一眼他搭在腰后的手，还没说话，腰上一紧，山宗已搂住了她。“我们在关外去过那镇子的事是个秘密，只有你我知道。”他忽而低声说。

神容被搂在他身前，正对着他的脸，灯火将他的脸照出显著的明暗，挺直的鼻梁下薄薄的嘴唇抿着，更显出一丝疲惫，他甚至都不多动一下，唯有手臂依然有力。

“只有你我知道？”她将这句重复一遍。

“没错。”山宗声更低了，“我知道你书卷的事，你现在也知道我一桩事，算是都有对方的秘密了，不是正好？”

神容忽然觉得他这句话里有股难言的亲昵，一时没有作声。

门忽被敲响，胡十一的声音在外道：“头儿，长孙侍郎来了。”

神容收神，朝房门看了一眼，不想叫她哥哥知道先前的凶险，赶紧要起身出去。山宗的手却还没松开她。

“我答应你了，不说就是。”她瞄着他，低声提醒，“我哥哥来了，还不松开。”

“阿容！”长孙信人还没到，声音已经先到了。

山宗仍搂着没松，直到已能听见脚步声了，才终于松手，咧了下嘴角。这里不是关外了，到处都是眼睛。

外面，长孙信一路走到那一排营房外，看见东来在那里守着，就已松了口气，随即便见神容朝自己走了过来。他脚步一下快了，上前握住她手臂，口中忙问：“怎样，你可有事？”

神容摇头：“没事，你都看到了，我已经回来了。”

紫瑞跟着长孙信来的，手里拿着件披风，见面就搭在了神容身上：“少主可算回来了，郎君急坏了。”

这么多天了，长孙信每日都追问军所情形如何，后来胡十一才告诉他山宗竟亲自出关去了，出了什么事却一概未说。但他岂能猜不出一二？必然是有什么状况，姓山的才会亲自出关。如今她是怎么回来的，就是看她现在身处这军所里也该明白了。

长孙信朝她身后看去，又看了看左右军所人马，知道不是说话的地方，叹口气：“算了，回去再说，你人没事就好。”

神容朝后瞥一眼，往军所大门走去。

长孙信故意落慢一步，逆着灯火往她来处看，山宗胡服玄黑，正斜靠在门口，朝这边看着。看的是谁，不言而喻。

他轻咳一声，迤迤然迈步过去：“这次有劳山使如此费心费力了，阿容已安然回来，我就不多谢了。”

山宗看他一眼：“不必客气。”

“客气还是要的，毕竟阿容的安危原是我长孙家的事，劳山使帮忙而已，还叫你亲自奔波，怎好意思，改日我会命人送来谢礼的。”

长孙信说完还颇有风范地搭手见了一礼，不等他开口，转身去追神容了。

山宗懒洋洋地靠着门，扫了眼他的背影，他这是特地来划清界限的。

“头儿，”胡十一从军所大门那里过来，“金娇娇回去了，我听见长孙侍郎临走前吩咐东来说要给咱军所送礼呢。”

“送来就退了。”山宗转身回房，笑一声，“那也不只是长孙家的事。”

后面一句胡十一没听明白，不禁往门里伸了个脑袋：“啥？”

山宗已在床上坐了下来。

胡十一这才想起他身上还有伤在，背上中了两刀，虽不在要害，但那件锦袍扒下来的时候血都浸了满背了，还是不多与他说话了，好叫他好好休息。

张威从营房另一头过来，老远就朝他招手。胡十一帮山宗掩上门，走过去，小声嘀咕：“瞧见头儿身上的伤没？听回来的兵说，关外那群狗贼里有人认出了他，才会急调兵过来增援堵人的。你说说，他多派些人去找金娇娇不就得了，派你我去也行啊，居然又为金娇娇出一回幽州。”

张威一板一眼道：“那不一样，我在山里瞧见头儿一直拉着她，亲密得很。”

胡十一听了挠挠下巴，直点头：“怪不得，我早觉得头儿跟这前夫人有点什么了。”

神容当晚回到官舍，刺史府的人就来探望了。

其实她去关外的事本是瞒着的，外人并不知道，但山宗一个幽州军政首官不在，还是会叫人察觉。赵进镰近来正忙于料理赵扶眉嫁去檀州的婚事，日子都定了，却得知又出一茬事，忧虑非常，一得知消息就连忙派人前来问候。长孙信将人打发了，对方忙又连夜赶去军所问候团练使去了。

主屋内，神容彻彻底底梳洗了一番，换上了襦裙，好好饮了一盅温补的暖汤，放下碗时，就见长孙信进了屋。

他穿着月白袍子，眼下有些青灰，可见这几日也没睡好，走进来问：“你们在关外……一切顺利？”

神容坐在榻上，将书卷拿出来看了看，又收回锦袋，点了点头：“都顺利，地风稳了，矿脉的偏差会回去的，往后你就可以安心采矿了。”自然不能告诉他都发生了些什么，光是入了一回销金窟就没法说出口。

长孙信早察觉地风稳住了，她这是岔开了话，不想告诉他。但见她这几日奔波，好似都瘦了一圈，又于心不忍，他们长孙家的小祖宗，何尝去过关外那等危险地方，还不全是为了开矿。他再不忍追问什么了，朝紫瑞递去一眼，示意好生照顾着，出了房门。

到了门外，恰好一名护卫从廊前快步而来，送来了一封信函。长孙信接了，一看是他母亲裴夫人的亲笔，借着廊前灯火就展开看了。

前些时日赵国公就来信问过神容近况，刚好那时候神容去了关外。长孙信当时捏着把冷汗，哪敢不说实话，乖乖说了神容为了矿山的事去关外探地风去了，但没提到山宗，也没说她还没回来。不想现在他母亲的信又到了。

裴夫人自然也是为神容去关外的事写信来的，再三叮嘱要回信去报平安，言辞间恨不得亲自来幽州。这封信特地写给他，是将临别前的话又叮嘱了一遍，叫他不要再让神容冒险，也不要让她再与姓山的小子有任何瓜葛。

长孙信心想这信来得可真是时候，早一日都不知该如何回复。他将信折了折，纳入袖中，瞧见东来换回了护卫装束，正在廊前站着，走过去招招手，小声问：“此番关外之行，姓山的如何把阿容带回来的？他们一路上如何？”

东来垂着头：“山使说为少主着想，全听凭他命令行事即可，回来后若有任何事存疑，请郎君去问他本人，他一力承担。”

长孙信诧异：“这是姓山的说的？”

东来称是：“在关外时私下吩咐的。”

“他承担？他当自己是阿容的什么人，嚣张！”长孙信压着声，看一眼身后房门，怕被神容听见，没好气地走了。

东来依然垂首，只能当没听见。

官舍里安静，这一夜，神容睡了个好觉。次日，直至日光投至床沿，她才起了身，腿还有些麻，路上骑马太久了。她坐在床沿，轻轻揭开素白的中衣看了一眼，发现腰肢上青了一小块，是山宗在马上时手臂搂她太紧了。

房门推开，紫瑞端着水进来伺候，她将中衣拉了下来。

“少主今日可以多歇一歇。”紫瑞递来拧好的帕子。

神容接了：“不歇，我稍后就去山里。”

紫瑞道：“郎君说少主不用去了，你这趟出去辛苦，往后就少去山里，好生歇息，余下的事交给他就好。”

神容擦着脸，停了下来：“什么叫往后少去山里？”

紫瑞近前，小声在她耳边道：“听说主母来过信了。”

神容顿时就明白了，是因为山宗。

山宗坐在马上，手里捏着一块破皮子。

那块被那疯子当成钱交给他的破皮革，又旧又脏，上面绣了两个字，已经磨得发了白，不仔细辨认根本认不出来。他却看了很久，而后又收入怀里，看了眼前方的望蓟山，打马而入。

胡十一今日轮值守山，看见他来了，小跑过来：“头儿，你不是该在军所养伤，怎的又来山里了？”

山宗下马，往矿眼处走，一脸的无所谓：“这点伤还不至于不能动。”

胡十一暗自龇牙，那叫“这点伤”？单是看他这恢复的速度，不愧是打小从号称将门世家的山家训出来的。不过，这毫不矜贵的做派，也半点看不出曾是出身山家的贵族了。

眼下正是休整时分，矿眼处围蹲着那群重犯，粗布囚衣和蓬乱如草的头发上都沾了灰尘，他们正在兵卒们的鞭子下捧着荷叶包吃饭。

山宗扫过他们，吩咐胡十一：“给他们加点，算赏他们当日的作为。”

胡十一抱拳，过去传了话。

虽未亲见，但他也听说了，当时这群重犯忽然冒了个头，吓到了一个漏网的敌兵，也算是帮了金娇娇一个忙。谁叫他们个个模样跟怪物似的，又是在这大山里。胡十一想，能不吓人吗？

很快，重犯们面前多了两大桶清水，每个人手里多加了一餐饭。

未申五踩着一丛草蹲着，掂了掂手里的荷叶包，嘴里还嚼着没吃完的，盯着山宗：“老子们是为了小美人儿，若是只有你，真恨不得上去帮他们的忙呢。”他抓着荷叶包就咬了一口，眼中森森，仿佛是在嚼着山宗的血肉，“多好的女人，跟你真是糟蹋了，呸！”嘴里一口夹着荷叶的残渣吐出来。

一旁自然少不了兵卒的鞭子抽了上来。胡十一都忍不住上去踹了一脚：“给你吃的喝的还叽歪！找抽！”

山宗今日却没教训他，只扫了两眼，听到最后一句甚至还咧了下嘴，唯有眼中幽沉。

“刚才这里在说什么？”长孙信从另一头踱步而来，狐疑地瞄瞄山宗，又往犯人那头看。

未申五已经被抽了几鞭子，踹去犯人堆里了。甲辰三按着他肩，他怪哼了几声，似乎很听甲辰三的话，没再明知故犯。

长孙信也没听清，只当自己听岔了，看一眼山宗，见他抱着刀往自己身后看，一身的痞样，越看越不顺眼，转头走了。

胡十一走到山宗跟前："头儿，金娇娇没来，一直没见到她呢，只见到长孙侍郎一个人来的。"说完看了看他的神色。

山宗移开眼，难怪没看到神容，原来她没来。"知道了。"他转身走了。

官舍内，神容写完一封报平安的信，交给紫瑞送出去，吩咐快马加鞭送去长安，好叫她父母放心。否则，她担心母亲又要有什么安排。

信送出去，她出了房门，走去廊上，到外院门口，正遇上广源。

"贵人。"广源停下向她见礼，自她回来后还是第一次瞧见，不免多看两眼，"贵人可是要去山里，我去为贵人安排。"

神容真要去也没人拦得住她，但关外这一行叫长孙信都怀疑了，不想惹她母亲不快和担心，她还是摇头说："算了，暂时不去了。"

广源只好作罢，小声道是，心里惦记着自家郎君，也不知他回来后如何了，还没能去军所看望过。

紫瑞送了信回来了，见神容在院门外站着，百无聊赖的模样，提议道："少主不如去城中走走，反正也不是去山里。"

神容想了想："也好。"

广源听了，麻利动脚："我给贵人备车去。"

近来春日盛了，幽州城也热闹许多，往来有不少商人。神容从马车上下来时，正好看见一行随从簇拥着何氏进了对面一家布坊里，左右皆是说说笑笑的模样。

紫瑞在旁道："少主不在的这些时日，刺史府正在筹办那位赵姑娘的婚事，听说没有多久了。"

她点了点头，料想也是赵扶眉的婚期快到了："那就别惊动他们了，随便走一走就是了。"

紫瑞招来东来，让他跟在后面。东来跟上，眼观四周，没几步，就注意到了附近多出来的人，看一眼前方的少主。

神容走到一家胡商的铺面前，看到他们在门口摆放着卖的小玩意儿，一串铃铛挂在边上，轻轻地响，顿时叫她想起了之前跳舞时腰上的铃铛，不悦地白了一眼。

一只绑着护臂的胳膊伸来眼前，手上拿起了那铃铛。她转头，看着忽然冒出来的男人。

山宗拿着那串铃铛看了一眼，似也想起了一样的事，扬了扬嘴角，又抛了回去，回过头，漆黑的眼看着她："不去山里了？"

神容看了看左右，他应是来巡城的，带着的兵此时还在街尾。

"近期就不去了。"她若无其事地说。

山宗走近一步："因为我？"

神容又看他一眼，低语："知道还问什么。"

山宗摸一下嘴，早就猜到了，毫不意外，嘴里说起来却还很轻松："你哥哥又不是不知道这是哪里，这是幽州，又不是长安。"

是了，这里是他的地方，还能把他生生隔开不成？神容转身往前走，怕被人听见，轻轻地说："你还很得意……"

山宗看着她，缓步跟上，其实并没有哪里得意的模样。

神容襦裙轻逸的身影在前，绿绸丝绦系在高腰处，长长垂着，随着走动一下一下往后飘，撩过他衣摆马靴。

左右百姓看到山宗大多毕恭毕敬，不敢多视。他和神容相隔几步走着，如原先一般巡城，只是目光时不时往前，去看那道女人的身影。

神容故意一直没有往后看，走了一条街，也没入哪家铺子，只是随意看了一遭，转身往回时，发现他还在身后。"这条街巡完了？"她挑眉问，"我也没什么可看的了。"

山宗颔首，看一眼另一头的马车："还要巡一条街，过官舍，刚好可以送你一程，走吧。"

神容还没说什么呢，他都定好了，只好一手提衣，缓步朝车走去。

紫瑞在后面落了一大截，看东来。东来朝她摇摇头，彼此会意，各自本分地缓步跟随上去。

军所兵马巡到官舍附近，照例往前继续去巡。山宗独自打马随车，一路直至官舍。广源在官舍门口看见，自然又是惊喜非常："正想去军所探望郎君，郎君就来了，我去备茶。"说着匆匆返回府门里去了。

神容听到他说探望，往马上看了一眼。

山宗下了马，携着刀走过来，脚步依旧利落，看起来并没有什么。神容转头进门，他跟了进来，马靴踩在廊下，步步有声。

"广源既知你带了伤，一定又要劝你留下了。"她边走边说。

“嗯，不过你哥哥此时肯定是不太乐意的。”山宗似笑非笑地说。

她闻言不禁回过头。

他目光迎上来：“怎么，我说得不对？”

“对啊，”神容甚至还看了一眼她哥哥有没有回来，又看他，“那你还来做什么？”

山宗走过来，低头看她的脸，从她仰头看来的眼中看到了自己，脸上依然似笑非笑的，抓住她手腕，拉了一下。

没过多久，广源备好了茶，过来请山宗，廊上却已经不见二人踪影。紫瑞和东来也只刚进府门，远远站在廊下。

内院一间厢房里，神容背抵着门，身前贴着男人的胸膛。

山宗低头堵着她的唇。

外面陆续传出脚步声，听动静，似乎是长孙家的护卫们从山里回来了。

神容平复着呼吸，盯着身前的男人：“你肯定是故意的，上门来嚣张。”

山宗还贴着她，笑了一下，又在微喘中收敛，盯着她的眉眼。嚣张的分明是她。连他都没想到，这种遏制不住就想亲近她的想法是从何时冒出来的。

回来的的确就是长孙家的护卫们。长孙信刚刚从山里回来，下了马，走入官舍大门，看见紫瑞和东来都在廊下，便猜神容是出去过。

“阿容出去了？”他走过去问。

紫瑞屈膝道：“嫌待着闷，奴婢陪少主去城中转了转，很快便回了。”

长孙信点了点头，一面往里走：“也好，她既回来了，我去找她。”

还没走出去多远，迎面山宗走了过来。他携刀在臂下，踩着马靴，朝长孙信看来一眼。

广源迎了上去：“郎君……”

“还有军务，回军所去了，下次再回来。”山宗直接越过了广源。经过长孙信身边，他也没说什么，眼神一扫，径自往官舍大门走了。

长孙信已追着他的身影转了个身，想说什么，张了张嘴，又作罢。这里毕竟是他的官舍，总不能拦住他不让他进来。就知道在幽州拿他没辙，这地头蛇！

长孙信又往他来处看，没看见神容，以为二人没碰上，才算作罢。

一大清早，神容坐在榻上，将矿眼图标了几处需要注意的地方，然后抬头往外看了一眼。

“少主今日可要出门？”紫瑞在旁看见了问。从那日她去街上遇到山宗，回来之后就再也没出过门，如今见她往外看，紫瑞便以为她是要出去。

神容却摇了摇头："不去了。"再来一次那日的事，她哥哥可没那么好糊弄了。想到此处，神容执笔的手一停，忍不住又想起那男人的嚣张模样。

那天被他按在门后时，她甚至想问他一句：就这么喜欢亲她吗？后来还是没问出口。她脸色微动，低头遮掩了，搁下笔："我哥哥呢？这张图要交给他，我重新又标过了。"

紫瑞道："郎君又入山去了，听说少主最近专心于重新标图，很是放心。"

放心什么就不用说了，神容心知肚明："哦。"

紫瑞忽而想起了什么，从袖中取出帕子，放在案头上："这是郎君嘱咐要给少主看的。"

帕子里包着什么，揭开后里面是一小块灿灿黄金。神容捏在指间，又听紫瑞道："郎君说这是刚试冶出来的，成色足，难得一见，这都是少主的功劳，所以一定要拿来给少主先过目，再送呈京中。"

神容手指轻轻摸了一下，放回帕上，静静盯着。见到这个才算是步入了正轨，往后大概是真不用担心了，这里好似也没她什么事了。

"少主？"紫瑞不见她动静，不禁低低唤她一声。

神容回神："没事，我看过了，就这么告诉我哥哥吧。"她起身，出了屋子。

官舍里有个很小的花园，不过因为山宗原本也不住，几乎就没怎么打理过，倒是她住入后才开始被下人料理得像样了点，神容近来不出门，就在这园子里走一走。她缓步走过一棵桂树，进了亭中，刚坐下，听见官舍外似有车辙辘辘与马嘶声，朝亭外看一眼："有人来了？"

东来站在亭外："属下去看看。"

廊上已有阵阵脚步声传来，神容瞄了一眼，看到广源在前引路，猜到了几分，说："不用了。"

东来止步，看到了广源，自然而然便想到了来的是谁。

神容坐着没动，眼睛已往廊上看去。

"贵人，有客至。"广源停下向她见礼，一面悄悄瞄了瞄她。

神容看出他分外郑重，就觉得不太对，往他身后看，几道身影快步而来，不是山宗。

为首的人身披墨绿披风，发束玉冠，边走边在看着左右，眼睛扫到她身上时，脸上一下如春风拂来，朗然带笑："阿容！"

神容讶然起身："二表哥？"

裴少雍将披风解下，和马鞭一股脑塞给身后的随从，匆匆走入园中来："是我，可算见到你了。"

神容只觉不可思议："你怎么会来，又怎知我在这里？"

裴少雍眼弯着，里面皆是笑意："说来话有些长，不过见到你便好了。"

神容这才意识到他还站着："二表哥刚到，先坐下说吧。"

裴少雍进了亭内，脸上的笑就没收过，眼睛一直落在她身上。他身上穿着水青的开襟胡衣，一丝不苟，在她身旁坐下。

紫瑞已快步赶来送茶，也是一脸的惊讶莫名。

裴少雍端茶饮了一口，才笑道："姑母不放心你，原先是想叫大哥来这里的，我求了一番，才叫她准了我来。"

神容心中了然，她正担心她母亲会过于忧虑而再有安排，不想竟料中了。

裴少雍环顾左右，打量了眼前这花木不齐的园子，皱起眉头，觉得这不大不小的官舍不怎么舒适，比不上赵国公府半分，开口道："阿容，我如今方知你之前不是在骊山，而是在这边关待了这么久。"神容还没开口，他又贴心道，"你放心，你不想说我便不问了，只要你人好好的便好。"

神容抿住唇。

廊下，广源悄悄看了片刻，默默退开了。

消息很快就送进山中，长孙信得知裴家二表弟来了，也很意外，提早赶了回来。长孙家的随从们当即忙了起来，官舍内备宴迎客。

天还没黑，但厅内已提早点了灯火。神容回房更了衣，走进去时，长孙信已在里面坐着，穿着宽软便袍，看着对面："母亲跟你说什么了？"

对面就是裴少雍，眼睛时刻看着门，见到神容就唤："阿容，快来坐。"神容走去长孙信身边坐下，他这才回答，"姑母只说看见什么听见什么都不要太在意，只要顾好阿容无恙就好。"

长孙信点头，矿上那些事也没什么可跟他说的，他来这里自然是因为阿容被家里记挂着，随即又觉奇怪："那怎会是你来？"

裴少雍道："其实原本姑母没答应让我来的，还是想叫大哥来，大约是觉得他办事最稳妥。"

"大表哥自然是稳妥的。"长孙信追问，"那你怎么来的？"

刚好随从们进来，一道道送菜。裴少雍被打断一下，再看神容，笑容有些抑制不住一般："自然是有缘由的，说来也算是件好事。"

长孙信哼一声："好你个裴二郎，还在我眼前卖起关子来了。"

神容朝对面看了一眼，见他还在笑着，便说：“看来的确是件好事，否则二表哥不会如此高兴。”

裴少雍笑道：“自然了，那是因为……”

外面忽然传来脚步声。他话一停：“谁来了？”

神容转头朝门口看去。

天刚擦黑，一道身影披着昏暗走到了门前，半身映入灯火。裴少雍只看到一个身姿挺拔的男人到了门前，一袭贴身的玄黑胡服，腰束革带，脚踏马靴；紧接着看到他的脸，那张脸棱角分明，剑眉锋利，眼中黑亮，眼角有些微挑，挑出了不羁，灯火在他鼻梁处刻下深影，半边薄唇也被隐去看不分明。

裴少雍看得仔细，越看越震惊，一下站了起来：“山宗？”这副相貌，他岂能不认识。

神容看着山宗，裴少雍已经朝她看来。她眼神动了动，转开眼。

长孙信差点要问一句“你来干什么”，反应过来这是谁的地方，一时也不知该说什么，只好道：“这是如今的幽州团练使。”

“什么？”裴少雍眼神在山宗和神容身上扫来扫去，所以，阿容一直都在他的地盘上？

山宗并没有进门，看了一眼神容，她端坐在长孙信身边，侧脸被灯火描摹，眼落在别处。“听闻贵客到访官舍，特来看一眼，请诸位慢用。”他转身走了。

裴少雍看着他来去自如的身影，再听他的言辞，意识到了什么：“难道这里是他的……”

长孙信低咳一声：“你不是刚刚还说过家母交代你的那番话。”

裴少雍这才没作声，看看对面的神容，不知她此时作何所想，恐怕说多了惹她不快。

“不用看我，动筷吧。”神容忽然淡淡开口，一面动手拿了筷子。

长孙信笑着圆场，端起酒盏：“对了，方才我们说到哪里了，裴二表弟还没说明白自己到底为何能来，那件好事是什么？”

裴少雍笑了笑，却不如之前明朗了：“我能来，是因为入了圣人的制举选拔。”

原本他就说过想求取功名，神容是记得的。但要一层层去考，实际并非一年两载就能轻易做到的事。说来也巧，大约是之前圣人在治了许多先帝旧臣的罪后，缺了人才，提出了制举。这是为了搜罗人才而临时设置的考试，一般士人和官吏都可应考，录取者授予官职或提拔。

裴少雍自然不会错过机会，当即就去应考，颇为顺利地过了两关，到了圣人考核，恰与边疆策略有关。他借机要出门去走访边疆，有此光明正大的理由，才去求姑母让他代替裴元岭走这一趟。没想到神容还真就在一个边关待着。

“否则，我全然不知你一直在这么远的幽州。”他收住了话，端起酒盏，又看向对面。更没想到幽州居然还有山宗在。

“那还真是一件好事。”长孙信也觉得机会难得，“你运气够好，竟赶上这么个时机，或许真能得中圣人赏识也尚未可知。”

神容没注意听，捏着筷子拨着瓷碟中的一块软酥糕，在想山宗为何忽然就来了。

山宗在客房里坐下，耳中还能隐约听见前厅偶尔传出的几声说笑。广源走进来，伺候他除下护臂，小声道：“我还以为郎君不会来。”是他去送信的，说是来了个陌生男子，找贵人的。

山宗最近一直在练兵，其实走不开，但他还是赶了过来。来了才发现所谓的客人就是裴少雍，似乎也不意外。

一个官舍的下人进来，送了碗香气四溢的清羹进来，放在桌上后又退了出去。

山宗扫了一眼：“怎么突然想起做这个？”

广源看看他脸色，小声道：“本是特地照着洛阳的做法，叫人做来给贵人用的，料想她现在不需要了。”

山宗闻言不禁笑一下，这些只有他才能想得出来。

“回头做了给她送去就是了，就别提洛阳了。”他扯下嘴角，“你当她还想回想当年洛阳的生活不成？”他起身出去。

厅里的接风宴好像结束了，长孙信的声音自对面廊下传出。裴少雍跟在他后面，时不时看看身旁，他的身旁是神容。似有所感，神容转头向山宗的方向看了过来。

山宗朝那里走出去一步，却见她脸又转了回去，像是没看到他一样，穿廊走向主屋。

他站在原地，抱臂倚上廊柱，久久看着，嘴边自嘲地一笑。

直到走出去很远，神容才往后轻瞥了一眼。长孙信和裴少雍正在交谈，应当没有留心到刚才山宗的那点动静。

裴少雍边走边道：“我在来的路上已看过一些边防之地，不过都不算什么大的边关，打算此番在幽州好好看一看，回去以作策论上呈宫廷，便等着圣人的结果了。”

长孙信道：“既然如此，明日我陪你走一走，阿容也一起来。”说完没有回音，他不禁转头去看神容，“阿容？怎么没声，心不在焉的。”

神容看过来，只听了个大概：“你们定便好了。”

裴少雍借由廊前灯火看到她淡淡的脸色，猜测可能是因为那个人，转头四下看了看，没看到那身影，温声道：“阿容是不是不痛快，我瞧你方才席间吃得也很少。”

长孙信轻咳一声，抢话说：“没有的事，你先前见到的只是幽州团练使，有什么好不痛快的，阿容与他早已没有往来。”一边说，一边向神容递去眼色。

神容面色无波，也没作声，缓步往前。

裴少雍听到二人没有往来，脸上就露了笑：“那应该是阿容累了，怪我，突然赶来也没提前送个信，叫你们毫无准备。”

他其实也并非一点数没有，当初神容回给他的那封信里，提到的骊山景致是山家地盘，本没想太多，如今见到山宗，岂能没有点联想。但从小他就知道神容是个心高气傲的人，她不想说，他便不会追问，免得她更不痛快，只认定自己是想多了。

长孙信笑笑，继续圆场：“你能不顾辛劳快马加鞭地赶过来已是难得，自家人不用说生分话。”

裴少雍听到那句自家人，又笑了一笑，看了眼身旁的神容。

“是，二表哥不用客气。”神容接了一句，继续往前走着时又往客房方向悄悄瞄了一眼，不知他走了没有。

山宗没有走，一直没走。天还没亮透时，他绑好了护腰和护臂，掖一下胡服，出门直往内院。东来守在院外，看到他过来，垂头抱了个拳，抬起时忽而轻微地摇了下头。山宗收住脚步，听见了离院门不远的说话声。

“阿容，都已准备得差不多了，你哥哥已在等着了。”是裴少雍的声音。

他站在门边，眼沉着。昨晚大半夜他们灯火都还未歇，不知交谈了多久，今日一早竟然又来了。

“郎君。”广源走了过来，两手托着只漆绘的食盒，小声唤他。

山宗转身：“送进去吧。”

“是。”广源刚应下，抬头就见他往外走去了，马靴踩过廊下，长腿阔迈，脚步略沉。

院内，裴少雍穿着绛色宽逸的圆领袍，束青玉发冠，就在院门口的廊下等着。

广源捧着那食盒进来时，神容正好由紫瑞伺候着出来。

“贵人起得早，用一碗羹再出门吧。”广源将食盒送到紫瑞手里。

神容看他一眼，心想他如今可伺候得越发尽心了，简直更胜于当初在山家时。

紫瑞将食盒打开，里面是一只白瓷盅，盛着香气扑鼻的清羹。

旁边的裴少雍已经看到："这是洛阳的清羹？"说完去看神容神情。

广源按照山宗说的特意没提洛阳，不料还是被提了。

神容其实也已看出来了，曾经在山家时没少尝过这个。她捏着勺子搅了一下，稍稍抬眼看了看裴少雍，还是放下了："不必了，拿回去吧。"

紫瑞将食盒盖上，递还给广源，跟随神容往外走。

广源皱着眉暗自叹息，看着他们三人出了院门，心想郎君说得不错，贵人果然是不愿想起洛阳的。

长孙信言出必行，今日果然没有入山，已在门外等着，准备陪裴少雍在幽州城里走动。神容和裴少雍一前一后出了官舍大门，长孙信已骑在马上，身后皆是护卫。看人数，好似比之前长孙家带来的多出了两三倍，门口一条道都站满了。

裴少雍对神容道："姑母答应让我来时，正得知你去关外的消息，因而特地着我多带护卫来，嘱咐说你事毕便尽早返回，她担心坏了。我从裴家也带了一批护卫来，这样回去就用不着动用本地官员安排护送了。"

神容臂挽披帛站着，目光微动，看到马上的长孙信。长孙信也正在看她，兄妹二人对视一眼。这是意料之中的事。

"又不是眼下就走了，先留些人下来，不必带这么多人跟着。"长孙信道。

裴少雍点头："表哥说得对。"他吩咐一番，将带来的护卫都留在了官舍，坐上马背，一直目视着神容登上了车，才随长孙信出发。

幽州城的城头上，张威刚替换了别人的岗，站在登城的台阶上往下看。山宗那直立如松的身影就靠在下方城墙边，抱着手臂，拇指玩着刀鞘，旁边是他的马。

看不清他的神情，也不知他在想什么，大清早就从官舍方向来了，照旧巡了城头，做了该做的，可一个字没与他们这些属下说。张威不是胡十一，否则，他此刻早就忍不住下去问了。

再看几眼，忽见山宗动了，他提刀站直，头抬了起来。

张威顺着他朝着的方向看，仗着人在城上，看得远，一下就看到了一行人马，眯着眼仔细瞧，认出当中那个，不就是金娇娇。再往下看，山宗已经走了。

裴少雍这一行已经转过了城中大半地方，去了好几道城门口，甚至还去了一趟幽州官署。此时入了城中一间酒肆歇脚用饭。

长孙信进了雅间，在案后坐下时道："我原以为二表弟你是一时兴起罢了，但见你这一路看得如此细致，倒是真心在求取功名，莫非家族荫官已满足不了你了？”

他这个裴二表弟虽有文采，但以往并无追求功名之心，加上性格又好，谁都以为他会安于分一份家族好处便罢了。如今看来倒不是，竟然是个真实所想都揣在肚子里的，原来只是看着老实。

裴少雍在他身旁坐下：“我三年前就有这打算了。”

长孙信指着他打趣：“我知道了，我朝儿郎大多先立业再成家，你如今一心立业，便是有心成家了。”

裴少雍笑笑，伸手去倒水，遮掩着眼神往旁看。

神容没坐，临窗站着，旁边半人高的胡几上正在煮茶。幽州的茶苦而后冽，四周都是一股茶汤苦香的味道。她抬眼，忽然看见窗外，穿过街上人潮直直朝自己走来的男人，不禁心口一跳，眼往左右瞄了瞄。早上在官舍里没看到他，还以为他昨晚就走了，原来没有。

“阿容，小心茶汤。”裴少雍看她臂弯里的披帛都要掠到胡几的茶炉上，赶紧起身过来。

山宗已近在窗前十几步外，在无人的墙角停了下来。

神容在看到他的那刻就侧了身，只留给他一个侧脸和如云堆叠的乌发。裴少雍忽从她身侧走出，拨了一下她臂弯间的轻纱披帛，关切地与她说着什么。而后他端了只茶盏过来，送到她手里，两道身影离得很近。神容接了，随他离开了窗前。

山宗眼从那道窗口移开，鼻间出气笑了一声，连自己都不知道是在笑什么。没完了是吗？

他眼又扫回去，盯着那扇窗许久，始终再没见神容露面，转头离开。

直至日斜，一行人才回到了官舍。

神容搭着紫瑞的手下了马车，一旁长孙信已下马，在朝她悄悄招手。她看一眼还在马上的裴少雍，走了过去。一近前，就听他低声道：“你怎么回事，一整天没怎么说话，是不是因为母亲叫二表弟传的那番话？”

神容脸色未变，直入大门：“怎么会呢？”

长孙信见裴少雍过来了，没有再问，看着她身影进了门。

神容进了内院，示意紫瑞、东来不必跟着，走向主屋。推开门，赫然一怔。门边倚着道人影。

她还没开口，人影已贴近，一只手搂过她，另一只手就合上了门。神容撞入他怀里，一抬头，他就低头亲到了她唇上。

“你……”她只含混地说出个字。

“我什么？”山宗牢牢扣着她的腰，贴着她的唇，“只有这样才能见你了是不是？”声闷闷地往她耳里钻。

神容启唇，下一句话还没出口就被他吞了。他含着她的唇，一手抚到她后颈，往自己怀里送。神容气闷，脸上很快热了。

“阿容已经回屋了？”裴少雍的声音传过来。

神容怕被人发现，忍不住就想动。山宗手臂一收，反而抱她更紧，甚至还似笑非笑地低哼了一声，亲到她脸侧、耳边，唇上碾得更重了。

外面紫瑞正在回话：“是，少主出去了一整日，应当是乏了。”

神容昂起头，心跳陡然加快，他的嘴已辗转亲在她下颌，落去她颈上，细细密密。

“那让她好好歇着吧。”裴少雍的脚步声远去了。

直到神容忍不住揪住他胡服的衣领时，山宗狠狠在她颈上含了一口，让她吃痛地蹙了蹙眉，才终于抬起脸。

神容在他怀里昂着头，一口一口喘息，双颊酡红，如染红霞。山宗低头看着她的脸，牵扯着她的呼吸，直到此时才不见她像先前那样刻意回避了。

“你来得正好，”神容轻喘着，眼神微动，“我有话要与你说。”

山宗扬起唇角，还以为她被刚才的举动吓到了，没想到她会说他来得正好，呼吸深重，声音也沉沉的：“什么话？”

神容的手指还揪着他的衣领，看着他线条利落的下颌：“我大概……就要走了。”

山宗的嘴角缓缓抿起，脸上没了笑：“又要回去了？”

“嗯。”神容出门前听裴少雍说了她母亲的那番话，才算知道她母亲安排他来的真正用意，其实是来接她的。

山宗没有说话，屋内一下变得十分安静。过了一会儿，他才开口，声仍沉着：“然后呢？”

神容眼抬起：“什么然后？”

山宗看入她的双眼：“你回去之后的事情，可曾想过？你我的事。”

神容看着他脸：“你我？”

山宗始终低头对着她，从她的眼里，看到他突出的眉骨，连着挺直的鼻梁，人在门后，眉宇间一片深深的暗影，那片暗影在这句疑问后好似深了一层。他低声说：“难道你到如今，都没想过和我来真的？”

神容唇轻轻一动，抿住，又启开："怎样才叫真的？"

"和我重新做回夫妻。"

神容怔住，轻轻合上唇。从未想过这句话会从他口中说出，猝不及防听见了，一瞬间眼里只剩下他深沉的脸，忘了自己在想什么。

山宗眉峰压着，眼里黑沉沉一片，松开了她："你没想过。"

两日后，主屋里，紫瑞一件件收拾起了行李。将一件轻绸襦裙放入包裹后，她朝窗边的榻上看了一眼："少主，真就要走了？"

神容坐在榻上，手上握着装书卷的锦袋："嗯。"

裴少雍那日在幽州城内走动完就定好了回去的行程，出乎意料的快。而她，的确也没什么事由再待下去了。

门外一阵不紧不慢的脚步声，长孙信身姿翩翩地走了进来。

"看来你已收拾得差不多了。"他看过紫瑞手上忙着的，走到榻边，低声道，"我觉着二表弟是见到了姓山的才有意要尽早走，不过也是应该的，母亲毕竟一直都牵挂着你。"

神容仍只回了一个"嗯"。

长孙信在她身旁坐下，看她脸色，不知是不是错觉，总觉得她这两日人好似更冷淡了一些，越发懒得说话了一般。他有心逗小祖宗开心，笑道："在想什么呢，临走便没什么要与哥哥我说的？"

神容看他一眼，沉默了一瞬才开口："在想还能不能再来。"

长孙信斯文俊雅的脸一愣："这还没回去呢，你就想着再来了？"

神容眼神微动，将书卷收好："只是担心山里罢了，万一又有什么事呢。"

长孙信这才缓了面容："也是，这山是邪乎了点，有你在会放心许多。不过你已镇住了它两回，矿脉也清楚了，料想不会有事了，我还道是因为别的。"说到此处，他上下打量一番神容，"别的，都没事了？"

"嗯。"神容又如先前一般冷淡了，只眼睛若有似无地扫了一眼这间房的门后。

就在那扇门后，山宗松开她时低压的眉眼似乎还在眼前："你没想过。"

神容一直没说话，看着他幽沉的双眼。

"你没想过我想过，这回全看你。"

后来他是什么时候走的，神容都已忘了，只有这几句话清晰地留在耳里。

外面忽然传来喧闹人声，有什么队伍过去了，伴随着阵阵锣鼓敲打，似乎很喜庆。神容被这阵声音拉回了思绪，朝外面看了一眼。

长孙信想了起来："是了，二表弟挑了个巧日子，赶上今日刺史府上办喜事，那位赵刺史的义妹赵姑娘就要出嫁去檀州了，昨日来递了请柬，我替你推了。"

神容微微点头："推就推了吧。"

裴少雍紧跟着就到了门前，穿着来时的水青对襟胡衣，罩着墨绿绸面披风，脚上胡靴一尘不染，随时要打马上路的模样，脸上带着朗然的笑："阿容，可以启程了。"

神容看一眼哥哥，起身出门，她今日也穿着身胡衣，素纹收腰，将她整个身姿的纤挑都衬了出来。

裴少雍止不住多看她，忽而看到她高高竖着的衣领后，颈边有一点若隐若现的红，忙问："阿容，你脖子上怎么了？"

长孙信正好跟出来，也转头看来："什么怎么了？"

神容扶着高高竖着的衣领，先往前走了："没怎么。"

那是山宗亲过的痕迹，她边走出去，边用手指摸了一下。到现在还有些微微的疼，仿佛还能感觉出他当时薄唇滚烫含上去的力道。

那一幕画面和他的话就又再度回到了脑海——

"这回全看你。"

今日晴空万里，春风拂面，正是适合办喜事的好日子。刺史府里的热闹一直蔓延到了城中。

幽州这一带因经历过多次战乱，有过艰苦岁月，向来对于喜事是向往的，只是不喜铺张，就算如今是刺史府上的喜事，也说不上盛大，一如寻常人家一般，摆席设宴热闹热闹便罢了。

府内，在披上嫁衣之前，赵扶眉特地在厅堂里向赵进镰和何氏作别。赵进镰夫妇衣着庄重，端坐上方，受了她敛衣跪拜的大礼。

何氏心软，见不得这种场面，一时感慨，抽帕抹了抹眼，被身旁的赵进镰拍了拍手才给安抚住。赵进镰虚扶一下赵扶眉："周镇将已到府上了，你快去准备吧，否则就来不及启程了。"

赵扶眉低头说是，起了身。

山宗黑衣凛凛，站在刺史府的廊下，一路走来看过四周，府内四处都很热闹，但没有见到那个女人的身影，也不见长孙家的任何一个人来赴宴。他转身，正要走，身后一道声音唤他："山使。"

山宗停步回头，赵扶眉站在眼前。她微低的头上已经簪了首饰，脸上也施了粉黛，只待披上嫁衣便能跟周均走了。

“我来向山使道别，谢山使当初救命之恩，否则就不会有我今日光景。”

山宗说：“我已不记得了。”

赵扶眉依然低垂着眉眼，福身：“我知如此不合规矩，也知山使早不记得了，但我还记得便不能当没此恩情。”她抬头看他一眼，又低了眉目，声音低得几乎要叫人听不见，“愿山使此后安好，一切能顺心遂愿。”

山宗勾了勾嘴角，顺心遂愿？谁能让他遂愿？他什么也没说，转身走了。

没走几步，廊柱后，身着红色婚服的周均现了身，一双细长的眼意味不明地盯着他。

“祝贺。”山宗留下两个字，眼里却如同没看见他，径自大步走了过去。

周均朝他来的方向看了一眼，再转头看他时，他人已走向府门，脚下不停，直接离开了刺史府。

日上三竿时分，接亲的队伍才离开刺史府，往城外而去。幽州城门边，街上百姓挤着围观，人声鼎沸，说说笑笑，只有城头上的守军还肃穆地守着。

周均乘马在前，引着赵扶眉乘坐的马车，一路出城而去。不长不短的一支队伍，由檀州兵马护送。

城门外不远处，停着一队幽州军所兵马。山宗骑在马上，眼看着城门口。

胡十一在旁笑呵呵地道：“头儿，我以为你跟那周镇将不对付，今日能去刺史府道贺一趟就不错了，竟还来送行他一程。”本来是他领着人在这里意思意思，代表幽州军所送行一下檀州镇将罢了，没想到他会亲自来。

山宗没接话。

胡十一扭头，只看到他沉沉的侧脸，仿佛刚才的话半个字也没听进去。“头儿？”

山宗眼终于动一下，问：“除了接亲队伍，有无其他队伍出去？”

“其他队伍？”胡十一挠挠下巴，仔细想了想，“没有，咱一上午都在这儿等着送行呢，没见到其他队伍出来。”

山宗颔首，没错，有其他队伍也会避开接亲队伍再出发。

此时的官舍大门外，神容的马车被众多护卫环护着，就等着出发了。

广源匆匆跑出门来看，一双手抄在袖中，眉头紧了又紧。贵人竟然就这样又要走了，而且先前一点风声没透露，他也是刚刚才知道。他一边想一边看了眼裴少雍，直觉得是他的主意。

长孙信系着披风走到车外，朝着车帘道：“接亲的队伍过去了，路好走了，启程吧，我送你一程。”

神容隔着车帘说：“不必了。”

裴少雍骑马护在车前，笑道：“表哥难道是不放心我？”

长孙信坐上马背：“那倒不是，我也不远送，只送过檀州就好。”

裴少雍知道他们兄妹是带着要事来的，路上想必还会交代一些山里的事，只好笑道：“也好，表哥心疼阿容，应该的。”

神容没说什么。

车马上路，他们特地等到现在，道路果然顺畅了许多，一路直接出城。只有广源，对着那辆远去的车驾长长叹息。

城外周均的迎亲队伍早走了，连道上的尘烟都被春风吹尽了。

胡十一牵着刨地的马，看身旁：“头儿，人都走那么久了，咱还不回去吗？”

山宗仍然看着城门：“你们先回去。”

胡十一左右看看，朝后方人马招两下手，带着人往军所方向打马出去时，又回头往城门口看了一眼，忽见一队人马出来了。一群护卫开道，严严实实护着当中的马车，车前两匹马上坐着两个锦衣贵公子。

“金娇娇？”他惊讶地看了一眼山宗的身影，才明白是怎么回事，原来头儿是在等她啊。

山宗看到那一行队伍的瞬间眉就压低了，没在刺史府上看到她，果然是要走了。他盯着那辆当中的马车，看着那扇门帘，门帘被风掀动，但看不见那道身影。

神容坐在车里，拿着书卷，摊开在膝上，正对着望蓟山那一段。外面是长孙信和裴少雍时不时的几句交谈声，说着些无关紧要的闲话。眼前车帘掀动，风大了点，吹到了书卷上，周围也安静了，她才感觉出已经到了城外，转过头，透过窗格往外望，目光凝了凝。

外面马蹄声陆续停下。

“他怎么来了？”裴少雍压着声问。

长孙信低咳，努力圆场：“这有什么，他执掌此地军政，人在城门处又有何不可？”

神容盯着那道马上的身影，他驱马缓至，一手提着刀，眼里由始至终只落在她这里。她不知道他能不能看清自己的脸，心里没来由地紧了一紧。

长孙信见山宗目不斜视地过来，忍不住先扯马出去：“山使，有何贵干？”

山宗目光越过他，仍盯着马车：“几句临别赠言罢了，不必如此慌张。”

长孙信被噎了一下，心道谁慌张了，一面回头看了看车上。车帘又被风吹得一动，里面传出神容的声音：“让他过来说。”

裴少雍惊讶地看过去：“阿容？”

神容淡淡地说：“没事。”

东来立即将护卫领开，连坐在车外的紫瑞都下来了。

长孙信拧着眉回到车边，拍拍裴少雍的肩，示意他跟自己走。裴少雍盯着马车看了又看，又看了眼在马上的山宗。忽见他眼一掀，朝自己扫来，如利刃割风，不禁抓紧了缰绳。

“二表弟。”长孙信拉了他衣袖一下。

裴少雍又看一眼马车，才终于跟着长孙信往路侧避去。

“别忘了我母亲交代的话，为阿容好，你就当没看到，回去也别说。”长孙信小声交代他。

裴少雍对山宗那一眼分外介意，但听到为阿容好，便什么都没说，远远退到路边看着那头。

山宗已到了马车窗边，低了头，身形被马车遮挡了大半，外人什么也看不分明。只有神容知道，窗格上一层薄纱，他的脸在眼前朦胧不明，唯眼底幽深最显眼。

“这就是你的答复？”他沉声问。

神容看着他的脸，慢慢转开眼，不知该说什么。大约正是因为这样，才会选择就此离开。

“长孙神容。”

第一回听他这样连名带姓地唤她，神容看过去，隔着层薄纱，她却清楚地看见他喉头滚了一下，双眼沉黑地盯着她。

“是我活该，明知你只是想让我低头，或许我就该永不让你得逞。”他喉头又滚一下，嘴角却扬了一下，只一下，紧紧抿了唇。

神容从没见过他这样的神情，默默垂了眼。

“阿容。”裴少雍已忍不住遥遥出声提醒。

拉车的马动了动蹄，连带车也往前动了一下。窗格忽被一只手牢牢扣住，马车一顿，神容一怔，眼动了动，那是山宗的手。他修长的手指抓着窗格，手背上两根青筋凸起，看起来分外用力。

但下一刻，他的手又一下松了。

神容转头看出去时，他已策马离去，马上的背影消失得迅疾，她没有看见他的神情。

神容坐在车里，至此才动了下手指，心里极快地跳了两下，直到那道身影消失在眼里，才转过头。

“他就那样走了？”

“那自然，我早说了，他们没有来往了。”

裴少雍和长孙信骑马同行，低低交谈着这两句话时，队伍已经出了幽州。

裴少雍往后望了一眼，后面被护着的马车毫无动静。“他们明明已经和离了……”他自言自语一般低声道。

长孙信也往后方马车看了一眼，神容这一路上就没怎么说过话。他清一清嗓子，无事般小声笑了笑：“是了，你没听他自己都说，那就是几句临别赠言罢了。好了，不必再聊这个。”

裴少雍便没再多言，只是始终记着山宗那凌厉的一眼。那一眼甚至让他觉得，自己好似动了他的禁忌。

到了落脚的地方，车马停下。悠悠一声道观的晚钟声随着春风送出来，又随风传出很远。紫瑞挑开马车门帘，扶神容出来，眼前是那座熟悉的道观。神容看了一眼山门，举步先走了进去。

知观已经出来相迎，挽着拂尘在三清殿前的台阶上向她见礼：“难得贵人再访。”说话时他已瞧见后面有两个领头的男子跟着走入，先认出了长孙信，笑道，“原来长孙郎君此番也来了，想必另一位就是上次护送贵人的那位郎君了。”

神容被提醒了，抿唇，不自觉想起和山宗在这里落脚时的情形。

知观话音未落，已看清了走来的裴少雍模样，口呼一声“三无量”，讪讪一笑：“原来是贫道眼拙认错了。”

神容没应话，走进了殿内，却又记起上次在这殿中，自己捏着一根羽毛，沾着清水点过山宗肩头，为他去晦的情形。她转过头，吩咐紫瑞：“快去准备吧，我想尽早入房去歇着。”

紫瑞见她神色倦倦，不太耐烦的模样，屈膝称是，忙去安排。

裴少雍和长孙信一先一后到了她身边。

“阿容，怎么在这里站着，是要拜一拜三清？”裴少雍在她面前没表露先前情绪半分，脸上皆是朗朗笑意。

神容抬头看了看那尊高大的三清铜像，遮掩一般点头：“也好，拜一下吧。”

知观在门边向长孙信见了礼，听到这话，过来亲自为神容正了正蒲团，抬手做请。

神容敛衣跪下。紧跟着，裴少雍也在她身旁跪了下来，侧头看她。

神容安静地看着三清像，高高竖着的胡衣领口遮了脖子，如云乌发，如雪侧颜，脸上没有表情，眉目如画，美得明艳夺目。裴少雍忍不住又多看一眼，眼神都越发温和了。

知观拿着签筒过来，掂了三下，笑着送到神容眼前："贵人不妨抽支签。"

神容听到这话才发现自己不觉又恍了个神，看一眼签筒，伸手捻了一支。

往外抽时，知观问："贵人要求什么，是运程还是姻缘？"

连裴少雍都问了句："阿容要求什么，姻缘？"

神容手停了，忆起那句"和我重新做回夫妻"。

知观身还躬着，等着她发话。她忽将那支签推了回去："不必了。"说完起身，径自穿过殿内往后去了。

长孙信在旁安安静静看到此刻，看着神容离去的身影，微微皱了眉，感到有些担忧，他没见妹妹何时这样过，连日来都好似心思不在一般。但转头看到起身的裴少雍，他脸上就又笑了出来："没事，阿容素来不喜欢这些而已。"

裴少雍手上捏着神容刚抽出的那支签，笑了一下："真是可惜了，是支吉签。"

张威走到演武场里面，威武雄壮的操练号子正响。他挤去场边的胡十一身旁："头儿呢？"

胡十一朝前方努努嘴："忙着呢，劝你没事别去找他。"

张威朝那头望，山宗只穿了单薄的中衣，拎着出鞘的细长直刀，身影孤峭地站在场中央。

"怎么了，"张威莫名其妙，"为何不能找他？"

胡十一左右看看，凑到他耳边，拢着只手低低道："金娇娇走了！"

"啊？"张威愣了一下，"那这回头儿不一起去了？"

胡十一"嘘"一声，指一下那头，小声道："你傻不傻，能去还会这样？你是没瞧见他刚回来时的脸色……"他有些说不下去了，想着山宗刚回来时的模样。

山宗是一路策马疾驰入了军所，从马上下来时依然干脆利落，可脸上的样子是他从未见过的，眼神阴郁，表情紧绷，如在强忍着什么。

胡十一这样一个五大三粗的汉子见了都不禁揪了一下心，当时根本不知该说什么。最后只能硬着头皮上去唤他："头儿，回来了？"别的什么都不敢多问。

有一会儿，山宗才开口，像是松开了久久紧闭的牙关，连声都有些哑："去帮我盯着长孙家的队伍，我要随时知道他们到何处了，是否有消息送来。"说到此处，他忽然扯了下嘴角，喉结一滚，“算了，不会有消息送来，盯着他们的行程就行了。”说完就大步走了。

胡十一回想完，盯着场中叹口气，挠一下额：“真没见头儿这样过。”

张威又往那头看，山宗一步步走在场中，身披着渐渐暗下的暮色，转身时露出的侧脸表情冷肃。胡十一说得对，还是别去找他了。

场外忽来一匹快马，一个兵卒从马上翻下，入场中禀报：“头儿，关城斥候来报，有动静。”

山宗神情未变，手里的刀一提，收入刀鞘中，大步往场外走：“牵马过来。”

大约就是从他去了一趟关外开始，关城近来时有动静。胡十一已很麻利地动脚，第一个牵了他的马送过来。

山宗把刀抛给他，拎着胡服往身上一披，迅速穿好，革带一紧，翻上马背后又接过了刀，临要走，扯着缰绳停了一下：“到哪儿了？”

胡十一愣一下，反应过来他是问金娇娇，忙回：“到檀州了。”

山宗点了点头，手上紧紧抓着缰绳一扯，策马出去。身后几人快马跟上他。

胡十一伸着脖子，看他直往军所大门去了。刚才看他模样，差点以为他要去的不是关城，而是檀州。

道观里，一大清早，客房中就收拾妥当了。

神容坐在桌后，握着笔，在面前摊开着的书卷上细细记述。她去关外时，就是抱着在这祖传的书卷上新添一笔的打算，如今望蓟山那一段已经补上了。

停了笔，她垂眼去看那几行小字。晦涩不通的文句，除她之外无人能看透，关外的经历大概也是这样，那是她和山宗两个人的秘密。

“少主，怎么每到这道观来，便好似睡得不好一般。”紫瑞在旁小声提醒，一边接过了她手里的笔，免得余墨滴落到书卷上。

神容扇了扇墨迹，将书卷轻轻卷起来：“嗯，我先前还说再也不来这地方了。”

紫瑞道：“是裴二郎君着急回长安，才又想着走这条捷径。少主是不喜此处？”

神容收好书卷，起身出门：“总引我生梦之处，有什么好喜欢的。”

紫瑞听了暗自诧异，这么久了，少主竟然还记着来时的那个梦魇？

道观外面已准备好要启程了。神容走出山门时，恰好一对男女相携而来，正要进入观中。彼此擦肩而过，其中的女子忽而停步，继而朝她快步走来：“贵人？”

神容转过身来，台阶上站着眉眼细细、颇有风情的女子，在朝她笑着。她有些意外：“是你。”竟然是关外销金窟里遇到过的杜心奴。

“是贱妾。”杜心奴笑着向她福身，“本以为再也见不到贵人了，不想竟在此又遇上。”

神容问：“你不是该回长安了？”

“正是。当日多亏山大郎君和贵人相助，贱妾自附近的易州随商队回了关内，见到了出来找寻的夫君，因而耽搁了些时日，才逗留到了现在。今日途经此地，是特来这观中还愿的。”

神容往她身后看一眼，那里站着个身着青布衣裳的男子，和气少话的模样，料想正是她夫君了。

“贵人既然在此，料想山大郎君也在了。”杜心奴找了一下，“贱妾想当面再谢他一次。”

“不在。”神容看一眼周围，台阶下的山道上，一大群护卫在忙着套马装车，好在她哥哥和二表哥还没出来。

杜心奴有些惊讶地看了看她，面露隐忧：“莫非是山大郎君出事了？”

神容看她：“为何这么说？”

杜心奴低声道：“当日贱妾离开时，听那驾车的胡人说，他是孤身犯险一夜走遍了方圆百里，才凭着丝线索及时找到那地方的，莫不是后来回程时他遇险了？”

神容心中微动，一时无言。

杜心奴看她如出神一般，愈发怀疑，蹙起细眉：“倘若如此，贱妾无以为报……”

“不是。”神容打断她，“他没事，只是不在这里罢了。”

杜心奴先是意外，接着才松口气笑了：“那就好，否则岂非叫贱妾寝食难安。”本还想问为何他不在，却见山门里走出两个衣冠楚楚的年轻郎君，她止住话。

神容低声说：“走吧，之前的事不必在这里提起。”

杜心奴见那两位郎君直直走向眼前贵女，机灵地福身低语：“他日有缘，长安再与贵人相会。”说完走去丈夫身边，挽着他手臂，一同入观去了。

裴少雍先于长孙信一步过来，看了眼经过的杜心奴：“阿容，那是何人，与你说什么了？”

长孙信理着衣袍过来，接话道：“那是长安颇有名气的箜篌好手杜娘子，想必是问能否同回长安吧，否则她又不认识阿容，能说什么？”

神容顺着他话点了点头：“嗯，我拒绝了。”

离开那座道观后，用不了多久就可以离开檀州地界。神容坐在马车里，还回忆着刚见过不久的杜心奴，忽听外面一阵勒马声，收神抬头。

前方有一道声音道："檀州周镇将和新夫人得知长孙女郎过檀州，特地设下送行宴招待，派小人来请诸位贵客。"

长孙信随之驾马到窗格旁，看入车内："阿容，请帖上有官印，确实是檀州镇将的人，你如何说？"

神容兴致不高："随你们。"神容确实没多少兴致去接受周均和赵扶眉的招待，全随他们。

裴少雍也到了窗边："檀州虽然不是边防要地，但听说檀州这个镇将也曾在幽州一带作战多次，或许对我作策论有用，不如就去见一见。"

长孙信这下越发觉得他有决心了，笑道："二表弟可真够用心的，那便去吧，左右也耽误不了多久。"

檀州不比幽州，本身不大，所以就算他们这条捷径已绕过了檀州城，再折返也用不了多久。镇将府在城西，比起幽州团练使的官舍还要更小一些。

神容自车里下来时，周均已在门口等着，如以往般穿着那身泛蓝胡衣，一双细眼看着他们，身旁是绾了官妇发髻的赵扶眉。

"谢几位赏光。"赵扶眉先出声，福了福身，上前来请神容，"女郎请入内。"如今她已是一州镇将之妻，便不再称贵人了。

神容进门前朝旁看了一眼。周均向长孙信和裴少雍见了礼，请他们入内，却还朝她的队伍看了看，仿佛还应该有别人在一样。她当没看见，随赵扶眉进了府门。

厅内已经备好了酒菜。赵扶眉请三人入座，两手握在袖中，似乎有些局促，只因他们是京中贵人，怕准备得不够妥当。直到看见长孙信和裴少雍都风度翩翩，颇为温和，落了座也没说什么，她才算松口气。

神容坐去了长孙信身旁。

赵扶眉看她从见面到现在都是神情淡淡，不知怎么就想起了刺史府里和山宗道别时，他那副心不在焉的神情。

"坐吧。"周均忽然说。

赵扶眉收心，垂头跟去他身旁，在上方落座。

裴少雍坐在神容旁边的小案，已主动开口问起周均檀州情形。

"裴二郎君说笑了，檀州自然是比不上幽州。"周均开口道，"所以，过往这一带九州只会设幽州节度使一职，而不是檀州节度使。"

裴少雍闻言愣一下，不了解周均，也不知他是不是在玩笑，自己先笑了笑："幽州自上一任节度使李肖崮死后就不设节度使了，自然也不存在这些比较了。”

神容看过去一眼，周均那张脸上似乎永远没有什么温和神情，即便宴饮间也阴沉沉的，连话也说得不善，阴阳怪气，她只觉越发看不惯此人。看来赵扶眉当初说的是真的，他还真有心去争那个节度使的位子了。

长孙信对这些不感兴趣，趁着裴少雍和周均在说边防之事，凑过来跟神容低语：“过了这里，我便返回幽州去了。你可还有什么需要交代的？”

神容本就没动几下筷子，闻言更不动了。

长孙信看看她，皱眉：“阿容，你近来心事太重了。”

神容这才又拿起筷子：“没有。”

长孙信小声：“我是你亲哥哥，在我面前逞什么强？”

神容不语，一张冷淡的脸没有表情。

长孙信瞄瞄左右，只好不说了，又担心她这样回去长安更叫父母不放心。

忽听上方的周均问：“为何此番不见幽州团练使相送？我还道他这回又出了幽州。”

神容瞬间抬眼看了过去，连他身侧的赵扶眉都意外地看了他一眼。周均细长的眼落在神容这里，倒像是在问她。

裴少雍听到那称号，皱了皱眉，悄悄看一眼神容。

长孙信反应快，笑道：“料想周镇将与山使交情深才会有此一问，我们长孙家出行人员已足，就无须劳烦山使了。”

周均阴沉道：“侍郎错断了，我和那种人没什么交情，有仇还差不多。”

四下一愣，赵扶眉低低提醒他：“夫君……”

周均却没看她，脸上神情有点嘲讽。

只有神容在冷冷地看着。原来进门前看她的队伍，就是在看山宗在不在。想来是一场针对山宗的鸿门宴，却迎来了他们三个。

裴少雍又看了看神容，忍不住问：“周镇将此话何意，什么叫那种人？”

长孙信也有些讶异，不确定他是不是在说山宗和离弃妻的事，那倒宁愿他别提了，免得叫神容不快。

“哪种人？”神容忽然问。

长孙信倏然转头看她，仿佛没想到她方才还一言不发，此时忽就开口了。

神容盯着周均：“他是哪种人，周镇将何不大大方方说出来。”

“女郎。”赵扶眉觉得气氛不对，在袖中绞着手，勉强笑道，“夫君多饮了几杯，其实没什么。”

周均冷笑，原本是不打算说了，此刻被她问了，那张白脸就又转了过来："女郎既然想知道，那我就直言了，正好也可叫女郎看清他的真面目。"他脸上嘲讽更浓，显得脸色白中生青，一字一句道，"姓山的过往如何显耀，不过是沽名钓誉。当初他与我一同作战，根本都没有现身，就是个贪生怕死之辈，吾等军中之人最恨的㞞货。"

裴少雍和长孙信对视一眼，都很震惊，又几乎不约而同地去看身旁的神容。

神容端正坐着，冷冷地看着周均，眉目反而愈发显出艳丽来，许久，竟笑了一声，声音更冷："你若说他别的，我倒还能信，说他作战贪生怕死，未免让人笑话。"她霍然起身就走，"其实，你也不过如此。"

赵扶眉连忙唤："女郎。"

神容脚步不停地出了门。裴少雍错愕地看着她，起身就追，长孙信拉住了他："我去找她。"

裴少雍在院内站住了，人还惊讶着，为神容方才的反应。

厅内，周均脸上一阵青白，只因神容的那句"你也不过如此"。

赵扶眉在侧低低急语："纵然夫君与山使有仇怨，怎能在人前说这些，山使岂会是那样的人？"

他细长的眼一斜："她问了我便答了，看来你也不信，难怪婚前还特地向他道别了。"

赵扶眉怔住，没想到他都看到了。

周均冷声道："不信也没用，我说的是事实，否则你以为我与他的仇是如何来的？"

长孙信一直走到府门外，看到神容头也不回地踩着墩子进了马车。他朝车门边的紫瑞摆摆手，直接跟进了车里，一手放下门帘，回头就问："阿容，你方才在做什么？"

神容坐着，脸色仍冷着，胸口都在微微起伏："没什么，周均得罪过我，我只是看不惯他。"

"没什么？"长孙信压着声，脸色都严肃了，"你方才分明是在维护山宗！"

神容抿了抿唇，开口："他不是那样的人，他若是那样的，就不会去关外找我。"更不会像杜心奴说的那样，孤身犯险一夜走遍了方圆百里，仅凭着绿林的那点线索找到她身边。

长孙信难以置信地看着她："阿容，你可别忘了，你只是要叫他后悔罢了，现在是怎么了，难道你还要与他动真的不成？"

神容咬住唇，默然无言。她没忘，否则就不会走了。

望蓟山里。

一声急促的笛啸示警声后，又是一声，山林间人影纷乱。山宗站在茂密山林间。

他自从来了这里后，到现在还没有离开过，也没合过眼。脚边几个打扮成中原人模样的关外敌兵横七竖八地倒着，早就已经断了气，几乎全是一刀毙命。他手里的刀尖撑着地，沥着血。关外这次竟然派了一支精锐混了进来，或许还是因为他去了次关外。

军所里的几个兵卒小跑过来，为首的抱拳："头儿，全阻截住了，一个不剩。"

山宗提起刀："再搜一遍，加强戒备，别让他们发现矿山。"

左右抱拳领命。山宗转身出了林子。

矿眼附近，原本有几个工部官员奉了长孙信的命令在这里继续采矿冶炼，如今因为山里突然的动静，全都避开了。那里只剩下了那群重犯，聚在一起，工具只在脚边，如兽一般蹲着，眼神阴鸷地盯着他一路走近。

山宗停步，扫去一眼，因为调人阻拦关外敌兵，兵卒都散去了外围把守，防着敌兵接近这里，从而发现矿山。现在这群重犯谁都没有拿工具，也没有下坑去继续劳作的意思。

他沥血的刀尖点地，眼神凛起："谁准你们聚在一起的？"

人堆里传出未申五的一声阴笑，他就在一群人的正中蹲着："怎么，怕老子们了？"

山宗手里的刀动一下："你可以问一问我的刀。"

未申五怪笑着一动，被一只脏兮兮的手按住，是两鬓花白的甲辰三，他森森开口道："我们要见另外四个。"

山宗脸上愈发沉冷："你们凭什么跟我谈条件？"

未申五难以遏制般发出一阵怪声，左眼上白疤扭曲："这里开的是金矿！这么大的一个矿山，老子们未必还能活着出去了，谁知道你把他们四个怎么样了！"霎时间，兽性如被激发，所有重犯都起了身，锁镣铿然作响。

"那又如何？"山宗一双眼幽深如潭。

未申五又阴阴地笑："姓山的，狠什么，杀了这么久的人，是不是快没力气了？老子们忍了这么久，就等着这一刻呢！"

山宗活动一下发僵的手臂："杀你的力气还有。"

甲辰三挡了一下，没挡住，未申五忍无可忍地冲了上来。山宗横刀，身侧忽然飞来一柄开山的铁镐。其他重犯也动了手。

忽起暴动，远处兵卒一听到动静，迅速往这里赶来。

山宗被围，未申五不管不顾地用锁链缠住他手臂，还想锁他的喉，近乎癫狂一般，嘴里张狂地笑："姓山的，老子反正一无所有，有种叫你那些兵来杀，大不了鱼死网破！"

霍然人堆破开豁口，那道锁链被反缠了回去，山宗一只手臂勒住未申五，踹开身边一个扑来的重犯后，狠狠将他摔在地上，欺身而上扣住他脖子，另一只手一刀插在他脸侧，力气之大让刀身半截都没进了土里。

周围顿时止了动作，忌惮着退开。

山宗胸前胡服破开，喘气不止，盯着未申五阴狠充血的眼，他的眼里也如狂兽一般泛红："来啊！我也一无所有！你们就注定要跟我在这里耗下去，看谁先死！"

未申五已发不出声，脸色涨红，连眼里的阴沉都撑不住了。

兵卒们赶至，皆不敢作声，因为都没见过头儿这样的阵仗，骇然地上前制住重犯。

不知过了多久，山宗终于松开了手，指节都因用力在作响。

胡十一带着人匆匆来到山里时，已是觉得过了太久，忍不住赶来的。正要进山，却见山宗从里面走了出来，手里拖着刀，刀尖的血迹还没干透，胡服胸前破了一道，换了个人一样。

"头儿？"他有些畏惧地唤了一声。

山宗掀眼："到哪儿了？"

胡十一这次反应很快："过檀州了，想必很快就要到河东地界了。"

山宗嘴角扯了一下，紧紧抿唇，遥遥望出去。厚云遮蔽，不见日头，风自天边而来，从关外吹往关内大地。过了河东很快就是洛阳，而后就是长安。

他的确一无所有。

"点人给我。"

胡十一闻声一愣："头儿要人干什么？"

山宗低笑一声，声却干涩："我去追人。"

茫茫尘烟拖过路上，风吹过去后，一座高大的城门横在眼前。长孙信打马领先，带着队伍走到这里，摆了两下手，示意众人停了下来。

神容挑开车帘往外看。

长孙信从马背上下来，转头看她，兄妹二人对视，他脸上神情有些凝重。

檀州周均府外的那番谈话言犹在耳，他此时明白了叫神容连日来神思不在的罪魁祸首，着实谈不上轻松。“我该返回了，”他指了指眼前城头，“已到河东地界了。”

神容搭着紫瑞的手下来，走到他面前：“嗯，说好的只送过檀州，你已送出很远了。”

“我还不是不放心你。”他低低说。

神容没说话，多说无益。

裴少雍也从马上下来，见长孙信神情不悦，走到二人身旁：“表哥不用担心，我会照顾好阿容。”

长孙信也不好跟他说什么，只随口应了一声“好”，又看了眼神容。

裴少雍也看了看神容。那日在周均府上她的反应一直没人提起，只当没发生过，他便也只放在心里，故作无事地往眼前城门看去，忽觉奇怪：“城门怎么不开？”

朗朗白日，城门竟然是关着的。

神容往上看，上方守军当中一道身影晃过，紧接着下方城门缓缓开了。那道身影从城门内打马出来，少年身姿，身着甲胄，直奔到她跟前才停，跃下马：“嫂……”话音及时止住，他看了一眼长孙信和裴少雍，默默抱拳见礼。是山昭。

神容方才看到他的身影就认出来了，这里便是她之前回京时经过的那座城，没想到今日恰好是他亲自在城上。

长孙信是认得山昭的，脸色不大好，尤其是这时候见到，甚至还抬手按了按额角。裴少雍虽未见过他，但听那一声戛然而止的称呼，也猜出是谁了，皱眉不语。

山昭眼睛早已在他们队伍里转过一遍，没看到大哥身影，有些失望，看着神容问：“你们这是要过城？”

神容看一眼身旁不语的二人，点头：“为何城门关着？”

山昭道：“附近城中有两个落罪的官员纠集了家丁府兵闹事，已伤了多人，沿途各城落门抓捕，如你们这般的贵胄队伍最好不要此时过，免受波及。”

裴少雍眉皱得更紧：“此言何意，我们现在不能走了？”

山昭道：“最好不要此时走，这等小打小闹不消一两日就能平息，届时再走不迟，我这里有山家军守卫，可保各位无恙。”

“山家军……”裴少雍低低念叨，看向神容。

长孙信看山昭只是看着神容说的，那意思好似是因为有神容在才破例让山家军护他们的模样。他无奈低叹一声，却见城里打马出来了另一人，不禁意外：“你也在？”

打马来的是山英，穿着胡衣戎装，跨马佩剑，不细看还以为是个男子。她到了跟前，扫一眼三人："这么巧？"说着唇一张，就要开口唤堂嫂，却被长孙信及时竖起的一只手打住。

他一个习惯端着风范的翩翩公子都快朝她瞪眼了，山英见状，只好忍住，下马过来，扶住神容的手臂："山昭说的我已听见，你们便在城中稍作等待，我刚率人从附近城里过来，那点乱子很快就能平息。"

山昭见他们不开口，只好看着神容道："若诸位不愿，返回去等一两日也可，只要你们安全。"打他地界过，他不可能视嫂嫂安危不顾，一点小乱也不可冒险。

裴少雍道："我们只想速速回京，不想返回。"

长孙信看神容一眼，没看出她有什么神情，手抵在鼻下轻咳一声："你定吧。"

裴少雍也看了过来。

神容静静站了一瞬，率先往城门内走："那便在这里待着好了。"

裴少雍愣了一下才跟上去。

山昭立即朝上方挥了挥手，城上下来一队山家军，分列在门两侧，护他们入城。

山英要跟上去时见长孙信在后面一手牵着马，好似有些犹豫一般，奇怪道："你不入城？"

长孙信看看她，又看看往前走的神容，思来想去，还是改了主意："我自是要等阿容走了再回去。"说完牵着马跟了过去。

山英看着他走远，回头悄悄问山昭："可有见到大堂哥？"

山昭摇头，低声道："我也以为能见到，这回却没见他身影。"他说着又往前看神容的背影，"我瞧着嫂嫂这次来也跟上次不同，脸上一丝笑容也没有。"

一行人马快马加鞭，阵阵马蹄奔过河水，沾着山林间的尘泥枯叶，踏过颠簸不平的荒道捷径，以最快的速度，横抄向河东地界。远远能看见城下时，众人勒马。

胡十一喘着粗气道："头儿，城门关着啊。"

山宗一马当先，远远看着那道城门，心沉了下去，只有胸膛还因急赶而起伏。

"他们怕是已经过去了。"胡十一小心看他一眼。

这一路简直是翻山越岭过来的，出幽州已很远了。以如今山里的情形，胡十一知道他根本不能走远，不过是挤出仅有的一点空隙赶来，没想到还是慢了一步。再往前追，怕是不行了，并不能外出太久。

山宗扯缰打马向前，黑衣随风翻掀，始终面朝着城门，不发一言。

城中守军住所里，山昭刚着人安排了几位来客的住处，便要率人去平乱处。匆匆出去时，在廊上撞见堂姐山英迎面而来，正朝他招手。

山英此番是从洛阳赶来与他协调应对那点骚乱的，此时回来与他换岗守城，由他去后方平乱。所以，山昭见状便以为是平乱的事，快步走过去问：“怎么了？”

山英拢手在他耳边低语两句。

山昭闻言脸上便有了笑：“真的？大……”

山英“嘘”一声：“别说出去，在城头上就能看到。你该做什么就做什么，我去找堂嫂。”

山昭点头，想起自己还有事在身，有些遗憾地叹口气，继续往外去了。

神容就在当初住过的那间阁楼里。长孙信刚刚送了她进去，走出阁楼，便听见迎面而来的一声唤：“舅哥。”

他抬头，毫不意外地看着走来的英姿飒爽的女子，皱眉道：“你怎么又给忘了？”

山英走到他面前：“是了，我总记不住。”说着看他一眼，“那我该唤你什么？”

长孙信理一理衣袖，负手身后：“我字星离，直呼即可。”

山英道：“只怕这么叫会让你觉得我山家人不够礼敬。”

长孙信没好气道：“或者你也可以尊称我一声长孙侍郎，便够礼敬了。”

山英想了一下：“那还是唤星离好了。”她抱拳，“我守城刚归，去里面看看神容。”

长孙信这回没听她再唤“堂嫂”，才没说什么，等她进去了，忽又觉得直呼自己的字有点亲近，不自在地清了清嗓，转身走了。

神容正坐在桌边，听着紫瑞报那点骚乱的由来——

“东来去打听了，据说圣人又动了先帝的老臣，这里闹事的是他手底下被一并牵连出来的两个地方官，有山家军在，眼看着就要平息了。”

神容“嗯”一声，难怪山家重视，派山英来协助山昭，原来是新君的事。听起来不是什么大事，她想，那应该很快就能继续上路了。“出去吧。”

紫瑞本是想说这些叫她分个心，却见少主仍是有些心不在焉的模样，只好退了出去。

室内安静了没多久，门就被敲响了，山英的声音响在外面：“是我。”

神容看一眼房门，起身走过去，拉开门。

山英绑着男子发髻的脸转过来，开门见山：“我有个地方，想请你随我去一趟。”

天色将暮，晚霞尽敛。因为附近城中那点骚乱，这座城中的百姓早早闭户。大街安宁，只有两匹快马奔过，留下一串马蹄声，直至城门边，齐齐停住。一队山家军早得到吩咐，缓缓将城门半开。

神容坐在马背上，身上披着件薄绸披风，揭去头上兜帽，看一眼身旁："来这里做什么？"

山英稳着自己的马，朝城门外一指："你为何不自己去看看？"

神容转头看出去，轻轻一夹马腹，缓缓穿过城门。

暮色四合，城外一片寂静。灰蓝的天，云往下坠，风自南往北吹去。神容的目光也随风而去，忽然看见风里马上的男人，在暮光里身姿挺拔，这场景亦真亦幻。她怔了怔，下了马往那里走了两步，心想是自己看错了？

下一瞬，那道身影忽然动了，策马直奔她而来。他的身后，露出一队军所兵马。

隆隆马蹄声到了面前，神容仰着头，清楚地看到他的脸，才发现是真的。山宗从马上下来，一步一步走到她跟前。

"看来不用我穿过河东去追了。"他声音有些暗哑。

神容愕怔地看着他："你是来追我的？"

他笑了，嘴角却扯了又抿起："没错，我便是这般动用兵马以权谋私，谁叫我是个坏种。"

神容一时眼里只有他的脸，语气却轻飘飘的："追来做什么？"

山宗只换了身完好的胡服，就赶来了她面前，额前散了一缕碎发，遮着疲惫的双眼。他声低下去："追来的不是什么山家大郎君，只是如今的幽州团练使，或许什么也做不了。"

神容说不出话，盯着他衣领，他的颈边似有汗水，大约是赶来得太快了。

她抬起头，目光里，山宗的眼压着，似已泛红，嘴角却提了起来，露出了笑，许久才松开牙关，喉头动了动，声更暗哑："我说过全看你，如今追来，大概是心还未死。你何时给我一个确切的答复，或可叫我彻底死心。"

神容愕然地看着他泛红的眼，见过他的张扬，却没见过他这样的眼神，即使此刻他也在笑。"你只为了这个？"

"我还能要什么？"他笑着反问，似乎还是以往那个山宗。

只能这样，他不能跪下来求她，如果要让他死心，就彻底一些。"你我之间，只有你能如此轻巧地揭过。"他哑着声说。

神容手指捏着披风衣摆，被风吹得没有了思绪。

山宗没等到她的回答，嘴边的笑反而更深了，只有眼里没有笑："说不出口便递个消息，反正我永在幽州。"他霍然翻身上了马，一手紧紧抓着缰绳，"放心，今日的事此生都不会再有第二次了。”

天光暗下时，神容眼里只剩下他远去的身影，策马极快。他的兵马立即跟上，似乎早已没有时间。

他就如同一道幻影，在缝隙里挤来，又回去。

兵马蹄声如雷，踏过河水，疾驰到半路，骤然停下。山宗扯马回望，暮色将一切掩盖，女人的身影早已渺小到不在眼中。

胡十一急急勒住马，回过头问：“头儿，怎么停了？咱们时间不多，经不住耗了。”

“没错。”他笑一下。这一趟其实不该出来，他现在理应守在关城或者山里，是他硬挤了时间出来。他就该待在幽州，永不出幽州，而不是为了神容，一而再，再而三地破例。

胡十一按着不断刨地的马，寻思着他刚才莫不是还有话没有跟金娇娇说完，想了想道：“下回说也一样，金娇娇一定还会再来的。”

山宗笑出了声，扯着马回过了头，暮色里看不清他的神情，只有马上微微倾斜的身姿看起来一身不羁。

胡十一还以为是自己说对了，跟着笑露了牙。

“走吧。”山宗打马向前。

忽然远处映出飘摇的火光，他霍然转头。

“那是什么？”胡十一惊讶地看过去。

河东一带的城镇都很密集，这座城的后方就是连带的几座小城，彼此相隔不过几十里。此刻从那几座小城的方向远远来了一片火光，直往这里的城移来。随风送来的是火光里隐约的人声。

“头儿，有乱啊这是。”幽州曾有过比这情形乱上百倍的境况，胡十一并不陌生，几眼就断定了。

山宗眼神扫向身后，去找那道身影。

“咱们可要出面？”胡十一又问。

“不必。”山宗说，“这里不应该出现幽州军，你们都去前面等着，我独自去。”他自马腹下一把抽出自己的刀，奋力策马回去时，在心里想，这大概是最后一次了。

神容牵马回城的时候，手指才松开揪紧的披风，手下那片衣摆早已皱成一团。

山英从门里迎出来，昏暗里小声说：“大堂哥等了你很久，我自城上看见他手下的人一直都未下马，时刻就要返回的模样，想来很赶，他能追来找你，一定极其不易。”

神容想起山宗疲惫的脸，又想起他匆匆而去的身影，只“嗯”了一声。

山英还想说什么，后方忽然传来擂鼓声。她回头看了一眼，高声喊：“戒备！”

后方大街上，一队山家军快速冲来。为首马上的正是山昭，一冲到面前便道：“乱子往这里来了，我干脆开了西城门等他们，等他们来了就彻底平了！”

山英随机应变，马上又喊：“落城！”

城门边的山家军马上有所动作。

山昭早已留心城门边的神容，赶忙吩咐左右山家军：“还不来人护卫我嫂嫂！”

后方一大片火光已出现在视野中，夹着嘈杂混乱的人声和脚步声、马蹄声。神容被护着往城内走了几步，眼前城门就快合上，忽有一马冲入，惊得她身前的山家军纷纷亮了兵器。马上的人一跃而下，亮兵的山家军顿时又退下。

身影高拔的男人已走近眼前，神容抬头，眼神惊讶地落在他身上。他居然又回来了。

山昭飞快从马上跃下，跑了过来：“大哥！”

山英也小跑了过来：“大堂哥。”

山宗往渐渐接近的火光看一眼：“多久能平掉？”

这一句如同军令的沉声发问，山昭已多年不曾听见，顿时就如受训的兵一般，抱拳回：“最多一个时辰。”

“那就一个时辰，你们放心平乱。”他一手抓住了神容的手腕，“走。”

神容被他拽了出去。

城门已关，城中日暮时就各家闭户，如同空瓮，正好捉鳖。山宗大步走到无人的街角，发现一间铺子的后院门虚掩，拉着她进去。

神容站在昏暗的墙根下，刚刚走得太快，呼吸有些急，手腕还落在他手里：“你不帮他们平乱？”

“这是山家军的事，他们能自己解决。”山宗抓紧了她的手腕，“我只管你。”

神容心跳快了一拍，他是特地为她回来的。她抿一下唇，低声说：“我以为你已经走了。”

山宗脸朝着她，“嗯”一声：“我本来是该走了。”

一时无言，只剩下外面的动静。火光近了，是火把的光。四处都有嘈杂的呼喝声和脚步响在街上。远处是山昭下令的声音：“围！”刀兵声紧接着传来。

山宗本来一直握着她的手腕，忽然松手转身，把刀抽了出来。

刚冲入院门的一个人倒了下去，摔倒在门外，连同手里的火把也落在地上。山宗一把合上院门，刀在门后一架，闩住门，又走回来，一手在神容腰上一揽，将她送上一旁铺后稍高的廊上。

神容被方才差点闯入的人弄得心还在急跳，山宗搂得太紧，两人的身体就贴在了一起，彼此的脸也相对，能嗅到对方的呼吸。院外忽明忽暗的火光映在他身后，好似一层遮掩，他深邃的眉目也忽明忽暗，鼻梁下错落着深沉阴影。山宗忽然松开了她，低低沉沉地笑一声："放心好了，你不情愿，我还不至于强迫来碰你。"

神容身前一空，微微喘着气，看着他。

他走到院门口，拿了门上的刀，忽然开门送了一刀，又一把合上门扉，手臂似抵门很紧，肩背在院外不明的亮光里绷紧拉直，背对着她站在那里，如同守卫。

她看着他的身影，忽然想起关外的情形。那时候的他有多肆无忌惮，如今就有多克制。

院中像是与外面的骚乱隔绝了，只剩他们彼此在这里离了一截站着，越来越沉的夜色里没有一句话语。

"合！"外面遥遥传来山英应对山昭的军令。

神容一直站在廊上。山宗也仍在门边站着，除了偶尔开门解决试图躲入这里的乱贼，一直守着门。刀上又染了血。

杂乱的声响渐渐远离，变小，头顶已是一轮明月高悬。

不知过了多久，他终于松开了按门的手，一手拿了刀，转身走过来："乱子平了，可以走了。"

神容的手腕又被他握住，跟着他的力道走向院门："耗了一个时辰，你岂不是更赶？"

山宗停下脚步，手搭在院门上，回头看她。原来她看出来了。

"时间是很赶，"他说，"也无所谓更赶一些。"

神容站在他身前，从他黑漆漆的胡服衣领看到他薄薄的唇："匆匆追来只为了一个答复，值得吗？"

山宗唇扬起，笑了："值得，我从来不做不值得的事。"

神容眼光凝结，他永远是个如此笃定的男人。

外面响起一阵山家军行军经过的齐整脚步声。

山宗再开口，声音仍有些疲惫低哑："我真该走了，能说的都已说了。"

"能说的？"神容轻声问，"你还有什么不能说的？"

山宗握着神容手腕的手似用了力，脸转过来："是还有一句，但你未必敢听。"

神容不自觉问："什么？"

"你敢听？"

她心口莫名一紧，大约是因为他的声音太沉了："哪一句？"

山宗忽然松开她的手，手里沾了血迹的刀收入鞘随手扔在脚边，夜色里响起铿然一声。而后他退后一步，整衣束袖，身姿挺拔地正对着她站好，抬起两手抱拳："幽州团练使山宗，愿求娶长安赵国公府贵女长孙神容。"

神容抬头，心头仿佛被猛然一撞，怔怔地看着他。原来这就是他没有说出口的话。

院外不断有吵闹的脚步声经过，院中只剩下了安静对视的两人。

山宗脸上影影绰绰，缓缓站直，自嘲地笑一声："听到了？我说完了。"

神容轻轻"嗯"一声。

山宗再没听见她开口，身体在月色下绷着，心里越发自嘲，回头一把捡了刀，过来抓住她手腕，拉开院门就往外走。

神容跟着他走出去好几步，一手悄悄按在突跳的怀间，才能若无其事般开口："那你为何先前没说？"

山宗脚步一停，回头，声音压着："倘若你给我半丝回音，我早就说了。"

街上四处行军声和喧嚣声未息，神容却能听见他沉沉的呼吸。他紧紧扣着她的手腕，一把将她拉到跟前，低头看着她，声音更低哑："我已有些瞧不起自己，所以你还不如给我个痛快。此后我永在幽州，你在长安，再不相逢。"最后四个字几乎一字一字是挤出牙关的。

他什么都没有，一身的放浪形骸，今日在她面前肃容求娶，只求她一个青眼，不能再折腰下去了。如果还是要继续一无所有地守在幽州，那就干脆点，痛快点。

远处，一队山家军举着火把朝这里小跑行军赶来。山昭的声音遥遥在唤："大哥，可算找到你们了，没事了。"

山宗松开了手，声音低低地压在喉中："还是等不到你当面答复是不是？既然如此难以直言，你就此走吧。"他退开，最后看了她一眼，转身就走。

神容看过去时，他已隐入暗处不见，她握着被他抓了太久的手腕，提着的心还未平静。

山昭打马到跟前，已不见山宗身影。他从马背上下来，叹气："堂姐说大哥匆忙我还不信，果然是赶着走了。"说着来扶神容，"嫂嫂没事吧？"

神容忘了他的称呼不对，只摇了摇头："没事。"

这一个时辰像是多出来的，无人知道有人来过，有人走。城中被迅速清理干净，一点小骚乱，早已平息。

次日一早，长孙信走到那间阁楼下，问门口守着的紫瑞：“昨夜阿容可有受惊？我与二表弟来找她时，楼上都熄灯了。”

紫瑞看一眼旁边的东来，屈膝回：“少主昨晚睡得早。”

长孙信点了点头：“去请她起身吧，骚乱平息了，可以走了。”昨夜城中果然不安宁，听了山昭的话在这里留了一下倒是应该的。

紫瑞听命上了楼去，先听了一下动静，才推开房门，进门却是一愣，神容正端坐在桌前，身上还穿着中衣，手里握着书卷，眼神却落在地上，不知在想什么。

“少主早就醒了？”看着倒像是根本未睡。

“嗯。”神容抬起头，“该启程了？”

紫瑞称是。

她垂眼，慢慢收起手中书卷，心思似才回来。

阁楼外，有护卫来报裴少雍已在催促，长孙信吩咐等等，再往阁楼里看去，神容出来了。她系了披风，描了妆容，如平常艳艳一身光彩。

“走吧，二表弟在催了。”长孙信道。

行至廊上，山昭一身甲胄赶来相送。

“嫂……”到了跟前，险些又要改不了习惯，他看见长孙信，硬是忍住了，看看神容，垂了眼，“你们这一走，怕是不知何时才能见到了。”

长孙信临走，便也客气起来：“突然如此伤感做什么？”

山昭道：“这几日的骚乱说大不大，说小不小，惹了圣人不快却是真的。河东一带要整顿吏治，为了防范他们与长安旧臣再有勾结，短期内只允许长安来客从这里回去，便不允许再来了，所以我才这样说。”

神容立即看过去：“不许长安的来？”

山昭点头。

她蹙眉：“短期是多久？”

“至少也要数月或者半载之久。”

长孙信不禁暗暗腹诽，新君至今也是谁都不信任，竟将所有长安人士都隔绝在外来整顿。忽然发现身旁没有声音，他转头看去：“阿容，该走了，这于你又没多大妨碍。”左右她回去后也不用再来了。

神容手指捏着臂弯里的披帛，没有动步，许久，却转身走去了廊柱旁：“哥哥，我有事与你商议。”

长孙信看一眼暗自惆怅的山昭，跟过去：“何事？”

神容缓缓抿了下唇："我要返回幽州。"

长孙信瞬间惊愕："你要什么？"

神容凛凛神，又说一遍："我要返回幽州。"

她要去给个答复。

第十三章

分钗合钿，破镜重圆

约莫过了两刻之后，山英来到廊下，只看到长孙信在廊柱下站着，一袭月白圆领袍齐齐整整，衬得他面如冠玉，那张脸却沉着，两手负在身后，好似在生闷气一般。

山英边走边唤:“怎么了，星离？”

长孙信乍一听到有人这么叫自己，还如此自然，立即转头，见到是她，才回过味来是自己让她叫的，多少还是不太习惯，没应声。

山英倒是不以为意，来到跟前，见这一整条廊上就只他干站着，奇怪道:“为何只有你一人在，神容呢？”

她不说还好，说了长孙信脸色便更不好了，一拂袖，侧过身:“莫要跟我提这个，眼下都不想见到你们山家人！”

他向来温和有礼的，还没见露出这般模样过。山英变了脸，反倒走近一步:“你这是何意，我好心询问，是哪里惹到你了？”

她也穿着圆领袍的男装，束着男子发冠，冷不丁靠近，只比他矮半头，英气逼人。

长孙信有些措手不及，不禁往后退了一步，也无心与她计较:“算了，与你说不清。”

“那神容呢？”山英追问。

“走了！”长孙信转身就走。

山英听了觉得古怪，跟上了他的脚步。过了回廊，入了往大门去的开阔大院中，正遇上领着几个随从走来的裴少雍。

“表哥，阿容呢？”裴少雍快步走来，身着胡衣马靴，系着披风，一副早就收拾好要上路的模样，“我等你们许久了，方才听到外面有动静，好似也有其他人自这里上路走了？”

长孙信脸上勉强挤出笑:“那不是其他人，那就是阿容。”

裴少雍顿时变了脸色："阿容？她去哪里了？"

"她……返回幽州了。"

"什么？"

一旁跟来的山英也投来了惊讶目光。

长孙信一手在他面前虚按两下，安抚一般道："没事，是我突然发现山里有些事没办好，让她替我回去看一看情形罢了。"

裴少雍眉心皱起，神情有些沉郁："莫非她是不打算回长安了？"

"回，自然要回长安的。"长孙信又堆起笑，"就是中间离开一阵，我们等一等她便好。"

"是吗，那就好。"裴少雍这才如往常一般笑了笑，只不过转瞬即逝。当日周均府上，神容的反应他始终记在心里，他直觉神容忽又返回是与山宗有关，却又宁愿相信只是长孙信说的这样。

山英此时才忍不住发话："那二位是否还要上路？我可以护你们一程。"说着看向长孙信，"我上回答应过你，下次要再保你一回行程的。"

长孙信看了她一眼，没料到她竟不是随口一说，还记着呢，但仍是没什么好情绪，心想谁要山家人保行程："不用，我就在这里待着等她！"

山英听说神容返回幽州正暗自高兴，也不知是不是因为大堂哥追来的缘故，欣然接受："好，你们想待多久都行！"

长孙信更是气闷，按按眉心。谁要待久，他现在只想越早走越好，都不知要如何向父母交代，满心都是愁！

一旁裴少雍已走神许久，最后朝大门外看了一眼，默默往回走了。

此时城门处，山昭刚刚命山家军打开城门，亲眼看着队伍出了城门。

他到此时都还觉得意外，本以为会很久都见不到他嫂嫂了，没想到她与长孙信商量了一番，忽就请他开城，说要返回幽州。

方才送行到此处时，他下了马，去车前小声问了一句："可是因为大哥来过？"

神容隔着车帘，语气淡淡："因为我自己。我自己做过的事，自己担当。"

山昭没听明白，只觉得她口气坚定，与刚来时带着心事的模样截然不同，仍是当初认识的那个意气风发的嫂嫂，退开几步，目送着她上路。

东来在先，长孙家的护卫左右开道，护送着当中马车离城而去，直出河东，继而向北，回还幽州。

一队兵马跨入幽州，已是数日之后了。

众人勒马，几乎整齐划一地下了马，原地休整。道旁竖着界碑和幽州旗幡，旁边席地围坐了一群兵。

胡十一拿着干粮水囊走到山宗身边：“头儿，到了咱的地界就不必担心了，你好好歇会儿。”说着将水囊递给他。

山宗背靠界碑大石而坐，一手搭在膝头，一身随意，更显出几分疲惫，伸手接了水囊，拔开塞子仰头灌了一大口，才“嗯”一声。

胡十一在旁边盘腿坐下，看看他脸色：“早知州中无事，倒不必这么急着赶回来了，头儿你这回话说完了吧？”

“说完了。”山宗懒洋洋地靠着界碑，背枕着“幽州”二字，嘴角扯开，“有没有事都要尽快回来，我就该扎在这里。”

胡十一便又记起了他不出幽州的那个规定，塞了块肉干进嘴里嚼着：“既不能出幽州，头儿又何必破例去这一趟。”依他看，有什么话，还不如就在幽州等着金娇娇下次来的时候再说。

山宗又喝了一口水，将水囊塞上，抛还给他，喉结滚动，把水咽了下去，又扯了下嘴角：“有很多事，明知无望也要去试试，无憾也是要等做过了才能说的。”

胡十一肉干都忘了嚼，他跟随山宗三年，从没听他说过这种话，竟有种交心之感。可觉得他说的是金娇娇的事，又像是别的事，一时摸不着头脑。再看过去时，山宗已经靠在界碑上合眼暂歇：“过一刻叫我。”

“成。”胡十一不多说了，继续嚼肉干琢磨。

然而没到一刻，便有一个兵跑了过来：“头儿，后方有动静。”

山宗瞬间睁眼，撑刀起身：“什么动静？”

行军惯常要一路听着四方动静，前后都会有斥候探路和殿后。赶来的这兵是后方的，抱拳道：“有人快马追着我们的路线，远远探过他们模样，是护卫装束。”

胡十一站起来，一口吐出肉干：“别是周镇将的人吧，咱这都出檀州了！”

山宗想了一下：“盯着动静，随时来报。”

那兵领命而去。

山宗提刀上马，下令众人上路回城。

一晃又是数日，马车还行在路上。

神容习惯使然一般，在车中坐着，膝头摊着书卷，看了一段，又收了起来。

车外紫瑞道：“少主，东来回来了。”

紧接着就传出东来的声音：“少主，追了三日也没能赶上，他们速度太快。”

“嗯，无妨。”神容不在意，她也不是来追赶他的。她往窗格外望，看到了边关景象，一如初来时一般，苍茫雄浑的河朔大地，连绵起伏的山脉，如蒙了层苍凉的雾。前方是平直无人的驿道。神容收回目光，知道就快到了。

忽有一阵马蹄声包围而来，迅如疾风。马车骤然一停，外面的护卫也纷纷停下。

“少主。”东来低低呼唤，如同提醒。

神容掀开车帘，探身而出。

他们的队伍停在驿亭的几座房屋旁，外围是一圈军所兵马，山宗自人群中现身，身挺背直地坐在马上，盯着她，黑漆漆的眼几乎一动不动。

马车里探身出来的女人襦裙在风里翻掀，风姿独秀，如梦成真。

胡十一在旁嘀咕：“合着咱这些天盯着动静，盯来的是金娇娇啊。”

山宗这才确信是真的。

神容也看他，没有想到，不等到幽州，他们在此便已相逢。

“很意外吗？”她轻声问。

山宗才终于动了动黑沉的眼，颔首，喉头微动：“确实。”

神容抚过衣摆，在车外站直，看着他：“我来给你答复。”

山宗抿唇，抬了下手，胡十一顿时带领兵马往后退远。东来也带着紫瑞和护卫们向另一头退避。

山宗下马，抛开缰绳，盯着她看了一瞬：“什么样的答复需要你亲自返回来说？”

“自然要亲口说，”神容轻轻哼一声，声音也轻，像说给自己听的，“否则，我怎能甘心？”

山宗低头看一眼自己被日头拖出的斜长薄影，身体依旧站得笔直，抬头时已然平静：“说吧。”

神容望着他，挽着披帛的手握在身前，缓缓抬起下巴，居高临下，眼神睥睨：“求我，或可考虑再与你做夫妻。”

山宗倏然抬眼，她依然那样盯着他，眼神清亮，声音似还留在风里。

她在等着他说话。

山宗盯着她，抱刀臂中，嘴角牵起，渐渐露出一抹痞笑：“你何不到我跟前来说？”

神容斜睨着他的眼神微转，与他互不相让地对视，他脸上的痞笑仿若更深了。她霍然一手提衣，踩着墩子下车。

脚还没踩到地，面前已走来男人大步而来的身影，她的手被一把抓住，人被拉着，快步走向道旁驿亭房屋。那是一间灰旧的矮屋，一进去，她就被山宗拽到了跟前，直扑入他怀里。

“真的？”他一手牢牢搂在她腰后，低头沉声问，“你说的是不是真的？”

神容被他抱得太紧，抬头，额角擦过他的下颌，他脸上还有未消的疲惫，眼下带着青灰，下巴微微泛青，唯有眼里嘴角的笑如以往一样，既邪又坏。她看了两眼，声音不自觉放得轻缓：“你这是耍花招，这算什么求法？”

山宗“嗯”一声：“这不算，我的求娶算。”

想到他那晚的求娶情形，神容没说话了。

他的声更沉了：“所以是真的了。”

神容看着他的脸，有一会儿才说：“你就不怕我还是在报复你？”

山宗痞笑的脸近了，抵着她的额，看着她的眼：“来，那就报复我。”

只报复我。

下一刻，神容唇上一热，他亲了上来。

她一手揪着他的衣袖，一下抓紧了，是他亲得太重了，恨不得用上全部力气一般。她抬高脖子，脸上蹭过他泛青的下巴，微微发痒，早已来不及呼吸。陡然轻轻吸到他唇上，霎时腰被按紧，山宗张嘴含住了她的唇，她指尖都麻了一下。

外面，胡十一带着的人和东来领着的护卫在道上一头一尾相望，没人吭声。许久才看见那两人从屋里出来。看见了也只能当没看见，因为金娇娇是被他们头儿抓着手带出来的。虽然出来很快就放开了，胡十一还是瞄到了，赶紧转头看天，装没看见。那一头的东来在看地。

山宗托一下神容的后腰，送她上车，握了一下她的手臂。神容回头，唇上还鲜红欲滴。

山宗看了一眼，嘴角动了动，看入她双眼：“当初那份和离书，你若还收着，就取来。”

神容立时淡了脸色：“你还提那个。”

他收敛了笑：“总要解决的。”

总不能当没发生过。

官舍里，那间主屋中。

神容拿着块湿帕子，擦了擦脸，似也把一路赶来的风尘擦去了，往门外看一眼，还能远远看见广源在院门口与山宗窃窃私语的模样。刚回到官舍时他便是忍不住要说话的模样了，本来她走了又折返也很奇怪。

她又慢慢擦着手指，转开眼。

“郎君竟然将贵人带了回来，我险些以为自己眼花了，莫不是……”外面，广源抄着两手，欣喜之情无以言表，“莫不是我想的那般？”之前贵人再来时，他见郎君匆匆赶出军所去，便有些猜想了。

山宗将刀扔给他，提了唇角：“嗯，就是你想的那般。”

广源抱着他的刀，愈发欣喜，山宗已自他眼前走了。

走进主屋，神容正坐在榻上，转头朝他看了过来。

山宗扫了一眼，这屋中的陈设依然与在山家时他的住处类似，他住入军所这么久后头一回再进来。偏偏这里还多了个神容，走进来时，有一瞬竟像是走进了另一个山家。

他只在心里过了一下，径直走到了神容跟前，看到她的唇，饱满红润，到此时下唇都还有一块出奇得鲜红，那是他狠狠揉碾过的痕迹。

神容看见他的眼神，不自觉抬手轻抚了一下，目光动了动，落在身前他紧束的腰身上，又移开。

山宗低声问：“是我力气用得太重了？”本来没想这样，没能忍住，他当时也不想忍，现在想来或许应该轻一点。

神容耳后微热，面上却神色淡淡，轻声说：“少得意，你不要以为我给了你这话，便是注定落于你掌心一生一世了。”

山宗看着她的脸色。从他提起那封和离书开始，她便是这般神色，显然对过往还有不快，只是嘴硬不明说，他心里有数。

确实，就算是成了婚，不也可以随时离去。长孙家的娇女长孙神容，骄傲尊贵，谁又能勉强得了。他嘴角提了又落，没能笑出来，站在她的身前，低头看她：“那要如何才算？”

如何才算注定落在他掌心，一生一世。

神容扭过头：“那全凭我来定。”

刚说完，却觉他身影近了一步，她的裙摆被他一条腿贴紧压住，山宗倾身，一手撑在榻沿，一手拨过她脸，干脆又在她唇上重重含了一下。

神容错愕地对上他眼，唇上微微生辣，抵到的舌尖微麻。

他沉幽的眼盯着她，勾着嘴角：“你定，会有那一日的，或许你也会向我低头。”

神容被他沉甸甸的语气弄得心跳略快，不自觉就想咬唇，又碰到下唇，疼得蹙了下眉，松开，想说“想得美”，目光正撞上他的双眼。

山宗眼神坚定地与她对视，拇指忽在她唇上抹了一下：“能待多久？”

神容似吻过了他拇指，方才不慎咬到的辣疼没了，反而唇上更麻，抿了一抿，才将思绪转回来：“我哥哥只答应给我半个月的时间，路上一来一去便要耗了大半，已没两日了。”若非如此，长孙信根本不会愿意放她返回，这已是他能答应的最长时限。

山宗其实料到了，她嘴上虽硬，这一趟却还是来了，心里就像被什么戳了一下，又涩又麻。

神容看到他目不转睛的眼神，轻哼一声：“都说了叫你少得意。”

他笑一下，站直身，想起她说的没两日，笑又没了。

外面传入广源的声音，隔着门远远地问：“郎君，军所的人还在外面，可要先打发了他们回去？”听他那语气，分明就是希望山宗打发了军所的人，就在此待着。山宗脚下动了一步，没应话。

神容看他一眼，会了意：“你还有事在身？”

“嗯，你来之前我一直在山里守着。”

回到幽州后他就一直在望蓟山里亲自镇守，直到他安排听动静的兵卒又来报，才带人赶去，及时碰上了她。

“那你还不去。”神容从怀里拿出装书卷的锦袋，作势要看书。

山宗看了眼外面的日头，又看了眼她手里的那卷《女则》，声沉了沉：“那我先走，回头再来。”

“随你。”她的语气轻描淡写。

山宗看着她长长的眼睫，白生生的侧脸，转身往外走了。

神容这才朝房门看了一眼，往后斜斜一靠，倚在榻上，其实没看书卷，一个字也没看。

明明看到他赶去河东那般匆忙就知道他应是十分忙碌的，何必特地回来。她想早知倒不如就递个消息来，来后还被他提起那和离书来，惹出心底的旧账。但听到可能数月半载无法再来，便先有了决定，她撇了撇嘴，说不出心里什么滋味。

山宗走到廊上，接了广源拿来的刀，看他欲言又止不大乐意的模样，摆手叫他退去。

等他退走了，自己却又没走，回头往主屋又看一眼，回想着她的那句：“少得意，你不要以为我给了你这话，便是注定落于你掌心一生一世了。”山宗唇抿成一线，又想笑，手指摸着刀柄。

说了他日定会叫她不再嘴硬，但眼下，留给他们相处的时间都没多少。他手指点了点刀鞘，脚下还是没动，忽又转身走了回去。

神容刚将书卷收起来，突然听见利落的脚步声过来，抬头就见山宗进了门。他直直走到了她跟前，一手伸来，握住她胳膊。

“你不是刚走？”她惊讶地看着他。

山宗拉她起身，痞笑着：“我这个镇人的，缺一个镇山的，所以你跟我一起去。”

既然时间不多，那就一起。

望蓟山眼下又多加了人手，重重看守。

胡十一早就到了，蹲在树干底下跟张威嘀咕当时驿道上的所见，听得张威一愣一愣的：“真的假的？”

胡十一“啧”一声：“当然是真的，依我看，头儿跟金娇娇又成了。”

张威道：“什么叫又成了？”

“你傻不傻，前夫人变现夫人，不是又成了是什么？”

“哦，对。”

“我说什么来着？”胡十一拍腿，“他俩是不是般配，你瞧，一说一个准。”

张威这回没附和他，朝他身后歪歪嘴，示意他先别说了。胡十一扭头往后，正看见山宗来了，身后紧跟着的就是神容，马上嘴巴闭牢，什么话也不说了。

神容到了矿眼旁，先往下坑洞看了看，本以为现在已经很忙碌，却发现没什么动静。下方没有采矿石的声音，原先随她哥哥在这里开始冶炼的几个工部官员也未露面。

“难道我一走，这里都懈怠了不成？”

山宗站在她身侧：“那些重犯还在幽闭中，暂时无法采矿冶炼。”

神容觉得奇怪：“他们怎么了？”

山宗不想将先前突来的一场暴动告诉她，简略带过：“不够听话，自然要管教。”

她看了看周围：“幽闭在何处？”

“别看，”他说，“免得吓着你。”

神容还真被说得信了，毕竟见识过他那手起刀落的架势，谁知他用的什么法子，没作声。

山宗还不想真吓着她，笑了笑：“逗你的。”

神容没好气地朝他瞥去一眼。

他脸上笑意更深：“在这里等我。”

神容看着他将衣摆一掖，踩着木梯下了坑洞，抬头时正好看见远处一队兵齐齐整整地从关城方向而来，人数众多，比以往更加戒备的模样。她往下朝山宗的身影看了一眼，忽就明白他为何近来都在山里了，看来最近关城也不太平。

不免又想起他追去河东时的疲惫，还有他说的那句“值得”，神容心思动了动，说半分不动容是假的。忽见胡十一和张威在远处树下朝她张望着，她抬手顺了下鬓边发丝，转头去看山旁地风。

“你说，金娇娇成头儿的现夫人后，我们应当如何称呼她？”树下，胡十一忽然想到了这种小事上头来。

张威摇头：“我如何知道，以往看头儿那油盐不进的架势，又一股子狠劲儿，以为他要一辈子独身在军所的，没承想他会跟自己的前夫人又成了。”

胡十一点头赞同：“可不是。”

山宗一手拎刀，矮着头，入了只有火把照明的坑道。坑道一直到底，又分出几支新开挖的坑道，往下足有三层，以房柱支撑了一间一间开采的空间，如同一间间小室，每一间外都有执鞭带刀的兵卒把守。那群重犯如今被打散分开，分别幽禁在了其中。

山宗走入一间，开口：“火。”

一名兵卒举着火把送进来，别在壁上的托架中，又退去。

黑洞洞的四下被照亮，露出角落堆着的矿石，和倒在石堆旁被严严实实绑缚了手脚的未申五。他的口鼻上又被绑上了当初的黑罩，长得半长的乱发犹如枯草，瞪着山宗，左眼依旧白疤狰狞，但却没了之前的狠恶，连日的幽暗禁闭耗尽了他的气力。

山宗手里的刀抽出来，挑去那个塞住他嘴的黑罩：“还有何话说？”

未申五呼着粗气，露出颈上被他当日狠狠扣出的红痕，嘶声怪笑：“技不如你，老子无话可说。”

“算你识相。”山宗转身出去，忽又听见他一声阴笑。

“老子听见小美人儿的声音了，她又回到你跟前了。”

山宗背对着他，冷冷说：“与你无关。”

未申五笑得磨牙，咯吱作响：“一说到她你就这样了。呵，若她知道你是个什么样的东西，不知还会不会回来！”

山宗握紧刀，霍然回头，一手将他提起，刀尖对着他喉，阴沉着眼：“我是什么样的东西，还轮不到你来定。”

未申五龇牙笑，大有不怕死的势头，就是故意激他的。

“劝你少试探我的底线，也少做无用反抗。”山宗狠狠地压着声，“这是最后一次，再拿她激我，我真会成全你！”

未申五被看穿了目的，笑意全无，咬着牙喘息。

“继续幽闭！”山宗将他摔上石堆。

外面兵卒听到命令立即进来。

山宗转身出去，耳里听见了缓缓而来的脚步声。

神容在上面待了片刻便下了坑道，刚走到底，要转入另一条坑道，迎面而来的一只手臂就搂住了她腰，将她扯了过去。她一惊，四下皆暗，只有眼前一支火把照着，才看出身前男人的身影。

山宗搂着她：“吓到你了？”

神容看一眼他脸，他眼里火光微跃，辗转过薄唇，突出的眉骨下，眼深而沉。她分明已看习惯了，此刻却忽觉这张脸在暗处愈发英气朗朗不可方物，低低说：“又没什么可怕的。”

山宗心底的起伏此刻如退潮般平息，在她腰上的手不觉收紧，带她往外。

神容跟他走出去时问：“你是要随时带着我不成？”

他低笑：“我倒是想。”可惜她停留太短。

河东，山家军驻扎的住处。

客房外，裴少雍刚刚把一份写好的策论亲手交给裴家护卫，吩咐其快马送往长安，以免错过圣人的选拔。

长孙信在他房中坐着，端着茶盏感叹：“原来二表弟这些时日闭门不出，是在忙这个，当真是比我想的还要用心。”自神容返回幽州后就不太见他的身影，今日长孙信来找他，才知他是忙着这正事呢。

裴少雍回身进门：“不急一些，恐怕要错过时机。”

长孙信正要低头饮茶，闻言一顿：“什么时机？”

“没什么，只当我随口说的好了。”

“好你个裴二，近来总与我卖关子。”

裴少雍在他身旁坐下，笑得有些腼腆：“表哥莫说笑了，他日再说吧，总会知道的，现在还不是时候。对了，阿容何时回来？”

他一问起这个，长孙信顿时又有些忧虑，也不知神容与那姓山的现在如何了，越想越不是回事，甚至有些后悔当时答应她了。可能怎么办，那是他从小宠到大的小祖宗，更何况，神容历来也不是个任人摆布的人。

他算了下时日，低咳一声：“快了，就快回了。”

院落里，山英穿了甲胄武装，出来与换岗回来的山昭交接，准备照例去守城。

山昭朝客房方向看了一眼，小声道："看他们待了这些时日一直很着急，也不知嫂嫂此番返回幽州，能否与大哥一同回来。"

山英点头："我也有此希望，倘若大堂哥能回洛阳，山家绝非今日模样。"

如今山家军虽然驻守着河东重镇，比起当初，却不知收敛了多少锋芒。她伯父已不问世事，山家由她伯母一力支撑，虽有山昭，但毕竟年纪小，尚未立下战功，要成气候还需时日。山昭上面还有两个庶出的哥哥，都已成家入营，对于继承山家大权，哪能没半点想法。若是山宗还在，他们连动弹的念头都不敢有。

山英到底豪爽，想了一番也不见惆怅："罢了，你我还是做好自己的事吧。还不知那二人到底怎么了，除非是和好了，要将当初的和离作废，才有那可能。"

山昭一双桃花眼生得秀气，睁大了些，都泛亮光："那长孙家能答应吗？"

正说着，长孙信自裴少雍住处过来了，正穿过院门。山英看了一眼，抬手一挥，故意唤："星离，长孙星离！"

长孙信听到唤声，转头看来，马上板起脸，一手理了理衣襟，端着君子架势："何事？"

山英道："今晚我备下酒菜请你，能否赏光？"

"无事献殷勤……"长孙信嘀咕，抬高声回，"没空！"

山英看一眼山昭："光看他是不会答应的。"

幽州城内，赵进镰因长孙信去送行前嘱托过他几句，近来也正关心着山中情形。得知山宗如今在山里亲自镇守，他倒是放心许多，随即却又听闻长孙女郎离去又返的消息，今日特地抽了空闲赶来官舍。

广源在大门前相迎，搭手禀报："郎君与贵人进山去了，昨日与今日都去了，一直待在一处的。"

赵进镰惊异："哦？竟有此事？"

广源眉眼都是笑："是。"

赵进镰正要再问，恰好见到街上一行数人打马而来，为首的就是山宗和神容，后面是东来与军所随行的几个兵卒。

山宗仍是一身黑衣坐在马上，刀横马背，一身凛凛，脸却冲着身旁缓缓前行的神容。她的马稍微行偏了一些，他便伸手扯了一下她马上的缰绳，往身边带了带，嘴边有笑，眼神都不似平常，瞧来竟觉出一丝温柔意味。

待二人离近了，赵进镰有意提醒般，先笑着唤了声："崇君。"

山宗已经看到他，到门前才松开神容的马缰，下了马："山中目前安定，你可以放心。”

赵进镰摸着短须点头，一面笑眯眯地看神容：“女郎辛苦。”

神容下了马背，笑一下：“不辛苦，待我走了，这里还要请刺史多顾及。”

“那是应该的。”赵进镰笑着回，“我正是因此来的。”

山宗将刀递给广源，听到她说走，回头看她一眼。神容朝他看来，他却又没说什么，朝官舍歪下头：“在山里应该待累了，先进去歇着吧。”

“我才没那般不济。”神容的嘴微微动了动。

山宗不禁莞尔，只有他听见了。

神容自是知道他们当有话要说，向赵进镰微微点头致意，带着东来先进了门。

赵进镰见她进去了，才走到山宗身边，与他一同入门：“崇君，我看你如今与长孙女郎可不同以往了。”

山宗迈入门内，一边走一边拍着身上自山里带出的尘灰。赵进镰与他同为幽州首官，又年长于他不少，有些时候说话就像个过来人般的兄长。在其面前，他也没必要遮掩：“嗯，我已向她求娶。”

赵进镰满脸不可思议，上回山宗忽然去了关外，之后又与神容一道回来，他就觉得不太对劲，倒也不便多管他私事。如今方知男人看男人是真准，他山崇君何尝对别的女子这样过，至少在幽州的这些年没见识过，竟一点风声没漏就已求娶了，赵进镰不禁感叹：“是谁当初说自己口味刁的？”

山宗抬起一手按了按后颈，自己也觉好笑：“我啊，这不还是刁的？”不刁能是长孙神容？

赵进镰哑然失笑，果然这浪荡不羁样只有他了：“那看来你很快就要回去洛阳山家了。既有心再续前缘，过往废去，自然也就不需再离家了。这样也算是门当户对，毕竟长孙女郎贵为赵国公之女，又这般受尽宠爱。”

山宗脸上笑意还在，但目光稍凝。

此处只有广源不远不近地跟着他们听吩咐，此时闻言也朝他瞄了又瞄，一脸希冀之色。

神容打量一遍房中，紫瑞已收拾好行李搁在桌上。其实也就几件衣裳，来时就没带什么，这么快便要走，当然也没什么可收拾的。

“少主，可用饭了。”紫瑞在门口请。

神容起身出去，入了偏厅，刚在案后坐下，身前一暗，眼前多了男人脚踩马靴的笔直长腿，抬头看他。山宗在她旁边坐下，拿了案头上托盘里的湿帕子擦了擦手。

她想了想问：“赵刺史走了？”

“嗯。”

“他与你说什么了？”

山宗将手帕放回去，抬眼看她：“政务上的事罢了。”说完想起赵进镰的话，又看她一眼。他刚才没有告诉赵进镰，其实他是以幽州团练使身份向她求娶的。

神容瞄他：“你看什么？”

他笑一下，指了下案上摆着的菜式，问：“是不是该给你备得丰盛些？”

她挑眉：“为何，要为我饯行吗？”

山宗笑了笑，颔首：“嗯。”倒好似多出了不少轻快意味，似乎也不觉得要走是多大不了的事了。

神容看了眼案上，拿起筷子，低声说：“我觉得挺丰盛了，可以了。”

山宗又笑一下，本是想轻松些，此时说完，反而真觉出是在饯行一样了，笑只在脸上，眼里没有半丝笑意。

时间总是过得快，用罢饭天色已晚。神容回房去时，走到廊上往后看，看到山宗跟着出了偏厅，正看着她。她想了想，还是没说什么，转身去主屋。

紫瑞已端了水在房中等着，伺候她梳洗完，将灯光挑暗一些，屈膝退出门去：“少主早些安歇，明早还要赶路。”

“知道了。”好似随处都在提醒她该走了。神容走去门边准备闩门，停在门口时想，或许方才还是该与他说几句临别话的。

思绪未停，门忽被推开，男人颀长的身影闪了进来，门在他身后合上。她愕然地看着他，心底却又不意外，只有他会一次次如此嚣张。

暗暗的灯火下，山宗靠在门背上盯着她，薄唇轻勾：“我思来想去，还是觉得光阴宝贵，应该过来。”

神容眼神游移一下：“过来干什么？”

他眼神变了，又黑又沉，一伸手，勾住她的腰，低下头来。神容不知自己是如何一步步退到榻边的，被他搂着坐下，唇还被他亲着。

山宗在亲她这件事上越来越有耐心，一下一下细细地啄，直到神容呼吸骤乱，他忽然停了。

“还能否再来幽州？”他低声问。

神容喘着气：“不知道，便是能来，圣人有令暂不让长安人入河东一带，少则数月，多则半载。”

山宗抿住唇，看着她在灯火里微微急喘的模样，手扶在她腰上，忽又紧紧一收，扣着她腰一托，让她坐在了自己腿上。神容一下完全贴在了他怀里，唇对着他高挺的鼻梁。

“有些久。”他此时才开口，脸上懒洋洋的，看不出什么意味。

离得太近了，她已尽力平复，可呼吸还是急促，他的腿紧实有力，她坐着，不自觉动一下，腰上忽然被搂得更紧，山宗用了力，眼盯着她。神容觉得他下颌都已绷紧，竟没来由地慌乱了一下，只眼神微动，脸上没显露分毫。

山宗忽然轻笑一声，搂着她腰的手缓缓动了一下，人稍稍后仰，眼睛牢牢盯着她，已经看出来了：“别慌，我历来不是什么君子，也浪荡惯了，却也不想叫你觉得我的求娶没有诚心，可以忍，尽管我很想将亏掉的补回来。”

神容只觉腰上渐热，听到他最后低沉又露骨的那句，心口突跳，看着他的脸，忍不住低语：“坏种……”

山宗脸上玩笑尽敛，按着她，脸贴近，声音低沉嘶哑：“我对你使的坏还很少。”

神容不作声。

他低笑，松开她，让她坐在榻上，起身出去。

外面没有一点动静，紫瑞和东来不知何时就已避开。

山宗又开门回来时，神容已经自己动手又梳洗了一番，躺去了床上，颈边还泛着一抹红。他自身后抱住她，身上胡服已除，穿着中衣的胸口微凉，刚刚清洗过的手上沾着水珠，贴在她耳边说：“你放心回去，我会去长安。”

神容被他抱着，刚平复的心跳便又急起来，听到他的话才有些回神：“你要来？”

他沉笑一声：“嗯，总会有办法。”

天亮之后，神容睁开眼，慢慢转过身看去，身侧已没有旁人。山宗昨夜不知是何时走的，她已不太记得，只记得他使过的坏了。再想起心口又跳快了些，直到外面传入紫瑞的声音：“少主，该起身了。”

神容顿时收心不想，坐起身，抚了抚鬓发，语气如常：“进来吧。”

长孙家的护卫由东来带队，已经在门前套上车。

山宗就在大门外，一早就在等着了。他后半夜没怎么睡，后来看神容睡着了，怕妨碍她，干脆起身早起，准备好了，在这里等着她起身。在门前踱了两步，他扫一眼东来：“裴少雍还在河东等着？”

东来听到他问话，转过身，垂首称是。

山宗“嗯”一声，手上慢条斯理地扯一下护臂，脸色未变，也没说别的，仿佛只是随口一问。

没过多久，广源从门里走出，躬着身抬着只手，请门里的人出来，一面瞄了瞄山宗，看他难得此番脸上竟一直有笑，不是以往那样逢贵人要走便觉得忧愁遗憾的模样了。

神容带着紫瑞从门里走了出来，身上系了薄绿的软绸披风，脸愈发被衬出生生的雪白，晶亮的双眼看向门口携刀而立的男人。

山宗早已看过来，撞上她眼神，想到她昨晚在他怀里的样子，心头微动，抬手摸了下嘴，嘴边有笑："走吧，送你。"

神容去登车，踩上墩子时，想了想还是回头问了句："你眼下应当走不开，如何还能送我？"

山宗翻身上马："无妨，至少能够送出幽州。"

神容又看他一眼，才低头入了车内。山宗贴近车边，护送她的马车往城外去。

时候尚早，街头上还没什么百姓，这一路便很顺畅，也比想象中要快。城头上的守军远远看见山宗自城中大街上乘马而来的身影，便提前将城门开好了。

马车毫不停顿地驶出了城门。神容听着外面吹过窗格的风声，眼睛时不时朝外看一眼，山宗坐在马上的身影挡在窗格边，只看得到他挺直的肩背，看不见别的。

忽然他声音低低传进来："你就没什么话与我说？"

神容还以为他发现自己在往外看了，往后倚了倚，故意语气淡淡地问回去："你想要我说什么？"

山宗在外面低笑一声，手指捏着马缰搓了搓，盯着窗格里她模糊的侧脸，心想还是这么嘴硬，大概只有软在他怀里的时候才是乖的。

既然长安的人暂时无法入河东过境，也就是说他们连封书信都互通不了。山宗从来也并无这个习惯，当年就连离家调兵各处时都没有过特地给家中写信的经历，如今居然会想起这些，自己想着也有些想笑，时不时看一眼窗格，又看向前路，心底渐沉。

离幽州城越远，离幽州边界也就越近了。他忽然伸手在窗格上按一下："停一下。"

神容抬头，外面东来已经叫停。她揭开门帘，看到山宗到了门边，一手抓着缰绳，一手探入怀里，脸上似笑非笑："给你一样东西。"

"什么东西？"神容刚问出来，他手已递了过来。

她接在手中，低头看，是块上好的白玉，坠着一串穗子，这般看倒也没什么特别的，只不过上面精细地刻了一个"崇"字，拆开恰是他的名字。

“我唯一从山家带出来的东西，现在给你了。”他仍是那般似笑非笑的模样，好似偶然想起就给了，“上次你什么也没从幽州带走，这次总得带点什么。”

这是贵族子弟常有的贴身之物，显然是他的旧物。神容之前却从没在他身上看到过这个，大概是今日才带在身上的。

“收着。”他根本没等她回话，便轻挥下手，示意继续上路。

神容手指摸了一下，瞄见他又打马到了窗格旁，将玉收入了袖中，再往外看，见他正看进来，大概看见她收好了，嘴角愈发扬起。她不想叫他这般得意，撇下嘴：“我可没东西给你。”

“我又不是在与你换东西。”山宗好笑。给了她就是她的了。

神容不自觉又摸一下袖口，虽然脸上若无其事。

日上三竿，过了驿道，抵达幽州边界。界碑旁，幽州幡迎风招展。

山宗勒马，身旁的马车也停了下来。

神容揭帘，探出身，看他一眼：“到地方了。”

“嗯。”他点头，薄唇一抿，又笑了笑，“我便送你到这里了。”

神容手指松开，放下了车帘。

山宗扯马到一旁，看着东来带路，她的马车自他眼前驶过，往前而去。身下的马蹄踏在界碑和幽州幡竖着的地方，一下一下地刨地，他没再往前一步，只以双眼送着那行队伍渐行渐远。

周围忽然来了一阵脚步声，只三五人，皆是身着短打、额缠布巾的草莽模样，不知是从何处钻出来的，来得又快又隐蔽。

“山使，咱们借道此处，正遇上，不得不来拜见。”说话的右眼上罩了个黑皮罩子，一脸凶相，躬着身站在他马下，正是之前在关外帮他走动找寻过神容的绿林。

“以后都不必特来拜见。”山宗眼仍望着前方，只嘴动了动，“记着我的话，帮我做过事后就走远些。”

“是，是。”那人连声应下。

山宗忽而抬手指一下前方：“看到那队人了？他们要去长安，叫道上的都看顾着些，最好保一路顺畅。”

“是，看到了。”那人仔细看了两眼，小心翼翼问，“敢问那是……”

山宗咧起嘴角，看着那辆车变小，车顶华盖在视野里成了渺小的一点：“我夫人。”

不出几日，河东守军驻扎之处，大门外也准备好了再度启程。

神容刚赶到不过一晚，这里便忙碌地准备起来，她连山昭和山英都没空见，便又被请着继续上路。裴少雍陪她一同往大门外去，边走边打量她的侧脸：“阿容，是我心急想回长安，你若嫌累，可以多歇一歇再继续走。”

神容没太在意，毕竟说起来也是她的责任：“没关系，是我连累你们多耗了半月，现在就走是应该的。”

裴少雍笑笑，不知为何，越听她如此善解人意之言，越叫他觉得她返回的那趟不同一般：“表哥说你回幽州解决山里的事了，现在没事了吧？”

神容脚下不停，面色无波：“山中很安定。”

裴少雍本还想再问两句，但已经到了大门外，便不再开口。

长孙信已站在马旁，看着神容到了跟前，欲言又止。从她刚回来时，他就憋了一肚子话想说，但神容太精明，一脸的云淡风轻，她不想叫你看出什么，你真就什么也看不出来。念在裴少雍也在，他忍了又忍，还是没能问出来。

“哥哥。”神容在他跟前停一下，从袖中取出一张折叠着的黄麻纸递给他，“我向来不瞒你任何事的，这是临走前你交代的山里情形，你回到幽州后再看。”

长孙信听到她说向来不瞒他，心里才好受许多，接过那张纸，收进袖里：“这还差不多。”

神容转身去登车：“那我走了。”

裴少雍看着她入了车内，脸上的笑轻松许多，跨上马道：“表哥放心，我会照顾好阿容。”说完又小声地接一句，“这中间停留之事，我回去不会与姑母说半个字的。”

长孙信这才算真放心，点了点头：“那就好。”他让开两步，让他们启程。

“神容，等等！”车还未动，山英忽从门里追了出来，快步跑到车边，“怎么这么快就要走？我还想与你说些话呢。”自然是有关她大堂哥的话了。

神容心如明镜，隔着车帘说：“不用说了，我真要走了。”

山英见她不想停留，也不好紧追着问，只好无奈作罢：“那下次再说好了。”

话音刚落，却听一声低嗤，自长孙信口中吐出：“那就不必了，哪还有什么下次。”

神容自窗格内看过去，见他牵着马往山英反方向走了几步，好似与她刻意拉开了距离一般，眼神在他们二人身上转了转：“出什么事了？”

山英也朝他看了过去。

“没什么事。”长孙信掩唇低咳一声，催促，“快回吧，别叫母亲再等了。”

裴少雍也在催：“走吧，阿容。”

神容猜她哥哥这仍是对山家不满，不免想到山宗，合住唇，不再说什么。

队伍自眼前出发，往长安西行。

长孙信这才看一眼山英，踩镫坐上马背。那日她说要设宴邀请他被他拒绝了，之后她倒和来劲了一般，一旦有空闲便来找他，大有与他交好之意。除非他是个傻子，才会不知道她在打什么主意。无事献殷勤，还不是想叫山家和长孙家冰释前嫌。后来再有邀请，他全给拒绝了，如今见到她，干脆刻意疏远。

山英并没在意他方才那话，见他上马，问了句："你也要走了？"

"自然，"长孙端着架子，"我只是为了等阿容罢了，不然早就走了，一直待在山家军的地方算什么。"还好裴少雍答应了不会回去与他母亲说，否则，他都不知回去后该如何解释。

山英很干脆地回头去牵马："那我送你一程。"

他皱眉，指指身旁："要你送我做什么？我自有护卫。"他身旁确实跟着几个长孙家的随行护卫。

山英道："我说过要保你一回行程，你既然自河东走，哪能让你就这样走，传出去岂非要叫外人觉得我山家人失礼。"

长孙信简直头疼，打马就走："不必！"照旧不给她机会。

山宗执着刀，站在望蓟山里的矿眼坑口。

一群重犯被陆续押了出来，头上全都罩上了黑布，个个手脚被绑，幽闭了这么久，皆已是颓丧之态，在地上半跪半倒地喘着粗气，脏兮兮看不出人样。

胡十一在旁禀报："头儿，这么久了，可算叫这群怪物撑不住了。"

"嗯。"山宗盯着他们，冷声说，"那四个还活着，但会一直在我手里握着，给你们一日休整，继续开矿。"

重犯们像是被拔了獠牙，又或许是"那四个还活着"的话叫他们顺服了，只有喘着粗气的声音。

山宗下令："摘了。"

胡十一挥手，兵卒们揭去黑布，他们困兽般的模样才显露了个彻底。未申五最严重，倒在地上，狼狈得愈发像只野兽，已经只能用眼睛盯着他，半个字说不出来，怪声阵阵。

山宗冷眼扫过他，转身走开。胡十一在后面跟着他。他边走边说："守着山里，不用跟着我。"胡十一听他这话应是有事，便停下了。

山宗直直走出了山外。一条杂草丛生的野道下横着道沟壑，几个身着布衣、额缠布巾的绿林人悄悄等在那里。他走到沟壑下，一露面，几人便面朝他垂首搭手。

"如何？"他声压得低低的。

其中一人小声道："回山使，最近关外的风声太紧了，咱们能走动的范围小了一大圈儿，去不了您说的那个镇子了，什么消息也没能给您带回来。"

山宗大拇指拨着刀柄，想起了送神容离开那天见到的那几个借道而过的绿林人，应当也是受了波及："知道了。"

绿林们纷纷低头："那咱们就走了。"

"记着规矩。"

"是，咱们至今没再见过大胡子他们，自然懂得规矩，办完您的私事就再不露面，只当从未替您走动过。"

山宗摆下手，几人影子一样穿过沟壑走了。等人都走光了，他一手伸入胡服衣襟，摸出那块疯子给他的皮革，看了一眼，又收起来，提刀回去。

长孙信一路逃跑似的骑着快马入了幽州地界，直跑到望蓟山附近才放慢速度。

他坐在马上，理一理被风吹乱的衣袍，往回看，没再看见山英，也没看到半个山家军，总算觉得舒坦多了。刚要继续快马赶去山里，忽然前路闪出几个人影，冒失地快跑着横穿过去，一下惊到了左右护卫的马匹，连带他的马也嘶鸣着抬起了前蹄。

这一下来得突然，长孙信险些要被掀下马背，他用力扯住缰绳稳马，不想后面来了个人，手疾眼快地也抓了缰绳，用力往下一拽，一手在他背后推了一把，将马稳了回去。

长孙信转头，本要道谢，看清来人，脸却一僵："你居然跟来了？"

山英身着男式圆领袍，骑着匹枣红的马，松开他的缰绳："还好跟来了，果然你人带少了，还是要保一番行程的。"

两个护卫过来禀报："郎君，刚才惊马的是几个绿林，可要去追？"

长孙信还看着突然冒出来的山英，皱眉道："算了。"

山英打量他，瞧他模样，方才也能稳住那马，不过他们山家人自幼习武，对这些自然是要更熟练一些，至少也算叫他少受了些惊。她抱拳："好了，我走了。"

长孙信正要防着她来一通交好之言呢，忽见她如此干脆，反而一愣："你这就轻易走了？"

山英都已掉转了马头，闻言勒停："我已将你送出河东，好生到了幽州，再往前可不行了，若是他日叫我伯父知道，可是要被逐出山家的，是该走了。"

长孙信仍是狐疑："只是这样？"

“不然是怎样？”

他一手掩唇，轻咳一声，开门见山道：“你如此跟了一路，难道不是有心示好，想要我们长孙家对你们山家改观？”

山英莫名其妙：“我倒是想啊，可你既不肯被叫舅哥，设宴请你又说没空，如此不愿，我还能如何？”

长孙信一脸古怪：“那你后来又多次请我，是为何意？”

“那不是应当的？”山英道，“你们在我们山家军驻扎处停留，又日日焦急等待神容，我与山昭自然要以礼相待，好叫你们心情缓和些。我们倒是也请了那位裴二郎君，但他听说你不露面便也推辞，如此一回两回，只得作罢了。”

长孙信竟被她说愣住了。

山英往前看，远远看见了幽州军在望蓟山附近巡逻的身影，连忙道：“我真要走了，免得被我大堂哥发现，以为我是来找他的，他也要赶我的。再会了，星离。”她又抱了下拳，策马迅速离去了。

长孙信看着她踏尘远去的背影，还愣在原地。合着倒成他多想了？

“郎君是否要继续入山？”一旁的护卫问。

长孙信又忍不住干咳一声，遮掩住心里的不自在：“早知就不该走这条路，去什么山里，先回官舍！”

官舍里，广源快步走到主屋门口，朝里望去，脸上露出惊喜：“郎君？”

山宗坐在桌后，刀搁案上，正低着头在解开右手小臂上紧束的护臂：“嗯。”

“郎君今日怎会回来？”广源边问边进来伺候。贵人走了，还以为他又要一直待在军所里了。今日突然来，应当是从军务里抽出了空闲。

山宗抬眼环顾这屋内，想起了神容那般嘴硬模样，又想起她在时的种种，勾了下嘴角，这屋子似乎已经成了她的地方，来了就忍不住总会想到她。他将刚松开的胡服袖口卷一道，活动了下手腕，也没回答，只说：“取纸笔来。”

广源立即去取了文房四宝放到桌上。原先神容一直在这屋中忙于书卷矿图，最不缺的就是这个。

“研好墨就出去吧。”山宗说。

广源乖乖研墨，不多问了。

山宗起了身，在屋里缓缓踱步，一手抬起按了按后颈，脸色沉凝，没什么表情。广源一边研墨，一边看他，知道他这是在想事情，多年不见他这模样了，也不知他是在想什么，如此郑重。

山宗又走了两步，看过来："好了没有？"

广源忙将墨摆好："好了。"

山宗走去桌后，掀衣坐下，拿笔蘸墨。广源往外退去，见他已经洋洋洒洒落笔纸上了，头微微歪着，一身随性不羁，垂着眼，神情却十分专注。

长孙信回到官舍时，一眼就见到门口那匹皮毛黑亮的高头大马，门口还有两个身着甲胄的军所兵卒。他看了好几眼，进了大门。进去没多远，正遇上一身玄黑胡服的男人从内院里走了出来，好似还是从主屋处来的。不是山宗是谁。

长孙信腹诽：果然他在这儿。

山宗一手提刀，一手往怀里揣了封信，边走来边看他一眼："回来得正好，山里已经如常，你可以安心采矿冶炼。若有任何需求，尽管开口，我会助你尽早炼出第一批金子。"

长孙信还以为太阳打西边出来了，看着他自身侧擦肩过去，不禁问："你为何忽然对我如此客气？"

山宗脚步一停，回过头，懒洋洋地一笑："我以后都会对你很客气的。"说完就转身走了。

长孙信只觉古怪，忽然想起神容临行前交给他的那张黄麻纸，说叫他回幽州再看，这一路只顾着回避山英，倒将这个给忘了。他忙从袖中取出来，展开来看，寥寥数语几眼看完，他已眉心皱紧，张了张嘴，冲着山宗离去的方向，气闷无言。

他这才知道神容返回这趟是做什么来了。难怪姓山的忽然客气了，他竟敢开口求娶！阿容竟还有心接受……

广源从旁边经过，看了看他脸色，小心见礼："侍郎可是旅途劳顿？还请入房安歇。"

长孙信将手里的纸揪成一团，拂袖就走，没好气地低低自语："我迟早要被山家的人给气死。"

长安，赵国公府。

神容刚刚回来，解下披风交给紫瑞，缓步走向前厅。尚未进门，锦衣华服、金钗熠熠的裴夫人已从厅内亲自迎出来，见到她安然无恙，先抚了下胸口，又牵住了她的手，蹙眉道："还好你平安回来了，谁给你的胆子敢去关外探地风的，是要吓坏我不成？"

神容扶住她臂弯，往后瞥一眼："母亲不用惊慌，二表哥还在呢。"

裴少雍就在后面跟着，听到这话，笑着上前来见礼："姑母，我将神容给接回来了。”

裴夫人见到他便笑了：“你怎还一路护送到府上，应当入了长安就赶紧回府去才对啊。”

裴少雍不解：“为何要赶紧回府？”

“想来你是还没收到消息了。”裴夫人笑道，“你大喜盈门了，据说圣人看了你的策论很满意，要传召你录用呢。”

神容不禁意外：“那便要恭喜二表哥了。”

裴少雍已怔在当场，听到她声音才回过神来，一时喜不自禁，又难以相信：“这是真的？”

裴夫人含笑点头：“今日刚出来的消息，你姑父自朝堂中带出来的，岂能有假。”

裴少雍这才难掩般笑起来，看向神容：“太好了，阿容。”

神容也笑了笑：“二表哥该赶紧回去了。”

裴少雍一脸朗然笑意，又看她一眼，匆匆转身走了。

裴夫人不免感慨：“这孩子看着温和老实，不想有此文采，能叫圣人看中。想来运气也是好，听说今年增选，多录了十来人。”

神容心想如此手笔，应是圣人拔除了先帝老臣后，有心培植自己的势力。不过与她没什么关系，长孙家如今立了功，自然也成新君身侧之力了。

母女二人相携入厅，刚说了几句闲话，一个下人进门来，将一封信送到裴夫人跟前：“主母，幽州来信。”

神容刚在榻上坐下，端了盏茶汤，轻轻抬眼看过去。

裴夫人伸手去接，一边问：“是我儿写来的？”

“幽州团练使。”

神容茶盏一下停在唇边，眼珠微动。听到这一个称谓，那男人的脸都似已浮现在眼前。竟是他写的。

裴夫人顿时变了脸色：“什么？”

神容不动声色地看着，茶汤是什么味道，已然没有在意。

然而紧接着，却见裴夫人板着脸，将那封信撕了两下，揭了案上香炉，直接扔了进去。

神容慢慢放下茶盏，仔细想想，却也不意外：“母亲就不好奇信里写的是什么？”

裴夫人道：“若是政务，当由幽州刺史写信给你父亲，他管的是军政，与我长孙家本也关联不上；若是私事，我与他没有任何私事好谈。”说罢拍拍她手背，“你不用管他，回到了长安，自然也不会碰见那竖子了。”意思便是不想再与他有任何瓜葛了。

神容不知该说什么，瞄一眼案头，炉中明火蹿起，卷起火舌，烟冒出来。

裴夫人唤她：“别被烟熏着，先回去歇一歇，回头再去见你父亲，这不足为道的事不必放在心上。”

紫瑞进来，先将炉中残烟灭了，又来搀扶神容。她起身，走到外面，紫瑞摊开手心，将烧残的一小片纸递给她：“少主。”

神容捏在指尖看了一眼，只看到“允见”两个遒劲的字，不知写的是不是“但请允见”。这信几乎是算好了时日在她归来后送到的，如此迅疾，出乎意料。如今长安的信无法送过去，看来他也并不是要听回音的，写了便是决心要来登门见了。

神容将纸片捏起，心中没来由地紧跳两下，暗暗地想：这男人，简直是胆大包天。

KUWEI
酷威文化
图书 影视

他定有过人之处

天如玉 著

下册

江苏凤凰文艺出版社
JIANGSU PHOENIX LITERATURE AND ART PUBLISHING

第十四章

愿言配德，携手相将

除了山宗的这一封信，之后很久，再也没有其他信送入赵国公府。久到两个月都快过去了。

神容坐在裴家的园子里，听着身后紫瑞小声禀报近来所知："听闻河东至今还是没通。"

"嗯。"她轻轻应一声。回来这么久，河东的整顿却还没结束，料想山中的采矿冶炼早该有所得了。具体如何也只能想想，如今长安和幽州就像是被彻底隔绝开了一般。

至于山宗的那封信，上面到底写了什么，她到现在也没能弄清楚。又觉得以那男人张狂的做派，很可能对她母亲开门见山。

一旦想到这个，就不免心会急跳，她一手抚了下怀间，才能继续若无其事地端坐。

园子另一头，有两个裴家表亲远远走来，正对她招手："阿容，快进厅来，烧尾宴要开始了。"

神容听见了，起身过去。

裴少雍得中制举后，一直忙于答谢入官事宜，直到今日，裴家才得空大宴宾客。初任新官，坊间认为这就如同鱼跃龙门，取天火烧去鱼尾，得登天门之意，宴请宾客的这场宴便名为"烧尾宴"。她今日就是被请来赴宴的。

宴客厅中已是满堂宾客。神容被安排在亲属之列，身边左右都是裴家的表亲，对面便是她堂姐长孙澜的小案。大表哥裴元岭还没到，只长孙澜一人坐着。姊妹二人许久没见，奈何离着不近，她只能朝着神容柔柔地笑。

一盘盘珍馐流水一般送至各人面前的小案上。欢声笑语里，裴少雍锦衣玉冠，被几个人簇拥着走了进来，顿时惹来众人喝彩叫好。

这是惯常的热闹，越是叫好越是祝贺之意，神容见怪不怪，只看了两眼。

裴少雍一脸的笑止也止不住，撇开笑闹他的几人，径直地走到神容跟前来，上下打量她。

今日因要赴宴，神容特地妆点过，眉黛唇朱，如翅般的钗簪在她高绾如云的乌发间，一袭抹胸襦裙，只这般坐着也说不出地动人。他不自觉看了又看：“阿容倒是也恭贺我一句。”

神容便抬头冲他笑了笑：“那祝二表哥步步高升。”

裴少雍笑意更浓，直至又被闹他的人笑着拖开，请去上座。

裴家的长辈们要在主厅宴请朝中官员，他刚从那里敬了一番酒过来，这厅中全是平辈亲眷，今日他是首要的，自然当坐首位。

裴少雍在上方坐下，仍不忘看了看神容，才请众人开宴。

觥筹交错之间，裴元岭走了进来，一身光绸的圆领袍，进门便笑着与众人互相道贺。经过神容案前时，他停了一下，意味不明地笑了笑：“阿容今日来早了，来之前当在街上多走一走才是。”

神容不禁好笑：“大表哥这是从何处来，分明自己来得晚，反倒说我来早了。”

裴元岭笑道：“有事忙罢了。”一面笑，一面走去长孙澜身旁坐下了。

神容觉得他好似有些卖关子似的，又看了他一眼。长孙澜在冲他无奈摇头，小声嗔怪他来晚了，好似对他没辙一般，裴元岭只是笑笑，低低安抚她两句。

神容看见，没来由地想，大表哥虽在长辈跟前稳妥，有时候也挺随性而为的，难怪会与那男人是旧交，那人分明要更加随性妄为……想到此处，她心中一顿，低头举箸去夹菜，心想没事又想到他做什么，故意不再想。

宴席至半，有个仆人从门外躬身进来，将一份烫金册子双手送到了上方，朗声道：“请二郎君定下‘上烧尾’菜目。”

席间顿时安静下来，神容也朝上方看了一眼。

裴少雍此番被新君册封为兰台郎，以后可以出入宫廷为新君起草文书，出谋划策，算起来已经是一步登天的大好开端。如他这样的，办烧尾宴时，也要奉上一桌宴席送往宫廷，以谢圣人。答谢圣人的菜目，自然是不得马虎的，还要拟定册子交由宫廷检视对照。一般这是由新官夫人来做的，如今裴少雍还未成婚，自然是送由他本人亲定。

裴少雍接了那册子，却没翻开，朝下方的神容看去，脸上笑容腼腆起来，手捏着那册子，又看过左右，尤其是朝裴元岭那里看了一眼，转头又看神容，小心翼翼道：“或者……就由阿容替我定吧？”

神容刚搁下筷子，闻声怔了一怔，抬起头。

裴少雍已将册子交给仆人，送了过来。烫金描边的册子递在眼前，厅中诸位亲眷都不约而同地看了过来。

神容不动声色地看了一瞬，转眼朝上方的裴少雍看去，忽而淡淡一笑：“二表哥知道我对这些不擅长，这是有心捉弄我。”

裴少雍愣了一下：“不……”

“倒是小看二表哥了，刚得中就学会了摆架子，想叫我在大家面前出丑也就罢了，还想叫我去圣人跟前献丑。”神容打断了他的话，冷淡着脸起身，“看来我得找舅母去告状才行。”

裴少雍见她不由分说就往外走去，险些要去追，看到在场还有众人正看着，又生生坐了回去。

一声朗笑，裴元岭举着酒盏道：“叫你不要捉弄阿容非不听，她何尝是个好欺负的？活该你被告状，就等着被母亲骂吧！”

原先诧异的众人顿时纷纷笑出声来。

长孙澜正看着神容离去的门口，此时才回过味来，端庄地笑了笑：“还是我来帮二弟定吧。”

那份册子交到了她手上，才算过去。

裴元岭替弟弟圆了个场，朝上方看去，皱了一下眉。裴少雍看到他的神情，眼神闪了一下，也皱了皱眉，往门口看去一眼，不知神容明白他意思没有。

神容一直走出裴家大门才停下，回头看了一眼，轻轻抿住唇。

裴少雍与她一同长大，对谁都是一副温和面孔，虽与长孙家走动最多，更亲近些，却也从未有过任何不妥之举，这次是做什么？将本该由他未来夫人去定的东西交给她去定，根本说不过去。

“少主这就要离宴了？”紫瑞从她入席后就出来门口等着，见她忽然出来，忙迎了过来。今日赵国公夫妇也在受邀之列，此时还在裴家的主厅中，紫瑞没想到她会这么快就走。

神容快步走向马车：“这便回去。”方才席间的事，她宁愿是自己会错了意。

天还没全黑下，斜阳西垂，长安大街上依旧人声鼎沸。

马车当街驶过时，神容心不在焉地往窗格外看，鳞次栉比的铺面倒退过去，路人三三两两经过，梳着总角的孩童相逐。

她再想一遍方才宴席间的事，还是觉得怪异，一只手去拨窗格上的薄纱。余光里，忽而闪过几道马上的身影，她手一顿：“停下！”

马车一停，紫瑞在外问：“少主有何吩咐？”

神容揭开车帘往外看，什么也没看见，缓缓地坐了回去：“没事。”

方才明明看见了几个身着甲胄的兵卒，那种黑皮软甲的装束，是幽州军所里才有的。她心想可能是看错了。

马车继续往前行了一段，又停了。

护卫在外的东来道："少主，有人拦车求见。"

神容稍稍倾身，挑开车帘，护卫旁露出个女子身影，绾着斜斜的发髻，一身罗衣彩裙，细细的眉眼看着车里，笑着向她福身："说好了他日在长安再见的，今日便见到贵人了。"是杜心奴。

神容看了看她："这么巧，倒像是等着我的。"

杜心奴笑道："哪里瞒得过贵人，其实是裴大郎君叫贱妾等在此处请您的，本以为要等到晚上，没想到此时就等到了。"

那还不是因为她提早离开了裴家。神容问："有何事？"方才在宴席间听她大表哥卖关子似的打趣了她几句，说叫她在街上多走一走，莫非就是指这个？

杜心奴掩口笑："请贵人随我走一趟就知道了。"

神容想了想："那上车带路吧。"

杜心奴道一声"冒昧"，提衣登上车来，请她一同前往。

目的地并不远，都没出裴家所在的这一坊。马车拐至一间僻静的院落前，杜心奴先下去，口中道："到了，这里是贱妾的住处。"

神容搭着紫瑞的手下了车，跟随她走入院门，进去时就已听见里面隐隐约约的箜篌声，不禁看一眼杜心奴。

杜心奴机灵地察觉出来了，边领路边笑道："贵人可别误会，以往贱妾凭借教坊技艺，是迎来送往过不少贵客，裴大郎君便是宴席间认得的，但如今这里只传授技艺，早就不做这等谋生了。"

"嗯。"神容随着她走到一间屋前，"到底为何叫我来？"

杜心奴抬手请她进门："贵人请进去稍等。"

神容朝里看一眼，示意东来和紫瑞在门口等着，提衣进门。

屋内保留着当初请贵客们赏乐取乐的摆设，一张一张的小案，四周垂着幔帐。她走到里面，一手刚挑开一道幔帐，忽而察觉身后多出了道身影，立即转身，一只手已伸过来，握住她手腕轻轻一拉。

神容一惊，朝那身影扑过去时，另一只手就推了过去，隔着幔帐一下推在男人结实的胸膛上，不觉一怔，紧接着腰上一沉，反而被拉过去抱紧了，整个人都扑入对方怀中。头顶传出一声低低的笑："是我。"

碍事的幔帐被一只手拨开，露出男人英朗的脸，山宗正盯着她。

神容不可思议地看着他，不知是不是刚才被吓了一下的缘故，心还在快跳着：“你真来了？”

山宗声低着：“难道还有假？”

神容打量他，他仍穿着惯常的黑色胡服，模样与在幽州分别时一样。毫无预兆，他就这么出现了。

“你怎么来的？”

他嘴边牵出一抹笑：“我说过，总会有办法。”

神容顿时想起在大街上看到的那几个兵卒，竟然不是看错了，想来她大表哥早就知道了，所以才会与她那样说。她轻轻一动，才发现自己还被他结结实实抱着，轻声说：“你要一直这样说话吗？”

山宗松开手：“我是怕你刚才乱叫，东来还在外面，惊慌什么？”

神容挑眉：“我若真叫呢？”

他笑了，抬一下她下巴，拇指在她唇上抹过去：“那就只有堵住你的嘴了。”

神容唇一下热了，只眼睛还不甘示弱地盯着他。

山宗拇指上蹭了她唇上的唇脂，他看着她头上的钗饰和脸上精致的妆容，头低了下去：“打扮成这样，去哪里了？”

神容想起先前宴席上的事情，不太想提，触着他的鼻尖，缠着他的呼吸，稳了稳神说：“没去哪里。”

外面忽而传来了一名兵卒的禀报声：“头儿，已交接完。”

山宗头还低着，话被打断，便不问了，蹭了下神容的鼻尖，带着笑直起身：“知道了，先回官驿去等着。”

兵卒退去，他手在她腰后带一下，带着她穿过碍事的幔帐，在案后坐下。

神容问：“交接什么？”

山宗挨着她坐下，一手搭在她身后：“我是带着任务来的。”

神容此时才留心到他胡服衣摆和马靴上沾染的尘灰，便知他此行一定是日夜兼程而至。

“什么任务？”

杜心奴早在案头上备好了酒水，山宗端了酒盏饮了一口，润了个喉才说：“你哥哥已炼出了第一批金子，虽然数目有限，但毕竟是首批，要远送至长安，总得有人护送。”

神容眼角微挑，这才知道他为何会来，否则便是又破了他那不出幽州的规定了。“果然，我也推断他该炼出来了。”她想了想又问，“那我哥哥如何说？”

山宗扬着嘴角：“他当然是不高兴的。”

长孙信炼金一个月便有所得，有心尽早送呈给新君过目，特找赵进镰商议送金入都事宜。赵进镰如今既然知道山宗所想，自然而然就提出让他走这趟。长孙信虽不乐意，却也没别的稳妥可靠的人可用，那日在山中遇到山宗，没好气地在他跟前道：“难怪你口口声声要助我早日炼出第一批金子，原来早就打好了主意！”

山宗想起，又笑一下，他的确早就打好了主意。

神容料想也是，这么久没来信，可能对她那日留下的话也心有不满。想起信，她瞄一眼山宗：“你的来信，我母亲并没有看。”就不直说已经烧了。

山宗稍稍换了个坐姿，一手搭在她身后，一手搁在膝头，眼垂下，“嗯”一声：“大约也能猜到。”

神容眼神动一下：“你在信里究竟写了什么？”

“写了该写的。”山宗说着，忽而慵懒地一笑，“放心，我只写了那是我一己之愿，没写你对我做的那些，就是裴夫人看了信，也怪不到你头上。”

神容顿时咬了咬唇，蹙眉看他：“什么叫我对你做的那些，我对你做什么了？”

山宗眼底沉黑，目光落在她身上，她耳边几根发丝微乱，是刚才在幔帐间挣扎之故，他搭在她身后的手伸过去，抚了一下，声音低沉：“你对我做过什么，还要我帮你回忆一下不成？”那些故意的撩拨，那些对他使过的花招。

神容只觉得他脸上神情又邪又坏，偏头避开了他的手：“你少得意。”耳边被他手指碰过的地方已经热了。

山宗手搭回去，想起裴夫人没看他的信，眼神停留在她侧脸上。他还有什么可得意的，现在是她得意的时候了。

直到外面天已黑下，杜心奴才又回到这间屋子的门外来。尚未开口询问还有无要伺候的地方，里面的人已经出来了。

神容先出来，往后瞄了一眼，山宗紧跟着走了出来。她理一下臂弯里的披帛，往外走了。紫瑞和东来立即跟了上去。

杜心奴看了看她的背影，向山宗施礼：“莫非郎君与贵人相谈不快？”

山宗没回答，只是笑了笑，跟上神容身影。

神容登上车时，便听见车外一声马嘶，窗格外露出山宗打马接近的身影。她怔一下：“你要与我一同走？”

山宗颔首：“有何不可，走吧。”

马车随即就动了起来。

神容看着他在窗格外的身影，长安街头的灯火明暗交替，愈显得他马上坐着时的腰身紧窄，踩着马靴的腿结实修长。她看了好几眼，心想真是随性妄为，当这里是他的幽州不成。

本以为到去官驿的那条路时他就会改道，没想到没有。山宗就这样骑着马，护着车，直护到了赵国公府附近。

神容吩咐停车，朝外看，轻声提醒："你还不走？"

暗暗的灯火掩着眼前青石铺就的路面，山宗在马上，目光看着前面赵国公府所在的方向，声音低沉地说："急什么？"

神容顺着他视线看了一眼，隐约看到了前方有一个人影。"有人，"她担心被人看见，低低说，"你该走了。"

山宗忽然腿一抬，下了马，接着眼前车帘一掀，他直接进来了车里。

神容被搂过去时完全没反应过来，他的嘴已结结实实堵住了她的。她的心瞬间被提了起来，下颌忽被他的手轻轻一抬，他的唇紧跟着落在了她颈边。腰上沉沉的，从腰侧直到腰后，是他的手抚了过去。

神容轻喘着，又提醒他一回："有人。"

"那你就别出声。"他声音沉沉地响在她耳边。

神容颈边轰然热起，这种细细密密的吻就像张网，她难捱又不甘地低语："还提我对你做过的，你对我做过的分明更坏。"

山宗吻在她耳边："在我跟前，你就不肯认输是不是？"

"偏不。"神容呢喃，陡然心头一紧。是他含住了她耳垂，又猛然吻了下来，有意一般用了力。等到神容忍耐不住，差点要真出声时，山宗才终于放过了她。

"我先走。"他声音低得只有彼此可闻，"回头再见。"

神容还在急喘，昏暗的车内看不出他的神情，只觉得他一直沉着声，似与往日不太一样。

眼前车帘一掀一落，他利落地出去了。几乎同时，马车就继续往前驶去。

山宗翻身上马，身隐在路边暗处，看着神容的马车往前，眼扫向前方那道刚刚见过的人影，到此时那身影还在那里徘徊着没走。锦衣玉冠的一道人影，那是裴少雍，山宗一眼就看出来了。

尽管神容之前没说从何处而来，他也大概猜到了，听裴元岭说过，今日有裴少雍的烧尾宴，她定是从宴席上过来的。山宗沉沉目光扫过那人影，又看一眼神容的马车，才掉转马头离去。

马车在赵国公府门前停下，神容才缓下急切的呼吸，车外鸦雀无声，她便也当作什么都没发生过，免得被看出来。

“阿容。”

忽来的一声唤，神容立时回了神，揭开车帘探身出去。裴少雍从赵国公府门前匆匆走到了车边：“你可算回来了，我一直等到现在。”

紫瑞在车边放下墩子，扶神容下来。

这短短的一瞬，神容心里已过了一遍，甚至还朝山宗送来的方向看了一眼，没见到他身影才定心，鞋踩到地时，脸上已带了丝笑：“二表哥等在这里有事？”

裴少雍宴席间所着的圆领锦袍都没换便来了，打发了随从，只独自在这里，轻声道：“我刚送姑父、姑母回来，听说你还未归府，担心你对之前的事心有不快，又担心你误会我意思，必须要等你回来。”

神容往敞开的大门口走：“二表哥言重了，有话不如进来说，你是表哥，岂能怠慢了你。”

裴少雍拦了她一下：“不敢惊扰姑父、姑母，我只想与你说几句。”

神容只好抿唇，往后看一眼。

紫瑞马上会意，悄悄推一下旁边的东来，又叫大门口提灯守着的仆从退回去。左右随从将马车引去了后门，大门口很快只剩下他们二人。

神容走上府门前高阔的台阶，停下脚步：“二表哥说吧。”

裴少雍借着府门前高悬的灯火看她神色，她侧脸对着他，耳边颈边似有一抹微微的红，他没太看清，欲言又止，好一会儿才道：“我今日在宴席间不是在捉弄你。”

神容脸转过来，顿了一顿，眼神淡了，反而更显出冷艳：“那就更不该了。二表哥往后不要做这种事了，若是真捉弄我倒也没什么，不捉弄我却还如此行事，实在说不过去。”

裴少雍愣了一下，她已直接走入府门。他余下的话一个字也没得到机会说。

神容提着衣摆，快步走回自己房内，反身就合上了门。她希望会错了意，偏偏没有。慢慢捋了一遍头绪，她又蹙了蹙眉，忽而心思一转，想到山宗，难道方才他看到了？

这点小动静并没有惊扰到国公府内。

次日，紫瑞来伺候神容起身时，特地提了一嘴：“少主可以宽心，主母和国公都还没听到风声。”

神容没问她是指山宗的事，还是指裴少雍的，也不想细说，只随口应了一声。

紫瑞正给她系着襦裙上的丝绦系带，门外来了个仆从，说请少主去见国公。神容看了一眼，是她父亲身边的侍从。紫瑞听见，不禁小心地看了看神容。

“没事，”她说，“我去看看。”

赵国公在书房里坐着，身着深绛色的宽袍便服，一张白面无须的脸被衬出了微微的冷肃。

神容进去时就看到这情形，回来这么久，父女二人几乎日日见面，就她此番去幽州关外探来的地风也讨论过许多回了，但哪一回都未曾见过他有如此严肃的脸色。她心思微动，近前两步，屈膝：“父亲找我。”

赵国公像在想着什么事情，听到她声音才看过来：“嗯，坐吧。”

神容只听到这一声，没了下文，越发觉得古怪，在他旁边的软榻上坐下。抬头时，却见她父亲拿起了手边的一封拜帖，只一眼，她就扫到了封面上刚劲有力的两个字，心中一紧。

山宗。

“幽州送来了首批冶炼而成的黄金，已交接完缴入了国库，圣人应会择日嘉奖。”赵国公拿着那封拜帖道。

神容淡淡点头，双手搁在膝头：“那就好。”

“押送这批黄金入京的是谁，你应当猜到了。”

何止猜到，她分明都已见过了。神容不语。

赵国公将那封拜帖扔在桌上，起身，在她面前来回走动：“山宗，我没想到这小子还敢递拜帖来求见，你知道他想干什么？”

神容捏着衣摆，轻轻启唇：“他想干什么？”

“他想登门求娶你。”

神容顿时心跳急了，他果然敢。

赵国公慢慢踱着步，双手负在身后，脸色仍严肃：“他说在幽州与你重逢后就有了此意，我还没告诉你母亲，免得惹她不快。先将你叫来知会一声，你倒也不用担心。”

神容想起了山宗在杜心奴处说的话，他确实将她在此事里择干净了，全成了他一人的事。现在她父亲还反倒在安抚她。她抬起眼，口气很平静：“那父亲可会见他？”

赵国公拿起那张拜帖，看了一眼上面的落款，皱着眉又丢回去：“便是不提他当初所作所为，如今他竟还想以幽州团练使的身份来求娶，也是异想天开。没有见他的必要。”

裴元岭在酒楼里坐着，饮了口酒，看向身旁："不愧是你山崇君，可真是敢啊。"

山宗坐在那里，一只手转着手里的酒盏，垂着眼，漫不经心："没什么敢不敢的，既然认定了就得去做。"

裴元岭笑着摇头，上一回来长安就看出他与阿容有些猫腻，果然是，这一回来了便直接说要再把人给娶回去了。天底下只有他山大郎君有此魄力。他说："我那位赵国公姑父可不会见你。"

山宗酒盏端起，一口闷入喉中，咽下去，才说："确实没有回音。"

裴元岭看了看他的神情，他从方才就是一副等消息的浮躁神情，自己岂能看不出来，笑了笑道："依我看，倒也不是没有转圜。待你回去山家，请动山上护军与杨郡君一同登门，好生为过往的事赔礼道歉，要再与我重新做回连襟也是有可能的。"

山宗咧了下嘴角，又转一下酒盏："幽州团练使便不配做你的连襟了？"

"那倒不是，但有山家做倚靠的团练使和没山家的可不一样，世家联姻天经地义，长孙家岂能毫不在意门楣？再说如今长孙家又立下大功一件，很快就会受赏，到时候就更比当初荣耀了。"裴元岭自顾自地说完，意识到了不对，笑没了，"怎么，难道你没有回山家的打算？"

山宗放下酒盏，撑着小案起身，拿上自己的刀，一言不发。

"崇君，"裴元岭跟着起身，一把拉住他，"山崇君，你老实说，我上次问的是不是对的，你可是身上藏了什么事？"

山宗拿刀鞘拨开他的手，笑着说："我上次说的才是对的，你请我喝酒便是要套我的话，少想些有的没的。"说完径自转身出去了。

裴元岭快步追出去，直到酒楼大门外，忽而看到一人穿过三三两两的行人当街而来。山宗已走出去一大截，脚步停了一下，看着来人。

"大哥，我来找你。"来的是裴少雍，对裴元岭说着话，眼睛却看着山宗。

山宗锐利的目光只在他身上扫了一眼，便径自从他身边走过。

裴少雍被那一眼看得皱眉，盯着他走远的背影，握起手心，回头问裴元岭："他怎会与大哥在一处？"

裴元岭看一眼远去的山宗，也不追了，向他走近两步，低声道："你这个兰台郎难道没听闻消息？长孙家在幽州发现了大矿，如今炼金有所得，就是由他护送来京的。"

裴少雍声闷着："听说了，但他亲自来此，又岂会只是为了押送黄金。"他还记着神容在周均处维护他的事情和到了河东又半途返回幽州的事情，如今山宗说现身就现身了，指不定就是紧跟着她来的。

裴元岭道：“你既然明白，以后就该收敛些，更不可当众再试探阿容。”

裴少雍不可思议地看着他，张了张嘴，低声道：“大哥与他倒比与我这个亲弟弟还亲，难怪总对我和阿容的事不看好了。”

裴元岭无奈地摇摇头，半叹半笑：“我的确对你和阿容的事不看好。我问你，阿容当日在宴间对你那试探之举回应如何？”

裴少雍脸色僵了一下，她让他以后都别再做这种事了。

“阿容是什么样的秉性，你我皆知，她不是那等任人摆弄的，向来有自己的主张。如她这般的女子，不是你能掌控的，这过往多年，我以为你早该看清了。那日她将你的话当作捉弄揭过，便是顾全两家的颜面，仍当你是表哥。”裴元岭说着指一下山宗离去的方向，“至于那一位，已试图登长孙家的门了，你现在该有数了。”

裴少雍听着他这番话，默默握住手心，到最后一句，震惊地睁大了双目：“什么？”从幽州带回的担心仿佛得到了印证，他早有所觉，姓山的约莫是想回头了。

山宗缓缓穿过人来人往的大街，停了下来，看向侧前方的一间铺子。

两层楼阁的铺面，里面是卖胭脂水粉的，他还记得，这是他当初第一回送神容返回长安时停留过的地方——当时裴元岭提议让她代买个礼物赠给裴夫人。

他走过去，刚到门口，墙侧就闪出了人影，脚步轻响到了身侧。是悄然而至的东来，向他抱了抱拳，而后便默默守在门边。

山宗刚才就是看到他的身影才来的，他朝里看一眼，走了进门。

此时过午，铺中没有客人，分外安静，连柜上的也不在。临窗所设的一张小案边，垂着细密的竹帘，帘边缀着一缕一缕青色的穗子，扫在坐在那里的女人裙摆上。

山宗走到那里，刀鞘伸出去，慢慢撩起竹帘。神容雪白的下颌、嫣红的唇、精致的鼻尖，再到长长垂着的眼睫、如云的乌发，一寸寸在他眼里显露出来。

她似在走神，霍然发现他的刀鞘，才掀起眼帘看到了他。

“正想去找你。”他低低说，眼睛还在看她的脸，“没想到你先找到我了。”

神容想起他先前在车里说过回头再见，其实也只能是这般悄悄见罢了。她抿一下唇，轻声说：“我父亲无心见你。”

山宗薄唇抿成一线，点一下头，开口说：“到现在都没有回音，我便也知道是这个结果了。”

神容站起身来：“只这事，我说完就得走。”

山宗刀鞘一挑，自己矮头进了帘内，贴在她身前，垂下的帘子刚好挡住了二人的上半身，外人不得见。“这么赶？”他问。

神容眼神正落入他一片翻折的衣领，黑漆漆的绣着精细的暗纹，她有些懊恼地说：“我近来出门都不太容易。”

当时在书房里，她父亲并没有给她再开口的机会，便叫她在府内待着，少出去走动，以免遇上山宗。她临走前本想与她父亲说一些话，想想还是忍住了，因为可能说多了，往后连幽州也会被她父亲拒之门外，她可能就彻底无法再去幽州了。现在也不过是找理由出来的罢了。

“因为我。”山宗说，“看来只要我还在长安，赵国公都会防着我。”

神容蹙了蹙眉，心里没来由的一阵烦躁：“你活该！”

“你说什么？”他盯着她。

“我说你活该，说错了？”神容抬头对上他沉沉的目光，没好气地推他一下。谁叫他当初说和离就和离，如今落到这一步都是他自己造成的。

这一下根本没什么力道，山宗却还是随着她这一推退让了两步，她便自他跟前过去了。

他揭开竹帘出去，看着她带着东来已离开铺门前，臂弯里的轻纱披帛在门边一闪而过，不禁自嘲地一笑。确实是他活该。

直至天黑时分，山宗才往官驿走。

大街上灯火延绵，人来人往，只有长安城的热闹始终如一。他摸着腰间的刀鞘，心里沉沉浮浮，想起铺子里的神容，心更沉，如有石坠。

回到官驿，天已彻底黑了。馆内的驿丞匆忙上前来向他搭手见礼：“山团练使出去一日了，可算回来了，快请，有人正等着您呢。”说着就牵住他那匹黑亮的高头大马，往马厩去了。

山宗提刀而立，目光看过左右，发现院中好像多了其他人的马匹，不动声色地往里走。走到客房，他脚步骤停，拇指抵住刀柄。眼前客房的门是虚掩的，留了一道缝。他左手推开的瞬间，右手就拔出了刀，门内坐着的人一下站起，他刀已指过去，又收了回来。

屋内一灯如豆，站着身穿深黛圆领袍的裴少雍。方才的刀已稳稳地指住他的脖子，拿走后他的脸还有些发白，脚下不可遏制地后退了半步，皱着眉堪堪站定了。

山宗收刀入鞘，抛在桌上：“就是你在等我？”难怪驿丞很客气，原来是新得新君赏识的兰台郎到访。

裴少雍开口就道：“我为阿容而来。”

山宗扫他一眼，竟然笑了：“是吗？”

裴少雍觉得他这一句满不在乎，又看到他那笑，似乎根本没把人放在眼里，顿生不忿：“我只问你，你想干什么？”

山宗倏然抬眼：“这话是不是该我问你？”

裴少雍振一振神：“当初是你负了阿容，如今你又想动什么心思？”

山宗脸色渐沉，眼底幽深：“我今日心情不佳，劝你在我跟前少说为妙，尽早回去。”说完，径自解开紧束的袖口。

裴少雍气血上涌，一口气道：“阿容原本该是你的妻子，何尝轮得到别人来操心。山宗，这可是你自己断的，你如今又凭什么想回头就回头！”

山宗解着护臂的手用了力，灯火间手背青筋凸起，扭头看他，又生生忍回去了，忽而冷笑：“你在怕什么？”

裴少雍惊愕地看着他：“你说谁怕了？”

山宗冷声：“倘若你不怕，就不会来找我，而是去找神容了。你怕什么，怕她拒绝你，还是怕我出手你就没机会了？”

裴少雍无言，原本朗然和煦的脸，如今青白交替。

“我说过了，我今日心情不佳，劝你尽早走。”山宗把扯下的护臂随手丢在桌上，一把声低沉得骇人，“只要神容眼里没你，你在我这里就不值一提。”若非念在他是裴元岭的弟弟、神容的表哥，就凭方才那几句挑衅，他可能已经没法开口了。

裴少雍察觉了，他根本不是个能与之理论的人。他忍着一口气走到门口，手还因气愤而紧握着。

“等等。”山宗忽然叫住他，勾着嘴角，压下的眉眼间冷气森然，“你记好了，神容本来就是我的，还轮不到别人插手。”

午后，紫瑞如常走进神容房里伺候。

神容正摊着书卷在整理当初去关外探得的地风，但其实这些早已经做过了，现在全然是在打发时间。

紫瑞近前道：“少主可要出去走走？”

神容摇头：“算了，免得我父亲过问。”她父亲昨日还差人来问了她这两日情形，她便干脆连房门都不出了。

将书卷收起后，再无他事。神容在桌边坐着，忽而问：“他如何？”

紫瑞回：“山使应当还没走，不过听东来说任务已毕，就不知还能留多久了。”

神容抿抿唇，想起铺子里与他那匆匆几句，一时什么话也没有。

忽听门外有人笑着接了话："阿容在说谁如何？"

神容抬头看去，长孙澜身着一袭宽逸的杏黄襦裙，轻笑着走了进来。

"阿姊怎会来？"她站起身。

长孙澜道："我来叫你一同去东市品新到的岭南红茶，已与母亲说好了。"

神容本还想婉言谢绝，听了后面便笑了一笑："好吧。"

长孙澜先去门外车上等待。

待神容更衣描妆完毕，出门登上车时才道："阿姊今日若也是来为别人搭桥的，那我半道便要下车了。"

长孙澜闻言一愣，随即吩咐外边马车上路，一边道："你指二弟是不是？上次的事，我也看出你对他无意了，今日你放心随我走就是了。"

神容的确以为是裴少雍，若是他的安排，那半道她便下车，就当是借堂姐的车出门了，既然今天不是，她便不再放在心上："阿姊还是别提了，只当没有这事，免得二表哥往后难以说亲。"

长孙澜点头："这是自然。你的事，我已听你大表哥说了，不是二表弟，没想到还是那个旧人。"

神容在车中端正坐着，不作声，她会知道也是意料之中的。

长孙澜看一眼她神色，拉过她的手，说着姊妹间的私话："他如今只是一州团练使，对别人而言可算作高官，但我看父亲的意思并不满意，加之山家如今又锋芒收敛……最提不得的还是当初和离那事，料想此番他来此的目的是绝对达不成了。"

神容脸色淡下去，又想起那日在铺子里与他说的那几句话，低哼一声："那也是他自作自受。"

长孙澜笑起来："你既如此说，又何必再回头看他，大可以将他抛开就是了。"

神容手指绕着腰间的丝绦，心想这才是可恨之处，明明气愤，当时却还是返去了幽州那趟。"想得美，我才不会叫他好过。"她轻声自语。不是他叫她报复他的吗？

长孙澜没听清，却被她出神般的模样给弄得笑了笑。

马车到了地方，正在东市一条大街旁，沿街商旅百姓往来不断，偶尔穿行过一两辆贵人车驾。

下了马车，长孙澜又挽住了神容手臂，与她一同往里。

神容进去前往两边看了看，没看见熟悉的身影，人已随长孙澜走往二层雅间，口中问："莫非来这里是大表哥的安排？"

长孙澜边踩阶梯边道："真是什么也瞒不过你，否则我如何知道你的事，可他又不与我说全。”

神容看她一眼：“什么没说全？”

“我正是不知道才无从说起。”长孙澜轻叹一声，“你大表哥只说有些事自己也是胡乱猜想的，并无根据，叫我不要在你跟前乱提。我虽想问，但想他可能的确不愿与我多说。”说到此处，脸色似有些怅惘。

神容停住，再三看了看她神色，并不知他们夫妻间情形，也不好多言，只能宽慰她：“阿姊不必多想，我看大表哥一直对你很好。”

长孙澜回神般笑了笑，点头：“无事，我们一直很和睦。”她说着指一下前方，“你先去，我去选茶。”

神容又看了看她，才往前走去。

此时雅间窗口边，裴元岭站到现在，才算等到了街上打马而来的山宗。他带着两三个兵卒，不知是从官驿而来还是从官署而来，明明已到街尾，却没直接过来，反而停了下来，像在等着什么。裴元岭眯起眼细看，才算看清远处有车马过来了。是赵国公府的马车。

山宗下了马，刀抛给身后的兵，大步走过去。

裴元岭不禁手搭上了窗沿，眼都睁大了一分。那辆马车里坐的是赵国公。

左右百姓避让，唯有山宗一步不停地走到了马车旁，笔直站立，身如松柏，面向马车抱拳。大概说了什么，但听不见。

马车却也只不过是放慢了一瞬，便毫不停顿地自他身旁驶过去了。

裴元岭看着那道缓缓放下手的身影，孤绝凛凛，如松已入冬。

裴元岭想着他可真够胆大的，居然就这样去拦赵国公的马车，看着看着，却又皱了眉，认识山宗多年，从未见过他这般模样，当年的天之骄子，从不至于要到当街求见这个地步。即便如此，赵国公也没给他机会。

裴元岭忍不住叹气，忽觉有人，转头看去，神容就在他身后站着，眼睛看着窗外，脸上没有神情。他立即堆出笑来：“原来阿容已经到了，我竟刚发现。你看到什么了？”

神容眼睛动一下，转过身去：“什么也没看到。”

“我还道你看到什么了。”裴元岭笑着看看她，“你先歇一歇，我稍后就来。”

神容随口应一声，听着他的脚步声走了出去。

裴元岭快步到了楼下，直往后院，恰好赶上打马过来的山宗，无奈道：“叫我做此安排，却又到此时才来。”

“有点事，”山宗走过来，脚步停一下，“她人呢？”

"到了。"裴元岭朝上指一下，"不过方才看见她，好似脸色不好。"

山宗"嗯"一声，什么也没说，越过他进去了。

裴元岭盯着他的背影看了看，觉得他难得地沉默，不知是不是因为方才的事。他这回突然开口请自己帮忙把神容带出来，大概也没料到路上会有遇到赵国公车驾经过这一出。

神容一直没坐，听到脚步声垂着头走到门口，视线里霍然出现一双男人的马靴，一抬头就对上那双坚定沉着的眼。

山宗刚走到这里，两人遇了个正着。

"我就知道是你。"神容声音不自觉放轻，却又故意不去看他。

山宗盯着她别开的脸，细细打量她，她身上穿着直领的高腰襦裙，坦着如雪的颈边，不觉声音也放轻:"还气着？"

"我气什么了？"神容挑眉，仍不看他。

山宗看着她故作云淡风轻的模样，就知道她还是嘴硬，顺着她的话说："是啊，你气什么，我此时才是出气无门。"

神容顿时转过了脸来："你凭什么气！"

山宗嘴边挂着抹笑，仿佛就是在激她回头一样。神容差点又要说"那是你活该"，想起刚才街上所见，终是没说出口。

其实她都看见了。他自然有那个胆识去拦她父亲的车驾，但以往他在她跟前多耀武扬威，如今就有多收敛，就如同他当时认真求娶的那次。她回想着刚才车驾走后他仍站在那里的笔直身影，不知道他当时在想些什么。

忽然一只手臂揽过来，她腰被搂着，整个人一下贴至他身前。

山宗叫她回了神才放开她，低头看着她："发什么呆？"

神容一直没听他提起这事，只能当不知道，却又想起了堂姐的话："你这次来长安，注定是没有结果了。"

山宗喉间一动，眼底沉沉："我不能停留太久，这次大概确实如此了。"正因知道时间不多，他才会直接去拦车，但若赵国公都不肯见他，裴夫人就更无可能了。他只在心里过了一遍，看她时又弯了嘴角："放心，是我要娶你，这些自然是我来解决。"

神容被他的话弄得眼神飘了飘，心里一紧一松，如被只手揪起又放开："巧舌如簧。"

话音刚落，外面传来了上楼的脚步声。神容听见，猜想是堂姐或者大表哥来了，立即走开一步，退离他身前。

山宗眼见彼此瞬间拉开几步的距离，默默抿去了脸上的笑。他们之间若不能解决这个问题，就永远都会这样。

外面上楼的脚步声听起来急匆匆的，很快出现在门外："头儿，幽州军务。"是个兵卒。

山宗目光扫向屋门，快步出去。神容怔了怔，跟着走出去，那个兵卒已经匆匆下楼去了。

山宗手里捏着个册子，收入怀中，转头朝她看来："我须即刻去处理军务。"

她眼神在他身上转了转，觉出不对："可是有什么大事？"

山宗看了看她，目光似比平常更显幽深："没事。"说完便要下楼，下去两步，脚步却又骤然一停，返回来捧着她脸低头亲了下来。

神容的唇被重重一揉，滚烫的呼吸洒在她的脸上，尚未回神，他已放开她，对着她的双眼喘了口气，又转身继续下楼走了。

裴元岭紧跟着就上来了，朝下方看了一眼："这是做什么，好不容易叫我带你过来，他这便走了？"

神容抿住滚烫的唇，下了几步台阶，外面已看不到他身影了："嗯。"

明明还有话没说完的模样，忽然就走，她始终觉得应是有事。

半个时辰后，神容被长孙澜的马车送回了赵国公府。

进了府门，正遇上她父亲站在廊上。她不禁就想起了先前所见到的山宗被冷落在街头的场面，走过去唤了声："父亲。"

赵国公问："今日随你阿姊出去了？"

"是。"

赵国公点点头。

裴少雍也在，正站在廊柱侧面，神容进门时没看到，走近了才发现，看到他身上穿着簇新的官袍，踩着六合靴，如常唤："二表哥。"

裴少雍看了看她："我今日是来传令的，圣人收到首批金子十分满意，已着我拟旨封赏，又言矿山重要，要下令幽州团练使尽早回去了。"

赵国公只"嗯"了一声，他到这年纪，已能宠辱不惊了。

神容心里有数，这是迟早的事。所以，山宗才说这次任务不会久留。她看了一眼父亲，觉得他应是轻松的，山宗要走了，不用防着了。

"父亲处理吧，我先告退了。"她转身走了。

裴少雍看着她离开的身影，忍不住猜测她是不是因为山宗之故，转头又看赵国公好几眼，终于忍不住问：“听闻山宗求过登门，姑父如何说？”

赵国公一下想起的却是先前被那小子当街拦车的事。若是别人，他只会觉得莽撞冒失，但他自帘内往外看了一眼，却只看到山宗挺直的脊背、坚定的眼神，仿佛他不得不来，理所应当地要来一般。

“可惜了，”赵国公负手身后，叹息一声，“我当初很是看好他，谁知他婚后会做出那等事，如今隔了几年再见，竟有些看不清楚这是个什么样的人了。”

裴少雍还记得他在官驿里放过的话，那股狠劲儿，根本不像个世家出身的。“确实看不清，”他低声道，“听檀州镇将周均说过，他曾临阵失信，这样的人，娶了又抛开也不是稀罕的了。”

赵国公颇为诧异：“竟有此事？”

裴少雍愣了一下，方才说这些是有些气愤的，说出来后又觉不妥，皱眉道：“我也不知真假，只是听到这说法罢了。”

赵国公缓缓走动两步：“战事历来都有记载，是否有此事很容易知道……”话到此处，却又一顿。赵国公想起来，上次查到那小子官职便费了好大周折。此事他一直没与神容提过，稍一沉吟，对裴少雍道：“你如今既然是兰台郎，应当有机会去查证，子虚乌有的事，不应当提。”

裴少雍愣了愣，点头称是，暗自记下了。

第十五章

烽火燃灼，斯人在侧

一匹快马如风一般，在荒无人烟的僻静小道上飞驰，直至迎上兵马大队，急急勒停。

马上的是赶着报信的兵卒，停下即报：“头儿，百夫长胡十一和张威带队，按您预留的法子，在关城前抵挡住了！”

山宗勒马，身后是随他此行送金的兵马，他沉着眼点头：“挡到我回去为止。”

兵卒立即抱拳，掉头又去传信。

山宗挥手，后方兵马齐动，继续往幽州方向急行。他却停了一下，往身后长安城阙遥遥地望了一眼。

只一眼，他就回过了头，策马疾驰，踏尘而去。

东来沿着赵国公府的回廊，快步走向神容住处。至门外，恭谨地唤：“少主。”

神容走出来，看他垂着头，额上有细密的汗，便知他刚从外面回来，两手轻轻握住：“他走了？”

“是。”东来答道，又把声音放低，“未等长安官署的命令送到官驿就走了，但山使留了话给少主。”

神容蹙眉，越发觉得有事，不然他不会走得这么急：“说吧。”

“他说，在幽州等你。”

这一句从别人口中传达，便出奇地直白，神容立时耳后发烫，心却往下落了落，低低说：“他凭何认定我还能再去幽州？”这一趟他无功而返，她恐怕也再没机会去幽州了。

东来道：“属下不知，但山使就这么说的。”

神容听他这么说，简直可以想象出山宗说这话时的神情，一定又是万分笃定的。她思来想去，还是觉得不太对，越过东来走了出去。

到了她父亲的书房外，正遇上她父亲出来，身穿肃正的官服，头罩乌纱进贤冠，应是刚下朝回来不久。

“父亲，”神容快步走近，“我想知道河东一带解禁没有？”

赵国公停下道：“没有，你问这个做什么？”

神容犹豫一下，还是说出了心里的隐忧：“哥哥这么久没有来信，我有些担心。”她总怀疑幽州出了事，否则山宗不会不等命令到就提前走，当日叫大表哥特地将她带出去相见，却连话都没说完便离去了，当时来的分明是幽州军务。

赵国公眼角挤出细细的纹路：“他确实许久没有来信了，虽眼下无法互通，来报个平安也是应当的，何况刚炼出首批金子，更应来信才是。”

神容也正因此觉得不对，她起初觉得是因为她留的那张纸叫长孙信不高兴，所以没来信，但金已炼出，矿山现世，帝王封赏之际，总该有消息来。

忽来一个仆从禀报：“国公，宫中来人送赏了。”

赵国公闻言立即整衣，对神容道：“今日朝上圣人已加了国公府采邑，不想眼下又来送赏了，我先去答谢，有事不妨稍后再说。”

神容只好先放下这点担心，让开两步。听闻新君不喜排场，以往但凡有宫中来人，无不是全家恭迎，到了他当政便从未有过，如今也只她父亲出面即可。

待她父亲已走远了，她想了想，还是决定悄悄跟去看看。

一个头戴高帽的内侍站在前厅内，正在与赵国公说着话——

“圣人已令幽州团练使速返，是为矿山安稳，也是有心召长孙侍郎回京当面受赏。”

桌案上摆着几只打开着的漆盒，隐约可见两柄碧绿通透的玉如意，几斛明珠，大约是赏给府上女眷的。

神容悄悄立在窗外看了一眼，对此番话有些意外，国中历来的规矩，凡召至御前当面受赏的，都是帝王极其重视的。看得出来这一批金及时送到，让新君很是满意。

果然，便听她父亲道：“圣人恩德浩荡，自当遵从。”

内侍道：“赵国公不必客气，特地来此传讯，其实是传一句河洛侯的话，侍郎回京之际，矿上当有人接手领头，届时河洛侯可派人协助。”

此言一出，神容眼睛一动，往厅里看去。

她父亲虽脸色未变，面上的笑却顿了一顿，随即道：“河洛侯有心，矿上有工部官员在，理应可以自行料理。”

内侍摇头：“国公有所不知，圣人如今十分重视那矿山，为求稳妥，河洛侯才会有此提议。”

赵国公略一沉吟，又笑道：“那不如就由我亲自走一趟。”

内侍忙摆手阻拦：“万万不可，何至于要国公亲力亲为，圣人绝不会允。”说罢施礼离去了。

赵国公朝窗户看来：“你都瞧见了，进来吧。”

神容离开窗边，走入厅内：“父亲认为河洛侯为何要在此时提出协助？”

赵国公皱着眉：“我看河洛侯平时为人君子，倒不像是那等半道横插而入要撷人功勋的，却又不得不防。”

洛阳的河洛侯当初扶持新君登基有大功，举足轻重，轻易不可得罪。如今金矿随着运送入京的这一批金现了世，他却突然有心协助。这所谓的接手是仅仅帮着长孙信看一段时间，想分一杯羹，还是全权接过，实难预料，也就很难断定他的意图。朝堂诡谲，刚受赏便来此一出，不管怎样，都不是个好消息。

神容默默理着头绪，不知幽州情形，也不知她哥哥如何了，更不知山宗此时到哪里了，在忙什么，现在又来了这一出。她沉思一瞬，却陡然回过味来，看了看她父亲，轻轻启唇：“其实父亲若不放心，我可以去接替哥哥，正好也看看他情形如何。”话说完时，心口已不可遏制地紧了紧，她暗暗捏住手指，又补一句，“只要父亲相信我。”

赵国公对着她看了好一会儿，叹息一声：“你知道我历来是最信你的，否则第二次就不会准你去了。”

确实，赵国公其实也想到了，届时只消呈报宫中已派人在场，附上她的矿眼图，总比那些半道接手的人可靠，圣人虽然年少却不是愚昧之徒，也就能将河洛侯的“好意”给顺理成章地婉拒了。

神容心中微动：“父亲还是在意山宗。”

赵国公道：“那小子对你既有心求娶，我怎能不在意？”

神容动了动唇：“那……难道就让河洛侯的势力渗透进我长孙家？”

赵国公顿时眉心皱成了“川”字，她看得清楚，这正是他更不愿意看到的结果。

许久，赵国公又看她一眼，垂眼感慨：“其实整个长孙家都知道，这金矿问世的功劳，你居首位，你也是最适合去那里的人，我本不该阻拦。”

“我不在意那些。”神容口气满不在乎，“我只会这个，便一展所能罢了。”

不管她经历了什么，她的家总给她遮风挡雨，不曾让她受过半分委屈。便是现在，她的父母所做的决定也无不是在为她着想，她又岂会在意什么功劳。

神容说到此处，忽然会意：“父亲是松口了？”

赵国公无奈地笑：“我确实有些担忧你哥哥，也确实信你，只怕你母亲是不会放心的，还好她不知道那小子前阵子做了什么。”

神容明白：“母亲从来不是不体谅缘由的人，只不过是因为太护着我罢了。”

赵国公点头，良久不语。

一刻后，紫瑞和东来在房门外等到了返回的神容。

她进屋之前，停一下：“他就留了那句话给我？”

东来垂着头：“是，就说在幽州等少主。”

方才在前厅里，最终商议的结果，是赵国公的一句话：“还是待到河东一带解禁了再说。”神容便知道，她父亲还是松口了。她心里有一处忽冒出个念头：山宗是亲手交接了那批金的，他是不是早料到新君会当面召赏她哥哥，所以才会留下一句在幽州等她？若是这样，这男人的心思也太深了。

她往北看，全然不知幽州现在如何了，也不知他到何处了。

幽州，横踞山岭的关城之上，深更半夜，漫天星子，周遭却弥漫着一股烟火呛鼻的气息。

胡十一和张威带着人守在关城上，关城外的下方是刚刚退去的一拨敌兵，还有十来具敌兵尸首。

“这次怎么来了这么多！”胡十一“呸”一声，吐出一口带着烟尘的唾沫星子。

山宗练兵常有预备之策，就是为了应付这种突然而至的侵扰。过往这些年一回没用过，便是之前有一股精锐想偷偷摸入关，也是围网狙杀便剿灭殆尽了。没想到他这回押着金子去了趟长安，对方倒有些肆无忌惮了，只能用上应对之策。

胡十一和张威连日来数番用了火攻，才将这拨敌兵暂时扫退了。张威满头满脸漆黑，先令城上的兵灭了火把隐藏人数，接着就一头靠在城头上喘粗气：“头儿以往说过，这种情形还会再攻一波，不能掉以轻心。”

胡十一抹把脸：“你说打建立屯军所以来，咱们就没跟关外的开过战，头儿这是从哪儿知道他们的进攻路子的？”

“咱们跟着他这几年是没开过战，难保他以前没有过啊！”

胡十一反应过来了：“是了，我被那些关外的狗贼给搞蒙了。”

张威摸黑灌了口水：“军报送去长安多日了，头儿肯定会急行军赶回来，指不定快到了。”

胡十一抢过他的水囊，也灌一口，喘气说：“那有什么，在他回来前便将这些狗贼给灭了。”

二人刚歇了不到半刻，忽闻尖锐笛啸。胡十一拔地而起：“果然还有一波！”

张威马上调人:“快去!是矿山方向!”

长孙信坐在矿眼附近，忽听到那声尖锐刺耳的笛啸，顿时给惊了一下，又没好气地擦了擦额上的汗。他被困在这望蓟山里有好几日了，对这四处示警之声已听了多次，还是不太习惯。

倒不是出不去，而是不能贸然走。这里现在不太平，好好地冶炼着矿，忽然关城四处受到了侵袭。军所前阵子送出消息往长安时，他其实已与那几个工部官员避开了，几日后恢复安定了，才又回来继续冶炼。不想这一回来，对方又卷土重来，还变本加厉了。

连日下来四周都不安定，那日原想再出山回避，没想到忽来飞矢，在他们眼前就有兵中招倒地不起，霎时就没人再敢出去了。长孙信身为工部侍郎，也不能罔顾下属性命，强行要求他们出山，就只得在此先待着。

那群重犯都被押在下方采矿的坑洞里，下面待久了会闷，他和官员们出来透透风。不远处火光一阵一阵，火油烧着的大瓮正在抵挡这一波，其间还是有人混进来了，尖锐的笛啸一阵一阵地响。有火把在附近闪动，看起来是军所的人在往这里赶。

长孙信知道每一波抵挡都会有危险，起身回避，却见那群人直奔这里而来，比平时快了不知多少。

“侍郎小心!”不知后方哪个工部官员喊了一声。

冲到眼前的不是军所的人，而是十几个披头散发手持弯刀的敌兵。长孙信已来不及回避了，好在一旁守着的军所兵卒迎了上去与之搏斗，长孙信这才没被一刀砍倒，马上便往坑洞跑。

远处张威带队而来，急急叫:“侍郎快躲好!”

长孙信暗叫不好，叫他什么侍郎，那群人不得铆足了劲来抓他!

果然那几个混进来的敌兵一边搏斗，一边又有人往他这里来了。张威赶来，阻拦了那几人。长孙信顺利避开，倒离了坑洞一大截，反倒无法下去回避了，只得退去那几个官员藏身的山壁处。

胡十一那头在叫支援，张威还在这头挡着，这一波有些棘手。长孙信正忧虑，忽见张威旁有几道细影破空而至，似是箭矢，在他周围缠斗的敌兵立刻倒了好几个。

远处有兵喊:“张百夫长，换策抵挡!”

张威回:“谁下的令?”

“头儿!”

话音未落，马蹄声已至。

飘摇的火光里，山宗策马而来，一跃而下，抽刀就解决了两个眼前的敌兵，沉声问：“长孙信呢？”

长孙信还未答话，张威已大喜过望，指了一下山壁处：“在那儿，头儿！”

山宗大步走至：“带上你的人，马上跟我走。”

长孙信愣了一下，迅速反应过来，也不含糊，朝左右挥手：“走走走，快走！”

工部那几个官员跟着长孙信，长孙信跟着山宗，直到出山道边。山宗身边迅速聚拢来几个兵，牵着马送过来。长孙信也来不及问他长安那些事了，匆匆坐上马背，一身都是汗。

山宗上马，亲自带人护送：“走！”

一行人在黑暗里深一脚浅一脚地出山，委实快不了。山宗在长孙信左侧，几乎并排而行，忽然山宗一手按在长孙信背后，让他低伏了上半身。

长孙信猛然被按，吓了一跳，差点脸贴到马背，一抬头，却看到他手收了回去，从手臂上拔了什么随手扔了。

“那是什么，刚才是你救了我？”他不太确定那是不是飞矢。

山宗抽出刀，故意说：“你如今不同一般了，救你也是应该的。”

长孙信被他一下噎得说不出话来，奈何他这是救命之恩，只能忍着。

也没时间给他们说话，马已出山。

山宗目力过人，眼观四方，不知是不是因为受了伤的缘故，声音很低：“别回幽州，往檀州走，或者再远点去河东暂避，待这里解决干净了再回。”

长孙信大惊失色，只不过黑夜里看不出来：“竟有如此严重？”

“不严重，”山宗没多说，“反正你也要被召回京了，只当先赶些路好了。”

长孙信还没问他如何知道，就被吓到的官员们催着往前。

山宗叫兵马继续护送，要走之际，又说一句：“若写信回去，别告诉神容这里的情形，在她来之前我就解决了。”

长孙信愕然回头一看，眼前只剩下他疾驰回山里的身影。

他居然说阿容还会再来？

天际泛白时，又一波燃着火油的箭矢射了下去，关城下烧起来了一大片，蚁群般的敌军渐渐往山林间退却。

被烟火熏得灰头土脸的胡十一小跑着回到了矿眼附近，喘着气报：“头儿，这波可算叫他们撤了！”

山宗坐在大石上，衣袖卷起，嘴里叼着根白布带子，往小臂上缠，裹住了手腕处一截斑驳的刺青后，收了个头，拉下衣袖：“嗯，还是按我昨夜定好的办。”

昨夜他一返回就调整了对策，抵挡关城侵扰时，又下令暂闭幽州城门，从这山里到整个往来道上都要洗一遍。

胡十一心定不少，擦了擦脸：“都已传令下去了，这群狗玩意儿，这回混进来不少！”

山宗说：“有飞矢不一定人多，是想叫山里自乱阵脚。拿关城地图来。”

胡十一立刻从怀里掏出地图，摊开在他眼前。

张威从另一头过来，和胡十一挨着挤在他跟前：“头儿还有什么安排？”

山宗指了几个地方：“这几处出过飞矢，趁天亮带人去多洗几遍，把他们的后路封死。”

张威主动带队去办了。

胡十一又抹下脸，抹出一道黑灰印子来却浑然不觉，从怀里摸出纸包的军粮，剥开，掰下一块干硬的肉干递过去：“头儿，你这一路赶回来还没歇过，又受了伤，要不找个军医看看，歇上一会儿？”

山宗接了，扫了眼面前的山：“没事，守好这座山就行了。”

胡十一心里有数，这可是金矿，那长安宫里头的圣人现在肯定看重着呢。想到长安，倒是难得可以趁现在说几句闲话了：“头儿，你这次去长安也就待了几天吧，都干什么了？”

山宗捏着肉干，勾起嘴角：“少废话，没什么好说的。”目的没达成，自然没什么好说的。他咬了口肉干，想起神容，不知道她听到他留的话会作何感想，想着想着嘴角就勾得更深了。

胡十一噤声，还没说到金娇娇呢，这就不让说了，只能看着他的神情瞎猜测。

天光又亮一分，山林间雾气缭绕。坑洞下，那群重犯被陆续押了上来，这时候他们才被允许出来放风，解决吃喝方便的杂事。

锁链声响，山宗一眼扫去，一群人挨个缓行，脚镣沉重，头发又长长了，大多都已到了肩头。只有未申五扭头朝他这里看，双眼阴沉，左眼白疤扭曲，笑得嘲讽。

胡十一看到了，忍不住就想去揍他：“这怪物是不是又找抽，咱们在这里拼死拼活，他倒跟看好戏似的！”

未申五居然听到了，“呸”了一声，在一丛杂草旁蹲下来：“老子看好戏也是看姓山的！狗东西这回又没死成，也好，最好他日死在老子手里。”

胡十一这下是真忍不住要去动手了，却见身旁山宗起身抽刀，往那里去了。

重犯们三三两两散布在附近，忽见他抽了刀，全不约而同看了过来，人人锁链拉扯，神情戒备。一旁兵卒们执鞭严守。

未申五已经绷着浑身做好准备了，一双眼阴鸷地盯着他。山宗却直直从他身旁走过，缠着布带的手露着一截斑驳乌青，拎着刀，往最远处蹲着的甲辰三走去。

他顿时面露狠色："你想干什么？有种冲老子来！"

山宗没理他，忽然快走几步，一把按下甲辰三的后颈，将刀掷了出去。与此同时，一旁已有两个重犯锁链一响，想要扑过来。

却见刀飞去的地方，两三棵树外，倒下一个半蹲的身影，披头散发。两个兵卒快步过去，拖出那个敌兵，对方臂上绑有小弩，上面飞矢已经搭上弓弦。

差一步，这飞矢就会正中离得最近的甲辰三。

山宗大步过去，抽出自己染血的刀，回头时沉声下令："上关城，再挡！"

胡十一这才明白过来是怎么回事，这群狗贼居然又来了！马上跟着调人："跟我走！快！"

山宗提刀而去时，只扫了一眼未申五，便踏过山间碎石走远了，一个字都没跟他说。

甲辰三这才从摔倒的地上爬起来。未申五半身还伸着，刚才以为他要动甲辰三，差点要过去拼死缠斗，此时才缓缓蹲回去，盯着他的背影，许久，又怪笑着呸了一声。

周围的其他重犯却都一声不吭。

长孙信疾奔一夜一天，到了檀州地界。他本就在山里困了多日，体力一空，实在顶不住了，马也累了，不得不停下整歇。

周围是荒无人烟的旷野，身旁的几个官员下马后就一屁股坐在了地上，累得直喘息，什么京官仪态也顾不上了。

跟随他入山的几个护卫也一并跟了出来，此时过来了一个，扶他下马。长孙信从马上下来，也只能勉强端着往日风范，整了整衣袍，扶着马背一声一声地喘气。军所护送的兵卒给几位官员和护卫分送了军粮，也给他递来一份："请侍郎吃些。"

长孙信一见就皱眉摆手。他被困这么多天，不知吃多少回这东西了，这么硬这么干，哪里吃得下，再饿也不想碰了。那兵只好收回去了。

长孙信往后看："后面还有敌兵追着没有？"

兵卒抱拳："侍郎放心，离开幽州地界就甩开了。"

长孙信心有余悸，山宗居然说对了，有几个漏网之鱼摸出了山，往幽州城去的方向都有踪迹，可能是想混进城。还好他们走的是反方向，离开了幽州。

忽见远处一队人马从荒芜的尽头遥遥而来。一个官员站起来，急切问："那可是官兵？"

一个军所兵卒看了看："是檀州周镇将的人，大概是巡逻的，若侍郎决定在此处停留，那咱们就返回了。"

长孙信记起了先前被请去周均府上的事，犹记得那位周镇将对山宗不满，大概是不欢迎幽州军的，也就不奇怪他们说要走了。

他觉得那日神容当面甩了周均一回脸色也有些尴尬，嫌麻烦，干脆道："不在这里停留了，再往前出了这整个河朔大地，直接去河东便是。"

他这么说了，其他官员只好认命般跟着爬上马背。

长孙信带路道："绕开他们，往那头有山的地方走。"

在那队人马接近之前，他们便转了向，往偏僻山岭而去。这条道没人走过，实在不好走，杂草乱石遍布，混着山林间的荆棘，简直是他们用马蹄在开路。所幸长孙信身怀山岭脉络的知识，还不至于迷路。

直至天就快黑下，他们才绕过这片山岭。穿过荒野间的林子，正要回到官道上，远处又有一阵马蹄声传来。

长孙信这几日受惊不小，那阵马蹄声越来越近，只看清共有十来人阵仗，管他是周均的人还是敌贼，第一反应便是打马回野林子里去。

外面马蹄声停了，却有一匹快马独自冲了进来。兵卒和护卫齐齐抽刀防卫，便听一道女子声音喊："慢着！"

长孙信从马上一回头，正对上对方探究的脸，立即往后仰，一脸诧异："怎么是你？"

山英坐在马上，穿着对襟绣纹胡衣，绑束男子发髻，正倾身贴近来看他，也很意外："我方才瞧见林子里闪出来的人像你，还以为瞧错了，追来一看，竟真是！你怎么成这副模样了？"

长孙信此时狼狈，月白的袍子沾染了尘灰，玉冠束着的发髻也乱了，又累又饿，人都消瘦了一大圈。他自己也有数，干咳一声，故意不答："你怎会在檀州？"

山英被岔开了话，忘了追问，坐直了道："我正是来找你的，长安来了圣旨，八百里加急送到的，说要召你回去面圣受赏。河东还未通，便由我山家军代为传讯。"其实哪里用得着她亲自来，无非是她想借此机会来悄悄看一眼她大堂哥，山昭想来都没能来得了。

长孙信顿时想起了山宗的话，竟被他说了个正着。再一想，忽觉真的过去太久了，一边往林外拍马一边道："快让我写封信回去，最好也给我八百里加急送回去！”

山英跟着打马出去：“现在？”

“找个地方不就行了。”长孙信很急，怕是家里现在更着急。

山英只好道：“那成吧，你这模样也的确要休整。”说着往后看了看，“对了，你带着这些人是要去何处？”

长孙信已经疲累饥饿得不想说话了：“去你那里，还能去何处。”

山英觉得不对劲，转头北望：“莫不是幽州出什么事了？”

长孙信勉强打着精神：“你不是总说你大堂哥天纵英才，有什么好担心的。”说完又轻咳一声。本想直说的，念在山宗救了自己一回，他既然说不提幽州情形，那便不提好了。

数日后，八百里加急快信从河东送至长安赵国公府。

神容挽着轻纱披帛，坐在软榻上，亲手拆阅了那封信，又看见她哥哥熟悉的字迹，才算放心。她抬头，将信递给一旁等着的裴夫人道：“哥哥来信说已到河东，平安无事。”

裴夫人接过，端庄地笑起来：“那就好。”但紧接着，她脸上的笑缓缓隐去，又笑不出来了，反而叹了口气，低头去看长孙信的信，“他是快回来了，却又要你去这一趟。”

神容往对面坐着的父亲看去。赵国公端着茶盏送到嘴边，也看了她一眼。

父女二人都想起了那日商量好的事情。赵国公终究是要开口的，但对裴夫人说了便是意料之中的结果，自然又是惹来一阵不快了。

他放下茶盏，起身朝她点个头，先出了门。神容轻轻起身出去，在门外跟上他脚步：“父亲，河东虽还未解禁，但既然哥哥已到河东，我也该出发了。”

赵国公停下，看她一眼：“你既然这么说，我也不拦你。”

神容轻声地说：“母亲还得靠父亲来安抚了。”

赵国公道：“她听说了河洛侯的事便知道是事出无奈，也没办法。这么多年都是我安抚过来的，还能有谁安抚得住她？”说着竟笑了。

神容也忍不住笑了，难得心里轻松，屈了屈膝，转身回住处。

走到房门口，她又回忆了下哥哥的来信。那封信里只说了他平安地抵达了河东，幽州的事什么也没提起。

紫瑞走了过来，瞄了瞄她，小声道：“少主是想起山使了？”

神容回：“谁说的？”

紫瑞朝她手瞄了一眼。

神容垂眼，发现自己手里捏着袖口，袖口边露了一半那崇字白玉坠。她云淡风轻地塞回去："准备启程了。"

紫瑞一愣，赶紧去通知东来。

神容将那玉坠往袖口深处塞了塞，撇撇嘴，心想明明是在想幽州是不是发生了什么事罢了。

宫廷深处，幽幽殿宇之内，竖着一排一排高大的木架。架上收藏宫中旧典，厚厚的竹简一摞一摞，黄绢一捆一捆，久未有人至，已经多处落了细细的灰尘。

昏黄的光从窗棂里投入，角落里，裴少雍悄无声息地站着，轻轻拂去一卷黄绢上的灰尘。

据说先帝驾崩后，所有典籍都移到了此处，他出入多次，也没找到有关山宗的战事记载，却只找到了这个。

这一卷收在最深处，似乎合上后就再也没打开过，如今摊了一段在他眼前。他看过去时，瞬间双目凝固。

眼前一行竖着的字："永镇幽州，不出幽州"，后面还有一句："若有违背，悉听惩治"，下方落有遒劲手书："山宗"，附带指印。

裴少雍搭在卷上的手难以抑制一般往后展开，却是大片的空白，直至卷尾，一个红色的帝王御印跳出，旁边是朱笔书就的一个"密"字，红得触目惊心。

他大惊失色，手一缩，心脏似已悬在喉间，慌忙将黄绢卷了回去，手忙脚乱塞回原位，险些把架子打翻。外面传来脚步声，他匆匆走了出去。

一个小内侍在门口遇上他，躬身见礼："原来是兰台郎，何故脸色如此苍白？"

裴少雍讪讪："走错地方了。"

小内侍笑着给他指了指："今圣手卷都在这头呢，那里头是存放先帝圣物的地方。"

"多谢……"

半个时辰后，裴少雍出宫，骑马直奔赵国公府。

一个仆从快步从府门前迎过来："裴二郎君到了。"

裴少雍不等从马背上下来就问："阿容可在？"

仆从搭手回："少主出府去了，近日都不在府中。"

"去哪里了？"

"不知。"

裴少雍在马背上坐了会儿，默默皱起眉，转头走了。

“头儿，他们退走了！”关城上，张威带着人，迅速自另一头赶至山宗跟前。

山宗在城上往下看，大片倒塌被烧的树木，来不及被清走的敌兵残骸散布其间。他只扫了一眼，转回头：“清场。”

张威抱拳，转身去清点己方士兵情形，搜捕漏网之鱼。

山宗下了关城，所过之处是已经动过的陷阱，此时也有士兵在清理。他拖着刀，走到矿山里，背靠上棵树，才合了下眼。

一个兵卒走过来，捧着水囊递上：“头儿。”

山宗睁眼，将血迹斑斑的刀一放，接了水囊拔塞，仰脖喝了一口，又倒了抔水洗了把脸，才算又打起精神。待兵卒走了，他抹了把脸上残余的水渍，抬眼就见面前多了个头发蓬乱的人影。

是甲辰三。他乱发齐肩，两鬓斑白，拖着手镣脚镣站在七八步外，忽然开口：“那日的事，谢了。”

山宗盯着他，什么也没说。

甲辰三似乎也并不需要他开口回应什么，说完就走了。

远处，未申五早就盯着这里，在甲辰三走回去时又看了山宗一眼，这回倒是没说什么风凉话。

山宗目光扫过二人，一言不发转身走了。

忽来一个兵卒急冲到他面前：“头儿，胡百夫长中箭了！”

山宗立即大步赶去。

到了半道，张威打头而来，后面两个兵卒以木板担着背中长箭的胡十一匆忙而至。山宗看一眼那箭，敌方最后退走前为掩护射出了一波箭雨，没想到胡十一没避过，已经趴着昏死过去了。

“回城！”他下令，转身快步出山。

矿眼附近，未申五和甲辰三蹲着，仍然盯着他。

“他也就这时候像个人！怎么中箭的不是他呢，呸！”未申五怪哼。

甲辰三没接他话。

未申五看他不作声，龇了龇牙，没再往下说。

幽州城内，赵进镰自官署匆匆赶到城门下的屋舍前，已是两个时辰后的事了。

这阵子山里出事，他这个首官却因暂闭城门而无法亲临，此时收到山宗率人回了城的消息，才赶紧来过问情形。

挂着医字牌的屋子前守着两个兵，里面站着急得直转悠的张威。

赵进镰走进去，小声问："如何了？"

张威抱拳道："几个时辰了，还不知道情形如何。"说着又开始心急地转悠。

赵进镰一时唏嘘，往里间看，没一会儿，门上布帘被揭开，山宗走了出来。他忙问："没事吧，崇君？"

山宗在胡床上坐下，缓了口气，似放松了些，点了点头："箭取出来了，等人醒就行了。"

"那就好，那就好……"赵进镰拍拍张威肩，意思是可以放心了。他回头又问："那山里现在如何……"话及时收住，因为他看到山宗抱着手臂，已经在椅子上闭上双目，薄唇紧抿，一张脸微带疲惫。赵进镰朝张威招招手，轻手轻脚走出去。

到了外面，张威才告诉他，雷大和其他几个百夫长带人去山里接替了，山宗不放心，连日清洗山里山外，军所的兵马已经调动过多番，眼下算是安稳的，毕竟抵挡住了，关外的敌军退走了。说完又道："头儿是真辛苦，从长安赶回来后，这么多天一直吃住都在山里，没睡过一个安稳觉，身上还带着伤，早该好好歇歇了。"

赵进镰叹气："那还不是因为他任命时就立过话，必要守住幽州，实在是辛苦。"说完朝里看一眼，干脆将门也带上了，让他好好歇会儿吧。

河东，山家军驻扎之所。

院中凉亭里，山英一本正经地倾着身，盯着面前一张大方盘里的沙土。这本是堆出河东一带众多城池地形的沙盘，平日里用以演兵，如今却被一只手多捏出了几座山的走势。

长孙信收回手，指着其中一道说："此山走势，我们称之为龙楼，高耸入云。"休整了一阵子后，他整个人已恢复了往日的翩翩风采，说这番话时颇有些不凡气度，接着又换一道沙土堆指了指，"这一种，称之为展诰，耸起两角，山体倾斜，不过这其中的门道要说起来就复杂了，一时半刻难以道明。"

山英听得惊奇："闻所未闻，你们长孙家的本事真是独到。"

长孙信抖一抖袖，负手身后，面有得色："告诉你这些，好让你以后对河东山势多了解一些，权作这些时日招待我与诸位官员的答谢，我也不是白住的。"

山英并不在意这些虚礼，抬头看他，由衷赞赏："星离，你可真叫我刮目相看。"

她语气坦然，那双眼眨也不眨地盯着他。长孙信不知怎么就不太自在，手挡在唇边连咳两声，心底却又莫名地很受用，一边咳一边竟想笑，到底是忍住了，正色指了指方才的沙土堆："当日你遇到我的那片山岭就是这类。"

山英看了一眼，还没说话，一道少年身影从远处快步而来："堂姐！"

山昭穿一袭银甲，走到亭外，看到二人皆在，停了下来："你们在商量事情？"

山英还没说话，长孙信抢话道："没有。你为何如此匆忙？"

山昭被拉回正题，笑着对山英道："好事，整顿完了，河东这两日就要解禁。"

山英闻言，顿露喜色："这么说，我们山家军此番，是协助提早完成了河东整顿，也算有功了。"

"正是，我已叫人快马报信回山家了。"

长孙信听着他二人你一言我一语的，心里暗自盘算，山家当初世家鼎盛，如今也需要在新君跟前表现立功了，这几年来收敛锋芒倒是不假。想来这数月整顿都很小心翼翼，也是不易，原先倒是没看出来。想到此处又暗自皱眉，心想这与他有何关系，竟还感慨起山家的事来了，算哪门子事！

忽闻报声，一个山家军从大院门口小跑而来，报有客至。

长孙信往院门处看，有人已走进来，身系披风，揭去兜帽，熟悉的一抹纤挑身形。他顿时一愣："阿容，你还真来了！"

神容脚步盈盈走入院门，看着几人："刚到已听到动静，我来得竟如此之巧？"

山英和山昭惊喜非常，竟比长孙信还更快地迎了上去。

久未见面，一个开口就要唤"堂嫂"，一个下意识就喊"嫂嫂"，话没出口，齐齐收住，因为长孙信还在旁边，知道他肯定又会不满。

山英最后还是唤："神容，你怎么来了？"

神容解下披风交给身后跟着的紫瑞，露出身上的叠领胡衣，纤姿如柳地站着，看一眼长孙信："我是来接替我哥哥的。"

长孙信恍然大悟，心想难怪山宗那小子会如此笃定了。

神容走过来："我有话与哥哥说。"

长孙信看一眼那头好奇观望的山英，跟着她走去一旁葱茏的松树下。神容一站定，先将来此的缘由说了。

"河洛侯？"长孙信皱眉，低声道，"难怪你会来，看来我回去后也要提防了。"

神容点头，特地告知他，正是这个意思。她看一眼那头还站着的山英和山昭："哥哥在这里待了有阵子了，可是幽州出了何事？"

长孙信始终记得山宗的话，当真是受人恩惠，不好不办，眼神闪了闪："左右你也要去幽州了，届时不就知道了。"

神容轻轻拧了拧眉，他越是不说，倒越觉得有事了。

河东解禁时，特地发了官令。

当日，长孙信还是不放心，知道神容很快就要去往幽州，特地打发了自己的护卫和那几个工部官员先行返回，让他们有消息就递来。若幽州警戒未解，着他们还是在幽州外回避，他也好让神容缓一缓再上路。

这日午间，神容从阁楼里出来，正赶上他安排了人上路。几个工部官员休养了一阵子，恢复不少，奈何不得诏令随他一同返京面圣，也只得随护卫上路。她半倚在廊前往院门口看。

山英在旁帮忙，点了一行山家军，吩咐护送他们出河东。忙完了，她忽而转头问长孙信："你把护卫给他们了，自己回长安时要怎么办？"

长孙信朝众人挥挥手，示意他们上路，负着手道："阿容带着大批护卫呢，自她那里分出十数人来不是什么事。"

"不好。"山英马上道，"你在这里的这阵子总是半遮半掩的，我琢磨幽州一定是有什么情况，神容安全不可马虎，分她的人做什么，我带人送你一程就是。"

长孙信怪异地看她一眼："你这又是要保我一回行程？"

山英点头，忽而想起什么："对了，莫要觉得不快，只是为了神容，可不要以为我又是有心在示好你长孙家，打着什么主意，我就是有心，你不想接受也是徒劳。"

长孙信如被噎了一下："谁说我不快了？"

"你没不快？"山英很干脆，"那便这么说定了！这样也好，路上你还能再与我说一说那些山的门道，我觉得你说得分外有趣。"

长孙信被她的话弄得越发怪异，这怪异就好似有只毛茸茸的爪子在心头挠似的，说不上来，转头就走了："想得美，那可是我长孙家绝学。"

待走到廊前，正好碰上倚在那儿的神容。长孙信吓一跳："躲这里做什么？"

"哪里躲了。"神容目光从他身上瞄到院门外的山英身上，"我是瞧你们窃窃私语，不好打扰。"

"这是什么话？"长孙信故意板脸，想走，忽又停下盯着她，"你之前留的纸条那事我还没与你说呢，姓山的去长安可是做什么了？"

神容淡淡移开眼："反正他也没做成。"

长孙信顿时会了意："那我就是猜对了，他还真敢！"

神容心想他什么不敢，不敢就不是他山宗了。她也不想多说此事了，回头唤了声紫瑞。紫瑞快步而来，屈膝："少主放心，已经在准备了。"

长孙信立即问："准备什么？"

"启程去幽州。"神容说。

"你才刚到几日，这么快？"他还在等消息呢。

神容瞄他一眼："幽州既然无事，我还不速速去接替你看管山里，难道要等着河洛侯来抢先？"

长孙信张一下嘴，无言以对。

话虽如此，神容还是多耽搁了两日才启程。

山昭有心派人护送，都已到城门口，还是被神容婉拒了。河东刚整顿完，诸事繁杂，少不得有要用到山家军的地方。山昭也只好作罢，站在城头上目送她出城，想带一句话给大哥，一时又不知该说什么，最后还是算了。

之前数月禁令，等到再度亲临熟悉的地界时才感受得分明，因为季节都已变化。

赶路几日后，神容坐在车内，隔着窗纱感觉到了丝丝凉风，往外望，才察觉天已转凉。

她记得当初刚到幽州时也是类似的季节，当时就知道，幽州每逢秋冬季必然戒严，想必此时也是了。

这么一想，忽然就明白幽州的事了。其实也大概猜到了，能让山宗那么匆忙赶回的军务，要么内安，要么外防。想到这里，神容朝外唤了声："东来，牵匹马来。"

东来吩咐停车，很快自车后方牵了匹马送至车外："少主要换骑马？"

"嗯。"神容搭着紫瑞的手下车，抓住缰绳，坐上马背后说，"若幽州不安全，骑马自然是比乘车更便于回避，你们也要打起精神。"

东来点头称是，特地与众护卫吩咐了一遍。

再上路，神容戴上了防风的帷帽，当先打马而行。

行出数里，看到前方道上也有一个骑马的身影，不太熟练一般，马频频往偏处走，弄得马上的人也很急，口中一直低低地"吁"着。是个女子，大约是为方便骑马，穿着素淡的胡衣，马脖子上挂着个包袱。

神容觉得有些眼熟，打马接近。对方听到马蹄声看了过来，竟是赵扶眉。

"女郎？"赵扶眉看了看她，在马上微微欠身，有些诧异，"一别许久，不想在此遇上。"

神容往前看，已经快到幽州地界，上下打量她："你这是要去幽州？"

赵扶眉紧抓着缰绳，敛眉低目："是，想回去看看义兄、义嫂。"

"就你一个？"神容看了看周围，只她一人一马。好歹也是檀州镇将之妻，竟然连个护送之人都没有。

赵扶眉垂着头，捋一下鬓发："我是自己出来的，走得匆忙，所以一人上路。"

神容心里有点明白了，眼神在她身上和那不安分的马上看了看，连骑马都不熟练就如此出来，必定是跟周均有了龃龉，但无心过问人家夫妻间的私事，只说："那就一同走吧。"

赵扶眉更觉意外，看见她后方跟着的大队护卫，还是答应了，欠身道："那就多谢女郎了。"

幽州城下，挂着医字牌的屋子里，军医刚换了药退走。

山宗掀开布帘，进去看了一眼，胡十一还趴着不能翻身，嘶哑着声音哼哼唧唧："头儿，我这条命算是捡回来了？"

他"嗯"一声："这么多天还不能动，还活着就算你命大了。"

胡十一不能尻："嗐，那群狗贼，死我一个也算赚了。"

"死什么？"山宗忽然冷声，"少动不动就说死。还没真刀真枪跟关外的对阵拼过，这点小场面就谈死，就是再难的境地也给我留好你的狗命！"

胡十一被他口气吓了一跳，讷讷称是。

山宗转身出去了。

一个兵卒进来时，他正坐在胡床上暂歇。

"头儿，刺史留过话，要提醒您回去休整。"

山宗没理会，坐在椅上，连日来守山巡城，早习惯了。他合了下眼，忽听外面有兵高声在喊"城外有人"，又霍然睁眼，起身就往外走。

幽州军连日来在城外排查，早已没有了敌贼踪迹，就连那几个工部官员都安然返回了。凉风呼啸，山宗站在城头上往下看，一队人马到了城下，队伍前方是两个骑马而行的女子。只一眼，他就看见了最前面的那个，戴着帷帽，一手揭开时，露出如画如描的眉眼，立即转身下去。

神容揭开帽纱，往上望，只看到一排守军。

赵扶眉在旁道："女郎不是说幽州应有状况，为何一路而来没见有异？"

神容说："城门上有这么多守军，便已是有异，且应该已经解决了。"

赵扶眉仍觉诧异，却听城门轰然开启，守军出来相迎了。神容打马进去，两个守军引着她往侧面行，她转回头时，赵扶眉已被牵引着直往大街而去了。

赵扶眉也在朝她望，对上她视线，还想问她为何往城下走，却远远瞄见她身后，黑衣的男人立在远处，抱着手臂似在等着，目光就凝在她身上，不禁愣了愣，转回头，心想从未见过他这般模样。

神容的马直接被引到屋舍前才停，马下兵卒散去，她去看自己的护卫，还未转头，就有一只手抓住了她的马缰。她不禁看去，另一只手就已接住她，双臂伸来，就势一抱，让她下了马，几步就把她抱进了一旁屋内。神容下意识搂住他的脖子，看到他脸才没惊讶出声。

山宗勾脚甩上门才放下她，手臂还搂在她腰上，低头看着她："你来得比我想的快。"

神容被他猝不及防的举动弄得心跳加速，手不自觉搭在他臂上："都被你算好了。"

山宗低声笑，刚碰到她脸，见她嫌痒一般微微蹙眉，腾出只手摸过下巴，才察觉有些粗糙，是这阵子没顾上，又勾起嘴角，忍住了："回头再说。"

她来了，这幽州连日的阴霾似乎都一扫而空了。

外面，东来和紫瑞带着护卫们在路边等了片刻，才见城下遮挡了视线的守军散开。随后一个兵卒小跑来传话，让他们先行回官舍安置。东来就明白了，料想少主会被山使亲自送回去，于是叫上紫瑞，一同先行赶往官舍。

他们前脚刚走，后脚山宗就和神容一起出来了。

"怎么是骑马来的？"山宗看一眼她那匹马。

神容手里拿着帷帽，搁在马背上，瞄他一眼："幽州最近一定不太平，我已猜到了，原想着若是遇上什么险情，便立即掉头就走的，自然要骑马了。"

山宗被她那满不在乎的口气弄得勾唇："是吗，那你倒还提早来了。"

神容又瞄他，低低反驳："那不过是因为路上顺畅，走得快罢了。"

就没个不嘴硬的时候。山宗好笑地盯着她白生生的脸，简直想象不出她服软是个什么模样，口中一带而过道："最近是有些不太平，不是大事，差不多都解决了。"

正打算带她走，自大街方向跑来一个兵至跟前禀报，说赵刺史正在前面等着。

山宗看一眼神容，朝街上歪一下头："走吧。"

与城外空无一人的戒备之态不同，幽州城里却是一如既往，毫无变化。

赵进镰如常自官署赶来城下探视时，正遇上入城的赵扶眉，听闻她是和长孙家贵女一同来的，便临街入酒肆安排，差人去将神容和山宗一并请来，算是感谢神容这一路对赵扶眉的照顾。

赵扶眉坐在临窗的桌边，身旁就搁着自己带来的包袱，抬头看窗外时，恰见山宗与神容一同而来。

他还是如以往一般，胡服利落，护臂、护腰紧束得一丝不苟，只这般在大街上走着也是一身的随性，却又无人敢接近。离他近的只有神容。

赵扶眉多看了几眼，发现其实是他走得离神容近，甚至彼此的衣摆好几次都轻擦而过。临进门时，他一只手在神容腰后带了一下，若不是一直看着，几乎不会发现他这细微的举动。

“扶眉，”赵进镰穿着便服，拧眉在对面坐下，压低声问，“你好端端的怎会一个人回幽州来？可是与周镇将有关？”

赵扶眉还未答话，神容已经到跟前了，目光正往这边看来。

“女郎到了。”赵进镰笑着起身，“恰好遇上也巧了，在此为你和扶眉接风洗尘，也好叫崇君来一并好好歇歇，他近来委实辛苦。”

山宗正好走近，撞上神容转头看来的目光，提了提嘴角：“这可不是我叫他说的。”

神容看着他泛青的下巴，心想这就是他说的不是大事？

“自然不是你叫我说的，我说的是实情。”赵进镰打趣道，先请神容入座，又看看山宗，“趁此时都有闲暇，我与崇君再安排一些防务。”

山宗把目光从神容身上收回，点个头，先往外走。

桌旁的赵扶眉早已站起来，看了看二人。他们之间那显而易见的亲昵，不可能看不出来。

神容看山宗出去了，在桌边落座。赵扶眉跟着坐下：“想必女郎与山使一定是重修旧好了。”

神容不禁看她一眼。

她笑道：“我也是猜的罢了。”

神容不答反问：“你自己呢？独自回来，难道是与周镇将生了不快？”刚才进门时她就听见赵进镰问的话了。原本这一路都没提起过这个，只因是她自己的私事，如今是不想被她问起自己的事，才干脆提出来，好将她的话塞回去。

赵扶眉还真如被堵住了一般，顿了顿才重新露了笑，点点头：“我与夫君近来是有些小事不痛快，没什么。”

神容堵回了她的话，便不再往下说了，却忽而瞄见她搭在桌沿的一只手，手背上凝着块瘀青，不禁就蹙了眉：“怎么，他竟动手打你了？”

赵扶眉一愣，顺着她目光看到自己手背，这才明白过来，忙道：“没有，女郎误会了。这是我不会骑马，不慎磕伤的。夫君还不至于是那等粗陋蛮夫。”

神容毕竟被周均得罪过，觉得他这人总是阴阳怪气，一副别人欠了他的模样，若不解释，还真觉得那就是他一气之下做得出来的。看赵扶眉不像说谎，她才没说什么，紧接着却又听赵扶眉低声道：“是我对不住他罢了……”

她眼神又看过去，忽就有些明白了：“因为他是吗？”他是山宗，彼此心照不宣。

赵扶眉似乎想要开口，脸上都堆出笑来了，最终却又默然。

自从上次在镇将府招待神容返京一行的宴席上，周均当面挑明了她婚前与山宗道别的事，他们之间便有了嫌隙。她后来说过，山宗对她有过救命之恩，但周均只是冷笑：“他对你是救命之恩，你对他就全无别的了？”赵扶眉无言。那是他的仇人，在他眼里却成了自己妻子心头所念，如何能轻易看开，这缝隙自是很难磨平。

神容见她这模样就知道自己说对了，手指百无聊赖般抚着自己的衣摆。赵扶眉对山宗的心思她早就知道了，以往从没当回事，现在依然不觉得是什么了不得的事，可心底又有些说不清道不明的情绪，脸色淡淡地转过头去。

山宗走了回来，身旁是刚与他谈完公务的赵进镰。仆人们跟进来伺候，酒菜也陆续送入。他走过来，与赵进镰坐在旁桌，朝她身上看来。

一旁的赵扶眉抬了下头，到此时才向山宗见礼：“山使。”

山宗只一点头，看着神容，见她一言不发，低声问：“怎么了？”

神容眼神动了动：“没什么。”

官舍里好一通准备。

广源看见东来和紫瑞带着长孙家的护卫又来了，就知道是谁到了，领着下人们忙前忙后，分外尽心。等了快一个时辰，才听见大门外面有马蹄声至。广源站在院角，悄悄伸头看了一眼，只见郎君与贵人一前一后进了门，与他所想的一样，心满意足，特地没有打扰，远远走开了。

山宗推开客房的门，他近来守城偶尔会回官舍留宿，就住这里。

神容站在门口：“你方才是提前走的？”

那顿由赵进镰做东的接风宴很快就结束了，山宗后来并没有坐多久，就找了理由出来了。

“你不也并不想留，不走做什么？”他懒洋洋地笑着进了门，回头看她，“有事不高兴？”

“我有什么不高兴的？”神容淡淡地说。

“那就得问你了，你有什么不高兴的？”山宗一双眼牢盯着她。

神容不看他，有心不去想心底那点情绪，正好看了眼他所在的屋子，下意识问：

“你最近都住这里？”

山宗“嗯”一声，似笑非笑：“不然我该住哪里？”他只住客房，那间主屋倒是没再去过，这么问倒像是提醒了他在那里使过的坏。

神容顿时扫他一眼，抬手捋过耳边发丝，觉得他现在也是在借机使坏，轻哼一声：“你就该住这里。”说着忽然看见屋中桌上，顿一下，“那是什么？”

山宗看过去，是广源放在那里的几包伤药。

神容已经走进来，看清楚了，又看到他脸上：“你受伤了？”

山宗无所谓地笑笑：“都已经快好了，胡十一却是躺了快半月了。”

神容将信将疑，目光把他从头看到脚，看不出伤在何处。山宗被她这目光看着，脚下一动，就靠近了。她眼中清亮，眼角微挑，目光在他身上流转时，顾盼生辉。

“少主，”外面忽然传来东来低低的声音，“有信送至。”

神容刚觉出他靠近就听到这一声，轻轻转眼往门外看去，东来不在门边，大约是有心回避。

山宗笑一声：“去看吧。”说着转身走去了窗边，嘴边还挂着笑。

神容看着他那笑，心想叫他这般得意，方才就不该管他有没有受伤。

走去门外，东来果然站在门侧，手里的信函递了过来：“刚送到的，听闻用的八百里加急。”

神容一听，倒有些重视了，可能是她父亲写来有关应对河洛侯的，所幸河东已经解禁，否则这信岂非要耽搁了。她拿了信，让东来退去，当即就拆开看了。

房内窗边立着木架，托着盛有清水的铜盆。山宗此时才终于有空闲取了小刀清理了下巴，拿着块湿布巾擦了脸和手，一边拆下护腰、护臂，走到桌边，朝门口看去。

神容手中的信刚刚折起，人还在门口。

“赵国公府的信？”他问，有些漫不经心地推开桌上的伤药，心里很明白，若非赵国公出于无奈，就凭在长安决绝拒绝他的态度，就不可能再让她来。

神容看他一眼：“不是，是我二表哥写来的。”

山宗嘴角扯了一下：“他想干什么？”

神容莫名觉出他口气不好，低头将信收回袖中，若无其事说：“没什么事。”其实不算没事，裴少雍在信中写了猜她是又到了幽州，一定要见她一面。她不知何事至于要他动用八百里加急送到。真有急事，大可以去找她父亲；若是私事，她本就已经有心回避，也只会当没事。

心里想了一番，她再往屋内看，山宗站在桌边，低着头，手上忙着什么，口中只低低“嗯”了一声，并没有追问，似乎她这么说了，他也就不当回事了。

神容看去他手上，他胡服的右臂衣袖卷起两道，露着一小节小臂，刚才说话时就在拆手腕上缠着的布带。她缓步走过去，心想原来就是伤在这里。

布带拆掉，山宗又拿湿布巾擦了擦。临近手背处有个刚长好的伤疤，果然如他所说，快好了。往上露着的小臂上，隐约可见一小截乌青斑驳的刺青。他处理好，看一眼身侧接近的身影，把袖口往下拉。

一只手伸了过来，神容低着头，手指勾住了他的衣袖，抬起眼看他：“这上面到底纹的是什么？”

山宗盯着她：“你就不怕？”

“我有什么好怕的？”神容不仅不怕，还继续往上掀。

指尖若有似无地刮过他结实的手臂，衣袖一寸寸往上，大片的乌青盘绕着撞入眼中。那片斑驳忽然一动，她的手被抓住，山宗贴了上来。

神容往后抵住桌沿，正抓着他那条乌青交错的右臂，气息一下急起来：“我还没看清。”

“是蛟。”他说，声音低低的，抓着她的手按在那条右臂上，带着她的手指往上摸。

神容被他抵在桌前，手指摸上去，觉得他臂上似已绷紧，直到衣袖再也无法往上，她的手被他抓着按在靠近肩头那块鼓起的肌肉处，呼吸更快，看着那盘绕的青黑纹样，想问为什么是蛟，他却又靠近了些。

“胆子这么大，还想再看哪儿？”他低头在她眼前，说话时嘴角扬着，眼盯着她，头轻轻转了半圈，就像亲她时那样。

神容耳边霎时嗡然作响，手上触碰的臂膀似都热了。他就是在使坏，坏种到何时都是个坏种！她咬了咬唇，忽而另一只手也搭到他身上，隔着胡服，缓缓摸过他另一边肩头，挑眉：“你在故意吓我？”

山宗眼底顷刻变得幽深，几乎同时唇就落了下来。

神容却故意一偏头，让到他耳侧，低低说：“我偏就什么都不想看了。”说完轻轻一挣，自他跟前灵巧地过去，往门外去了。出了门，还回头又瞄他一眼，才真走了。

山宗一手撑在桌沿，看着她走了，回过头，不觉低低地笑了笑，居然被她给耍弄了一回。他看一眼右臂，上面似还留有她指尖触碰的微凉，缓缓拉下衣袖，遮住了刺青。

清早，胡十一拖着受伤的背，如同个老者一般伛偻登去了城门上方，勉强打着精神要去巡城上。一个守军连忙跑来扶他：“胡百夫长怎么不继续躺着养伤？”

“躺个屁，再躺就要长毛了！好歹也是咱头儿带出来的，我能那么不顶用？”胡十一说完龇牙咧嘴，揉着肩活动了一下，往城下望，一眼之后，又扶住城头仔细地望出去，“那不是头儿吗，他从官舍出城去的？”

守军回：“是，头儿这两日都住官舍。”

胡十一眯着眼，再往他旁边看，还有个打马而行的身影，一下就明白了：“我说呢，听说她来了，不稀奇。”

她是谁？金娇娇呗！

山中雾气刚刚散去，神容入了望蓟山里。

几位负责冶矿的工部官员返回后还在城中待命，这里暂时只有那群重犯还在，正三五一股地在搬运矿石。偶尔有人看到她出现，只是扫了几眼。

未申五搬着大石经过她身边，看到她竟也只是怪里怪气地笑了一声，一步一沉地走过时，眼睛还盯着她身后的山宗。

神容回过头：“他们怎么了？”

山宗走近她身边，摸着手里的刀说：“最近还算安分。”

神容有些意外地看了看他们，安分这个词竟会和这群人连在一起，真是意想不到。“我要接手矿山，还需四处看一遍。”她说着往前。

脚刚动，手就被抓住了，山宗抓着她的手拉到身边：“你得由我带着。”

神容看看左右，没见有人留意这里，才跟着他走了出去。

绕了望蓟山快半圈，所见地风平稳。神容停下，看着身旁：“你要亲自带着我，可见这山里现在不安全。”

山宗一手握刀，在周围山林间扫视的眼转到她身上，低笑说：“就是安全我也会带着你。”

神容心头微动，眉头轻轻挑了挑，偏偏脸上装作毫不动容。山宗看见她脸色，也只是笑笑，转头继续扫视。

其实她没说错，那日赵进镰接风之际与他相商的防务，便与这里有关。关外的已经连续几年没有动静，如今卷土重来，前面那几次侵扰，很可能只是在试探。他又看一眼神容，还不想叫她凭空害怕，转头说：“走吧。”

神容刚跟上去，远处忽来一声笛啸，直冲云霄。斥候又示警了，她诧异地去看山宗。他已正色，一把抓住她手：“走。”

穿过山林没走多远，甲胄齐整的张威就带着他的人过来了：“头儿，又有敌贼踪迹！”

“按对策办。”山宗下令，一面带着神容往山外走。

神容以前也听过这种笛啸，但从未见过军所人马如此戒备，被拽得脚步急切，不觉心中也有些发紧：“要出山？”

山宗回头看她一眼：“先送你回去。”原来只是要送她出山。

“那你……”她说一半又停了。

山宗停步：“我什么？”

神容轻轻说：“没什么。”

山宗盯着她，勾起嘴角：“差点以为你是要叫我小心。”

她不禁抿了抿唇：“都说了没什么。”

山宗敛笑，朝不远处点了个头，东来接到示意，快步而至。

“出山。”山宗吩咐完，将神容推过去，“你先回城中，我解决了这里就来找你。”说完转身往关城而去。

“少主，请。”东来催神容。

她临走又朝山宗远去的身影看了一眼，其实她刚才是想说那句话的。

秋风漫卷，天地昏沉。

山中解决着突来的异动时，长孙家护卫追随着东来，匆匆护送少主返回幽州城，后方还跟有几名军所兵卒。神容骑着快马，头上罩着的披风兜帽都已被风吹开。从山里到幽州城外的一路都没有人烟，只有被马蹄踏过的尘土随风飞扬，如帘如帐。

距离城下不远时，斜前方忽来另一批人马，朝他们所在方向冲来。

“少主请往后。”东来立即策马往前，左右护卫由他指示，分列在两侧保护。

神容在马上看了一眼，那些人并未着戎装武服，不是兵马，见到她的人应当就会避开，可居然没有，他们依然直冲了过来。

东来已经抽刀，就连后方几个军所的兵卒都已亮兵器，却听对面领头的人一边冲来一边大喊：“请长孙女郎随我等移步！”

“等等。”神容勒住马，身旁护送的人纷纷停下。那群来人越发接近，她往前细看，认了出来：“他们是长安来的。”

幽州边界附近，空无一人的官道左右皆是大片荒野，远处是连绵起伏的山岭。

神容的马在此处停下，道旁只有一间土屋，是以前这里给过往驿马换食草料的地方，如今已废弃，破败不堪。

那队拦她路的人早已远远回避，直退入了荒野。东来带着护卫们跟来后，也只守在道路的另一头。

神容下马，看一眼昏沉的天光，已过去很久，不知山里解决了没有，一边想一边将身上披风系正，走向那间土屋。

门被“吱呀”一声推开，里面一道身影，一手轻掩口鼻抵挡灰尘，一边在焦急踱步，乍见门口的光亮才回过神，抬头看来，连忙迎了过来：“阿容！”

神容走进来，看着他风尘仆仆的身影：“二表哥。”

是裴少雍，圆领袍的衣角沾满尘灰，连头上束发的玉冠都有些歪斜。那群拦路的人就是他的人。

这屋中什么也没有，只一片杂乱，遍布灰尘，神容只能站着，也掩了下口鼻，不知他为何宁可派人去拦路也非要见她一面，淡淡说：“我刚到幽州不久，二表哥便来了，想必是早就上路了。”

“没错。”裴少雍道，“我去国公府找过你，得知你离府后就立即告假而来，给你写信你却不回，便只能用这个方法去请你了。”

“所以，我也只好来了。”神容看他一眼，“二表哥到底为何要见我，不妨直说。”

“我是为了山宗。”裴少雍脚下接近一步，“我知道他想回头了，他在长安时要登门是要向你求娶了，是也不是？”

他一口气倒了出来，倒让神容蹙了眉：“是，二表哥就为了这个？”

“自然！”裴少雍似有些激动，“就凭这我就必须要来此一趟，你万万不可接受！”

神容看他脸色都已微微泛红，从未见过他这般模样，脚下小退半步，低声道：“二表哥既然已说到这份上，那我也没什么好遮掩的，我与他已有肌肤之亲。”

裴少雍一愣，随即就道：“那又如何，你与他本就做过夫妻，这算得了什么？何况我朝起自关陇，至今世风开明，多少皇室贵胄都不合则离，那不过就是你过往一段，不足挂齿。”

“是，这些我都知道。”神容说，“我与你说这话，岂会是觉得女子该由这等事被束缚了手脚？我是说如今，不是过去。”

裴少雍一下就明白了，脸上有些发白：“你是想说，你已有心接受了？”

神容轻缓地点了下头。

裴少雍脸上似又白一层，平日里那张暖如旭阳的脸，此刻如坠寒冬，忽又道：“不行！绝对不行！”

神容看着他，眉又蹙起，觉得他今日分外古怪，既然该说的已经说了，只能就此打住了，便抬脚要走：“幽州眼下不太平，二表哥说完了便赶紧返回。”

身后脚步声急切，裴少雍一把就扯住了她的衣袖。

神容回头，愕然地看他一眼。

裴少雍急急道：“你根本不知他是什么样的人。你可知他要永镇幽州，不出幽州？”

神容很快回神：“早就听赵刺史说过，倒是没这般详细。据说他接受任命时便是这么定的，不过一个规定，与他为人又有何关联？”

“若他不是不出幽州，是不能出幽州呢？”

神容倏然抬头：“你说什么？”

“我说他不能出幽州！”裴少雍紧紧抓着她衣袖，快把她袖口揪皱了，声音压得低低的，“他若有私出幽州之举，就会被惩治！”

神容握着袖口挣开他的手，脸色渐冷：“无凭无据之言，二表哥最好不要再说。”

裴少雍紧抿着唇，看出她根本不信，又往前走近一步：“阿容，我对你的心意你一定知晓了，但你莫要以为我是因此而刻意针对山宗，若我真有此意，就不会特地赶来找你，大可以直接告诉姑父姑母，甚至上奏圣听。我无意叫他如何，我只想叫你远离他，不要被他骗了！他绝非你我看到的那般简单！”他越说越快，生怕她真走一般。

神容脸色沉凝：“那我又如何能相信二表哥，他有什么不能出幽州的？”

裴少雍陡然低吼：“因为他是罪人！”

神容怔住。

裴少雍吼完也愣了，额上甚至已有细密的汗，白着脸看着她，咬了咬牙道：“我在宫内看到的，那是密旨，不可外传。他不能出幽州，是被关在了幽州！只因他有罪！”

他又回想起那份黄绢上，最后跳入他眼里的帝王御印，还有一个朱红的“密”字，其下却还有两个字：“特赦”。

他声音都有些发抖：“只有罪人身上才会用到‘特赦’，而且是重罪。”

神容被他这番话弄得脑中空了一空，走到门边：“二表哥未免说笑，他若真是一个罪人，何以能成为一州军首？”

“那就得去问他自己和先帝了。”裴少雍想过来拉她，“阿容，你知道我从小到大从不对你说半句假话的。”

神容避过了他的手，却也记得这是实话，他的确从未骗过她。但那男人不久前刚和她同入山里，此刻竟被说成了罪人，谁能相信？她仍是转身要走：“我该回城了，二表哥也该回长安了。”

门刚拉开，裴少雍快步上前，又一把推回去，往里快走两步：“你还是要回去？”

神容胸口微微起伏：“我是特地来接替我哥哥的，来这里见你够久了，已耽误了返城，必须要回去。”

“那回去之后当如何？”裴少雍问，“他是罪人，你也毫不在意？”

神容简直有些恼怒了：“二表哥莫再说这话了。”

“你还是不信？”裴少雍睁大双目，不敢大声，怕惊扰了什么一般，又像是害怕，“他真是罪人！”

轰然一声，门被踹开。神容立即转头看去，胸口如被一撞。

挺拔如松的男人手执细长直刀，自门外走了进来，黑漆漆的双眼看着屋里。

裴少雍竟然不自觉就退了一步。

山宗刚出山就听护送的军所兵马说了消息，快马加鞭赶来，手里的刀尖还带着未干的血迹。他看一眼裴少雍，眉目低压，眼里如有锋刃，一把抓住了神容的手，紧紧不放：“跟我走。”

神容不由分说就被拉出了门。山宗甚至没有让她骑自己的马，而是直接拉着她到了他的马旁，抱着她送了上去，翻身而上，扯马就走。

东来在道旁见状，立即上马，带人跟上。

他的动作实在是太快了，神容被箍在他的胸膛，临走前还能听见裴少雍在后面追出来的呼喊：“阿容！”

尚未能回头看一眼，只听山宗冷冷的声音自头顶传来：“送兰台郎出幽州！”说罢他手臂一振，马就疾驰了出去。

道上有一排军所兵马等着，个个坐在马上，手中持兵，如同刚下战场，兵器上尚有残血，皆在戒备当中一般，见他上路，齐齐掉转马头往前开道。

山宗策马极快，一路上都没说过话，只有呼吸阵阵拂在她后颈边。神容知道他大概在她身后稍低了头。她忍着什么都没说，因为此时不是说话的时候，一只手不自觉抓紧衣摆，由着迎头而来的凉风呼啸而过。

行至幽州城附近，看见了更多的兵马。神容双颊早已被风吹凉，转头看去，有兵马接连不断自军所方向而来，在远处分开成两股，一股往幽州城而来，另一股往山中。

天色更暗了，城头上的守军似乎也增加了许多，有守军在上方挥了挥令旗，下方城门才缓缓开启。

山宗搂紧神容，疾冲了进去。

城中也有些不一样，街道空荡了许多，看不见几个百姓，有的店铺还正在关门，反而多了许多兵卒。

神容随着疾驰的快马粗略看了一遍，不知道她去见裴少雍的这段时间里发生了什么，好像幽州的情形已彻底变了。

官舍里，广源听到动静，赶紧出门来迎接。

快马奔来，山宗一跨而下，将神容直接抱了下来，抓着她手进门。

广源当作没看到，迎他们进府时如常一般道："郎君和贵人一早就入了山，因何到此时才回？瞧着倒像是赶了一番路的模样，还是快进屋歇一歇，已备好饭菜了。"

他说得没错，他们往幽州边界这一去一返，几个时辰就过了，自然是赶了一番路。

山宗拉着神容一直不放，直到送入屋中，榻边小案上果然已有饭菜，尚有热气袅袅。他终于松开手，一路骑马太快，胸膛尚在起伏，抛开手里的刀："先歇着。"

神容却忽然抓住了他的护臂，自己的胸口也在起伏不定："你已听到了是不是？"

山宗停在她身前，脸色沉沉："听到了什么？"

"我二表哥的那句话。"

"哪句？"

"你是……"她轻轻抿一下唇，"你是罪……"

话音被吞了，山宗猛然低头堵住了她的唇。

神容唇被重重含住，呼吸一丝丝被夺去，抓着他护臂的手更紧。

山宗放开了她，一声一声低沉地呼吸，一只手不知何时又牢牢抓着她的胳膊，像怕她会消失一样："是，我听到了。"

神容呼吸反而更急了，声很轻："那份密旨……是真的？"

山宗盯着她，眼底幽深："若是真的，你可会后悔？"

神容瞬间心如擂鼓，不可思议地看着他。

山宗紧紧抓着她的手臂，另一只手移到她腰上，收着手臂，声音沉得发闷："可还记得我当初送你回长安，离开前说的话？"

当初送她回长安，离开前说的话……神容心中纷乱，许久才想起来，他说过："你不反，那你就再也不要去幽州，否则……"

否则，你就是真后悔也没用了。

他盯着她双眼，又问一遍："我说过你就是真后悔也没用了，就算那份密旨是真的，我也不会放手，所以如今你可会后悔？"

神容久久无言，当时只觉他语气里藏着丝难言的危险，如今才知藏着的是这样的事。直至手臂快被他抓得没有知觉，她才找回自己的声音，始终不信："不可能……若是真的，你怎么还能担任幽州团练使，你所犯何罪？"

山宗喉头一滚，紧抿着薄唇，到后来，竟然扯开了嘴角，脸上在笑，眼里却深幽如潭，声音落在她耳边："你只要记着，只有那份密旨是真的。"

神容出神地看着他，心潮起伏不定，看见他突出的眉峰低低压着，那双唇在眼里抿了又启开，似乎话已在口边，又咽了回去，牙关紧咬，脸侧绷紧。

只有那份密旨是真的，那他的罪呢，又是不是真的？

"郎君，有客。"外面广源的声音一下传入，似有些急切。

屋中的凝滞似被撕开了一个缺口，山宗松开了神容，紧闭着唇，转身大步出去。神容的手指此时才离开他的护臂，指尖发僵，才意识到方才抓得有多用力。

官舍回廊上，站着急喘的裴少雍。

山宗快步而至，面前迎上一个兵卒，贴近耳语几句："兰台郎不愿返回，以官威施压，非要追来。"说完迅速退去。

山宗冷冷地看过去："我让你走，已是给足了颜面，你竟还敢追来。"

裴少雍面带汗水，脸色苍白地走近一步："你如此不管不顾，是想扣住阿容不成？"

山宗霍然大步过去，一手扯了他衣领就进了旁边的厢房。房门甩上，他才松开了手。裴少雍踉跄两步，扶着桌子才站稳，声音低低地道："你想干什么，被我发现了罪行开始慌张了？"

山宗逆着光，沉沉站着，竟然森森然笑了："我的罪？何罪，你可曾亲见？"

裴少雍愣一下，没有，他没有看到他犯了何罪，只知道他被特赦了。

"虽未知何罪，但你被关在幽州是事实！"

"那你倒还敢入我这森严大狱？"

裴少雍悚然一惊。

领口一紧，他人被山宗一只手提着拎起来。

"那是先帝密旨，就该永不见天日，你擅动已经犯禁，还想将神容扯进来！"山宗一字一句，声压在喉中，力全在手上，黑衣乌发，浑身一股难言的狠戾。

裴少雍既惊又骇，纵然见识过他的狠劲儿，也不曾见识过他这般模样，仿若被激怒的凶兽，若非压制着，已经对自己动了手。他尽力平复了一下气息，仍忍不住急喘："我是不想叫阿容被你蒙骗。她是长孙家至宝，何等娇贵，怎能嫁给一个罪人！"

"还轮不到你来给我定罪！"山宗手上用力，指节作响，牙关都咬出了声，"马上走，回你的长安，不想落罪就把嘴闭严！我这点容忍是给神容的，我的事，劝你少管！"

裴少雍被一把推开，连咳几声，捂住喉咙，心中被他的话震惊，久久未平。再抬头，眼前已经没有山宗身影，只剩下大开的房门。

几个兵卒鱼贯而入，手持兵器，齐齐抱拳："请兰台郎上路返京！"

裴少雍想说要见神容，扶着脖子还没开口，领头的兵冷肃地重复："幽州戒严，恐有险情，请兰台郎即刻上路返京！"两声之后，几人上前，不由分说请他出了门。

裴少雍被半胁半请地送去官舍外时，回头朝里看了一眼，没看见神容，就连山宗的身影都没再看见。

天不知何时已经快要黑下，他骑着马，被这群兵卒快马围着，强行送往幽州边界，与自己的人马会合。半道所见皆是往来的军所兵马，整个幽州城在身后成了一个密不透风的铁瓮，远处山岭间还有兵马奔驰的黑影。

裴少雍在被迫离去前最后一点清明的神思，是察觉到幽州城的确戒严了。

第十六章

死生契阔，与子成说

翌日，天还未亮，紫瑞已经入了房中，只因瞧见房中早早亮了灯。

“少主起身如此早。”

神容坐在妆奁前，对着铜镜，默不作声。

紫瑞在旁低低说着话：“昨日听闻裴二郎君来了一下，随后就没动静了，也不知来此何事。”

神容便明白了，当时山宗忽然中途离去，一定是去见他了。

紫瑞又在小声地说着外面情形：“山使好似也起得极早，昨夜城中四处调兵，城外也忙碌。”

神容知道山宗起得早，或许他根本就没睡，半夜尚能听见他在屋外走动，马靴踏过门外的砖地，一步一声，但始终没有进来。直至后半夜，有兵卒报事，他的脚步声才没了。

裴少雍说的事，再无从说起。神容始终记得他离去前的神情，像是想说什么，又生生忍住了。因为那是密旨，不可外泄。

她无法追问，自他离去后坐到此时，也想不透他因何会背上那样一道密旨，当初先帝明明极其器重他，据说许多调令都是先帝亲手遣派，他怎可能有什么重罪？

“……后来听东来说就连山中也有动静，还听闻赵刺史将城中官员都齐集去官署了。”紫瑞仍在说着。

神容思绪一断，忽然回过味来，转头问：“你方才说山中有动静？”

紫瑞正要拿梳子为她梳头，停下道：“是，全城乃至山中都有大动静，听广源说了军所消息，昨日一早山里有斥候示警，随后就这样了。”

神容当时已出山，半道被拦，赶去边界见了裴少雍。她记起山宗去找她时带着一队持兵跨马的兵，返城时看到兵马四处奔走，彼时全被那突来的消息占据了心神，此时才惊觉应是关外的敌兵有了什么举动，站起身道：“他人呢？”

山宗跨马执刀，立在城下。

城门大开，城外刚从军所调来的兵马正鱼贯而入。

胡十一快步从那间挂着医字牌的屋舍里走出来，边走边往身上套着软甲，说道：“头儿，让张威带人守城，我随你入山！”

山宗转头看他一眼：“养你的伤。”

“没事，我好了！”胡十一拍拍胸膛，背挺得直直的，“正要去山里报那一箭之仇呢！”

山宗没理睬他。

胡十一觉得他今日分外冷肃，话比平日少一大半，只当他是默认了，叫旁边一个兵牵了自己那匹枣红马来，坐上去跟进他队伍里。

城外的兵马陆续全都进了城中，山宗一马当先，领着自己身后的一队人出城。

昨日山中先有示警，之后果然遇上关外侵扰，与往常不同，他们这次是有备而来，便印证了山宗之前猜想：之前几次皆为试探，这次才是他们真正动手之时。偏偏在这种关头，裴少雍出现了。

山宗握紧缰绳，想着神容昨日的神情，很快又压入心底，两眼平静地去看前方在青白天光里漫卷尘烟的前路。

快至那片山岭时，后方忽有快马疾驰声。山宗脸往后一偏，只扫了一眼，立即停住，掉转马头。

胡十一跟在后面，也循声往后方看了一眼，“啧”一声。

“你们先行。”山宗发话。

胡十一顿时朝左右挥挥手，跟随的人马都有数，跟着他往前回避。

神容自城中方向策马而来，到了跟前，纤挑的身影坐在马上，脸掩在兜帽中，看着他，轻声说：“一个被关在幽州的人，还需如此尽心守卫幽州？”

山宗竟然笑了，但只是勾了一下嘴角，说不出什么意味，扯了扯马缰，靠近她：“只要我一日还是幽州团练使，这就是职责。”

神容声更轻：“你既然不能出幽州，那之前一次出关救我，一次去河东追我，皆是私自行为，就都该被问罪了。”

“没错。我既然做了，就想过后果。”山宗漫不经心，只目光沉沉地落在她身上，甚至说得上浪荡，仿佛事到如今，已不介意再多几样罪名，“你想说什么？”

神容心中翻涌，说不上来什么滋味，淡淡说：“没什么想说的。我只信我亲眼所见。若你真有罪，也当事出有因。”

山宗看着她头上的兜帽被风掀开，露出冷淡的脸，长长的眼睫下眼睛垂着不看他，仿佛带有几分怒意，却不知是对谁。他手一伸，扯着她的马缰拉到跟前，马匹靠在了一起，彼此的脸也近在咫尺。山宗胸膛中有一处发紧，脸上却有笑："你是来叫我定心的。"

神容别过脸："你自会安心对敌，哪用得着我给你定心。"

山宗盯着她的侧脸，低语："你这样，就不怕我此后再也离不开你？"

神容立时转过脸来，瞥着他，看似更愠怒了，却没在他脸上看到往日的坏笑，这一句竟不像是玩笑，她张张嘴，终究还是没说什么。

山宗松开缰绳，看一眼她身后跟着的东来和一行护卫，再看向她，觉得该走了，此时不是说这些的时候，她能这么说已经够了。

忽然听到城头方向开始擂鼓，连接远处关城也有隐约鼓声传来，他顿时凛神，当机立断扯动缰绳："你来不及返城了，跟着我。"

神容听到动静就变了神情，连方才说了什么都抛去了脑后，一夹马腹跟上他。

一行快马驰入望蓟山。

这里早已不是昨日情形，四处都是赫赫甲兵。四周多出一队一队由军所百夫长亲率的兵卒，穿梭不止。

山宗大步走上山中关城时，四面没有笛啸，却有如雷鼓声阵阵，急切激烈，摧人心神。神容跟着他脚步，直觉不对："还是先前那般？"

山宗走得太快，回头抓住她的手带了一下，继续往上，声音低沉："不，这是报战的鼓声。"

神容惊讶地抬头：报战，那岂不是要开战了？脚下已跟随他上了关城。

城头上，兵卒快步游走，在搬运兵械。

胡十一在城头观察敌情，听到山宗来了，一脸震惊地转头看来："头儿，你快来看看，那些是什么，莫不是我看错了！"

山宗临城远眺，猎猎大风呼啸而过，连绵山岭之外是莽莽荡荡的关外大地，一片乌泱泱的黑点密集地聚集，横在天边，隐约几道高举的旗帜翻飞，伴随着轰隆声，只有军中的人听得出来，那是刀兵敲击铁盾的声音。

他眯了眯眼："你没看错，那些是他们的兵。"

胡十一道："那怎么可能，这群关外狗贼，何时有那么多兵马了！"

话音未落，传来一声急急的呼报声，一名兵卒迅速登上关城，抱拳禀报："头儿，斥候初探，对方约有十万兵马！先锋所指，直冲城中方向关城！"

"十万！"胡十一眼睛都瞪圆了，看着山宗，"头儿，咱们军所只有两万兵马，如何应对？"

神容一直在旁听着这突来的剧变，默默捏着手指，不出声打扰，此时听到这话才抬头，朝山宗看了一眼。

“慌什么。”山宗转身，沉着脸，“传各队百夫长去望蓟山里等着。”

兵卒飞快去报信，胡十一才定神，去指挥城上士兵。

山宗抓着神容的手，直下关城，脚步迅速。

神容一直没有说话，直到城下，走入林间，身旁再无他人，才忍不住问：“什么叫只有两万兵马？”

山宗没有回头，声沉如钟：“你没听错，幽州军的确只有两万。”

“那你的卢龙军呢？”神容觉得奇怪，“我记得光你手底下的卢龙军就有三万人马，不对，不止三万，是五万？”

他霍然停了脚步：“五万。”

她立即接话：“那五万卢龙军呢？怎会只有两万！”怎样也不至于只剩两万，两万兵马如何守住一个偌大幽州？

山林远处只剩下战前兵卒争相奔走的脚步声，除此之外，连风声都吹不入，这周遭竟显出一丝诡异的静谧来。

山宗抓着她的手一动不动，神容才发现他的侧脸是绷着的，从下颌到颈边如同一根扯紧的弦，鼻梁高挺，被渐亮的天光描了一道黯淡的边。

许久，他深沉的眉眼才转过来，看着她，用只有她听得见的声音，轻轻笑了一声：“我早已没有卢龙军了。”

神容被他抓着的手指动了一动，直觉他话中意味不同寻常，连语气也轻了下来，难以置信地问：“何意？卢龙军怎会没有了？”

山宗手上用力，手掌紧紧包裹着她的手指：“我只能说这些，如今敌军已至，追究这些也没有用了。”

神容心中微怔，人已被他拉着继续往前。他只能说这些，这语气，与他说起那份密旨时一样，不是不说，而是不能说。

望蓟山里，坑洞附近已经聚集了数十位百夫长，正列队等着。

大约他们也是收到了消息，偶尔人群里有几声有关来犯敌兵的讨论，许多人眉头紧锁，有的口中还骂骂咧咧。

山宗带着神容走过来，松开她手，低声说：“在旁边等我，别走远。”

神容点头。她从未亲身经历过战事，这种时候只能听他安排，在一棵树下站定，看着他走去了那群百夫长当中，瞬间被人围住。

她抬起头，远远去看眼前那座望蓟山。只有这座山岿然如旧，不知世事瞬息万变，外面已有十万兵戈相指。

东来快步走至她身后，低声询问：“少主，可要派人给国公府报信？”

神容摇头：“不必。此时幽州全境戒严，带信出去不妥，徒增府上担忧罢了。你带人留意望蓟山地风，即便开战，也要确保此山无事。”

东来称是，听她语气平静，悄悄看她脸色却有些发白，目光就朝着不远处正在安排应对的山宗，一如往常没有多问，领命退去了。

神容看着前方，山宗手中直刀已经出鞘，泛着寒光的刀尖指在地上铺开的一张地图上，一步一步绕着地图走动，寥寥数语，在场的百夫长就接连领命而动。

胡十一匆匆赶来时，正逢上雷大领命而走，在场已经没剩几人，几乎这里所有百夫长手上的兵力都派出去了。他上前禀报：“头儿，敌军的先锋开始接近了，果然往关口来了！”

山宗握紧刀，面沉如水：“领兵的是谁？”

胡十一骂：“藏头藏尾的一个王八羔子，掩在后方，不曾探到！不过探到他们挑着的旗帜上写了‘泥礼城’三个汉字，什么泥礼城，如此嚣张，那是咱们的蓟州城！”

蓟州城陷落十几载，城池也早已被契丹人强行改成契丹名泥礼城，他们一定是故意的，以汉文书写其名而来，是刻意挑衅。

山宗换手持刀，一面下令：“由你带人守在山中，随时听我安排。”

眼下张威领兵守着幽州城，胡十一后悔今早突发奇想跟他换了跟来这山里了，因为关口一旦破开，幽州城就岌岌可危。本还想去支援他，听到这命令挠了挠头，只能按捺住了：“我看他们来势汹汹，头儿可要变动对策？”

“不变，”山宗说，“他们一定会先行试探。按我方才命令，轮番调度应对，不要暴露兵力。”

胡十一方才可是亲眼见了他们先锋的势头，浩浩荡荡而来，根本丝毫不将关城放在眼里一样，不免有些忧虑：“肯定吗，头儿？”

“肯定，我已知道对方领兵的是谁。”

“谁啊？”他下意识地问。

山宗冷笑一声：“泥礼城，那就是如今占据蓟州的孙过折。”

胡十一第一次听到这个名字，惊讶道：“汉人？”

“契丹人，只不过有个汉名罢了。”

胡十一更诧异了：“头儿你如此了解这契丹狗，莫非是与他交过手？”这些年不曾与关外开战，他自然一无所知。

"没错，交过手。"山宗说完就冷声发话，"废话少说，应战！"

胡十一马上打起精神，半句话不再多说，亲自去传讯布兵。

山宗此时才走到树旁。神容还在那里站着，直到此刻都很安静，脸上也不见慌乱，尽管她已知道他手上仅仅只有两万人马。看到他过来，神容便将身上的披风又系紧了些，先一步走到了他跟前："你要去应战，我留何处？"

她比自己想的还要配合。山宗指一下眼前的山："你对山中熟悉，就留在这里。若听到战鼓急擂，就找地方躲避。附近都有人守着，不要出山。"

神容明白他意思了，本也在意料之中："不好对付是吗？"

山宗看她一眼，没有直言："如果战鼓没有急擂，就说明抵挡住了，如果擂声急切……"他话顿住，忽然一伸手，把她搂到身前。神容撞入他胸膛，抬头迎上他低下的眉眼，听见他沉着声说："不管如何，先顾好自己，就算是像之前那样再躲进山腹里一回，也要安然无恙。"

她点头，没来由地心口发紧："我记住了。"

山宗松开手就走了。

她甚至没来得及再多说一句，转头就看见他大步而去的背影，手里的刀寒光冽冽，身形也凛凛然如出鞘的刀。

漫长的关城起伏延绵，盘踞山间，护卫着整个幽州边境。山间连鸟都不再露头，只剩下兵卒不断地在四处奔走。

两个时辰后，东来才回来，脚步迅疾，找到在树下坐着的神容。他一边取出随身携带的水囊奉给她，一边小声禀报："属下探完地风后，特地去了下关城附近。关外敌兵进攻关口了，不过攻来的人不多，每攻一番便被击退了，已经攻了好几番。"

神容拿着水囊，没有喝，不知道山宗去了哪个地方的关城，是不是就是在关口处。因为离得远，秋风也吹不进这深山，居然听不到多少动静。但听东来所言，山宗判断得没错，那个叫孙过折的契丹将领，第一步果然是试探，他算得分毫不差。

"地风如何？"神容问。

东来回："地风平稳，应是当初少主去关外处理过的缘故。"

神容却轻轻蹙了眉："我只担心关外的敌军忽然攻来，目的里就有这座矿山。"

东来道："看目前情形，他们眼里只有关口，应是冲着幽州城而来。"

神容点了下头，心里依旧难以轻松。两万对阵十万，对方又是有备而来，关城之后有幽州城，还有矿山，以少对多，很难面面俱到地顾及。

“过去很久了，少主该用些水粮了。”东来从怀里取出刚刚自兵卒处拿来的军粮，双手递过去。

神容强迫自己拿了一块军粮放进了嘴里，知道此时保存体力的重要，没人顾得上她了，她得自己顾好自己。

干硬的肉干在嘴里似乎嚼不动一般，她小口小口吃得很细，心里是想靠这个来分个心，却又总忍不住去想那男人的处境，甚至又忍不住去想他不知所踪的卢龙军……

忽然间，鼓声乍起，急切如雷。

她顿时转身看过去，周围是紧握兵戈驻守的兵卒，远处是随风摇曳的树影，头顶不见天日，大片铅灰的云往下坠，秋风呼啸在高高的树顶，看不见那段关城，那阵鼓声始终急切未停。

“走。”她还记得山宗的交代，站起身来，冷静地往前走。东来跟上她脚步，直到了坑洞口。坑口守着几个兵，见到她过来，立即放好木梯。神容踩着木梯往下，入坑洞躲避。

下面比平时要暗，坑壁上的火把已经烧灭了两支，无人有空闲来换，但这下方听不见那遥远又急切的鼓声了。

东来跟下来后，快走几步在前为神容开道。

到了坑道的岔口，神容停了：“不用走了，这里够深了。”

东来站定，小声问：“少主可是在担心？属下可以再去上方探一探山使的消息。”

神容在半明半暗处站着，看不清神情：“不要妨碍他们作战。”

幽深的坑洞里，忽然传出一声怪笑，东来立即循声拔刀防范。

这声音，不是未申五是谁。

神容借着微弱的光亮看过去，他自岔口坑道里伸出蓬头垢面的脑袋，连脸都看不清楚，只有左眼上的那道白疤最清楚。

“小美人儿也躲下来了，看来这回那姓山的是挡不住了！”未申五是半靠在这岔口边的，人就那么坐在地上，身子藏在黑洞洞的坑道里，只露出个脑袋，说完又怪笑，像个骇人的鬼影。

神容不想理睬他，刻意回避开两步，去听上方的声响。那阵急切的鼓声居然还在擂着。

坑道里，隐隐传出了哼哼唧唧的声音，混进了那阵鼓声里，是未申五，他竟哼起小曲来了。

东来横刀警告："闭嘴。"

未申五"呸"一声："老子知道那狗东西快死了高兴，哼个曲儿庆贺，你小子算什么东西，竟然敢管老子！"说着自顾自接着哼。

东来脚一动，被神容拦住："等等。"她走回去，听着未申五哼的曲，一连两遍，才听清——

"旧一年，新一年，一晃多少年，中原王师何时至，年年复年年……"

"你怎么会哼这个？"她不禁问。

未申五那骇人的脑袋又伸出来，怪声笑："老子怎么不会？一个唱遍大江南北的破歌，会的人海了去了！小美人儿若喜欢，老子再给你哼一段儿？好庆贺你那不是东西的前夫快被杀了！"说着又怪笑，喉咙里怪声像是钝刀割破布一般破碎难听。

神容只记得当初在关外，和山宗一起见到的那个疯子哼过这个歌谣。在别人嘴里听来是期盼回归故土的辛酸，在他口中却只有嘲讽，再听到他后半句，她声便冷了："纵然你与他有仇，他如今抗击的就是占据故城蓟州的敌贼，你哼着这样的歌谣，却还咒他死？东来！"东来顷刻上前，一脚踹了上去。

未申五这回居然没还击，朝前向神容探过身，拖得锁链"哐当"一声响："嚯，这么说，这次来的是孙过折？"

东来的手不禁停了一下，转头看神容。

不仅是未申五，岔道口里，坑道深处，其他重犯的锁链声也响起，似是也陆续贴近了过来，却藏在黑暗中，只是一道一道蹲着的黑影。

神容微微蹙眉："你还知道孙过折？"

"自然了，"未申五龇出森森利牙，狠声道，"老子们跟姓山的有仇，跟那改姓孙的契丹王八更是有仇，倒希望他们一起去死干净了才好！"

神容觉得他前言不搭后语，如癫狂一般，想要细问，他却又自顾自哼起歌来，还更大声了，哼两句又道："小美人儿，怎样，不喜欢老子再换一个香艳的给你唱！"

东来又一脚踹了上去。

就这一会儿工夫，神容忽然觉得不对，外面好似突然就安静了，刚才示警的急鼓已经没了。她快步往坑道外走，洞口处一缕光照下来。她只下来这一会儿，上方天色却已更灰暗一分。走到坑洞口时，听到了急促而来的马蹄声。她踩着木梯上去，看见坑口还站着兵卒，知道来的是自己人，放心出了坑洞。

一只手伸过来，隔着衣袖托扶了她一把，神容站定看过去，不是山宗。

是胡十一，他黝黑的脸上全是汗，肩背上还有血迹，不知道是自己伤裂开了，还是沾染了别人的。

神容声不觉低了：“只有你回来？”

胡十一抹把汗：“头儿还在抵挡，只不过换策略了，我奉命回来防守。”

她暗暗松了口气：“那情形如何？”

胡十一忽然一下磕巴了，先摸鼻子，又挠下巴：“不太好。”

神容回头看了眼高耸入云的山峰，便已明白几分：“你回来防守是来守这座山的，到底如何了？”

胡十一陡然一拍腿：“算了，就知道瞒不过你！那群狗贼已全力攻来，放了话，一夜就要拿下幽州！幽州城和金矿，他们都要！”

神容不禁捏紧手指，他们果然是冲矿山来的。

黑夜已至，关城上燃着的火把绵延了一排。

关城外面，两山夹对，耸立着十数丈高的山崖，此时崖下蔓延了更亮的火光，远不见尽头，如火蛇狂舞，夹杂着不断攻来的咆哮和嘶喊，直袭下方关口大门。

百夫长雷大带人接替前一批军所兵马已经好几个时辰，扶着城墙头往下远眺了一番，迎头便是一阵箭雨呼啸而至。一只手拖着他一拽，才叫他及时避开。

旁边兵卒纷纷以盾牌遮挡，也难免有人中了招，忍着不喊，以免被下方敌贼知道方位，接着就被旁边的兵卒快速拖下城去处理。

雷大喘着粗气转头：“头儿，咱这空城计快唱不下去了，他们人太多了，就算拿火把迷惑他们，也不是长久之计，咱往日为何就不多募些兵呢！”

山宗松开他，靠着关城坐下，垂下手里的长弓，一只手撑着自己的刀，一声不吭，仿佛没听见他的话。

幽州以往因有节度使，下辖九州二县，不向朝中交赋，也不问朝中要兵，兵马皆由自己征募，与其他边关要塞和各大都护府一样，这规矩直到如今也没变。然而幽州在他建立屯军所这几年间，却始终只有两万兵马，从未多募过一兵一卒。

雷大以往不觉得有什么，如今战事起了才觉得有人数的重要。关外的也很古怪，就算是奚和契丹二族联军，这些年斥候探来探去，却也从未听说过他们有这么多的兵马，这回是见鬼了不成！

没听见山宗开口，他也顾不上说这些了，抹把脸，又起身去应战。

关口间山势险峻而逼仄，并非开阔的平地，要想攻开关口，用攻城木或投石车都难上加难。但他们人多，不断地试图攀上关城，前赴后继，多的是可以耗的。呜哇乱号的嘶喊声从下方弥漫上城头。

山宗砍倒一个刚攀上关城的敌兵时，迎面的关城上已经响起急切的笛啸。紧接着，连笛啸也断了。

雷大急奔过来：“头儿！敌军上来了，咱们没人能顶上了，这一段要挡不住了！”

山宗撑着刀喘口气，当机立断：“撤走！于关城内侧山道沿途埋伏！挡不住他们进来，也不能让他们长驱直入，拖住敌军大部！”

军令一下，对策又变，雷大声如洪钟地称是，带着众兵卒迅速撤下关城。

山宗临走前朝关城外仍不断涌来的漫长火蛇扫去，看到那腹处高高挑着的一杆旗幡，粗犷的兽皮旗上，若隐若现的“泥礼城”三个字。

他冷冷看了一眼，转身大步走下关城。

神容靠在矿眼附近的一棵树干上，身上盖着自己的披风，周围是东来着人围挡起来的一圈布帐，胡十一带着人在周围守山。她合上了眼，强迫自己入眠。

周遭静谧，夜晚大风呼啸，似乎送来了远处的厮杀声，隐约飘渺，不知来自何方。

神容分不清是梦还是真，好像有人厮杀过来了，他们要抢夺望蓟山，金矿刚刚现世，才冶出首批金子，她是来接替哥哥镇山的，不能有失……

迷迷糊糊间倏然睁开了眼，才发现的确是梦。神容偏过头，眼里落入一道坐着的身影，不觉一怔。

那身影肩背宽阔挺直，一手撑着刀，不知是何时进来的，似乎一直在看着她。

“醒了？”是山宗。

她坐正：“你回来了？”

“嗯。”山宗声音有些低哑，伸手在她颈后托了一下。

她被坚硬粗糙的树干硌出的不适在他手掌的一抚下消失了，温软的后颈碰上他干燥的掌心，微微麻痒，说明是真的。

远处亮起了一簇火把的光，有兵卒快步朝这里走来，神容这才渐渐看清他的模样，暗自心惊。他脸颊上沾着点滴血迹，近在咫尺，能嗅到他黑色的胡衣上弥漫着一股血腥气。

她想问怎么样了，只见他转头朝那簇接近的火把看了一眼，掀开布帐，起身出去了。神容没多想便拿下身上的披风，跟了出去。

外面依旧是四处穿梭的守军，那个持火的兵卒快步到了跟前，口中急急报：“头儿，他们的先锋已入关！”

神容心中一沉，去看山宗，他的脸在随风飘摇的火光映照下忽明忽暗，眼底沉沉：“继续拖着他们后方大部。”

兵卒领命而去。

山宗目光落在远处，侧脸紧绷，低声说：“你已知道了，没能挡住。”

神容静默一瞬，稳住心神：“你赶回来，是要亲自坐镇此处？”

山宗颔首。

她无言，关口破了，需要他亲自坐镇，这里一定危急了。

忽又有一个兵持火来报，大声疾呼：“头儿，敌方先锋袭击幽州大狱！”

神容看见山宗薄唇抿紧，微微合了下双目，又睁开。

只这瞬间，胡十一从斜刺里直冲过来：“头儿，我带人去支援！”

“不去。”山宗说。

“啥？”胡十一急了，“难道任由他们去攻大狱？”

“他们的目的就是要吸引人去支援，好让大部顺利入关。”山宗拖着刀一动不动地站着，声音沉哑，“让他们去！”

胡十一顿时说不出话来，抱了抱拳，去传令安排。

蓦然一声鞭子抽响，坑洞附近，那群被允许出来放风的重犯蹲着，唯有未申五半身探出，丝毫不顾鞭子的警告，恶狠狠地瞪着山宗：“姓山的，你居然不管大狱，那咱们的四个兄弟呢！”他们刚才已经听见了。

山宗往前一步，自然而然将神容挡在身后：“那四个早被我移走了，根本不在大狱。”

“呸！老子会信你？”未申五差点要冲过来，被兵卒按住了。

山宗垂眼看着他：“信不信由你，我没心情跟你说第二遍。”

未申五被拖回重犯堆里，还要再动，手镣的锁链被后面的甲辰三扯住了。他回头道：“干什么，难道你信他？”

甲辰三看他一眼，声音低哑沧桑：“信，你又不是第一日认识他，这种时候，他没必要骗咱们了。”

周围重犯皆一片静默。

未申五骤然间也静了下来，再去看山宗，只恨恨地哼了一声。

山宗已转过身，手在神容腰后一搭，带着她走至树下。

神容朝那群重犯看了一眼，忽觉他转过了头，在火光交织晦暗不明的夜里，他英朗的脸依然沉着，双目深邃黑亮：“这回会不会怕？”

她松开紧握的手，轻轻启唇："这是我的山，没什么好怕的。"

一如既往地嘴硬，也一如既往地大胆。山宗注视着她，低低笑了："没错，这是你的山，别怕。"

神容点头，以为夜色里他看不见，又开口"嗯"一声，再无可说的。

不知多久，远处出山的山道外，夜风送来了清晰的嘶喊声。一个兵卒飞奔而来："头儿，幽州大狱被攻破！他们又往军所去了！"

胡十一从远处匆匆赶回："头儿，这次我去支援！"

"不去。"山宗迅速下令，"将军所剩余兵马全都调出，去防守幽州城，他们的目的不是军所。"

胡十一满腔怒火，被那群狗贼侵袭了老家，哪有比这更憋屈的，但抬头见山宗映着火光的脸沉冷骇人，只能咬牙忍耐，抱了拳又去传他的命令。

夜深时，仍不断有飞奔来报的兵卒。无数地方传来了厮杀呐喊，可能是来自关口，可能是来自关内。

神容已不知站了多久，看一眼身旁的山宗，他到现在几乎没怎么动过，如一尊塑像，唯有下每一道军令时清晰又迅速。她从没有想过有朝一日会与他一同应对战事，也从没见过他这般模样。

忽听到一通沉闷的鼓声，远远自幽州城方向而来。她回过神来，循声转头望去。

没过多久，两匹快马疾奔入山，当先的马上是个穿着圆领官服的官员，领着后方一个护送的兵卒，一路跌跌撞撞地跑到了矿山里。

"山使！"是幽州官署里的官员，走得太急，险些摔一跤，刚站稳就搭手道，"幽州城告急了，他们派了使者去城下游说，赵刺史让下官来禀明山使定夺！"

山宗如松般站着："他们攻城了？"

官员道："没有。"

"那何来告急？"山宗冷冷说，"让他们的使者来见我。"

官员似吓了一跳，连忙称是。

然而不等官员去传话，山外已经能看见几道火把的光亮时隐时现。一道声音由远及近地传来，生硬的汉话，吐字不清："契丹使者，求见幽州团练使。"

胡十一刚回来便听到这消息，第一个咬牙切齿地冲过去："来，咱都列阵等着，让他滚进来见！"

山道两侧列兵以待，矿山里，看守重犯的兵卒有意往前横站开，遮挡了坑洞。

一个披头散发、长袍左衽的契丹男人走了进来，到达山里时，手里的宽刀上还沾着血，被两把刀拦住，才缓缓把刀放到地上，空着两手，皮笑肉不笑地道："我诚心来与山使相商。”

胡十一看到那把染血的刀就已经快气炸了，手按在刀上，忍了又忍，回头去看身后。

山宗先看一眼身侧，他身侧还站着神容。远处东来快步而来，在神容跟前挡了一挡。神容会意，随东来往侧面退开几步，半藏在树影里，远远看着。山宗这才掀眼，看向那使者：“相商什么？”

使者连礼都没见，一双吊梢眼露着精光，面带得色：“奉泥礼城城主令，来给山使传几句话，关口已破，你们已经抵挡不住了，不如尽早投降。只要幽州肯降，交出矿山，我契丹首领可不动幽州城百姓分毫，幽州以后依然由山使统领，也封你个城主做做，如何？”

神容扶着树看着，不觉蹙了眉，那头传来此起彼伏的轻响，别说胡十一，就连兵卒们都接连按了刀。

忽听一声低低的嗤笑声，她转头，看见未申五蹲在坑洞口，正嘲讽地盯着前方，不知是在嘲笑使者，还是山宗。她冷冷瞥了一眼，去看前方，山宗拖着刀，挺拔地站着，仿佛这里就是他的中军大帐，哪怕他的背后是坑洞口的那群重犯，周遭的守军就快派完。

“谁说我们抵挡不住了？”他忽然说。

使者轻蔑地笑一声：“幽州不是当初了，没有辖下九州兵力，我们联结大军而来，如何抵挡得住？不如趁早投降。我们城主特地传话，山使还想再尝一次兵马无回的后果吗？”最后一句如同毒蛇吐信，说完他阴沉沉地笑了。

一声锁链轻响，神容倏然回神，看见那里未申五竟又动了，似乎想扑上前去一样，这次恶狠狠的眼神却是冲着那个使者。胡十一正有火没处发，快步过去，一把将他拽了回去。

这点动静前方毫不在意，那个使者甚至都没朝这里看一眼，只不屑地看着山宗。

她去看山宗时却微微一惊。

山宗手里的刀轻轻点了两下地，压着双眼，目光森冷如刀：“否则呢？”

使者似被激怒了，冷喝一声，夹杂了句契丹语，狠戾道：“否则便是攻城攻山！待我大部进入，屠城焚山，到时可莫说没给过你们机会！”说完转身就走，捡了刚放下的宽口弯刀，刀口沾染幽州军的血到此时仍然未干。

山宗手中刀一振，霍然迈步而上。

使者察觉时大惊，立即回头拿刀去挡，被山宗一刀劈落脚下，后颈被一把扯住，眼前瞬间多了柄细长冰冷的直刀，骇然道："你……你想干什么？两军交战不斩来使是自古的道理！"

山宗扯住他后颈，刀抵着他颈下，双目森寒："老子的刀就是道理。"刀锋起落，血溅五步。

他一把将对方尸首推去了漆黑的山道，转身时提着沥血的刀，犹如修罗："把他的人头送给孙过折，告诉他，幽州不降！"

霎时间四周兵卒齐声高呼，震彻群山。

神容只看到个大概，早已被东来刻意往前遮挡了大半，心中仍被慑住了。直到转头时，才发现就连那群重犯都无声地盯着那一处。

山宗走到胡十一跟前："将所有兵器取来。"

胡十一正解气，马上派人去办。不一会儿，一堆兵器被悉数扔在坑洞口，哐当作响，在周围的火光里泛着寒光。

山宗沉声说："你现在可以带人去支援幽州城了。"

胡十一愣一下："那山里怎么办？"

"这是军令，首要是城中百姓，去！"

胡十一看一眼他沉着的脸，只能抱拳领命，匆匆带着兵卒离去。山中只剩下寥寥无几的兵卒，还有坑口附近的重犯。

山宗扔了刀，拿了扔在附近的开山铁镐，大步过去，面前是蹲着的甲辰三。他忽然挥臂，一下砍在甲辰三的锁链上，锁链应声而断，他对着他们说："我知道你们想让我死，但你们也可以一雪前仇再来要我的命，除非你们想就此死在孙过折的手里，再任由他蹂躏幽州百姓，像对蓟州一样。"

甲辰三抬起头。所有人都静默又诡异地盯着他。

山宗盯着他们，丢下铁镐："若愿意，砍开铁镣，拿起武器，随我作战；不愿意，就此出山，反正这里的兵也不足以困住你们了。"

"随你作战？"未申五冷笑，"你方才不屈服那股劲儿确实让老子们佩服，但你不要以为老子们就会对你刮目相看了。"

"我不需要你们的刮目相看，"山宗幽幽说，"我只在意结果。"

未申五脸色渐沉。

山宗转头，大步过去牵了马，翻身而上，看着他们："若还能战，就听我号令！"

重犯们纹丝不动，忽然甲辰三拿起铁镐，奋然斩断了身旁未申五的锁镣。

"老子就是死也不能死在孙过折的手里。"他丢开铁镐，嘶吼一声，"老子还能战！"

其他重犯顷刻间都动了，铁镐声响，锁镣尽断。

未申五咬牙，阴笑得眼上的白疤都在抖："成，一个不走，谁也不走，反正都是仇人！战就战！"

神容缓缓走出两步，看着眼前这不可思议的一幕。

忽闻山宗在马上一声高呼："卢龙军何在！"

重犯们如同猛兽出笼，周遭却有一瞬的凝滞。

山宗胸膛起伏，又是一声冷喝，声震山野："卢龙军何在！"

甲辰三猛然一把撕去右臂破烂的衣袖，大呼："卢龙军在！"

刹那间，每个人都撕去了右臂衣袖："卢龙军在！"

就连喘气如牛的未申五，也终于狠狠撕去衣袖："卢龙军在！"

神容震惊地看着他们，他们每个人的右臂上，都清晰地文着"卢龙"二字的刺青。她茫然地看向马上的山宗。

他们竟然都是他的卢龙军……

后半夜，秋风卷着厮杀呐喊声在河朔大地劲吹而过，未曾停歇。

一支披头散发的关外骑兵自攻往幽州城的先锋中分出，直往高耸绵延的山岭而来。熊熊火把的光几乎照亮了半边山外天地，马嘶人号，手中弯刀挥舞，故意把威吓的咆哮送入山中。

使者被杀，幽州不降，他们即刻攻城攻山。

山中毫无动静，只有零星几点火把的光亮。远处混着风声而来的，只有幽州城头上急促不停的鼓声。

一声契丹军令，披头散发的骑兵下马，直扑山中那点光亮。

漫长的山道，进去了就如同被裹进了浓稠的墨里。打头的尚未摸清楚走向，眼前忽来寒光一闪，只来得及看清一道劲瘦的少年身影，就已经睁大眼睛倒了地。

那是东来，一击杀敌后，迅速折返深山。

后方敌兵立即朝他急追，喝叫声不断，忽然一脚踏空，方知陷入了陷阱。迎头几道骇人的黑影逼近，刀过头落。

三五一股的人马接连入了山，威吓的咆哮却变成了不断的惨号。很快山外一声怒吼，入山的敌兵不再分散，聚齐直冲而去。等着他们的是一片浅溪旁的山脚谷地，忽来一阵流矢，只有一阵，但就在他们聚拢去旁边野林间避箭时，林中又有人影游走而来，随着锁链声响，刀光映着火光送至。

每人送上几刀后，他们就及时退去，隐入山林。敌兵甚至来不及去追，又来箭矢。锁链声响，人影又现，再杀数人即退。

终于，有敌兵意识到是入了汉军的阵门了，大声用契丹语喊着提醒同伴，往山外退去。

“阵合！”后方，山宗的声音传出，冷冽如刀。

锁链声响，人影游走，抄向退路，落在后方没有及时退走的几人被悉数斩杀……

望蓟山的坑洞附近，火光飘摇。

神容看见那仅剩下的兵卒们收了射箭的长弓退返回来，东来也领着护卫们回来了。她自树后走出，看着不远处那群身影。

阵开，人影自林间迅速游走，交替而出，出刀者旁必立人掩护；阵合，一击即退，至狭窄的山间空地，拢而防守。

看似杂乱无章，实际井井有条。光是这样看，也可以相信，这些人的确是他的卢龙军。

身前马蹄声疾至。山宗策马到了她面前，扯缰横马，上下看了她好几眼，仿佛在确定她无事。神容到此时才算完全回神，转头去找那些刚在不远处穿梭杀敌的身影，轻声问：“只有这些人，能挡住？”

山宗胸口起伏，手中带血的刀指一下天：“他们能以一当百，至少关外的想一夜就拿下幽州是不可能了。”

神容抬头看天，风涌云翻，青灰色褪去，天已亮起。

“呸！”山林间陆续走回那群身影，未申五拖着斩断的手镣脚镣，冲着这头阴阴地笑，“你别的不行，练兵可要看得起自己，老子们只能以一当百？老子们能以一当千！”其他跟在后面的人都应和着他的话怪声地笑，居然多了平日里不曾有过的痛快，就连平时寡言少语的甲辰三，吐出口血沫子后都笑了一声。

忽来一阵破空尖啸，如疾风劲扫，山宗迅速按马跪地：“伏地！”

下一瞬，神容被他一把搂住，按倒在地，脸埋在他胸膛，人结结实实落在他臂弯里。声过后，他才松开她抬头。

几乎所有人都在刚才一瞬间匍匐在了地上，此时周遭树木上都落满了飞射而来的箭矢。未申五张嘴吐出一口尘土：“狗东西们这是急了！”

那是山下盲射上来的一阵。

一个兵卒小跑过来，喘着气报：“头儿，他们约有先锋数千在山外，其余先锋都去攻城了，关口处还有冲进来的在往此处不断增兵！”

山宗搂着神容站起来：“他们准备清山强攻了。”

神容按一下急跳的心口，摸到了怀里的书卷，忽而想到什么：“敌军想要金矿，但不知道具体的矿眼，应当不会真焚山。”

“不会，所以敌军只会集结兵力强攻。”山宗看一眼头顶越发亮起的天，“天亮了，我们只有利用山势来抵挡了。”

“没错。”神容又摸一下书卷。

山宗忽然低头，对着她的双眼。她看一眼未申五他们，迎上他目光：“可还记得东角河岸，他们当初遇险的地方？”

那群人齐刷刷地扭头看了过来。

“记得。”山宗扬起嘴角，“好得很，就是那儿了！”

他转头看一眼东来。东来看看神容，会了意，快步上前来听他吩咐。

顷刻间，兵卒们拿木板草料去遮盖了坑洞口。东来带着长孙家的护卫们冲往山道，刻意地高呼：“快！敌军要杀进来了，快随我保护金矿！”

山外，大队敌军已经入山，冲破山间雾霭，脚步声几乎遍布山林，乍闻此声，追着声音而去，只为得到矿眼。

无人知道他们的后方，那八十道人影已紧随其后跟上，如同鬼影。

神容还在原地站着。山宗翻身上马，俯身一伸手，抓住她手臂：“上来。”神容被拉着踩镫上了马背，他自后拥住她，策马即走，踏上高坡。

东角河岸，望蓟山拖拽的一角静默垂坠于此。后方追来的敌兵约有数百之众，后方还另跟有两股，呈“品”字形围抄而来。

东来带着护卫们迅速跑至河岸和山脉中间的下陷之处，此处杂草遍布，数丈见圆，坑洼不平。

敌兵追来时，他们正奋力砍去杂草，用刀凿着那里土质的山壁，山壁上的一个豁口已经可容两人通过。发现了追来的敌兵，护卫们顿时四散而逃，东来则立即往豁口里钻去。

披头散发的敌兵们听领头的招手一喝，顿时直扑豁口，认定了那里就是矿山的矿眼。

连续冲进去的人没有出来，反而传出了骇人的惊呼惨叫声。后面的敌兵收脚，有的伸头想进去看一眼情形，身后忽来飞箭，是从山林杂草间射来的，逼迫他们找掩体躲避，于是不得不钻入，又是一阵惨号。

箭只一阵就没了，终于有剩下没进去的趴在豁口边看清了里面的情形，那里面居然是个深不见底的泥潭，如桶一般，此时全是他们的人落在了里面，挣扎惨号着被泥潭吞噬。

东来攀在豁口边的山壁上，跃出来时，外面还剩了足足快两百来人，全困在这一方坑洼中，居然接连倒了下去。

自后而来的八十个人像是横卷过来的，杀敌时眼都不眨，似乎藏了无尽怒火，命都不顾一般，凶狠万分，刀是武器，连砍断的锁链也是武器，眼里只有杀，眼都已杀红，尽是怪声。原先还抵挡的敌兵渐战渐退，四处溅血。

拦在最后方的还有一人，是刚从马上下来，持刀而立、衣袂翻飞的山宗。

一声急切的号角声吹响，自山间往外退离，渐渐飘远。

持弓的兵卒飞快跑至东角河岸，急报："头儿，他们退出山外重新整兵了！"

追来的数百人尽灭，后方两股敌兵终于学乖，及时退出去了。

山宗在河边清洗了刀，抬一下手，兵卒退去。他起身，往旁边看，神容正坐在一旁的大石上，听到兵卒的话，朝他看了过来，白生生的脸被风吹红，夺他的眼。

山宗盯着她，声音不禁放低："暂时没事了。"

神容刚放松一些，又蹙了眉："只是暂时？"

山宗看一眼天，从夜到日，从日升到日斜，这一通抵挡，几个时辰都过了，像她这样娇贵的人，到此时水米未进，都是因为跟在他身边，才经历了这一通战事。他笑一下，点头："如果没猜错，整兵之后还会来攻。"

神容脸上依旧镇定，只是稍稍白了一分。

山宗看着她的脸："现在只有一条出路了。"

神容立时抬头看他。

他提着刀，幽深的眼底蕴着光，声音沉沉："孙过折擅长游说，忽然有了十万兵马，一定是他利用什么条件联结了其他周边胡部，或许就是金矿。他会连夜派来使者，无非也是想拖延时间让大部进关，可见这十万兵马也未必是铁板一块。"

神容想了想："那你打算如何做？"

"只有突袭。"他说。

河边一声怪哼，似笑似嘲，是蹲在那里清洗的未申五。几十个人蹲在这河边，连河水都被他们手里刀兵上的血迹染红了。

未申五扭头看过来，龇着牙笑："突袭？就凭这山里仅剩的百来人，你有什么把握？"

山宗冷然站着："不试试如何知道？"

未申五顿时"呸"一声，脸上露出狠色："既然一去就可能回不来了，老子们为什么要跟着你去拼，真当老子们服你了？还不如现在就要了你的命，先报一仇再说！杀了你，老子们再出山去杀孙过折！”话未落，只听锁链声响，人已旱地拔葱一般跃起，抽出水里的刀冲了过来。

顿时其余的人全都围了上来。

山宗手疾眼快地拉着神容挡去身后，刀锋一横，隔开他："动我可以，她不行。"

未申五退开两步，阴笑着握紧刀："放心，小美人儿若是被伤到了，老子赔她一条命，等你死了，她就没事了！”说着刀刚刚又要举起，脸却陡然阴沉了，因为已听见左右拔刀出鞘的声音——已经有幽州军的兵卒们赶来。

东来抽刀在旁，和护卫们紧盯此处，随时都会冲上来。

霎时间，彼此剑拔弩张，互相对峙。

“这就是所谓的卢龙军？”神容被挡在山宗身后，握紧一只手的手心，冷冷看着眼前这群人，克制着渐渐加速的心跳，“既然是卢龙军，因何变成这副模样，什么样的仇怨，非要在这关头要他的命？”

未申五阴狠地瞪着山宗笑："是啊，老子们怎么变成这副模样了，这就得问你男人了！”

神容下意识去看山宗，他只有肩背对着她，岿然挺直，始终牢牢挡在她身前。

“问你呢，怎么不说话了！有种就告诉她啊！”未申五狠狠磨了磨牙，“反正都要死了，还隐瞒什么，告诉她！你的卢龙军已经投敌叛国了！”

周遭一瞬间死寂无声，只余下一群重犯粗重的喘息声。

神容不禁睁大双眼，以为自己听错了："什么？”

山宗终于动了，握刀的手用了力，手背上青筋凸起，双眼幽冷地盯着未申五："卢龙军不可能叛国。"

未申五居然脸僵了一下，不只是他，其他人也都明显愣了一下，甲辰三一双浑浊沧桑的眼早就盯着山宗。

“你居然还有脸说卢龙军不可能叛国？”未申五很快又阴笑起来，“说得好听，你又做了什么？为了洗去自己的罪名，转头就将咱们送入了大牢！咱们八十四人成了叛国的重犯，你自己摇身一变成了幽州团练使！可卢龙军的弟兄们再也回不来了！就凭这个，老子们就可以杀你十次！”

神容无声地看着山宗，什么也说不出来，心底只余震惊。看不清他神情，只能看见他肩头微微起伏，握刀的手骨节作响，不知用了多大的力。

未申五看一圈左右，眼上白疤一抖一抖，又看到神容身上，忽然无比畅快一样："小美人儿，终于叫你看清他是什么样的人了。别怕，老子们当初眼也瞎了，如今终于能报仇了！”

神容身上一紧，抬起头，是山宗将她挡得更严实了，几乎完全遮住了她。

周围刀剑又逼近些，指着这群人。

忽听一声冷笑，神容怔了怔，是山宗，却听不出什么意味。

山宗抬起头，盯着未申五，眼都血红了，口气森冷：“说得对，反正就快死了，那好，我也没什么好遮掩的了。”他一只手伸入怀里，摸出什么扔了过去。

神容瞄见了，是那块破皮革，当初他们一起在关外那个镇子附近见到那个疯子，交到他手上的破皮革。

甲辰三捡了起来，忽然眼神凝住了，抬头看着山宗：“这是从哪里来的？”

山宗说：“关外。”

甲辰三的手抖了抖：“你一直在找他们？”

山宗蓦然又笑，声却冷得发紧：“他们是我的兵，我不找他们，谁找！”

未申五一把夺过那块皮革，喘着粗气，眼神在山宗身上扫来扫去，游移不定：“老子不信！他还会这么好心，在找其他的卢龙军弟兄！”

“信不信由你，”山宗冷冷地看着他，“我说了，我只在意结果。你们是要在这里等死，还是跟我出去博一博，留着命再去找他们，自己选！”

忽然间其他的人都退后了一步，手里的刀都垂了下来。未申五眼里通红，如同凶兽，却又被甲辰三按住了。

“他说得没错。”这的确是唯一的出路了，曾是军人，甲辰三很清楚。

他从未申五死紧的手里一把抽过那块皮革，红着浑浊的眼，丢还给山宗：“老子信你，如果他日发现有半句假话，老子也第一个杀你！”

山宗接住那皮革，紧紧捏着。

甲辰三扯过未申五：“走。”

八十人全部退去，周围紧绷的兵卒们才退开，早已被刚才发生的事惊骇得什么也说不出来。东来也只瞄了一眼少主，带着护卫们悉数退去。

山宗此时才松了刀，转过身，一把揽住神容。

神容在他怀里微微发颤，此时才看清他手里那块破皮革，又灰又脏，上面绣了两个字，已经磨损得发了白，赫然就是“卢龙”二字。她开口：“他们说的是真的？”

山宗缓缓松开她，眼底红血丝尚未褪去，喉间滚动：“我曾在先帝跟前立下重誓，此生都不再对别人提及卢龙军半个字，否则不只是我，听到的人也要获罪。如今看来，大概这就是天意。”

神容忽然明白了，他为何当时说只能说这些：“你被特赦的罪，就是这个？”

他竟然低笑了一声：“这是最重的一条。”他低下头，“你只需知道卢龙军不可能叛国，终有一日我会将他们带回来。”

她一瞬间全记起来了，当时去关外那个镇子，他说他要找的不是一个人，原来就是要找他的卢龙军。“他们……还在吗？”

山宗忽然沉默了，顿了顿，才说：“这已是第四年了，只找到这点线索，我坚信他们还在。”

神容再也说不出话来，只能看着他异常冷静的脸。难怪当初他说去过关外的事是彼此间的秘密。如若不是这一战，他仍然还守着帝前重誓，永远不会将那群卢龙军的身份暴露出来。

灰白的日头彻底西沉时，山外的敌兵似乎也整兵结束了。

远处关口拖延了够久，厮杀声还在蔓延，幽州城的鼓声急擂不止，声声不歇。未申五和甲辰三对视一眼，彼此眼中通红尽褪，起身备战。

二三十个兵卒牵着山里仅存的战马过来，从马背上卸下一堆软甲扔给他们。

那是之前对他们刀剑相向的兵卒，也是平日里持鞭看守他们的兵卒，但如今，他们即将同上战场，并肩作战。

“头儿有令，穿戴整齐，等他一刻。”

甲辰三看了一瞬，弯腰捡起，手指摸了摸那软甲，那上面的皮革，还比不上山宗之前扔出来的那块厚实。他忽然发现，如今的幽州军，装甲远不及当初卢龙军完备，但他们依然没有退，纵然只有这些人，也愿意跟着山宗血战到底。

未申五拿着破布条缠上右臂的卢龙刺青，看见甲辰三已经第一个在套软甲，白疤一耸，怪笑：“再披战甲的滋味如何？”

甲辰三捡了一件软甲当头丢给他：“穿上，这次我信他。”

未申五脸色数番变化，终究咬牙套了上去。

山林间暮色笼罩时，山宗还在东角河岸处，胡服里绑上了软甲，束带收紧，一只手紧紧绑缚着护臂。

神容站在一旁，静默无声，只看到他护臂有一处似没绑好，不自觉伸手抚了一下。手旋即就被他握住了，她抬头，终究忍不住问：“有没有援军？”

“有。”

她有些不信：“真的？”

“我说有就会有。”山宗托起她下巴，“你不是一直都很胆大？”

她蹙眉：“我没怕。”

“那你敢不敢更大胆一些？”

神容眼神落在他脸上："什么？"

山宗眼底沉沉："不等去长安了，我们即刻就成亲。"

神容一怔，人已被他拉了过去。

他指一下前方的望蓟山："这座山就是你我的见证，你我今日就在这里成亲。"

她盯着他："你当真？"

他勾唇："当真。"说完衣摆一掀，拉着她一并跪下。

高耸的望蓟山在暮色里静默，周围烟尘血腥气弥漫，东角的河在身旁奔腾而过。

山宗竖起三指对天，风里只有他清晰的声音："今日在此，山为媒，水为聘，我山宗，愿迎娶长孙神容为妻，天地共鉴。"

神容心如擂鼓，转头看他，瞬间就已被他一把搂住，唇被堵得严严实实。山宗含着她的唇，亲得用力，双臂一托，抱着她站起来，直抵到一旁的大树，狠狠吮过她的舌尖。神容浑身一麻，像被提起了全部的心神，软在他怀里一口一口地呼吸。

山宗与她鼻尖相抵，喘着气："若我没能回来，就当这是我一己私为，随你处置；若我回来了，此后你就是我夫人。"说完松开她，大步离去，迅速翻坐上马背。

神容气息不定："山……"

只来得及说出一个字，马蹄疾去，人已隐入暮色。

夜幕将将笼盖四野，山外，披头散发的关外骑兵整饬完毕，火把接连亮起，烈火熊熊。

山脉太广，山势不明，连番受挫，让他们愈发摸不清里面的情形，究竟山里还有多少守军，还有多少陷阱机关？一时间皆不敢轻举妄动。

当中领头的契丹首领坐在马上，喘着闷气，恼恨地低吼着一句一句的契丹语，手里的宽口弯刀挥舞，愤恨不甘。

大军来袭，好不容易攻开了幽州关城的关口，却到现在还没能拿下这片山，这已经违背了主帅的命令。之前的连番侵扰试探，如今的一夜拿下幽州，全都成了笑话，待关外的大部到来根本无法交代，还会受到严惩。他们必须要拿下这座山，不惜一切代价！

"姓山的汉狗没什么可怕的！"首领以契丹语怒叱，"他亲自镇守山里也不足为惧，杀了他，金子和女人都是你们的！"契丹首领一声怒吼，喊出的"杀光"狠戾尖锐，敌兵们火把高举，彪悍的咆哮应和声猖狂地送入山林。

首领重整了士气，继续骂着狠话，要将幽州军碎尸万段，血债血偿，手里又挥舞起弯刀，下令全军攻入，再不行就真放火焚山！

敌兵横在山外，弯刀对着山林，即将大军推入，就在此时，却发现山中毫无动静了，连原本那点火光都没了。

周遭寂静了一瞬，这一瞬，似乎连呼啸的寒风都停了。而后静谧的山林似乎一点一点震颤了起来，不是山在震，而是马蹄声太过激烈。

首领顿时高喝戒备，一队黑影已从眼前山林里冲出，迅疾如电，身影如风，看不清人数，也看不清来向，直冲过来，又突然转向，似乎企图横越突围。

一股敌兵马上追击而去，横列的敌兵阵列被扯拽出去一角，队形被打破。

只这一刹那，突围的人马却忽又折返，不要命一般，竟主动直扑回来迎战。

契丹首领大声喝骂，敌兵横刀而上，火光都被吸引过去时，山里方向却又再度震荡而来一阵剧烈马蹄声。一群战马以前所未有的速度，飞奔直冲敌阵，敌兵们还未回神，他们已如尖刀直刺而入。接连倒了几个敌兵，阵列破开了一道小口，就这眨眼一瞬，后方又冲来一匹快马，马上的黑衣人影一刀挥过。

所有人马都几乎没有停留，这一瞬间打出了极快的配合，快到甚至不给反应时间，敌兵们以为他们只是试图冲出重围，顷刻又要向首领报告去追。

然而嘶吼咆哮声中，却见当中的首领双眼圆睁，一动不动，猛然头上毡帽滚落马下，连着头颅。下一刻，便有契丹语高喊起来："首领死了！姓山的突围了！他们的援军要到了！"

军心涣散，势如山崩。在慌乱中，敌兵们跨马，争相退往幽州城下，与大队先锋会合。

"怎么样，弟兄们，老子刚才那句契丹话喊得如何？"山脚茂密野林里，锁链轻轻一响，一个重犯一手按着马，蹲在野丛间，喘着粗气小声问。

一旁甲辰三趴着，同样喘着气："还不赖，装得还挺像回事。"

黑暗里，未申五"呸"地一口吐出沾了血的唾沫，盯着最前方持刀蹲地的模糊背影，不用看也知道，他的刀上还留着那个契丹首领的淋漓鲜血。

这只是一小片洼地，每个人都在压抑地急喘，每个人周身都血腥气弥漫，但凡那群敌兵还有个人统领而不自乱阵脚，就能回头将他们包围歼灭。但显然他们准备不够，只想着快速拿下此山，并无万全之策，死了首领就乱了阵脚。

这一招是最快最狠的一招，差一步配合，哪怕只是手脚慢半步，都可能会满盘皆输，但他们成功了。

甲辰三朝那模糊的背影看一眼，低声道："他判断得分毫不差。"

未申五只古怪地笑一声，什么也没说。

直到外面再无动静，一个兵卒捂着突袭里中刀的手臂回来，钻入野草，喘着气禀报："头儿，幽州城没挡住，城门破了……"

顿时四下寂静，连喘声都停了。远处再无城头擂鼓声传来了，却似乎能听见风里送来的尖利哭号。

幽州城破，这里攻山的敌兵也去了，还会不断地有敌兵增援，关口处能拖住大部的军所兵卒一定也所剩不多，城中都是手无寸铁的百姓，那里会有何等惨状，可想而知。

山宗抬头看了眼黑黢黢的天，紧紧握着手中刀："差不多了，援军应该快到了。"

未申五低骂："少唬人，你突袭都没人了，哪儿还能来援军！"

"当然有。"山宗冷笑一声，"檀州。"

一个兵卒立即出声："可是，檀州的周镇将素来……"

"他会来的！"山宗霍然起身，"上马，去关口，现在才是真正的突袭！"

火油刺鼻的烟灰被大风吹过，尘沙弥漫，扫过幽州城被强行破开的城门。

熊熊火光映照城头，在城头上坐镇的赵进镰被剩余的守军护卫着，退在城头一角，前方是刚刚登上城头，披头散发手持弯刀相向的一队敌兵先锋。

"赵刺史，送你一份大礼。"先锋首领头戴毡帽，操一口生硬的汉话，桀桀冷笑，手一挥，两个女人被敌兵拉扯着一把推了过来。正是何氏和赵扶眉。

赵进镰大惊失色，慌忙伸手去接，已有守军拖着她们迅速抢了过来。

"我们特地把她们从刺史府接来与你团聚，你看，你们是要一起上路，还是改口投降。"

何氏缩在赵进镰怀里低低呜咽，一只手被赵扶眉紧紧握着，哆嗦不止。契丹人冲入刺史府杀了十几个护卫就把她们硬生生地拖了过来，她着实被吓到了。

但这模样在敌人眼里看来不过是临死哀鸣，那首领不耐烦地催道："给你这个机会，是叫你去山里劝降，只要金矿一到手，给你们留个体面的全尸。否则……"对方生硬地拖着音调，毫不在意地阴笑，"你会死得很惨，你这两个女人会死得更惨，整个幽州城都要陪葬。"

说完放肆地大笑，身后的兵也跟着笑，笑得不怀好意。

守军们横兵指着他们，喘气如牛，这点兵力，撑到此刻已是负隅顽抗，谁都知道他们的意思。

幽州不降，一夜拿下幽州的梦破了，他们的怒火自然是要拿幽州城来抵，越是反抗，报复越重。如果不是有矿山，或许城破的那刻，屠城就已经开始了。

赵进镰扶着妻子，抖着手拍一下赵扶眉手臂，颤声低语："莫要担心，山使说了，会有援军来，你夫君会来，周镇将会来。"

赵扶眉低垂的头抬起来，强忍着还是在打战："什么？他怎么可能来……"

于公，这里是幽州地界，轮不到他插手；于私，他与山宗有仇怨，且如今因为自己，还又加深了一层。

"是，我也是这么说的，但山使说他会来，会来的，你还在这里，他怎会不来？"赵进镰克制着，其实心里也没底，但纵然到这一刻，他是首官，也要稳着人心。

当日在为神容接风时，酒肆外，山宗与他商议军务时做过最坏的设想——

倘若之前皆是试探，关外忽然来袭，幽州城被攻击，那就立即报信檀州，因为还有一座矿山要防。届时就说他的幽州军抵挡不住，哪怕周均只是要看他一败涂地的无力，也会率军前来。

赵进镰当时问他："那岂非要你践踏自己的颜面来求援？"

山宗不以为意，甚至还笑了："为将者，任何人，任何物，皆可为兵，仇人也是兵。更何况，周均归根结底也是个军人，是一州镇将。"

那个契丹首领见赵进镰不回答他，反而窃窃私语，已没了耐心，咕哝一句契丹语，刀朝这群将死之人挥了一下，看他们如看蝼蚁。

身后的兵刚要上前挥刀，一个披头散发的敌兵跑上城来报："山中被突袭了，那边首领被杀，攻山的骑兵全赶来城下了。"

首领破口大骂废物，正要为他们赢得劝降的时机，居然就这么退了。

紧接着，又有一人来报："关口也遇到突袭了！"

首领阴沉着脸，怒不可遏，却还算镇定，大声叫嚣了两句契丹语，顿时城下一队敌兵跨马离去支援关口，剩下的敌兵抽出弯刀，砍向守军。前面的守军倒下时，城上却陡然降下了一阵箭矢。

城下大街上，胡十一带着残部从暗角里冲出来，扯着嗓子怒吼："一定是头儿去突袭了，张威，杀！"

城上的敌兵被吸引而去，赵进镰紧紧搂着何氏，一手拽着赵扶眉，被且战且退的守军护着缩至城头，忽见远处火光大亮，风里送来了马蹄声，越来越近，越来越清晰。

厮杀从城门下方蔓延到了城中，大街上，敌兵冲开各家各户，店铺庭院，火把乱扔，开始屠城。尖叫混乱声中，暗角里还有剩余的守军在顽抗，拖拽着他们的兵力。

兵戈声烈，城外的马蹄声已清晰可闻。城下敌兵察觉到时冲出去，迎头就是一阵箭矢不管不顾射来，顷刻倒下一片。

熊熊火光里，一排兵马冲向破开的城门。

赵扶眉已在混战的城头角落里避无可避，忽而一箭贯穿面前挥刀的敌兵，溅了她一身血。她勉强扶着城头往下看，兵马阵中，一人打马而出，白面细眼，身配宽刀，正双眼阴沉地盯着城头：“檀州军前来支援幽州！”

是周均，如山宗所料，他真的来了。

“援军到了！”城中霎时回应声四起。

胡十一带领剩余的幽州军杀出一条街角，和张威会合，练兵千日，反应迅捷，不用多言就知道奋力将敌兵推回城门，送入援军刀口。

关口处，尸横遍野，仍不断有敌兵在往里冲。关口狭窄是得天独厚的地势，对伏击有利，两侧茂密山林里不断飞去暗箭，人影游走搏斗厮杀，尽管如此，剩下的军所兵卒也已寥寥无几。

而关口外，火光依然亮透山岭，几乎可以照遍关口一路染了血的山地。

又是一阵敌兵再冲进来时，远处马蹄声踏着风声迅疾而至。忽然间多出百来条人影，打马而至，直迎向冲入的敌兵。

有藏在暗处等着伏击的兵卒借着火光看清了来人，忍着惊喜没有唤出那声“头儿”，却见他身后跟着的一群兵马骇人无比——衣衫破败地套着软甲，蓬头垢面形同鬼怪，几乎都已看不出人样，居然是山中那群重犯。偏偏个个杀人如麻，毫不停顿，甚至还有人在狂肆地怪笑。仿佛无比痛快，鲜血都无法冲淡的痛快。

“收兵回撤，掩护后方，引一队援军过来！”山宗迅疾下令，手里的刀挥出，直贯一个骑兵的心口。埋伏的兵卒听令撤向后方，虽然不知道哪里会有援军。

头顶正是天亮前最暗沉的时刻。

山宗横挡在关口，胸膛起伏，俯身一刀斩向横冲而来的快马，连带后方倒下一片，落地就已被其他人的刀毙命。趁眼前清出一条血路，山宗甩去刀尖残血：“听我号令，一击即退，放他们入关。”

“头儿！”一个兵卒惊愕的急呼淹没在风里。

“退个屁！老子还没杀够！”未申五恶狠狠地骂。

“这是军令。”山宗看着关口外接近的火光，幽幽说，“放他们进来，让我看看孙过折这十万大军到底是铁盟，还是风一吹就散了。”话音未落，人已率先打马疾冲出了关口。

乌泱泱的兵马如同潮水，携着火光自远处浩浩荡荡逼近关口，当中一杆粗犷的兽皮旗高举，“泥礼城”三个字随着火光时隐时现。

忽然黑洞洞的关口里冲出人影。

“箭！”契丹语的军令刚下，弓还未拉满，他们已迅速蹿上两侧山岭。

马走斜坡，难以久行，只一段，踏着细碎滑落的山石尘土又陡然冲了出来，但已足够他们避开箭阵。

快马自两侧冲入，向敌军砍下凌厉的几刀，换得几声惨号。瞬间，又转头向回奔。这次没有回避，而是直直地冲回了关口。

怒吼声起，敌军浪涌一般追向关口。

山宗殿后，回马斩杀两人，遥遥往后看一眼，策马疾走。

潮水般的大部兵马中，一道马上身影自兽皮旗下露了脸，髡发垂辫，披着圆领盔甲，面朝着他的方向，手里弯刀一指。那是契丹贵族才会有的打扮，是孙过折。

大部领头的人马毫无阻拦地进了关口，夜色里，紧追着那一串人影不放。过了山地，是大片无遮无拦的荒野，再往前就是幽州城。城中分出来支援关口的敌兵刚走到这里，就被山宗安排回撤掩护的军所兵卒吸引，一路追击。

兵卒故意往回城方向撤，如山宗所说，竟真遇上了援军……

轰隆的马蹄踏过幽州荒野，暗箭不断。有人中箭了，但只有一声闷哼，就没了声，部队依然按照计划头也不回地往前疾奔。

熊熊火光在前方亮了起来，亮成一排漫长的线，如同结了张网，在等着他们来钻。

后方如雷的蹄声忽然断了，只剩风吹着尘灰送过来。山宗勒马回头，百丈之外，敌兵人马已经全都停下，脚步踟蹰，如同被一只手生生扯拽住了，凝在了浓稠如浆的夜色里，乍一看好像在对峙。

随后，他们开始后移。

直到急切的号角声吹响，才有人意识到他们是撤兵了。

“头儿？”一个军所兵卒难以置信地出声。

“不奇怪，诡计多端的人，最害怕别人的诡计。”山宗冷冷笑了一声，看着那头远去的火光，“派人去探，看他们是真撤退还是假撤退！”

兵卒快马而去。

后面未申五怪笑：“居然叫你蒙对了，那孙子的十万大军果然不牢靠，这就吓跑了！”

十万大军在手，却被毫不畏惧地正面袭击，还是山宗亲自带人袭击，本就可疑。

追来后又看见远处火光遍野，是谁都会想到那是援军到了，还必是重兵，才让山宗有了这样的底气，让他可以不顾一座金矿和一城百姓的性命，以身作饵地吸引他们前来。

越是想得多的人越容易怀疑，也越容易犹豫。

山宗转头，看向远处那排檀州军的火光，直到此时才松下肩头。这殊死一搏，只有他自己知道冒了多大的凶险。一旦有失，万劫不复。

望蓟山里，寂静得一点声音也没了。

坑道里，没有一丝光亮。神容在黑暗里靠着山壁坐着，一口一口嚼着干硬的军粮。

“少主，”几声脚步轻响，东来低低的声音传过来，“外面没有动静，没有人入山，山使应该成功了。”

“肯定吗？”她轻声问。

东来无言。无法肯定，只是推断。

神容沉默一瞬，咽下最后一口军粮，一只手紧按着怀里的书卷，忽而冷冷开口：“如果他们进来了，就凿破这下面的坑道，避入山腹，就算破了矿脉的地风，把这里埋了也不能落到他们的手里。”

东来想说那是她好不容易耗费多次心力才稳住的地风，思及如今情形，只能低低称是。

过了一瞬，她又问：“为何幽州城的鼓声断了？”

东来低语：“不知。”

神容心沉到了底，或许幽州城早已破了。

“少主！”外面忽而传来一声护卫急切的低呼。

东来迅速奔出，很快又返回：“少主，快，外面有马蹄声。”

神容立即起身，被他扶住手臂，摸着黑往坑道深处走。尚未到底，冷不丁听到了一声隐约的唤声，神容一下止了步，回头看向坑洞口，紧接着松开东来，往那里走。

走至坑口下稀薄的光亮里时，果然听到了隐约的马蹄声，似乎只有一匹，还有随着马蹄声送来的一声呼唤：“神容！”

神容怔了一下，踩梯上去：“我在！”

不知他有没有听到，出了坑口，凉风一下迎头吹了过来，护卫们早已退去。神容转着头，半暗半明的天色里什么也看不分明，心口突突直跳，怀疑自己是不是听错了。

脚下走出去几步，转头四顾，身后有了急促的脚步声，越来越快，一回头，男人挺拔的身影已在眼前，人瞬间就被紧紧抱住了。

神容鼻间全是血腥味，手缓缓摸到他的背，一片黏腻的湿，也不知是汗还是血，心跳如飞：“成功了？”

山宗持刀的手上鲜血已经浸染过护臂，唯有抱她的那只手还算干净。他沉沉喘着气，低笑一声，声已嘶哑：“当然。”

幽州城里，喊杀声渐止。关口再无敌兵增来，身着灰甲的檀州军却如潮一般直灌入了幽州城，与着黑甲的幽州军里应外合，很快就反据了上风。

周均握着自己的宽刀，亲自带人杀上了城头，扫视左右，这上面敌兵已除，受伤的幽州军正被抬下城头。看到这城上守军的数量，他阴沉着脸皱了下眉，继而转过身，远远从城上看下去。

下方，何氏正被人护送着自街角离开，赵进镰在火光里苍白着脸，官袍染尘，却已在那里指挥官员们去安抚百姓。

他来回找了一圈，才看见赵扶眉。城下刚被幽州军控制住的角落里，赵扶眉手里拿着一块布巾在那儿蹲着，不仔细看差点看不见。

周均眯起细眼看了好几眼，才发现她是在给一个腿上中刀的兵卒包扎，手上有些忙乱，他记了起来，听说她是会些医术的。

赵扶眉包扎好了，站起来，抬头朝城上方看，似乎是看到了他，垂下头，手里一块布揪了起来。

周均看她一眼，回了头，在高架的战鼓旁坐下，等着他的兵马来报战况。兵马还没来，眼前多出一截熟悉的素淡襦裙衣摆，却沾了点点干涸的血迹，一只手伸过来，递来一块布巾。

赵扶眉上了城头，站在他的跟前，将那块布巾往他眼前送了送：“夫君手上好像受伤了。”

周均细眼看去，一如既往地阴沉着脸，他手背上的确在入城时被敌方划了一刀，流了点血，但他动都没动：“一点小伤，我还没那么不济。”

赵扶眉手缩回去，勉强笑了笑：“夫君能来驰援幽州，我委实没想到。”

周均忽而凉丝丝地一笑：“由此可见，这世上能救你的也不是只有山宗，我也能救你。”

赵扶眉愣了一下，想起了城头上那及时飞来的一箭，又想起了当年幽州战乱，她全部死于战火的家人，还有当初那横空出世平定此处战火的一道黑色身影，最后是不久前，他自城外打马出来的身影。她捏着手里的布巾，看着他青白阴沉的脸，点了点头："是，这回是夫君救了我。"

周均朝她看去，她已敛着衣摆在他身侧蹲下，捧起他那只握刀的手，将布巾包了上去。他细眼看了看她垂下的脸，终是没有抽开。

从披着火光的黑夜到披着青灰的黎明，破开幽州城的敌军先锋一直得不到关口处的增兵来援，终于被彻底清出城门之外，如今收拢残部，急急往关口逃窜。

城下飞奔而来一个檀州军，大声禀报了消息，周均才带人下城。

檀州军来援不过几个时辰，体力尚足，数千人的一队兵马紧跟着出城追去。

敌兵到了荒野之中，濒临幽州连绵起伏的山脉附近，风沙漫卷，前方远处赫然显露了一道道坐在马上的身影，远看不过近百人，大多头发蓬乱，拖着锁镣，如同深山里钻出的野鬼，却刹那间就驭马袭来，不退不避，刚猛远胜千军。

那个契丹首领大声呵斥，带着残部狂奔冲向他们，迎头的兵弯刀刚挥舞上去就被削倒在地，只剩快马冲出，甚至看不清他们是如何出的刀，只能听到一阵阵狂放的大笑。

"跑啊孙子，再跑！老子们还没杀痛快呢！"

首领大惊，后有追兵，前有拦路，再顾不上其他人，铆足了劲甩开他人，独自冲向关口方向。

掩护他的人马被拖住了，迎头却又有一匹黑亮战马直奔而来，他一抬头只看到一双黑沉的眼，瞪大眼喊出一个"山"，刀光带着寒风袭过，胸口一凉，喊声戛然而止，人摔出马背，直扑倒地。

檀州军顷刻赶到，上去包围了剩下的残兵。

后方周均快马紧跟而至，勒马停下，阴沉着白脸，盯着前方拦路处策马而来的男人，看他拎着手里的细长直刀，一身玄黑胡衣早已浸染斑斑血迹，显然是早就计划好在这里等着了。

夜间就有檀州军禀报了先前的事，引他一支援军出去，随之敌方大部追击而入又退去，此时又在此处拦截。

"我来幽州支援，倒像是被你利用得团团转。"周均阴沉道。

山宗勒马在他身前，撩着衣摆擦去刀上血迹，故意忽略了他的话："檀州军的功勋，我会记住的。"

周均只不屑地一笑："我出兵不过是顾及我与幽州还有姻亲。"

“嗯。”山宗只随意应一声。

周均忽而朝他后方那群似人似鬼、刚刚停歇的兵马看了一眼，总觉得在哪里见过，细长的眼里露出古怪。

“该回城了。”不等他说话，山宗已策马去了一旁，迎往山脉方向，那里有一行人缓缓骑马而出。

神容带着东来和护卫们被他接出山里后，就在附近山坳处等着，此时清除了这丝后患，才出来。看到周均在，神容才知道山宗之前说的援军是谁的，不禁看了他两眼，眼珠轻转，似没想到。

周均眼神在她和山宗身上一扫而过，什么也没说，又看向那群蓬头垢面的马上身影。

天已彻底亮起，幽州城战火已歇。

神容拢着披风，骑马缓缓进入那道被破开的城门时，山宗扯着马缰往她身前挡了挡，有意遮挡她视线：“最好别看了。”这种场面他已经看过太多，这次已经是十分好的结果，心里再无波澜，但她未必亲眼见过，怕她不适。

神容微微偏了头，还是看了看四下。烟尘在晨光里飞散，弥漫着一股烧焦东西的气味，兵卒们穿梭清理着，他们大多是檀州军。城头下角落里到处是累得睡着的守军，远处大街上有医舍开了门，里面的伙计在帮着抬伤兵进去安置。

从城门到进城的这一条长街都被水冲洗过了，能看出这一段是作战最激烈的一段，也是损毁最重的一段，旁边的房屋有被烧灼的痕迹，院墙半塌，但没见到有什么百姓伤亡的迹象。

再往里，居然看起来还算安稳，想必敌兵还没能往里破坏，就被剩余的幽州军和赶来的援军拖住了。

两万兵马对阵十万大军，固守不退不降，幽州城还能保全，已是万幸了。

“报——”城门外忽有快马飞驰而来，一个兵卒飞快地打马奔至，跃下马向山宗抱拳，声音格外洪亮，“头儿，关口外的大部陆续都退了！”

霎时间幽州城呼声四起，连累倒下的、带着伤的兵卒都挣扎着起了身。

胡十一不知在哪头的角落里放声大喊：“我就知道这群狗贼打不进来！”喊声里都带上了哭腔。

幽州城历经多次战乱，从军到民，哪怕没有亲身经历过也无数遍听说过，早已足够坚强，这种时候涌起的心情不是哀戚，反而是击退敌军后的豪情。

山宗下了马，听那兵卒细细报了过程——

敌兵大部在追着他们进关口来时就没有全部进入，退出关外后似乎就有了什么分歧，有的还在重新集结，好像还有重新进攻的打算，但天亮时就陆续有一队一队的兵马撤走了。最后那竖着泥礼城旗帜的兵马在没等到先锋撤回后，才终于也退去了。

他听完只点了个头。果然没推断错，孙过折一定是联结了其他胡部兵马，一击不中，联盟溃散。

“善后，休整，将我带回来的人都妥善安置。”

接连几道军令下完，兵卒领命而去，他伸出双臂，从马上接下神容，带着她往城下走。

整个城中像是一瞬间放松了。幽州官署里的官员忙碌着善后，清点伤亡兵卒，着人修缮被毁坏的城门。一小股一小股的兵马迅速从各处跑来报信。

山宗带着神容走到城头下的一间屋舍外，只这片刻工夫，就又从一个兵手里接过幽州大狱的狱录，到找了人员变动的名单。大狱被攻破后，许多犯人都被带走了，也可能是逃走了，又有不少抗敌伤亡的狱卒，人员情况有了不小的变动。

山宗顾不上一身血迹尘灰，看了一遍，抬头就见附近一群休整的兵齐刷刷地盯着一处。

他眼扫过去，看到未申五和甲辰三正满身血污地蹲在那里，其余的几十个身影都在他们身后，虽无人折损，但有几个受了伤，其中一个昨夜被大部追击时中了箭，当时只闷哼了一声，伤在左臂，不在要害，此刻正咬着牙在那儿低低骂着狠话。

有他的军令在，已经派了军医过去照料，还有人送去了水和饭，但似乎觉得古怪，除了与他们一同作战的那群山里的兵卒便无人接近他们。

未申五挑起白疤狰狞的眼看了看山宗，沉着眼一声不吭。

山宗走过去：“为何不用饭休整？”

“呸！”未申五沉着眼道，“老子们被你用完了，还叫老子们来城里干什么！”

山宗扫一眼左右：“幽州没有让救了一城一山的功臣不入城的道理。”说着看向甲辰三，“庞录，带着他们治伤休整，回头我会让那四个人归队来见你们。”

甲辰三忽然抬头：“你叫我什么？”

连那几个在忍伤的都停了声，朝他看了过来。

山宗说：“庞录。”

甲辰三沉默一瞬，额间挤出几条沟壑，愈显沧桑：“我以为你早就不记得我叫什么了。”

“你们每个人的名字我都记得。”山宗扫了一眼盯着自己的未申五，转身走了。

未申五盯着他的背影，眼上的白疤笑得一抖，却又闭了嘴，没再说话。

不远处，跟着返回的周均正站在马下，看着这里，心里回味了一下，似乎想起了庞录这个名字。

卢龙军？

神容终于得以在屋舍里坐下，手里捧上了一盏热茶汤，才有种确实出了山里的感觉，心里那根紧绷的弦一瞬间松懈下来，疲乏也紧跟而至。

山宗还在门口，刚刚调派了人手再度去守山，还没回身，又是一个兵来报事——那群被拦截的敌兵先锋残部已经被檀州军押着送到了城门口，请他定夺如何处置。

胡十一和张威听说了那群重犯的事，拖着半死不活的身躯赶来城下，果然看见了他们在那儿蹲着。二人实在疲惫至极，心有古怪也无暇多问，看周围许多地方都坐着兵卒，也直接就在地上坐下了。

正好听到这报的事情，胡十一怒火中烧："这还用问吗？那群狗贼，留着干什么！"他先前的箭伤没好透，强撑着到现在，伤口早裂了，肩头上全是血，说着话时龇牙咧嘴。张威问一个兵要了伤药，叫他快处理一下。

屋门前，山宗冷笑一声："他们应当知道我的手段。"

命令还没下，破开的城门处似乎已经预感到不妙，传来一阵夹杂着契丹语、鲜卑语和生硬的汉话的求饶声——他们降了。紧接着又传来幽州军愤怒的叱骂。

山宗抛下手中的刀，一手解着护臂，忽又冷声说："正好缺人手，先让他们去修整幽州大狱，我刚成婚，沾血够多了，回头再行处置。"

胡十一正叫张威帮忙上药，闻言一停："头儿说他刚什么？"

"成婚。"张威小声道。

胡十一这才确信自己没听错。

屋里，神容却没有声音。山宗回头才发现她已经坐在那里睡着了，手里的茶汤还搁在膝头。他走过去，拿开茶盏，拦腰抱起她送去里间。

片刻后，东来带着从官舍匆匆赶来的紫瑞进了屋中，走到里间，挑开门帘看了一眼就退了出来，示意紫瑞先出去。

里间，神容躺在简陋的榻上睡去，一旁是坐着合上眼的山宗。即便此时，他一只手还紧紧握在她手上，像是抓着失而复得的至宝，不能轻易松手一般。

战火退去，幽州城恢复平静，只偶尔还能听见大街上传来兵卒齐整而过的步伐声。

天刚黑，官舍里已灯火通明。

紫瑞推开浴房的门，回头看坐在胡床上的身影，才算彻底放下悬着的心：“少主回来就好了，你刚入城时在城下就睡着了，定是累坏了。”

“嗯。”神容半坐半倚，一头乌发松松绾着。

其实自己也没想到居然累成那样，没说两句话就不知不觉睡去了。回来后用了热汤热饭，刚又沐浴梳洗了一番，已舒适许多。

“少主着实厉害，战事当前都将山镇住了。”紫瑞笑着过来扶她，有心说着轻快话。

“如此苦战，怎会是我的功劳，我只能稳着地风罢了。”神容起身出门，想起了回来时都还一身血迹的身影，到了门外，扫了四下一眼。

紫瑞伶俐有数，光是看到之前在城下屋舍里的情形，也知道她是在找谁，屈了下膝便退去了。

此时官舍大门口，胡十一被广源扶着，将将走入门里。他裹着肿得不成形的肩头，半搭着外衫，一路走一路龇牙咧嘴。军所被攻击后尚未复原，他作战时弄得新伤旧伤齐发，实在严重，张威听了山宗命令，将他送来官舍养伤。

不只是他，来的还有几个他意想不到的蓬头垢面之人。正是那群重犯中受伤严重的几个，被山里那群兵卒带进来，在他前面进的官舍大门，伤口已包扎，手脚上的锁镣却都还拖着。

胡十一目视那群人走远了，跟广源嘀咕：“惊不惊奇，据说那群人竟然跟着咱头儿杀退了敌兵！我果然没说错，从底牢里出来的，真是跟怪物一样！杀了那么多敌兵，他们就这几个人受伤！”

广源张望，廊下灯火够亮，看了个大概，边扶着他往前走边小声道：“倒好似在哪里见过。”

“你见过什么，你顶多在山里见过！”胡十一戗他。

“我又不曾深入过矿山……”

说着话到了廊上，刚好遇上山宗，胡十一忙唤：“头儿！”

山宗刚从浴房出来，一身湿气，身上披了件干净的胡服，随意收束着腰带，已冲洗掉了一身血迹，脸上却还透着凛凛森冷。

广源早担心着，刻意伸了伸脖子，看郎君好似没落下什么要紧的伤，这才放心。

胡十一走近，嘿嘿笑：“头儿，听你说成婚了，是跟金娇娇不？”

山宗瞥他一眼：“不然还能是谁？”

胡十一讪笑，早猜到了，多此一问。

扶着他的广源已然两眼发亮，面露喜色：“当真？这是何时的事？郎君和贵人竟已……”

“什么贵人？”山宗打断他。

他立即改口：“对对，是夫人，夫人！”

山宗嘴边这才有笑，忽然瞥见远处似有人在朝这头看。他转头看去，女人纤挑的身影一闪而过，掩在灯火里穿过回廊，往内院主屋去了。他看一眼胡十一，歪下头：“还不去养伤？”

广源拿胳膊肘抵抵胡十一，扶着他朝远处走了。

神容回到主屋，手边一只紫檀木盒，刚刚将书卷仔细放入其中收好，转头便见山宗走了进来。

他一手懒洋洋地合上了门，走到她身前来：“你刚刚听到了？”

神容瞄他一眼：“嗯，听到了。”

山宗头稍低，看着她如云挽垂的乌发：“我既然在山里对着天地山川发了话，就得认了。”

神容立时抬头挑眉，想说他狡猾，又想起当时已是生死关头，他能安然无恙地回来已经不易，唇动了动，对着的他脸终究还是没说出口，只是盯着他。

山宗迎着她视线扬了下嘴角，难得她这时候没嘴硬。

外面忽有声音传入，一个兵不远不近地隔着门报：“头儿，都安置妥当了，是否要将他们的锁镣拷回去？”

山宗笑没了，沉声说：“不必，以后都不必拷着他们。”

那兵没多说一句，立即领命去了。

神容看了看他脸，山里的情形一幕一幕还在眼前，自然知道他说的是那群重犯。

“你藏得太好了，”她抿下唇，轻声说，“谁能想到他们就是你的卢龙军。”

山宗垂下眼，自嘲一般笑了声：“我倒情愿他们不是。”

神容听到他的语气，轻飘飘的似在说着很轻巧的事，反而心里就像被什么给戳了一记。

曾经在山里用他们开矿，不觉得有什么，如今回想，当时他们险些在山里遇险全部丧生泥潭，那这仅剩在眼前的卢龙军也没了，不知他会怎样。难怪他总说他们不可能逃。

她故意转头去摆弄那只紫檀木盒，不看他的脸：“我知道事关密旨不能多言，只想知道卢龙军是何时出的事，为何外人一点风声都不曾听到过？”

一时没有回音，山宗似乎沉默了一瞬，随即又笑了一声：“就在你当初嫁给我之后的那半年里。”

神容不禁转过头来。

山宗嘴边浮着一抹若有似无的笑，正对着她：“礼成后我接了调令，脱下婚服就走了，当时就是来了幽州。”

神容心头愕然，恍然间记起了许多，又似乎一下明白了什么：“然后呢？”

“然后？”山宗依然只是笑了笑，“然后你都知道了。”

她的确明白了，心底却又一丝一缕冒出愤懑和不甘：“所以，当时的和离……”

山宗灯火里的脸低一下，又抬起来，薄唇抿了抿：“嗯，我必须来幽州。”过去的事做了就是做了，纵然事出有因也是做了，回想无益。他忽而想起什么：“我让你再来时记得取和离书来，取来了？”

神容倏然抬眼，那点愤懑不甘霎时都涌了出来。

山宗看着她脸色：“没带？”

她脸色淡淡，忽而直直越过他走了。待山宗转身时，她正从妆奁处过来，手里捏着什么扔了过来。他一手接住。

“拿去。”神容冷淡说。

出发来接替她哥哥的那日，紫瑞在赵国公府里问她是不是想起了山使，她当时正摸着袖口边露了一半的崇字白玉坠，矢口否认了。随后准备行李时，却自尘封的箱底将这找了出来，对着上面“和离书”三个字看了许久，她终究还是带上了。

山宗低头，打开，扫了一遍上面龙飞凤舞的字就合上了。

“嗯，确实是我亲笔所写。”

神容看着他，不觉抬高了下巴，胸口微微起伏，心想他还要欣赏一番不成？下一刻，却见他手上一扯，干脆利落地撕了，引了灯上的火苗，扔进桌上煮茶的小炉底。

火苗蹿出来，她眼光动了动，斜睨他：“干什么，便是烧了又能如何？”

山宗看她：“至少叫你知道以后都不会再有这个了。”

神容胸口仍一下一下起伏着，想起过往，又想起如今才知道这其中的曲折，心里说不出来什么滋味，冷着脸强撑着：“谁要你保证什么，再有下次，我便真去找个比你好千百倍的人嫁了。”

山宗脸色稍沉，靠近过来：“你找不到了。”

神容扭头避开他：“只要我想，就能找到。”

山宗拉住她，不让她躲："这世上比我好的人有很多，但有我在，你就别想了。"

"凭什么？"

"凭你是我夫人。"山宗一把抱住她，抵着桌沿就亲了下来。

神容被他含着唇，亲得凶狠，跌跌撞撞地到了榻边，一下跌坐在他的怀里，他的唇已落到她颈上。

她的腰被他的手牢牢扣着，迎向他身上刚换过的胡服，抵着他铁钩环扣的束带。紧实的腰身贴过来，她的心口一下急撞。

山宗从她颈边抬起头，浑身绷紧，眼底暗幽幽的一片，声音又沉又哑："夫人，我不想忍了。"

神容耳边霎时如响起轰然一声响。她有些慌乱地伸出白生生的手臂，扶住他的肩，一瞬间眼前闪过许多情形，不自觉地说："这与我梦到的不一样。"

山宗抬起的眼里有了笑，一下一下含她的唇："梦到过我？"

神容想起那个烛火迷蒙的梦境，梦里嫁衣被扯落，男人的脸始终看不清，只有男人舒展的肩，沉沉的呼吸。她尽力稳着呼吸却仍轻喘："不，那不是你……"

山宗眼中一沉："不是我是谁？"

神容陡然一声轻呼，人已被他一把抱了起来。止不住低喘着偏过头，眼前赫然一片乌青斑驳，他文满刺青的手臂撑在她身侧，绷出几道如刻如凿的线。梦里不曾有这样骇人的刺青。

山宗沉沉的呼吸在她耳侧，刮着她的耳垂，越来越沉："怕吗？"

神容说不出话来，手不甘示弱地挪移，紧紧抓到他身上，不知抓到了哪里，用了力。他沉哼一声，拨过她的脸，结结实实地亲了下来。

果然还是不会服软。

忽如疾风骤雨。神容终于被放开唇时，眼里已经迷蒙，那条盘绕了满臂的蛟仿佛活了，摆尾升腾，沉沉浮浮。周遭什么都听不见了，昏暗的光影里交织着身影。他那条斑驳的胳膊牢牢箍着她，似乎有用不完的力气。

山宗身沉而有力："是不是我？"

"不知道。"她不自觉地轻轻哼出一声，声顷刻就被撞碎了。

整个人都乱了，那个梦境时不时浮现出来，又被眼前的现实冲碎。现实里有他的脸，清晰又深刻，抵着她的鼻尖沁出细密的汗珠。

山宗吞下她的闷哼，在她耳边沉沉地笑："只能是我。"

神容醒来的时候是趴着的，足足好一会儿，她才睁开了眼。

一缕淡白的朝光透过窗棂照到床前，她半边白生生的肩浸在光里，上面留着两个清晰的红印。

顿时这一夜的情形都回到了眼前。她悄悄往身侧瞄去一眼，没看见男人的身影，才坐了起来，一手先抚了下腰，轻“嗞”一声。

“少主起身了？”外面紫瑞的声音在问。

“不用进来伺候。”神容开口拦住她，才发现自己声音都已有些哑，低低清了一下嗓，自己动手穿衣。

穿好中衣，去拿襦裙，她赤着脚踩到地，身上竟虚软了一下，扶了下床沿。腰上又酸又沉，昨夜山宗折腾她许久，后来，她竟不记得是何时睡去的了。

“少主真不用伺候？”紫瑞小声问。

“不用。”神容咬牙腹诽了几句那男人不知轻重，忍着不适穿好了襦裙。

紫瑞道：“那奴婢去为少主备饭来。”

神容听见她走了，回头看一眼凌乱的床褥，不禁脸上微热，抬手顺一下早就散乱下来的乌发。这周遭好似到此时都还留着一股说不清道不明的气息……

等神容走出房门时，早已是日上三竿了。

她那身襦裙还是换掉了，特地穿了叠领的胡衣，将领口竖了起来，好挡着脖子和颈下、胸口上留下的痕迹。

紫瑞跟在后面道：“官舍今日一早就在忙，来了很多人。”

神容随口“嗯”一声，只当还是来养伤的，心不在焉的，没放在心上，一路也走得缓慢至极。

到了前院，发现官舍大门外似乎有不少兵卒在穿梭奔走，隐约还有不断前来的马蹄声。庭院一角的门廊下，站着身着官袍的赵进镰，似乎是刚刚到的，正稍侧着身在与人说话。

神容走近了，才看见站在他侧面束着胡服的黑色身影。山宗从那儿抬起头来，一眼就看到她身上。

神容撞上他黑沉沉的目光，顿时就停下脚步，眼神闪了一闪，轻轻移开。余光似乎瞄见山宗勾起了嘴角，一股子邪坏浪荡气，她不禁咬唇，忍不住又在心中悄悄骂他是坏种。

赵进镰已看到她，笑着转过身来说话：“女郎，真是恭喜了。”

神容这才转眼看过去：“恭喜？”

“是啊，”赵进镰指一下身旁的山宗道，“听崇君说二位已经成婚，我今日是被请来为二位证婚的。”

神容顿时朝山宗看去。

他摸一下嘴，笑意未减："嗯，我请他来的。"

神容朝后看一眼，难怪紫瑞说一早就在忙，难道是因为这个。

紫瑞正意外，察觉到她看来，默默垂头退远。

赵进镰看一眼神容，悄然在山宗跟前走近一步，暗自叹口气，低声道："我自知赵国公府那关是不好过的。"

山宗扯了扯嘴角："那你还应承下来？"

赵进镰笑着摇了摇头："幽州此番是虎口脱险，既然镇守住了幽州的英雄要请我来证婚，我自然没什么好推辞的，权当舍命陪君子好了。"

山宗嘴角愈发扬起，冲他点头："多谢。"

赵进镰回头又看一眼神容，摸摸短须，朗声道："如今幽州城中事多，不能为二位好生操办，只得等待来日了。周镇将的檀州军还须犒劳，我这便先告辞了。"说着，他便先行离去了。

神容看他方才窃窃私语了一阵才走的，往山宗身上瞄去，抬手顺了下鬓边发丝，遮掩了那点不自在："就这样全让你给安排了。"

山宗走近，低笑："难道真在山里拜个天地就完了？先请赵进镰证婚，也不算无名无分，待幽州事了，幽州全境解了戒备，我会再找机会去长安。"他自己倒是不介意，反正浪荡惯了，历来不在意什么虚礼，但她是长孙家的掌上明珠，没道理就这样草草了事，还不想委屈了她。

神容心想都到这一步了，就是不去也得去了。只是没料到他早计划着，心里受用，眼睛都弯了弯，抬头时口中却轻淡道："如何去，你又不能出幽州。"

"总会有办法。"山宗说。

神容记起来，与他上次说的一样，口气还是一如既往的笃定。

一个兵卒自大门外快步而来，报："头儿，能到的都到了。"

"嗯。"山宗看了看神容，"跟我来。"

神容见他直往大门走，缓步跟了过去。

官舍大门口安安静静。神容提着衣摆缓缓迈出去，一抬头，却愣了一下。

门阶下居然站满了人，大多是身着短打胡衣外罩甲胄的装束，有的还带着伤，是军所里的百夫长与这附近巡城的兵卒。大概是因为他们人数太多，官舍里一下容纳不下，只得站在这大门外，却也快要一直站去大街上了。

胡十一因在这里养伤，扶着肩挤在最前头，旁边就是张威，都朝大门里张望着。

神容刚出来，所有人忽就肃穆地站直，像是本能一般，盯着她斜前方。

山宗站在那里，朝她看了一眼，回头看着众人，摆一下手。

广源从门里出来，带着一堆仆从，每个人都捧着大坛的酒，后面有人摞着碗送来，就在这大门外，挨个倒了酒入碗里，分去给每个人。

胡十一伤得重，不能饮酒，却也端了一碗在手里，忍不住问："头儿这是要干什么？"

"犒军。"山宗自广源手里接了一碗酒。

顿时众人都一片呼声，自是为了那以少胜多的一战自豪了。

第一碗酒没喝，山宗带头将手里的酒倾洒在地。随即，所有人也都以酒洒地，敬告战死的英灵。酒再满上，众人才又重新露出得胜后的喜悦。

胡十一端着空碗，眼尖地瞄见那站在后面的金娇娇，又问："就只是犒军？"

"自然不只。"山宗端着碗，扫一圈在场的众人，"我来此数载，唯有与你们朝夕相对，平日里练兵皆是我下属，上阵杀敌也有了过命的交情。这幽州没有我什么至亲，只剩你们，此后也还要一并出生入死，所以今日叫你们来，顺便也见一见我夫人。"他说着回头，一伸手，把神容拉到了身旁。

神容顿时挨住了他，尚未回神，下方已经响起此起彼伏的"夫人"。

军中之声，分外洪亮，好似整个幽州城都要听见了一般。她被弄得措手不及，心里都跳得急促起来，抬头去看身旁的男人，他刚好低头看来一眼，嘴角只动了一动，明明没笑，但看着就是一脸的痞气。

有人手中碗刚被倒满酒，端着朝这里敬来。一时间，倒好像是庆贺新婚的喜酒已经饮上了似的。

广源是最兴奋的那个，当即倒了碗酒送到了神容面前来，喜滋滋地唤她："夫人。"

神容伸手端住，忍了又忍，虽然面上强作镇定，脸颊还是不可遏制地红了。

山宗仰头饮尽了那碗酒，下方众人都还热闹着，目光几乎都投在他身旁。

他转头盯着神容，看她面露犹豫，端着碗只在唇边碰了一下，就被刺鼻的酒味弄得拧了眉，不禁一笑，伸手就接了过来，不偏不倚贴在她唇碰过的口沿，仰头一口喝干了。

下方又是一阵山呼，这次是有些松快的起哄。

神容看着山宗咽下酒时滚动的喉结，忽觉脸上好似更烫了。

等到门口众人散去，官舍里才算恢复安静。

神容走回门内，往后瞄，山宗就在后面跟着，脸上还有丝若有似无的笑。她还没说话，却见他脸上笑意褪去，目光落在了她身后。

神容下意识转身，就看见一道人影正站在院角里的一根廊柱后，正朝这头看着。

还是那般蓬乱着头发，两鬓处斑白，一脸沧桑，只不过换了身干净衣裳，手镣脚镣也除了，看起来没之前那般骇人了。

是甲辰三，身后的院子就是给那几个重犯养伤的地方。他盯着山宗看了一会儿，忽然道："恭喜了。"并未等到回答，他说完就转身又进了那个院子。

胡十一刚好从大门里回来，看到这里的情形，扶着肩走到山宗跟前，直犯嘀咕："头儿，这群人怎么回事，还跟你客气起来了，咱以后真不用锁他们了？"

山宗还看着那一处，忽然说："不锁，待军所复原后，把他们八十四人都移入军所。"

胡十一脸一僵，惊呼出声："什么？要让他们入军所！他们可不是一般的重犯，是底牢里的啊！"

连神容都朝他看了过去。

"就这么定了。"山宗直接下了命令，越过他往前走了。

胡十一张口结舌，挠了挠脑门儿，只得嘴巴一闭。

神容看着山宗到了跟前，一面缓步往前，一面在心里想了想，忽就有些明白过来，低声说："你一定早就有这念头了。"

山宗没说话，只咧了下嘴角，算是默认了，又说："等有朝一日卢龙军不再是禁忌，或许你就能知晓一切，否则……"

神容不禁看他一眼："否则什么？"

山宗笑笑："没什么。"否则那一切都要被他带进坟里，这就是密旨。但这种话他不想随便说，尤其是现在，他已是个成了婚的人了。

神容沉着心又细想了想，甚至觉得他当初安排他们出来入山开矿，也许就已是顺水推舟放他们重见天日的第一步了。

这男人的心思太深了，不然就不会在幽州待这些年，独自一人守着这秘密直到如今。

忽然一只手伸来，勾住了她腰。"你在发呆。"山宗的声音响在她头顶。

神容回过神来，才留心已入了内院，这里只剩下了他们二人。人已被他半搂在身前，他的手臂正箍在她腰上，顿时又叫她皱了眉，因为还有些疼。

"怎么？"山宗留意到了她的神情，上下打量她，早已发现她今日连走路都十分缓慢，漆黑的眼落在她竖起的领口里，看到了自己留下的点点痕迹，不禁头低了些，一把声沉沉，"我弄疼你了？"

神容又想起了他昨晚的张狂，此刻他的手箍着自己，即使隔着几层衣裳，还是勾起了她的回忆，心口一下一下地急跳，瞥了他一眼，一手搭在他箍着自己的手臂上，手指勾了一下：“拿开。”

山宗臂上微麻，想起昨夜，眼底都暗了，松开一些，见她脚步虚软地进了门，还没动脚进去，门就合上了。

他嘴角一勾，盯着门：“干什么？”

“免得你再使坏。”神容闷声说。

山宗屈指抵了抵鼻尖，忍住了笑，昨夜可能确实太不知轻重了。

第十七章

旧部能寻，故土难收

长安晴空万里，风却已转凉。宫廷一角的飞檐上悬着垂铃，风一吹丁零作响，悠悠扬扬，在广袤的宫中回荡。

裴少雍官袍齐整，走到深宫的含元殿外。

殿前立着一个年轻的内侍，笑着见礼："兰台郎告假多日，可算入宫来复职了。还请稍候入殿面圣，听闻有八百里加急军情送到，圣人正在等。"

裴少雍从幽州回来不久，情绪却似乎还没回来，勉强回以一笑，面朝殿门恭谨垂头："是。"

忽闻一声急报，脚步声急促而来，另有一个内侍捧着什么踏碎步上了台阶，口中急呼："幽州奏报至！"

裴少雍诧异抬头，看着那内侍直入了殿内。

难道加急军情就是幽州的？想起被强行送出幽州时那里戒备的架势，又想起神容还在幽州，他不觉担了心，皱起眉。

走了个神，一旁内侍已抬手做请，小声道："兰台郎现在可以进去了。"裴少雍连忙走入，一丝不苟地敛衣跪拜。

深深幽幽的大殿里悄然无声。

过了片刻，只听到一个少年的声音，带着刚变声不久的青涩，又压出一丝沉稳："幽州团练使的奏报？"

裴少雍不禁悄悄抬了头。

明黄垂帐后一张小案，案头龙涎香袅袅，其后端坐着模糊的少年帝王身影，手里刚刚按下送入的奏报。

"两万对阵关外十万，如此悬殊的战事，他居然带着一群重犯去应战，且几日内就速战速决，还能保全了一城一山。"

"竟有如此奇事？"一把温和的声音接过了话。

裴少雍这才发现帐后还有一道身影站着，隐约一袭圆领袍清雅着身，是洛阳的河洛侯。只有他这样与帝王亲近的大臣，才能入内进帐。

紧接着又听河洛侯道："那这位团练使写来奏报，必然是来邀功的了。"

"不，"少年帝王的声音听来似有几分意外，"他什么都没要求，只请命准许那群重犯可以戴罪立功，加入幽州屯军所，甚至愿以身为他们做担保。"

"哦？"河洛侯似也觉得不可思议。

"幽州团练使，山宗。"帐内，帝王年少的身姿一动不动，声音很低，微带疑惑，"如此奇才卓绝的将领，朕为何今日才知其名？"

"山宗？"河洛侯顿了一顿，"是了，这名字不陌生，是与臣同在洛阳的山家之子，山家的大郎君。若是他就不奇怪了，年少时他在世家子弟中名声很响，号称是天生的将才。"他接着又温雅道，"陛下登基前远离二都，不曾听过不奇怪，就连臣都数年不曾听闻过他名号了，大约三四年前，他忽就销声匿迹。这样看来，上次送金入都的幽州团练使就是他本人，若非此战，竟不知他身在幽州。"

"三四年前？"少年帝王道，"当时在位的还是先帝。"

河洛侯回："正是，臣记得当年山宗极受先帝器重，只不过他常年领兵在外，大多时候只闻其名，不见其人，听闻他又生性浪荡不羁，二都权贵中有机会与他走近的人并不多。"

帐中一时无声。

过了寂静的一瞬，河洛侯才又开口："陛下打算如何定夺？"

"受先帝器重……"少年帝王轻轻重复了一遍，"朕当政不久，大约是忽略幽州了。既有如此战功，那就下旨，准他奏了。"

帐内轻动，河洛侯转头朝外："兰台郎都听到了？"

裴少雍正理着刚听到的事，自错愕里回神，忙道："是，臣会照圣意拟旨传复。"

一个内侍随后就托着那封奏报送到了他跟前。裴少雍展开，看见上面山宗龙飞凤舞的字迹，不仅半个字没邀功，甚至还因幽州大狱在混战中被攻破，连带圣人当初发配过去的柳鹤通不翼而飞的事而自请了罪。

以往不知道那道密旨也便罢了，如今既然知道了，他便皱着眉，想不透山宗此举何意。为了让一群重犯入军所，居然主动来奏报今圣，难道他不知道以他的身份名号和以往所受的先帝器重，只要稍露头角就会引来注意？

眼前的少年帝王登基以来革旧鼎新，铲除了多少先帝旧臣，最在意的莫过于先帝跟前的人，尤其是受重用的。他可是被先帝特赦过的，有那道密旨在，他这个过往的罪人，最明智的做法当是远避长安，在幽州好好关着，再不出来才对！就连当初送金入都的事他都不该做！

“等等，”忽传来少年帝王的一声，“山宗此人，朕要彻查。”

河洛侯在帐内下拜：“臣领旨。”

果然。裴少雍几乎立即就又想起了那道密旨，又想起在幽州时，山宗那句冷冷的——“不想落罪就把嘴闭严！我的事，劝你少碰！”背后几不可察地冒出冷汗，他遮掩着，亦垂首领旨。

洛阳驿馆里，长孙信返程谢恩的这一路赶得太慢，才抵达这里。

不过离长安也不远了，今日启程，明日便可抵达。

大门口，车马正安排继续启程，他在院内廊角下负着手，一本正经地埋怨：“这一路走得太慢了，我听护卫说，好似瞧见我家裴二表弟自幽州去了一趟都已返回长安了，我竟还在洛阳。”

山英在他身后露了头：“许是他们瞧错了，再说我看你这一路也没嫌慢，一路上闲走慢聊也挺愉悦。或者你再在洛阳待上一阵子，我可以一尽地主之谊。”

“我哪里愉悦了？”长孙信反驳，“我分明是挂念幽州情形，也不知阿容去了那里如何了，到现在还没消息送来。”

“放心好了，有我大堂哥在，阿容定然好得很。”

“就是有你大堂哥在我才不放心！”

山英莫名其妙：“为何？我大堂哥都追神容追去河东了，还能对她不好？”

“你说什么？”长孙信倏然变脸，“这是何时的事？”

山英这才发现说漏嘴了，他还不知道这事呢，转头就走。

“你等等！”长孙信想叫她说清楚，忽闻院外有车马声来，转头看去，一个长孙家护卫跑来了跟前。

“郎君，国公到了！”

长孙信一愣，快步迎去院门。

院门口一队护卫赶至，当中马上坐着一人，相貌堂堂，身披一袭墨锦披风，赫然就是赵国公。

长孙信脱口道：“父亲？您怎会现身洛阳？”不仅来了，似乎还十分急切，连马车都不坐，直接骑马而来。

“途经此处罢了，遇上你正好，你快些返回长安，也好照顾你母亲。”赵国公下马，拧着眉，眼角露出细细的纹路，看见门口他的人已在准备上路，点了个头，算是满意。

长孙信上前，脸色已严肃起来：“可是出了事？”

赵国公解开披风："你还有所不知，幽州出了战事，若非前日一封八百里加急奏送到长安，我还一无所知。"

长孙信暗道不好，原来他走时山里那情形已是预兆，难怪这阵子始终不曾收到幽州消息，一定是战中戒备，切断了往来，什么也送不出来了。

他还未说话，赵国公又道："倒也不必太过担心，听闻山宗那小子已击退了敌军，我是为你妹妹走一趟，也免得河洛侯再趁战事对矿山动什么主意，你该回京便回京。"

长孙信这才松了口气："那便好，若山宗无事，那阿容也当无事。"

赵国公看他一眼。

长孙信自知失言，笑着圆："若有事，奏报里岂敢不报，没报自然是没事了。"

"嗯。"赵国公点点头，他自然明白这道理，只是挂念女儿罢了，"离长安也不远了，你便早些上路吧，回去一定要好好安抚你母亲。"

"是。"长孙信应下，感叹幽州真是兵连祸结之地，一面看着父亲往驿馆里面走。忽然间，他想起了什么，赶紧跟进去。

赵国公停步："怎么还不上路？"

"还有些东西，我去取一下便走了。"长孙信说着越过他往里。

刚刚为躲话头山英避开了一下，这会儿长孙信要走了，还是得出来继续送人往长安，毕竟说好的要保人一路行程的。

刚要到外面那院子里，长孙信已经快步而来，匆匆拦住她道："快快，往回走，莫要被人看到！"

山英奇怪道："莫要被谁看到？"

"我父亲！"长孙信顾不得那么多了，扯着她衣袖就走，直走进她刚出来的那间屋子里，"砰"一下合上门。

山英贴门站着，朝门缝外看一眼，什么也没看到，转头问："你父亲来了？"

"对。"长孙信回答完就发现不太对，他还扯着山英的衣袖，离得有点近，自己的衣袍贴着她身上男式的圆领袍，视线里一半是他的月白，一半是她衣上的深黛。他低咳一声，忽见山英盯着自己。

"你父亲来又如何？就算他不喜欢山家人，我只见过裴夫人，他应当并没见过我这等山家小辈。"

长孙信一下想起来了，好像他父亲的确是没见过她，或许真不用担心，马上松了扯她衣袖的手，拧眉道："那便是我多此一举。"

山英却没退开，还在看他脸，看了好几眼后道："不过离近了看，你长得还挺好看的。”

长孙信顿时又咳一声，险些没脸红，不自在地看了看她。

山英人如其名，眉宇间一股英气，但其实眉眼生得很秀丽，他忍不住想，其实她也长得挺好看的。却又见她凑得更近了些，在端详他：“星离，你脸红了？”

说话的呼吸都拂了过来，长孙信后退半步，接连咳了两声：“你瞧错了。”

山英竟笑了：“我看你分明就是不好意思，我见过山家军那么多男子，哪有像你这般随便脸红的。”

长孙信顿时气结，拉开门就要走。

“走了？”山英道，“这样好了，你先走，我稍后赶来，还是接着护送你去长安，便不用担心你父亲看到是山家人送你回来的了。”

长孙信已经出了门，想想又停步，回头道：“你对其他人也会这样？”

“哪样？”山英问。

“像刚才对我那样。”

“那倒没有，就你。”她倒是坦然得很，“我也从没护送过其他人走那么远的路来着。”

长孙信吸口气，忽然道：“你以后可莫要对别人也这样！”

山英愣一下，目视他脚步迅速地走了。

幽州城门的城头上，守军列阵。下方，身着灰甲的檀州军穿过修缮一新的城门，大队出城，即将返回檀州。

山宗胡服贴身而束，自马上下来，歪着头，听路旁一个兵卒来报的消息：八百里加急送奏报去长安的兵马已经返回。他点了个头，站直了，眼睛去看旁边的马车。

车帘掀开，紫瑞扶着神容下了车。她脚踩到地，衣裙曳地站着，抬起头，眉眼如描，朱唇艳艳，在这幽州秋风凉薄的天里叫人无法忽视。

山宗看着她，走到跟前来：“我送檀州军，你在旁意思意思就行了。”

神容朝他看来：“为何叫我来？”

“你说为何，谁让你是我夫人？”他嘴边一抹笑，转身先往前去了。

神容看着他身影的眼神微动，眉眼倒好似更艳了。在这幽州城里，他早就不避讳她是他夫人了。

她忽而想到什么，回头问：“我写的家书可送出去了？”

紫瑞答：“送了，幽州戒备着，托广源叫军所兵马送出去的。”

她点下头，又瞄一眼山宗，他已走去前方。

赵进镰身旁，周均配着宽刀站着，见到他来，彼此还是老样子，不冷不热。

神容转身，忽见赵扶眉自后方走来，穿着素淡的襦裙，直到了跟前。

“女郎。”她唤完，笑一下，“或许该改口称夫人了，听义兄说你与山使已重修旧好，再做夫妻了。”

神容点头：“是。”

赵扶眉竟怔了一怔，好像还是头一回见她承认和山宗的事，握着手指在袖中，轻声道：“那便希望女郎与山使，此后都能相携安好了。”

神容看到周均，记起此番她是因何而回幽州的，不知她此时作何所想，淡淡说：“那就要看以后了。”

赵扶眉听到这一句，语气与当初那句“我与他之间的事，我只找他，与你无关”一样，好似又在说与她无关。

确实也与她无关了，她已嫁作人妇，他也与前夫人复合了。她笑笑，往前走去。

周均在那里等着，一双细眼看着她走近：“你还要不要回檀州？”

赵扶眉看着他，终究是点了点头。

早已看见山宗自旁离去，她不知神容如何，但他似乎眼里就没旁人，直直往马车而去，大概能看到的就只有那一个女人。

“你方才与她说什么了？”

神容自马车旁转过头，正迎上走过来的山宗。他说话时朝前方扫去一眼，指的是赵扶眉。

那里，赵扶眉不知与周均说了什么，好似已决心要随他回去了，能听见赵进镰在一旁着人安排车马。

神容眼珠轻转：“随便闲聊了两句。”

山宗勾着嘴角：“看你们说话时总看我，还以为是在说我。”

“谁看你了。”她轻轻说。

山宗扫过左右无人，走近低语：“还这般有劲头，看来我睡了这些天的客房，你已没事了。”

神容眼一抬，看住他，只看到他一脸的痞气，咬了咬唇，被他的露骨弄得浑身不自在，干脆一提衣，先登了车。

山宗在车边盯着她，似笑非笑地牵了马，翻身而上。她又放下车帘挡住了他的脸。就是已经叫他得逞到这地步了，才不想让他更得意，得寸进尺。

檀州军悉数离开幽州城，直往檀州方向而去。

周均坐在马上，遥遥向城门处还站着的赵进镰抱拳告别过，转头看着赵扶眉乘着的马车自眼前过去。她只在车里坐着，没有露脸。待她的马车随着檀州军往前而去了，他才停下，往后看了一眼不远不近送出来的山宗。

山宗扯一下马缰，不疾不徐地打马过来："还有话说？"

周均阴沉着眼："当初那一战之后，你的卢龙军不是说充入军所改编为幽州军了？为何幽州只有这些兵力，那个庞录又是怎么回事？"

山宗脸上没有表情，声压得很沉："哪一战？"

周均惯常地阴着脸，显得白脸微青，似脸色不好，许久才道："没有哪一战，是我记错了。"说完脸色更阴，打马走了。

山宗打马回头，到了马车边，神容正掀着车帘看着他："你们说什么了？"

他学着她先前的模样："只是闲聊罢了。"

神容知道他是有意的，悄悄白他一眼。山宗好笑，揭过了这话头，朝远去的周均看了一眼。

车马刚要回城，一队兵匆匆自远处赶来。

"头儿，又抓回了几个大狱逃犯。"领头的是百夫长雷大。

山宗打着马，眼扫了过去："剩下的尽快抓回来。"

雷大抱拳领命，又匆匆离去。

神容揭开车帘，想了起来，是当日那群敌军先锋袭击幽州大狱的事。难怪幽州至今都还戒严，多半就是为了搜捕他们。

"听说当初发配到幽州大狱的那个柳鹤通也不见了？"

山宗看过来："他那种不足为患，狱卒说有可能是被敌兵带走了，有一些还在附近逃窜，恐怕是孙过折留给我的一个后手。"

神容不禁就蹙了眉，幽州大狱里有一些当初暴动后仅剩下来的关外犯人，都对山宗心怀憎恨。若真如此，那这个孙过折也太过阴险狡诈了，作战中都还想着留下一记后手。

她细细想了想："我记得朝中对归顺的契丹部族有赐姓李、孙二姓的惯例，莫非他是被赐过姓的？"

山宗"嗯"一声："归顺的契丹王室赐国姓李，贵族赐姓孙，他是契丹贵族，曾经的确归顺过，对中原很了解，尤其对幽州。"话音刚落，他刚要扯缰继续前行，忽而脸色一凛。

倏然一声尖啸，拉车的马匹乍然抬蹄狂嘶，背上赫然中了两支利箭。

一切都是电光火石间的事，神容不过刚刚放下车帘，马嘶抬蹄，门帘晃动，外面驾车的护卫连同紫瑞被一并掀了下去，一声慌乱的尖叫，车已被撒蹄狂奔的马拉着奔出。她一下往后跌去，将将扶住车厢，就听见外面山宗的怒喝："抓人！"

刚刚没走远的雷大在那头喊："剩下的逃犯冒头了，快追！"

门帘晃动，她甚至能看见一闪而过的城门下，赵进镰等人慌张追出几步的身影。车外几匹快马在追，分不清是谁跟谁的。

神容努力稳住身形，揭开车帘，果然已无人驾车。刚刚说到孙过折的后招，就已经在眼前应验了。她尽量往外探出身去，听见山宗在喊："稳着！"

快马如飞一般冲下了斜坡，险些要翻倒，颠簸得没法稳住。神容数次往外探去，一遍一遍努力地去扯马缰。

终于看见山宗身骑快马而来的身影，就在她右后方，迅疾如风，整个人都伏低了身，如箭一般往她这里而来。

路还是太颠簸了，她扯到了缰绳，却很难用上力，手心都已生疼，余光瞄见外面景象，已快冲到山下附近，到处都沟壑丛生，远处隐隐有白光。她凭着对这山周地形的了解，想了起来，那里有河，努力拽着缰绳往那儿扯。

"少主小心！"是东来的声音，他也在后面追着。

奈何多马拉就的马车一旦失控，速度实在惊人，很难追上。

山宗在后方紧追不舍，看见她自车内探出身扯着缰绳的身影，一夹马腹，疾驰更甚，贴近到车旁。

下一瞬，神容已扯着缰绳快到河边。

山宗立即伸出手："过来！"

神容一手伸出去，够他的手，始终够不着。

他咬牙："跳！"

神容愣了一下，看见马上疾驰而至的他冷冽的眼神，心一横，闭眼就跳了出去。

一声巨响，马车在沟中翻了下来。

"东来稳马！"是山宗的声音。他几乎是直接跃下了马，一刻没停地就直扑水中。

神容一头从水中出来，大口喘着气，就被一双手臂紧紧接住了，往边上拽去，避开乱窜的马匹。

身旁扑通几声水响，快马而至的东来跳进水中，带人过来稳住被下沉的马车拉拽还躁动不安的马。

神容心口狂跳不息，看着山宗近在眼前的脸。他半身湿透，拉她起来，一手紧紧搂着她："没事了。"

神容喘着气点点头，被风一吹，身上很凉。

山宗的马因是战马，训练有素，还好好在旁刨着地。他过去牵了马，随手拧一下湿透的衣摆，抱着神容上去，翻身而上，直接回城。

“你刚才是故意往河里走的？”在路上时他才喘着气问。

神容气息不稳地“嗯”一声：“只有那里能跳。”

山宗竟笑了一声：“真有你的。”只有她有这个胆子。尽管如此，说话时他已收紧了手臂。

城门口，赵进镰一行送行的人还在等着，见到他们返回才松口气。

“崇君放心，人已抓到，就在这城门附近埋伏着，许是知道今日檀州军要走，等时机的，我已下令将他们押往大狱了。”

山宗点了下头，脸色铁青，那群逃犯，一个也别想跑。“继续戒严！搜捕干净为止！”

听到他的军令，左右兵卒大声称是。

山宗自小跑而来的紫瑞手中接过披风，紧紧裹在神容身上。神容缩在他怀里，自知此刻模样狼狈，仍稳着姿态：“刺史放心，虚惊一场。”

赵进镰刻意没有多看，抬手做请：“快些请回。”一面心里感叹，真不愧是山崇君看中的人，也就她临战遇险都还能如此镇定了。

回到官舍里，天已经快要黑下来了。

入了大门，神容才算六神归位。

山宗下了马，带着她进门，脚下一步不停，直往主屋而去。

广源从廊下小跑过来，手里拿着什么，看到他们的情形一愣，都忘了来意。

山宗停了一下脚步：“你拿的是什么？”

广源这才回神，将手里的东西递了过来：“是给夫人的信，先前夫人叫寄出去的家书已经寄了，送信回来的人说半道就交出去了。”

神容不稳的气息都顿了一顿：“什么？半道？”

广源拢着手称是，一面往侧面站，看出她披风里衣裳是湿的，好给她挡风：“据说他们半道就遇上了国公一行。”

神容一怔：“我父亲来了？”

“好……好像是。”广源不知为何都有些慌张了，大约是被她的口气弄的，也可能是被眼前二人的情形弄的，“听闻国公快马赶路而来，带信回来的兵马说已快到河东了。因为幽州现在戒严，他已放缓行程，大概会暂停河东数日，收了夫人的信，叫人带话回来的。”

神容拧起眉，还想再问两句，就见广源抬了下头，看了眼她身后，低头退去了。她看过去，山宗颀长挺拔的身姿立着，昏暗的灯火下，黑如点漆的眸子盯着她。

“没想到。”他说。大概是因为战后戒备未除，否则此时赵国公可能并不会给信，直接就来了。他手臂一收，搂着神容往内院走。

神容边走边道：“不能让我父亲这样来。”因为冷，声音都还有些轻颤。

山宗腿长步大，她被搂着，有些跟不上，身上又凉，脚步太快，便又急又轻地喘息起来，心里却转得很快，若让她父亲直接进了幽州，毫无准备地被告知她与他已成婚，那绝非什么好事。

“光是叫他看到我如今的情形，也会叫他担心不已。”就更别提在幽州发生的这些事了。她知道她父亲一定是因为战事而来的。

山宗连她身上披风又搂紧些：“那你想怎么做？”

“我明日亲自去河东见他。”神容说。

他脚步停下：“你想抢先去见他？”

“嗯，必须去。”神容抓紧披风领口，她思来想去，也只能是这样了。

入夜时分，一个兵卒快步进了官舍，到了客房外，小声禀报：“头儿，全搜捕干净了，今日埋伏的就是最后几个，没有遗漏的逃犯了。”

山宗走出来，伸手接了对方递来的狱录，对着廊前灯火翻了一遍，看到上面名字都已划去，合上后交给他：“嗯，留着等我处置。”

兵卒退去了。

山宗转头走向主屋。

房门口，紫瑞刚刚合上门，随廊上的东来离去，一手扶着另一边的胳膊，大概也是受了点伤，要去处理。

山宗走过去，在门口徘徊了两步，想起白日里那般危急的情形，薄唇抿紧，眼底沉了沉，这笔账他也要记在孙过折的头上。直到想起神容那镇定的一跃，他吐出口气来，又不禁无声笑了，觉得自己真是没找错人。

他一手推开门进去，屋内亮着灯，但不见人。屏风后面有一道袅娜的女人身影，被烛火勾勒着轮廓，如梦似幻。

是神容在上药，她脱去了外衫，只着了单薄的中衣，领口往下拉开，露出半边肩头，手指挑了点小盒里黑乎乎的软膏，往那儿沾。

原本紫瑞要替她抹，但神容发现她被马掀下车去后也受了点伤，打发她自己去上药了。

忽觉眼前灯火暗了一分，她抬起头，看见男人走近的身影。刚看清山宗的脸，手中的小盒里就伸来了他的手，沾了药直接按上了她的肩，揉了下去。

力太重了，她不禁轻哼一声。

“还有哪里有伤？”山宗声沉沉地问，看着她嫩白的肩头。上面有不知从何处磕到的一块瘀青，可能是跳车入河时刮到的。她身上幽幽的一丝香往他鼻间钻，药味也盖不住。

神容被他的力道揉得蹙了蹙眉，揉开后却又觉得舒服一些，看去他身上：“没了。”

他换去湿了的胡服，着了身松软的便袍，忽就有了几分往日世家子弟的闲散贵气，松松散散的微敞衣襟里，隐约可见一片结实的胸膛。虽然已经清清楚楚见过一回里头的真面目了，神容眼神还是不自觉移开了一下。

“真没了？”山宗低笑一声，就怕她连这也嘴硬。

神容挑挑眉：“真没了，我只是不想带着这点儿小伤去见我父亲罢了。”

山宗手上停了下来：“明天你真要去？”

“自然。”

“那我呢？”他紧盯着她，“我不该去？”

“你当然也该去。”神容心想都到这地步了，岂能不去，非去不可！她看他一眼，又低语：“只不过不能现在去，更何况，你也出不得幽州。”

山宗漆黑的眼珠动了一下，嘴角扬起：“你在担心我？”

神容拉上衣裳：“我是提醒你。”

耳侧忽而一热，是他低了头，贴在她的耳边：“我就看你何时肯对我说一句软话。”

声音低低地穿入耳中，男人的气息一下拂过来，神容不禁呼吸又快了。还没来得及开口，人就被他一把搂过去。

软榻上，软垫滚落在地。神容被扣着坐在他身上，刚刚拉上去的衣裳被他又拉了下去。他一只手抚上她的腰，在她耳边的呼吸沉了。

“那你打算如何说到我？”

“我就说你烧了那封和离书！”神容轻喘。

官舍里有进出动静时，天也快亮了。

山宗睁开眼，起身后看一眼身边的女人。神容背对着他侧卧，身姿如柳纤挑，还在睡着。

他摸一下嘴，无声扯了扯嘴角，其实食言了，最后还是没能轻得了。他这一身浪荡不羁，在她跟前大概是无法收敛了，遇上她只会变本加厉。他自嘲地一笑，抿住唇，披上衣服，又看她一眼，轻手轻脚地出门。

神容其实已经醒了，故意没显露。听着他的脚步声，昨夜的情形还历历在目，她轻轻咬咬唇，和第一次不同，居然光是想起就又心里急跳起来……

不知多久，她还躺着。

门外传入紫瑞的声音："少主，山使都准备好了，随时可以出发。"

神容这才收了神，坐起身："知道了。"

官舍大门外，张威领着一队人赶了过来，山宗站在门口。他已如常一般穿上了一身黑色对襟叠领的胡服，绑缚护臂，腰身上紧束着护腰，脚踩马靴。

"头儿，胡十一已照你吩咐，将那群人都带入军所去了。"张威上前道。

那群人自然是说底牢里的那群重犯，用胡十一的话说就是"怪物"，这阵子下来伤都养得差不多了，比胡十一的伤好得快。

山宗只点了点头："叫你来有两件事，一是叫人仔细盯着关外动静。"

张威一口应下，抢话问："还有一件是？"

"给我好好把人送去河东。"

这口气，明显听着就是私事了。张威往里看，果然瞧见东来和紫瑞还有长孙家的大群护卫往外来了。他一本正经地说："听闻昨日那关外的孙子留的后招没得逞，头儿是担心家眷安危，要将她送走不成？"

山宗嘴角一咧："不，是我岳丈来了。"说完转身回了门内。

神容梳妆妥当，手里拿着一顶轻纱帷帽，正要往大门外去，还在廊上，就见山宗朝她走来。她停下来，身边的人先往外去了。

山宗走到她跟前，看她簪着发，抹着红润的唇脂，不知是不是有意遮掩了鲜艳欲滴的唇，脸上的笑一闪而过，又抿去了："你说得对，是该抢先去，世上没有岳丈来见女婿的道理，不能让你父亲来见我，应当我去见他。"他声音低了些，"到时候我会请赵进镰给我找个出行的理由，时日你来安排。"

神容眼尖地瞄见他颈边一点齿印，是她昨晚所为，眼神飘一下，又落回他脸上："你是必须要去，但要等我父亲有了准备。"她顿了顿，手指捏着帷帽上的轻纱，在心里想了一想说，"月底，你到时候再来。"

山宗盯着她，颔首："好。"这次全听她安排。

外面，东来在门口与张威确认过逃犯已入狱，路上无事，才返回来请神容。

神容戴上帷帽，迈步往前，没走几步忽又转身："山宗。"

山宗立即看她。

神容一手撩起垂着的帽纱，眼波斜来，看着他："就这么说好了，月底你一定要来，否则……"

山宗一步一步走近，低下头，几乎要贴到她脸，嘴边浮出痞笑："嗯，否则怎样？"

神容红唇微抿，抬起白生生的下颌："否则，我就回幽州来唯你是问！"说罢手往下一拉，帽纱垂落，挡住了他的脸。

山宗被她转头的帽纱拂了过去，脸上一痒，抬手摸了下脸，眼见她转身往外走了。

河东道是一片广袤地带，大大小小的城池相连。

赵国公耳听八方，早得知这一带有山家军驻守，于是路程就有了调整，有心多赶了一程，避开了他们驻扎的那座城，停留在了距离幽州更近一些的蔚州。

神容在路上收到这消息，便绕过了山昭所在的城，让张威抄了个近路。

军所的人对路径自然是熟悉的。如此，反而赶去的日子比预想的还缩短了一些。

赵国公停留在蔚州驿馆里。这小城往来京官不多，更别说还是国公这样的皇亲贵胄。整个驿馆因他到来几乎都肃空了，只剩了长孙家的人。

刚过午，客房之中，赵国公坐在桌边，将神容的那封家书翻来覆去又看了一遍，起身，背着双手在屋中来回踱步。好几圈之后，门外有仆从前来，兴高采烈地禀告："国公，少主来了。"

几乎同时，神容就进了门，一袭轻绸披风带着连日赶路而至的仆仆风尘。

"这么巧，父亲正在看我的信。"神容揭去帷帽，屈膝见礼。

赵国公捏着那几张纸，先上下打量了她一番，看到她确实安然无恙，才点了点头，抬手示意她坐："看了不下十来遍了，你行事我知道，便与那书卷一样，无意义之言不会写进信里。"

他看着神容在一旁胡床上坐下，将那信又拿到眼前。信里报了平安，人他瞧见了，确实好好的；矿山虽未亲见，但她在信里也细说了，金矿保住了，只是以后要换批人去开采，这可以交给工部安排，也不算什么难事。唯一让他介意的，是最后那两句不清不楚的，说幽州有些事情变化，待见面细谈。

"幽州有何事情要谈？"他拿开信问。

神容没想到才刚一见面就要提起了，手里刚端起一盏热茶汤，看了看父亲，无心去饮，手指摸着口沿：“父亲可还记得先前在长安，山宗意欲登门之事？”

“当然记得，他想求娶你。”赵国公稍稍板了脸，只不过已将此事有心淡去，口气便也没太认真，“我已拒绝他多次了，也没什么可提的。”

神容放下茶盏，甚至都站了起来：“就是此事，这一回，我想请父亲答应见他。”

此时的长安深宫里。

幽幽殿宇之内，一群内侍躬着身，自摆放宫廷旧典的高大木架后出来，将捧出来的一堆黄绢、典册悉数摆在外殿的小案上。

裴少雍已经不是第一次来这里了，为了遮掩自己见过那份密旨，只站在门口。

堆满物事的案前，站着白面清瘦、身着赤色官袍的河洛侯，一身温和的君子之态，发话道：“先帝所留遗物，一件不落，悉数呈送圣人驾前，不得有误。”

内侍们纷纷称是。

裴少雍看到了那份压在下面的密旨黄绢，垂低头，握紧拳，默然不语。

帝王下令，查得自然迅速，这次不能怪他，是山宗自找的。他只希望阿容能好好的。

“你说什么？”

蔚州驿馆客房里，漫长的一段沉寂后，响起赵国公一声不可思议的问话。纵使到这个年纪，什么风浪都见过了，在刚听完女儿的话后，赵国公还是不可遏制地感到震惊。

“你想让我见山宗？”到底是知女莫若父，稍稍一想，他便有数，“莫非你是有意接受他的求娶了？”

神容从那一句之后就一直站在父亲跟前，没有动过：“不瞒父亲，战事紧急中，生死难料，我已经接受了。信中说不清楚，只能当面详谈，所以我才提前赶来。”

赵国公眉头锁紧，看着她：“难怪你会叫我见他，我竟不知你和他已到这一步了。”

周遭又沉寂一瞬。

神容握着手指，看了看父亲脸色，出门在外，他穿着厚重的国公官服，显得很是威严，脸分外严肃。“当中太多曲折，幽州也有很多事情，我只能之后再慢慢告知父亲。”

赵国公捏一下眉心，慢慢踱了两步，脸上恢复了镇定，拂过衣袖：“你真该庆幸今日在这里的不是你母亲。”

神容知道她父亲是个通达之人，心思轻转，忽而问：“父亲可还记得，当初和母亲为何会替我选中他？”

赵国公冷不防她突然问起这个，负手身后，眉还未松：“为何？联姻山家是其一，但也是因为他为人实在出众，一个十几岁就能得到先帝重用的天生将才，百里挑一，这样的人中龙凤才配得上你，这些你应该都知道。”

“父亲既然这样说，那如今，撇开山家，撇开他曾和离弃家的可恨之处，单看其人，父亲是否还觉得他算得上是人中龙凤？”

赵国公看她一眼，沉默一瞬，才开口：“就凭他一己之力能在幽州站稳，此战又立下如此以少胜多的奇功，连今圣都惊动了，当然算。”

连今圣都惊动了？神容心里微怔，心思一闪而过，脸上神情还一片平静：“那父亲何不见他一面？别的不说，单以一个上门求娶之人来看，至少也听听他如何说。”

赵国公松开眉头，面上和缓了：“难道你不在意过往他所作所为了？”

神容知道父亲和母亲的怒怨无非都是因为自己，说到底都是关爱心疼她，她都明白。她上前几步，挽住了父亲的手臂，点头：“在意，他做过的事，就是再有理由也是做了。我只希望父亲能见一见如今的他，可好？”

赵国公看她许久，大约是因为幽州战事，这阵子没见，她好似瘦了一些，来了连披风都未除，就说着这个，精神却好，挽着他手臂，眼里还是黑亮如初。他自然知道自家女儿何等要强，已多年不见她这样的小女儿之态。若是因为那小子如此，那倒还真要见上一回了。

赵国公想起了长安街头那个敢当街拦车的笔直身影，一阵沉默，终是点了下头：“那好，只见一面，我可以应下，就看看他如今是何等模样。”

神容立即屈膝：“多谢父亲。”

外面，东来和紫瑞一直等着，没料到少主这一进去会这么久。又过了许久，才终于看到神容出来。

“少主……”紫瑞刚开口就看见神容脸上一闪而过的笑，颇为意外。

“叫张威回去吧，”神容说话时笑便淡去了，若无其事地说，“我与父亲说好了，会在这里待到月底。”

军所已经整修完毕，只有高墙大院的瓦头上还残留着几处战火里被焚烧后留下的焦黑。

胡十一按照山宗的吩咐，处理好了战死兵卒的善后事宜，从演武场里出来，一眼看见那群人，在院子里或站或蹲，聚在一起。不是那群底牢重犯还能是哪些人？

那群人入了军所，和他们同吃同住也就罢了，如今连发髻都束起来了，还穿起了军所里的武服软甲，和在山里那如兽如鬼的模样比简直是一个天一个地。

胡十一打老远就盯着那个最凶的未申五边走边瞧，他束发后左眼上的白疤完全露了出来，更显眼了，瞧着也愈发凶悍。

“就这些？还成，虽然比老子们当初手底下的还差了点儿，那姓山的也就练兵有点本事。”未申五蹲在众人当中，瞄着演武场道。

胡十一停下脚步：“你说什么玩意儿！”

未申五白疤一耸，瞥他一眼：“老子说什么关你屁事。”

胡十一往上扯衣袖：“混账玩意儿，当这里什么地方，头儿让你们进来还不知道感激，你还挺横啊！”

未申五一脸阴狠：“怎么着，那姓山的就让你如此服帖，这么替他说话。”

“咱头儿哪里都值得服帖！就你们这群怪物，也不看看自己是什么东西，轮得着你在这里说三道四！”胡十一早看他不顺眼，当即拔了刀。

未申五青着脸站起来，阴笑：“想动手？老子让你看看老子是什么东西！”

后面几十个人几乎同时跟着他站起来。

胡十一身后也一下聚集来他队里的人。他脚都迈了过去，忽听一声昂扬马嘶，一下停住，转头看去。

山宗策马而来，一手提着刀，一手勒了马，冷幽幽地看着这里。

“头儿。”胡十一下意识就后退一步，因为知道他脾气，把刀收了回去，没好气道，“那个未申五……”

“他叫骆冲。”山宗说，“以后都不用再叫他未申五。”

胡十一愣了一下，看一眼那头。

未申五在那头龇牙怪笑一声。

山宗看一眼他，又扫一眼他身后的几十道身影：“帝王虽然准了，但你们是戴罪入军所，都给我老实点。”

没人作声，甲辰三把未申五扯了回去。

“庞录。”山宗忽唤一声，朝后一招手。

甲辰三束着发，露出花白的两鬓，抬头看到他身后几个兵带着四个人过来，马上迎了上去。

那四个人和他们一样头发半长，虽然束了起来，看起来竟还更像怪物，因为每个人都带着恐怖的伤残在身上。

最前面的一个颈边拖了长蛇般的一道疤，后面跟着的两个人一个侧脸有疤，一个左腿走路半跛，最后一个甚至断了一臂。是当初被山宗扣做人质的四个人。

顷刻间那几十个人全都围了过去。

胡十一被莫名其妙挤到了一边，看着他们那几十人一窝蜂聚在了一起，转头去看山宗，却见他一动不动地坐在马上，眼里黑沉沉的，脸上什么神情也没有。

直到有个兵卒自军所大门而来，小声在他马下报："头儿，有你的信送到。"

山宗下了马，大步走远。

胡十一又看了一眼那群重犯，口中嘀咕一声，跟了过去。

留下的那群人还站着，所有人都围着那四个人。

"他可有将你们怎样？"未申五咬牙问。

断臂的那个摇头："反而给我们治了伤，只是被看得严，不知道在什么地方，一直藏着。"

未申五白疤抖了两抖，青着脸，许久，哼出一声："算他识相。"

周遭鸦雀无声。甲辰三看他一眼，默不作声，只在心里想了一下，或许当初山宗制服他们四个是有意的，而非只是因为他们容易被制服。

山宗一直走到演武场中，停住了，才从那个兵卒手中接过送到的信："哪里送来的？"

"长安。"

他手上已经展开，看到熟悉的字就知道是裴元岭写来的。信里告诉他，不确定真假，但大概长安已在查他。

山宗粗粗看完就将信撕了，扔进场中燃着的火堆里。

裴元岭就是不来信提醒他，他也猜到了大概会有这样的后果，在将奏报送去长安的时候就已有准备。就是为了这个，他才要盯着关外动静。

胡十一正好来了跟前。山宗手指在刀柄上抵着，忽然问他："我让张威走之前派人盯着关外，怎么样了？"

胡十一冷不丁被问，赶紧回："盯着呢，他们此番出兵不利，卫城里的兵都还在调动，就没停歇过。那群孙子！"

山宗点头："晚点儿应该还会有一支绿林来给我报信，记得放他们进来。"说完转头要走，又停一下，"还有，那些人也是我的兵，你们没什么分别。"

胡十一看他走远了，朝远处那群聚在一起的怪物看去，嘴都张大了。

天黑时，山宗独自走入营房。

四下黑黢黢的一片，他也没点灯，就这么解着护臂，居然觉得有些不习惯了。神容不在，他也不太想回官舍了，一个人在那主屋里待着，倒不如来营房里待着。

等坐到那张狭窄的床上，都还能想起她之前寥寥几次进入这里的情形。有一回就坐在这张床上，挨着他，彼此的腿相贴。

山宗抬起手摸了摸下颌，在黑暗里笑了笑，忙正事时不觉得，闲下来才忽然意识到，自己竟在想她。明明分开也还没多久，其实也不算远。

活了二十几年，他一直觉得自己算得上绝情，如今竟然对一个女人这样牵肠挂肚，以往从未有过。

忽然外面有了声音："山使。"

山宗思绪一收，迅速起身。

门拉开，外面一片昏暗里站着几个绿林打扮的汉子。

胡十一在旁道："头儿，他们来了。"

"嗯，"山宗说，"说吧。"

领头的绿林恭恭敬敬抱拳："关外一直风声很紧，稍远些的地方都去不了，直到这两日，听说他们会撤换兵马，先有一支大部撤走，再调一支兵马来替防，这是咱能打探到的最全的消息了。"

山宗立在门前，黑暗里身如长松："这么说，若想出关，就这次是难得的机会了。"

"山使英明。"

"知道了，老规矩。"

绿林们齐声称是，轻手轻脚地告辞了。

山宗在门前站着，在算日子。

直到胡十一都快忍不住出声，他算完了，下令："去叫他们整装，随我走。"

胡十一一听就知道"他们"是指那群怪物，奇怪道："头儿要去哪儿，带他们做啥？"

山宗往外走："出关一趟。"

夜深人静，关城上无数绳索垂落，悄无声息地滑落下一道道身影。落地后，人影幢幢，在黑夜里自陡峭山岭里茂密的野林穿梭而过，直奔关外。

天一点点亮起时，关外还大风磅礴，尘沙漫卷，拍打着几处废弃坍塌的土台。台后蹲伏着刚赶到此处的众人身影。

"头儿，咱为啥要出关来，还打扮成这样？"问话的是胡十一。

他带着一小队十数人蹲在土台的一道侧墙边，个个身着短打粗衣，正盯着最前面背对着他，面朝着一处看着的山宗。

“出来找人。”山宗单膝着地而蹲，穿一身灰黑的粗布短打劲装，以绳绑束两袖，一手撑着刀，低低说，“找我的兵。”

“兵？”胡十一惊愕，“咱啥时候有兵马遗留在关外了？”幽州军分明没有在关外作战过啊。

山宗一动不动：“我以前的兵。”

胡十一还没说话，一道沧桑的声音低低抢过了话：“你确定能找到？”他转头往后看，说话的是甲辰三，额间挤着几道深深的纹路。

那群“怪物”里除了那受伤太重的四人，八十人这次全来了，一个挨一个蹲伏着，几乎要将这附近几座残破的土台下方围满，都穿着灰的褐的粗布短打衣裳，形如蛰伏之兽，与胡十一带来的人正好凑够了百人。

山宗头没回，盯着前面的动静，忽而低笑一声：“为了这不确定的事，我已等到了第四年。”

四周一片死寂。

这样的口气，让胡十一冷不丁想起了当初随他追去河东找金娇娇那回，他在返回幽州时说的那句：“有很多事，明知无望也要去试试，无憾也是要等做过了才能说的。”

那是头一回与他有交心之感，因而记得分外清楚。当时以为只是说金娇娇，如今联系上这句，忽觉多出了其他意味。

无人再多言，远处隐约可闻马蹄声在奔走。天光晦暗，沙尘正浓，看不分明，但可以断定是关外的大部在调动了。待到马蹄声逐渐远去，天已亮起，只有风沙仍狂。

“可以走了。”山宗从怀里摸出一块布巾，在额上系好，撑刀而起。其他人跟着动起来，全部照着他模样，在额上系上布巾，与在外行走的绿林人模样别无二致。

一行人快速往前，山宗当先，迎着风，破尘披沙。直至分岔口，漫天沙卷，昏沉一片，他停了一下。

“怎么了头儿？”胡十一小声问。

山宗在风沙里辨别出了方位才继续往前：“没什么，想到上次来的情形了。”

是想起了神容。这次没有她在身边给他指路了，所幸他还清楚地记得路线。

风依然烈，吹去了地上关外兵马留下的马蹄印迹。

远处胡语交杂的命令声中，一支关外的大部兵马在往更远的漠北退离，那里是契丹各部驻扎的领地。

远在天边横着一道形似城墙的线，约百个人影穿山过林，往其右面进发。

无一人说话，只有胡十一在赶路中，透过枝叶间隙往那天边看了一眼，悄悄嘀咕了一句："那边不是往故城蓟州去的方向吗？"

不知是不是错觉，他觉得嘀咕完这句，周遭似乎更安静了，尤其是那群怪物，一个字没有，只有赶路带来的呼吸渐沉。

山宗始终走在最前面，直到出了林子，眼中的另一边出现了葱茏山岭的轮廓，停了下来。

"来几个人跟我先去附近一趟，其余人在原地休整待命。"他低低开口，一边拿着根布条缠着刀鞘。

胡十一马上说："我，我跟头儿走。"

山宗点头，看一眼身后那群静默的身影："庞录也跟我走。"

甲辰三走出来，往腰间遮掩携带的短刀，一面道："骆冲也可以跟着。"

山宗扫了一眼他身后的人，头转回去，已经迈脚出发："那就跟着。"

未申五脸上挂着怪笑，跟上去。

时辰推移，一处不大不小的镇子渐渐显露在眼里，在昏沉的风沙里看不太真切，灰扑扑的像个幻象。木搭的镇口还在，却已看不到有人出入，也听不到半点人声，只有镇口半枯的歪脖大树上栖息着几只乌鸦在呜哇乱叫。

山宗左右扫视，耳中听着动静，忽然回身扯一下离得最近的胡十一："这边！"

四条身影快速往侧面绕去。身后，由远及近传来一阵快马声，夹杂着胡语的呼喝。一行五六人的关外兵马，披头散发，应该都是契丹人，看人数是惯常巡逻的。

侧面荒野土坡下，山宗拆开了手里的刀，沉着双眼，盯着在前方勒马放缓的那群人低语："唯一的线索就在那里，一次解决过去。"

甲辰三也在拆刀："左边那个留给我。"

"右边……"胡十一与未申五几乎同时开口，胡十一扭头瞪了旁边的未申五一眼。

"老子就留给你，"未申五阴笑，"那后面的是老子的了。"

铿然一声，山宗手里直刀出鞘。

风沙漫卷，那几个敌兵呼喝着马，迟迟盘桓不去。忽然，当中一人看见土坡下黑影一闪，大叫一声，夹马就冲了过来。后面的同伴被那一声叫吸引，也纷纷跟来，却见那冲得最快的马嘶鸣一声，前蹄摔倒，马背上的人被拖下土坡，再无声息。后面的想勒马已来不及，刚至坡边，马前蹿出人影，躲避过眼前，侧面又至，手中宽口的弯刀抽了一半，呼声还在喉中，人已从马背上摔落。

转眼间数人皆毙。

山宗从一人胸口拔出刀，胡十一就拖着那尸体掩下了土坡。山宗擦了刀上血迹，过去牵了敌兵的马，翻身而上。

没有一声命令，所有人都立即上马跟上他。

快马疾驰，绕过了整个镇子。天地苍茫，尘沙呼啸的荒野中，几匹马驰到了一条坑坑洼洼的土道上。

“唯一的线索在哪儿？”未申五吐出口沙尘。

山宗下了马，看向土道边：“那就是。”

那里坐着个人。是那个疯子，他还在。

他依然衣衫褴褛地瘫坐着，一头脏兮兮花白的头发散乱着，遮挡着瞎了的双眼和毁去的脸，断了的腿边，一只缺口沾泥的破碗里斜着半只残缺的馒头，早已风干，嘴里却还在嘶哑地哼着那首歌谣：“旧一年，新一年……”

许是听到了马蹄声，他歌声一停，不断往后缩。

脚步声接近。

“谁？”疯子缩得更厉害，哑着嗓子，受伤的嘴歪斜，口中含糊不清地说着汉话，“外面打仗了，来了好多兵，他们都跑了，他们都跑了……”

山宗站在他面前：“你为何不跑？”

“我不能跑，我不能跑，我还有事，要紧的事……”疯子忽然停住了，伸出两手在地上摸来，“你说汉话？你是中原人，我认识你，你的声音我熟悉！”

山宗这次没有刻意压低声音，在他面前蹲下来：“上次的话没有说完，我现在带人回来找你了。”

“你是谁？”疯子似激动万分，扒开杂乱的头发，往他身上探，“你到底是谁！”

“我姓山。”

“姓山？”疯子伤疤遍布的脸上开始一寸一寸地抖索，歪斜的嘴颤着，“姓山……”

山宗低低说：“卢龙军在哪儿？”

霍然间，疯子一把抓住了他的胳膊，嘶声叫了出来：“山宗！你是山宗！”

“是，”山宗点头，尽管他看不见，“我是山宗。”

疯子笑起来，一声一声，却破碎得更像在哭：“你来找卢龙军了！你终于找来了！那群狗贼把消息都切断了，什么路都没有，这是第一千三百六十二天了，我知道你会来，你一定会来……”

后面的三个人站着，看着这一幕，谁也说不出话来。甲辰三不自觉往前走了一步：“你也是卢龙军人。”

“是你！”疯子听着声转头找他，“庞录，是庞铁骑长！还有谁来了？还有谁？”

未申五脸上的白疤在轻微地耸动，脸上白里透青，紧咬着牙：“还有我。”

“骆铁骑长，骆冲！你也在，你们都来了……”疯子浑身都在打战，忽哭忽笑，“我终于等到这一日了……”

胡十一早已满眼震惊。

疯子忽然清醒了：“卢龙军，卢龙军还有，还有……”他摸着地，手指抖抖索索在地上画出来，“从这里往前，我当初和他们分散了，他们藏起来了，在这里……”

山宗看着他画出来的路径，岿然不动。

疯子画完了，陡然退开，摸索着拨着头发，将蓬乱的头发往上拨，像是要束起汉人的发髻，却又抖索得厉害，而后又慌忙整衣，将左衽的衣襟扯出来，掖到右衽，再努力挺直身，朝着山宗抱起拳：“卢龙军第六铁骑营，全员拜见。”

左右沉默，只余风声。

山宗蹲在疯子面前，如一尊塑像，肩头担了一层刮过的尘沙，无人看清他的神情。许久，他沉声说：“第六铁骑，归队了。”

疯子笔直地挺着身，头缓缓垂下，手也垂下，不动了。

“头儿……”胡十一小声唤他。

甲辰三和未申五解刀垂首。

山宗一言不发，将疯子背起来，起身说：“走。”

昏暗的天地里，风沙哀号。恪尽职守的军人在完成最后的任务后，放心地闭上了眼。

风声里似乎还残留着不知何方飘来的歌谣声，如泣如诉：“旧一年，新一年，一晃多少年，中原王师何时至，年年复年年……”

入夜时分，潜伏待命的其他人接到命令，赶往镇子远处那片葱茏山岭下会合。山沟里已经竖起一座新坟。

第六铁骑营先锋周小五，其实并不年老，还很年轻。如今在关外终于认出来，却已落下一身伤残，声容俱毁，白头沧桑，成了个又老又疯的乞丐。甚至为了不暴露身份，右臂上也只剩下了一块疤，再无“卢龙”二字的番号刺青。但山宗还是认出了他。

不用担心葬于关外，这里就是故土。

他坐在坟边，撑着自己的刀，旁边是肃穆而立，摘下了额上布巾的一群身影。

“头儿，”胡十一给他送来一包纸包的肉干军粮，“你在幽州这些年老是使唤那些绿林，就是在找他们？”

山宗接了肉干，咬了一口，放在坟前：“嗯。”

“那为啥从没听你提起过？”

山宗夜色里的双眼幽沉如潭：“能用嘴提的话，我就不用等到现在才来了。”

胡十一默然无言。

风声仍在，不再送来任何调兵动静。山宗霍然站起身，抽了刀：“都跟我走。”

只是稍作停顿，就又继续上路。暗夜里，百人身影跟随他，直直往深山里潜行。不知多久，也不知多远，又是一夜将尽，众人始终潜行在山岭间，无人开过口。

四周已是万仞绝壁，山宗按照周小五的指示，往右朝着更深处走去，像是一头扎入了不见天日的瓮罐中，就连外面的尘沙都已卷不进来。

茂密的树木虬结绕生，荆棘遍布，很多地方甚至只能容纳一人通过。这一带人口稀少，山岭更像已是数百年无人光顾。

山宗忽然收步抬手。后方众人停住。

“我们入阵了。”他低声说，忽而一声低喝，“卧下！”

倏然间，周围万箭齐发。

众人反应迅捷，自地上起身，仍未见一人。

“左中下三路，你们应该熟悉。”山宗握紧刀，迅疾奔出。

不只是那八十人，就是胡十一带着的人也熟悉，这就是他们练兵时演练过的军阵。众人随他而动，顷刻散开突袭，避过了地上的陷阱机关。

“合！”山宗在前方一声令。

远处有人现了身，自暗角里一闪而过。

阵被破了。霎时远处火光闪烁，接连亮起，在茂密的深山里，起初如同鬼火飘摇，很快又连绵成了火龙。似有无数人在朝这里拥来，虽无声，却气势骇人。

山宗却直直迎了上去。

又是一个阵，箭矢乱飞，铺天盖地，杂乱无章。胡十一身边一个兵中了箭，他顿时一惊：“下手这么狠！”

拔了那箭，昏暗里一摸粗糙万分，这才发现那箭身是新做的，只怕是旧箭镞捡回来磨过后又做新了。

火光暗下，这一阵又破了。山宗身疾如风，已冲至一条山林河中，脚下入水，猛一抬手，后方众人无人上前。

他独自站着，冲到了这明晃晃可见之地，故意亲身入阵，在等。

天空青白交接，风寒如割。火光又起，朝他快速冲来。须臾一群人如狼奔至，刀映火光，向他挥来。

山宗抬刀格挡，如松而立，纹丝不动。

后方众人此时才在胡十一的带领下冲了出来。包围着的人没能再下手，一时对峙。火光扫去，扫开周围一片晨雾。

“等等，是中原人！”有人叫了出来。

水中站着的山宗也被照了出来，他一手横刀在前，抬起眼，一把扯去额上的布巾。

四下突然无声。用刀对着他的那些人如石像一般定住了，又不自觉地往后退。他们后方，走出来两三个持刀的身影，都已是两鬓斑斑的中年人，眼睛一眨不眨地落在山宗身上。

“山……”一个人出了声，像被人掐住了喉般戛然而止，咽在了风里。却叫所有人都回了神，像是不敢置信，他们手中的兵器接连放下。

甲辰三和未申五走了过来，连同后面几十道身影，陆陆续续无声走近，在火光里显露。

终于，一个中年人走过来，颤着声：“头儿，是你吗？”

“是我。”山宗垂了手里的刀，喉头滚动，“我来找你们了。”

神容看着手里一张黄麻纸。

天还没亮透，蔚州驿馆里安静无声，她坐在妆奁前梳妆，对着一盏未灭的烛火，看着这纸上写的菜目。

紫瑞在旁梳着她黑亮的长发，口中道：“少主如果满意，待山使来时就如此准备了。”

神容看上面都是她父亲喜爱的，将纸放下：“就这样办吧。”说着抬头看一眼乌蒙蒙的窗户，问，“我父亲心情如何？”

“国公瞧着很好，”紫瑞回，“昨日还给主母写了信去报平安，一切如常。”

神容点头：“那就好，稍后我去拜见他。”

紫瑞看一眼那纸，笑道：“少主日日陪伴国公就罢了，就连这等小事都想到了，山使若是知道你如此用心，一定会心中欢喜。”以往她家少主最关心的莫过于山川河泽，何曾关心过这等小事。

神容想起山宗，心想他知道了肯定会得意才是真的，手指绕着胸前垂下的一缕发丝，笑了笑："我父亲肯松口见他是难得的机会，可没那么简单。"这一面若是见得好，她母亲那边才有可能好办，这么简单的道理她岂能不知，又岂能不留意。

紫瑞忍不住看着她笑："我看少主近来脸上笑容都多了。"

神容抿去笑："你瞧错了。"

紫瑞只好忍笑，乖巧称是。

神容心里悄悄算了算日子，按行程来说，过两日，他就该启程出发，自幽州赶来了。想完瞄见铜镜，看见里面自己微弯的嘴角，她抬手抚一下鬓发，藏去了。

山霭雾气未散，山宗的声音还在回荡。"我来找你们了。"

所有人在听到这句话后都退后一步，站直了身。

山宗扫视一圈，一群人穿着粗布褴褛的衣裳，有的还穿着当年卢龙军的厚皮甲，早已磨损得不成样；有的外面只裹着兽皮做成的甲，束发蓬乱，胡须杂生。唯有一张张脸他还能看出熟悉。

面前的中年人走得更近，盯着他，声还发颤："你终于来了，咱们都以为你不会来了。"

山宗看着他，短短四年，他脸上已沟壑丛生，比原先模样看起来苍老了十几岁，那是当初最早入卢龙军的一营铁骑长薄仲。

山宗点头："我来带你们回去。"

薄仲忽也退了一步，不知为何，竟似有几分忌惮："还能回去？咱们现在已经是叛军了。"

陆续有更多人从山野深处走了出来，拖着兵器，身躯干瘦如游影，脸颊枯槁，发髻蓬乱，密密麻麻将这里围了几圈。在渐渐亮起的天光和火光的交映里，每个人都站得笔直，又都沉默不语。

山宗握紧刀："卢龙军不可能叛国。"

薄仲一怔，一下扔了刀，颤着手抱起拳，直接在河里跪下："是，咱们不曾叛国！卢龙军从来不曾叛国！"

一时间周遭接连响起扔下兵器的声音，有的人呜咽出了声，压抑着，硬撑着，应和着林外的风声与林间的鸦声，哀戚苍凉。

山宗刀尖点河，挺拔如松地站着，声却已哑："你们……还有多少人？"

"卢龙铁骑全军一百营，一营五百人。这里共有三十七营，铁骑长三人，兵一千八百九十一人。"

最先跟着他一并走出的两个中年人也跪下了，正是另外两营铁骑长。

甲辰三已忍不住走了过来，哽着声：“就只剩这些了？”

原来先前那火龙阵不过是虚张声势，根本没有那么多人。

薄仲仰头看山宗，眼里噙着泪花：“当年咱们从蓟州杀出重围，就已折损过重，没有援军，所有退路皆被封死，消息送不出也进不来。起初还有万余人，占据一座小城与他们对抗了数月，终是被围剿攻破，自此陆续失散，路上也死的死，伤的伤。只有咱们这一支入了山，还能和他们继续周旋，但这些年来被他们数次围剿，只能越走越深。”

未申五在旁咬牙：“然后呢？”

薄仲哽咽：“敌贼们在附近一座一座地增设卫城屯兵，咱们在深山里靠山过活，却也不得不一直沿着山脉四处躲避，伤病饥寒，许多弟兄都没了，终于到了这离幽州关较近的一带，又失散了多人，也再入不得关了，咱们都已是叛军，只能躲进更深的老林里。”

他顿一下，眼眶通红：“只有附近的汉人遗民还帮着咱们，不知咱们踪迹，他们就往山口送衣粮，很多人因此被敌贼抓去没了命。据说有些镇子一有敌兵经过就惊慌失措，都是被敌兵抓怕了。他们还希望咱们能收回故土，还相信咱们！中原却没有人来，一直没有人来！咱们没有叛国，卢龙军没有叛国啊！”

顷刻所有人都跪倒了。

山宗紧闭着唇，握刀的手指骨节作响，他艰难地松开牙关，声沉得可怕：“失散的那些人，还能不能找到？”

“应当都还在故城附近，也许是隐姓埋名了，再难相见。”薄仲喉中又一哽，“只怕加上他们，全军也不足五千了……”

五万卢龙军，只剩了五千，眼前的还不足两千。山宗闭了闭眼，睁开时吐出口气，眼底泛红，刀一提：“跟我走，我带你们回去！”

“真的还能回去吗？”薄仲问。

“必须回去。”山宗说，“朝中已易主，新君对幽州之事一无所知，此番一战，我已被查，这是难得的机会。卢龙军要想一雪前耻，为死去的同袍正名，就必须回去！”

薄仲一下从河里站了起来，山林间所有人都站了起来。一雪前耻，这不就是他们等到今日的夙愿。

胡十一在旁看到现在，才从震惊中回过味来，许多事仍云里雾里，看向山宗，却觉得他好似已经谋划了许久一样。难怪会一得到机会就来了，只怕是已经等太久了。

再次等到天黑，众人才能动身。

一支两千人的队伍已算长，但在浩荡广袤的山脉间并不显眼，此时已经到了山林边沿。那八十道身影早已与他们同在一处。

久别相认，几位铁骑长相见时不禁哽咽抱拳，有的兵只是嚼起了军中久违的干硬军粮，就已经哭出了声。但现在，他们都静默无声地跟着山宗，准备出去。

夜幕一点点降临，笼盖四野。

胡十一蹲在林边，照顾好了自己受伤的兵，回头又打发了两人出去探路，再去看山宗，发现他始终没怎么说话，这一路平静而沉默。

不知怎么，胡十一想起了刚建军所时的情形，那时候他刚任幽州团练使，就是这样，沉着狠戾，练兵狠，制乱狠，这些年下来始终手段狠绝、以暴制暴，无处不绝情。仔细想想，好像也就打金娇娇来了幽州，他才有了一丝人情味儿。

他挠着下巴，想说什么，又不知该从何说起。

“头儿，”薄仲走过来，小声道，“这些年那些狗贼还一直盯着咱们，孙过折占据蓟州做了‘泥礼城’的城主，一心要把咱一网打尽，他还总喜欢活捉咱们的人，此番只要出山就一定会遇到阻截。”

山宗看一眼林外的天，月黑风高，正是启程之时：“这回谁阻截都没用。”他起身，抽刀先行，“走！”

众人顿时应命上路。

夜风刮了过来，携带尘沙，拍打着人的脸，但这是密林外面的气息，重回人世的气息。远处隐约有几声马蹄声经过，夜晚还有敌兵在四处巡逻。队伍只能贴着山林边沿游走，脚步声藏在风尘呼啸里，一路往回关方向行进。

前方忽然出现了火光。胡十一立即回头示警：“头儿，前方有敌兵。”

一队骑兵的马蹄声在接近，后方已有卢龙士兵伏地贴耳辨音，起身后报：“约有百人，朝这里来了。”

比惯常的数量多，说明他们已有所察觉了。一支两千人的队伍，恐怕无法避开他们的眼。

山宗声音幽冷：“能避则避，实在避不过，就送他们去祭奠第六铁骑营。”

顿时身后八十人一起抽了刀。

每至夜半风就转寒，在关外无遮无拦的大地上呜号，犹如鬼泣。队伍不过刚刚快到那个镇子附近，离幽州关城还远，可已经必须要远离山岭，无所依恃。

持火巡逻的敌兵已经近了。荒野里一片黑黢黢的，枯草起伏，马蹄踏过去，四处乱踩，手中宽背弯刀在他们手里四下挥砍。不知是谁一挥火把，一下对上了枯草丛里一双阴骇的眼，左眼上白疤悚然，紧接着，就被一刀抹过了喉咙。

碰上了，已经避不过。顿时周围黑影四起，向这群骑兵包围。赫然数千身影，却无一丝声音，除了迅疾的脚步在移动，只有关外胡语在嘶喊。

火光一支一支灭了，人声渐息，周遭被利落地清理掩埋干净，只余下风里散不去的血腥气。

远处，却忽有更强烈的声音传了过来。一个兵低低道："头儿，又有马蹄声。"

山宗已经听到了，拎着刀朝声音的来源方向望去，那里是漠北方向，敌方调兵回去的方向。

胡十一忽然匆匆跑至他跟前，喘着气道："头儿，去探路的人回来了，他们调换兵马的速度比原定的快，敌军大部已经不分日夜赶来回防了！"

众人皆无声聚拢。一旦被敌军的主力缠上，可能就走不脱了。

山宗立即提刀转身："随我撤！"

下一刻，大风已将那阵声音清晰地送来，沉重如雷。

蔚州一连几日天清气朗。

驿馆内，赵国公特地又穿上了那身厚重的国公官袍，整肃地在厅堂里坐下，接了一盏馆役送来的热茶汤，看一眼门外，皱起眉："什么时辰了？"

门外一个护卫道："回国公，已是申时了。"

赵国公闻言手中茶盏一顿，看向身旁。

神容坐在一旁，乌发堆云般绾着，描着细致的妆，手指有一下没一下地拨着臂弯里的轻纱披帛，轻轻抿着唇不语。

日头已斜，驿馆始终没有外客至。

他们前几日还只是问一问有无人至，而今日，已是本月的最后一天，料想总该来了，可特地等到此时，依然没有人来。

"依我看，他是不会来了。"赵国公一下放下茶盏，一声轻响，起身时已经沉了脸，"他当自己很了不起不成？我在此候到今日，已是给彼此都留了颜面，他如今算什么，可见当初对你不珍惜，此后也不会珍惜你！"

神容捏着手指，咬住唇。明明说好了的，她已经安排得如此周详，他怎能不来？

赵国公来回走了两步，一声冷哼，便要出门："这样的'人中龙凤'，劝你不要也罢！你不如直接回长安，山里的事我亲自去替你料理！”

“父亲。”

赵国公回头。

神容已站起身，脸上神色微冷：“请父亲等等，容我几日。”说完便快步出了门。

东来就等在门外，早已听到动静，忽见神容出门而来，听她开口就说：“给我备马。”

他自知缘由，忙低声劝：“少主不妨再等等，或许是山使有事耽搁了。”

“我就是知道战后有事，才特地定到了月底。”神容想起她父亲方才的话，胸口微微起伏，一拂袖，往前走，“备马，现在就走！”

一条蜿蜒的河水绕山而过，旁边有野林，林里藏着连绵高耸的山脉，直连着幽州如龙盘踞的关城。

林子里，无数人藏着，在一阵阵地喘息。

“第几日了？”林边，山宗撑着刀，问话时眼睛还牢牢盯着外面的动静，挡不住周身的血腥味。

远处还不断有兵马动静，在四处奔走，胡语在风里隐约可闻。胡十一在他身旁喘气如牛：“没顾上，反正得有好多日了，我已记不清上次合眼是啥时候了。”

那日，提前调回的敌军的主力还是发现了他们，他们被拖住了。已不知第几个日夜，一路边杀边跑，才终于得以抵达这片幽州关城外的山岭下。有人受了伤，速度就更慢了。

山宗抬头望天，眼神一凝：“过月底了。”

头顶一挂新月，弯如娥眉。

胡十一也抬头看了一眼：“是，看着应是过去好几日了。”

山宗撑着刀，垂头喘息，忽低低笑一声：“她一定气极了。”原本按照计划，一来一回时日应该足够，但现在敌军的主力突至，他们全被拖在了这里。神容在等他，他却还在关外。

胡十一没反应过来，愣了一下：“谁啊？”

山宗没有回答，耳中敏锐地听到了远处的动静。

马蹄声又来了，在往这里接近。他抬起头，忽然唤：“十一，我交代你几句话。”

胡十一马上挨近：“头儿，你说。”

山宗压低声：“他们兵甲不足，不可硬拼，由我带人殿后，掩护他们入关。关城上有接应，你负责领头，一定要将他们带回关内。”

胡十一领命："是。"

正要起身备战，山宗又叫住了他："还有两句。"

胡十一又蹲回去了，听他说完……

一支敌兵大部横扫而至时，月上正空，马背上的敌兵一水的披头散发，左衽衣袍套着胡甲，手持火把，膘马弯刀。

他们扫荡一般搜找追击而来，只是没想到这群人如此能战能躲，这些时日下来都还未能见到全貌，大多时候是小股交战，且训练有素，阵法诡异，一般只在夜晚出没，到此刻仍不知对方到底有多少人。

领头的首领有十几人之多，在马上以契丹语低声交谈——

"可能是那群躲着的出来了。"

"必须要抓到他们，城主过问，我们担待不起。"

他们负责回防，就是担了极其严苛的军责，若不能解决，会受到孙过折的严惩，自然无比卖命，日夜不停。

又急又快的契丹语一连串说完，他们各自分头散开，往靠近关城的方向推进。忽然一声急切的大叫，有人发现了动静，附近火把的光立即朝那边拥去。

一支队伍无声地穿梭，蹚过河水，钻入野林，往陡峭的关城山岭里奔，毫不停歇。后面兵马已经追来，箭羽乱射了一通，奈何黑夜里树影交错，人影难辨，毫无作用。

望蓟山的那一段关外山岭在夜色里静静耸立着。下面绕着的河水平静无波，却忽被一阵马蹄踏破，溅起数尺高的水花。

一队敌兵先至，终于追上了前面的人影，却不妨斜刺里突然冲出来的一群人，冷不丁被砍倒两人，火把落河即灭。旁边敌兵杀过去，他们又迅速奔入黑黢黢的山脚野林。

"这里！"一道契丹语的声音说。

敌兵听音掉头而去，忽然身边人接连中刀，火把落河，一阵痛号。

终于有人觉出不对，回头发现马上的人根本不是自己的同伴。昏暗里看，那分明是两个束着中原发髻的人影，骑的正是开始砍倒的那两人的马，继而胸口一凉，一头栽入河里。

阵中生乱，剩下的火把还举着，一时竟敌我难辨。混乱中，另一支敌兵赶来，才发现远处一串漫长的黑影队伍钻入了山岭，顿时疾呼中了计，他们的队伍已经要入关城了。

有兵马想不管不顾越过河直冲向关城，被迎头奔来的一匹马阻拦。

马是他们的，马上的人却不是，火光里一身灰黑粗布的劲装，手里一柄细长的直刀，一身凛凛，快如闪电。

“山宗！是山宗！”有人大喊起来。

呼号顿起，报信的号角声也响了起来。无数兵马往这里驰来。

山宗策马挥刀，身后是聚拢而来一同殿后的八十道身影，甲辰三和未申五在马上，其余的人在后方。他手抬一下：“你们也准备撤。”

他们也是仅剩的卢龙军。

“老子们有数！”未申五喘着气道。

山宗提缰游走，始终挡在他们最前方。周围全是敌兵，忽而背上一痛，他牙关一咬，折返挥刀，马身上也中了一刀，抬蹄狂嘶。他迅速翻落马背，踏河而起，奔入林中：“就现在，撤！”

更多的敌兵在往这里奔来。

山宗倚着树冷冷朝外望，解下臂上浸血变沉的护臂，扯了布条，将变滑的刀柄和手缠在一起勒紧。

河水飞溅，大股敌兵冲杀而至，甲辰三带头穿林，退往关城下。忽觉身后追兵没了，他回头看，透过林子，仍可听见不断的马蹄奔来，但似乎都被拦了。林外只有山宗。

关城上亮起了接应的火光，那两千人被掩护入关了。

山宗终于穿林而来，赶到了关城下，一言不发。

甲辰三上前杀了他身后一个追兵，发现他身后一路都是倒着的敌兵尸体，退回刚抓住一根悬索，又隐约看见一地淋漓鲜血。

他顺着血迹看去，就见山宗抓着悬索，半身浴血，从胸口拔出一柄弯刀。

天亮时，赵进镰得到消息，匆匆赶去城下，连外衫都是在路上穿的。

城门缓缓打开，一行数千人的队伍站在城外。他愣住，看着这群据说是卢龙军的人，如同看见了一群山林野人。

卢龙军当初平定过幽州战乱，他还有印象，传闻说早已编入幽州军，不复提起，怎会自关外而来。

他们的后方，数十人缓至，山宗缓缓走了出来。

“崇君，你怎么……”赵进镰惊骇地看着他的模样。

山宗拎着刀，浑身是血，蓦然身形一晃，勉强站住。左右有人撑了他一下，那是甲辰三和未申五。一撑之后，未申五就松开了手。甲辰三也慢慢松了手。

远处有快马奔来，直往城门，身后跟着十数道护卫身影。山宗喘着气，抬头去看，似乎看见了马上女人的身影，眯起眼，却已看不清，手中刀倏然落了地。

神容几乎片刻不停地打马赶了过来，刚到城下，勒住马，视线里就见男人的身影直直倒了下去。

城下挂着医字牌的屋舍里，一名中年军医捧着药箱匆忙而来，一头钻入里间。

里面脚步纷乱，很快跑出来个兵，捧着一身是血的衣服送了出来，衣服下是那柄浸满了血的细长直刀。接着又有兵从门外而来，端着清水快步送了进去。

神容坐在胡床上，看着不断有人进进出出，染血的布一捧一捧地往外送，整间屋子从里到外都是血腥气。

她曾在他身上闻到过很多次血腥味，但那大多都是别人的。这回，全是他自己的。

门外，赵进镰正在又低又急地问："这到底是怎么回事？"

甲辰三沧桑的声音传来："他一个人拦截了几队的敌兵。"

"什么？"赵进镰惊骇，"他这是不要命了？"

胡十一声里都有了哭腔："头儿都是为了让他的兵一个不少地回来……"

外面没了声，一片死寂。

好一会儿，赵进镰进了屋来，走到椅旁，交握两手，低声道："女郎匆忙赶回，一定疲惫了，崇君还在医治，你不必担心，不妨先去休息，有事我会即刻派人告知。"

神容没有接话，一动不动地坐着，身上的披风都还未解下，水青的披风领口衬着面色冷淡的脸，没有血色的白。

赵进镰还想再宽抚两句，忽见她眼睛抬起，跟着转头看去，刚才端着水进去的兵从里间出来了，铜盆里的水已全部染红，胳膊上还搭着一条血迹斑斑的布巾。如此情形，不知流了多少血，他皱紧眉头，已说不出话来了。

忽闻里间军医急急低喊："快，帮忙按着！按紧！"

眼前身影一动，神容已经起身，往那里面走去。

门帘掀开，里面的人忙作一团。军医一边忙碌一边指挥旁边的兵："按好了，还没止血！"

神容看着躺在床上一动不动的人，他双目紧闭，赤裸着胸膛，明明已经擦拭过，依然浑身血迹遍布。

一个兵正按着块布巾在他肋下，那块布巾已然全红，血还顺着边沿在往下滴。

军医扶着他的肩："那边，胸口还有一处，莫压到他这边背，背上也有伤！"

神容不言不语地看着，忽然走过去，拿了块布巾就按住了他胸口。

军医愣了一愣，顾不得惊诧，又连忙继续："按紧些！"

神容两只手都按了上去，温热的血浸到她指缝里，滑过男人腰际，落在床上垫着的旧毯上，点点滴滴的鲜红。她越发用了力，手掌去寻他心口的跳动，自己的心跳却一下一下急促了起来。

这具身躯不久前还抱过她，和她亲密无间，现在却伤痕遍布，一动不动地任人摆布。她紧紧咬住唇，浸血的手心温热，手背冰凉。

"夫人，夫人……"不知多久，军医在唤她，"可以了，血止住了。"

神容有些茫然地松开了手，麻木地垂着。

军医赶紧过来上药，已满头是汗，脸都白了。

厚重刺鼻的伤药抹上去，血腥味仍遮不住。神容回了神，才发现自己不知何时已紧紧攥起手心，指甲抵着手心作疼，手里还全都是他的血。

军医忙完，以手背抹一下额上的汗，小声道："还是请夫人出去等候吧。"

神容紧抿的唇终于启开，问："他如何？"

军医支吾："伤得过重，又撑了许久，我等自会尽力……"

神容看着那张英朗如旧的侧脸，如今全藏在了深沉的晦暗里，高挺的鼻梁下一片浓重的阴影。

赵进镰进来，看到她一手的血，赶紧道："女郎，出去吧，这里交给大夫。"

神容往后退了一步，转过身，慢慢走了出去。回过头，门帘掀开又垂落，遮住了那副躺着的颀长身躯。

神容又在胡床上坐下，捏着披风一角便去擦手上的血迹，一遍又一遍，手心红了，却好似怎么也擦不干净。眼前依然有很多人在进进出出，药味弥漫了出来，赵进镰在旁来回走动，她全都没怎么在意。

"少主，该用饭了。"紫瑞站到身边来时，时候已经不早，她轻声提醒道，"您已坐了很久了。"说话时一面为她解下身上那件披风，上面一角衣摆已经皱了，沾了她擦手的斑斑血迹，触目惊心。

"醒了吗？"她忽然问。

紫瑞拿了块湿帕子为她重新擦手，朝里间看一眼，又看到她掌心里泛起的红，默然无言。

神容没再朝里看，也没再问，抽回了手。

紫瑞只能默默退走了。

不知过去多久，似乎连门外的天光都暗了，不再有人进出了，但军医还一直没出来。却忽有一个守城的兵跑来了门外："刺史，有许多车马往城中来了，是朝中官员车驾。"

赵进镰闻言一惊，连忙快步出去。

胡十一忽然冲到门口，一身脏兮兮的血污到现在都没清理过："朝中的人？难道就是查头儿的人，他们居然这么快就来了！"

赵进镰不禁止步在门前："此言何意，什么查他的人？"

胡十一道："头儿在关外说过，这一战后朝中就在查他了，所以才更要带他的兵回来。"

赵进镰诧异。

"刺史，人到了！"守军在提醒。

赵进镰这才没问下去，匆匆出门。

神容转头看去门外，扶着椅子起了身，缓缓地走到窗边，半边身掩在窗扇后，看向外面，已有一队车马直接驶来。

驷马拉就的车驾，左右各有一队披甲执枪的禁卫跟随护送，从城门处直拖至此，足有数百人，颇具威仪，将城门到这城下一带围了个严实。停下后，禁卫中打马而出两个盔甲严密的佩剑武官，一左一右威严勒马。

他们中间又出来一匹马，上面坐着个头戴高帽，手挽拂尘的内侍。下马后，内侍从怀里恭恭敬敬取出一份黄绢，尖细的嗓音冷冰冰道："幽州团练使何在，速来接旨。"

赵进镰大惊失色，慌忙上前拜见："不知圣驾座前亲临边关，山使重伤在身，微臣幽州刺史赵进镰，愿代其接旨。"

后方左右守城兵卒也都跪了下来。

"重伤在身？"内侍细着嗓子问，"人在何处？"

赵进镰道："就在这身后医舍中医治。"

"就在此处更好。"内侍朝左右各看一眼。

两名武官立刻挥手，一群禁卫上前，围住了门。

神容扫去一眼，他们对于门内的人根本没看，就已不让人进出，像防着山宗要逃一样。

内侍毫不多言，展开手中黄绢宣读："奉圣谕，今查先帝密旨遗录，幽州团练使山宗背负旧案，杀前任幽州节度使李肖崮，麾下卢龙军全军叛国投敌，数罪在身，却得特赦潜镇幽州数载。念其此番力退强敌，保城护矿，有不世之功，今圣重视，特亲审旧案，着令其归案，幽州官兵不得庇护，若有违背，视同谋逆。”

赵进镰愕然抬头。

四周一片无声的寂静。他们幽州的军首，镇守幽州的英雄，忽然成了杀人叛国的恶犯。

神容手指一动，怔怔地看着窗外那一幕，手上他的血还未干，却已收到这突来的消息。她曾问他，他被特赦的是不是就是卢龙军叛国之罪。他当时说：“那是最重的一条。”

现在他还在里面躺着，朝中问罪的已经到了。

在听到她父亲说他此战惊动了今圣时，她就已隐隐有所感，现在方知担心的是什么。就是这一刻。

忽然一道身影冲了过去，双手捧着什么，一下在赵进镰身旁跪了下来：“卢龙军不曾叛国！请圣人明察！”

内侍细着嗓子怒斥：“何人在此造次！”

那是胡十一，手中举着一份书函，大声吼道：“幽州军所百夫长胡十一，奉幽州团练使山宗之托请命，上呈实情，卢龙军残部已被寻回来了！他们不曾叛国！”

赵进镰在旁已震惊得一个字也说不出来。

神容一手搭上窗沿。这不是胡十一会说的话，这一定是山宗交代好的，那份书函也一定是他早就准备好的。

她听见后面军医在里间忙碌浑然不觉的低语声，冷冷看向那辆车驾。车帘忽然一动，有人从车里出来了，一身赤色官服，白面清瘦，丰神俊朗。神容朝他看了一眼，认了出来，竟是河洛侯亲来了。

河洛侯看了看胡十一：“你可知所言有半句虚假，就是欺君罔上的死罪？”

胡十一粗着嗓子高声道：“知道！头儿没有叛国！卢龙军没有叛国！卢龙军就在眼前！”

神容心神一震，忽然看向胡十一后方。

那打扮成绿林的八十道身影，从城下的那一头，直走到了这一头。车驾前的禁卫顿时在马上持枪相向，防范以对。

河洛侯也不禁往后稍退了半步：“来者何人？”

那群人到了车驾前，放下了兵器。甲辰三走出一步，抱拳：“卢龙军第九铁骑营铁骑长庞录。”

未申五抱拳：“卢龙军第十四铁骑营铁骑长骆冲。”

“卢龙军第三十九铁骑营铁骑长……”

“卢龙军……”

河洛侯打量他们，似是思索了一番才道：“这些名字我有印象，山宗上呈的奏报里提及了你们随他击退了敌军，原来你们这群重犯便是卢龙军旧部。莫非是想说自己作战有功，卢龙军便没有叛国？”

话音未落，却见他们的后方还有人前来。

神容早已看着那里，刚到时在城门外见过的那支野人一般的队伍，正自远处城下缓缓过来。

他们一直没走，从山宗倒下去后就一直没走，始终待在城下附近，许多人身上带着新包扎的伤，静默沉缓地走近。最前方领路的是三个中年人，衣衫破败，甲胄古怪，形容枯槁，努力地挺直着身，不言不语，拖着已磨损的兵器。

走近了，他们与前面八十人的队伍合成了一支，纷纷放下兵器。一人走出抱拳：“卢龙军第一铁骑营铁骑长薄仲，率卢龙军残部一千八百余人随卢龙军军首山宗冲破关外敌兵拦截，刚至幽州。”

无一丝其他声音，连远处城中的声响都模糊远去了。这城下只剩下这群人的声音。

河洛侯显然愣了一愣，走出一步：“何以证明你们就是卢龙军残部？”

甲辰三一把拉起右臂衣袖。

所有人行动一致，全都拉高右臂衣袖，“卢龙”二字番号刺青清晰可见。

神容静静地看着，知道他去干什么了，知道他带回来的是什么人了。

诡异地对峙了片刻，河洛侯温雅伸手，终于接过了胡十一手里的那份书函：“帝王重视，迟早会比照卢龙军旧部名册以验虚实，山宗既敢上呈，我便接了，转呈御前。”说完，他将书函收入袖中，朝身旁示意。一名武官下马，往屋舍而来。

神容站在窗侧，看着那武官直入门内，目不斜视地走入了里间。

一阵慌乱动静，没过多久，他又出来，脚步快速地走了出去，在河洛侯跟前低低说了句：“曾在先帝跟前见到过，的确是山宗本人，他已……”

后面没有听清，只看到河洛侯温淡的脸上眉心一皱，点了点头，什么也没说，上了车驾。

外面禁卫收拢，车驾离开了屋舍前。赵进镰此时才起身，连忙跟了上去。

神容没管他们去了哪里，只在意他们刚才的神情和说的话，忽然心口突突急跳，回头往里，一直走到里间。帮忙的兵走了出来，迎上她，竟用手在帘前挡了一下，垂着头道：“夫人还不能进，军医还在施救。”

神容对着帘子站了片刻，想着他将一切都安排好了，现在就这么心安理得地躺在里面，冷冷点头：“好，救，我等着。”

天黑了又亮起，一日过去了。

紫瑞将一块湿帕子送向眼前。神容静静接过，擦了脸和手，放下后，端起面前的一碗热稠汤，慢慢喝完。

紫瑞努力找出句话：“东来去打听了，那位河洛侯好像已经不在幽州了，也不知是不是就此返回长安了。”

神容没说话，似乎也并不关心。

紫瑞还想说什么，比如请她离开这间屋舍去好好歇一歇，她到现在也只坐在这胡床上闭了会儿眼，但看她一句话没有，还是没有说出口。

“出去吧。”神容忽然说。

紫瑞看了看她脸色，只好默默退去。

门外的光照进来，直拖到神容衣摆边，一摊凝滞的昏白。不知什么时辰了，她动一下脚，转头往里间看。

门帘掀开，军医忙到此时，终于走了出来，眼下青灰，一头虚汗。

神容站起身，想问如何，张了张嘴，却没发出声。

“夫人，”军医抱拳，“山使的伤用过止血药后已缝合包扎妥当，该处理的都处理好了。”

“嗯。”神容声音很轻，“然后呢？”

军医忽然垂下头，竟缓缓跪了下来：“山使始终未醒，眼下已滴水不进，恐怕……”

神容怔怔看了他一眼，脚步一动，直往里间走去。

揭开门帘，床上那道身影依然一动不动地躺着，身上伤口包扎好了，缠绕了一道一道的白布，侧脸半藏在昏暗里，下颌线锋利如刻凿出的一道，周身镀了一层朦胧的光，如梦如幻。

她眼一眨不眨地看着，忽然一把放下门帘就转身往外走，直到门口：“去把幽州全城的大夫都叫来！”

门口守着的东来抬头，看她一眼，刚要走，却听她身后的军医小声劝道：“夫人，我等真的能做的都做了……”

神容握紧手心，胸口轻轻起伏，看着停下还没走的东来：“还要我说第二遍？”

东来立即快步而去，为尽快叫人，将长孙家所有护卫都带去了。

几乎只是片刻工夫的事，城中各大医馆的大夫就陆陆续续地被带来了。神容就站在里间帘外，看着他们一个个走进去，又一个个退出来。

有人一头从屋外跑进了门里来，是广源。“夫人……”他只唤了神容一声，其他什么话也没说出来，急匆匆就进了里间。

终于，最后一个大夫也出来了，却无人上前来说结果。

最终还是东来缓步走近，垂首低语：“少主，他们的确能做的都做了……”

神容脸上白得生冷，攥紧手指：“我亲自去找。”

一定是找的大夫不够好，他才还没醒。这些人都靠不住，没有一个靠得住的，她得亲自去找才行……

快步走到门口，她忽然停住了。

外面是一群坐着的人，一见她出来，纷纷站了起来。胡十一坐在最边上，第一个爬起来，瞪大眼睛看着她。旁边是先前在河洛侯跟前自报为卢龙军铁骑长的一群人——那个薄仲和一起来的两个中年铁骑长。那群重犯里的一群熟面孔，甲辰三庞录在，耷着白疤脸色不明的未申五骆冲也在。

所有人都盯着她，仿佛都在等她的结果一样。

城门口忽有快马往这里而来，一行十数人的队伍，马蹄声急切，最前面一人速度飞快，箭一样冲了过来。

神容眼睛看过去。

马到了跟前，马背上的人翻下来，一道穿着甲胄的少年身影小跑到了她跟前：“嫂嫂！”

是山昭。他来得太急，还在喘气，急急道：“大哥被圣人下令彻查，山家上下都被惊动了，听说朝中已派了人来，他现在如何了？”

神容看着他焦急的双眼，唇动了动，想着屋里躺着的身影，没能说出话来，缓缓往后退开两步。

山昭错愕地看了她一眼，又朝屋里看来。他的身后，一行队伍已悉数到了跟前。很多人下了马，在朝屋门走来。

山昭往里进时，两个青年男子也跟着进了门，皆是胡服甲胄，身配利剑，进门后就停住，在一侧候立着，那是山家的两个庶子，山昭的两位庶兄，山宗的庶弟。

他们的后面，快步走入一袭宽袖叠领绸衣的杨郡君，一眼就看到门口的神容，立时就握住了她手，似很惊喜，柔声道：“阿容，可算见到你了，你也在，我知道你一定会在。”

她的身后，还有一人走了进来，穿一袭宽大的圆领袍，上了年纪的眉目，刚正英武，目光从门口那群人的身上，看到神容身上。

神容看过去，依稀在他脸上看到了几分山宗的模样。那是山宗的父亲山上护军，几年未见，如今他只是这般寻常装束，再不像当初那样总穿着胡服戎装了。

门帘里忽然扑出广源的身影，一下跪倒在地，颤声拜见：“郎主，主母，是我无能，未能照顾好郎君……”

山昭一听，拔脚就朝里间跑了过去。杨郡君诧异地看了广源一眼，松开神容的手，连忙也往门帘而去。

眼前几人都去了。

下一刻，里面传出了杨郡君撕心裂肺的哭声：“宗儿……”

神容像是被这一声哭喊惊醒了，走回里间门口，手指捏着门帘，终于又揭开，慢慢走进去。

床前站着纹丝不动的几人。

杨郡君跪在床前，往前扑在躺着的男人身上，早已泣不成声：“宗儿，你睁眼看看，睁眼看看我们啊，四年了，为娘终于能来看你了……”

山昭在旁低着头呜咽：“大哥……”

床尾站着山上护军，直身垂眼，看着床上的儿子，如一株枯松，不言不语。

神容看着他们，胸口一点一点起伏，越来越剧烈，想叫他们都别哭了，人还没死，哭什么？启开唇，却像被人扼住了喉咙，一个字也说不出来。

不知多久，山上护军伸手去扶杨郡君，却被她推开，她只扑在儿子身上，声嘶力竭，再不复平日山家主母的庄重：“起来啊宗儿，让为娘替你！你起来，有什么不能说的苦都让为娘替你受吧……”

神容想起来了，她刚才要去干什么？对，要去找大夫。她转头出去，脚步飞快。

到了门外，却被东来及时拦住，他垂下眼帘，低低道：“少主，城中能找来的大夫都已找了。”她脸上已无血色，东来必须阻拦。

神容冷着脸：“让开。”

胡十一忍不住跑到跟前：“难道头儿他……”眼眶瞬间红了。

“他什么？”神容喉间干涩，心里如有钝刀在割，听见杨郡君痛彻心扉的哭声，冷冷地说，“他分明还没咽气，幽州这么大，竟然连个有用的大夫都没有，不过如此！没有就去檀州找，再没有就去河东，去洛阳，去长安！”她往外走，去寻自己的马。

身后有人走了出来。那群铁骑长忽而退后了几步，站直了，皆面朝着那人，沉肃而立。

那是山上护军，怀里扶着已经晕过去的杨郡君。两名山家随从立即上前，左右搀扶住她去安置。在场的人都沉默无言。山上护军一一看过在场每个人的脸，朝神容走了过去。

神容没留意，她一心急着去寻医，身边始终紧跟着东来，刚刚一手牵住缰绳，转身就被人拦住了。

山上护军站在她面前，声音沉哑：“别奔波了神容，你脸色不好，我派人替你去。”他挥了下手，跟来的山家军中有人抱拳，骑上马走了。

神容看到真有人去了，才轻喘着松开了手。

“看到他们，我便知道这是怎么一回事了。”山上护军看一眼那边的一群人，眉压着，额间挤出深深“川”字，“没想到，他真把他们给带回来了。”

神容看向他：“那些都是他的卢龙军。”

“我知道，”山上护军点点头，看着她，眉宇间一片浓重的沧桑，像是瞬间苍老了十岁，“你们的事我也听说了。我有话要跟你说，如今他已到这个地步，或许是时候让你知晓一切了。”

神容轻轻合住唇，心往下坠。

黄昏已重，夜又将至。

隔壁屋里，山上护军直到此时才终于将要说的话说完。起身离去前，他郑重说：“当年的事叫你受委屈了，是我山家对不住长孙家。”

神容看着他离开了，竟然什么心绪也没有，从门里出去，往隔壁走。

门口依然站着那群人，不知道他们就这样等了多久。神容从他们面前经过，没有看他们，直直走入屋中。

忽闻两声急促脚步响，军医又奔入了里间。广源在里间门口抬起脸，满眼泪水：“夫人……”

神容心口忽如遭重撞，快步走过去，掀帘而入。

山家的人还在里面站着，除了杨郡君。

“好了，别再折腾他了。”山上护军站在床边，声音似无比疲惫。

军医站在床头，一根一根拔去床上人身上的银针。

神容瞬间手脚冰凉。

这里加了一盏一盏的灯火，照得这一方空间透亮如白昼。可床上的人始终躺在一层深深的阴影里。

军医脚步沉慢地退了出去。

山上护军沉默了一瞬，吩咐身旁：“去把东西取来。”

山昭抹抹眼，出去时脚步都在踉跄。

山上护军看着床上的山宗："我本是来替你做证词的，现在大概是不需要了，你以往的东西我带来了，现在就拿来给你。"

山昭回来了，双手托着叠得齐齐整整的一捧玄布。

山上护军转身，两手拿了，振臂一展，缓缓盖在山宗伤痕累累的身上。那块布赫然是一面玄色旗幡，上书醒目的两个赤金大字——卢龙。

他俯身，声已哽咽："我曾在你离家时怒斥过你，却也知道，不论走多远，你永远是我山家最优秀的儿郎。"

山昭呜咽出声，垂头跪下。旁边两个兄弟也一并跪了下来。

胡十一忽然一头闯了进来，看着眼前这幕，眼中一红就跪了下来："头儿……"

身侧人影轻动，神容往床边走近两步，轻轻说："他还在，你们这是做什么？"

胡十一抬头看见她出神的侧脸，黝黑的脸上已止不住泪水横流："头儿留了话给你，说如果他自己没法开口，就由我转达。"

山上护军转头看神容，喉间哽着，点头："那我就把他留给你了。"说完拉起山昭往外走去，脚步沉重。

其他人都出去了。神容站着没动，看着床上的人。

胡十一拿袖口蹭了蹭眼，强忍着道："头儿其实一直算着日子，不是有心错过去见你，他就连身后事都交代好了……"

那晚在林间躲避时，山宗后来叫住他说："还有两句。"

胡十一蹲回去，就被他交代了要替卢龙军转呈书函之事。

山宗又说："若真有这种时候，那我一定也快不行了。你替我告诉她，我本打算独自走这条路，只是与她重逢后，有了私心。"

胡十一道："头儿你这话说的，不是你以前骂我不要随便说死吗？就算死，咱也不能死在这关外啊！"

山宗扶着刀笑了："当然，就是有一口气我也会活下去，我是说如果。"他的笑没了，"你得告诉她，她是我的私心，绝不是我会随意弃之不顾的，答应过她的事，就是有一丝可能我也会做到。"

胡十一这才点头："好。"

山宗最后起身前转头朝关内望了一眼，忽说："若我哪一日真死了，就将我葬在望蓟山里吧，居北朝西。"

胡十一当时只觉不解："为啥？"

“让我永镇幽州，西望长安。”他笑了声，“叫她知道，永远有座山在这里等她。”

神容在床边坐下时，胡十一出去了。已经彻底入了夜，周围静得出奇。她看着身上盖着卢龙军旗的男人。

“你不要以为听你父亲说了以往的事，我就会心疼你了。也不要以为叫胡十一转达了那番话，我就原谅你了。”她低低说，“我不会饶过你的。”

床上的人侧脸浸在烛光里，鼻梁和侧脸都描了道昏黄的边。

她头往下低，靠近他耳边：“这回我真去找个比你好的人嫁了，反正你也没法再追来了。”

他依然不动，深邃的眼紧合，薄唇抿成一线。

“你以后就独自在望蓟山里睡着吧，我才不会来，我以后都不会再去那山里了，也再也不来幽州了。”她贴近去看他的脸。

“我一点都不伤心，一点都不……”

他的脸有些模糊了，有什么一滴一滴落在他脸上，又落到他胸口的卢龙军旗上，晕开了一小块一小块的水迹。

神容低着头，触到他的鼻尖，喉中堵着，许久，才颤着声轻轻骂出来：“坏种……”

第十八章

长梦终醒，熹光照影

山宗陷在一个绵长的梦里。

梦中是当年黑黢黢的长夜，一战方歇，他一身玄甲，撑刀坐在幽州城头上，看着远处火光渐熄。

忽有人拍了一下他的肩膀，他回头，对上一张龇牙笑的脸。

“难受不头儿？这都什么事儿，好好的幽州何时打仗不好，非在你成婚的时候打，害你连新夫人都没陪好就接了调令来这儿，几个月下来也就调兵才回了洛阳几趟，怕是每回连凳子都没坐热就走了。”

那是骆冲，穿着卢龙军的黑皮软甲，一张脸棱角分明，尤其是现在笑起来的时候。

数月前幽州突受关外侵袭，奚和契丹联军由契丹贵族孙过折统帅，杀进关内。辖下九州二县接连溃败，一片大乱，幽州城更是死伤无数。幽州节度使李肖崮急报无力抵挡，请求朝中援兵。圣人以殿前“鹰扬郎将”封号密调山宗出兵来援，当日正逢他成婚。

山宗手转一下刀鞘，心想什么叫没陪好，根本连洞房都还没入，懒洋洋地道：“反正战乱已平，很快就能回去了。”

骆冲往嘴里塞根草，叼着坐他旁边：“你那新娶的夫人如何？”

一时间后面聚来好几个凑热闹的，连向来稳重的庞录都拎着水囊坐过来了。

“是啊头儿，你快说说。”

山宗想到长孙神容，先想起了当初刚定下亲事后不久，在长安被裴元岭拖去大街上的情形。春日的街头熙熙攘攘，一辆车驾当街而过，车周垂纱，里面的人若隐若现。

裴元岭以肘抵了抵他，忽朝车喊了声：“阿容！”

垂纱一掀，车里的少女歪头看出来，如云乌发，璨星眼眸，态浓意远、绣罗春裳的金娇丽人一闪而过。

“如何？”裴元岭勾着他肩叹气，“那就是我裴家子弟一个也没够上，却被你给夺去的长孙家至宝。”

山宗当时看着那辆远去的马车，抱起手臂，眯了眯眼：“我运气不错。”

其实婚前就已见过她那一回了。此时为回应骆冲，他勾起唇，说了同样的话：“我的运气还不错。”

顿时身边一阵笑：“看来是个大美人儿。”

“改日请来大营让咱们拜见！”

“下回咱第六营要再立功就请新夫人来给咱授赏！”是先锋周小五在瞎起哄。

山宗回想起离家前换下婚服时她过来送行的模样，只远远站着看他，并不接近，笑了笑：“她可是个受宠惯了的高门贵女，你们想吓着她不成？”

“那哪儿能！”有人笑道，“头儿此战又立下大功，回去圣人该给你封疆进爵了，正好送给新夫人做贺礼！”

“说不定也能管个像幽州这么大的地盘，当个节度使呢！要么就是统帅一方都护府，做个大都护！”

山宗迎着夜风浪荡不羁地笑两声，意气风发：“真有那时，全军随我一同受赏进封。”

城头城下一阵山呼，全军振奋，行将班师，每个人都很雀跃。

喧闹中，一个兵跑了过来：“头儿，圣人密令。”

山宗笑一收，接了过去。

“圣人密令夺回蓟州？”

营帐里，诸营铁骑长会聚。

一营铁骑长薄仲第一个开口，很是惊诧：“咱们不是来平幽州战乱的吗？如今都要班师回朝了，怎又要出兵关外？”

山宗坐在上首，身上披着厚厚的大氅，手里捏着那份密令，面前是幽州一带地图，右上角就是蓟州。

“圣人听幽州节度使报了其已追击敌军到了蓟州附近，认为时机难得，下令卢龙军配合幽州兵马乘胜追击，夺回故城。我已上书圣人，蓟州被夺十几载，敌军已根深蒂固，或许连这地图上的情形都变了，若要出兵关外，最好还是从长计议，谋定而后动。”

骆冲阴笑：“就那无能的幽州节度使，九州二县的兵马在手，这些年也没夺回蓟州，还被关外的敌军打成这样。如今靠咱们卢龙军给他平了乱，他倒是急着追出关去讨功劳了，还让咱们配合他！”

庞录踢他一脚：“你那狗嘴少说两句，既然圣令已下，领命就是了。”

“记着，”山宗说，“这一战是密令，在出关之前都不可透露消息。”

“都不能正大光明说，那咱还能有战功吗？”第六铁骑营的铁骑长喊道。

薄仲笑骂：“还能少了你的？只要拿回蓟州，让那儿的百姓回了故土，也算是功德一件了！”

有铁骑长戗道：“就他们第六营每回开口闭口战功战功，打仗的时候还不是冲在最前面，命都不要！”

大家都笑起来，一边纷纷抱拳离去。只能暂时放弃归家团聚，准备再上战场了。

等所有人都离去了，山宗还坐着，将手里的密令又看一遍。

蓟州陷落多年，情形不明，他始终觉得此战安排得有些突然，幽州此时应当休养生息，而非急于反击。奈何帝王之令，不得违背。

“头儿，”一个兵进来抱拳，“可要将暂不班师的消息送回洛阳？”

他摇头：“不必。”密令在身，多说无益。

山宗起身备战，脱下大氅，才想起自己还在新婚中。

一晃已快半载，居然还跟他的新婚妻子算不上个熟人，他都快忘了有没有跟长孙神容说过话了，竟有些好笑。

孤月高悬，关外大风凛凛，大军推至蓟州地界外。这里目前已被控制住。

作为帝王任命的此战最高统帅，幽州节度使李肖崮在军阵最前方的马上，一身盔甲厚重，严严实实地压着他高壮的身躯。他在月夜里高声道：“此番兵分两路，左右两线进发，扫清沿途残余逃窜的敌兵后会军，一鼓作气，直捣蓟州！”

山宗坐在马上，一身玄甲凛凛，手持细长直刀。

后方骆冲正低声跟庞录嘀咕：“凭什么让他来统帅老子们？”

“谁让他是位高权重的节度使，”庞录小声回，“又追击敌兵占了先机。”

骆冲瞧不起似的笑了一声：“先前还不是被打得那么惨。”

山宗抬一下手，后面就没声了。

李肖崮是宗室出身，圣人对他算宠信，否则就不会特调卢龙军来这里支援他平乱。此战让他来担任统帅，并不意外。何况蓟州原本就属于幽州辖下，夺回蓟州是幽州节度使分内之责，卢龙军此战只能是协助配合。

一匹快马奔至，勒马停在阵前，马上盔甲严密的人脸白眼细，看着山宗：“我在左下场等你兵马来会合，月日星时发起总攻。”

是幽州辖下易州的将领周均，此番九州几乎全境溃败，唯他所在处还抵抗到底，比其他地方好上许多，才能参与此战。他说的是句暗语，只有他们参战的人才知道会军的具体时间和地点。

山宗点一下头。

周均将走，又低语一句："夺回蓟州是不世之功，头功我不会让，你我各凭本事。"

山宗这才看他一眼，痞笑："你随意，我长这么大还真没被谁让过。"

周均似觉得他张狂，脸色有些阴沉，策马就走。

大军进发，左右分开两路，即将连夜奇袭。

李肖崮带着人马坐镇后方，拦了一下将行的山宗："山大郎君不必亲自率军出战，你手下那么多铁骑长哪个不以一当千，让他们去即可。"

山宗勒住马："卢龙军必须由我亲自领军。"

李肖崮似没想到，讪笑一声："原来如此，不愧是山大郎君。"

山宗看他一眼，又特地看了一眼他身后的兵马，转头出发，半路招了下手。

一个兵打马近前："头儿。"

他下令："留两万铁骑在后压阵。"

薄仲跟在一旁，见状小声问："头儿怎么临时改变了策略？"

"以防万一。"山宗挥一下手，黑暗里数营齐发。

各铁骑营开始有序行动，沿着事先定好的路线去清除障碍，从而扼住进退要道，与另一边周均所率兵马会合，继而一举发动总攻。

一支一支骑兵派出，马蹄声震四野。

山宗坐在马上，辨别着动静，眼睛一点一点扫视左右。蓟州城已在前方不远，这里有荒野土道，有山丘野泽，却没遇上该有的障碍。月夜下，铁骑营踏过毫无停顿，没有逃军身影，只有日复一日被风吹过的尘沙。

他忽然下令："后撤！"

乍现火光，原本空无一物的远处多了许多兵马冲杀出来。

有斥候飞奔回报："头儿，咱们遇到埋伏了！"

浩浩荡荡的敌军自四面而来，围向各铁骑营出兵方向。海潮一般的兵马阵中已厮杀起来。

庞录自前方冲杀过来，急道："是孙过折的旗帜，兵马没有疲态，重兵埋伏！"

骆冲紧跟着就杀了回来："老子们的兵马都被他们摸透了，每条必经之路上都有人埋伏！连你定的暗角那两支铁骑都有埋伏！"

那就是事先准备好的了。山宗当即抽刀策马："调后方兵马，突围！"

传令兵高挥令旗，在冲杀的火光里下了令。

埋伏的敌兵将各支铁骑从原来的路线往一处推压，大有一网打尽的架势。忽然后方来了两万铁骑雄军，由薄仲率领，冲杀而入，破开了缺口，顿时卢龙军杀出重围，往后退去。大概没想到会有这一招临时的后手，追兵喝骂不止，紧追不舍。

山宗亲率大军突围，速至后方，看见幽州节度使兵马迎面赶来，领兵的将领高喊："奉统帅之命，特来接应山大郎君！"

他顿时眼底森冷："往侧面！"

庞录随他往侧面策马，一面问："头儿为何避开接应？"

"他们不是来接应的。"

山宗话音未落，接近的节度使兵马对着他们的人举起了刀。

后方孙过折的兵马和前方李肖崮的兵马挤压而来，他带着人从侧面冲杀出去。

一道围挡城墙，连着座瓮城，现有的地图上没有，这是敌兵新建出来挡住蓟州城的。这是唯一还能前去会合的道路，但现在已被堵死，外面是层层包围的敌兵。城内敌兵死尽，如今全是突围而至的卢龙军。

"老子们的战策和路线全被他们知道了！得到的消息却全是假的！"骆冲在城上一身血迹地走来走去。

"咱们水粮不够，没有补给，已经撑了这几日，很快就会抵挡不住。"薄仲道。

"李肖崮那个王八孙子，居然对咱们的人下手。"庞录皱着眉，想不通。

山宗握刀坐着，从墙砖凹口中盯着外面的动静："他和孙过折是一伙的，现在一击没有得手，只会更想我们死。"

众人似乎都很惊愕，一时无声。

忽然号角声起，外面大军已经压来。

"敌军攻来了。"所有人立刻备战。

山宗站起来："能冲就往外冲，多一个人出去就多一个随我去搬救兵。"

随号角声而来的是一阵尖啸，乌压压漫天箭雨。

月黑风高，记不清多久了，也不记得挥了多久的刀。山宗策马冲出了包围。

风声呼啸，出来才发现是另一次突围的开始。

以他的眼力估算，敌军约有五万，和卢龙军一样的兵力，但早有准备，毫无折损，现在还多了李肖崮的数万兵马。

山宗行动前看到了李肖崮的兵马，根本不是他上报朝廷所说的无力抵挡之态。他有兵，还很多，却还是任由关外大举而入，践踏幽州。所以所谓的追击到蓟州，不过是他和孙过折合演的一出戏。

身边跟随他突围出来的人越来越少，余光里，孙过折在马上的身影一闪而过，髡发垂辫，似在遥望那座瓮城，如看瓮中之鳖。

前方火光飘摇，出现了幽州旗幡，山宗人在马上，眼神渐沉。

一字排开的节度使兵马横挡在前，黑压压一片如潮涌来。他竖指朝后比画两下，俯低身，刀收在侧。随他突围而出的只剩了二三十人，皆顷刻会意，左右散开，快马加鞭直冲而去。

横拦的队伍被一举冲散，只一瞬便又回拢去追击他们。但这一瞬已足够让山宗直冲后方，一把扯住李肖崮拖下马背。

李肖崮摔落马下，未反应过来，人已被提起来。马背上的人一手勒着他提在马前，一手从上用刀尖指着他脖子："让你的人都撤！"

左右惊慌失措，没人能料到他能于千人阵中直取大将。

李肖崮背贴着马，憋青了脸："山大郎君莫要冲动，杀节度使可是重罪！"

山宗冷声："撤兵。"

"我是在对阵孙过折，为何要我撤兵？"

"撤，还是不撤？"山宗的刀尖已在他颈下抵出血迹。

李肖崮终于意识到他可能会动真的，慌道："劝你不要乱来，圣人如此器重你，连让你做幽州节度使的话都放了，你可别自毁前程！"

"什么？"山宗眼里黑沉沉一片，人往下低，刀在他颈边压紧，"这就是你谋反的理由？"

李肖崮脸上青白交替，最后涨红，急切道："我不算反，只不过是多谋划了一步，反正这朝廷也容不下我了！给你指条明路，你的兵马还不如跟着我们，待我们与朝中讲了条件，就会有大军集结，届时等我将这朝廷换了，还算什么反！"

山宗咬紧牙，心想果然他们是一伙的。

远处，数十快马疾奔而来，直冲到这对峙阵中，不一会儿便是一阵冲天的刺鼻血腥味。

为首的骆冲左眼鲜血淋漓，后面有人半腿鲜血，但无人去管。他们下了马，全都横刀，背抵山宗，替他防范着左右。

"头儿，那里快抵挡不住了！"

山宗刀尖抵紧他颈边："我只说最后一遍，撤兵。"

李肖崮颈下鲜血横流，眼瞄去远处，忽然露出诡笑："你现在不敢动手了，你的兵降了，还不如向我投诚。"

远处火光熊熊，厮杀声可闻。瓮城上方竖着用来指引援军的那面玄色大旗在缓缓飘落，赤金炫目的"卢龙"二字沉入黑暗。有人在用生硬的汉话大喊："卢龙军已降！卢龙军已降！"

山宗瞬间血液凝滞，紧握住刀，一字一字挤出牙关："那我只能把你和孙过折一并对待了。"

一刀送入，周遭骇然大惊。倒下的李肖崮还不敢置信地大睁着眼。

"你们的节度使死了，还不撤吗？"山宗抬起冷森森的眼。

顿时幽州旗倒，兵马作鸟兽散。

骆冲闭着左眼，半张脸都被血染红了："他们不可能降！"

庞录喘着气道："我们回不去了，路被封死了！"

又快马冲来一人，已然断了一条手臂，歪斜在马上，还强忍着："头儿，没路了，敌兵正往这里来！"

山宗朝那座瓮城方向看了一眼，那里暗了，什么也看不清。

他蓦然下马，刀锋一划，提起那颗血淋淋的人头，又翻上马背："回关内！我一定将他们都带回来！"

一队禁军拦在幽州关内的卢龙军营里。当先站着一名内侍，手捧一卷黄绢在宣读，时而忌惮地看一眼面前的一群人——

"奉圣谕，幽州节度使李肖崮密告卢龙军军首、鹰扬郎将山宗勾结外贼，欲率麾下全军叛国投敌，命其速返长安受查。"

山宗刚返回不久，手里的刀还没放下，是站着接的这道圣旨。他盔帽已除，玄甲浴血，脚边扔着个血布包裹的人头，如同恶鬼修罗，被那队禁军持兵团围防范。

他的身后是一起突围回来的八十四人，大多是铁骑长，四人重伤，其余的只不过是伤得稍微轻点。拼死而回，无一人还有人样，却收到这样一道圣旨。

"放屁！"骆冲陡然发难，"李肖崮才是反贼！"

内侍不禁后退："大胆！"

山宗忽然大步走出，从后面扯出个反绑着双手的人推过去："说！"

那是他们杀回关内时特地抓的一个幽州将领，是跟在李肖崮身边的，目睹了他被杀的过程。当时因为李肖崮身死，他的兵马终于停了围攻瓮城，往关内四散溃逃。下面的兵卒只是听命令行事，但跟着李肖崮的亲信一定知情。

果然，那将领白着脸，战战兢兢向内侍道："是节度使联通了契丹人，那个孙过折当初归顺时常与咱们节度使有走动，彼此称兄道弟，对幽州极其熟悉，他们是谋划好的。"说完，看了一眼冷冷站着的山宗，畏惧地和盘托出，"节度使连自己的妻儿都送去关外了。"

骆冲差点上来杀了他，被庞录死死按住了。

山宗抬眼看着内侍："如何，我现在是否可以调兵求援了？"

内侍眼睛在他身上看来看去："圣人只要求山大郎君即刻回京受查，其余一概不准。"刚说完，禁军已压近上前，围紧了山宗，刀兵相向。

"请山大郎君随我等返回长安，否则等同坐实了谋逆。"

山宗握刀的手松了又紧，稍稍偏头："你们都等着。"

庞录问："你要跟他们走？"

"我会回来的。"山宗扔下刀。

他要去拿回兵权，再去关外。

深更半夜，宫廷深处的一间偏殿里，只一盏烛火飘摇。

山宗被关在这里，黑发披散，软甲脏污。

一人破门而入，瞬间门又被外面看守的禁军关起。

进来的是他的父亲山上护军，几步走近，脚步匆忙："没事了，你可以回山家了。"

山宗抬头，看着他父亲身上那身威严的上护军官服，声沉下去："父亲见过圣人了？"

"是，圣人愿意留你一命。"

"我在幽州已证明过清白，何至于死。"

山上护军蹲下，一手扣住他胳膊，压着声："那个给你做证的将领已死了！契丹来了谈判书，附了卢龙残旗，说你的卢龙军全军叛国，加上你杀了幽州节度使，你的死罪洗不清了！"

山宗咬牙："我杀的是反贼，卢龙军不可能叛国！"

"无人可以为你证明，就连那日去拿你回京的内侍都没了！"山上护军声低入喉里，"一旦圣人将此事公告天下，罪名钉死，便谁也救不了你了！"

山宗沉着双眼："我已明白圣人意思了。"

李肖崮说圣人有意让他做幽州节度使时，他就明白了。或许李肖崮起初只是想试试起兵有无可能，于是有了幽州战乱，故意请求朝中派兵。没想到，朝中派出了他的卢龙军，很快平定了战乱。李肖崮便盯上了他的卢龙军，有了那份密告。

而帝王，透露给李肖崮的回复却是要让他做幽州节度使。李肖崮越是认定自己将要被取代，为朝廷所不容，就越迅速地联通孙过折来一举摧毁卢龙军。

整个夺回蓟州之战没有收复失地的壮阔，也没有拯救遗民的高尚，只不过是一出帝王心术，是让卢龙军和幽州节度使互相制衡的一个局罢了。即使李肖崮没有联结关外，这次恐怕也会做出什么，从而让卢龙军遭受重创。帝王谁也不信任。

“你明白就好。”山上护军用力抓着他胳膊，“圣人近来古怪，时常念叨皇权有威胁，却又说不清是何威胁，宠信的人一个个疏远，据说很多藩王宗亲都没了，何况是你！这种时候，他收到任何告密揭发都会起疑。蓟州之战是试炼，你回来了就证明你没反，但他不会希望你的卢龙军回来，只有如今的你，才能让他放心。”

确实。山宗盯着玄甲胸前的“卢龙”二字。他铲除了幽州祸乱，而幽州，斩去了他的双臂。帝王不会为他翻案，只会顺水推舟留下他。

“他们不可能投降，一定还在关外什么地方等着我去支援。”

“他们是没降，他们就没去过关外，从来就没有过那一战。”山上护军按住他，“我只能求圣人留下你，掩盖此事。忘了你的卢龙军，以后都不要提起，你仍是山家的大郎君！”

山宗一动不动，散发遮着黑沉的双眼：“圣人不见我，却只召见父亲，一定是保我有代价了，是什么？”

山上护军眉心紧皱，在烛火里好像骤然苍老了很多：“圣人年轻时在边疆受过突厥袭击，当时我救过他一命，除此恩情外，我已辞去上护军一职，交出山家大半兵权，此后不再过问世事。”

“原来如此。”山宗扯开嘴角。

“这些都不算什么，你是山家嫡长子，只要你活着，山家便不会倒！”

“我必须要领兵。”山宗站起身，“我不能废在山家。”

“圣人不会再让你领兵，也不会让你去救卢龙军！”山上护军低吼，“战事已了，卢龙军只剩一面残旗，可能已全军覆没了！”

山宗孤松一般站着：“那我就自己救。”他大步走去门口，一把拉开门，冷冷盯着外面的禁军，“我要面圣。”

幽幽大殿空旷，帝王高坐，苍老颓唐。

“你说你要在幽州任军职？”

山宗跪在下面，脊背挺直：“是。”

帝王长叹一声："你犯下如此重罪，朕念在山家和上护军多年功勋，又器重你将才之能，才保下了你，如今为何还要去幽州？"

山宗一身沉着坚定："幽州节度使已死，九州崩乱，幽州需要人镇守，臣只领幽州一州。"

帝王似是沉思了一瞬："幽州确实需要人镇守，但只领一州，又如何能抵挡关外联军？"

"只须屯兵五万。"

"五万兵马对阵关外是不多，朕相信你的本事。"帝王稍稍停顿，"但往关内而来，一路积沙滚雪就多了，或许也会随你出关。"

山宗微微掀眼，扫到帝王下撇的嘴角。他现在没兵，不足为惧，但一旦去幽州有了兵，便成了个忌惮，恐他因卢龙军之事报复，有不臣之心，更不能让他带兵出关救援。他抿住唇，又启开："两万兵马。臣愿永镇幽州，不出幽州。"

"永镇幽州，不出幽州。"帝王沉吟，声音里掩着深深的倦怠。

山宗语气沉缓："易州将领周均有心争占头功，此战失利，必对臣生仇，可将他调至檀州镇守，从此九州分治，有他就不会聚于臣一人之手，臣也不能轻易调兵从檀州过境。"

在檀州放他一个仇人，等同看守，他竟自斩一刀。而后又添一刀："臣愿自逐出山家，从此再无山家军可依靠。"

帝王手按在座上，深深感叹："果然，如此谋略心智，朕没看错，若无此事，你才适合做幽州节度使。"

山宗说："只求陛下不要给卢龙军定罪，卢龙军不曾叛国。"

寂静许久，苍老的声音又响起："朕答应你，彻底遮掩此事，幽州节度使是在关外追击敌军时被杀，与你无关。但所有相关的人，必须消失，包括你的下属。"

山宗握紧拳，松开牙关："是。"

帝王点了点头，抬起枯瘦的手招了招："那好，立下帝前重誓，密旨封存，朕特赦你无罪，授你幽州团练使。"

山宗垂首："谢陛下……"

明处，卢龙军平定幽州战乱后折损严重，剩余皆编为幽州军，再无卢龙军。

暗处，密旨封存，从此卢龙旧事不得提起，言者听者同罪论处，直至身死魂灭。

永镇幽州，不出幽州。

若有违背，悉听惩治。

从此再无山家大郎君、卢龙军军首，只有幽州团练使。

洛阳山家，山宗最后一次返回。

书房里，山上护军震怒，当场扯住他衣领："你怎能如此行事，不要忘了，你还是山家嫡长子，我不惜一切才保下你，你岂能如此不孝！"

帝前重誓，何异于与虎谋皮。

山宗一把挣开，身上穿着再寻常不过的胡服，只带着随身的直刀："那便请上护军恕我不孝。"

山上护军怒目圆睁："那神容呢？她与你刚成婚半载，还在等你回来，你就此离开山家，她该如何？"

山宗沉默了一瞬，咧下嘴角："也对，本就是一桩联姻，我已不是山家大郎君，长孙家应当也不需要个罪人当女婿。"他霍然转身出去。

广源惊喜地迎上来："郎君，你回来了！"

"取笔墨来。"

很快，一封和离书在广源的惊疑不定中被送去神容所居的主屋。

山宗已往外走，特地走了后院。杨郡君最先闻讯赶来，在门边拉住他："宗儿！你做什么？别人不知道你，为娘还能不知道你，若你真对神容如此不满，当初又何必娶她，何人能勉强得了你啊？"

山宗勾着嘴角，拉下她的手："便是如今生出了不满。"

"何至于此，你还要因此离开山家？"

山宗脚步停了一下，想起那道密旨，言者与听者同罪，笑一声，点头："对，我便是因要离了她才要离家。"

"让他走！"山上护军在后面怒喝，整张脸铁青，眼中却隐隐泛出红来，"如此弃妻不孝之人，不配为我山家儿郎！今后谁若敢去找他，便逐出山家！"

杨郡君惊愕地看着丈夫，忘了开口。

等她回头，眼前已经没了儿子的身影。

山宗拎着刀，策马往北，直直走了很远，不曾回头。

除了怀里揣着那份帝王任命书，他唯一从山家带走的，只有自幼母亲给他的那块刻着"崇"字的白玉坠。

凉风如刀，割人的脸。

一道身影骑着马追了上来，紧紧跟着："郎君，我一路追一路找，可算找到你了。"是广源，他背着包袱。

山宗头都没回："你跟来做什么？"

“我自幼与郎君一起长大，自然要跟着照顾你。”广源追着他的马，“郎君是值得跟的人。”

山宗忽笑一声：“是吗？”

他想起他的五万卢龙军——他十五岁入营，十四岁起就开始筹谋物色人选，每个铁骑长都是亲手所选，有的年纪甚至可以做他的父亲。不知他们在关外还剩多少人，是否还觉得他是值得跟的人。

“人送走了？”他忽然问。

广源忙回：“送走了，夫……贵人走得特别急，我是追去的，将郎君留给她的东西都送去了，她很生气，长孙家也气坏了。”

“嗯。”山宗无所谓地眯着眼，看着远处苍黄的天，“那更好，此后就与我这样的人没有瓜葛了。”

广源没明白，只是遗憾：“贵人其实很好，郎君若真跟她好生过下去，不会觉得没有情意，也不会觉得勉强的。”

山宗脸上似笑非笑，始终没有作声。

一个高门贵女，裴元岭说她是长孙家至宝，应当多的是人去求娶，不出两年就会与他无关了。反正以后也不会有任何牵扯了。

前方有匹马停着，马上坐着脸白眼细的周均，脸色阴沉地看着他，似乎早就在这里等着。原来身处之地已在檀州。

“圣人下旨，那失利的一战，此生都不可再提。”周均扯着缰绳在他身旁绕行半圈，嘲讽地看着他，声音低得只有彼此可闻，“所谓的山大郎君昔日如何风光，现在看来不过就是个孬种，你可知我的人在那条线上苦战了多久！”他忽然拔刀。

山宗手中刀赫然出鞘，冷冷隔开他，策马继续往前。

又岂会比卢龙军久。

幽州大狱的底牢大门缓缓开启，幽深黑暗，里面时而传出几声重犯的嘶吼。

八十四人被押到这里，戴上了沉重的手镣脚镣。

“山宗！”骆冲左眼上的疤痕横着泛红，头发被铰短，穿着囚衣，恶狠狠地想冲上来，“你居然把咱们送入大狱！为了你自己脱罪，你连关外弟兄们的死活都不管了！”

山宗持刀而立，一言不发地看着骆冲想冲上来，又被大队狱卒拽了回去。

“你怎能食言！”庞录带着伤扯动锁镣，愤怒地看着他，“是你说一定要带他们回来的！”

几十道身影全带伤未愈，没人能够冲得过严密的狱卒，他们的锁镣被往里拖。

“姓山的，是老子瞎了眼！”骆冲一手撑在大门上，几乎要抠出痕迹，恶狠狠地瞪着他，“老子迟早要杀了你！”

“那就别死，”山宗冷冷说，“留着命来杀我。”

大门轰然关闭，山宗转身往外走。

幽州街头还混乱，鱼龙混杂之处甚多。他进了一间昏暗的铺子，坐下：“文个刺青。”

铺子里钻出一个满面横肉的汉子，取出针时一脸瞧不起似的笑：“这位郎君，可别说小的没提醒您，刺青可不是寻常人文的，这哪儿是什么好人会有的物事，除非是军中番号，否则便是落大狱的犯人才会刺的。”

山宗扯开衣襟，赤裸上身，冷幽幽地笑了笑：“没错，我也该下大狱。”

汉子被这话吓了一跳，再看到他那条结实的右臂上赫然二字的番号，再也不敢多言，恭恭敬敬地上前：“郎君想文什么？”

山宗右臂绷紧：“蛟。”

龙已沉渊，只剩恶蛟。

当夜他袒露着那条鲜血未净的右臂，一人清剿了藏匿在城中的绿林贼匪。次日，他开始组建屯军所，身上穿上了一身烈黑胡服。不久，幽州刺史赵进镰到任。他当着屯军所刚刚招募而至的第一批兵，宣读了自己的任命书。

永镇幽州，不出幽州。

他的身边多了新的人，胡十一、张威、雷大……他们随着他遇乱即杀，彻底平定了幽州。后来，整整多了两万幽州军。他留下了一群绿林人的性命，让他们对自己俯首帖耳，让他们充当自己的耳目，一次次出关。却始终没有得到他想要的消息。

直到两年后的某个冬日，赵进镰在他面前无意间提起：“崇君，你可知圣人……不，如今该称先帝了。”

山宗倏然抬眼。

后来赵进镰悄悄告诉他，就在他离开后没多久，就有兵马入长安兵谏，有了如今的新君。

或许是命，帝王出于猜忌剪除了卢龙军与山宗，自毁长城，之后有兵马再来却无力阻挡了。

是夜，他在暗处召集了一批绿林，告诉他们：“现在是你们回报我的时候了。”绿林们纷纷应命，他可以更下力地找寻了。

依然没有消息。

本以为就此过去了，或许此后一直就是这样了。他身在幽州，早已忘了洛阳和长安，却在巡完一次关城，抓了几个生面孔后，迎来了突如其来的重逢。

“我只要你们做主的出来给我个说法，是谁不好好说话？”

他坐在暗处，看着突然闯入的人，一眼就认了出来。当初长安街头垂纱后那个一晃而过的少女，三年后已是身姿纤挑的女人。

长孙神容。

山宗独自走在长夜，似身在幽州，又似在别处。

前面隐隐光亮忽然大盛。他往前一脚跨出，亮处群山环绕，东角河流奔腾。高坡上，一道女人的身影迎风而立，披风翻掀，披帛飘动。

她转头看来，笑得意气风发：“没有山能在我眼前造次。”

山宗想了起来，他为她开矿和她一起落过矿洞，甚至放出了那八十人；她也曾抬手一指就帮他找到了差点死在泥潭里的八十人。

他为找她私自出了关；她也曾在关外给他指路，让他找到了卢龙军的周小五。

远远不止这些，他本以为要独自走这条路，偏偏她闯了进来。

他勾起嘴角，朝她走去。

她却淡了脸色，转身就走：“你以后就独自在望蓟山里睡着吧，我才不会来，再也不来幽州了……”

周围暗了下来，似又要回到了长夜漫漫的幽州街头。山宗听到胡十一的哭腔：“头儿，你不是说有口气都要活下去的吗？哪儿能说话不作数呢！”

没错，他已找到卢龙军了，他答应了要去见她的父亲。

终于意识到这是在梦里，山宗往前，去追那道身影。

亮光越来越远，黑暗大片而至。他的日头就要沉了。

山宗咬牙往前。他不信，这么多都挺过去了，不信这次挺不过去！

神容！

眼前一亮，山宗睁开了眼。眼里一片昏暗的床帐从模糊慢慢变得清晰。

床前一人惊呼：“山使！”

是军医，他手里捏着旗幡一角，即将盖上他脸，此时惊喜地停住：“夫人！”

旁边立即转过来一张脸。

神容怔怔地看着他，直到他黑漆漆的眼珠动了一下，才发现是真的。他终于醒了。

她胸口渐渐起伏，喉间哽着，忽而对着他的脸就抬了手。

没落下去，那条刺青斑驳的右臂抬了起来，抓住了她的手，头一次没多少力气。他抓着她的手，扯过去，慢慢按到薄唇上，拿开时嘴动了动：我回来了。

神容缓缓低头，心口一点一点复苏，捧住他那条斑斓的手臂，脸贴上那片刺青，轻轻地说："恭喜凯旋。"

视线里，看见山宗的嘴角扬了一下。

虽然晚了几年，但恭喜凯旋，我的卢龙。

天亮时，东来再回到那挂着医字牌的门口，忽而发现守在门前的长孙家护卫多了许多。他立即进门，一眼看到门内坐着的人，暗自一惊，快步上前就要见礼："国……"

那竟然是赵国公，一竖手打断了他，身上还穿着厚重的国公官服，外面系着披风，坐在胡床上。

东来悄悄看一眼里间，低声问："不知国公何时到的，可要属下去知会少主？"

赵国公摇头，又摆一下手。

东来见状无言，垂头退出了门。

赵国公其实来了算久了。刚到时还在夜里，城头上的守军给他开城门时都是一副哀戚面容。他看到这城下屋舍前一片灯火通明，守着很多人，有神容的护卫，还有一群凶神恶煞像军兵又像野人匪徒的人，过来便见这屋里面一个军医愁容惨淡，像是在准备后事了一样。

他阻止了他们的通报，走到里间，把帘子揭开一道缝朝里面看了一眼，床上躺着盖着军旗一动不动的身影，神容枯坐在旁，苍白着脸，垂着泪，浑然不觉有人过来。他实在震惊，看了好几眼，没有开口唤神容，出来后在这里坐到了此刻。

赵国公又看一眼里间，还是起了身，负着手拧着眉，到了门外，想问一问东来这是怎么回事。

忽然身后的门内跑出了军医的身影："山使醒了！"

赵国公不禁回了下头。

顿时门口那群分不清是军人还是匪徒的进去了好几个，跑得最快的是个面色黝黑的汉子："头儿！"

远处也有人在往这里走来，赵国公转身看去。

"长孙兄，"山上护军神情疲惫，眼眶尚红，原本脚步很快，看见他停了下来，朝他抱拳见了军礼，"多年不见了。"

赵国公面容沉肃："倒不曾想能在这里遇上。"也不曾想到那小子竟已躺下不省人事，直到现在。若非他不放心神容，追着她后面来了这趟，还不知道这边关幽州有这些事。

山上护军沉声低叹："我儿能与神容再遇，又何曾想到呢？"

赵国公板着脸没作声。

"请长孙兄借一步说话吧。"

不远处，有守军在欢呼庆幸——

"听说头儿醒了！"

"头儿刚成婚呢，怎能不醒！"

"太好了！"

军旗被齐齐整整叠了起来，放在床边。满屋药香弥漫，床前早已围满了人。

被山昭扶来的杨郡君坐在床边，到此时都还在抹泪。山昭在旁也是又哭又笑，眼睛又红又肿："大哥，我就知道你能挺过来！"

胡十一挤在边上，也不知是不是私下号过了，此时嗓子都哑着，偏生不承认："我早说过头儿肯定会熬过去，真的，一点儿没担心！对了头儿，你交代我的事我都办好了，带回来的人我也替你安顿好了，你放心养伤。"

旁边的几个人都很安静，庞录和骆冲只在后面看着。

山宗竟已稍稍坐起一些，身上披上了件素白的中衣，胸膛还敞着，露着一道一道包扎的白布。他环视一圈，看到他们都在，不用胡十一说，便已有数自己躺着的时候发生过什么了，眼一动，看去站在那捧军旗一旁的人身上。

神容站在旁边，正在那边桌旁有一下没一下地搅着一碗药汁，腾出了地方给他们说话，侧脸微垂，看不出什么神情。

山昭走过来，小声道："嫂嫂辛苦了，我将药端去给大哥。"他将药碗端去床前，刚要送去面前，就见山宗幽幽瞄了他一眼。

山昭愣一下，旁边杨郡君已伸手来接："还是我来吧。"

他手往回让一下，凑近他母亲耳边说了两句："母亲让大哥先安歇，反正他已醒了，多的是时候慢慢说，嫂嫂还在……"

杨郡君看一眼山宗，便明白了，点了点头，起了身，抹了抹眼："你好好养着，千万不要再吓为娘了。"神容还在旁边站着，杨郡君过来拍了拍她手臂，"我先走，让你们好好说话。"

神容轻声说："他现在本就说不了什么话。"

山昭已将那碗药递到她手里："还是劳烦嫂嫂了。"

神容手刚接住，他们便都出去了。

胡十一还没回过味来，转头看了看，一下看见山宗盯着自己，立马就反应过来了："那我也先走，回头再来看头儿。"

薄仲在山宗面前抱拳，抹去眼角的泪花，先出去了，庞录和骆冲也都出去了。

经过神容身边，骆冲看她一眼，眼睛上那白疤横着，笑得还是跟以往一样狰狞，只不过没那么阴阳怪气了，也不再叫她"小美人儿"了。

神容看他们都走了，缓步走去床边。山宗正在看着她，眼神落在她身上。

他懒洋洋地往后靠着，脸上还没缓回血色，眼微垂，颇有几分颓唐，搁在身侧的手指勾了一下。

神容知道他此时不太能动，坐下来，往他面前靠近一些："什么？"

山宗的嘴贴在她耳边，低沉嘶哑地出了声："喂我……"

她不禁转头，就见他嘴角提着，黑沉沉的眼盯着她的脸。神容被他这眼神语气弄得眼神微动，低头捏着勺子又搅一下那药汤，舀了一勺送到他的唇边。

他刚往下低头，她手却又收了回来，故意斜斜瞄着他："你如此厉害，连死都不怕，哪里还需要我帮你啊？"

山宗抬眼看到她眼里微微的红，眼下的青，似乎连下颌都尖细了一些，看她的眼神便深了些，扬着嘴角，一伸手抓住了她端药碗的手。

手被他拖过去，神容这才发现他已有力气了，他低了头，就着她的手低下头来喝药。神容看见他那线条锋利的侧脸始终泛着一层白，到底还是心软了，由着他喝下去。

起初他的眼始终盯着她，等药碗随着他抓着她的手慢慢掀起来，才垂下眼帘遮住了点漆眼眸。神容被他这样紧紧盯着，总觉得他好似怕自己消失似的，心里没来由地紧跳了几下。

药喝完了，他抬起头，唇边沾了几滴残余。神容的手还被他抓着，他一手拿开那碗放下，一手抓着她的手指，在自己唇上抹了过去，又低头含了一下她手指。

神容指尖立时麻了一下，看见他的脸抬起来，对她嘶哑道："你都知道了是吗？"醒来的时候，她对他说的是"恭喜凯旋"，他便猜她知道了。

神容想起他当初的那些事，心里便有一处像被重重捏着，隐隐作痛。所谓的天之骄子，不世将才，那些光辉有什么用，都抵不上这实实在在的一个人。她手软软地被他抓着："嗯，你父亲已告诉我了。"

山宗看着她低垂的眉目，抓紧了她的手："下次不会了。"

"不会什么？"她瞄着他问。

他轻轻地说:“差点死。”

神容心口一缩，心头那点气忽然就全消了。原来气的就是这个罢了。

忽然外面几声重咳传入。神容一怔，忙抽手转头：“是我听错了？为何像是我父亲的声音？”

山宗眼睛看向门帘。

一人掀帘走进来，是山上护军，看着床上坐着的山宗，重重点两下头，沉沉吐出口气：“你果然醒了。”似乎卸下一副重担一般，他看向神容，“你父亲来了，我刚与他说了些话过来，他正在外面等你。”

神容看山宗一眼，心里愕然，立即就要起身出去。

一只手拉住了她。神容不禁坐了回去，山宗的手正牢牢握着她手腕。他看着门帘，嘶哑开口说:“就现在，请你父亲进来。”

神容诧异地看他一眼。

他声音太低，外面肯定听不见。

山上护军看他两眼，刚正的眉眼自带威仪：“你还是跟以往一样，认定的事就做到底，如今终于弄到这挑开的一日了。”是在说卢龙军，也是在说神容。

山宗干涩地一笑:“我就认定了。”

山上护军转头掀帘走了出去，只听见他高声道：“请赵国公入内，我儿此时重伤，恕不能亲自出迎。”

神容又看一眼山宗，他的手还拉着她，不让她走。

须臾，门帘一动，赵国公进来了。

“父亲。”她唤了一声，稍稍起了一下身，又坐回去，“你一定知道这里的事了。”

赵国公看着她，又看一眼山宗，拧眉点头：“知道了，山上护军已与我说了许多，也知道他已被查了。只不过刚刚才知道，你们在幽州便已自行再次成婚了，整个幽州城都传遍了。”

神容原本是想找个好时机告诉父亲的，不想他已知道了，蹙了蹙眉，眼睛又往山宗身上瞄了瞄，只能点头。

赵国公不语，屋中一时沉寂。

山宗此时才松开她，手在身侧一撑，稍稍坐正，抬起手臂，准备拜见。

神容看见他身上中衣滑开，那条刺青斑驳的右臂将要在她父亲眼前露出来，心中一动，伸手就攀住了他胳膊。

山宗身稍稍一斜，看着她抱着自己的手臂，人歪靠在自己身上，绵绵软软的身躯温软地贴着，口中一边还在淡淡地圆场：“父亲见谅，方才没坐稳。”顺势便将他的衣袖遮掩了上去。

他笑了笑，干脆不抬胳膊了，抬眼看向赵国公，稍欠上身垂首，算半个军中之礼："恕我拜见已迟，岳父。"

赵国公看着二人情形，又听到这一声称呼，脸色越发严肃："你何以认定我就会承认你再做我长孙家的女婿？"

神容也朝他看了一眼，被他的大胆给弄得暗自咬唇。

山宗抬起坚定的眼："我只认定神容，国公既为她父亲，便是我岳父。"

神容心一下就跳快了。

赵国公看着他这神色，犹如看到了当初他在街头拦自己马车时的模样，又看了一眼他身旁的神容。

神容察觉到父亲眼神，才想起来自己的手还攀在山宗胳膊上，不动声色地拿开，抬手顺了一下耳边发丝。

赵国公负着手，缓步走动，短短几步，已至床前。

神容不好多言，只悄悄观察她父亲走近时的神色，没看出怒意，也没看出来别的意味，不知他是什么意思，又悄然往山宗身旁坐了坐，手指勾他右臂，将他那条胳膊往后藏。手被按住了，身后抵上他的手臂，山宗如她所愿，半边身彻底靠在了她身后，看着赵国公。

赵国公亦在看他，沉思至此，才开口："养好你的伤，将你被查的事解决清楚，到时候你再堂堂正正去长安，登我赵国公府的门。"

神容意外地看过去，没料到他会这么说。

山宗垂首："这次一定。"

赵国公又看二人一眼，转头出去了。

官舍里，这几日多出了很多来客。

因为山宗的醒来，城头城下短短几日就恢复如常，幽州城内也不再愁云惨淡，这官舍也变热闹了。

一行山家军十数人齐整地守在官舍右侧的客居院落前。左侧的院落前，则是一队长孙家的护卫。

赵国公在客房里坐着，早已穿上了一身便服："听说你们探山开矿时便住这里了？"

神容如常来问安，就在他身旁坐着，眼珠轻转："是，父亲现在住的便是哥哥客居的屋子。他当时不住这里，只住军所。"

赵国公看她一眼，现在倒是明白了，她和那小子早在探山开矿时便一路走到如今了。

“该说的还是得说，我那日同意他去长安登门，一是知道他因重伤未能赴约，情有可原；二来是其父山上护军担保他被查之事有内情；但最重要的还是他当着我面说的那番话，说明他很看重你。”

神容安静地听着，觉得她父亲还有话没说完。

果然，紧接着赵国公又道：“你们二人私下成婚于战时，情形特殊我可以暂且不计较，可也不要以为我让他登门便是点头同意了，他身上的事还没解决，何况你母亲也不会轻易答应。”

神容多少也猜到是这意思了，轻轻点头：“嗯，我明白了。”这话无疑是在提醒她，他们明面上仍然还在和离中，多少有些警醒意味。

赵国公说完看到她的脸色，不免又有些疼惜，哪忍心再说什么，声音都轻了：“好了，去吧。”

神容起身出了门，往客房走。

客房离主屋所在不远，便是山宗当时常住的那间。广源前日将山宗好生从那城下的医舍迎来这官舍后，便自觉地将他送入了主屋。但她父亲还在，他也需要安静养伤，她便住去了他以前常住的那间客房。

自主屋外廊前经过，正好广源迎面而来，一见她便道：“郎君正在等夫人呢。”

神容往主屋看了一眼，走了进去。

屋里很热闹，赵进镰今日过来了，山昭也在，二人一左一右坐在床前。床前一张小案，上面摆了张棋盘，山宗和山昭正在对弈。

山昭坐在那儿，兴致高昂：“好久没有与大哥推演过军阵，再来一局吧，刚好可以陪你解解闷。”

赵进镰在旁抚着短须看，看完了又看去床上，长长松了口气，直感叹：“真不愧是你山崇君，才这些日子已能起身，先前可委实将人吓得不轻。”

山宗身上披上了黑色胡服，人已坐起，捏着个棋子在手里转着把玩，发觉神容进来，眼皮一掀，朝进门的神容看来一眼，嘴边露了笑。

山昭已经看见神容，忙起身唤：“嫂嫂快来，你不在，大哥都没心思与我厮杀。”

神容被这话弄得看一眼山宗，走了过去。

赵进镰脸上带笑，向她点头打了招呼。

趁她还礼时，一只手悄悄在她身后拉了一下，她便顺着那把力坐了下去，挨在男人身旁，压了他一边胡服衣摆。

山宗做得自然而然，开口说话的声音已没先前那般嘶哑了：“听说我倒下时朝中就派了人来。”

赵进镰点头：“我当时正是追着那位朝中特派而来的河洛侯去的，这些时日一直都在忙这个，因而到此时才赶来看你。如今的情形，正好要跟你说一说。”

山昭听到这话便担忧了：“赵刺史可知朝中是何意思，我大哥会有事吗？”

“这与你无关，不必多问。”山宗捏着棋子说，“玩过这局，你也该收拾东西回洛阳去了。”

山昭一愣，没想到他会来这么一句逐客令。

“大哥这是做什么，好不容易我们才能来这一趟，多少年都未能一家团聚了。”

山宗看他一眼：“你也知道我被查了，此事未了之前，我与山家都不该有瓜葛，你不知道，上护军知道。”

那是帝前重誓里的承诺，封存于帝王遗录密旨中，他此时仍应是自逐出山家之人，不应与任何有兵权的势力有瓜葛，除了幽州。

山昭听他还叫上护军，而不是父亲，心里忽就有些明白了，到现在为止，他未曾叫过一声父亲母亲，也没有应过自己唤的大哥。他刚醒不久时那递给自己的一记幽幽眼神，原来不只是因为嫂嫂要赶他们，也是真的在回避。

“那……”

“人你们都看到了，我也没事了，先回洛阳。”山宗垂眼，喉头动了动，“好好安抚杨郡君。”

山昭默默无言地看了看他，一脸愁容，欲言又止，只能看向嫂嫂。

神容没作声，眉心微微蹙了蹙。

“我落棋了。”山宗已先走了一步棋。

山昭只好闷闷不乐地跟着落子。

一局无声的推演结束，山昭起了身，站在床前好一会儿，似乎想说什么，终究又忍住了，最后只抱拳说：“我去向父亲母亲传话去。”

等山昭走了，赵进镰才感叹道：“看来不用我说什么情形了，你大抵也知道了。”

“嗯。”山宗看身旁，“你直接说。”

神容置若罔闻，伸手捏了一颗棋子在手里。

赵进镰见他不回避神容，便直接说了：“河洛侯当日私下去了一趟军所，还将你这几年所做军务的记录都带走了，可见帝王对你之事的重视。他留了一队禁军在幽州官署里监视你重伤情形，我也以身家担保了你只要伤愈一定会归案，他这才连夜返回长安。如今山家和长孙家的人来了的事，怕是瞒不过他眼的，我今日来便是来提醒你一番，不想你已明白，先将令弟给打发了。”

山宗脸上没什么表情，毕竟都已料到了：“劳你去信解释，山上护军是为我做证词而来，赵国公是为矿山而来，都事出有因。”

赵进镰点头叹息：“我明白了，你放心吧。若非朝中圣旨到，我真没想到崇君你当初竟是带了这么多事来的幽州。”

山宗只笑了笑，忽然说：“我差不多也该换药了。”

赵进镰会意起身：“那我便先走了，你好生养伤。”说完话，他便出去了。

外面天有些暗了，神容手里还在捏那颗棋子，听到一旁男人的声音低低问：“这棋好玩儿？”

她转头，那颗棋子就被他拿走了，随手抛在棋盘上。“你不是该换药了吗？”她问。

“早换好了。”山宗懒洋洋揭一下衣襟给她看，新包好的伤布，一身的药味。

神容朝外面看了一眼，见无人了，一手撑着，慢慢挨近他：“赵刺史的意思，是你伤养好了就会被带去长安是不是？”

山宗点头：“嗯。”

“在你养伤期间，也不该与他人有往来是不是？”

“嗯。”

神容脸色稍淡：“那就难怪了。”难怪他会那么说了，既然如此，除了山家，长孙家也会被要求离开幽州的。

这一回，幽州真的是关押他的囚笼了。

山宗迎上了她的视线：“这是迟早的，我也一直在等这一天。”

神容没作声，想起他那些安排，他确实一直都在等这一天。这一天对他，对卢龙军，都已等太久了，恐怕他只恨不得来得再快些。

目光里，忽见山宗对着她的脸眯了眯眼。

神容此时才发现自己的手正撑在他腰侧，人倾靠在他身前，上半身都抵在他胸膛前，不禁手挪开一些，免得压着他的伤。

腰后一沉，刚挪开的上半身又被他的手揽着按了回去，他脸上又露出那般痞笑：“去长安不就可以去赵国公府了？这是好事。”

神容鼻尖紧挨着他的下巴，越发清晰地闻到他身上的药味：“那我就先随我父亲回长安去了。”

“嗯。”山宗笑，“你先回去了，我会好得更快一些。”

“是吗？”

“那样就能更早去见你了。”

神容觉得他是故意这么说的，心里还是被轻轻扯了一下，沉默了一瞬，捧住了他下颌：“那你就早些养好。”

他下颌上有些微微的胡楂，山宗由她这般捧着，眼里始终带着丝笑：“当然。”

外面廊上陆续亮起了灯火，屋内越发暗了。广源忽在门外道：“郎君，郎主和主母来了。”

神容回过神来，从他身前让开。

“宗儿，我们来看你。”是杨郡君的声音。

他们应该是听了山昭的传话，过来道别的。趁他们还没进门，神容看了一眼山宗，先出去了。

官舍里越发热闹了，陆陆续续有行走声。

东来在客房门外站着，低低禀报：“赵刺史送了消息给国公，传达了河洛侯的意思，因为山使之事，幽州不可再随意来外人了，恐怕长孙家要暂停矿山事宜返回长安，赵国公让我来知会少主。”

神容哪里还需要知会，随手挑着灯芯，“嗯”一声：“让父亲做主吧。”

“按赵国公的意思，那便即刻准备了。”东来退去。

神容一点也不意外，暂停矿山事宜，河洛侯的势力也插手不进来，她父亲自然愿意尽早走。她透过窗户朝外看，主屋方向灯火通明，山家的人已陆续走出。料想最不舍的应该就是杨郡君了，还能看见她挨在山上护军身旁抬袖拭泪走出院落的身影。

她想合上窗，却见主屋外的廊前有男人的身影慢慢走过，逆着灯火，披着胡服，不知是不是送了山家人一段，不细看差点没发现，那人忽然头一转，朝她这里望了过来。

广源在那边提醒他：“郎君怎么出来了？你该静养来着。”

他低笑：“我等人。”

神容默默站了一瞬，合上了窗，走去床边解开外衫，已准备躺下，想想又掖了回去，转身就出了门。

主屋的门刚刚合上，广源已经走了。她走到门口，脚步有些急，对着那道门缝，一呼一吸，手伸出去，手指轻轻刮了一下。

下一刻，门忽然开了，一只手将她拉了进去。神容迎面就落入了男人的怀里，他早就等着了，手臂紧紧地抱着她。

“你的伤……”神容摸到了他胸口的白布。

“亲你总没事。”山宗一把声低低的，唇从她耳边移到她唇上，一口堵住。

苦涩的药味缠到她舌尖上，神容的两条手臂被他拉着搭上他肩，她缓缓收拢了，抱住了他的脖子。

终于又感觉到他身上的气息，浓烈又鲜活。

他在火光里的脸一半在明一半在暗，深邃的眼盯着她，慢慢退着，搂着她，一直到了床边。灯火里，山宗搂着她的身躯，抵着她的唇喘息：“他们都与我道别过了，夫人就没话与我道别？”

神容搂着他的脖子，挑起眉：“有。我问你，若再来一次，你还会和离吗？”

“会。”

神容眼稍稍睁大，又听他说：“但若我早些认识你，当时应会问你，是否愿意随我走。”

她松开手：“那你问啊。”

山宗眼里黑沉：“你可愿意随我走？”

“不愿意！”神容说完看他一眼，偏过脸去。

山宗脸色沉下，眼睛紧紧盯着她。

她眼神轻轻飘一下：“若是现在再问，还差不多。”

山宗嘴角瞬间提起，自后一把搂住了她：“现在，以后，不管我去哪儿，都会问你。”

神容心中一动，当初的那个心结忽然解了。

第十九章

昭昭之日，拳拳之心

长安，风清日明。

近来坊间流传着诸多传闻，正当喜庆——

据说幽州一战以少胜多，领兵的幽州团练使堪称军事奇才，赫然是当初鼎鼎有名的山家大郎君。

又据说长孙家的郎君长孙信因在外开矿有功，近来入宫面圣，获得帝王重赏厚封，往后肯定是要平步青云，甚至还有可能执掌工部，如今谁说起来都要羡慕三分。

坊间热闹，宫中却一片忙碌紧张。裴少雍今日一早就入了宫来御前侍候。他照旧跪得颇远，看向深处，那里依然挂着垂帐，也依然只有河洛侯能侍立在少年帝王左右。

垂帐里，少年帝王身姿端坐，翻看着从幽州带回的军务记录："听闻他此番重伤不起，山上护军和赵国公都去了幽州？"

裴少雍听到这话不禁一惊。河洛侯这一趟幽州之行迅速而出其不意，事先除帝王外无任何人知晓，他也是在其返回后才知道。

河洛侯在旁道："幽州刺史已来报过，山家和长孙家应当都已返回了。"

"他们与当初的事可有牵扯？"

"回陛下，据说山上护军去正是为了当场做证词，其证词如今已作文书呈上，他全然知情。至于长孙家，赵国公此次是为了矿山而去的，这些事里从头到尾不见有长孙家参与痕迹，应当不知情。"

少年帝王声音放低时很平和："长孙家开矿有功，长孙侍郎不久前才当面受赏，为矿山如此尽心倒也说得通。"

裴少雍竖耳听了片刻，此时才暗暗松了口气。这便是他不愿意神容再与山宗扯上关系的缘由，还好河洛侯据实以报了。

帐内纸张轻响，是少年帝王将手上的军务合了起来："光是看他这些年的作为，的确是在镇守幽州，没有半分渎职。"

河洛侯语气温和："是。"

"比对卢龙军旧部名册的结果如何？"

"所有人都能对上，也都是那一年那一段时日忽然没了消息。"

帐内没有了声音。

过了片刻，才传出一声河洛侯的吩咐："兰台郎可以先退去了。"

裴少雍称是，自然知道他们是有什么密言要谈，退出殿去。临走前，他又看了看殿门，早已发觉这一番查山宗，查出了许多暗藏的过往，却不知这位新君心里做何打算。山宗又是什么意思，难道就有信心一定能翻案？他拧着眉头，心里记挂着神容，又想起方才河洛侯说他们已返回了，连忙出宫去。

殿内，少年帝王和河洛侯还在低低交谈。

"朕记得，那一年那一段时日前后正是先帝最为疑心，一心巩固皇权之时。"

"陛下没记错，当时先帝疏远各大世家宠臣，手段非常，似乎总觉得有什么阴谋在威胁皇权，且为此忧虑不安。而后才有了立储风波，陛下顺应时事而出。"

少年帝王手下展开先帝留下的密旨黄绢，一旁是记载了山宗和卢龙军罪行的遗录，忽然声冷："所以，这就是先帝会做出的事了。"

河洛侯无声。

许久，帝王才又开口："让他尽快养好伤，入都来见。"

"是。"

一行车马由护卫护送，驶过长安大街，停在赵国公府门前。府门内立即有仆从飞跑出来相迎，牵马摆墩。

神容在车内端坐着，被她父亲的声音提醒："到了。"紫瑞已打起帘子。

她下了车，看着她父亲正从马背上下来，朝门里看一眼，轻声问："父亲是否打算就此告诉母亲？"

赵国公在她面前停顿一下，皱了皱眉，声也压低了："还是等他来了再说。"

神容点头。

"你暂且就少想一些他的事，"赵国公进门前又叮嘱一句，"说不定回来这路上的时日都已叫他养好不少了，莫叫你母亲看出端倪，尤其是你们在幽州的事。"说完先进门去了。

神容听他说少想起山宗，反而又想了起来，耳后微微地热。

临走前的那晚，她就在主屋里过的夜，被山宗拉着手搭在他身上睡了一整晚。起身时很早，官舍里静悄悄的，只有车马声可闻。她贴着山宗的脸看了看，昏暗晨光里他的脸英挺深沉，分外稳重。她以为他睡得沉，便打算悄悄起身出门。刚坐到床沿，就要下床的一刻，手臂一紧，毫无预兆又被拉了回去。山宗后来又亲她许久，直到外面东来和紫瑞的声音隐约传来，似在请她启程了，他才终于放开她。

“去吧，在长安等我。”他当时说，呼吸还带着用力吻过她后的沉哑，眼里一片幽深。

神容恍了个神，心想他的确是养得不错了，毕竟已能得心应手地使坏。

“少主。”东来在旁小声唤了她一声。

神容以为是提醒她进府，刚要迈步，却见东来往远处看了一眼，又道：“好似是在等少主的。”她看过去，果然看见远处院墙后有人影，也不回避，还朝她招手。

“看着左右，”神容说，“我去看看。”

东来和紫瑞一左一右替她看着周围。

神容早已看出是谁，走过去了。那人从院墙后面闪身出来，上前几步来握了她的手，拉着她又退回院墙。

“神容，你回来了！”是穿着圆领袍、束着男子发髻的山英。

神容上下打量了下她，有些意外：“你是送我哥哥回来的？为何这么久还在长安？”

山英点了点头：“我的确是送星离来的，本来要走了，只因收到了我伯父的信，听说我大堂哥被查了，一直查去了山家，连我伯父都惊动了。伯父听山昭说我来了长安，便嘱咐我留在长安暂时听着消息，但宫中没什么风声，我四处走动都没什么可靠消息，没想到今日来赵国公府碰碰运气，就遇到你回来了，我大堂哥如何了？”

听她一口气说完，神容才明白了，难怪在幽州的山家人里没有见到她，山上护军办事确实周密。

“你大堂哥……”她不想再细说，“他出了些事，这回九死一生，还在养伤，伤好便要来长安。”

山英一听便急了：“什么？如此严重！”

神容朝她摇摇头，意思是不要说了：“山上护军和杨郡君已从幽州返回洛阳，这事只能由你大堂哥自己解决，你们都不知内情，没人帮得了他。”她一边说一边不自觉绕着腰带上的系带。

其实到底能否顺利解决，还卢龙军一个公道，都还是未知，只能相信他能做到。

山英见她说得如此认真，就知事情非同寻常，转身便要走了：“既然如此，我先去封信回洛阳。”

神容想起她方才称呼自己哥哥为星离，忽而会意：“莫非你本来是打算来找我哥哥的？”

山英收步，英气的眉一皱：“我是想来找他问问消息的，毕竟他入宫面圣受赏的事都传遍长安了，也算是帝前红人了。可我现在也不太好找他，他也好一阵子没露面了，根本没机会。”

“是吗？”

“是，打他入宫面圣受赏之后就这样了。”山英道，“明明我送他返回长安的时候还好好的，现在偏就不露面了。算了，我先走了。”

神容看着她走去院墙另一头，从那儿牵了匹马，翻坐上去就走了。她走出院墙，看了看紫瑞和东来，确信无人看到才回去，走入府门。

裴夫人早已亲自迎出厅来，身旁就是赵国公。

“你可算回来了，听闻那里出了战事，可真叫我担忧。”她一手按着心口，蹙眉看着神容走近。

神容近前，如常见礼：“放心吧母亲，那里被镇守得好好的。”说话时一面瞄了瞄父亲。赵国公神情如常，可见的确一字未提。

裴夫人闻言眉又是一蹙：“你倒比我想的还要心宽。”

她听闻过那山家小子以少胜多的事了，长安城里都传遍了，不想连神容都这么说，是在称赞他的本事不成？

神容见她神情便知道父亲说得对，确实不能贸然提，笑了笑，岔开话：“听闻哥哥已在帝前受过封赏了，我先去看看他。”

裴夫人这才露出笑：“是了，你们回来得正好，如今长孙家才算是受到圣人重视了。”

神容转身往廊上而去，想着面对新君，现在长孙家或许是可以松下一口气了，山宗那里却恰好相反。这大概就是世事无常。

到长孙信院落前，她解了披风交给紫瑞，走进去。院子里空荡荡无人，连仆从都没有。

神容走到屋门前，才看到了人——长孙信正坐在屋里一声不吭，穿一身月白圆领袍，一只手在膝头一点一点，斯文俊秀的脸上两眼出了神，不知在发什么呆。

她走进去，他才发现了，诧异道：“阿容？你何时回来的？”

“刚刚，”神容走过去，“父亲与我一并回来了。”

长孙信便明白了：“一定是因为山宗的事了，我听说了一些，风声还没传出来，若传出来，母亲只会更厌弃他。”

神容蹙眉：“你一开口就说这些做什么？”

长孙信看出她不爱听，闭了嘴，脸上却好似一副更不高兴的模样。

神容看他神情，觉得古怪："山英说你受封赏后就不露脸了，你坐在这屋子里发呆又是做什么？"

长孙信一顿："山英来了？"

"她已经走了。"

他干咳一声："我忙着，无法见她。"说着将桌上摆着的东西往她面前一推，"你自己看。"

神容低头去看，桌上放着几张纸，好似是描像，一下就知道是什么了："你这是要考虑婚事了？"

"我受圣人封赏后就来了许多说亲的，母亲叫我好生考虑。"长孙信板着脸说。

"看你这般，倒不像是要考虑。"神容说。

长孙信不作声。

神容想了想，忽而有些明白了："哥哥莫非是有心仪之人了？"

长孙信仍不作声。

神容忽然想起了山英，又见他方才模样，越发明白了："你莫非对山英……"

长孙信脸上一阵红一阵白，没好气地一拂袖，低低道："如何？姓山的能肖想我妹妹，我就不能肖想他妹妹？"

还从未听他说出过这种话来，连他爱端着的风范都没了。神容不自觉眼神轻移一下，被他那"肖想"一词给弄的。

"还不是怪姓山的！"长孙信低声道，"原本就难，他还和离在先，弄得两家如此！"

神容这才明白了，难怪他方才一开口就说那个，原来是真不高兴。

长安东市，一间客舍正开门迎客。

日头正盛，街上，一辆宽敞的马车缓缓行驶，车旁一人骑马同行。

"哥哥，你实话告诉我，回程这一路可是与山英有什么事？"车中，神容轻声问。

长孙信骑马在窗格旁，身着绯色衣袍，衬得人面如冠玉，偶尔有百姓目光看来，他还端着十足的派头，低声道："哪有什么。"

"没什么你会起这心思？"神容自窗格里瞄他一眼。

长孙信一不自在便忍不住低咳，手拢在嘴边清了清嗓道："无非就是寻常赶路罢了，到了洛阳后待了一阵子，还在驿馆里遇上了父亲。"

“那从洛阳到长安呢？”

长孙信又低咳一声：“都说了没什么。”

神容觉得那就是有什么了，靠近窗格，轻轻地说：“那她对你如何？”

长孙信闭上嘴，侧脸对着她，不答话了。

神容想起山英那性子，心如明镜：“若是连她对你是何意思都不明了，你那般闷着又是做什么？”

“我本是想直接选个人定了亲事的。”长孙信压着声没好气道，“哪知对着那些描像又迟迟定不下去！”

神容挑起眉，笑了笑：“人家都还不知道你的心思，你现在想那些有何用？既然勉强不来，也只能先推迟这事了。如今幽州暂停开矿诸事，等到恢复如常，你少不得又要去那里，便能避开这些了。”

长孙信叹一声：“那还不知要等到何时。”

说者无心，神容听了笑便没了。至少要山宗的事解决了，幽州的事才会恢复。她不多想了，一手支起腮，朝窗格外望，看车已到了那客舍外，说：“好了，停下吧。”

长孙信不禁勒住马，朝她看一眼，顺着她视线转头看去，就见那敞开的客舍大门里，身着圆领袍的女子走了出来，身上配着剑。不是山英是谁。

“我叫东来找到她在此落脚。”神容说，“哥哥自便，我还有事，要去官署一趟。”

紫瑞坐在车外，东来护在车后，马车径自往前而去，就这么走了。

长孙信左右看了两眼，又有些不自在，往客舍看去，到底还是过去了。

山英一手提着剑，另一手还提着只包袱，走到客舍院中，刚解了马，听到两声轻咳，转头一看，顿时一喜：“星离？可算见到你了！”

长孙信从马上下来，听到她这话，脸上露了丝笑，负着手在背后，缓缓踱步过来：“听说你在赵国公府外等过我？”

“是啊，我想问问你我大堂哥的事。”

长孙信脸上的笑僵了一下。

山英说着感慨：“可惜这长安不够自在，连见你一面都难，他日待你再出长安了，我要找你就方便多了。”

长孙信这才重新露出笑来，又施施然负起手道：“说得也是，你可莫要只是说说。”

“我向来说话算话，自然不是说说，往后时日还长，若有空我一定去找你。”

他心里舒坦了：“那就好，时日还长。”

山英说完去牵住马："好了，下次见面再说吧，我得赶紧走了。"

长孙信刚有点愉悦，话还没说完，不禁皱眉："这就走了？"

山英点头："洛阳来人知会过我了，我大堂哥此番遭逢困境，这些年好似一直背着什么事，我要赶回洛阳去见我伯父。"

长孙信嘀咕："他能背什么事，抛妻弃家的事还差不多。"

山英正色道："我是说真的，莫非神容没告诉你？我大堂哥差点连命都没了，却还要被带来长安受审。"

长孙信一愣："什么？"山宗差点没命？他转头朝街上看一眼，想起刚刚离去的神容，说是要去官署，她有什么事需要去官署了，莫非是要去打听山宗的动向？

幽州已进入冬日，大风寒凉，一阵一阵呼啸呜咽，横掠过幽州城。

赵进镰一袭官袍，自官署入了官舍，走进那间主屋里时，看见山宗已经在屋中好好站着，身上胡服穿得齐齐整整，一手紧紧一扯，系上了束带。

"崇君，你可还没好透呢。"他好心提醒。

山宗又拿了护臂在绑："有禁军队伍护送，我应当一路都可以慢慢养，还用得着担心什么？"

赵进镰看他说得轻巧，心里却没松，毕竟去长安一趟前途未卜，无奈道："长安眼下倒是风平浪静。"

山宗看他一眼："你有长安消息？"

"也就听到了一些。"赵进镰道，"据说长孙侍郎回都后大受恩赏，如今长孙家可比矿山刚现世时荣宠更甚，你那泰岳家正当是高不可攀之际了。"

山宗闻言只提了下嘴角："料到了。"他明白，长孙家又高了一阶，而自己如今却仍是戴罪之人。

赵进镰低叹一声。

一个兵卒到了门口，抱拳道："头儿，胡十一百夫长和你点名的那些铁骑长都到了。"

山宗已整装妥当，往屋外走："走吧。"

赵进镰忙跟上他："你要带他们一起去？"

"嗯。"

刚到门外，广源从廊下来了，身后还带着个人，离得尚远就在唤他："郎君且慢。"

山宗止步，看着他快步到了跟前，身后跟着的是军医，肩上背着沉甸甸的药箱。

“怎么？”

广源上上下下打量他一番，才道：“郎君不能这样走，要出这官舍大门前，得由军医诊治了，确认无事才可以。”

“我自己岂能没数，不必如此麻烦。”山宗越过他便要走。

广源连忙追上去，将他拦住了：“可这是夫人临走前的交代。”

山宗脚下停住：“真的？”

广源用力点点头：“夫人那日走时特地嘱咐我的。”

山宗脸色未变，嘴角却慢慢勾起了笑，看了一眼那军医，伸出手：“那便来诊吧。”

赵进镰在旁看得生奇，感叹地摇了摇头。除了长孙家那位女郎，谁都拿他没辙。

官舍门外，胡十一领头站着，往边上瞄。边上站了十来人，庞录打头，神色沧桑，旁边是骆冲，脸色和平常一样阴沉不定，后面是换上了军所甲胄的薄仲和其他一众铁骑长。正对着大门的，却是一队披厚甲执精枪的禁卫军。无一人说话。

诊断完毕后，山宗自大门内走出，一手提着直刀。所有人都抬头看去。赵进镰和广源脚步匆匆地跟了出来。

“头儿！”胡十一忍不住唤了一声，“咱都准备好了。”

骆冲和庞录盯着他，薄仲忍不住往前了一步，众铁骑长皆静默。

山宗扫一圈众人，看向领头的禁军，将手中的刀递过去，归案。

北风吹到长安时，尚不至于寒凉。

神容走出院落，身上披着紫瑞刚给她搭上的披风，她手指系着领口，走去前院，忽被叫住了。

“阿容。”裴夫人站在前厅外，看着她，细细的眉微微拧起，“你这阵子怎么总往外跑，听闻你还去了一些官署？”

她身后厅中走出身着黛色圆领袍的裴少雍，玉冠束发，眉目朗朗，看着神容：“阿容，听闻你回来了我便来过府上，好几次了，今日才见到你。”

神容不禁瞄了瞄左右，紫瑞和东来都垂首在后不吭声。她笑了笑：“母亲有所不知，矿山上原先开采的人用不得了，准备另请工部安排人去接替，我近来时常与哥哥一同出门，是跟他走访工部去了。”

恰好长孙信从对面一株树下过来，她顺口道：“不信可以问哥哥。”

长孙信抬头看来，彼此一个眼神就懂了，冲裴夫人笑道：“是，母亲，我是带阿容去过工部。”

裴夫人摇了摇头："那又何必着急？多的是时间慢慢安排。"

长孙信道："是我着急，下回不急了。"一边说一边悄悄看一眼神容，上前去笑着将裴夫人请回厅内去了。

裴少雍看着神容，走到她跟前来："我正好要走了，既然阿容要出门，那一道走吧。"

神容看他一眼，先转身往外走。

一直到门外，裴少雍也没提起山宗的事，本也不能多提，只问了句："你先前在幽州，一切都还好吧？"

神容点头："二表哥放心，我很好。"除此之外也没什么话可说，上一回见还是他赶去幽州告诉她山宗是罪人的时候。

直到车边，裴少雍牵着马，看她登车，抬手虚扶了一把，才又道："马上就又要到天寿节了，阿容，可还记得去年的天寿节？"

神容自然记得，当时还是山宗送她回来的。那一晚他在街头暗巷里按着她亲了许久。她神思恍惚一下，踩在墩上的脚也停了一下："嗯，记得。"

"听闻今年会比去年热闹，我方才正与姑母说到这个，不知你今年还会不会再去？"

神容心不在焉，便要登车："再说吧。"

裴少雍拦她一下，低声道："官署便不要再去了。阿容，长孙家先前受赏，表哥又御前获赐受封，如此恩宠，你此时不要插手的好。"

"我不曾插手什么。"神容坦然地看着他，"二表哥多虑了。"

裴少雍对着她夺目的脸笑了笑，声更低："我只是担心你罢了。"

神容看一眼左右，应无人听见，提衣登车："那就多谢二表哥。"

裴少雍见她仍是要出行，抿住唇，默默让开两步。

忽有一马而来，马上是个青衫小吏，骑马到了跟前，凑近向裴少雍禀报了两句。

神容将走，朝车外看去一眼，那小吏说得很快，她唯一听见的只有一句"叫他办完了近来几日都不必入宫听宣了"。

裴少雍忽朝窗格里看来一眼，脸色似变了一些，一面上了马，一面说了句："圣人交代了些事要办，阿容，我就先走了。"

"二表哥自便。"她说完，马车也动了。

上了大街，神容想起方才裴少雍的模样，又想着那是帝王突来的安排，揭开车帘："东来，转向，去我二表哥走的方向。"

东来领命转向。

日头微斜，城门已闭，街上行人开始减少。神容的马车当街而过，忽察觉有马蹄阵阵，一队人自车外经过。她朝窗格外看了一眼，一怔，又揭帘看去。

那是一队禁军，整齐划一，密不透风，从她视野里毫不停顿地往前，所过之处，行人纷纷退避……

长安官驿里，裴少雍走至院内，看着刚到的禁军队伍，又扫了一眼队伍里押着的一行人，直到队尾，目光停了一停："人既然都到了，圣人会亲自过问，名册给我验一下。"他说完，盯着队尾站了片刻，先入了馆内。

领头的禁军跟着他进去。

他刚走，神容就随之入了官驿，走入时，正好看到一行人被带入馆中，一闪而过的几道身影，领头的似乎是胡十一。她顿时心口跳快起来，转头看着四下。

有禁军看她走近，上前询问，东来抢先迎了上去，亮了赵国公府的身份，低声说："我们是随兰台郎来的。"

那群禁军一时没有阻拦，但也看得很严密。

神容已趁机走至队尾，那里停着驾车，窄小而密闭。她不确定，伸出手指，在封上的窗格上摸了一下。

没有动静。刚要拿开，忽然一声轻响，轩窗开了，她的手被一把捉住。

男人沉黑的眼盯着她，英朗的脸半明半暗。

她心跳更急，果然是他，张了张唇，却看到他抬起手指竖在唇边，轻轻"嘘"了一声制止她开口。她的目光落在他手上，立刻凝滞了。

他手上有锁镣。

神容看着他，他似笑非笑，嘴动了动："我来了"。

"少主。"东来低低提醒。

手上一松，窗格合上了。

神容手指不自觉伸了一下。一切已归于平静，快得仿佛从未发生过。

不过是短暂停留，夕阳将下时，官驿里的人便陆续离去，押着刚被检视过的一行人，以及队尾的那辆马车。

神容站在街尾的角落里，看着禁军队伍远去。那辆车自她眼里远离，被禁军严密地包围，若隐若现。直到东来唤她，她才意识到自己不知不觉已跟着走出去好几步。

"少主，"东来在后小声问，"可要去向裴二郎君知会一声？"他已看见裴少雍跟在禁军队伍后面出了官驿院落，人骑上马后还朝院门两边看了看，猜想禁军应该会向他提及他们到访过的事。

神容摇一下头，目光始终看着渐行渐远的队伍："不用了，二表哥不会说出去的。"

不知是什么时辰，亦不知在长安何处。只知道是在一间幽暗的牢房里，新到的十几个犯人被送了进来，一个一个被剥去甲胄，绑在木头架子上，捆得结结实实。

那是跟着山宗来的胡十一和卢龙军残部的十几位铁骑长。他们是直接参与之人，全要被审讯。

胡十一被居中绑着，已经被逼问了一通，满头都是汗。

一个满面横肉、凶神恶煞的狱卒站在他面前，一手拿着鞭子，鞭上是根根铁刺，刺尖尚留着似是残血的红锈，另一手握着架在火盆上烧红的烙铁，厉声喝问："我再问你一次，你之前上呈朝中之言可句句属实？"

"属实！"胡十一大声道，"没有半句假话！我敢用命担保！"

"你不怕死？"

"卢龙军都死那么多人了！我怕什么死！你们就是想屈打成招，我也要说实话！我去关外看到的就那样，卢龙军没有叛国！没一个字是假的！"

狱卒拿着烙铁在他面前威慑地一举："行，叫你嘴硬，先给你们全都动一遍刑，看你还改不改口！"说着烙铁往火里一扔，转头出去，一路大声叫人。

胡十一昂着脖子对着他背影大喊："不改口！真的就是真的！有种你们弄死我！"吼完发现好似旁边有人在盯着自己，他喘着气扭头一看，卢龙军里的诸位铁骑长正盯着他瞧。

他左边被绑的是骆冲，白疤在左眼上一耸一耸，脸上竟然带着笑，看起来狰狞又阴沉："算老子以前小瞧了你，你有种，肯拿命替咱们做证。"

胡十一粗声粗气道："咋，就你们卢龙军硬？咱幽州军也没有孬种！"

"不都是一个人带的兵，你吼什么！"

"你这会儿倒说人话了！终于肯承认自己是头儿的兵了！"

骆冲一下闭了嘴，眼上的疤抽了抽，笑变得讪讪。

胡十一忽然觉得不对，转回头朝狱卒离去的方向看："他们人呢，不是说要来动刑？"

被绑在骆冲旁边的庞录沙着嗓子道："骗你的。"

"啥？"胡十一莫名其妙。

薄仲在他右边道："我猜也是，他们应是信了咱们的证词，就是想最后试试咱们的底，不想有错漏。”

对待军中之人，自然是要用非常之法。

话音刚落，那个狱卒回来了，后面带着一群人。他挥了手，那群人就立即过来，却没拿刑具，而是将他们全都解下了捆绑，按跪在地上。面前是一份摊开来的证词，旁边摆了血红的一碗泥水。

那狱卒道：“这就是你们的证词，不怕死就按掌印吧！”

胡十一伸头看了几眼，二话不说蘸泥按上。骆冲紧随其后，庞录、薄仲等人一个个伸手，全都按了手印。

那狱卒又大喊一声：“拖出去！”

那群人动手，将他们全都拖了出去。

穿过黑黢黢的过道，到了外面，是个严密的高墙院子，一下亮光刺目，众人才发现外面已是在白日里。

薄仲最先拿下遮挡的手，看见院墙下面站着一群畏缩拢手、伸头张望的人，大多是妇孺，慌张又不安地朝这头看来，其中有几个是他记在心里许久的熟面孔，顿时一声呜咽脱口而出。竟然是他的家人。

除了胡十一，后方卢龙军里的铁骑长们都已陆续扑上前。

霎时一片哭声。卢龙军一去数载，至亲重逢，再见竟已须辨认。

院角暗处，狱卒将刚刚画押过的证词叠好，双手送到身着赤色官袍站在那里的河洛侯手里。河洛侯看了一眼那边彼此相认、哭作一团的场景，点点头，意思是这里可以了。

深宫大殿，威严肃静。

河洛侯亲手托着那份按满手印的证词走入殿门，恭恭敬敬地见礼过后，进入帐内，呈放案头，将先前所见据实禀报，而后道：“臣已确认过，请陛下最后过目。”

帐中坐着的少年帝王抬手，细细翻看了一遍，纸张轻响，只片刻便按在手下：“传召吧。”

河洛侯称是，抬头看向殿门：“宣幽州团练使。”

赫然两列禁军肃穆而至，直到殿门前，一人走在正中，胡服凛凛，身直如松，双手被锁镣束缚，哐当作响，马靴踏地，一步一声。入了殿，他跪下，肩背挺直：“臣山宗拜见。”

河洛侯打量着他，同是洛阳世家出身，却一直没什么机会得见，如今才算彻底见到这位当年的天之骄子。

似乎与之前所想完全不同，纵然锁镣加身跪在此处，他依然如在顶端，双眼幽深镇定，只是周身不见半分世家子弟该有的君子温情，猎猎黑衣，一身恣肆。但这样的人却是镇守住了幽州的英雄。

旁边的少年帝王早已看着那里，点了个头。

河洛侯欠了欠身，站直后开口道："你带来的人由其家人亲眼辨认，已确认是卢龙残部无误，山上护军所呈证词与他们交代的证词也比对一致。"

山宗稍垂首："谢陛下让他们与家人团聚。"

只这么一句。河洛侯不禁又看一眼身旁的少年身影，知道帝王此刻正在观察他。

"不过，"河洛侯话锋一转，又温声道，"当年幽州节度使李肖崮跟前亲身经历此事的将领已被清洗得一个不剩，所有参与之人中，能为你证明的只有你自己的人，连檀州镇将周均都不知情，要陛下如何信你杀的确实是反贼，卢龙军确实没有叛国？"

山宗掀眼："陛下可以彻查。"

"陛下已经彻查了你。"

"不，"山宗语气沉沉，"臣是说彻查先帝。"

河洛侯一惊，压低声道："放肆！你可知自己在说什么！"

旁边的人却抬了一下手，打断了他。河洛侯看向新君，会了意，不再多言，退去帐外，一直走出了殿门。

殿中安静了一瞬，垂帐被掀开，少年帝王站起身，从中走了出来："朕其实已经查过先帝了。"

山宗漆黑的眼一动，迅速地扫了他一眼。

正当身量抽高的年纪，少年身姿清瘦，一身明黄的圆领常服，白面朱唇，双眼清亮，与在帐中端坐时的疏远神秘不同，眉目有点过于清隽温柔。

"早在朕还未成为储君前，就已领略过先帝的手段。他在位最后几年是疑心最重之时，也是边疆和朝中最为动荡之时，他会做出这种事，却又留下你替他镇守边关，并不奇怪。"

或许是先帝始终不放心他，所以尽管压下了此事，仍然留着记述卢龙军叛国之事的遗录，比那份密旨详尽百倍。倘若有朝一日山宗违背重誓，往长安报复，成了威胁，这些罪名依然会被揭发。

"先帝不会留下对自己不利的东西。朕承他之位，只能查，而不能彻查。"少年帝王看着他，"但你明明立下大功，还不顾生死带回卢龙残部，又能忍受折辱一路被锁来长安，似乎有把握朕会替你翻案。”

山宗面沉如水：“是。”

早在第一次送神容回长安时，他就问过裴元岭新君是什么样的人。裴元岭曾说：“原本谁也没想到会是这一位登基。”

一位靠兵谏获得储君之位的新君，并非先帝设想的传位之人，也不在各大世家预料之中，必然对先帝秘事一无所知。登基后又屡次清除先帝旧臣，显然也与先帝势力相左。

幽州一战后，他上奏请求让重犯戴罪入军所，是开始，也是试探。新君允许了，可见其重视边防，甚至不惜打破常规，他也如愿引起了关注。

少年帝王站得离他足有两丈远，打量着他，脸上似乎有些不可思议，许久才道：“若朕不打算替你翻案呢？”

山宗眼中幽深：“陛下如果认同先帝所为，早在看到密旨时就会拿臣问罪。”那他就会做出别的应对。

帝王年轻的脸上眉头拧了一下：“先帝从不知道一战要死多少人，守一城要流多少血，他看不见，也不在乎。所以，他得到了应有的回报。朕岂会认同？”清瘦的少年身姿一转，他回去垂帐后，拿了那份密旨在手里，雪白的脸隔着垂帐看起来十分朦胧，“朕相信卢龙军未曾叛国，根本在于你镇守幽州的作为。”一个带领出叛国之军的将领，做不到两万固守，不退不降。

山宗握着的手指松开。等了四载，终于等到了这一刻，竟一片平静。他说：“谢陛下明察。”

垂帐一动，里面扔出了那份密旨黄绢：“从今以后，密旨作废，卢龙军昭雪，不再有帝前重誓，你就是真正的幽州团练使。”

一个禁军进来，解开了山宗手上的锁镣。

帐内帝王似还在观察他，青涩的声音压沉：“但往后如何，朕还要看着。”

山宗说：“是。”

“你自由了。”

“少主，就穿这件去天寿节观礼如何？”紫瑞捧着一身绯红的软绸襦裙送到神容面前。

神容坐在房中，随口应了一声，并没有看，似在沉思。

紫瑞看了出来，想起她那日出去一趟回来后便时常这样了，小声提醒一句：“郎君已在外面等着了。”

神容回了神，这才起身更衣："就这个吧。"

天寿节到了，今年要比去年热闹许多。据说为了庆贺国中太平，圣人准了几个外邦来贺的舞乐伶人团在东市表演，整夜不歇，以示与民同欢，城中的高官权贵自然或多或少也会前去观礼。她本已忘了这事，是长孙信提及才想起来。

紫瑞给她换上衣裙，收束起高腰，臂弯里挽上如水的轻纱。

神容出了门，长孙信果然在门外站着，一袭月白软袍，似已等了一会儿，看到她便道："今日你总算不用找理由出去了。"

神容淡淡一笑，没说什么。不用去官署了，山宗已经到长安了。

天不过刚刚擦黑，大街上已经热闹非常，一盏一盏灯火提早悬挂了起来，城中亮如白昼。繁华的东市，四处都是穿梭的人流，车马进不得，只能远远就停下。

神容从车中下来，跟着长孙信穿过人流步行，还没多远就有人过来，笑容满面地向长孙信见礼。

是个城中官宦人家的。如今满城皆知长孙家开矿立下大功，得到圣人的恩赏，自然多的是这种过来攀谈结交的。

长孙信一面堆着笑应付，一面手背在后面摇了摇，是怕神容嫌烦，让她先行。

神容见状便带着紫瑞和东来先行往前，经过街边一间酒楼，忽见门前站着一身深黛袍衫、气度翩翩的裴元岭，领着两三仆从在后，正朝她招手微笑。她走过去唤："大表哥。"

"我正等你。"裴元岭抬手请她同行，一边往前走，一边指了一下旁边的酒家，"我以往与崇君常来这里，如今却不知他如何了。"

仆从护卫们在后挡着拥挤的人群，神容缓缓跟着他的脚步："要让大表哥失望了，我只知他已在长安，其余一无所知。"

裴元岭看她一眼，叹息："我早怀疑他是身上背了事，毕竟当初也没见他对你有哪里不满，忽就和离弃家，只是没想到有这般严重，竟至于惹出帝王来查。你今日出来，是想在这些权贵当中听听风声？"

神容看一眼熙熙攘攘的大街，蹙了蹙眉："恐怕不会有什么消息。"帝王亲审，结果也许只有帝王和他自己知道。

"大表哥在与阿容说什么消息？"正说着，长孙信追上来了。

裴元岭笑了笑："没什么。"

彼此说了几句闲话，渐渐走到了一座宽阔的高台下。

木搭的高台，大半人高，铺着西域织毯，上方大多是身穿华服的显贵，旁边有仆从伺候，三五成群地站着闲谈。四周灯火辉煌，各坊各街的百姓都拥来了，这高台原就是特地搭来给贵人们观礼用的，免得他们受挤。

裴家也有人在上面，神容已看见她堂姐长孙澜，大约是怕冷，身上还披着件披风，端庄地站着，唤他们："快上来。"

裴元岭当先拾级而上，与妻子说了两句话，又搭着手与其他熟悉的达官贵人们互相问候了一番，转头时长孙信和神容也一先一后登了上来。

"阿容，回来这么久怎么也不见你人？"长孙澜过来挽住神容的手，笑着问。

神容只能说："有些事忙。"

刚说完，只听街头有人高声叫了起来："圣人现身了！圣人现身了！"

神容一怔，转头看去，街上的人已陆续朝声音来源方向拥去，甚至连这高台上的不少达官显贵也去了。

远处市中一栋角楼上，栏前立着一排禁军护卫，当中站着帝王年少清瘦的身影，明黄的衣袍在灯火下熠熠生辉，看不清楚他的脸，只看见他亲手点了一盏祈福的天灯，放飞上了天。

而后有宫人举着托盘奉上，他接了在手，抓着盘中的东西抬手撒下，雪片一般的钱币纷纷扬扬落了下来。

下方挤着的人纷纷捡拾讨彩，恭维祝贺，欢声笑语。

神容看着少年帝王在楼上做完了这些，站了片刻，很快就转身离去了。他还能出来与民同庆，难道山宗的事已了？光是这般想着，她便止不住心中紧扯起来。

帝王亲手祈福之后，街头巷尾也接连升起了一片明亮的天灯。

"阿容，快看那里。"长孙澜拍拍她手。

神容心思尚在游移，随口问："看什么？"

对面一盏一盏祈福的天灯飘荡在半空，有的高有的低，下方连着绳，拴在地上的木桩上。

长孙澜笑道："看那些卖的灯啊，不知会不会有人送灯来，我听闻近来母亲已经给弟弟考虑婚事了，指不定会有人给他送。"

给他人送祈福的天灯，若是青年男女间，就是示好的意思。

长孙信在旁听到了，不自在地干咳："阿姊怎么拿我说笑，我对那些才没兴致。"说着悄悄瞄一眼神容。

长孙澜往那些达官贵人当中递去一眼，笑道："你自己看，打从你们上来，不知有多少家有女儿的贵胄朝你看了，你年龄也不小了，往后还要靠你继承长孙家呢，怎能没兴致？"

长孙信捏捏眉心，有苦难言，瞟一眼神容道："说不定人家是在看阿容呢。"

长孙澜想起之前山宗的事，有几分怅惘，看一眼神容："也是，如今长孙家圣眷正浓，阿容这里，肯定也多的是未曾娶妻的儿郎家盯着。"

神容淡淡说："我肯定不行了。"

长孙信不禁一愣："什么意思？"

"不行便是不行。"

裴元岭站在长孙信身旁，也看了看神容，她身着绯红襦裙，灯火描摹着眉目，整个人艳丽夺目，确实有很多目光在看她。

"确实，如今长孙家圣眷正浓。"他忽而道，"对某些人而言，怕是难上加难了。"

神容轻轻转开眼，知道他在说谁。在如今家族最为荣光之际，她却想着那个被押入京的最为落魄的人……

长孙信听出了一些，朝那头的权贵们看去，正好见有人拿灯过来，打岔说："让阿姊瞧清楚，是个男子，肯定是给阿容的。"话刚说完，看见那人走近的身影，他不禁讶异，"二表弟？"

裴少雍手里提着盏灯走了过来，看着神容："阿容，还以为你今日不会来了。"他显然是刚到的，穿着便服，脸上还有被寒风吹出的微红。

神容看他一眼："二表哥这些时日都未曾入宫是吗？"

裴少雍听她开口就问这个，勉强笑了笑："是。"他知道她去过官驿，但也没说什么，只当不知道。

"宫里……没什么事。"他接着说，又笑一下，忽然有了丝安慰的意味。宫里什么风声也没有，山宗被秘密押来京中，结果或许不好。

神容去看满街灯火，轻声说："没什么事或许就是好事。"

裴少雍无言一瞬，想起了手里的灯，拎起来："阿容，我取了盏灯来，叫人替你放了吧，权作祈福。"说完递给了后方候着的小厮。

一旁几人都看着自己，他已留意到了，尤其是长孙信，眼神已有些惊愕。但对他自己而言，这是难得与神容相处的机会了。

神容没作声，裴少雍看那小厮将灯放了出去，转头才发现她没说话是因为眼睛早已看着街上，紧接着就见她越过自己走去了高台边。

对街笔行挨着酒肆，玩杂耍的聚集了一圈，混着拉胡琴的，人群里钻出拍手的总角小儿，一道高壮身影自其间一闪而过。神容站在台边看着，那好像是胡十一？

"阿容！"长孙澜忽然叫她。

神容回头，见她手指着天，抬头看去，那盏裴少雍刚刚命人放了的灯已飞至半空，灯火却不知何时已灭了一半，上升速度一下慢了。

就连裴少雍都诧异地向上看了过去。

紧接着一声轻啸划过，灯下点着火的松脂盘应声脱落，落入下方一人伸出去的手中，似乎灯笼也破了，灯完全坠了下来。

神容顺着看了过去，汹涌人潮中，那人一袭黑色胡衣利落紧束，扔了松脂盘在地，马靴踏灭余火，手上收起只小弩，交给后面站着的胡十一，又从胡十一手里接过一盏新灯，拎着走来。

穿过人潮，穿过喧嚣，他直直走到高台下，抬头盯着神容，将手中天灯托起，嘴边扬起一抹笑："放我的。"

周遭似乎有些安静，高台上有无数双眼睛在往这里看。

神容看着他，一眼之后又看一眼，确信真的是他，俯身伸手接住，听见心口一声一声地跳快。

人潮里还有人在走来。

胡十一捧着盏天灯到了台下，黝黑的脸对着高台，大声道："奉幽州团练使山宗之命，来给长孙女郎送灯！"天灯放在神容脚边，他松手走开，天灯便自行飞起。

后方又走来薄仲，在她脚边放下一盏天灯："第一铁骑，奉幽州团练使山宗之命，来给长孙女郎送灯。"

而后是庞录，放下手中的天灯，声音嘶哑沧桑："第九铁骑，奉幽州团练使山宗之命，来给长孙女郎送灯。"

他后面是骆冲，白疤耸动，挂着笑有几分骇人，放下天灯后，口中却还是道："第十四铁骑，奉幽州团练使山宗之命，来给长孙女郎送灯。"

再后方，仍有铁骑长走来："第三十九铁骑，奉幽州团练使山宗之命，来给长孙女郎送灯……"

一盏一盏天灯自神容脚边放下又升起，灯火流转往上，将她周身照亮，又转淡。神容在灯火里看着立在高台边始终盯着她的男人，对着他嘴边勾着的痞笑，心已跳麻。

后方早有人窃窃私语，就连喧闹的大街上都有人在驻足围观。

长孙澜看着这一幕，诧异得快要说不出话来："他……"

裴元岭笑了笑："不认得了吗，山大郎君啊。"他就这样直截了当，回到了长安所有人的视野，张扬得一如从前。

远处街头有震天乐声传了过来，表演舞乐的伶人团来了，无数人在欢呼。一时间四周拥堵起来。

神容看见山宗朝她伸出了手，说："下来。"

她松了手里的那盏天灯，任它升空，一手提衣朝台阶走。

台上也喧闹起来，随着大街乐声渐渐鼎沸，台上的众人终于记起来此的目的，又或许是有心装作只想看舞乐，纷纷走向台边，而街上的人在被挤着拥往高台，神容只走了几步便被堵着了。

山宗依然朝她伸着手，笑："我叫你直接下来。"

神容依稀记起这话他曾说过，在他们一同落入山腹里，让她从洞里跳下去时，他也是这么说的。

她瞄一眼左右，紫瑞和东来替她挡着后方。趁着拥挤，她伸手递给他，往他所在的那片灯火昏暗处下去。

悠扬胡笛阵阵，众人如海如浪。神容稳稳落在男人的双臂里，攀住他的肩。

长孙信早已在那头震惊许久，发现拥挤起来，立即来台边找妹妹，却什么也看不见，只看到人山人海里，神容绯红的衣裙自眼里一闪而过，被黑衣身影紧紧牵着，穿出人群离去。

裴少雍站在台边，看着那两个离去的人。山宗出现后，神容眼里似乎再无旁人，他的心渐渐沉落下去，就如刚刚那盏半途落下再也升不到天际的天灯。

喧嚣仍未退去，街市彻夜不眠。

"你没事了？"暗角里，神容气息不稳地问。

山宗自她颈边抬起头，用力抱着她，在震耳欲聋的喧闹中贴在她耳边说："此刻你就是我最重要的事了。"

神容从暗角里探出身来，灯火映着她的脸，她看见了远处高台附近，长孙信朝这里找来的身影。她回过头，紧接着就又隐入暗处墙影。是被搂过去的，身后是男人的胸膛，山宗一只手还勾在她腰上。

"你的事真不要紧了？"暗影里，她声音轻轻的。

"嗯。"

"可朝中为何没有任何消息？"

山宗沉默一瞬，笑一声："或许是还不到时候。"

又一阵急促的鼓声从外面街上经过，伴随伶人们手中举着的明亮灯火，神容盯着他的眼神被清楚地照亮，又暗下。

山宗对着她的眼神低下头："圣人宣布我自由了，但他没有提到蓟州，也依然会盯着我。"

神容有点明白了，声更轻，气息拂过他鼻尖："他还未能彻底信任你。"明明不该如此。

“他信卢龙军无罪就够了。”山宗靠近，来寻她的唇，“我的事交给我，你的事也交给我……”

神容再也说不出话来，全被他堵住了。

“阿容！”是长孙信在远远唤她。

山宗的唇磨蹭着她的，低笑：“大约还有十来步。”

神容缠着他的呼吸，手搭上他腰，摸到护腰硬实的皮革，他察觉到了，抓住她两只手往腰后送。她两手完全抱住了他紧窄的腰，呼吸微乱：“还有几步？”

“我亲你多久，就还有几步。”

神容耳边被他低沉的笑震得酥麻，又听见他说：“你先回去，待时候到了，我就该登门了。”

次日一早，街上留下的残余烟火味似乎还在，赵国公府里都隐约可闻。

长孙信走出院落，朝神容的院子看了一眼，没有动静，也许神容还在休息。

昨夜他在街上找了她许久，毫无头绪的时候，看到她自己穿过人群回来了。他朝她身后看去，便看到那一道颀长的身影在人群里远去，后方还跟着先前送灯的那群身着甲胄的剽悍身影，不久就隐入了灯火中。

他们二人一定不知道，就在他们走后不久，高台上就已有人悄悄议论开了——

“那是洛阳山家的山大郎君？”

“不是有传言说，他当年一心与长孙家女儿和离了吗？”

这些长孙信都没告诉神容罢了。他抬手掩唇，清清嗓，往庭院方向看去一眼，忽觉今日不太对劲，怎么好似特别安静？

刚想到这里，便见一群仆妇婢女脚步匆匆地沿着回廊往这里而来，都是他母亲裴夫人身边的人。平日里很少有这么兴师动众的时候，今天却这么多人一起上阵，直奔往神容所居的院落去了。

长孙信见状不对，忙往前院去找他母亲。

房中，神容刚在妆奁前坐定，身后紫瑞匆匆接近：“少主，主母请你过去。”

她转头，竟在紫瑞脸上看出了几分慌张，又瞥见门外那群来请她的仆妇婢女，眼神轻转，起身整衣：“无妨，我这就去。”

裴夫人正在花厅等她。神容被那群仆妇婢女送过去时，没有在厅外左右看见一个下人。正要进门，长孙信迎头出来，碰见她，连连使了两记眼色。

“没你的事，你可以走了。”裴夫人在屋中道，声音略显威严。

长孙信顿时收敛，又看了一眼神容，埋头走了。

神容定定心，提衣走入厅中。

裴夫人坐在榻上，一袭厚锦襦裙，头上缀着华贵的步摇，妆描得精细，可见今天本该心情不错，此刻却板着一张脸。

“母亲有事找我？”神容站在她面前。

裴夫人看着她：“我问你，昨晚圣人千秋天寿，有人为你点了漫天灯火，这可是真的？”

神容眼一动，轻轻握住手指：“是真的。”来时已然猜到几分，果然是传入她耳中了。

裴夫人蹙起眉头：“那人是山宗？”

神容抿了抿唇，点头：“是。”

裴夫人顿时语气带怒：“此事一夜遍传长安，我才知道，是谁给他的胆子！你竟还接了？”

神容看了看母亲，她向来端庄娴雅，少有如此动怒的时候。

“我是接了，因为我与他……已经重新再做夫妻了。”总归要说，她便干脆和盘托出了。

裴夫人满面错愕，好一会儿才说出话来：“你说什么，这是何时的事？”

“幽州战时。我知母亲因我之事心存不悦，才一直没说。”

“你既知我不悦，就该记得他对你做过的事！”

“我当然记得。”

“那你还愿意？”

“嗯。”

裴夫人不可思议地看着她，上上下下好几眼，蓦然站起：“他到底有什么本事，竟叫你如此心甘情愿！”

神容静静站了一瞬，提了衣摆，缓缓跪下：“他是个顶天立地的男人。”

裴夫人看着她沉静的脸，一手按着心口：“你真要与他再做夫妻？”

神容抬起眼，一伸手，抓住了她衣摆，声低低道：“是，求母亲成全。”

裴夫人脸都青了一分，从未见过心高气傲的女儿这般模样，又气愤又心疼，摇了摇头，狠心挥开了她的手：“来人！”

一群仆妇赶过来时，有人自廊上赶了过来。是赵国公，他下朝刚归，身上还穿着朝服，到门口便见到裴夫人自屋中盛怒而出。她身后的仆妇们正将厅门合上，门内只留下神容跪着的身影。

赵国公皱了皱眉，走去裴夫人身边：“看来，你都已经知道了。”

裴夫人气道："全长安都知道了，我岂能不知道？"

赵国公摆手遣退左右："料想还有一事也很快就会传遍长安了。今日早朝，圣人发了诏文，赏了山宗的战功，他麾下所有兵马都免罪进功一等。"

裴夫人拧着细眉："那又如何，他立功了不起？"

赵国公拍拍她手安抚："我告诉你此事，是要你有个准备，他大约就要登门来了。"

裴夫人当即又生怒意："他还敢登门？"

"是我答应让他登门的。"赵国公道，"只因此番去幽州，我亲眼所见了一些事情，等我说完，你再考虑是否要见他，后面是否要同意，也都由你做主。"

裴夫人本又有气，听到后面才按捺下来。

一匹快马到了赵国公府门前。只一匹马，一个人。

山宗从马上下来，看一眼面前高阔的门楣。上一次正大光明进这道门，还是当年迎娶神容的时候。他走至门前，立即有守门的护卫上前问名。

"山宗求见。"

神容坐在榻上，手边小案上摆着一碗刚送入的热茶汤。她无心去饮，长这么大，记忆里这还是头一回见她母亲对她如此动怒。

忽闻外面脚步声急促起来，似有不少人在走动。一道声音低低在门外面唤："少主？"

"东来？"神容起身，隔着门问，"外面怎么了？"

东来低声道："山使登门了。"

他来了？神容立即朝窗户看去，可惜窗户也从外面关上了。

"我母亲见他了？"她问。

东来道："尚不知道，只是将下人们都遣退了，仅留了一些护卫。所以，才有了方才那阵动静。"

神容不语，坐回了榻上。那看来她母亲是不会见他了。

不知多久，外面没了动静，东来应当走了。门忽被推开，神容抬头，看见长孙信走了进来。

"你怎么进来了？"她小声说，"别被母亲知道了。"

"你都被关好几个时辰了，我自然是趁了时机进来的。"长孙信道。

神容问："趁何时机？"

长孙信走过来，神神秘秘地低语：“母亲见他了！”

神容倏然一怔：“真的？”

长孙信朝她招手：“你不想知道他们在说什么吗？”

庭院里，严严实实守了一群护卫。裴夫人挽着披帛一路自远处而来。赵国公走在后，但至廊上便停住了，只负手看着，按先前所说，全权由裴夫人做主。

裴夫人走到庭院中，一眼便看见那笔直站着的身影，长身挺拔，胡服凛凛。她眼间蹙出细纹：“你倒还有脸来登我长孙家的门。”

山宗抬手抱拳：“为求允许我与神容再续前缘，必要来拜见岳母。”

“谁是你岳母！”裴夫人道，“我不过是看在你在幽州战事里保下了矿山的分上才见你一面，何曾答应将阿容再嫁与你？你过往所做的事，便想就此轻易揭过不成！”

山宗沉默了一下，忽而解下腰带，一掀衣摆就跪了下来，双手将腰带呈上：“那便请岳母责罚。”

裴夫人怔愕，竟后退了一步。就连赵国公眼里都露出了惊讶。

“你当我不敢？”裴夫人气道，当真夺过那条腰带，递向护卫，“最好给我将他打出去！”

一个护卫上前，接过腰带，应命一下抽在山宗背上。硬实的革带，在十足的力道下厚重如铁，山宗却纹丝不动。又是一下，他依然不动。

接连好几下，庭院寂静，只剩下这一道一道鞭打上去的声音。到后来连护卫都迟疑了，看着裴夫人。

裴夫人眉头松了又皱，数次反复，没想到他竟堪受此辱，居然有些被震住了，许久才又道：“你如此浪荡轻浮，当着全城人的面向阿容示好，摆明了是要让她只能嫁你了！当我长孙家好糊弄不成！”

山宗说：“岳母也说是我向她示好，从此全城就都会记着，是我向她示的好，将她求回来的。”

裴夫人一愣，眼神在他身上转了一圈，想起了赵国公的话，继而又怒：“那你在幽州就擅自与她成婚又如何说！你当她是什么，如此草率行事！”

“那不曾草率，”山宗掀起深如幽潭的眼，“那是我对着天地山川发过的誓言，唯缺岳父岳母首肯，这便是我来此的理由。”

远处花木之后，藏着两道身影。

“没想到……”长孙信似也惊讶了。

神容一手拨开花枝，看着那里的人，紧抿着唇。方才他挨那几下时，她甚至想告诉她母亲他刚受过重伤，但被身旁的长孙信制止了。

她以为他当街拦车便是放低了身姿，如今却见到他放下了更多的骄傲，宁愿自求鞭笞，跪地不起，收敛一身痞坏，只为求她母亲一个首肯。

裴夫人似乎真被震住了，忽然一把从护卫手中抢过那腰带，亲手扬了起来，却又迟迟没有落下，眼里陡然泛红："我管你是何等不易！那是我们长孙家全家捧在掌心里托付与你的，她便是那天边明月，你怎能如此对她！"

山宗看到她的眼，喉头一滚："她不是明月，她是我头顶艳阳。"

神容心中一震。

眼里见他已垂首，直点到地："愿求这骄骄明日，再照我一回。"

庭院里久久无声。久到神容眼中似乎只剩下了那个跪着的人。即便此刻以头点地，他也宽肩平直，身正如松。

"阿容，阿容！"

长孙信接连低低唤了好几声，神容才回了神。

"快走，莫被母亲发现了。"他轻轻推她。

神容被他一直推出花树后，回头往那里看去，看见她母亲原本举着的手已垂了下来，手里松开，扔下了那条腰带，转身往后走去了。

山宗抬起了头。

护卫们散开，正往这边方向而来。

"别看了，"长孙信催促道，"你先回去，我替你看着情形，有消息便立即去告知你。"

神容被推往来时的方向，山宗的身影已消失在她眼角余光里。

书房里，裴夫人坐着，端正不语，一旁站着赵国公。

"他还在？"许久，裴夫人才问。

赵国公点头："自然，你我都看不出这小子有多能忍，也是这次去幽州，我方知道他是认定了便不会放手的人，既然会登门，就不会在意这点折辱。"

裴夫人低低一声哼："他便不担心我直接回绝了？"

赵国公想起上次他来长安求娶的情形，沉吟道："那他一定还会继续登门。"

裴夫人诧异地看丈夫一眼，沉下脸色不语。

正说着，长孙信进了门，堆了一脸的笑上前，伸手扶住裴夫人手臂："不知母亲有何决断，难道还要一直关着阿容不成？”

裴夫人看他一眼：“你又有什么要说的？”

长孙信有点讪讪：“原本我是不想说的，打他当初做出那事来，我便瞧他不顺眼。可他这番登门，能为阿容做到这步，实在是让我没想到。我就实话与您说了吧，之前阿容在幽州有几回叫您担心有风险的，其实都是真遇了险，都是他护着阿容过来的，这还只是我知道的。阿容是何等秉性，若姓山的只是嘴上说说，她哪儿能跨过当初那事的坎，您看她何曾对谁这样过？”

裴夫人听到神容真遇险便已变了脸色，听完了他这番话，又拧着细眉扭过了头，好一会儿才说：“我又如何舍得关她……”

庭院里，山宗抬起眼，看见有人走了过来，一路走得慢悠悠的。他终于起了身：“神容现在如何了？”

长孙信刚走到他跟前，便被问了这么一句，没好气地低语：“你在我们国公府上可是自身都难保了，还问这些。”

“我好得很。”

长孙信一时语塞，看着他漆黑的眼，真看不出来他这么傲的人还能有今日模样，手掩着嘴轻咳一声：“罢了，我来传话，我母亲有话只会与阿容说，你可以走了。”

半个时辰后，紫瑞端着饭菜送到花厅里来，到了门口没见有守着的仆妇婢女们，她便猜测神容可能已经出去了，忙推门而入，却见神容就好好地在榻上坐着。

“少主再稍稍忍耐一下，主母定然不会忍心一直关着你的。”她悄悄安慰说。

神容朝她身后的厅门看了一眼：“他还在不在？”

紫瑞放下饭菜，小声道：“东来去看过，山使已经走了，是郎君亲自传话让他走的。”

“那我母亲如何说？”

“尚且不知主母意思。”

神容蹙眉。

很快，门又被推开，长孙信走了进来。神容立即朝他看去。

长孙信摆摆手，遣退了紫瑞，负起两手在身后，一本正经道：“念在他当初救过我一回，我倒是愿意替他好生美言几句来着，哪知道母亲也没让我说太多。”

神容轻轻移开眼：“那母亲如何说？”

长孙信将门拉开到底：“你可以出去了。”

神容眼一抬，转回头，站起身来：“这是母亲的意思？”

长孙信点点头："我还能骗你不成。"

神容当即出门，到了门外，脚步却停了一下，改了方向，往她母亲所在处走去。

裴夫人正往此处而来，转过廊角便遇见了。母女二人对视一眼，神容缓缓上前，双手挽住了她胳膊，屈一下膝："叫母亲难受了，我知道母亲所做的一切皆是出自心疼我。"正因知道，才乖乖任她关着。

裴夫人看着她黑白分明的眼，到底还是不遮掩自己的心软了："你知道就好，若是他敢再有下次……"

"那我就给他一封和离书先弃了他，如何？"神容抢话说。

裴夫人这才缓了脸色，抬手轻轻抚了抚她鬓发："我只希望你不受委屈，你值得最好的。"

"不会的。"神容抱紧她手臂，"他就是最好的。"

官驿里，一群人正在院子里或蹲或站地闲着。

庞录对着长安淡薄的日光揉了下手腕，那里留着一道半指宽的印记，曾经是拴着手镣的地方，如今被帝王赦免了罪行，以后他们就再也不是罪人了。

骆冲在他旁边看到，古怪地一笑，眼上白疤又是惯常地一抖，没说什么，或许也是还不太习惯。

胡十一往后方客房那头看了看，忽而扭头问："头儿到底一个人去了啥地方回来的，咋就这样没动静了？"

薄仲摇头："不知道。"

胡十一回想着山宗之前一人一马单独出去，回来了也是一个人，一言不发地就回了客房，思来想去还是不太明白。

"头儿肯定是去找金娇娇了，莫不是出啥事了，难道说咱先前的灯都白送了？"他直犯嘀咕。

忽闻外面一阵马车辘辘声，须臾，有人走了进来。胡十一抬头一瞧，愣了一愣。这么巧，刚说到她，她就到了。

神容襦裙曳地，缓步走入，扫了一圈他们，淡淡问："他人呢？"

胡十一看不出她脸色意味，伸出根手指，朝后面指了指："客房。"

神容直往那里去了。

他伸头追着瞧了一眼，只见她转了个弯，便什么也瞧不见了，又嘀咕："到底咋了，好事还是坏事啊？"

神容一直走到后面一间客房外，对着那扇门站定，手刚要抬起来，顿了一下。

门忽然开了。山宗站在门后，一手扶着门，看到她，眼神一凝。

神容朝他看过去，昂昂下巴："如何，没想到又是我亲自来给你答复？"

山宗嘴角缓缓勾起："一直在想，直到现在才成了真。"

神容眼里刚刚闪过一丝笑意，就被他拉进了门。

"你母亲答应了？"山宗抱着她抵在门后。

"嗯。"神容被他禁锢着，两手撑住他肩。

山宗嘴角深深扬起，他已做好了短期内都难见到她的准备，甚至想好了再去登一次门，没想到她竟然来了。下一瞬，他便迫不及待地低下了头。

神容颈边一热，是他的唇贴了上来，顿时撑着他的手指一缩。他的气息一瞬间裹挟过来，熟悉的张扬又激烈。

不知何时，外面传来乐声。

神容斜斜伏靠在临窗一张简榻上，伸手将严实关着的窗口推开一道细细的缝，往外看去。

官驿外便是城内道路，原本尚算安静，此时却渐渐多了很多路人，朝着远处望着。那里有一行人正朝这里过来，一路欢声笑语。

神容透过窗缝看了又看，才渐渐看清了，原来是一行迎亲队伍。

大概是城中哪家富户人家娶亲，排场算大的，难怪引得百姓都伸颈垫脚地凑热闹。新婚的马车覆盖了轻薄的彩绸，从远往近一路而来。当先的年轻新郎坐在马上，婚服鲜艳，笑得眼都眯成缝，手上不停地向沿途的众人撒出一枚枚的通宝。

有的落在地上，叮叮响，引得路人纷纷俯身去捡；有的落在别人身上，人家虽被砸疼了，接了钱也高兴，还笑着向他搭手道喜；有人在往车内看，想一睹新娘容貌，又被新郎笑着呵斥开，接着又是一把通宝撒出来。街上俱是欢声笑语，喜气洋洋。

神容看着这场景恍了个神，身上一沉，多了件厚沉的绒毯。一条刺青斑驳的胳膊箍住她的腰，男人的胸膛自后靠过来："你不冷？"

神容眼波一晃，轻轻说："分明要嫌热了。"

山宗扯起嘴角，想起她软在自己身上的模样。他朝窗缝外看了一眼，看到了那热闹场景。

神容已看到他眼神，撇撇嘴："没什么好看的，还比不上当初你我万分之一。"

山宗低头看她一眼，声音低沉："确实比不上。"

不只排场，连刚才那新婚队伍中垂帘半掩的车中女子身影，也比不上当年她坐在婚车里的身影。

他抿了抿唇，又低声说："我该补给你一场婚礼，届时就按照你父母的要求来，只要我能做到。"

神容慵懒说："谁在乎，反正又比不上当初的。"

山宗咧一下嘴角："你我第一次成婚那样的场面，的确是很难比上了。"

她眼神轻轻扫向他："我是说望蓟山里那次。"

山宗一下盯住了她。

神容眼睛微弯，伸出手臂，想去关窗，那条乌黑斑驳的胳膊已先一步紧紧拉上了窗，而后伸入了绒毯，捞住了她的腰。

她仅着的衣裳又落了，背紧紧贴入他胸口，如贴上一片难当的火热。

他的心里更热，亲上她耳边，喑哑地笑："请夫人再验一回伤……"

神容坐进马车里时，天已然要黑了。

她侧过脸往窗格外看，山宗一直将她送出来，身上的胡服已经穿得齐齐整整，一丝不苟地紧束着扣带，正对着窗格里的她隐隐含笑。

"笑什么？"她语气还软绵绵的。还不是被他折腾的，哪里像是个刚刚重伤痊愈的。

山宗眼里笑意又深一分，低语："我此刻只想赶紧将你带回幽州。"

神容眉头一跳，心里也跟着突地一跳，莫名被他的弦外之音撩拨一回，手臂一搭，故意贴近窗格。

窗上覆盖的薄纱如一张网，她的脸故意隔着这一层网与他相对，几乎要触到他的鼻尖。呼吸可闻，刚刚交缠过的气息也可闻。

"那也得我母亲同意。"她轻轻启唇，却是冷不丁的这一句，说罢便退开了。

山宗不禁眯眼，笑着摸了下嘴，看一眼车旁的东来。

马车立即动了，往前驶去。

山宗一直看着她的车自眼前离去，转过头，胡十一过来了。他早在旁边悄悄看了好一会儿了。

"头儿，没事吧？"

山宗脸上仍有笑："没事。"

胡十一松口气："那咱好不容易叫卢龙军无罪了，啥时候能回幽州啊？"

山宗笑稍敛："待我再去赵国公府拜见了，才能有定论。"

不出两日，赵国公府便忙碌起来。

一大早，天不过才刚亮，便迎来了访客。依然是一匹马，一个人。

紫瑞手里捧着一份册子进入房中时，神容正端端正正坐在桌旁，手里捧着书卷，只不过并没有打开，反而眼睛时不时瞄一眼门外。

“少主，”紫瑞将手里册子摆在桌上，笑着道，“这是主母特地着人送来的，叫你一定过目，说是婚仪必需的。”

神容放下书卷，拿起那册子翻开，一看那密密麻麻的字便又合了起来，皱眉说：“何必如此麻烦。”简直比头一回成婚还麻烦。

神容又朝门看一眼：“我母亲还在与他说话？”

紫瑞点头，小声道：“山使一早就来了，到现在还在厅中。”

神容撇撇嘴，她根本不在意这些虚礼，只不过是为了让她父母好受罢了。如今她母亲坚持要再办一场婚礼，怕是对她嫁到幽州还是有些不情愿。

厅内，裴夫人坐着，看着对面那一袭黑衣的人。

仆从端着精致铜盆送进来，里面盛着浸香的净水。山宗笔直端坐，伸手入盆净手，又取帕擦拭。除了这一身胡服比不得当初那般锦帽貂裘的贵气了，他身上与生俱来的气度还带着。

裴夫人看了好几眼，方道：“你说这次不是联姻，是你自己想娶，不必经手山家，可以，算你有担当。但我虽答应了你们的婚事，你想轻易娶走阿容没有可能，要一切按照我赵国公府的要求来。”

山宗沉稳坚定地说：“只要我能做到，尽听安排，只不过希望越早越好。”

裴夫人皱眉，忽然想到什么：“从那一战到现在已这么久了，你们在幽州时便如寻常夫妻一般一同生活？”

山宗点头，毫不避讳：“是，此事皆是我的主意，全幽州都知道她是我夫人。”

裴夫人细眉愈发紧皱，微微变了脸色，低斥一句“浪荡子”，难怪想越早越好了，好一会儿才道：“你如今身在幽州，不在洛阳了，要娶阿容去那边关，就得给她最盛大风光的，休想亏待了她，山家也要给她应有的颜面，否则免谈，你便回你的幽州去，待一切定好了再来迎娶，再不得像在幽州那般！”

山宗漆黑的眼动一下：“我没打算与她分开那么久。”

裴夫人轻轻哼了一声，起身便走：“若非为了阿容，你哪还有商谈的份，就这样定了。”

山宗几不可察地压了压眉峰，站起身来。

裴夫人爱女心切，怕也是有心给他些难关，好叫他珍惜，他没有异议，只是要完全按照赵国公府的安排，至少也要耗上大半载工夫才能全然准备好。他实在等不了那么久，也不愿等那么久。

外面忽然传来接近的脚步声。裴夫人刚走到门口，便见赵国公走了进来。他刚下朝，身上厚重的国公朝服尚且在身，皱着眉，沉着脸。

“不用准备婚事了。”他忽然说。

裴夫人愣住：“为何？”

山宗也看了过来。

赵国公抬手拦一下山宗：“你在正好，那个契丹的孙过折你可知道？”

山宗眼神微沉：“自然。”

“今日朝中收到了他递送来的求和书。”

“求和？”山宗冷笑，“他不可能求和。”

赵国公冷哼一声，愤然拂袖：“他声称愿意率自己那一部归顺，甚至愿意献回蓟州故城，只要圣人愿意赐婚和亲，但这和亲之人不是宗亲，也不是公主，而是阿容！”

裴夫人当场惊呼：“什么？”

山宗眼神一瞬凛起。

“所以我说不用准备婚事了，”赵国公冷脸道，“我已当着满朝文武的面承认阿容在幽州再嫁了，绝不能让阿容去和亲关外！”

后院处，裴少雍刚刚走入，身上亦穿着官服。

“裴二郎君今日怎么是打后门入的？”守门的小厮笑着问。

“没什么，我随姑父车后来的，只来见见表哥。”裴少雍道。

小厮回：“郎君今日不在府上，一早便去工部了，主母在府上与山大郎君说话呢。”

山大郎君，原来他在这里。裴少雍没再说什么，勉强笑笑，径自往内走了。

神容坐在房中，霍然抬起头，不可思议地看着身后的紫瑞。

“你听到的？”

紫瑞点头：“奴婢刚去前院替少主看山使有没有走，隐约听国公亲口说到的。”

神容立即起身出门，直走出院门，穿过园中，忽然停了步。

园中假山旁站着裴少雍。

“二表哥因何在这里站着？”神容问。

裴少雍看着她，眼睛眨也不眨，仿佛看入了神：“今日早朝上的事，你听说了吗？”

神容轻抿唇，“嗯”一声。刚刚听紫瑞说的。

裴少雍连勉强的笑也笑不出来了。

朝中忽然收到关外派专使送来的求和书，契丹的孙过折战败之后求和没什么意外，只是点名要长孙家爱女和亲，满朝震惊。但是对他而言，最震惊的莫过于亲眼看着他姑父在朝上说，神容已经于幽州再嫁。

裴少雍的眼垂下，脸上失落：“他到底有什么本事，原本的罪名帝王不追究了，你也再回头了。”

“他的本事只有我知道，”神容轻轻说，“或许将来你们也都会知道，他没变，还是当初那个天之骄子。”

裴少雍忽而笑了一声：“那我就再无可能了是不是？”

神容蹙眉，少有听他如此直白的时候：“那日天寿节，我以为二表哥就该清楚了。”

“是，我是清楚了。”裴少雍几步上前，情不自禁想伸手来拉她，眼中竟已微红，“阿容，可我这些年对你的情分就没变过，为何他还是赢得了你？”

神容一下避开了，袖口擦过他手指，看到他眼神，别过脸，不想给他一点幻想，反而更冷淡了：“没有那么多为什么，若我早知道二表哥的心思，或许就能更早地让你断了。”

裴少雍的手僵住了，脸色微白，许久才回缓：“我明白了。”

神容没再说什么，越过他快步走了。至廊上拐角，忽然迎头抵上男人结实的胸膛。神容怔了一下，看见眼前漆黑的胡服就伸出了手，被一把接住，抱了过去。

山宗抱着她，双眼越过她看着她来的方向，眉峰压着，眼底幽深，薄唇紧抿成一线。

神容轻声问：“你看到了？”

山宗嘴角勾一下：“还好他懂点礼数，没真碰到你。”

神容抬手贴着他如刻的侧脸，往眼前拨，不想让他再看。

山宗脸上贴着她柔软的手，没料到她这举动，顺着她那点力道就转过了头，看着她脸。

“朝上的事是真的？”神容看着他，想起先前听闻的事，胸口微微起伏。

“是真的。”山宗笑了一声，却沉着脸，“孙过折从不会有真心归顺的时候，倒是阴差阳错帮了我一回。”

裴夫人听完赵国公的话后，已经不再提让他离开长安去幽州准备迎娶的话了，此刻全然将全部思绪转到了不让神容出关和亲的事上。

“可为何偏偏是我？”神容蹙起眉，“孙过折并不认识我，难道是因为你？”

“或许。”山宗眼中更沉，“他不可能得逞，我回去就请赵进镰上书帝王，他当初为你我证了婚，如今正好有用。”反正孙过折的身上，又会多记上一笔了。

他说着又重重抱一下神容，低声说：“这下你可以随我一同回幽州了。”说完，忽然松开了她。

神容朝他身后看去，原来是裴夫人带着人自远处廊下朝这里过来了，忙也退开两步。山宗深深地看了她一眼，先转身走了。神容稍理衣裳，站了片刻，默默等着。

裴夫人走到了跟前，看到她，脚步快了些，过来牵住她手，皱着细眉，好一会儿才道：“想不到他私下与你成婚，倒还算做对了。”

神容只好安抚她：“母亲莫要为我惋惜，幽州的婚仪我很满意，真的。”

那场婚仪中为他们证婚的，不只有天地山川，还有那男人的麾下全军，没有世家的千金奢华排场，但她觉得比什么都盛大。

裴夫人轻轻叹息：“只怪那莫名其妙的契丹人……”

神容心思轻转，也觉得孙过折这一次莫名其妙，竟然拿蓟州做筹码。倘若她没有跟山宗私下成婚，只怕此番会进退两难。

第二十章

山河社稷，长安迢递

天擦黑时，胡十一从外面赶回官驿，一头钻进院子里，直走到悬灯的客房廊下。

“头儿，打听到了，那几个契丹派来的狗屁专使没得到圣人首肯，眼下好像还想再求呢。给赵刺史的信已快马加鞭送去了，快的话几天工夫就有上书过来。”

山宗刚走过来，停在他面前：“嗯。”

胡十一回来得急，喘口气继续说：“那关外的孙子咋还敢打起这主意来了？”

骆冲怪笑的声音从后方传来，他们一群人也过来了，显然也早听到风声了。

“依老子看，那狗东西吃了败仗，又被咱们从关外带回了卢龙军，什么好处都没捞着，听说了幽州城里小美人儿的名号，存心报复，就想捞个小美人儿回去呗。”

山宗朝他扫去一眼。

骆冲看到他眼神，眼上白疤一耸，又怪笑：“成，老子说错了，是幽州团练使夫人。”

胡十一知道他嘴碎惯了，一时半会儿改不了，干脆不理睬，又问山宗：“那头儿要么就赶紧带金娇娇回幽州去？”

“走是肯定的，却也不用那么急，就大大方方地回去。”山宗冷笑，“我还用得着躲他们不成？”

薄仲走过来：“头儿，咱能走得了吗？这趟被审问过后，圣人虽然给咱们免了罪名，但没提到卢龙军，也没提过蓟州，对你也只是表彰了战功，当初的事就这样过去了？”

山宗沉默了一瞬，才说：“当然不会就此过去，但你们有了自由，才能有下一步，其余都不重要。”

薄仲有点明白了，大约是想起了关外失散的同袍，皱着眉点点头。

山宗扫一圈众人：“你们可以准备上路了。”

一清早，赵国公府里便又忙碌不已。

紫瑞将东西收拾好，送出房门，交给东来送出去放车上，回来时看见赵国公和裴夫人都来了房内，赶紧退避，让他们说话。

神容手上刚刚拿起那份书卷，转头就见裴夫人拧着眉，走到了跟前，一脸不悦。

“便宜了那小子。”

神容眼转了转：“既然如此，母亲又何必答应他让我这么快就去幽州，倒不如让我在长安多待些时日，我也情愿多陪伴你们。”

“不行。”裴夫人竟又断然拒绝，小声道，“我们都不了解圣人秉性，万一那幽州赵刺史的证明到之前圣人改了主意，不承认你与山宗已婚，真要送你去关外和亲可如何是好？你留在长安我不放心。”她是不悦让山宗如此轻易就又将爱女娶走了，可更不愿让她的掌上明珠被送去关外那等荒蛮之地。

赵国公一脸肃然：“这是我的决定。圣人没有点头，或许也是觉得此事蹊跷，听山宗说那孙过折极其狡猾，眼下我们只有将你们在幽州的关系坐实，免得再生出其他事来。”

神容点了点头，心里竟有些好笑。真是人算不如天算，前两日还在嫌安排的婚仪繁杂琐碎，此刻却又一切从简了。待她将书卷好好收起来，转头就见她母亲在旁边拭起了泪。

“母亲这是做什么？”她忙伸手去扶。

裴夫人红着眼摸摸她的脸，叹息：“不知为何，此番我才觉得你是真嫁出去了，当年送你出嫁都没这般过，分明嫁的就是同一个人……”说着又拧眉，“这长安城中怕是已传遍了。”

神容忍着起伏的心绪，挑挑眉，若无其事道：“管他们如何传，我又不在乎。”

此刻的赵国公府门前，早已立了一排的人，皆是裴家诸位表亲。

裴元岭风姿翩翩站在众人最边上，往青石铺就的大路上看。日上三竿，城中正当热闹，这时候上路正好，想必全城都能看个正着。

长孙澜自他身边进了府门，也是去与神容说话去了。

不一会儿，长孙信从府门内走出，身上穿着齐齐整整的月白簇新袍衫，直走到他跟前来：“想不到大表哥还特地带着诸位表亲来送阿容。”

裴元岭看他一眼，感慨低语：“自然要来为那二位复合的新人送行，如今全城都传遍他们在幽州成婚了，作为娘家人，越是热闹地给他们送行，越是叫他们的事再传广一些，也好叫那契丹的什么孙打消念头不是？”

长孙信左右看了看，在他跟前贴耳低语：“他们在幽州可是真成婚了！这种事只有他做得出来。”

裴元岭笑一声："那是自然，山崇君哪有规矩，他就是规矩。偏生阿容就敢迎他而上，换个人可不一定。"

长孙信往府内看了一眼，知道他父母一定在对神容依依不舍，想起孙过折奏求神容去和亲的事还有气："那姓孙的真是做梦，我长孙家的小祖宗，是他能供得起的？"

裴元岭一眼看到远处路上情形，笑道："对，以后就让姓山的去供。"

一行人已打马而来，个个身着甲胄，身形彪悍，从老远处就没一个路人敢接近。领头马上的人黑衣猎猎，刀收鞍下。

长孙信倒没注意，他正在看裴元岭身后的人，看了一遍，低声问："二表弟没来？"

裴元岭闻言轻叹一声，摇头："他是不可能来了。"

长孙信听了便皱眉："我猜也是，那日天寿节才看出他对阿容竟还有那心思……"

裴元岭忙竖手，叫他别说了。

十数匹马在前面一段就勒住了，山宗利落下马，在他们说话时就已踩着马靴踏至，一掀眼，嘴边挂着抹笑，也不知有没有听到他们的话。

"连襟，"裴元岭笑着唤他，"你已是我的连襟了，别的可就别太在意了。"这话是在暗示裴少雍的事，他心里还是维护弟弟的。眼前是天寿节上都能当场射下天灯的人，谁能是这嚣张人物的对手。

山宗懒洋洋的，似笑非笑："神容都不在意，我有什么可在意的。"

裴元岭还想再打趣一句，却见他已看向门内，一动不动地盯着。长孙信跟着转头看去，是神容出来了。

她身上穿着大袖襦裙，描着精致的妆，发髻高绾，簪珠饰翠，眉眼盈盈，明艳生动。

山宗看着，忽然有了几分迎她出嫁的庄重，眼牢牢盯着，没离过她的脸。

裴夫人和长孙澜一左一右陪着，直送她上了车。神容坐进车里时才又朝外看去，山宗还盯着她，碍于礼数一直未能太近前，迎上她的视线，他勾唇笑了笑，转身去与府门前的赵国公道别。

胡十一在一群人当中对着那府门前的情形探头探脑，暗自感叹，真不愧是赵国公府，这派头，就跟迎亲似的了。忽看到山宗已转身挥了一下手，连忙翻身上马。

一群悍勇兵马在马车前带头开路，这架势在京中确实有些少见，就连裴元岭都多看了好几眼。马车自赵国公府前驶出，赵国公和裴夫人又缓行着送出一段。

神容朝窗外看了眼，窗格外已贴近胡服烈马的男人，他稍低头，朝她看来一眼，脸上由始至终带着笑，直到此时，都还算收敛。

天公作美，上路后都是朗朗晴日。

寒风卷着吹过洛阳城头，一个兵牵着马在城下张望着，远远看到一行队伍过来，骑上马就往城内去了。

队伍很快到了城下。山宗勒住马，对车内说：“到洛阳了。”说着又往后看。

神容揭开帘子，探身出来，也往后面看了看。

现在已远离了长安，那些城中街头争相围看的眼神也悉数远离了，只不过后面还跟着一行相送的。

长孙信亲自领着一群护卫来送，此时乘马过来，看着山宗道：“父亲母亲心疼阿容，嘱咐我一定要好生相送，毕竟就这般跟你走了。”好似也想说便宜他了，接着又道，“我迟早也要去幽州，你若是对她不好，小心被我知道……”

山宗笑着打断他：“洛阳就在眼前，你何不送入城中，稍事休整？”

长孙信看一眼那城门，不自觉就瞄神容，脸色微微变化，忽而重重一声咳：“有何好休整的，我已打算走了。”说完，真就扯了马要往回走了。

神容唤他：“哥哥还是歇一日吧，我们先入城，你自己随意，也自在些。”说罢放下帘子，车先往前去了。

长孙信听她这般说了，对着那城门看了又看，才又决心入城，还真没跟上他们。

一行人入了城中，马车缓缓停了下来。

神容从车内下来，发现城内很是热闹，好几年没来过洛阳，东都却依旧繁华。她看一眼身旁：“难得会过洛阳。”

山宗松开马缰，走到她旁边，轻轻拉她一下，带着她往街边一间茶舍里走：“他们也很多年没回过洛阳了。”

神容往他身后看一眼，庞录、骆冲等人刚从马上下来，正在打量大街。她这才想起来，以往卢龙军的大营就在洛阳，这里本就是他的根基所在。

紫瑞在茶舍里擦拭了一张桌子，请神容去坐。山宗歪头在她耳边笑着说：“等着，我给你选个茶来。”说着去了柜前，当真亲自选茶去了。

神容去桌边坐下，看着他闲闲立在那里，一袭黑衣分外肃杀，举手投足慢条斯理的，却又好似变回了当初那个洛阳世家的贵公子。她一手玩着桌上的茶盏，一手撑在脸侧，盯着他看了看，又朝旁边看去，胡十一他们陆续在旁边几张桌子边坐了下来，在那儿小声嘀咕：“没料到头儿会在洛阳停。”

忽然听见一声唤："夫人。"神容转头看去。

山宗手臂搭在柜前，正看着她，勾着唇角。他的旁边，是个看起来同样在买茶的女子，似乎刚与他说了什么，此时有些讪讪地转身走了。

山宗走了过来，柜后的伙计已开始为他煮茶了。

"怎么回事？"神容看着他坐下。

山宗低笑："没什么，只是叫你一声，好叫洛阳的也知道你是我夫人。"

方才那女子在旁搭话，问他可是洛阳人士，看来眼熟，问着问着便有了些许弦外之音，他什么也没说，开口直接唤了一声神容。

神容瞥见旁边胡十一已在往这里瞄，转过头，眼已弯起。

茶还没送来，外面传来了马蹄声，就在门口停下了。山宗朝门口看去。

来的是一队山家军，先到门口的是山昭，他先探进来一张脸，又整个人走进来，快步到了跟前，谁也没看，只向神容抱拳："以山家军仪，特来请嫂嫂入府。"

神容看一眼山宗，问："为何只请我？"

山昭瞄瞄山宗："母亲说，不知道大哥如今到底能不能回去，如果请动了嫂嫂，才有可能请得动大哥。"

山宗不禁笑了。神容看过去，就听他说："没错，你定吧。"

连他母亲都知道拿他的软肋来行事了。

山家坐落洛阳城东，权贵清净之地，门庭森严，大门高阔。府前大路直通城中繁华大道，开阔平直，如今洒扫一净。

两列山家军甲胄赫赫，齐整持兵，由山家小郎君山昭跨马率领，在城中百姓引颈观望的惊叹目光中，护送着一辆马车当街而过，缓缓而来，直至大门前停下。

山昭一下马，门前守卫即刻推开大门，山家仆从鱼贯而出，在门前铺上细密的织毯，而后静候侍立。

马车停下，车帘掀开，神容自内伸出一只手，搭着紫瑞，缓缓出来，脚方踩到地上，两侧山家军便面朝她肃穆垂首，纹丝不动。

她轻扫视两眼，听闻山家军的军仪过往只在山家有得了战功的人回来时才会动用，如今却为了迎她如此郑重。

"恭迎嫂嫂回府。"山昭站在府门前抬手做请。

门前众仆从齐声道："恭迎夫人回府。"

神容看了眼面前大门，曾经对此处最后的印象便是和离时断然离去的情形，如今她又回来了。

府门内顷刻走出一群人，杨郡君身着绛色绸衣，头上钗饰庄重，被簇拥着快步而来，边走边唤："阿容。"

神容还未说话，手便被她握住了。

"早听着你们的消息，可算是请回了你。"杨郡君往周围看，"宗儿和你一起回来了吗？"

神容朝后方看了一眼。

马车后，烈马缓至，山宗从马背上下来，朝这里走来。他是有意走在后面，好让满城的人都看着山家军的威仪尽护于神容一人。走近了，他停步："母亲。"

杨郡君一看到他眼里就红了，听到这一声唤，再也忍不住，抬手抹了抹眼，怕失态，又挤出笑来，赶紧道："快，快进来！"生怕他们会走一样。

神容是被她牵着手带入府门的，往前走去时，一路众人皆垂首相迎。入了府中，她又悄悄往后瞥一眼，看见山宗裹着马靴的小腿，他就在她后面紧跟着，不疾不徐。待她回过头，不禁微微一怔，脚下织毯直铺至厅前，两侧赫然站着的都是山家人。

杨郡君停住，将神容的手交到山宗手上，欣慰笑道："山家的大郎君带着夫人回来了，理应是要接受山家上下拜见的。"

山宗握住了神容的手，笑了笑，扯一下，带着她往前。

神容的手被他牢牢抓着，随着他一步一步入了厅中，被两侧看来的目光盯着，手不禁稍稍动一下，他反倒握紧了，手指一张，穿过她指间，严严实实与她十指交握。

直到厅中，仆从恭请着二人就座。山宗拉着神容在上方坐下，外面的人接连走入来拜见。

最先来的还是山昭，他大约是想起了先前，抹了抹眼才恭恭敬敬抱拳，脸上已满是笑。

而后是山家的两个庶出兄弟，带着妻儿，一前一后来拜见："拜见大哥、嫂嫂。"

其后甚至还有山家在洛阳的部下领兵将领，陆续拜见。

"拜见大郎君、夫人。"

神容端坐着，手仍被山宗握在身侧，面上不动声色，只眼睛悄悄瞄了瞄身旁，以往她刚嫁过来时都不曾有过这等阵仗，现在这定然是山家准备好的。

山宗似有所感，朝她看来一眼，气定神闲地一笑，又朝前递个眼色，仿佛在叫她好好坐着，尽管接受拜见。

其他人也跟着挤进了厅。

胡十一一脚跨进门，紧跟着另一个人走了进来，一袭月白的袍衫很显眼，不是长孙信是谁。他迤迤然负手，朝这厅中情形看了过来，左右环视，见那一个个兵甲在身的将领都在拜见上方坐着的二人，似有些没想到。

神容已看到他，耳边听见山宗低声说：“我叫胡十一请他来的。”

之前神容在那茶舍里答应山昭之后，临走前他特地嘱咐了胡十一。说完他朝胡十一看了一眼，朝旁示意。

胡十一正看着这排场感叹呢，接到他眼神，明白了，转头做请：“长孙侍郎，头儿请你去坐呢。”

长孙信被他半推半请地送到神容侧面的座位旁，看了看这厅中肃然场面，轻咳一声，端着架子坐下来了。

山昭这次又特地过来抱拳拜见了他：“舅哥也来了，早知该一并请来。”

长孙信又听到这熟悉的称呼，可也成真了，只能客气地笑笑：“我送阿容一程而已，不必多礼。”

一道身影匆匆进门而来，英姿飒爽，直奔上方，兴高采烈地抱拳：“大堂哥、神容，可算回来了！”是山英。

山宗抬眼看她：“你叫她什么？”

山英一下回过味来：“是了，都怪我被迫改了口，该叫回堂嫂了。”

神容瞥一眼旁边：“不必了，你还是叫名字吧。”

山宗也看了过来。

神容微微挑眉，对着山英解释：“反正你年龄也稍长于我。”

山英还未说话，只听旁边一声低咳，才发现旁边还坐着长孙信，惊喜道：“星离果然来了，方才仆从已报过了，伯母亲自去请伯父了，马上就来。”

“是，我送阿容来的。”长孙信面露微笑。

山英又反应过来：“不对，我现在该叫你舅哥才是了。”

长孙信脸上的笑顿时没了，不轻不重地又咳一声，颇有些扫兴。

神容看见，淡淡地说：“叫星离不是挺好的，叫别的可就太生分了。”

山英一听也是，点了点头，笑道：“反正你回来就好了，你说什么都好，我也叫星离叫习惯了。”

长孙信脸色这才又好看一些，眼睛不时地打量她。

神容正看着哥哥，忽觉手被一握，转头就见山宗的眼神从长孙信身上转回来，落在她脸上，似笑非笑。她便知道，他一定是看出什么来了。

山英委实高兴，浑然不觉，朝门外看一眼，提醒道：“伯父、伯母来了。”

众人退去，厅内又走入一群仆从，山上护军和杨郡君一同走了进来。

山宗拉着神容站起身。

山上护军一直走到跟前，刚正的眉目对着他看了许久，点头，似乎千言万语都不必说了：“没事就好。”

山宗喉结滚了滚，笑一下，点了点头。

山上护军本想问一下他卢龙军的事，但进门时已在厅外看见那群跟来的铁骑长，见他们都安然无恙，这事也不便当众多提，便就此打住，带着笑容，去看长孙信：“听闻长孙贤侄来了。”

长孙信过来见礼。

山上护军道：“我山家还有驻守河东的几支兵马，只要神容愿意，可叫领兵的皆回来拜见她这个大郎君夫人。”

长孙信听了暗自咋舌，笑了笑道：“上护军已不问世事，还为阿容如此费心做什么？”

杨郡君在旁接话道：“阿容是我山家长媳，以往有所亏待，以后自然要加倍补回来。”说着转头冲神容笑。

神容起初没明白，接着见山上护军也一并看了过来，才有些会意，眼往身旁瞄，山宗漆黑的眼盯着她。她一手提着衣摆，稍稍屈膝，轻声改口：“父亲、母亲。”

杨郡君眼已笑得眯起，过来牵了她，示意她随自己来。

神容故意没看山宗，知道他一定还盯着自己，随杨郡君走出去前，被他交握的手指钩了下他的手背，听到低低一声笑，他松开了。

山上护军已在旁亲自抬手，请长孙信去早已准备好的宴席。

山宗看着神容出了门，有意走慢一步，走在长孙信身侧，带笑低语：“今日山家的事，就有劳舅哥回去转告岳父岳母了。”

长孙信听到他叫自己“舅哥”，脚步不禁就停了一下，看他好一会儿，一下明白了，低低道：“难怪你请我过来，是早知道山家会如此迎回阿容了。”

山宗脸上挂着笑，这根本不用想，只要他过洛阳，这便是必然的，山家一定会尽可能地弥补神容。

“我没别的意思，有我在，神容的将来也不需要山家来补偿。只是她是长孙家至宝，如今走得仓促，岳父岳母心有遗憾，你回去将今日的事告诉他们，至少也给他们点安慰，除去长安，全洛阳也会记得她是如何被迎回来的。”

长孙信上下看了看他，暗自腹诽他的狡猾透顶，却也不好说便宜他了。

山宗说话时已走至门边，朝他身后看一眼，朝胡十一招下手，跨过门，先走了。

长孙信不禁也往后看去，看到山英跟了过来。

"走啊星离，山家准备好几日了，今日算是替大堂哥和神容补上婚宴，热闹着呢。"她说着高高兴兴地推他一下。

长孙信胳膊被她推出去几步，立即朝两边看，只看到山昭追着山宗去了，这里没了别人，才道："你对别人……"

山英马上松手："我没对别人这样啊，你不必又问了。"

他话被拦个正着，收着手在袖中，一本正经往前走："咳，那还差不多……"

神容坐在屋中，打量四周。

这间山宗以往的房间，她曾经只住了半年，与幽州官舍里的主屋相似，只不过更奢华精致一些，以致再进来竟也不觉多生分。屋内什么都没变，仔细收拾过了，一尘不染。

杨郡君在她旁边坐着，感叹一声："你们回来就好了，倘若留着昭儿一人，光是他上面两个哥哥都难以撑下去了。"

神容接受拜见时已经看到了山宗那两个庶出的兄弟，连带各自的妻儿也都恭恭敬敬，心里明白，笑了笑："我看他们并不敢如何，大概不需要我们一直在山家留着来镇的。"

杨郡君愣一下，失笑："就这般被你看穿我意思了。"她这么说，无非是希望他们能在山家停留，越久越好，能不走就更好了，尽管也知道那不可能，山宗还要回幽州。

"罢了，你们能好好的我便满足了，我能看到今日你们一同回来，还有什么可奢求的。"杨郡君说着叹了口气，站起来，朝外招招手，一面冲神容柔柔笑了笑，出去了。

屋内随即进来一群婢女，捧着东西在四下布置。神容看过去，眼神微动，转头朝外看，外面声音略吵，自前院而来，甚至能听见胡十一的大嗓门，像是办喜宴一样。

山家多年没有这般热闹，这热闹持久不散。

山宗也多年没这样参与过热闹，走出那片绚烂灯火，身上还带着酒气。

胡十一跟在他后面从宴席的厅中出来，嘿嘿笑："头儿，我觉着今日好似喝了你的喜酒一样。"

山宗回头："替我挡着他们。"

胡十一还没回话，他就已经穿过廊下昏暗走了。

走回自己当年的住处，到门口正好看见紫瑞出来，手里端着伺候神容梳洗过的铜盆，看到他便见礼退去，脸上还带着笑。

山宗推门进去，看到里面的情形，不禁眯眼一笑，关上了门。屋里软帐明烛，焚着淡香，炭火温热，温暖如春，倒好像是新房。

神容坐在床边，听到声响，轻轻看了他一眼。

山宗走过去，看到床边一张小案，摆着对切成双的匏樽，红丝连柄，盛着酒，笑意更深了："连合卺酒都有。"

神容"嗯"一声，轻声说："倒不知山家准备得如此齐全。"

山宗眼神看到她身上，灯火映着她的脸，将她脸侧一抹似有若无的红也映出来，衬着雪白的脖颈，长睫掩眸，说不出的明艳。

他不觉声低了："正好，当初走得急，没来得及喝。"说着一掀衣摆在她身旁坐下，端起两瓢酒，递给她一瓢。

神容伸手接过来，撇撇嘴："在幽州已被你的兵敬酒喝过一回了，又来。"

山宗想起了她当时不能饮酒的模样，笑："这种酒我可不能代你喝了。"

神容瞄了他一眼，低头便饮了下去，刚喝下一口，又皱起眉拿开了。

山宗看见，脸上笑意更深，就着红丝的牵扯，饮尽了手里的酒，又将她手里剩下的拿过来，仰头一口灌下，一伸手，勾着她腰，低头堵住了她唇。

神容的唇齿被他猝不及防撬开，舌尖沾到了辛辣的酒气，舌根一麻，酒液滚进了喉咙，被渡了口酒，呼吸里都是缭绕的酒气，胸口止不住起伏。

山宗退开，拇指抹去她唇边残酒，声更低了："这样也算喝过了。"

酒气太烈了，神容微微蹙眉，侧脸上的红更显眼了。

"不舒服？"他问。

"没有，"她不承认，躺下，翻身朝里，盖上锦被，故意说，"好着呢。"

山宗盯着她背看了一瞬，笑起来，忽而掀被而入。

神容一下被他抱住了，听见他在耳边的笑声："是吗，我看看……"

她顿时气息乱了，锦被里被他沉沉压住，他在被中低下了头。

山宗盯着她的脸，看到她脸上的红又深了一层，沉沉缓缓，仿佛真是在新婚洞房，少见的柔和。

神容看见他眼神，不禁心跳又急，一只手攀到他胳膊，紧紧抓着他那条斑斓的右臂。这屋中一切如在曾经，只有这布满刺青的右臂，显出真实。

她难受地蹙眉，眼里如浸水光，这么温和，她却觉得更是煎熬，轻轻唤他："山宗……"

"嗯？"山宗低头，贴着她的唇，嘴角勾着。

神容的手滑下，在他腰上抱住，眼中黑亮，脸已红透。

山宗闷哼，一口亲住了她，双手扣住她，在疾风骤雨前低语：“我真要离不开你了。”

烛残天明。神容睁开眼，眼里是山宗清晰的下颌。

神容悄悄看他睡着的模样，脸对着他高挺的鼻梁，只要接近一点就能碰到他鼻尖，他此时轻闭着眼出奇地安宁，她伸出手指，不由自主想去抚摸他的嘴角，又怕弄醒他，手指在他唇边停住，虚抚一下，轻轻起身去拾自己的衣裳，忽然察觉自己居然在笑，差点连自己都没意识到。

“少主。”外面的紫瑞放轻声音唤她。

神容披上外衫，轻轻走去门口，开门出去：“有事？”

紫瑞垂着头在门边道：“杨郡君一早就派人来问，是否要多留几日，她好似很不舍。”

神容昨日听了杨郡君那番话就知道她不舍，想了想说：“反正日子还长，往后再回来的时候多得是，叫她不必伤怀，便这么回话吧。”

紫瑞领了话去了。

神容回到房中，掩上门，坐去镜前时，透过铜镜往床上看了一眼，没看见床上躺着的男人，陡然腰上一紧，身后一只手箍了上来，男人刚穿上中衣的胸膛已经贴住她。

“你刚回了我母亲什么？”

神容透过铜镜看见他扬着的薄唇，他只声音微哑，但眼里清亮，显然早就醒了。

“你肯定都听到了，”她说，“日子还长，往后再来啊。”

山宗故意问：“日子还长是多长？”

神容与他镜中的眼对视，缓缓在他怀里转过身，一手搭上他脖子，轻声说：“你来定好了。”

山宗看着她的眼神渐渐幽暗，深沉如海，胸膛里的那颗心似乎也被她勾紧了：“真的？”

她曾对他说，少得意，要如何才算注定落在他掌心一生一世，全凭她来定。他当时笑着说她可能有朝一日也会对他低头。现在她说让他来定。

“嗯，你定。”神容说。

你来定，以后你在多久，就有多长。

山家大门口，一大群人站着，山家的热闹似乎直到此时才算完全退去。

昨天喧闹到大半夜，山英到这会儿才走出门来，看了看周围，发现山家与她一样的小辈们几乎都在了。她走到山昭跟前问：“长孙星离呢？”

山昭身着锦袍，少年眉眼俊秀，只不过等着给大哥嫂嫂送行，颇有些感伤，听到她问话，才想起还有长孙信在，吸了吸鼻子，看了一圈，没看到人，回道：“昨日不是堂姐与他坐得近吗，舅哥在哪里应该问你才是啊。”

山英认真回想了一下，昨晚她在宴席间与长孙信相邻而坐，的确很近，席间劝了他好几杯酒，本以为他那端着架子的模样是不会喝的，哪知他也没拒绝，都喝了。

后来她又去找大堂哥敬酒，不承想他早就走了，只留了个胡十一在挡酒，那群铁骑长看着彪悍，她也没招惹，只好去与别人喝，喝来喝去就喝多了。再后来是何时离开那宴席厅中的，都没什么印象了。

想起来还有些额角疼，山英揉了揉额，摇头：“我不记得了，早知就少喝点了，本还想去闹一下神容呢。”

山昭小声道：“你敢去闹嫂嫂，是不怕大哥了不成？”

山英一想她大堂哥昨晚走那么早，肯定是先回屋找神容去了，有些后怕地点头：“有道理，还好没去。”

山昭忽然伸手指了指：“喏，舅哥这不是来了吗？”

山英转身往后瞧，果然长孙信从门里出来了，身上一丝不苟地穿着月白的圆领袍，发上束冠，依旧是满身的君子风姿，却跟山英方才的动作一样，一边走一边在揉额头，眉头紧锁。

“星离。”山英走过去。

长孙信抬头看到她，眼神竟闪躲了一下，往一旁站着的山家人身上看去，还好都是平辈中人，大多不熟，轻咳一声。

“你这是怎么了？”山英挺关切地看着他，“瞧着好像是昨晚喝多了。”

长孙信打量她两眼，又看看左右，低低反问：“难道你不记得了？”

“记得什么？”

“昨晚你喝得可比我多得多了，我后来还送了你一程来着，路上我与你说了些事……”

“那就难怪了。”山英明白了，“难怪我不清楚后面是如何走的了，难得高兴，我昨晚确实喝得多，以往可从没醉过。”

长孙信又看了看左右，眉头皱紧，合着她只在意自己这一回醉了？“你后面就全忘了？”

山英看看他，诚实地点头："忘了，你说了什么事，要么再说一回？"

长孙信眉头一跳，脸上一阵青一阵红，握拳在嘴边连咳好几声，仿佛是被呛着了一般。

正当这时候，大门敞到底，门内的人都出来了，山上护军和杨郡君都现了身，一直送出了门，又在门口站了下来。

是山宗回头拦了一下，他身上仍然紧束着那身黑色叠领的胡服，从山家的大门里走出来，一手从仆从手里接过了自己的刀，一手在身边的神容腰后带一下，走下台阶。

杨郡君许是被神容那番话安抚好了，这回没再抹眼泪了，只依依不舍地看着二人。

神容身上罩着墨缎披风，戴着兜帽，腰间环佩轻响，随山宗走到送行的众人跟前。刚站定，山家人便立即都上前来向山宗拜别。

山家小辈，无论男女，从山昭到他那两个庶出兄弟，山英带头的那些堂兄弟姊妹，全都抱着拳行军中礼数，无一不在他跟前毕恭毕敬。神容虽然早就知道他在山家的威慑力，这次亲眼见到，还是不自觉掀了掀兜帽，瞄了他一眼。山宗抬了一下手，众人才直起身。

东来已带人在旁边将车马备好。紫瑞在摆墩子的时候，胡十一和庞录、骆冲等人都出来牵了马。

神容看见长孙信朝自己走了过来，看一眼还在山宗跟前乖乖服帖地站着的山英，轻笑着说："等我走了，哥哥是要在洛阳待上几日还是即刻就回长安都自便，就请山英帮忙安排吧。"

长孙信瞥一眼山英，大概是因为刚才的事还有些气闷，脸色不大自在："你放心好了，不用顾念我。"

山英听了看过来："好啊，这等小事便包在我身上，我一定好生招待星离。他若想回去，我也会好生给他送回长安去的。"

长孙信听了忍不住看看神容，脸上一本正经，却也没说不要的话。

神容冲他微一挑眉，提衣登车去了。踩上墩子的时候，她稍稍身斜了一下，腰侧靠上一截刀鞘，是山宗用刀鞘撑了她一下。他接着又走近，用手托了一下她腰，趁机在她耳边低声说："你还是只在意你我就好了。"

她扭头看去时，他已带着笑，伸手去牵马了。

在众人的送行中，马车上路，还有一队山家军特地在后跟随，要一直送行出城。

山英目送着神容乘坐的马车远去，见她大堂哥提刀策马，始终就在窗格附近，跟山昭小声感叹：“大堂哥对神容真是护到心底去了。”

山昭还没说话，旁边一声低咳：“你对旁人的事倒是看得挺明白的。”自然是长孙信。

山英转过头来：“你怎么好似对我不大高兴，是不是还是因我忘了你说的事？都让你再说一回。”

长孙信脸上好一番变化，拂袖闷声就走：“我昨晚也喝多了。”没喝多能说那些话吗？他真是迟早要被山家人给气死。

往幽州而去，一路顺畅。

天上飘起细密的小雪时，队伍已行至半途一座十里亭。一行人在这里暂停。亭外接连几匹快马奔来，又迅速离去。

胡十一拿着一封册子送进亭内：“头儿，赵刺史的上书已经送到长安了，方才那报信的兵说那几个关外的狗屁专使都离开长安走了，想必圣人应该最后也没点头。”

亭中围坐着一群铁骑长，都在用军粮，饮水。山宗坐在最边上，“嗯”了一声：“自然没点头，否则也早该有消息来了。”

他其实有数，新君虽然年轻，藏着心思，但还不至于在长孙家刚立下大功不久后就又让神容去和亲，那样未免让世家功臣寒心。他伸手去接了那册子。

胡十一道：“这是刚送到的幽州军报。”

山宗翻开看了一遍，很快就合上。

胡十一看他没什么表情，奇怪道：“是幽州出事了？”

山宗说：“没事，一点儿动静都没有。”

胡十一松口气：“那是好事啊，头儿你半路忽然说要他们来报幽州军情，咱还以为幽州有什么事。”

“没什么事才古怪。”山宗将册子收起来，“孙过折来这一出，一定有什么目的，可幽州没动静，或许他的目的不在幽州。”

顿时亭中所有人的视线都看了过来。骆冲听到孙过折的名字时，白疤就开始一跳一跳地抖了，满眼的阴沉。

山宗坐了片刻，拿了身侧的刀站起来：“走吧。”出了亭子，他便朝马车看去。

小雪已经停了，神容在车中大约是等久了，一手掀开车帘看了出来，朝他这里露了下脸，另一只手中捧着暖手炉，烟雾袅袅朦胧了她的眉眼，娇艳得不像话，和他视线相触，她又放下帘子坐了回去。

山宗走过去，透过窗格朝里看："可以走了。"

话音刚落，远处忽有一阵快马驰来，他迅速转头，已听见马上人不断吼叫的呼喝声，尘土飞扬中个个手持大刀，看不出来历，直往他们这里冲来。

"头儿！"胡十一大喊一声，当即跨上了马。

山宗手在窗格上一按，转头唤了声："东来！"下一刻就翻身上了马。

东来马上带着护卫守在车旁，紫瑞已被他推着爬上车，挡住车门。

那群人乱叫着冲到跟前，照着当先的一个护卫挥下一刀，没能得手，又见一群彪悍人马朝自己冲来，慌乱了一样，掉头就跑。

山宗策马疾驰而上，一手抽刀："活捉。"胡十一打头，那群铁骑长反应迅速，全都上马过来，齐齐追了出去。

直到这阵突来的变故在外没了声响，神容才揭开车帘往外看："怎么回事？"

紫瑞脸上还有些惊慌："好像是群土匪，不过就这样吓跑了，肯定也不成气候。"

神容心想这一路都很顺畅，怎么到了这里就遇上土匪了，未免有些古怪。

忽又有一阵马蹄声至，东来防范地看去，见到那是一队兵马，握刀的手才稍稍放松。

一队兵马大约二三十人，领头的一到马车边就抱拳道："幽州军前来接应，奉山使之命来护送夫人先行，以免遭受波及。"

神容问："他现在如何？"

那兵回："山使还在追击那群匪徒，担心惊扰到夫人。"

她点点头："嗯。"

马车跟随他们上路。

神容透过窗格去看那群兵，想起他们刚才的称呼，眼睛仔细盯着他们，看了看他们的马，忽而问："你们是哪个百夫长手下的兵？"

方才回话的那个兵道："夫人不必问了，马上就安全了。"

神容立即抬高声唤："东来！"

顷刻马车一停，东来应声，手中刀已拔了出来。那队兵马似没想到，但很快双方就厮杀了起来。

神容朝外面看了一眼，看到那群兵换了兵器，从马腹下拿出了宽大的弯刀，便知自己没有猜错，掀开车帘，推一下紫瑞。紫瑞忙跳下车去，伸手接她。神容搭着她的手跃下车，没有看一眼旁边情形，趁乱跑了出去。

有马蹄声自后追来，神容没有回头。

无论是装束还是口音，都看不出来他们是关外兵马，来的时机又如此天衣无缝，简直毫无破绽。但他们的马不一样，只是寻常的马，不是幽州军所里的战马，若非她见多了，可能就真要上当了。

东来看见她跑出去时，已看见追过去的一小队敌兵，但只是这眨眼工夫，另一拨人马就如闪电般折了回来。

一左一右两匹快马冲至，直接斩杀了追去的两个马上敌兵，那是骆冲和庞录。山宗策马自他们身后疾驰而出，直接奔向神容的方向。

这一行他们原本是被押送入京，一个兵卒都没带，因而在追出去的那刻就已有所提防，发现那群人马不过是寻常匪类，虚张声势故意吸引他们，山宗便交给了薄仲，立即策马返回。

果然，如他所料。

骆冲和庞录转眼看见那群马车旁的兵马拿着的兵器就认出他们是关外混进来的，二话不说就冲杀过去了。

这一带距离易州不远，易州是唯一还能与关外通商往来之处，关外的敌兵可以混进来，却也只能混进这些。

骆冲握着刀，已经忍不住在狂肆地怪笑了："难得，老子们还能在这里杀一次关外狗。"

山宗一刀砍过一个马上的敌兵，手里的刀掷出去，最前面一个追兵从马上摔倒在地。他冲过去，俯身一把抽出自己的刀，勒住马，已到另一条细窄小道上，四周都是漫漫荒野，没了敌兵，但也不见神容身影。

不远处，胡十一已经跟了过来，清理了他的后路，向他大声报："头儿，追兵没了，铁骑长们都回来了，马车那里也快清完了。"

"嗯。"山宗下马往前，环顾四周，"神……"一声唤还没出口，身后一阵脚步声，他立即回头，手就伸了出去。

神容飞奔过来，一把抱住了他腰，还在喘气："没事，我没事。"

她扑过来的刹那，山宗的胸口都如同被重重撞了一下，没握刀的那只手抚上她后颈，往下一直重重抚过她背上，喘了口气："真没事？"

神容抬起头，脸轻擦过他的衣领："嗯。"

山宗此时才看见她脸上微微的潮红，贴着他的胸前还在不住地起伏，手臂一收，将她往自己怀里按紧了，低头埋在她颈边深深吸了口气，自己的胸膛里才算平静下来。

远处仍有急促马蹄声在奔走，胡十一在传他的命令留活口，似乎所有人都回来了。

山宗终于松开神容，带她走去自己那匹马下，抱着她送上去，翻身而上，赶回马车旁。

厮杀已经停歇，长孙家有不少护卫都受了伤，被东来带着退去了道旁，此时一地尸首中站着的仅剩自家铁骑长的彪悍身影。

山宗扯了下马缰，手在神容脸侧拨一下。神容的脸顿时贴入他胸膛，没能多看，听见他的声音在头顶问："没有活口？"

胡十一在前方大声回答："没有，这群狗贼见势头不对就想跑，跑不成就自尽了。"

山宗冷冷说："清理干净。"

又回到那座十里亭前，神容才抬起头往道上看了一眼，那一群铁骑长虽然是后来杀进来的，却显然是杀得最凶的，骆冲此时还蹲在那儿在一个倒地的敌兵身上擦刀，恶狠狠地呸了一声，一旁的人在迅速清理。

她扭过头没再看了。

"下来。"山宗伸手接住她下马，进了亭中。

神容被他按着坐下，平复了轻喘，又见他走去了亭外。

薄仲回来了，带着两三个同行的铁骑长骑马到了亭外，下来后快步走到他跟前，头上满是汗："头儿，那群土匪不堪一击，不过是寻常的地痞流氓，已解决好了。"

"问出了什么？"山宗问。

薄仲抹把额上的汗："他们是拿钱办事，被指使了来骚扰咱们的，在这里等了有一阵子了，今日等到就下了手。"

山宗颔首，一言不发地又回了亭内。

神容看着他："既然是早就等着的，那就是准备好要引你走开，他们的目的是我。"

山宗沉着眼："没错。"

胡十一和其他铁骑长也都过来了，老远就听见胡十一气冲冲的声音："头儿，都是关外的兵，一定就是那孙子的人了！"

山宗冷笑："这还用说。"不是他还能是谁，难怪幽州没动静，他根本没盯着幽州。

"看来姓孙的是铁了心了，就是抢也要把人给抢回去了。"骆冲在胡十一身边阴笑，顺带瞅一眼亭内的神容。

神容蹙了蹙眉，去看山宗，他就站在她身前，马靴挨着她的裙摆，一动不动，如在沉思。

胡十一看那边清理得差不多了，忍不住问：“头儿，咱这就上路？可要我先行回幽州带人过来？”

山宗脚下动了一步，转身说：“不用，就这么走，你们先去，我还有些事。”

胡十一抓抓下巴，瞄一眼亭子里坐着的神容，明白了，朝旁招招手，所有人都退走了。

山宗回头，伸手将神容拉起来：“孙过折素来阴险狡诈，应该会分出接应的人，你被盯上了，不能就这么走。”

神容问：“那你方才还说要就这么走？”

山宗笑一下：“我是说我们，没说你。”

神容盯着他的脸，眼神轻轻转动。

山宗在她眼里稍低头，认真地说：“放心，有我在，谁也别想动你。”

她心头顿时一麻：“嗯，我记住了。”

队伍继续出发，往幽州方向前行。

路上只他们这一行，马蹄声不疾不徐。

那辆马车依然被好好护在队中，却不见长孙家那群护卫，前后左右只是那十数人的铁骑长队伍，山宗打马走在最前方。

胡十一瞄瞄那车，骑着马靠近前方去，小声问：“头儿，咱为何做这样的安排，何不干脆走快些，早日回到幽州不就安心了？”

山宗一手抓着缰绳，一手提着刀，目视前方：“走那么快做什么，关外的让我不安心，我岂能让他们安心。”

胡十一听他这口气就觉得不善，心想还不是为了金娇娇，谁让关外的敢动他的女人。

“听着动静。”山宗忽然扫了眼左右。

胡十一回神，马上就戒备起来。

四周安静得出奇，冷不丁一声尖啸破风而来，一支飞箭射在马车上，一匹靠得最近的马当即抬蹄，一声长嘶。

山宗抽刀，朝射出箭的方向疾驰而去。胡十一紧跟其后，一群铁骑长一瞬间都往那里奔出。

马车边只剩下了两三人还围守着，很快道旁就钻出了人，朝他们冲了过来。

来的是十几个人，皆如之前那群伪装的敌兵一样装束，外罩黑皮软甲，乍一看还以为是幽州军，仔细看才会看出细微的差别。唯有他们手里的刀，因为用不惯中原兵器，拿的还是宽口的弯刀。

守在马车边的两三个铁骑长抽刀抵挡了一番，作势往山宗刚追去的方向退，似已顾不上马车。那十几个手持弯刀的敌兵趁势直冲向马车。

当先一个跳上车，掀开车帘就想往里去，却忽然退出，大惊失色地用契丹语向同伴们低喝——里面没人。

马蹄阵阵，已自周围奔来。山宗带着人疾驰而回，手里的刀寒光凛凛。十几人立即想撤，已来不及，刀还没举起来，左右杀至的人已直接袭向他们要害。

不过片刻，山宗收刀，策马回视，十几人已死的死，伤的伤。

胡十一揪住一个刚将刀架到脖子上的敌兵，一手捏着他嘴，不让他自尽，解了口气般喊道："头儿，这回总算抓到个活口了！"

山宗在马上看了一眼："去审问清楚。"

胡十一二话不说拖着那敌兵去了远处。

山宗在马上等着，一面看了眼那辆朱轮华毂的空马车。

这是计划好的，离开之前差点出事的地方时，他已经和神容分开，他去前方扫清余敌，让神容跟在他后面不远处，只走他清扫过的路。

又过片刻，远处没了声响，胡十一处理好回来了："头儿，他们一共就混入了这么多人，这十几个是等在这里接应的，见前面的没得手就又下了一次手。"

山宗问："目的问出来了？"

胡十一气道："没！这人说就知道这些，咱几人都下狠手也没问出啥，可见是真话。他只说是他们城主吩咐的，无论如何都要将人带回去，带活的！"

若非怕山宗不高兴，胡十一都快要说是不是姓孙的真对金娇娇起心思了，还真就非要将她弄到手了。悄悄看一眼山宗，果然见他面沉如水，眼底黑沉，他老老实实没敢吱声。

山宗扯一下马缰，往前走："到檀州了，再往前去搜一遍，以防他们还有接应。"

胡十一赶紧上马跟上。

众人利落干净地处理了四下，继续前行。骆冲在马上跟庞录笑着嘀咕："有意思，卢龙军被带回来了，姓孙的不报复咱们，倒只顾着抢女人了。"

不出十里，荒道之上，远处尘烟拖拽而来，在阴沉凉薄的天光里看来不太分明。庞录骑着马走在前面，一看到就回头示警："好像又是兵。"

骆冲当即就想拔刀。

山宗看了两眼，说：“那是檀州军。”

檀州军身着灰甲，很容易辨别，这一队人约有四五十，看来是惯常巡视的队伍，自远而来，直冲着这里方向。

山宗勒马停下，看着领头而来的人。

对方身着泛蓝胡衣，身配宽刀，打马而至，一双细长的眼早就看着他，是周均本人。

“我的兵来报，这里刚有交手动静。”他一到面前就道。

山宗“嗯”一声：“我们在你地界上动了手，不过是关外兵马，没道理不动手。”

周均上下看他两眼，这次居然没有找事，反而说了句：“听闻你去过长安了。”

“看来我被查的事已经谁都知道了。”山宗漫不经心地一笑。

周均眼睛在他身后那群跟着的身影上一一看过去，尤其在最眼熟的庞录身上停了停，又道：“还能在我地界上和关外的动手，看来你也没什么事，正好，送你一份大礼。”

山宗眼睛扫去，见他从后招了下手，两个檀州兵下马，将最后方马背上的一个人拖下来。那人双手被绑着，被一路拽过来，一下扑跪在地上，面容枯槁，发髻散乱，朝着他慌忙喊：“山大郎君！山大郎君饶命！”

山宗打量他好几眼，才认了出来：“柳鹤通？”

“是是是，是我……”

山宗看一眼周均：“你抓到的？”

周均口气是惯常凉丝丝的：“也不算，你们动手的时候我率人赶过来，这个人在逃，正好撞上我的人马，晚一步，你们就到了，他还是逃不掉。他自称是幽州大狱里的犯人，自愿回幽州大狱。”

柳鹤通立即道：“是，我自愿回幽州大狱！只求山大郎君饶我一命！”

山宗大概有数了，搜这一遍居然搜出了他来，一偏头，朝后方看一眼：“十一。”

胡十一从马上跳下来，几步过来，拖了柳鹤通就回了队伍。

柳鹤通吓得直哆嗦，也不敢多言。

“带回去细审。”山宗抓住缰绳一扯，又看一眼周均，“大礼我收了，告辞。”

周均看他所行方向并不是往前直去幽州，却仍在他檀州地界上，皱眉问：“你还要去何处？”

“去接我夫人。”山宗已径自策马远去了。

一路顺畅，再无危险。山宗疾驰，一马当先，直到约定好的地方，看到那座熟悉的道观山门。

长孙家的护卫们似乎刚到，正在进出山门忙碌，观前停着一辆普通马车，只两马拉就，毫不起眼。他一跃下马，大步过去，左右顿时回避。

马车门帘垂着，安安稳稳。山宗一直走到车旁，对着帘子看了好几眼，心才算彻底归了位，伸出手，屈指在车上敲了两下。

“谁？”里面神容警觉地问。

山宗不禁扬起嘴角：“我，找人。”

里面顿了一顿，神容声音放平缓了：“你找谁啊？”

山宗抱臂，盯着车帘，不急不缓地说：“找一位金贵小祖宗。”

“是吗，哪家的小祖宗？”

没有了回音。

神容在车里，手指正捏着袖间的那块崇字白玉坠，忽然察觉外面没了声音，还以为他走了，立即掀帘探身出去。刚出去就被一把接住，山宗的双臂牢牢抓着她抱住，脸贴近，蹭了下她的鼻尖，嘴角轻勾：“我家的。”

神容怔了一下，搭着他的肩，慢慢牵起了唇。

这一路神容离得并不远，为防有险，几乎就紧随在山宗后面，只是一直都悬着心，随时提防。现在他到了，心就定了。

道观里很快就安顿好，知观刚来见了礼，退去了。

神容站在三清殿里，看向身旁的男人：“你这一路好似有意走得很慢，到现在才到这里。”

山宗挺拔地站着，转头看来，扫一眼门外，故意低声说：“有人要抢走你，自然要弄清楚目的才能回去。”

神容瞥他一眼，轻轻地说：“他又抢不走……”

山宗嘴角扯开。

殿门外面冷不丁传来了胡十一的声音：“头儿！”

他已带着人抵达道观了，一脚跨进来，看到殿中就站着山宗和神容，才察觉自己有点冒失，嘿嘿笑一声：“头儿，我没打扰到你们吧？”

山宗看一眼身边看似若无其事的神容，问：“何事？”

胡十一想起来意，不笑了，指着门外道：“就那柳鹤通，我本想马上去审他来着，谁知那老东西非说有话只与你说！还挺犟！”

“谁？”神容有些诧异地看了过来，“他不是被关外的带走了？”

“嗯，是他。”山宗说完看了眼胡十一，冷笑，“也好，那就由我亲自去审。”

胡十一没好气道："老东西，敢要你出面，真是不怕死！"

道观后院里，一间柴房紧闭，只窗户里漏入了光。柳鹤通被关在里面，手还被结结实实绑着，战战兢兢地坐在柴堆旁。

忽然门开了，他吓一跳，看到来人，忙又激动地挪了两步："山大郎君！"

山宗反手将门合上，垂眼盯着他，顺手将手里提着的刀点在地上。刀鞘落地铿然一声，柳鹤通哆嗦一下，想起了眼前这人的狠厉手段，脸都没了血色。

山宗冷声开口："孙过折此番派人混入，你是跟着他的人入关的了？"

柳鹤通又哆嗦一下："是，是跟着他们来的，但我跑了！"说着他又忙不迭道，"山大郎君饶命，我自愿回幽州大狱啊！"

"何必说得如此乖顺，"山宗冷笑一声，"难道你当初不是想趁机逃出大狱，心甘情愿被他们带走的，还真是被抓走的？"

柳鹤通被绑着的手抖索，枯槁的脸上哭笑不得："瞒不过山大郎君，我当初确实是想逃……"

那次关外大军来犯，夜晚时幽州大狱被攻击，他在牢中听到动静，起初还以为是又一次大狱暴动。后来狱卒们终究抵挡不住，幽州大狱被攻破，进来了一群人，除了无法打开的底牢，他们在各处搜找关外犯人。

柳鹤通受够了幽州大狱里的折磨，日夜盼望着出去，当时见他们将要从自己牢房外经过，顾不上其他就朝他们大喊："救我！我乃前任中书舍人！先帝面前重臣！快救我！"

那群人本已经过去了，听到他的喊声竟然真的返回，领头的首领问："你是你们老皇帝面前的重臣？"

柳鹤通这才察觉他说汉话生硬拗口，借着火光，又发现他的穿着打扮是个契丹人，只好缩着点头。而后他就被这一队契丹兵拽了出去，直接带出了大狱，甚至后来还出了关。

"就……就是这样……"柳鹤通哆嗦着说完，不敢看山宗，"我就这样被带去了那孙过折的面前……"

山宗沉眉，一身森冷地站在他面前："那想必你很清楚孙过折的目的了。先是和亲，后是派人入关掳人，如此不计后果，他到底有什么企图？"

柳鹤通神神秘秘道："他在找东西，找了很多年了，当初带走我就是因为我是先帝跟前重臣，想从我这里得到消息。自我出关后，他们终日盘问我，自宫中到朝中，问了许多古怪事情。后来又问我长安长孙家的传闻是不是真的，都说是长孙家发现了幽州金矿，长孙家又有哪些人来过幽州……我告诉他我只见过长孙家的小女儿，她曾在幽州大狱里挑选过犯人……他……他就认定了那东西长孙家才有！”话音猛然收住，因为他发现山宗的眼神已经沉了，瞄了眼他手里的刀，面如土色。

山宗冷冷盯着他，心里过了一遍："这是何时的事？”

柳鹤通缩着干瘦的身子回想："好似……好似之前关外出了什么事，听说有群人从他眼皮底下跑回关内了，那孙过折十分生气，从那时候起他就开始更急要找那东西了，才有了现今的事……”

山宗沉声："他要找的是什么？”

柳鹤通忽然激动道："他就是个疯子！他绝对找不到！我趁他们此番要摸混入关，提出给他们做内应，借机跟他们回了关内，又趁他们去拦截队伍就跑了，不想正好撞上檀州军……”

说到此处，察觉这么说还是暴露了自己想逃的事实，他忙又道："不不，是我主动找上了檀州军……山大郎君明鉴！孙过折真是个疯子，那东西注定是找不到的，就是真掳了人回去我也是个死，我情愿回那幽州大狱，再不想去关外了！”

山宗霍然抽刀指着他："到底是什么！”

柳鹤通这才一下噤了声，又畏惧地哆嗦开口："我说，我说……”

半个时辰后，山宗拎着刀离开那间柴房，一把将门关上。

胡十一跟了过来："头儿，咋样？”

山宗说："将薄仲叫来。”

胡十一愣一下，转头去叫人了。

薄仲不多时就到了。山宗已走回那间三清殿外，手上摩挲着刀柄，还在思索柳鹤通的话，左右有经过的道士见状连忙回避开去。

“头儿，你找我。”薄仲向他抱拳。

山宗问："我记得我去关外找你们时，你曾说过，孙过折喜欢活捉你们？”

“没错，”薄仲回想起此事，脸上铁青，额间皱纹横生，“他一心把咱们一网打尽，抓咱们的时候都尽量留活口，好像是要盘问事情，也有弟兄说是要跟朝廷谈判，但我们都未叫他得手，因而不知详情。”

山宗点了点头："我知道了。”

薄仲看了看他神情："头儿因何忽然问起这个？”

“为了知道孙过折的目的。”山宗说，“他比我想的还要敢盘算。”

神容刚被请去用了斋饭，又回到三清殿里等着，一旁是紫瑞在与知观小声说话。

“有劳知观，就不必另外安排客房了，那位是我们家少主的夫君。”

知观呼了一声“三无量”：“原来如此，原来如此……”

神容暗自听着，捻了一簇香在手里，轻轻笑了笑，想来知观如今也很意外。身旁一暗，她抬眼看去，香放了下来。刚说到夫君，他就到了。

紫瑞和知观都离开了，殿中又只剩下他们二人。

“问清楚了？”神容问。

山宗挨着她的那只手拿着刀，换到了另一只手上：“嗯。”

神容不禁声低了些：“他有何图谋？”

山宗看着她脸，忽然问：“你可听说过‘山河社稷图’？”

神容一怔：“‘山河社稷图’？”

山宗点头：“孙过折一直想得到一个东西，柳鹤通说，那就是‘山河社稷图’。”

刚才，就在那间柴房里，柳鹤通也问了类似的话：“山……山大郎君听说过‘山河社稷图’吗？”

神容眉头蹙起，一脸不可思议。

山宗笑一下：“我也觉得不可相信，但柳鹤通就是这么说的，据说孙过折已经为此找了好几年。他曾经听说过，中原皇室有份宝图，内含山川社稷，有详细的关隘军事，甚至还藏有宝藏，得到了就能问鼎中原。从此，他们就管这个叫‘山河社稷图’。”

神容怔了一瞬，继而感到好笑：“别说闻所未闻，便是皇室真有，他一个关外人又是如何知道的？”

山宗说：“李肖崮。”

李肖崮是宗室出身，曾在先帝跟前算受器重，成了幽州节度使后与孙过折勾结，他的部下甚至说过他们曾一度称兄道弟，这当然是李肖崮告诉他的。所以同样身为先帝跟前重臣的柳鹤通才会被带去关外，盘问消息。

柳鹤通说，孙过折有意无意提及过，李肖崮曾在先帝跟前得知朝中留下了一份记载了山川社稷的宝图，只要得到就能通晓天下山川机密，可直入中原大地。

山宗声音压低：“孙过折野心很大，他准备凭借这个联结关外各部与各方势力，大举进军中原。”

当年在与李肖崮对峙时，他曾大言不惭地声称，待他们与朝中讲了条件，就会有大军集结。山宗此时才清楚他因何有底气说有大军集结。他们从一开始就打算得到这所谓的“山河社稷图”，再借此号召联结各部势力，一举来袭。当初孙过折在追剿卢龙军时，还想着活捉他们搜集消息，甚至以他们来作筹码。

神容看了眼面前的三清塑像，只觉得可笑："可'山河社稷图'不过就是个传说罢了，从未有人见到过，他也信？"

山宗"嗯"一声："柳鹤通也不信。"所以他跑了，认定孙过折不过是异想天开，注定找不到，迟早是个死，不如趁乱回关内保住一命。

他声音低了些："但关外已经信了，否则他上次就不可能集结到十万大军。"

神容看着他："就算他要得到此图好了，与我又有何关联，为何盯上了我？"

山宗抬起黑漆漆的眼看着她："他如今认定这东西就在长孙家。"

神容在他眼神里忽然意识到了什么，想起方才所说孙过折集结到的十万大军，那是因为金矿，脸色淡了下去。

山宗盯着她，沉缓说："你的手里，不就握着一份天下矿脉图吗？"

神容唇动了动："我的书卷。"

天已黑了，道观内逐渐安静下来，山门外却又传出了马嘶声。

胡十一吃饱喝足，直奔柴房，将刚刚才松绑休整过的柳鹤通又绑回去，拽着他出去，直往山门外走，要即刻带他上路。

经过道观内的一道小门，两三个铁骑长等在那里，薄仲在其中，上来帮胡十一拽了一把柳鹤通。

山宗站在他们旁边，逆着门边的灯火，身上已经卸下了护腰、护臂，却周身凛然如同修罗："这是我的安排，跟他们几人走，一切按照我的吩咐做，保你一命。"

柳鹤通始终战战兢兢、哆哆嗦嗦："是，是……"

山宗看他一眼："还有什么要说的？"

柳鹤通道："有！山大郎君要留心都中。我听那孙过折的意思，若是求亲不成，他派的专使临走前还会在长安生事。"

求亲的确没成，孙过折派的专使也离开长安了，那要生事也肯定已经生了。山宗摆一下手，胡十一拽着柳鹤通，与薄仲几人出山门去了。

山宗转身往后走，没多远，看见女人如水的襦裙衣摆，半边浸了灯火，就在他面前，是神容。

"你都听到了？"山宗问。

"听到了。"神容刚才亲眼看着柳鹤通走的，自然听到他所说的话了。

"看来他说的应当是真的，孙过折要的东西，应该就是我手上的书卷。"

李肖崮会告诉孙过折这东西出自皇室，是因为这书卷本就是当年长孙皇后亲笔所留。

山宗“嗯”一声。

神容抬起头，眼神动了动，眉蹙着，沉默了一瞬才说：“他已经找了几年，会不会当初针对卢龙军就是因为……”

“不是因为这个。”山宗立即打断她，“他是现在才知道这与你有关，如果早知道，那前几年就对你下手了。”

神容轻轻合住了唇，心缓缓松了下来。如果是因为这书卷让他的卢龙军遭受了这样的重创，她光是想也没法想。

山宗看着她沉凝的眉眼，雪白的脸微微低着，长睫掩眸，在灯火里被描得明艳动人，他一抬手，托起她下巴：“你少胡思乱想。”那只手又垂下去，抓了她的手，用力一拽，“过来。”

神容被他推入房中，门合上，头抬起来，刚对上他脸，人就被他抱住了。她几乎立即就伸出手，去搂他的脖子，紧紧地贴入他怀里。

山宗看到她的脸被晦暗灯火映着，只盯着床帐，低头：“还在多想？”

神容抱着他脖子，眼神转到他脸上：“不是，我想起了别的。”

“想起了什么？”山宗贴到她脸。

神容眼里盛着一点烛火，如润水光，眼珠轻转，缓缓扫视这道观里睡过好几次的床榻：“我在这里，做过一个难以启齿的梦……”本来已经忘了，甚至还在想着她的书卷，但被他刚刚按上来的刹那，又一下记了起来。

山宗低笑：“就是梦到我的那个？”

神容耳后一下热了，他竟还记得。她迎着他视线，眼睫微掀，忽而昂起头，贴到他唇上，轻轻蹭过去：“我可没说是你……”

山宗声音沉沉地笑：“那我一定要让你记清楚点。”

神容一声轻哼，不自觉微微眯眼，隔着垂帐，灯火暗淡迷蒙，他箍着她腰的手臂上，斑斓的刺青都已模糊不清。这一瞬，真似与梦中情形重叠了一般。

山宗紧抱着她笑：“这下再说是不是我？”

神容的手摸到他后颈，手臂环住：“是你……”不是你还能是谁。

山宗沉笑：“我是谁？”

神容眼睫轻颤：“山宗。”

“就这样？”他似不满意，声低沉嘶哑，“夫人应当换个称呼。”

神容一下贴在他耳边，张开唇：“崇哥？”

山宗的呼吸和她的缠到一起：“还有呢？”

神容眉心时紧时松，先前在想什么，担心什么，全忘了，眼里只有他这个人：

“夫君？”

山宗的眼神似乎瞬间就深了。她又昂起头，直迎向他深沉的眼眸，启唇：“宗郎？”

山宗霍然将她抱起：“嗯。”他笑着应了，贴着她的胸膛在这一声后剧烈跳动，忽而一把掀开垂帐，烛火透了进来，映着彼此相对的脸。

“看清楚了，你永远就只可能是我的。”

不知多久，天已隐隐青白，烛火早已熄灭。人已停歇，一眠方醒。

神容枕着手臂伏在床沿，青丝早已不知何时散开，铺在背上，滑落一缕在肩头。

之后再也没做那个梦了，大约是因为梦已成现实，或许早在来幽州时，这就已是冥冥中注定好的事。

那一缕随即被两根修长的手指挑开，山宗那只斑斓的手臂动了一下，人贴上来，脸挨在她颈边：“什么都别多想，我不会让你有任何事。”

神容只轻轻“嗯”一声。他那般摆弄她，不就是不想让她多想。

“不信我？”山宗在她耳边问。

她回头轻瞥去一眼：“是没力气了。”

他咧了下嘴角。

神容趴着，忽然说：“不知道长安现在如何了。”

山宗笑敛去：“我们走得慢是对的，若有事，也可以及时应对。”

长安晴空万里。

长孙信慢慢悠悠骑着马入了城，一边走，一边往后瞄了两眼。后面是一群护卫，但护卫前紧挨着他不远的就是山英的马。

她坐在马上，束发男装，英姿飒爽，正好看到了长孙信的眼神，拉拉缰绳靠近些道：“到今日才回来，赵国公和裴夫人不会怪罪你吧？”

长孙信在洛阳着实待了好一阵子，料想神容都已经随山宗回到幽州了，实在不好多待，才赶回来。此时听了这话，他脸色不大自在：“我本不想待那么久的，还不是你非要挽留。”

“我那是想知道你那晚到底说了什么啊，这么些日子了，还是不肯说。”山英叹气。

她不提还好，提了长孙信就有气：“你便不会自己好好想想？”

“没想起来。”山英实话实说。

长孙信越发没好气，没想起来，那就是没拿他的话当回事！“一看就没好好想！”他低低道。

山英没听见，指了一下前面：“到前面的朱雀大街就该停了，我就送你到这里了。”

街上人来人往，偶尔有百姓经过，都在打量他们。

长孙信心里不痛快，此时听她这么说，那不痛快又转换成离别的不快了。他干脆下了马：“去前面酒肆，我做东请你，算作答谢。”

山英跟着他下马：“好啊，那我就不客气了。”

酒肆里正当热闹，长孙信打发了护卫们先回赵国公府报信，当先走了进去。山英跟着他进了间雅间，刚坐下就道：“料想我大堂哥和神容应当早到幽州了吧，看我大堂哥对神容的样子，他们定然是每日都如胶似漆的了。”

长孙信在她对面风姿翩翩地一坐，看她两眼：“你还是管好你自己吧。”

山英往他跟前凑近道：“我又没什么事，除了我大堂哥和神容的事，我就想知道你那晚到底说了什么，可你又不愿意说。”她平日接触最多的都是山家军，习惯了直来直去，真不习惯被悬着吊着，越是这样越是在意。

长孙信乍见她接近，还左右瞄了瞄，看到她脸上神情认真，心里又好受起来了，甚至还露了笑容：“你当真在意？”

“自然，我都愁闷多日了，你就不能再说一回吗？”山英一本正经地盯着他，“星离，你就再说一遍吧。”

长孙信这才算是真好受了，施施然理一理衣袖：“也不是不可以……”

恰好外面的伙计进来问菜目了。他抬一下手，示意稍后再说，山英只好等着。

长孙信脸上还有点笑，刚要发话，却见那伙计一直打量他，不禁留了个神：“怎么？”

伙计忙道：“没什么，是小的无状，请长孙郎君点菜目。”

长孙信稍稍停了一停，又听见外面的话语声，方才进来前没留意，此时才发现好像在议论他——

“刚才进去的那可是长孙侍郎？”

“是吧，长孙家前面刚出了那样的风头，也不知那传闻是真是假……”

他觉得有些古怪，起身出去。山英也察觉不太对劲，跟了出去。

长孙信刚到外面，讨论声便小了，门外一个护卫匆匆走了进来，正是他刚打发走的。他越发觉得不对，往两边看了看，立即走过去，直到门外。

“郎君，”护卫向他低声报，“半路遇上国公，他得知你回来急唤你回去，府上有急事。”

"何事？"长孙信忙问。

护卫道："国公说都中近来不知是何处起的流言，说长孙家私藏了皇室密图才有了如今的本事，已传遍全长安了。"

长孙信大惊："什么？"难怪方才那群人在窃窃私语。

"怎么了，星离？"山英已经跟出来了。

长孙信回头看她一眼，皱着眉道："我还有事，要即刻走了。"说完便赶紧去牵自己的马。

山英不明所以："你话还没说。"

长孙信在马上又回了下头："还是下次再说吧！"

山英看着他就这么急匆匆地打马走了，又往身后的酒肆看了一眼，心想长孙家这莫非是出什么事了？

赵国公府里，近来颇为沉肃，就连仆从们在府中四下走动的脚步都轻缓了。

裴夫人在厅中端庄地坐着，眉头紧锁，搁在手边的一盏茶早已凉透，却一口未动，只时不时朝厅门看一眼。好一会儿，终于看见长孙信从门外走了进来。

裴夫人立刻问："如何？"

长孙信身着官袍，一丝不苟，摇头道："未能得到什么消息，只看父亲那边如何说了。"

他是从工部回来的。自那日在酒肆里与山英分开，返回赵国公府后他便连着几日都在奔波。但宫中没什么动静，只在今日，圣人忽然召见了赵国公。

裴夫人揉着手中的帕子："也不知是从何处突然冒出这等流言蜚语，你父亲到现在还未回来，更不知圣人会如何说。"

长孙信安抚她："母亲不要太担心，长孙家立了大功，有那座金矿在，圣人当会顾念。"

裴夫人叹息一声："只怕会叫圣人种下疑心……"

长孙信也沉默了。这等流言蜚语看似没有根据，却最容易叫人生疑。

裴夫人是经历过先帝一朝的，先帝便是最容易生疑的秉性。历来伴君如伴虎，如今的少年帝王一直与大臣不远不近，还未能叫人彻底摸清，登基以来又拔除了很多世家旧臣，万一就揪住了这一项有心对付长孙家可如何是好？说不担心是不可能的。

正相顾无言，赵国公回来了，入厅时一身厚重的国公朝服未除，脸上严肃。

"父亲，"长孙信迎上前，"情形如何？"

裴夫人站起来："圣人都问你什么了？"

"问了许多，"赵国公皱眉道，"圣人知道我们长孙家藏有能探山川的东西。"

裴夫人一惊："圣人知道？"

长孙信也觉得不可思议："圣人怎会知道？"

赵国公踱了两步："这便是圣人捉摸不透之处，早在当初幽州挖出金矿之后，宫中便在这其中查过一番。圣人虽不知我长孙家有的具体是什么，但一定有东西相助，才会代代有此本事，但他一直未提，直到此番流言四起。"

这番话一说，足以叫所有人都提心吊胆。裴夫人脸色都已有些发白："那卷《女则》……"

别人不知道那流言真假，他们长孙家却很清楚，所谓的皇室密图没有，但要说他们长孙家的本事，那便是那本《女则》。看来是有人盯上了那份书卷。

裴夫人小声道："圣人查过长孙家，莫非对长孙家……当初也生出过除去的心思？"

长孙信脸色也严肃了："母亲莫要自己吓自己，圣人是新君，登基不久，自然要摸清各家大臣情形，若真有那心，早就下手了，他后来不还赏了我们功勋，只看他如今如何定夺就好。"

赵国公道："圣人如今什么也没说，只说想看那份图，或是与其有关之物，他想知道究竟是什么造就了这流言。"

裴夫人脸色愈发不好："只是看看？怎会如此简单？"

长孙信想了想："圣人有令，自然不得欺瞒违背，可要图，除了阿容，谁还能将那书中文字转化为图，难道要叫她回来？"

裴夫人立即道："不，好不容易将阿容送走，她险些和亲的事刚解决，千万不要叫她回来。"

赵国公又踱了一圈步，沉吟道："我手上尚有书卷里的几份誊抄文字在，只待破解了画成图，再加上阿容当初描出来的幽州矿脉图，上呈宫中，或可让圣人打消疑虑，也或能保住书卷。"

外面忽有仆人来报："裴大郎君携大女郎回来了。"长孙澜随即就走了进来，身后跟着一道赶来的裴元岭。

"父亲，母亲，事情如何，可有我能相助的？"长孙澜温声问，一脸担忧之色。

裴元岭也道："姑父、姑母有任何事要帮忙，皆可直言。"

赵国公点头，对长孙澜道："正好，你也一并来解文描图。"

长孙信看了看堂姐，凑近父亲身边低语："那可不是谁都解得了的，父亲，真不要叫阿容回来？”

赵国公看一眼裴夫人，亦低了声：“我也不希望阿容回来，圣人既然要图便给他图，最好不要让阿容卷进来。”他说着一声低叹，“圣人远比我们想的更不简单。”

赵国公府上的气氛又更凝重了一分。

又是一日过去，一清早，府上便鸦雀无声。赵国公告了假，如今终日都只待在书房内忙碌。长孙信一身便袍，也已连着几日没有出门，手里拿着几张誊抄的文字，一脸沉重地从园子里走出，直到廊上。

一个护卫小跑过来：“郎君，查遍了全城，那传言据说是几个外族人传出来的。”

“外族人？”长孙信没好气，“哪里的人，逮到没有？”

“没有，找不到他们了。”

长孙信摆手，低低道：“连是哪里的人传的都不知道！”

“契丹人。”

忽来一句回答，长孙信转头看去，顿时眼中一亮：“阿容！”

神容正朝他走来，身上罩着厚厚的披风，一手揭去兜帽。

长孙信说不上是惊是喜：“你不是已到幽州了，怎么返回了？”

神容走到他面前：“长安的事我已听说了，是孙过折做的，我回来便是为了这个。”

长孙信讶然：“又是他！”

神容看了一眼他手里的纸张：“你在做什么？”

长孙信正愁此事，便一五一十将前后事情都告诉了她，包括帝王说要看图的事。他低声道：“圣人对此事态度不明，朝中风向也不明，我们都摸不清圣人是何意，越是这样，越是心中不安，只怕惹了圣人的猜忌，若有人添油加醋，那先前立的功也都白立了。”

神容点了点头，脸上神情平淡。

长孙家曾经最担心的事莫过于此，担心帝王发难，家族难全，没想到如今是在这样的境地下到来。

长孙信抬手示意她等等：“我去告诉父亲母亲你回来了。”

神容看他走了，转身走向园内。

园中一角，两株葱茏松树树干笔直，旁边倚着身姿颀长一身漆黑胡服的山宗。他抱刀在怀里，小腿上的马靴沾着尘土，是带着她一路驰马抄近路回来所致。

神容走过去，刚要说话，他手臂一伸，勾住她腰拉过去，一手捂在她嘴上，头朝园中一歪，低声说：“有人。”

神容眼看过去，园中亭内坐着她堂姐长孙澜，金钗环佩，鹅黄襦裙，面前石桌上铺着一张张纸，她手握一支笔，缓缓搁下：“我到底还是比不了阿容，解不出来。”

“那何不与姑父明说。”裴元岭自她身后走出，站在她旁边。

“我想解出来，”长孙澜秀眉微颦，“我也是长孙家的子孙，却帮不上忙。”

裴元岭笑了笑，宽慰她：“解不出来也没什么，你还是我裴元岭的夫人。”

“这不过是你宽慰之言。有时我也希望自己不仅仅是你夫人，也能有独当一面之能。”长孙澜顿了顿，轻声轻语地道，“你我相敬如宾这么多年，如今长孙家面临危局，倒也不必遮掩了。谁都知道，当初裴家表亲们全都惦念的是阿容，我知道你也是。”

神容愣了一愣，想起她堂姐曾说过大表哥有话也不会与她多说，原来早就藏着个心结。嘴上却还被山宗捂着，他勾着她腰的手臂也环紧了，脸抵在她颈边，低笑一声，也不知在笑什么。

亭内安静一瞬，裴元岭叹了口气，在妻子身旁坐了下来：“那都是多少年前的事了。这天下独一无二的人谁都会去想，但也会有同样独一无二的人去匹配。我自认不是那一等一的人物，天上独有的日月都摘不得，能摘得一颗明星，便已心满意足了。”

长孙澜不禁朝他看了过去：“我也可算明星吗？”

裴元岭笑着抓住她手：“自然。”

“我还以为……”长孙澜没说下去，声音轻了。

神容拉下山宗的手，轻轻道：“想不到大表哥还如此会哄人。”

耳边传来他的低语：“嗯，只比我差一点儿。”

她立即想转身，被他紧搂着往后一拽，察觉那边似已有视线看来，忙随着他快步躲开去。

直到假山后，两人才停下。

山宗脸上的笑抿去：“孙过折盘算得很精明，求亲不成便散布传言，碍于帝王猜忌，你也不会让书卷留在长安，这样随后掳走了你，书卷便会落在他手上；若没掳走你，帝王猜忌或也能帮他将书卷引出来，省得他再下功夫另找。看刚才情形，圣人确实关注起了书卷。”这就是孙过折狡猾之处。

神容一手搭在他胳膊上，手指轻轻拨着他衣袖上紧束的护臂：“好在我回来得及时。”

山宗手臂在她腰上一紧：“我此时明面上已在幽州镇守，不在长安，书卷的事会暗中配合你。”

神容回过味来：“你是不是要用柳鹤通对付他？”

山宗眉峰低压：“柳鹤通多嘴，才叫孙过折留意到你身上，他这也算是将功折罪。”否则他岂会轻饶了他。

那晚他让胡十一和薄仲带柳鹤通离开，正是提前折返了长安。如今他隐藏行踪，看似人已在幽州，是为故意转移关外视线，孙过折此时一定留心着长安城的动静。

“你想主动对付孙过折？”神容蹙眉，“圣人还没信任你。”

山宗嘴角扯了一扯：“我知道，但或许这次是个机会，我早就不想放过他。”他早就想出关外了。

失散的卢龙军，失落的蓟州，都在关外，只不过没有机会罢了。

神容眼神轻转，落在他抿紧的唇上：“我明白了。”

“阿容？”长孙信亲自过来找她了。

山宗松开她，笑一声：“我就不去见岳父岳母了，装不在得装像一些，等我收拾了孙过折再来告罪。”

长孙信很快找了过来。

神容自园中走出，对他道：“走吧。”

长孙信走在前，直到厅中，赵国公和裴夫人已经都在，看到她无不诧异。

“你怎么回来的？山宗呢，他让你一个人回来的？”裴夫人接连问，“这事真是孙过折做的？”

神容说：“母亲不必着急，这都可以慢慢说，我只想知道圣人除了说要看图，还跟父亲说了什么？”

赵国公沉默一瞬道：“其实圣人除去问图一事，还问了我一个古怪的问题，他问以我对山的了解，当初可曾为先帝谋划过什么，正因如此，此事才显得严重。”

裴夫人错愕，先前他没说，竟不知还有此一问，牵扯上先帝，那就明明白白是被猜忌了。

神容也不禁微微变了脸色，轻轻抿了抿唇，一手摸到怀间锦袋：“既然如此，书卷在我手里，由我入宫面圣。”

宫中，殿宇内安安静静。

一清早，垂帐悬起，帐后案台上燃着袅袅龙涎香，清瘦的少年帝王身着明黄圆领袍，端正坐于案后，手里刚刚放下一份专查那流言蜚语传播的奏章。

河洛侯端正地站在一旁："陛下当日对赵国公有那样一问，是觉得长孙家不可信了？"

少年声音道："赵国公并未遮掩，据实以告，朕也查明先帝晚年疑心深重时，被疏远的各大世家里，就有长孙家和裴家在列，他应谈不上为先帝谋划。"

"那便是长孙家可信？"

"等朕见到那所谓的'秘图'才能知道。"

只要是出自宫中的东西，宫中或多或少都会有些痕迹流传下来，有了方向便很好追查，长孙家确实有什么东西在手中，只是似乎与传言有所不同。

河洛侯道："当初若臣顺利派人经手了矿山，大约就能知晓长孙家的秘诀所在了。"那正是他当初主动提出可为长孙家开矿相助的原因。

帝王抬起年轻的脸："如此不是更说明长孙家有独到之处，越是有家传之能，才越会不希望外人介入。"

河洛侯笑了笑："陛下所言极是，料想赵国公今日该入宫来面圣了。"

话音刚落，小步进来一个内侍，在帝王跟前低声禀报了两句。

少年帝王朝殿门看过去："来的不是赵国公。"

河洛侯略为诧异地看他一眼，随即搭手，躬身告退。

帝王点点头："宣。"

内侍即刻退出了殿门，高声唱："宣赵国公府女郎觐见。"

一道纤挑身形自殿外走入。神容发髻高绾，点描眉目，身着庄重襦裙，收束高腰，双臂间挽着柔纱披帛，钗环腰佩随脚步清悦轻响，至殿正中，敛衣下拜："长孙神容拜见陛下。"

未曾抬头，隔了幽深的大殿，帝案也数丈遥远，看不见少年新君的神情。过了片刻，才听到帝王年轻的声音："你便是那位不久前被契丹请求和亲的赵国公之女，山宗的夫人？"

神容沉静地垂着头："是。"

"为何是你来拜见？"

"因为只有我能来向陛下献图。"

殿内稍稍寂静了一瞬，仿佛是在思索这话中意味，而后帝王才又开口："图在何处？"

神容手从袖中抽出，捧着一只卷起的厚厚黄绢："便是此物。"

内侍上前，双手接过，直呈送至案前。神容此时才稍稍抬眼看去，那明黄清瘦的身影徐徐展开了黄绢。没多久，那手就停住了。

"这是什么,《女则》?"帝王虽然年少，但一直刻意压着声，沉稳非常，只此时，声音里的疑惑才显露了与年纪相符的一丝青涩。

神容早料到他会有这样的反应，毕竟书卷里面都是如同天书般晦涩深奥的文字。

"这就是陛下想看的'秘图'。"

帝王的手按在厚厚的书卷上："这里面并没有图。"

神容自袖中又取出一份叠着的黄麻纸："那便请陛下过目此图。"

内侍又接了呈上去。

帝王抬手展开："矿脉图？"里面是详细描绘幽州金矿的矿脉图。

神容平静说："此图就出自这书卷，长孙家正是靠着这卷《女则》才找到了幽州金矿，请陛下翻阅至最后。"

大约是出于惊讶，少年帝王依言往后翻阅，厚厚的书卷展开，直至最后，上面有印玺署名，乃长孙皇后亲笔。

"此卷传至今日，晦涩如同密语，不仅要能解开，还要能对应上现实的山川，才算通晓，如此便能转文为图。"神容垂眼，"这就是外界所传，长孙家拥有的那份皇室'秘图'。"

殿内又归于沉寂，只有黄绢卷起时细微的声响。在这阵声响里，帝王的心思似也卷过了一遍："这么说来，这就是长孙家的本事所在。"

"长孙家的本事世代相传，陛下若愿听，我可以从头说起。"神容道。

自当年天纵英才、为中原手画山川定敌虚实的长孙晟，到其女长孙皇后于太宗后宫里留下的这部书卷，再到如今，言语说来，不过弹指间事。但这是一个家族的底蕴。

帝王在案后听完，安安静静，许久才道："你说只有你能来献图，所以只有你懂这书卷，这张矿脉图也是你所绘？"

"是。"

"幽州金矿也是你发现的？"

"是。"神容淡淡说，"这卷《女则》由我所继承，如今呈送宫中，交托陛下。"

帝王的眼神看了过来，似乎是有些惊奇："你要将此书上交宫中？"

神容头垂低，只露出堆云般的发髻："如今情形，我情愿将此书交给陛下，但求陛下能相信长孙家。"

一时没有回音，过了片刻，传出窸窣衣袂摩擦声，帝王年少的身姿自案后站了起来："朕知道了，你是担心朕会像对待其他先帝旧臣一样对待长孙家。"

神容不语，耳中听着他缓慢轻浅的脚步。

他年少的声音带着转变期的涩和沉，并不清朗："其实，朕只是为了父王一点私事，才有那一问罢了。"

神容垂着的眼轻转，心思也在轻转。来此之前，她父亲告诉过她，这位新君当时奇怪的问题不止那一个，还有一句：真正的山洪是何模样？

赵国公据实相告，而后才想起来，这位少年帝王的过往。

登基前他只是一个快要落败的光王府世子，虽然是宗室出身，却并不被先帝亲近。光王妃因生他难产而亡，其父光王也年纪轻轻就因意外而落伤病故，留下年少孱弱的他，连光王的爵位都未能继承，好几年间都只有一个世子头衔，客居遥远边疆，根本无人问津。

正因如此，后来他能成为皇储，得登大宝，才让二都世家大感意外，只因早已不曾有人注意过这样一个落魄世子。

而当年导致光王身故的那场意外，就是山洪。

所以当少年帝王问起真正的山洪是何模样，长孙家可曾为先帝谋划过什么，赵国公便意识到，这位新君的生父恐怕不是意外身亡，很有可能是人为，甚至涉及先帝。他是怀疑长孙家参与过此事，因为长孙家有此能力，或许曾帮先帝谋划过除去其父。如今他亲口所言是为了此事，便是印证了。而先帝，确实在晚年疑心重时大力收拢皇权，致力于削藩和扼制边疆。

少年帝王的声音放轻了："朝中的确有诸多老臣被朕处置了，但倘若他们行得端坐得正，又岂会被揪出罪名，一一摘除？长孙家既然不在此列，又何须担忧？"

神容不动声色，心里却已惊讶非常。她忽然明白了，那些被拔除的老臣，皆为先帝谋划过此事。

年轻的帝王一早就在清除先帝势力，并非只是因为一朝天子一朝臣的需要，竟然也是在报仇。她做足了最坏的打算，却没想到是为了这个。

帝王又问："如此，你还愿意将书卷上交宫中？"

神容定了定神："我上交书卷，确实是出于自保，却也不只是交于陛下，更是交于国中。长孙家能寻矿的本事代代相传，如今却被有心人利用，关外称此为'山河社稷图'，但这山河社稷若是沦落在外敌之手，也就山河不存，社稷难复了，不如呈交归国。"

少年帝王的脚步停了："你说与关外有关？"

"是，请陛下明察。"并非呈交于帝王，而是呈交归国。料想当初长孙皇后留下它，应也是为了江山社稷。长孙家自然不舍，但神容心意已决，没有比宫中更安全的地方了。

“朕明白你上交书卷的缘由了。”帝王忽然道。这是要身为帝王的他彻底介入此事，到时候反而会来护住书卷，甚至清查外敌。

神容一脸坦然：“从此书卷属国，不再为长孙家独有。”

眼前忽然出现一双绣金黑面的罩靴。她悄然抬眼，继而微怔。

少年帝王竟已身在眼前，居然还蹲了下来，正在上上下下地打量她：“如此重要的东西，你愿交归国有，长孙家既也无罪，那之前的请求大可不必，朕允你换一个请求。”

神容不禁意外，过往一直担心这位新君是会妄加罪名之人，去幽州寻矿，为长孙家立功，皆是为了家族安稳。如今方知一切事出有因，剥开那层神秘，再看他也不过只是个年纪不大的少年，与山昭相比也差不多，为人甚至算得上柔和好说话。

她微微抿唇，开口：“那就求陛下信任山宗。”

帝王眼在她身上转了转：“何意？”

“这一切皆起自于关外阴谋，求陛下相信山宗，信他的卢龙军，给他机会领军出关。”

帝王年少白净的脸安安静静，没有作声。

神容微微吸口气，咬了咬唇，破釜沉舟一般，抬高声道：“只要陛下信任，我也可为陛下做长孙晟。”

帝王看着她，甚至换了个姿势，愈发仔细地打量她。

神容察觉到他的视线，几不可察地蹙了下眉：“我虽为女子，但如此放话，绝不敢欺君。”

眼角瞥见面前的少年帝王竟难得一见地笑了一下：“朕没有因你是女子看不起你，这世上厉害的女子，朕已见识过很多了。”

神容离开那座大殿时，下了台阶回头又看一眼，心中讶然一闪而过。新君心思莫测，但她这一步似乎没走错，至少他与先帝不同。

殿内，年少的帝王坐回案后，翻开一道奏折。这份奏折早已呈来，其上署名山宗。帝王仔细看完，按了下来，朝外下令。

约莫一个时辰左右，宫人亲领，经过层层宫门，大殿内被带入了奏折里提到的人——形容枯槁、被绑得严严实实的柳鹤通。

“陛下，罪臣当初并非有意替先帝谋划加害光王的啊，罪臣若知道先帝当时针对的是个藩王，绝不敢随意参与啊！”一入殿，他就开始畏惧地跪爬着道。

外人都道新君铲除先帝老臣，只有他们这些被铲除的当事者，才知道是怎么回事，皆是咎由自取罢了。

帝王面前的垂帐已经放下，遮住了他的身形："朕今日传你，不是为了你已定的罪。"

柳鹤通顿时不敢多言。

"将你在关外所知情形一一报上。"

"是，是……"柳鹤通乖顺地伏地。他一直就希望能有机会再面圣，如今是难得的机会，竟然是山宗给的，只求能将功折罪，一分一毫也好。

足足又过了两个时辰，柳鹤通才被带走。少年帝王仍安然坐在殿内，内侍们送来一份份文书典册、绢书密旨。

帝王的手里压着一份谈判书。是当初契丹送到先帝手上的谈判书，甚至还附带了一块卢龙残旗。

今时今日，他才看到这一份谈判书，正是孙过折所写，提及愿与中原"对等相换"。但先帝当时根本没有救援卢龙军的打算，所以不了了之。如今，大概可以知道他想要换的是什么了。

"原来如此。"年少的帝王合上面前的谈判书，双眼透过案前垂帐，仿佛看到了当年不得不立他为储君的先帝那苍老颓唐的模样。

那时候的先帝大力收拢皇权，为求撤藩不择手段，为遏制边疆不惜手染鲜血，为了大权安稳更不惜损兵折将。最后几年里，先帝始终疑神疑鬼，谁也不相信，看什么都有阴谋。直至后来子嗣凋尽，众叛亲离。

而他一个落魄世子，居于遥远北疆，在立储风波里被安北都护府的兵马推出来，协同洛阳河洛侯的势力，被扶上了储君之位。

当时边疆也的确出过有都护府勾结外贼的叛乱，他一直以为那就是先帝疑心的阴谋了。如今方知，还有更大的阴谋在等着，不仅仅是一方勾结外贼的叛乱，居然是要联结四方各部外族势力大举颠覆中原的图谋。

原来如此，原来先帝竟然没有感觉错。多少人的鲜血，才换来这个阴谋的现世。

少年帝王坐了片刻，默然起了身。

天黑时，山宗在长安官驿里。

廊下灯暗，他就站在暗处，听着胡十一低声道："头儿，柳鹤通白日里被带进宫去了，我去看了，金……不是，夫人在他前面也入过宫。"

"嗯。"山宗只点了个头。

胡十一报完就走了。

他站在廊下想着神容，早料到她一定会亲自面圣，不知她此刻定心没有。

院外忽然有动静传来，山宗朝那里扫了一眼，察觉出一丝不对，听着那阵动静，举步往客房走。

快到门口，两个内侍一左一右立在门前，尖着嗓音问："可是幽州团练使？"

山宗说："是。"

两名内侍让开，抬手示意他过去。

山宗走过去，推开他们身后的门，门立即就被内侍在外合上。他看见屋内坐着的人，立刻掀衣跪地。

新君换了便服，就坐在桌旁，看起来如同一个寻常人家的清俊少年郎："朕既然亲临，想必你也知道所为何事了。"

"为臣奏折呈报之事。"

年少的帝王点头："如你所愿，朕此番终于彻查了先帝。"

山宗一言不发，灯火下黑衣肃穆，身挺如松。

帝王起身，走到他跟前："你呈奏之事被准了。"

山宗静默听命。

"朕许你行使节度使之权，统调九州兵马，必要时亦可调度山家军，扫清关外联军，夺回蓟州。"帝王的声音顿了一顿，"待蓟州光复，卢龙军复番，你就是幽州节度使。"

山宗抬起头，眼底如黑云翻搅，沉沉归于平静："臣领旨。"

"即刻返回幽州。"

幽州正值一年中最冷的时节，军所外寒风凛冽，携沙呼啸，肆虐不停。演武场里的兵卒们正在操练，场外，一个报信的兵刚走。

张威听完了报信，手里拿着两件军甲，分别抛给场边站着的骆冲和庞录："头儿马上就要到了，带了信给咱，叫咱都准备着。"

除去半道折返长安的胡十一和薄仲那几人，其他铁骑长早已提前回到了幽州，今日忽然接到了山宗马上就要回来的消息。

骆冲伸手接住，在身上比画一下，拽两下身上紧紧的甲胄，一脸怪笑："传信来给老子们干什么，有你们这些百夫长不就行了，老子有什么好准备的。"

庞录摸了摸那军甲，忽然抬起沧桑的眼："这是作战军甲，或许准备的事跟咱们有关。"

骆冲脸上的笑一点点没了，连眼上耸动的白疤都定了下来。

军所大门外忽然马蹄声急切，张威转头看去，紧接着就惊喜地喊起来："头儿！"

山宗提刀策马，自大门外直奔而来，一勒马，身上黑衣凛凛，肩头还担着一层雪屑。后方几匹快马紧跟而至，是以薄仲为首的几个铁骑长。

一行人刚下马，军所外又有车马声由远及近传来。

赵进镰身着官袍，赶来了军所，一入大门，看到山宗情形，抚了下短须道："看来我来得正巧，刚好你回来，我已接到圣人命令，九州内都多少年没有过这样的大动静了，妫州、易州的镇将已赶来幽州，定州、恒州、莫州的几位镇将也已在路上了。"

山宗点头："来得越快越好，我就在这里等他们。"

赵进镰追着问："这到底是怎么回事？"

趁他们说话，张威也忍不住悄悄过去问薄仲："咱们这是又要准备开战了？"

薄仲低声道："不一样，头儿这是要打回去了。"

张威看了看山宗，很是惊奇。

庞录和骆冲都已往这里走近了几步。

"这么说，老子们能出关了？"骆冲阴笑着龇了牙。

山宗与赵进镰说完了话，朝他看了一眼，不轻不重地笑一声："当然。"

屯军所内开始腾空布置，大门被兵卒往两边拉到底，大开迎兵。赵进镰走后不久，从清早到傍晚，陆续都有别州兵马到来。幽州城门在远处遥遥相望，静默安然地矗立。只军所外尘烟滚滚，各州旗帜招展，迎风披月，兵马长队如游龙。

山宗拎着刀，点了一拨兵马，自演武场里走出。

演武场外高墙所围的空旷院落里，寒风盘旋中站着几个将领，皆带刀携剑，身着胡衣武服，只因地方不同而式样略有不同，正在低声讨论着眼下情形，转眼看到他，纷纷向他抱拳："山使。"

山宗扫视一圈，是刚赶到的几州镇将。

帝王诏令以八百里加急送至各州，在他赶路返回时，他们就已能点兵妥当，如今离得近的几州差不多都到了。

大家都很恭敬客气，倒不仅仅是因为帝王旨意，实际上处在边关多载，天高皇帝远，反而更多还是慑于山宗这个幽州团练使的手段威名。

当初李肖崮身死后，辖下九州崩裂散乱，几乎所有镇将都是新换过的，多的是压不住下方的。后来是因为有山宗雷霆手段镇压，声播九州，先稳住了幽州，才总算叫辖下各州陆续安定。如今帝王允许他行使节度使之权，凌驾众人之上，无人敢有异议。

这幽州一带的九州，敢跟他唱反调的大约也就一个檀州镇将周均，还屡屡占不得好处。

果然，随即就有一个兵近前来报："头儿，附近几州镇将皆已到了，除了檀州的周镇将。"

山宗似乎也不意外："请先到的都来堂中。"

那兵去传话请人时，军所外恰有齐整的兵马行进声传来。檀州军此时才终于来了。山宗停步。

周均骑着马领先入了军所大门，按着腰上的宽刀下马后，沉着张白脸走过来，细长的眼早已看着这头："想不到有生之年还能再重启那一战。"

山宗说："这回你可以正大光明地说了。"

周均想起了过往那道密旨中多年来不能提及的那场战事，脸色不好，凉飕飕地道："不知你用了什么法子叫圣人让你行使节度使之权，这回最好不要叫人失望，否则我倒情愿抗旨不来这趟。"

山宗似笑非笑："你若是不服，还不如像以往那样想想自己能否拿到头功。"说完直接转头往军所正堂走。

胡十一当日打着马赶回军所里时，军所外还陆续有离得远的几州兵马队伍赶来。他下了马，急匆匆往里走，看到各州镇将从正堂里出来，似乎是刚议完一番事，停下来等了等，等到了最后出来的山宗。

不等他上前，山宗已经大步朝他走了过来："告诉她了？"

胡十一点头："我特地等在赵国公府门口等到人的，头儿你走这么急做什么，那可是自己的夫人，何不道个别呢？"自然是在说神容。

山宗明面上已经回到幽州，早已不在长安，就连帝王下令都是亲自去的官驿，而非召他入宫。接到圣旨时，帝王便直接下令他即刻返回，他几乎没有丝毫停顿就启了程，根本不可能去找神容，又谈何道别。

他手指摸着刀柄："她如何说？"

"没说啥。"胡十一道，"我去时赵国公府里正忙着呢，好似宫中有人去送了赏赐，长安城里头眼下已没那些乱七八糟的流言了。"

那一定是新君有意的安排。山宗也不知神容到底如何说服了年少的新君，她于明处入宫面圣，自己于暗处上奏真相，本没想到会如此顺利，但新君这次居然彻查了先帝，坐实了孙过折的企图，事情便容易了许多。

"她真没说什么？"

胡十一仔细想了想，还是摇头："没有。"

他当时等在赵国公府外头好几个时辰才见到金娇娇出了府门，上前一本正经地说了山宗已经奉旨回幽州调兵备战的事，还特地强调："圣人有令，头儿也是没办法，你可有话要带给他？"

神容拢了一下身上披风，只看了他一眼："知道了。"

就这么一句，脸色也很淡。胡十一都要怀疑她是不是生气了。

山宗无奈地扯了下嘴角。神容就是这样，无论心里有多少心思，面上都很少显露，她要是真有气，也只能他回头再去哄。

他转头看一眼这军所里四下乌泱泱驻满的兵马，心想她此刻在长安能安稳无忧也好。

一场大风自关外吹来，更加狂烈。军所里的两队斥候悄然往关外探路而去。

斜阳将尽，关城上，一群人察看着关外情形。

张威走到城头边上，向身前的人禀报："头儿，九州兵马已全都到齐了，易州与关外的通道也已切断，关外那些卫城里近来好似有过增兵。"

山宗借着暮色，遥遥自蓟州方向收回目光，转身往城下走："继续盯着关外动向，通知各州镇将，随时准备出关。"

下了关城，赶回军所的路上，天色差不多已快黑下。山宗一马当先，半道看见一行队伍远远自官道上迎面而来，风尘仆仆。他勒马停住，看着队伍前面的人："你此时怎会来幽州？"

队伍前面是骑着马的长孙信，身上一件厚实披风罩着，里面的官袍齐齐整整。他看了看山宗，正一正衣袍道："我来自然是为了矿，途经你军所，看里面兵马忙碌，便不打扰了。"

山宗看着他自眼前经过，目光扫过他队伍，没看见那辆熟悉的马车。

疾驰至军所，天就完全黑下了。军所里到处都是兵马，院中燃着篝火。

山宗一跨下马，走到正堂里，堂中沙盘上推演的布战情形密密麻麻一片复杂。他解了刀，拆下护臂、护腰，顺手接了门口一个兵递来的湿布巾擦了手和脸，在椅子上坐下，盯着沙盘，屈起一条腿。

"头儿，"一个兵进了门，抱拳禀报，"有客人正在营房等你。"

山宗仍盯着沙盘："何人？"

"说是朝中派来助你的军师。"

山宗掀了下眼，眉峰低压："什么军师？"

"她让告诉你，是能断定山川河泽，如长孙晟一般可定敌虚实的军师。"

山宗头抬了起来，腿一收，霍然一笑，起身就往外走。

脚步越来越快，越过外面的篝火，他几乎是跑回了营房，一把推开门，门内站着正在桌前一手挑灯的纤挑身影。她转头朝他看了过来，襦裙曳地，眉眼灼灼，如自画中走出。

下一瞬，她迎面走来，一伸手臂，勾住了他脖子，昂起头将唇贴了上来。

山宗迎着她的唇亲回去，一手关上门，回身就抱住了她，低头碾着她的唇，直亲到她脸侧耳边，低笑一声："军师？"

"嗯。"神容急促喘息，下颌轻轻蹭着他颈窝，"我可在圣人跟前放了话了，可以做长孙晟，不要忘了当初是谁在关外给你指了路，难道你不需要本军师的相助？"

山宗一把将她抱起来，声沉在喉中："要，当然要。"

神容被他抱去那张窄小的床上，旁边一盆炭火烧得正热。

"难怪没话带给我。"山宗说，"你早准备了来。"

神容眼里迷离，看见烛火里映出的身影，手不禁搭到他紧窄的腰上："当然要来，我怕你在关外迷路啊……"

山宗笑着去亲她的唇："有你在，我岂会迷路。"

神容低头，手指搭住他那条布满刺青的右臂，指尖点在昂扬翘首的蛟龙之首上，一点一点描画："何时出关？"

"随时，你来得正好。"他的声沉得能撞进心底，"夫人真要随我去？"

神容搂住他："嗯。"

第二十一章

沉烽静析，珠联璧合

一清早，广源骑着马赶来军所，却根本没能进门，只看见大队兵马齐齐整整从大门直往外而去，拖拽了老长的队伍，就快蔓延到了远处天边。他从马背上下来，伸着头踮着脚朝里张望，刚好看到胡十一带着队伍出来，忙挥挥手。

胡十一走过来，身上的甲胄整整齐齐：“你跑来干啥？”

“自然是来看望郎君，你们这就要出发了？”广源问。

“可不是？今天早上刚得到的军令，说动就动了。”胡十一往后指，“头儿马上就来……”话顿住，他惊讶地盯着大门里。

大门内，两匹马一同出来，当先黑亮的战马上坐着山宗，旁边的马稍稍落后一步，马上坐着身着叠领胡衣，披着厚厚大氅的女人，脸掩在兜帽下，细看才看分明。

广源早已按捺不住诧异道：“郎君这是做什么，要带夫人……”

山宗笑了笑：“大惊小怪地干什么，这是我的军师。”神容跟他并骑而行，只轻描淡写地看了他们一眼。

广源只得眼睁睁看着他们两匹马自眼前过去。张威过来，拽一下胡十一，后者才回神，赶紧跟上去。

诸位下州镇将都率领着各自的兵马跟在行进队伍里。周均带着人马出来时，看到了山宗身旁的人，已往前方而去，完全没想到他这是要干什么，接连看了好几眼。

望蓟山附近，往关口方向，一支浩荡兵马已经提前在等着，兵马当中高举着一面“山”字大旗。为首领军的人骑着马，胡衣外面罩着银甲，却是个女子，那是山英。她遥遥看见行军动静，立即打马迎去，正看到那军队前方的两人。

她先惊讶地看了一眼神容，才对山宗抱拳道：“大堂哥，我带山家军来候命。”

山宗扯缰停住，看了眼她后方的山家军：“嗯。”

“还有一支山昭率领的轻骑会随后赶来。”山英又道。

山宗点头：“让他先与你会合，等我调动，孙过折狡猾多变，我的计划也随时可能更变。”

山英抱拳称是，乖乖垂头，听着他的安排。

另一头，远处幽州城方向，一行人正往这里赶来。

长孙信本要往望蓟山里去看矿，一早得知军所兵马已出动了，便知道神容肯定也跟着去了，忙就赶了过来。来幽州时他就知道神容有此打算，她可没告诉父母，只告诉了他。虽说知道她有本事，也有山宗在，但做哥哥的哪能不担心，总得来叮嘱几句。哪知等他这一行人抵达望蓟山附近，只看到大军浩荡远去的尘烟，都已经拖到关口附近了，就是追也来不及了。

他坐在马上叹口气，随即就看见前方还有另一支兵马，就停在道旁，那赫然是山家军，待看见领头的是谁，他止不住来来回回看了好几眼，拍马就赶上前去。

山英刚察觉有人马接近，回头就看到马背上那一袭披风加身的矜贵公子，惊喜得眼中一亮："星离，你竟也来幽州了？"

长孙信打量她："你这是要参战？"

"是啊，"山英道，"圣人允许大堂哥调用山家军，能追随大堂哥作战可是难得的机会，我可是抢着来的。"

长孙信皱眉："那是要去战场上厮杀，你抢这机会做什么？"

山英莫名其妙："打仗自然是要上战场厮杀了，我又不怕。"

长孙信被她说得无言，皱着眉，掩着嘴闷闷一声低咳。

"你这又是怎么了？"山英已经对他这点小举动摸得很透了，忽而恍然道，"不必担心神容，有我大堂哥在呢，她肯定会被护得严严实实的，你就放心好了。"说完就要打马走了。

"等等，"长孙信叫住她，"那你呢？"

"我？"山英停一下，明白了他意思，笑起来，"我没事啊，用不着担心。"

长孙信脸都有些发白："你怎能说得如此轻巧？"

山英不以为意："本就是啊。"

长孙信被她噎得说不上来话，此一去，万一有什么事可如何是好，她怎能如此不在意！

眼看着她打马转了头，那脸上毫不当回事一般，就要自他跟前走远，而后就会随那大军出关，赶往敌前……他想不下去了，忍不住又打马追上，横着马挡下了她。

"怎么了，还有何事？"山英古怪地看着他。

长孙信眼神不自在，往两边看了看，确定眼前只有她一人，心一横道："还有私事！我已向你表露了心意，你一定要好好回来！"

山英愣住："啊？"

长孙信没好气，压着声道："我上次的话还没说完，你不是想知道吗？就是这个！"

山英着实愣了好一会儿，才总算回过味来，被他这话一提醒，倒好似有点回想起来了。

那晚山家热闹，她喝醉了，被他送回的时候，在无人的廊角里，他问她："你觉得我为人如何，便没有其他想法？"后来带着醉意又说了句，"我对你可不一样了，我就没对哪个女子这样过。"

山英想完，彻底明白了，眨了眨眼："原来你是看上我了？"

长孙信眼神越发不自然，一不做二不休："不错！你此去战场，一定要好好回来！"

山英回过味来："我没说我马上就要去战场啊。"

长孙信忽然愣住了："什么？"

山英诚实道："我大堂哥叫山家军在后方压阵，随时听他调令，眼下还没到我上战场的时候呢，所以我才说我没事啊。"说着她又仔仔细细盯着他，一张英气的脸凑近了些，"你方才说的话都是真的？"

长孙信被她看着，才知自己刚才有多心急，顿时手掩着嘴连连干咳了好几声，脸都涨红了。

关口之外，大军推出边境。

依凭后方关城处崇山峻岭的围护，全军在出境不远的平地上扎营，作为调度的后方。

大风漫卷，沙尘呼啸，阴沉穹窿下，一座一座营帐如从大地凭空钻出一般。远处，敌方卫城方向，两队斥候陆续返回。中军大帐里，坐着九州镇将，如同来到幽州的这些时日一样，刚刚讨论过一番布战，围看着面前的沙盘。

"蓟州城外有契丹军队所造的围挡，要想拿回故城，首要得能进入故城。"山宗站在沙盘前，扫一圈众人，"先到这里吧。"

周均看着沙盘，又看一眼他。沙盘上面的排布如此详细，山宗不像没去过，反倒好似比在座的其他人都了解，甚至比自己这个在关外作战过的都了解，仿佛他曾到过蓟州附近，当初那一战不曾缺席过一样。

山宗抬眼看过来："怎么，我刚才的布战没说清？"

"没事。"周均细长的眼移开，起身，先往外走了。

其他各州镇将亦纷纷起身："随时听候山使军令。"

临走时，还有人多看了一眼帐中后方侧坐的身影。

还从未见过行军带着自己夫人的，但这是山宗，似乎也就不奇怪了，谁都知道他行事张狂，岂会在意外人眼光。

镇将们退去后，胡十一带着斥候的消息进来了。

“头儿，斥候探得消息，关外早有增兵，奚和契丹联军为主力，都集结在故城方向。”

山宗冷笑一声：“他一直在增兵，联结外族，可见他早就准备再动手了。”

大约是出于对他带走卢龙军的报复，连夺取“山河社稷图”的行动都急了起来，但现在中原的兵马抢先来了。

神容从后方起身走了过来，揭去戴着的兜帽：“奚和契丹联军为主力？难道还有其他外族？”

山宗说：“上次他能联结到十万大军，就已有其他外族势力加入了，若是让他拿到了东西，恐怕还会有更多，目的就是使周边四夷联合来犯。”

胡十一“啧”一声：“头儿你说中了！斥候打探到他们还跟突厥勾结过，哪知前几年北疆一战后，突厥大败，到现在也没劲儿爬起来，这才没让他们得逞。”

神容蹙了蹙眉：“边疆就没安稳的时候了，他连这么大的企图都敢想。”

山宗定定地看她一眼，手指点在那错综复杂的沙盘上：“烽烟没有尽时，这里有奚和契丹，更北面有突厥，西面还有吐蕃，有人就有野心。别说现在，或许百年后、千年后也没停歇的时候，到了底遭殃的也不过是老百姓。不过也没什么，对我们而言，既已披了军甲，只要眼下平定就足够了。”

神容没作声，看着他的手指点着的地方——蓟州。

胡十一听了也难得沉默了，许久才嘀咕着骂了一声，报完了事，还站着，看见神容在，就和山宗挨着站着，忽然反应过来，干笑一声，转头出去了。

帐里一下安静了，只剩下外面呼啸而过的风声。帐内没有烧炭火，神容身上的大氅一直没有脱下。

山宗手一伸，抓着她的手搓了一下，发现冷了，顺手塞入怀里，懒洋洋地笑了笑：“这么冷，我的军师被吓着了？”

神容手顺着他温热的胸膛往里伸，直至搂住他的腰，抬起头看着他：“我在想如何顺利敲开蓟州故城的大门。”

山宗盯着她，知道她在想如何帮他，声音不觉低了：“想得如何？”

神容挑眉：“若有‘山河社稷图’现世，孙过折应该会自己开门。”

山宗黑沉沉的眼动了一动，似已明白她意思。

神容搂紧他:“要平定眼下，我自然会与你一起。”

山宗冲她勾起唇角，用力将她按入胸口，强劲的心跳贴在她耳侧:“明白了。”

数百里之遥，往蓟州故城方向，如今重兵横陈。

一道漫长的高墙矗立围挡着，连着好几座大大小小的城头，作为掩体，里面屯满了联军，将蓟州城彻底遮掩在了后方。最大的那座城头之中，此时不断有披头散发的兵马进出。忽然一匹快马远远冲了过来，身后是边境幽州关城方向，马上的契丹兵一路高声用契丹语呼喊着“有急报”入了城内……

离那里还很遥远的连绵群山里，一支大军早已抵达，正静默以待。

从这边遥遥望去，只能依稀看见天边一截围挡，如同一道虚幻难辨的横线，在昏沉风沙里时隐时现。那就是阻挡他们进入蓟州的关键。

“头儿，他们应该把咱们这边放出的消息急报回去了。”说话的是胡十一，他正伸长脖子留心着远在前方的斥候动静，“可那孙子能上钩吗？”

山宗站在高坡上，身上穿上了一袭玄甲，目光遥遥望着前方:“那围挡的城头里此时都是他游说而来的别族联军，他手上没有图，或许是拿了别的好处换来了这次联盟，仅凭这些，难以长久维持铁盟，会像上次入侵幽州一样，遇乱则散。如今他只要听到与‘山河社稷图’有关的消息，就必定会动心。”

孙过折自然已经知道中原大军抵达了，说不定还已经谋划布置了很多。彼此交过手，山宗了解他，他对山宗也不陌生。

但山宗现在却故意散播消息:长安城内帝王生疑，“宝图”已被他携带至幽州，如今为报当年卢龙军之仇，他准备当众高悬，公之于世，以招降联军中的别族各部，瓦解关外联盟。就在当初卢龙军被困逼降的那座瓮城。

这就是神容说的，让“山河社稷图”现世。

“那万一那孙子怀疑有假，不亲自现身呢？”胡十一又问。

山宗冷冷地笑出一声:“他虽联结到了外族，却也会防着那些外族，包括与契丹最为亲密的奚族。一旦有消息送入，真假已不重要，就算是假的，他也要拿到手，否则若是让别族收到消息，抢先拿到，或者起了异心动摇了联军，他就不一定还能统帅联军了。他当然会亲自现身，可能还会隐藏消息，来得很急。”知道了孙过折的目的，主动权便在他的手里了。

胡十一差不多明白了，忙又往前走出去一段，更严密地盯着动向。

遥远处，渺小得如一个黑点的斥候，挥舞起了手中的旗帜，那是传信旗帜。

胡十一两手搭在额前看见，顿时大喊:“有动静了！”

“即刻进发。”山宗立即回头。

高坡下方的山脚处，风难卷入，三位下州镇将跨马等在那里，正看着这头，此时听到消息便动了。大军在他们身后整肃候立，这一支包括妫州、易州、沧州的三州兵马，约有四万，是九州兵马于整合之后择选出来的，为今日先锋。

山宗下了高坡，自大军旁经过，走向后方。

不远处，一座坟墓静静立着。神容身披大氅站在那里，从那座坟墓上收回目光。听说里面安葬的是当初那个她见过的疯子，也是卢龙军第六铁骑营先锋周小五。

大军已动，她转过头，山宗走到了面前。

“要走了？”

“嗯。”山宗抬手，将她的兜帽遮上，两手掩一下，“我将他们留给你，无论计划进展如何，你都要小心。”两人后方，站着一群彪悍身影，是那群铁骑长。

神容看着他：“你呢？”

山宗笑：“我又不是第一回上战场了。”

她昂起头：“你以往身边可没有我。”

山宗嘴边的笑深了一分，在她兜帽上又掩一下，迟迟没松开，手指摩挲着帽檐，如在抚着她的侧脸：“我自然也会小心。”

神容这才点了点头，眼睛始终看着他。她知道他等这一天已经很久了。

山宗的手到底还是伸了进来，在她脸侧一抚而过，脸上还带着痞笑，浪荡不羁，毫不在意这是三军阵前：“等我来与你会合。”

神容只觉他指腹蹭过一阵轻微的麻痒，被风吹凉的侧脸似也热了起来：“嗯。”

山宗转身，走出去时脸上的笑就收敛了，一身沉稳肃穆。一个兵牵着他的马送来，他接了盔帽戴上，接了自己的刀，踩蹬翻身上马。

神容目光追在他身上，自他宽正的肩，到紧窄的腰，仿佛又看到了当初的他，那一身凛凛的玄甲紧束，身跨烈马，和他当年的模样一样，还是那个自洛阳到长安都让人仰望的山大郎君。

山宗从马上回望她一眼，眼底漆黑沉静，手臂一振马缰，策马疾驰而出。

大军瞬间动如游龙，随他率领调动。

天阴沉得骇人，似有大雪将临，沙石乱走，风声呜咽。随着风声，传来了隐约的歌谣声。

后面传来骆冲的声音：“又是那歌谣。”

庞录沧桑的声音接过了话：“当初咱们听得最多的时候，还在忙着突围……”

神容看着那马上远去的身影，听清了，还是那首蓟州流传出的歌谣：“旧一年，新一年，一晃多少年，中原王师何时至，年年复年年……”

如今中原王师终于来了。不知那座灰败的镇子，那些流落了十几载的遗民，是否已经听见，那些失散的卢龙军人，又能否听见。

她伸手牵了马，坐上马背。

骆冲已经骑着马过来，打量她两眼，左眼上的白疤耸起：“请吧，夫人，让老子们也长长见识，看一眼那‘山河社稷图’到底是什么模样。”

神容拢住大氅，打马往前：“图已给孙过折准备好了，想必他会十分喜欢。”

骆冲白疤又是一耸，不禁看一眼庞录，一行铁骑长率领着兵马跟上她。

横拦蓟州的围挡高墙处，正中城头大门轰然敞开。

一支契丹骑兵匆匆出来，由数名头戴毡帽，手持宽口弯刀的契丹首领率领，足有万人。附近相连的几座瓮城里，两名奚族首领率领的奚族兵马赶来，另有关外漠北众多散落的部族兵马陆续集结而至。除此之外，甚至还有一批自西北而来，高鼻深目的回纥兵马。

无人知道他们是如何联结，在这围挡的瓮城外合成了一支庞然重兵。

一个契丹首领抖着胡子，高声用契丹语道：“姓山的要去拿瓮城，由我等契丹大军做先锋，各部于后方支援就好。有任何外来传言，都不要随便听信！”

除了遥远北疆的突厥人，这附近一带，势力最强的便是契丹人，多年来在与奚族的联军里始终占据主导，这次也不例外。但如果被别族知道“山河社稷图”现世了，争着抢到了手，便有可能改变契丹人的主导地位，故这个时候契丹人只能遮掩消息，只当去应战，还必要做先锋，才有可能最先拿到“山河社稷图”。

夹杂了各部胡语的声音纷杂，鲜卑语、回纥语、契丹语在这片本该属于中原的大地上高呼不止。

后方大开的城头大门里，契丹兵马还在接连出来，披头散发的骑兵个个手里都拿了已经出了鞘的弯刀，刀口雪亮。队伍当中，左右兵马严密簇拥着一匹马，马上坐着的人髡发垂辫，外人几乎看不分明。

刚刚喊话的契丹首领上前，顺服得如同一只羊羔，用契丹语小声禀报探得的消息——

山宗的大军里的确有女人踪影。

这才是他们愿意出动的最大原因，那可能是长孙家的那位小女儿，山宗的女人，也是最可能拥有“山河社稷图”的人。所以，如今的山宗也许真的持有“山河社稷图”。

以卢龙军曾受的重创，和他们在长安的动作，他也完全做得出来这样的报复之举。马上的人挥动了手中宽口的弯刀，一声令下，全军开拔。

狂沙卷过，地上伏着的一个兵听完动静后起身，往后方禀报："敌人的兵马往这里来了！"

山宗坐在马上，抽刀出鞘，下令："按我计划，分头而动，上中下三路，半个时辰拿下就撤走！"

后面三州镇将抱拳，各率一支分队出发。

当年那座瓮城还在，就在前方。距离孙过折赶来的地方不足五十里。山宗选择那里，就是要让孙过折相信他是为报仇而来，甚至不曾提及蓟州。何况那里他曾攻下过，实在太过熟悉。

三州镇将率军分三路袭向前方瓮城，里面驻守的契丹军顿时开始抵挡，城头飞落箭矢不断。

就在此时，胡十一忽然快马回到后方："头儿，那孙子转向了，没往这里来！往咱们出发的深山那里去了！"

山宗沉着双眼："我就知道他会来这招，那就加快拿下这里！"

风过山林，群山连绵。

神容的马上了高坡，忽闻后方薄仲紧急的一声低呼："戒备！"

清晰可闻的马蹄声已经传来。神容循声看去，尘烟弥漫，大股兵马正往这里而来。

薄仲已率一支兵马迎了上去。

神容拽一下缰绳："换个方向走。"

孙过折果然狡猾，竟然没有直接去迎战山宗，而是搜寻到她的踪迹，直接来追捕她。

山宗也推测过可能会有这一出，但越是这样，越说明他上钩了，坚信有"山河社稷图"的存在。

神容一行仍有数千兵马跟随，皆是山宗亲手所带出的幽州军中精锐，在一行铁骑长率领下，随她换向而走。

庞录骑着马，听见远处传来兵戈声，只这短短一程绕山的路，竟然已不在方才的方位，看了眼旁边起伏的山脉，不免惊奇："这是往哪里走？"

神容在前方马上说："往瓮城走。"

山宗说过，如果孙过折想对她动手，她就是待在大营也会有危险，所以让她随军而动，这时候她就立即赶往瓮城，他会拿下瓮城，牵走所有兵力，让她进入。

眼前豁然开朗，已走出群山，到了另一头，带着尘沙的风瞬间迎面扑来。神容夹了马腹，往前驰马出去。

远处薄仲迎战的那边已率人在退，依稀可闻声响，所退往的方向也是那座瓮城。

神容从未骑过这么快的马，契丹人的呼喝声似乎近了，他们可能终于发现了这里数千人的队伍，在往这里追来。

但他们已来不及了。远远的，她已能看见那座瓮城，阴沉天色里厮杀渐息。

里面驻守的契丹军并不多，因为孙过折早已将重兵集中在蓟州围挡处。此时瓮城城门已破，里面的契丹兵马追着一支镇将率领的人马往远处奔去，彻底丢弃了这里。

庞录骑着快马回头道："他们被引走了！"

一切如山宗安排。数千人的兵马瞬间冲入瓮城里。

神容的马进去时，竟还有残余的契丹兵藏着没走完，举着刀朝她这里冲来。可惜还没近身就被一刀解决，骆冲骑着马冲过神容前方，狂肆地大笑："想不到老子们还能再来这里杀一场，居然还得保护个夫人！"

神容喘了口气，回过头来，薄仲已经带人跟入，紧跟在后的契丹军直追了过来。

"关门！"薄仲大喊。

神容趁机下马，被一队幽州军护着，往瓮城城头上退避，不忘从马鞍下拿出什么抱在怀里，一手掩着兜帽，尽量不去看那些四处倒地的尸首。

上了城头，幽州军迅速架起弓弩，立即转换成防御的一方，箭指下方追至的契丹兵。这里已成拿下蓟州的第一站。

神容往下看去，下方的契丹兵马停住，当中一匹马上坐着个髡发垂辫的男人，离得远，只能看见他青灰的脸，短须，目露精光，左衽衣袍外罩一层厚甲。他抬手举刀，随时可能落下，那就是进攻之时。

"听说你想要'山河社稷图'。"神容忽然开口。

孙过折的刀没有落下，他显然听见了。

神容从后方走出一些，手里捧着从马鞍下拿来的东西——一捧叠得齐整的玄布。

孙过折的马动了一下，眼神阴沉，凝结在她手上。

"我就让你亲眼看看这张宝图。"神容一手搭上去，缓缓展开。一张黄麻纸自这捧布中被风吹落下去。

契丹军中瞬间骚动，忙有一个披头散发的契丹兵下马，扑腾着捡起，送到孙过折手里。他接去，只见上面细密的线条，旁书幽州矿脉，匆忙展开，却戛然而止。只不过是一块碎角。青着脸往上看去，忽见上方的女人手一扬。

大风呼啸，那块玄布迎风招展，上书赤金的两个大字：卢龙。是卢龙军旗！

两名幽州军接住，迅速悬上高杆。

神容立即往后退去，隐入军士后方。

当初那面在这里沉落的军旗，如今又升了起来。

孙过折看去的眼神陡然阴鸷，低语一句契丹语，刀刚要挥落，远处忽来一阵急促号角，脸色剧变，顷刻契丹兵马调动。

山宗已经趁机杀进围挡里去了。

大风拍打着围挡的城头，城上已经倒了一地的尸首。

一群披头散发的契丹兵踏着同伴的尸首准备阻止攻城，刚拉起弓，一阵飞箭自下而上，雨幕一般抢先落至城头，瞬间射倒一大片。

又有契丹兵来支援，却又被左右两侧齐来的箭雨逼退，甚至跌落城头。再要抵挡，后方已有刀兵朝他们挥来——城门早已破开，中原兵马杀上了城头。

联军大部被带走不过才几个时辰，留守的契丹兵根本没想到这么短的时间里就来了突袭，面对三面夹攻，根本无法抵挡。

率领契丹兵的首领在城头上，挥着沾血的弯刀，用契丹语大喊：“挡住！不能让他们去泥礼城！”

随着一声尖啸，一支利箭破空而至，正中他的额头。

黑亮烈马冲至城头下方正中，马上披袍擐甲的山宗收回长弓。

胡十一杀至他旁边来，看着那契丹首领一头栽倒下去，还不满他方才那句话，放声大喊：“去你的泥礼城！那是咱们的蓟州城！”

霎时间四周兵卒回应高呼：“蓟州！蓟州！”

山宗将弓抛给马下的一个兵：“大声点儿，最好叫蓟州也听见！”

顿时呼声更高。

破开的城门外，一名斥候快马奔来：“头儿，孙过折的契丹兵马赶回来了！”

山宗问：“夫人如何？”

斥候抱拳：“夫人已入瓮城，计划顺利，但跟随他后方的别族兵马往瓮城去了，只有他率领的契丹兵马在全速赶回！”

山宗听到前半句心里刚松，听到后面又凛起眼，薄唇抿成一线。

胡十一骂道:“这贼孙子这回竟还处处都要当先锋了!”

山宗双眼沉压:“他没在瓮城拿到‘山河社稷图’,自然是认为图在我身上了,当然要回来应对我,将瓮城留给别人。”他霍然抽刀,“他既然出去了,就别想再回来。传令大营!”

瓮城之中,神容回避在军士们后方,听见下方契丹兵马调离的动静,回头看出去时,发现远处尘烟被大风吹散,他们已经快看不见踪迹了。

薄仲自守严的瓮城城门处奔上来:“他们都调走了!”说完看到眼前场景,不禁一愣,额上紧皱的沟壑都舒展开来。

身后,庞录和骆冲一前一后持着刀冲上来,身上还带着砍杀了契丹残余敌兵的血迹,忽然齐齐在她面前止步。

城头上长杆竖立,杆上原本悬挂的缀有皮毛的契丹旗帜早已被登上城的幽州军斩断踏在地上,此刻杆头的卢龙军旗在风里飘扬,猎猎作响。

神容就站在杆旁。

骆冲左眼上白疤接连抖了好几下,看向她,龇牙笑:“这就是给孙过折准备的‘山河社稷图’?”

神容抬手,拢一下兜帽:“是啊,这是传讯。”

庞录的眼睛从军旗上转过来,尚有震惊:“传什么讯?”

神容看了一眼军旗:“自然是传讯卢龙军回来了。”

曾经的地方,卢龙军已经回来了。

关外开战,那些失散的卢龙将士一定会听说中原有兵马来了,或许他们会来曾经的地方看一眼,或许他们就会看到这面军旗又升了起来……

薄仲身边陆续走来诸位铁骑长,皆看着那面风中的军旗。

远处动静平息,彻底安静,只剩风声。士兵们送来军粮,全军休整。天暗下了一分,那面军旗始终在众人头顶飘扬,于风里猎猎有声。

蓦然有兵一声高呼:“有敌情!”

神容刚嚼下一口干硬的肉干,闻声立即往后退,下方远处,一片黑压压的兵马往此处推来,在风沙里模糊难辨,蹄声纷杂不断。

城上的幽州军立即丢下干粮水囊,齐刷刷架起劲弩,搭上长箭。

庞录在左侧眯眼细看:“奚族兵马。”

“还有回纥兵马,连他们都从西北赶来参与了。”薄仲看到了后方的兵马装束,回头下令,“严守城门!”

一个攀上高顶的兵卒观望后高声报："敌方重兵，粗观数万！"

骆冲想起了过往，狠狠"呸"一声："让他们来，老子们又不是第一回在这里被重兵围剿了！"

一支冷箭忽然射来，离得太远，只达城墙，撞上墙砖发出了一声闷响。

庞录迅速挡在左侧，骆冲刀拦在右，中间的神容顿时被迫连退几步到了后方角落，众人顷刻俯身低头。

又是接连两箭，贴着头顶而过。

骆冲自墙砖后抬起头，抹把脸，冲角落里的神容狂肆地笑："夫人放心，老子们被你救过一命，至今都记着呢！卢龙军军首的夫人，有卢龙军在，怎是那群玩意儿能动的！"

神容意外地看他一眼，一手拢着大氅衣领，背抵着城上冷硬的墙砖，忽觉冷箭停了，转头往外面下方看去。

未等对方兵马进入射程，侧面似先有箭朝对方大军射了过去，吸引了对方的注意。

"什么人？"薄仲攀住城头站直往下望。

大风中，那自侧面射出去的寥寥几箭不成模样，瞬间被吹偏，似乎不堪一击，却始终没停。有人在一边射箭一边往这里奔跑。

"卢龙军归队！"

阴沉天气里，来人一个个皆衣衫褴褛，左衽长袍，披头散发，似乎是外族人，却在奔跑中用汉话喊了起来："卢龙军归队！"

薄仲看到这一幕，浑浊的眼陡然亮了起来。

更远的地方还有零星人影在往这里奔跑，或近或远，或快或慢，风沙遮掩了他们的脸，尘灰扑面，手里拿着的都是些破旧的弓，失了鞘的刀。

有人在奔跑里脱去了外面的外族衣袍，露出了破旧的甲胄。

"卢龙军第九铁骑营骑兵归队！"

庞录顿时攀住城墙，认了出来："那是我队里的兵！"

"第一铁骑营骑兵归队！"

"第三十七营骑兵归队！"

神容在后方，自军士们遮挡的缝隙里看出去，又抬头看了一眼高悬的军旗，心中一下一下擂鼓般跳急。他们果然看见了，虽然人数不多，但他们真的开始回来了。

骆冲一跃而起，大喊："开城！他们就要被追上了！"

后方外族联军的兵马蹄声已经踏近。沉沉穹窿下，四面零星而来的人散如流沙，声在风里飘散，后方却是如潮一般席卷而来的铁蹄。

薄仲当即下令，兵卒连忙奔走，去开瓮城大门，准备出去接应。

忽觉一阵震颤，顿时下方有兵伏地贴耳，细细聆听。有铁蹄踏来的沉重闷响，连在城上都能听见了。

在敌方联军的右侧，有另一拨兵马正在接近，那是他们大营的方向。大营方向就正对这支外族兵马的尾部，尽管风沙弥漫中看不清楚，却还是有人发现原本往瓮城而来的外族联军推进的速度被拽住了。

他们在马上就已经朝着跑来的人不断射去冷箭，但忽被打断了。

“有援军！是咱们大营方向来的大军！”一个幽州军大声报。

薄仲抹一下眼，嘶哑着声喊：“是头儿布战安排的别州兵马！快！出城接应！”

说完转头朝角落里的神容抱拳：“这里交给我等接应，请夫人准备，只待一路打通，随时转移。”

神容点头，紧紧拢着大氅，随一队幽州军往城下退去。

瓮城外，风沙里，檀州军协同另外几州兵马自大营方向赶来。周均坐在马上，盔帽下一双细眼眯起，看着战局。

旁边是几位别州镇将，皆由他率领，离他最近的莫州镇将感慨道：“山使真是料事如神，传令如此及时，咱们赶来得正好。”

周均不语。这场行动之初，他被安排率军在大营中待命，防止孙过折袭营，但孙过折没有往大营去，等到后来，他接到山宗的传令，带人往这里来支援。

临走之前，他在中军大帐的沙盘上将那些密密麻麻的排布又看了一遍，终于发现，之所以那般密集，是因为山宗推演了各种情形，似乎将与孙过折交战可能发生的任何情况都想到了。

他越发感觉到，山宗对这里太过了解，对孙过折也很了解，绝对不会只是因为天生将才之能，他肯定来过，甚至作战过，可能还来过不止一次。

“卢龙军归队！”远处遥遥传来高声呼喊。

周均顿时转眼朝远处看去，目光落在往瓮城方向奔跑的零星人影，又看见瓮城上方迎风飘扬的军旗，那两个赤金的大字赫然就是卢龙。

关外有卢龙军。周均细长的眼扫向瓮城大门，看到大门轰然敞开，里面似乎冲出庞录几人，拼了命一般直迎向那群零散的人。那群人接连奔去，甚至有人不顾严寒扯开了衣裳，袒露了右臂，隐约可见右臂上乌黑模糊的刺青。

“卢龙军归队！”又是一声，是嘶吼出来的，混在呜咽的风里。

周均目光扫回前方战局，忽然觉得自己当初是不是弄错了什么。

一个檀州军驰马回报："敌方不曾缠战，放弃进攻瓮城了，他们都往故城方向退去了。"

周均脸上细微地抽动了一下，因为他发现就连这点山宗都推演到了。他将手里抽出的宽刀收起，扯缰转向："留一支兵马入瓮城驻扎，其余人随我往蓟州方向进军。"

大队契丹兵马赶回围挡着的正中城下，远远看见城门紧闭，城上垂首站立着一排契丹兵，似乎战事已停。

一个契丹首领抢先出列，大喊："城主回来了，快开城！"

城上并没有动静，也无兵应答。那排契丹兵身后忽然降下一阵漫天箭雨。

那首领手里刀一挥，吼出一声契丹命令，下方的契丹兵退避散乱之际，上方那群契丹兵已倒了下去，原来早已毙命，只是被用作了遮挡罢了。

后方紧接着一排黑甲的中原兵马站了出来，一旁高高竖起了幽州旗幡。旗下站着持刀而立的颀长身影，一身玄甲，居高临下，脸朝着下方，是山宗。

下方契丹首领大惊，率领契丹兵迅速后退，转向后撤。

胡十一在城头一角远远眺望，转头报："头儿！没有那孙子！"

山宗已经看到了："这支兵马是他派来试探的，可能他还有别的路通往蓟州，派人去跟着他们，追踪到底。"

以为他会直接过来的时候他居然临时变了路子，胡十一暗自骂一句"鬼祟玩意儿"，转头去点人。

山宗刀一提，即刻往下走去："肃清这道围挡，连通瓮城，准备向蓟州进发！"

左右镇将称是。

围挡至瓮城再到边关大营，一条道已全然打通，往蓟州去的障碍已除，此时只剩下故城蓟州。

天又暗了一层，呼啸的大风久久不停。

马上的神容拿开遮挡的手，眯起眼往前看，那道以往只觉遥远得虚实难辨的横挡线，现在已近在眼前，墙上飘着幽州旗幡，边上还有易州旗幡、沧州旗幡。证明这里已经被中原兵马占据了。

三位铁骑长率领一支幽州军护送她转移出瓮城，以免让契丹人还以为她在那里，再有动作。薄仲、庞录和骆冲一行其他铁骑长此时还在翁城里，等着能有其他失散的卢龙军归来。不知能等到多少。

"头儿的吩咐，请夫人稍事等待。"一个铁骑长道。

为安全起见，他们远远停下，先命一名斥候挥旗示意。

又一阵风沙掠过，神容闭眼回避，耳中听见有兵马朝这里驰来。身下的马停了下来，她睁开眼，面前伸来了一只手。

山宗已打马至眼前，冲着她笑："我来与你会合了。"说着一手勾住她腰，"过来。"

神容顾不上说话，立即往他那里倾身，一只脚踩住他腾出的马镫。山宗手臂一用力，直接就将她抱到了自己的马上。

神容侧坐在他怀里，抵着他身上坚硬的玄甲，闻到了若有若无的血腥味，但没看到什么显眼的伤，不自觉心里松下来，轻声说："还好。"

山宗笑一声，缰绳一振，带着她直接策马而去。

围挡内留守的契丹兵抵挡不住往后方退去了，剩下的残余到现在才被彻底肃清。附近连着的几座小城头内有一些奚族和其他外族联军没有调尽的兵马，也都已往后退去。

山宗手臂环着神容，策马奔过围挡的城头，穿过去，继续往被遮掩的后方疾驰，继而猛一勒马："看。"

神容抬头朝前方看去，渐渐昏暗的天地里，尽头处，一道隐约可见的城墙矗立着，高大的城门静默岿然，虽然还远，整座城却已在风沙里露出了神秘的面貌。

蓟州城就在那里。

围挡之处，兵马没有停歇，不断调动奔走，几乎整整排布了一夜。

翌日，正中间的那座城头上，神容在临时安排的空屋中醒来，睁开眼时，身上还搭着一件行军用的厚毯。想起后半夜箍着自己睡在身侧的人，她翻了个身，便看见男人站在门口的挺拔身影。

天还没亮透，外面还有火把的光亮。山宗背朝她站在那里，手里拿着张行军图展开看着，身上已经又穿上了厚重的玄甲。

神容起身，裹上大氅，轻手轻脚地走过去，自他背后搂上他紧窄的腰："看什么？"

山宗似乎早有所觉，一点不意外，还笑了声，图一合，一手伸过来，托着她手在腰间按紧："自然是看军师你给描的图了。"

那原本只是常用的军事地形图，但神容在上面将附近山川走势的情形细描了出来。年少的帝王虽然收下了书卷，但书卷只有她能用，所以又特地恩准她誊抄备用，那部《女则》，等同于仍在她手中。她在回幽州前最先抄录的，便是蓟州附近的山川地脉。

神容不知他看了多久，贴着他背问："你都准备好了？"

山宗一手抬起，往前一指："好了。"

神容从他肩侧朝外看出去，火把的光映照熹微青白天光，城头内外甲兵赫赫森严，已经排布完毕。

从开战到现在，他只有在昨夜短暂的一两个时辰里在她身边休整过，其余的时候几乎都是片刻不停地在排兵布阵。如今准备好了，随时都可以进发蓟州了。

风沙到现在也没有停息，反而还更肆虐了，飞沙走石里，火把的光陆续熄灭，未亮透的天更显得暗沉。穹窿低压，风雪欲来，却又迟迟还没来。

一队兵马迅疾地入了围挡的高墙内，胡十一下马，匆匆地往前走，到登城的台阶处，正遇上自城头上下来的山宗。神容就跟在他后面，脸又掩入了厚厚的兜帽，昏沉天色也遮不住她的出众姿容。

胡十一只看了两眼，张口就道："头儿，斥候暗中探过了，没见那孙子从别的道退回蓟州，他所率的契丹兵马行踪隐蔽，一直在行军，似乎知道咱们会追踪他。"

山宗伸手，接了一个兵双手递来的直刀："他要不玩儿花招才古怪，那就叫他自己出来。"

胡十一不禁问："要如何叫他自己出来啊？"

山宗脸上挂着抹幽幽冷笑："即刻攻城。"

胡十一马上就明白了，转头用力挥手传令："准备攻城！"

内外兵卒顷刻间严阵以待，有兵小跑着去通知另外几位镇将。另有一个士兵将那匹黑亮的战马牵着送来跟前。

山宗却没有急着上马，回过头，声音放低："就在我后方，留心安全。"

神容看着他，点了点头："嗯。"

山宗挥一下手，一队幽州军迅速围上来，跟在她左右。他翻身上了马，又看她一眼，才策马往外，去与赶来的几位镇将碰面。

神容坐上马背时，大军已经调动了。她随后方兵马往外而去，远远的，又看见山宗的身影，他率军在最前方，高头战马上背直如松，速度渐快，离她渐远。

那道背影所向之处，蓟州城在阴霾的苍穹下显露出了轮廓。

大风狂啸，行军的马蹄声被飞沙走石遮掩，大军整肃，如一柄利刃，直插向故城大地。

山宗勒马，已经清晰地看见蓟州城大门紧闭，城头上挑着高高的一杆兽皮点缀的旗幡——那杆写着“泥礼城”的旗幡。

他抬手，落下。

战鼓霎时擂响，传令旗帜挥舞，胡十一策马出阵，率领一支骑兵当先朝城门冲了过去。喊杀声陡然间响彻四野，几乎要盖过癫狂的风沙呼啸。

城墙上方披头散发的契丹兵露了踪影，纷纷将弓箭架起，胡十一所率军队即将进入射程范围，他忽而大喝：“转向！”身后骑兵蓦然分开成两股散开，后方一股重步兵持盾而上，举盾挡在前方头顶，迎接纷扬落下的箭雨。

对方一波箭袭无用，城门竟然开了道一人来宽的缝，冲出来一列披头散发的骑兵应战，挥舞着宽口弯刀直冲而来。

胡十一刚奔至侧面，回头一看，见到山宗在马上右手抬起，又是一挥，瞬间会意，大喊：“应战！”抢先直冲而上。

虽然城门故意开了道缝很古怪，派出来的契丹骑兵也并不多，颇有几分诱敌意味，但中原的这支骑兵在胡十一带领下，仿佛觉得机不可失一样，不管不顾就要往城门处迎战。而这正是山宗命令的。

就在此时，远处已有震地的马蹄声来，随之而来的是大吼大叫充满威吓意味的契丹语，直冲大军侧方。

胡十一遥遥在阵中就传出一声高喊：“来了！”

山宗眼神立时向侧面扫去，声音的来源已经迫近，呼啸而来的契丹兵马，举着的兽皮旗幡，都已进入视野。他拇指抵住刀鞘：“终于来了！”

那是孙过折。他果然有其他的路径可以回蓟州，但偏偏亲率的兵马不回来，而是计划好了里应外合来击攻城的兵马。

山宗看见他们故意稍开城门诱敌就料到了，才会下令，故意让胡十一不管不顾地去城门下迎战。不是被诱，反而是诱他出来。

蓟州城门果然立即就被里面的契丹兵推着关上了。

突如其来的大部契丹兵马冲杀过来，之前去围挡城下试探过的契丹首领在以契丹语呼喝着，分出一支抢先杀入，挥着弯刀袭向胡十一，一路砍杀了几个中原步兵，好不得意，叫声更狂。

胡十一带着人躲避前后夹击，回头看到袭来的弯刀，连忙避开，皮甲被割出了一道口子，气得大骂，接着黝黑的脸反而笑了：“孙子，你以为就你们花招多？自己睁大眼瞧好吧！”

契丹首领一击不中，混乱中撤至后方，当真转头看去，顿时大惊失色。

他们直冲向中原大军侧面的兵马尚未入阵，左右两边竟都各出现了一支中原兵马，朝他们分扑而去。那是早已分开待命的易州、沧州二州镇将所率兵马，他们等的就是这一刻。

山宗亲率的大军如泰山压顶，岿然不动。

直到契丹兵马终于冲来侧面，他手里细长的直刀霍然抽出，身旁的斥候紧跟着挥下一面令旗，大声传令：“攻城！”

烈马顷刻冲出，大军齐动，断杀而入，直向城下冲来。

契丹首领愈发惊骇，姓山的没有去迎战他们大部兵马，反而要大举攻城，现在他这支先杀来的反倒成了被夹击的一方，遂连忙挥舞弯刀大喊。奈何后方中原兵马已至。

战局混乱中，就连上方城头射下的箭雨里都有契丹兵自己中了招。一刀寒光闪过，马上的契丹首领喊声骤断，被快马而过的山宗一刀刺穿护甲。迎面而来的胡十一趁机补了一刀，将他直硬硬的尸首一把推下马背，大声道：“那狗孙子还躲在后面！”

山宗策马回头，持着沥血的刀，自战局中冷眼望出去。

契丹兵马来的方向，停着他们的大部，还不断有兵马往此处冲来，竖着的兽皮旗下，那道坐在马上的身影正冲着他的方向看着，髡发垂辫，脸色青灰，身上裹着厚厚的铁甲。

“头儿，那孙子还在盯着你呢！”胡十一砍杀了个披头散发的敌兵，喘着粗气喊道。

山宗抓着缰绳，扫向城头：“他是想拖住我攻城。”可惜谁拖谁还不一定。他手里的刀倏然挥落，下令，“全军速攻！”

斥候又快马在场中挥舞起令旗。

神容跟随后方队伍抵达时，战局还在继续。

天际沉沉，厚重的层云似乎就压在战场中，风沙盘旋，战鼓声声急催，震耳欲聋，攻城木在冲撞，传来一声一声钝响，但城门迟迟未能攻开。阵中混乱，但幽州旗幡始终高举，说明山宗就在那里。

“夫人请在此回避，”一名幽州军近前来报情形，“头儿已下令全军速攻。”

神容看见另一侧不断有嘶叫着入阵的契丹兵马，那杆兽皮旗遥遥可见。她一手捏住兜帽，紧紧盯着幽州旗幡所在处。战局胶着，那道城门依然没有攻开的迹象。

蓦然一阵匆忙的马蹄声从后面急急传来，她扭头看去，看到一支队伍迅速驰来，为首的马上高举着一杆玄色大旗。

“卢龙军归队！”沧桑嘶哑的喊声，是庞录。

神容迎着风沙眯起眼，看见一行铁骑长率领的队伍冲了过来，为首大旗上赤金的“卢龙”二字在眼前一闪而过。他们的人并不多，看起来顶多也就两千多人的模样，马不停蹄直接冲入了阵中。

“卢龙军到了！”是胡十一的大喊。

山宗在马上回身，周遭是倒了一地的敌兵尸首，他亲眼看着那杆军旗入了阵中，手中早已血迹斑斑的刀握紧。

马上的军人有很多只是匆匆套上了件甲胄，还能看见里面破旧的衣裳，大多眼熟，却已多了风霜。他们眼里没有别人，只有披头散发的契丹兵，冲过去时手里的刀就已扬起。

“卢龙军归队！”队伍里几乎是齐刷刷在嘶吼。仿佛要让更多的人听见，让更多失散的人回来。

山宗一手扯马，转头朝侧面看去，终于看到孙过折在那头的马往后退了两步，脸还朝着他的方向。

卢龙军回来了，就在他眼前回来了。

“时机正好，”山宗撩起衣摆，拭去刀上血迹，“传讯！继续攻城！”

更激烈的鼓声擂响，声传千里。出城做诱饵的那支契丹骑兵早已被灭，孙过折带来杀入混战的契丹兵马已被卢龙军人抢着去杀，几乎用不着指挥。而城上，还不断有箭雨落下。

攻城木在盾牌的遮掩下持续攻去，对方不可能再放兵马出来迎战，外面的契丹兵马却还在继续拖拽着攻城兵力。战局里斥候手里的令旗挥下，后方神容所在处有斥候接到传讯，又挥下旗，接着就有快马冲出去传讯。

没过多久，远处就有兵马推进过来，阵阵马蹄如雷。

神容一直盯着战局，袖中手指握紧，听到声音才转头看去，手遮了一下风沙，看见檀州旗帜显露了出来。

周均率人到了。他的兵马却都是刀剑出鞘的模样，显然是一路交战过来的。

又是一声急切的擂鼓，神容看向山宗，他在阵中马上，持刀的黑色身形凛然如风，忽一挥手，人已驰马直冲城下。

一旁斥候令旗挥舞，周均的兵马立时横插向侧面，去拦截孙过折的契丹兵马。

战鼓一声一声，下方负责防御的步兵敲击盾牌，仿佛说好的一般，齐整地高喊起来：“蓟州！蓟州！”声音响彻云霄，直送入城中四方。

周均抽刀亲自入阵时，朝前方驰去的山宗看了一眼。

他一路追着那支外族联军往蓟州来，路上交手数番，直至对方退远，接着收到传讯，就知道攻城的时刻到了。

果然，就在此时，各路终于兵马会合，发起总攻了。

一阵箭雨已先行射向城头，城上的契丹兵纷纷回避。山宗快马直冲至城下，身后跟着的是那两千多卢龙军。庞录和骆冲一左一右在他后方，薄仲亲手举着那面卢龙军旗在前。

“蓟州！蓟州！”高喊声不停。

“继续！”山宗说。

本就是有意的呼喊，要让里面的汉民知道中原兵马来了，让契丹人知道这里是中原的土地。攻城木又一次重重撞击上城门。

城内契丹兵的抵挡似乎弱了，不再有箭雨落下，城内隐约传来混乱的声响。

庞录在后方擦着染上血的刀，额间挤出沟壑：“里面不对劲。”

忽然城头上方一阵骚动，原本要继续应对下方的契丹兵马忽然转头往后。他们后方冲出了几道身影。

“卢龙军归队！”身影穿着破败的甲胄，像是从土里钻出来的一般，挥着的甚至是关外的弯刀，却朝上方的契丹兵砍了过去，用尽了全力在城墙边呐喊，“卢龙军归队！”

“城内也有卢龙军！”骆冲吼了出来。

声音戛然而止，那几道身影陆续倒了下去。寥寥数人，无人知道他们是如何杀上去的，却终是没能抵挡住上方众多的契丹兵。

山宗紧紧握着刀，知道里面到底是什么不对劲了，声沉在喉中，一字一字吐出：“杀进去！”

箭雨自下往上射上城头，周均所率几州兵马与试图冲来的契丹兵马在后方厮杀。胡十一率人抵上攻城木狠撞。

一下，又一下，不知第几下，倏然破开了道门缝。

“卢龙军归队！”里面有人在喊。

霎时间山宗挥手，策马而上。身后的卢龙军如风掠至，手中的刀砍向试图关上城门的契丹兵。庞录杀至那道门缝处，一刀刚要砍出去，面前的契丹兵竟已倒下，里面挥刀的人在大喊：“卢龙军归队！”

越来越多的声音传了过来：“卢龙军归队！”

身侧一马嘶鸣，黑色身影如风掠入，直接踏过一个契丹兵的尸首杀入了门缝。

山宗手中的刀挥落，又听到那阵呼喊：“卢龙军归队！”

他终于看清里面的情形：大街上已经看不见一个汉字，一些人从屋舍角落里钻出，往城门跑来。有几个和阻拦的契丹兵厮杀在一起，袒露了右臂，臂上带着块显眼的疤痕，是他们在喊。后面却还跟着拄拐的老叟，拿着铁锨的少年，甚至是妇孺，个个都披头散发……是那些被迫忘却过去的故土遗民，此刻竟都在喊着一样的话：“卢龙军归队！”仿佛这是一句暗语，一句印证他们还是汉民的口号。

其他人跟着杀来，骆冲在旁边马上狂肆地大笑：“老子们的卢龙军果然回来了！不仅没少，还比以往更多！”笑到后来，声如呜咽。

山宗一刀砍过一个契丹兵，喉头一滚，笑出声：“没错，卢龙军没少！”他霍然伸手，“军旗！”

薄仲将军旗递上。

山宗亲手扛着，直接策马奔至城头下，一跃下马，横刀杀上去。

上方已在交战，在刚刚倒下的几个卢龙军身旁，山宗亲手斩断了那截兽皮旗，将卢龙军旗插了上去。

“泥礼城”的旗子在眼前坠落，划过城下远处孙过折看来的脸。

神容远远看着那一幕，看到他举着卢龙军旗插上城头的身影，不禁揭去了兜帽。

远处号角声起，契丹兵马的攻势似乎变得更猛烈了，就连城中都有回应，似在传讯，契丹大军仍在。

周均的兵马在往后退。城门已半开，里面冲出一匹黑亮快马。城头令旗挥舞，周均接到命令，不再缠战，率军转向往城中去清理城中的契丹兵马。与他擦身而过的，是山宗所率领的卢龙军和一支幽州军。卢龙军满腔恨意，几乎人人都不要命一般冲向了孙过折的阵中。

兵马被骤然打断，猛攻的势头已被破坏，顿时一声号角响起，兽皮旗往后方退去，孙过折的兵马忽然变了方向，往侧后方退去。

山宗仍在追着他。

神容忍不住打马往前行出一段，忽见山宗勒马，转头朝她看来。离得远，只看见他动了动唇，听不见他的声音。继而他一扯缰绳，迅速追着孙过折而去。

一名斥候快马而来：“夫人，头儿留话，请夫人安心，为他指个路。”

神容望向他所去的方向，眼里已没有他的身影。他是故意的，要将孙过折引往深山，好让城中尽快光复。

刚才他说的是：请夫人为我指路。

蓟州城门大开之时，以檀州军为首的几州中原兵马已直冲而入。

里面的契丹兵还在调动，就在听到城外孙过折兵马吹响的号角后，纷纷往这道城门处来支援，与已入城的中原军厮杀在一起，一片混乱。

周均在这混乱间驰入了城中，一眼看见里面情形。

灰蒙蒙的城中屋舍还是中原式样，却已没有半个汉文，尘沙压着屋檐，周遭陈旧而破败。一个契丹兵挥舞着宽口弯刀杀向中原军时，后方竟跑出一个披发左衽的寻常汉子，举着木棍来给中原军帮忙，口中还在喊着："卢龙军归队！"含混不清，又无比高亢。

不止这一个，许多地方都有冲来和契丹兵拼命的百姓。角落里又陆续钻出其他几个百姓，脸上原本木木然一片绝望，却在看到中原军时眼里亮了起来，拿了手边能拿的任何东西就冲了过来。

四周还有中原军在大喊着推进过去："蓟州！蓟州！"

混着不断高昂的呼喊："卢龙军归队！"

胡十一杀过来，抹把脸上的汗："周镇将，你都看到了！头儿要急着去引走那孙子，就是为了让蓟州尽早光复，有那孙子在，蓟州永无太平！这城里等太久了！不能再让他们等了！"

周均细长的眼扫过那群百姓，拔出宽刀："看到了。"其中几个赤着右臂的卢龙军人，他也差不多看到了。

胡十一立马转头挥手，一个斥候当即举着令旗朝大街上游走奔号过去："传幽州团练使号令，不动异族百姓，消灭契丹兵，光复蓟州！"

周均正要亲身入战，忽闻城外斥候大声疾呼："五十里外有外族联军踪迹！"

胡十一气得"呸"一声："那群混账东西居然还在，还想再来帮那孙子不成！"

周均想起与那支联军一路而来的交战，终于知道他们为何之前会退远了，恐怕就是为了此时杀回来，随即又想起山宗在沙盘上那些细密的排布，他们后方大营处还有兵马。

胡十一已经大喊着冲杀入阵："听头儿号令，即刻传讯大营！速战！尽快光复蓟州！"

传讯的快马冲了出去，夹杂着一声尖利的笛啸，一声一声，越传越远。

周均宽刀一握，也杀入了大街。

天沉云低，地昏风凛。

一片起伏绵延的深山外，尘烟弥漫，两股兵马拉扯着蔓延而来。

卢龙军和幽州军左右并进，直至崎岖不平的山口，追击上了前方的契丹兵马，瞬间喊杀声四起。

身下烈马长嘶，山宗策马扬刀，直冲入阵。

迎面的坡地上，契丹兵马还高举着那杆兽皮旗，严密地防范着，看到他杀入，连忙护卫着后方的人往后退去。

孙过折抬手阻拦，就停在那高坡上，青灰的脸朝他看了过来，短须方颌，眼神阴鸷，离近了更显出几分精明之态，手里的宽口弯刀横着，忽然笑出两声，用清晰的汉话道："你以为泥礼城是这么好拿的？我的联军肯定已经去了。我告诉过他们，如果我的兵马抵挡不住，那座城任由争抢，谁能拿下那座城，谁就得到那座城……"冷笑声被遮掩在了喊杀声中。

一声尖锐的笛哨传出。山宗一刀削过一个契丹兵，隔着厮杀的战局，眼一抬，冷幽幽地朝他看去。那是斥候的传讯声，说明他说的是真的。

难怪他能在短时间内再度集结起一支联军，原来这次的利益就是蓟州城。他就是守不住也不会让蓟州重回中原。

冲杀着的薄仲在阵中听见，嘶哑地喊出声："那是蓟州城！咱们中原的城，还轮不到你一个外贼来支配！"

庞录道："他无非是想叫咱们回头去管蓟州，就不会再追击他了。"

孙过折仿佛是故意一般，居然还抬高了声，弯刀朝天一竖："联军的动静已能听见了，我在卫城安排的兵马也会过来，你注定拿不回那城。"

山宗又一刀挥出，离坡下近了一分："是吗？"他盔帽下的眼沉沉低压着，嘴角却提了起来，"你怎么认定你的卫城还有兵马能来？何不仔细听听，那是何人的大军？"

远处确有大军的动静传来，蹄声隆隆作响，随着漫卷呼啸的大风直入到这片群山间来。一个幽州军在外沿大声呼喊："报——援军正往蓟州赶去！"

早有一个披头散发的契丹兵在坡上扯马出去，遥遥向远处张望，紧接着就用契丹语高喊起来："是中原援军！他们还有援军！山家军！"

风沙席卷的莽莽荒野里，自边关中原军的大营方向，大队人马正快马奔来。为首的是一队轻骑兵，当先一杆大旗，上面一个刚正的"山"字迎风招展，直往蓟州方向而去。领军的将领银甲白袍，似乎是个少年。

后方还有更庞大的一支队伍，由数人率领，乌泱泱浩荡而来。最前面马上的人男女莫辨，飒爽英姿，身侧左右是数面"山"字大旗，紧随前方轻骑呼啸而过。

四周震颤，狂风卷着尘烟在大地上飘散，很快模糊了他们的踪影。

孙过折已经看见，勃然大怒，宽刀挥过，脸色愈发显得青灰，转头看向战局里烈马上那道身披玄甲的身影，吐出一句契丹语："后退。"

号角响起，契丹兵马悉数往深山里退去。

薄仲在阵中看向前方那片山，急急道："头儿，这山就是当初咱们最早遁入和他们周旋的地方，当年多少弟兄都死在了这山里！"

山宗扯缰望去，手里的刀尖还在沥血，滴落在马下倒地的契丹兵尸首上："那正好，今日卢龙军就在这里报仇雪恨。"

霎时身后兵马齐动，卢龙军当先追入，幽州军紧随其后，直冲向逃窜的契丹兵马，还有那杆山坳间举着的兽皮旗。

神容到达群山附近时，身后远处，还能看见山家军远去拖出的如幕尘烟，久久未散。她坐在马上，扯着缰绳踏上了一片坡地，远远看向前方那片连绵的山脉。

席卷的风沙弥漫，隐约可见那片山口处有过交战痕迹，横陈着数具尸首，风里隐约送来一阵阵血腥气。

这片山脉一直绵延至幽州附近，群山高耸，山林茂密，深处是斑驳的一片浓重墨绿，料想许多地方枝叶虬结，人迹罕至。

她看着那片山口，在心里细细推敲着来幽州前看过的书卷中的描述，又从袖中抽出那张地形图，低头展开看了片刻。她抬起头，沿着山脉缓缓扫视，从他们进入的地方，开始回忆书卷里面记载的山川走势，奇巧地形。

后方风过马嘶，跟随着保护的一支幽州军无人作声，静默地等候她发话。

神容细细回想完了，心里算着，伸手在一处山峰处指了一指："那里，去竖旗。"

一名兵卒立即抱拳，手持一杆令旗，领命驰马而去。

山中枯黄的茅草被大队的马蹄踏平，两侧是高耸的山岭，风沙难入，只余急切追逐的马蹄声。

一个契丹兵在大部尾端跟着，看见前方那杆兽皮旗已远，忽觉已经被甩下，忙打马去追，背上猛然一痛，摔下了马背，最后一眼只看到后方一张左眼耸着白疤的脸。

骆冲阴森森笑着甩一下刀："狗东西，看你们往哪儿逃！"

卢龙军已经追了上来，他们纷纷举刀，挥向前方的契丹兵马。忽闻后方一个幽州军老远在喊："有令旗！"

山宗策马直上侧面高坡，扯缰回身，看见了山林间那杆隐约可见挥舞的令旗，辨清了方位，当即下令："将他们往那里赶。"

传令兵疾奔往前，传达命令。

卢龙军厮杀更狠，嗜血猛兽一般疾冲而入。庞录率领第九营铁骑残部奔马往侧面去，刻意一刀一刀砍向边侧的契丹兵。

对方吼着契丹语来格挡，不自觉就往另一头退，很快整个契丹大部被冲击着偏离了方向，往另一头的岔道冲去，那里山林间挥舞的令旗仍隐约可见。

茂密的山林近在眼前，两山夹道，悬崖绝壁，比起之前所过的山坳，一下变得细窄无比，几乎一次只能容两三匹马同时通过。

契丹的大部兵马被迫拉长，渐渐拖沓，队伍变得凝滞。后方始终紧追不舍的卢龙军又冲杀上来。

孙过折在前方那杆兽皮旗下扯马回身，朝后方看来，离得远看不清表情，只远远注视着阵中后方，霍然又往前奔去，只是后方一截兵马已被缠住，再难顾上。

山宗横马在后，冷冷看着。风沙盘旋在半空树顶，远处，又是一面令旗挥舞起来，已在别的山头。他刀指一下方向："往令旗处，继续追。"

杀去前方的卢龙军早已抢先追了过去，奔得最快的是骆冲，手里刀用力挥着，一路都在放声大笑："跑啊孙子，当初你是怎么围剿卢龙军的，现在老子们都还给你！"

契丹兵马耗到入山，所剩人数已与追击他们的卢龙军和幽州军持平，而此时，孙过折还率领在身边的人马已只剩原先的一半。

薄仲率领卢龙军往左，示意其余人往右包抄，特意阻拦他们进入密林，也知道姓孙的不会进密林。当初卢龙军逃入密林，就有很多士兵都失散了，围剿过他们的孙过折岂会不知。

他们有意的配合将契丹兵马又往下一处令旗指引的山岭下引去。山势愈发险峻，相对的两山几乎要挨到一起，头顶山崖上树木相接，遮天蔽日。更细窄的山坳出现在眼前，两侧山壁嶙峋，大队人马如陷泥淖，速度骤减。

一声契丹军令，契丹兵马竟不急于逃跑了，转头就朝后方追兵扑来。他们已经无法躲避，干脆应战。就连孙过折也已亮出了那柄宽口弯刀，亲自往后杀入阵来。

阵中却没有山宗。

孙过折弯刀挥落，凶相毕露，忽而眼侧寒光闪过，转头时一柄细长的直刀已横扫而来。

伴随着刀光的是烈马嘶鸣，马上一身玄甲的山宗不知何时已从他前方突然降临，一刀过来，他连忙后仰，脸侧多了一道刀锋划痕，血流不止，垂辫也被斩断，顷刻散乱。

山宗已策马至他侧面，刀一甩，血迹飞溅，扯马冷冷看来。瞬间契丹兵都朝他袭去，又被他迅速挥过的刀破开阻碍。

孙过折眼神更加阴鸷，终于发现了远处的令旗，顾不上抹去脸上的血，又急又快地说了几句契丹语，忽往契丹兵后方退去。契丹兵随即在阵中挥刀乱奔，横冲直撞，掩护他往后退。

山宗一刀砍倒身前一个契丹兵，抬眼就见孙过折已头也不回地穿过细窄的山坳奔了出去，追随他的兵马只剩了不足一队，抬手挥了两下，霎时几个铁骑长带领着幽州军反扑而上。

“追！”他刀一拎，朝着前方逃窜出去的人影策马而去。

身后骆冲、庞录诸位铁骑长紧跟而上，两千多卢龙军立即跟随，紧追到底。在这片染了不知多少卢龙军鲜血的山里，他们等的就是这一刻。

那杆兽皮旗还被举着，仅剩的契丹兵马不管不顾地随着那杆旗往前奔去。即使偶尔有一两个落在后面，被后方的卢龙军赶上，前面的也依旧马不停蹄，丝毫不管。

越往前，山间道路越是崎岖不平，两侧荆棘遍布，怪石嶙峋，最后却渐渐变得开阔起来。

山宗抬头看了看两边，疾驰中朝后方抬手，迅速示意了两下。是让他们小心，他已经发现这是一条往山外而去的路。

追去的速度放缓，薄仲追了上来：“头儿，从这里往前正对着的就是蓟州方向，这孙子还是要逃！”

山宗直直盯着前方：“他发现令旗了，也可能是故意引我们来的！向外传令旗，我们的位置变了。”

一个传令兵即刻往后去高处挥舞令旗。

短短几句话间，马已疾驰出去，直冲向前方。

两侧山岭起伏，峭壁高耸，孙过折的契丹兵马已经翻去了前方山坡，却忽然停了。山宗倏然抬手，勒马，后方卢龙军骤停。

两侧山石纷落，山林里钻出了一队契丹兵马，他们早已在此处等待着，此时纷纷持着刀横拦在那杆高举的兽皮旗前。

“如何，山使？”孙过折垂发散乱，半张脸血流不止，兽皮圆领的厚甲已经脏污，眼里泛着狠戾的光，“没想到我想到了这一步，一早就在这离城不远之处留好了后路吧，就算人马快被你弄光了，鹿死谁手还未可知。”他眼神越发凶狠，“你有种再来追试试。”

山宗扫了一眼四周，这里本来是他打算守不住城后遁入山中绕行逃离的地方，而非现在这般逃出山里的地方。

“就算有这些人，你觉得你还能逃多远？”他将那柄细长的直刀握紧，眼底沉幽。

他的后方，卢龙军压近，为首的一排铁骑长个个如猛兽出笼，当先的骆冲和庞录一个在冲他龇牙阴笑，一个在擦着刀柄。

孙过折又看见远处他的兵在挥舞令旗，一定又是在朝外传递位置，阴沉地笑起来，当即扯马就走，连头都不曾回。

下一刻，一马长嘶而至。

马上的人迅疾如风，挥刀而过，顷刻倒下两个契丹兵，他已杀向最前方那垂发散乱的身影，周围的契丹兵全都咆哮着朝他冲去。

卢龙军悉数杀了过来。

契丹兵马的号叫声响彻山林，比他们声音更高的是卢龙军的嘶吼喊杀声。

两侧山峰又落下一阵细碎的山石，似有什么古怪声响传出。

山宗振缰策马，终于赶上那道兽皮旗下的身影，肩头盔甲已被围攻的契丹兵割破几处，渗出丝丝血迹来，他却丝毫不停，一刀划过那胸前铁甲，带出一阵刺耳刮擦声。

孙过折转头弯刀就挥了过来，抵住他迅疾挥至的直刀时，满脸血污，沾着散发，连胸前厚甲里都浸出了血迹：“你敢继续追，就等着死吧。”

霍然两侧山峰碎裂有声，不断有山石落了下来。

“听柳鹤通说你们的老皇帝用山崩也能杀人，今日正好用上，我早就派兵做了手脚，这你又能否想到，山使？”孙过折的眼神近乎癫狂，“你的卢龙军又要葬送了……”

山宗迅速往上扫了一眼，冷静地看过去，手臂一振，刀更用力地挥出。

“头儿！”后方蓦然传来薄仲的呼喊。

两侧山体尘烟弥漫时，卢龙军全都往他那一处冲去。

神容骑着马，严严实实戴着兜帽，顶着呼啸的风沙，自山口而入。

先前看到令旗挥出的方向就在斜前方，得知山宗位置已变，她便知事有变化，特地亲自来探地风。后方跟随的幽州军中已派出几人，按照她的吩咐，驰马去刚才她出示令旗的方位下打探情形。

马往前小跑而行，神容边走边看，已经到了那令旗位置附近，在马上坐正，揭去兜帽，朝着那片山岭细细看去。

天际阴沉沉低垂，厚云似要压上那片山岭的树木，那片树木却像在偏移开那云……

神容眼神一凝，拍马就往前驰去："快走！"

追随的幽州军立即跟上。

那已是快出山的位置，她奔向那里时，以最快的判断选了最近的捷径，从颠簸的山坳中横穿过去。

轰然一声巨响，前方山峰尘烟弥漫，下方腾起更浓的烟尘，直升上来，飘在眼前。

神容一下勒住了马，看着前方那一幕，几乎忘了言语。

一匹快马疾驰过来，手里还举着先前挥动的令旗，是传令兵，他大声道："夫人，头儿率领卢龙军都在那里！"

神容手背忽而一凉，低头看去，是一片莹莹雪花，再抬头看天，才发现雪终于落了下来。

他和卢龙军都在那里……

"去找，"她霍然扯着缰绳往前，"都去找！"

幽州军齐齐出动，往前方搜寻而去。

神容早已先骑着马到了那里，山峰上还不断有落石滑下，浓重的尘烟还未散去，幽州军下马冲去搜寻。

远处去探情形的兵卒回来了，后面是两个铁骑长所带的兵马，他们在之前令旗挥动的两处，剿灭了两拨被孙过折落下的契丹兵马，此时赶来会合，又立即冲上前去找人。

"往右，入山林！"神容在后方说。

无人看见她一只手紧紧揪着大氅。

山林茂密，林里崎岖不平，几乎暗得不见天日，却也被崩下的山石砸塌了半片树木，但这是唯一可能躲避的地方。只要他们反应够快。

忽然一群灰头土脸、手持兵器的兵从林中跑了出来，有的到林边看到人就亮了刀，发现是中原军才收住。神容立即从马上看去，是卢龙军。

"夫人！"他们的后方匆匆跑来了薄仲，满身尘灰，一条胳膊上还挂着血痕，到了跟前用刀撑着地才稳住身，喘着气道，"头儿下令让咱们及时躲避，咱们和头儿分散了！"

"他在何处？"神容立即问。

薄仲抹一把脸，转头四顾。

当时忽然出事，他们都朝他冲去时，山宗却下令他们即刻退离，自己率领卢龙军疾奔入林，回头时只来得及看见他逼退孙过折直往前而去，契丹兵马于是全都追着他杀了过去，但庞录和骆冲几个铁骑长还是朝他那里驰去了。尘烟弥漫里只看得见他马上挥刀的背影，直至山崩而下，土石堆压，几乎地动山摇，什么也看不见了。

神容听完，手脚冰凉，朝那片久久不散的烟尘看去。

已有兵赶去扒尘烟里堆积如小山的山石尘埃。

“不对。”她忽而呢喃一句。

不对，山宗与她一同镇过山，经历过山险，他一定是有意为之，是要故意吸引住孙过折和契丹兵马，好让卢龙军脱险，才会与他们分散。

眼前是已经走不通的路，她一咬唇，转头扯马，掉过头，朝另一头迅速驰了出去。后方能跟上的兵卒全都跟了上去。一直到从另一头绕过去，到了尘烟堆积的另一边，已在开阔的山口，浅沟围绕，连接着莽莽荒原，远处甚至隐约可见那道围挡的高墙和蓟州城若隐若现的一角城阙。

神容停了下来，对着那片尘烟急急喘息。书卷里是怎么说的？她凝起神，仔细回想，手指划过那片山岭。

一处一处点过去，每一处都与书卷里的文字比对，几乎一个字也不错过，推测着他可能退避的地方。终于手指落了下来，她说：“那里，快去！”

薄仲早已跟来，二话不说就带人冲了过去。

堆积的尘土山石被迅速扒开，露出边上密林被压倒的树木，里面有人钻了出来，接连几道身影，很快拽着刀跑了出来，有的在重重地咳。

神容紧紧盯着那里，却只看见骆冲的脸、庞录的脸，始终没看见那道玄甲身影。

“夫人，没有。”一个兵回来报。

神容抿住唇，从马上下来，往前走出去一段，抬起手，又去看那片山岭，手指微微在抖。她五指轻轻蜷缩一下，又张开，告诉自己冷静，莫要慌。她是来给他指路的，就一定能把他给带回来。

手指顺着可能的路线划过，落在浅沟边堆积的尘土下。那里堆的是被推挤而出的尘土，不是致命的山石，她的手指又止不住抖一下：“那里。”

立刻又有兵冲了过去。就连骆冲和庞录都冲了过去，那群铁骑长都跑了过去，扔开刀，用手扒开厚厚的尘土。

周围安静无声，只有他们的动作，而后他们陆续停住，转头看来，没有。

雪落下来，洋洋洒洒，落在神容的眉梢眼角，她坐在马上，浑身都凉了，脸上冷淡没有表情。

头脑中闪过一幕一幕的画面，他当初带着卢龙军回来时在城下倒下去时的身影，他被盖上军旗时一动不动紧闭的双眼，他跪在她母亲面前说出那句“愿求这骄骄明日，再照我一回”的神情……

如今算什么？他明明说过以后都不会了，不会死。

眼里他们在往更深处去扒那些尘土山石，她看着人影在动，却看不太分明，或许是雪太大了。

“坏种，你要敢言而无信……”神容的喉中失了声，似乎也被雪冻住了。

目光所在的那一处忽然有什么动了一下，神容瞬间眼神凝结。就在她刚才指过的地方，后方密林之中挑出了那杆兽皮旗，霎时所有人都抽刀冲了过去，却又在接近的时候止步。

那杆兽皮旗上鲜血淋漓，早已被斩去一半，上方高高挑着的却是个头颅，髡发散乱的头颅。这正是孙过折的头颅。

拖着刀的人从尘灰之中走了出来，一把推倒手中旗杆，撑着刀站在那里，盔帽已除，玄甲浴血，如从深渊而出的修罗。

神容的心急烈地跳了起来，瞬间就朝他跑了过去。

大雪劈头盖脸，被山风吹扬，周围的人退开，只有女人的身影在往那里跑去，耀耀夺目。

风雪里站着的人朝她抬起黑沉沉的眼，松了刀，勾起唇，张开双臂。

神容一头扑入他怀里，抱紧他腰。

“我顺着你指的方向回来了。”他低低说，手臂环住她，努力站着。

神容心口已跳至发麻，转头看到他那条右臂，衣袖被割裂，斑驳的刺青露了出来，沾了淋漓的血迹，她手指抚上去，低头，唇在那乌黑的蛟龙上碰了一下，抬起头，轻颤着说：“恭喜凯旋。”

山宗嘴边的笑又扬起。

恭喜凯旋，这次终于亲眼看到了你凯旋。

风吹雪扬，簌簌而下，四下的血迹似乎已经淡去了。

相拥的人掩在风雪里。

远处传来了一阵一阵的擂鼓声，急切又昂扬。有兵马朝这里而来，自蓟州城方向，踏过莽莽荒原，一路直往这里，一队一队的先行兵马，会聚在一起成了乌泱泱的一片，蹄声震天。

山宗松开神容，一手搂着她，稳站着，看出去。

旌旗招展，“山”字大旗连着幽州旗幡，其后紧跟的各州旗幡迎风招展，围绕着山口停了下来。

当先的马上跃下一身银甲的山昭，身旁跟着下来执剑的山英，看到眼前这幕，二人惊骇难当，反应过来后当即除帽卸兵，垂首致意。

“蓟州光复，恭迎卢龙军凯旋。”

后面是胡十一，下马后亦震惊于眼前情形，不知该说什么，脱了盔帽，恭恭敬敬地垂下头。

几州镇将陆续而至，下了马，皆面朝前方浑身浴血的人垂了头：“使君。”

只有一州的节度使，才能被称为使君。

周均最后下马，缓缓走出，细长的眼扫过那片坍塌的山、那群脏污满面的铁骑长，又看见后方渐渐赶来的卢龙军，最后看向笔直站在那里的玄甲身影，良久，终于也放下宽刀，双手脱去盔帽，低眉垂首。

远处擂鼓声愈发激烈，报着蓟州大捷。

风中有联军兵马远远遁去的杂乱蹄声，有人们的欢呼声，混着啼哭声，都顺着风飘去很远。

山里仍陆续有卢龙军出来，他们带着兵器，浑身尘灰，整肃地聚集至此。

远远的，似乎能从这里看见蓟州城头上那面飘扬的卢龙军旗。

仍有人在朝这里走来，衣衫褴褛的，赤裸右臂的，一个个拖着兵器走近，身上染血，披携风霜，面朝着前方哽咽，垂首。卢龙军归队了……

山宗始终稳稳站着，身上玄甲所沾的血滴落脚下土地，埋入尘雪。神容被他搂着，手却用力撑着他的腰，肩头撑着他，才能让他站得如此稳。他在风雪里的侧脸刚毅而平静。

蓟州城的鼓声不息，天地间的风沙已停。

无穷无尽的厮杀没有尽时，或许百年后、千年后也不会停，但眼前的，此刻的，终于停了。由无数人的尸骨堆积而出的野心，终究被摧破了。

惨痛留在过往，鲜血灌入大地，冲刷过人生的暗渊，撕扯着屈辱的不公，托出的却是不屈的魂魄傲骨，人还站着，就永不会倒下。

故城已归，故军凯旋。山川未变，胸口热血未尽，风雪过后，余下的只有头顶朝阳。

大雪持续了很久，雪消后，关外莽莽大地，从蓟州到幽州都如同焕然一新。

距离那一战过去已将近一月。神容从关城上望出去。风自天边来，拂面而过，距离遥远，依然不太能看见蓟州，群山连绵中，只有一个大致的方位。

但那方位已变得清晰，围挡的高墙在被拆去，无数百姓的人影露了出来。当初那座灰败的镇子，再也不见了，那里面的人一定也都重新做回了中原百姓。

关外卫城的屯兵早已尽数撤去，奚和契丹二族大败，如今兵马皆已退往漠北深处。契丹王帐后移，外族联盟土崩瓦解，求和书已送去了长安，再也不像当年的谈判书那般气焰嚣张。

有经商的马队经过，远处还回响着自西域而来的驼铃，卫城成了行商落脚的关镇，仅此而已。

胡十一和张威带着兵马在关外忙着善后事宜，此时还能看见他们打马而过踏出的烟尘。

神容细细看完，拢住身上披风，转头走下关城，踩着蹬子坐上马背。沿着山间道路往外去时，东来和紫瑞一左一右，带着护卫们跟了上来。

“少主以后就可以往更远的地方去探地风了。”紫瑞道。

神容点了点头：“嗯。”至少这片地方，哪里都能去了。

河朔大地，从分崩回到了一体，再也不是一盘散沙。

东来打马在侧，低声道：“少主以后探地风就没有书卷在身了，难道不会觉得可惜？”

神容听了不禁笑了笑。

如果是曾经，或许是会觉得可惜，初来幽州，那不过是为家族利益谋划的家传宝物，她可以为那卷书豁出性命，怎会舍得献出。等后来站到了高处看出去，才发现它有更大的用处，它不仅关乎长孙家，更关乎山河社稷与天下黎民。

高处就是脚下这片大地，和这里所守护的人。

“有什么好可惜的，”她淡淡说，“我自己就是书卷。”

望蓟山里，熊熊冶矿炉火又烧了起来。自长安工部赶来的官员们正在矿眼处忙碌，时不时穿梭着新征募而来的民夫。

一道穿着月白圆领袍的身影穿过树影，领着三四个护卫，在脚步飞快地往山外走：“山家军就要调回河东去了？为何不早说！只要主帅还没走就好！”说完牵了马，一坐上去就打马出山去了。

神容看见了，也只当是没看见。

那是她哥哥长孙信，自然是赶去找山英的了。听说战前他终于开口了，或许山英也会在等他。

出了山，离得远，看不清幽州城下动静，只能隐约看见城头上飘扬着的幽州旗幡，旁边还多了一面玄色军旗，赤金的“卢龙”二字在风中翻卷招展。

卢龙军已恢复番号，下方城门处张贴上了自长安送来的告示，随着帝王封赏一道而来。

年少的新君在拿回蓟州后，将前任幽州节度使李肖崮的罪行公告天下，他与关外孙过折合谋之事，孙过折联结外族诸部企图颠覆中原社稷的阴谋，皆在其中，甚至还提及了先帝，终于为卢龙军正了名。

天下震动，仅幽州城就议论了好几日，又渐归平息。

但经历过的人会永远记得，关外那片大地也永远会记得。

城下方向，一群铁骑长正策马奔来，带领着身后的兵，从山附近经过，奔去远处的军所。为首的两匹马上是骆冲和庞录，从马上朝这里看来一眼，骆冲又有那般惯常的怪笑挂在了脸上，身上的装束却已是正规的厚甲武服，一如当年的卢龙军模样。

神容目视他们远去，身下的马已经在山外绕了大半个圈。是绕着望蓟山的外围走了半圈，顺着一路看过的地风，她又看向关城外的山脉。

紧闭的关口已然敞开。蓟州一带的山形走势，如今她可以知道得更详细了，也皆能添入书卷中了。不为别的，只为了以后让国家对这里的情形能了如指掌，以期再无战事。这是她如今最想做的。

山林周围平和而静谧，神容下了马，沿着林边缓缓而行，忽觉后方没了动静。

东来没有跟来，紫瑞也悄无声息，却有一阵突来的马蹄声，一如既往的熟悉。她回过头，迎面而来的快马上，是男人宽肩紧腰的身影。

她顿时止了步，看着他下马朝自己大步而来，身上的胡服紧束，被天光勾勒的挺拔身形似入了虚幻，直至站在她身前，才有了触手可及的真实。

“你的伤好了？”她手搭住他肩，去看他颈边，那叠着的胡服衣领里，还缠着一道道的白布。

他没有食言，安然回来了，可受伤的身体却养到了现在。

“当然，”山宗低笑，“你镇山的时候，岂能缺个镇人的，所以我来了。”

神容轻声说：“我往后还会经常出去镇山的。”

他低笑更沉：“那我就都会在。”

左右的人都远远退去，临去前向他低头，恭敬地称呼一声“使君”。

他已是幽州节度使，但有时也会被称作卢龙节度使。

神容和他在山林间紧紧相依，不觉微微想笑，忽又觉出不适，皱了眉，扭过头，一手按了按胸口。

山宗问："怎么？"

她挑眉说："不太舒服，或许暂时是没法镇山了。"

山宗脸上又露出那痞坏的笑："急什么，以后时日还长。"

神容的眼神凝在他脸上："怎能不长，我都嫁你两次了。"

山宗盯着她，头微低，笑入了眼里，脸色却很认真："娶你和带回卢龙军，是我做得最正确的两件事。"

山林间风轻摇枝，他们在这里的一切似已被山川铭记。

神容的手搭上他的腰，借着披风遮挡，冲着他弯眼而笑："嗯。"这又何尝不是她做得最正确的事。

愿成就你最后的私心，愿做你心头的骄阳，愿你百岁太平，也愿你荣耀永在。

只因你无愧天地，也无愧自己。

是日，回到府上，神容没有如先前一样，先着手在桌前将蓟州附近的地貌描出来。她什么也没做。

紫瑞觉出她不适，为她请了大夫。

当晚，山宗在屋里看到她时，身上胡服刚褪，露出半身缠绕的白布。

他手勾着她腰，让她坐在自己腿上，身上那些缠绕的布条似已多余，他甚至还用手扯了一下。

他如以前一般亲上来时，神容按住了他的肩："我有件事要与你说。"

山宗自她身前抬起头："什么？"

神容贴过去，缓缓倾身至他耳边……

灯火映着彼此身影，影子交错重叠，隐隐有笑声。

这大概是幽州最安宁的岁月。

——正文完——

番外一

圣人赐婚

关外一战结束将近两个月后，山家军不仅已从幽州调回河东，还整军后分出一拨留守。如今多出的兵马正被调返洛阳。

山英胡衣软甲在身，配着剑，打着马，神采奕奕地在前方领路，却又时不时转身往后看，脸色古怪。连续看了好几眼后，她终于忍不住，打马往后而去。

后方空荡荡的官道上，还有另一支队伍，那是一批押运冶炼黄金送往长安的队伍。领头的马上，身姿端正地坐着一袭绯色官袍的长孙信。

山英到了他跟前，往他身后队伍看了又看，小声地问："你是不是想与我一同上路，才亲自押运这批金子的啊？"

长孙信打她刚过来时眼睛就看过去了，又故作不经意般转开，清清嗓子，端着架子道："我身为工部侍郎，亲自押运自己冶炼出来的金子是应该的，有何好大惊小怪的。"

山英将信将疑："是吗，可这事劳我大堂哥派遣几个百夫长不就好了？如今他可是幽州节度使了，有他的威名在，谁敢在这条道上造次啊，何须你这样亲自动身来看护？"

眼下都快到洛阳了，他竟然带着押运黄金的队伍赶了上来。按理说，他此时应当还在幽州好好开山冶矿才是。

山英琢磨了一下，又离他近了些："不对啊，开战前你还好好的，与我说得那般情真意切，怎么忽就对我如此不理不睬的？一路又离我这般远，你莫非是翻脸就不认人了？"

她不说还好，一说长孙信脸立马就涨红了，握拳在嘴边连咳两声："你还好意思说，你才是翻脸不认人。"

山英莫名其妙："我怎么了？"

"你……"长孙信看了看后面跟着的队伍，对她这秉性委实没办法，好一会儿才没好气道，"说调兵走就调兵走了，只听了我说的，却连句回话都没有！"

“回话？”山英回过味来了，不禁笑道，“原来你就是为了这个才特地来与我同行的啊，那有什么好回的？”

“你说什么？”长孙信不可思议地看着她，脸上几番变幻，还努力维持着姿态端雅的君子模样，眼神却已黯淡了，气闷道，“那好，你便当我没说过就是了。”说着绕过她就先朝前走了。

山英眼睁睁看着他自旁边过去，后方的队伍也随着他提速往前而去，竟转了个方向，朝着另一条道走了。本还想追上去，却见山昭已经在那里等她，只得作罢，无奈往前赶去。

山昭扯着缰绳，看看她，又看看远去的长孙信：“你们这是怎么了？”

“他好像又被我给惹恼了，”山英叹息，“我明明话还没说完呢，临走前我去见了大堂哥和神容的事还没告诉他呢。”

山昭莫名其妙：“那有什么好说的，你去见谁还要与舅哥说一番不成？”

“那当然不是，但我们说的事可与他有关。”

山昭没能参与上，不大乐意，忍不住道：“为何看堂姐与舅哥近来古古怪怪的？”

山英先摆摆手示意山家军继续前行，才凑近对他低声道：“实话告诉你好了，长孙星离看上我了。”

“什么？”山昭一张秀气的脸呆住了，实在太震惊了。难不成他以后还得唤舅哥作堂姐夫了？

山英已朝长孙信的队伍看去，止不住摇头：“这回他好像是真气到了，这么快就快看不见人影了。”

长孙信不久后就回到了长安。

春风和暖，赵国公府里仆从们忙进忙出，很是热闹，不少人手中还捧着精致的吃穿用物，悉数送入了厅中去。

他也没多在意，去拜见父母时兴致缺缺。

裴夫人坐在厅中，手中拿着封信，手边桌上就堆放着那些仆从送进来的东西，好似准备送出去一般，已包裹了一半。她自己正在与赵国公有说有笑，看到他回来，忙招了招手：“你回来得正巧，阿容现在可好？”

长孙信点头：“阿容很好。”完全没留心他母亲是在问什么好。

“那就好，那我就放心了。”裴夫人说完还是眉开眼笑的，整个人容光焕发，满面喜色。

赵国公眼里也是笑，却是看出了长孙信的不对：“怎么这般脸色？”

长孙信有些讪讪：“没什么。”

总不能说是因为山英，明明战前说得情真意切的是她，当时还特地问他说得是不是真的，谁知到头来根本就不当回事。他心里说不出是气闷还是别的，委实不是滋味。

一旁裴夫人正对赵国公道：“阿容那里有了这样的好事，如今就该好生安排他这个做兄长的事了。”

长孙信本还心不在焉，闻言才回神：“安排我何事？”

赵国公面容肃正：“你说何事，自然是你的终身大事了，你可是拖了太久了。”

长孙信登时皱眉，脸色不自在起来：“我不过刚回来……”

裴夫人打断他道：“你年龄不小了，如今你自己是为国开矿的工部侍郎，妹妹是幽州节度使夫人，多的是主动来说亲的，趁此番回来便赶紧定了，莫再像上次那般推辞了。”

长孙信无言以对，眉心拧得更紧，想拒绝又寻不出理由来，想起山英，心里更是百般情绪翻涌，愈发什么也说不出来。

别人都知道主动来求亲，偏偏她竟瞧不见自己一般，先前的话也根本没放在心上。他越想越是觉得，自己分明是自作多情了。

他身为长孙家儿郎，年纪轻轻就身居京官之列，长这么大还没经历过这些，这情绪说不清道不明，却是实实在在的一柄钝刀子在戳他，翻来覆去只有两个字：难受。

难受至极！

心里头完全被塞满了事，到最后长孙信也没在意到底裴夫人在高兴神容什么事。

没过两日，果真又有描像送进他院落里来，这次比上次要多得多，在他桌上堆了足足一摞。

长孙信对着那堆描像看了几眼，在桌边缓缓踱步，始终没什么好情绪，只眉头时紧时松，有时想干脆就选个人好了，却还是迟迟伸不出去手。

他有气，又不知该对谁发，最后只能对着那堆描像苦笑：“早知如此，我还不如不与你说了……”

门外有个仆从来报：“郎君，宫中来人传唤，圣人召见。”仆从敛声屏气的，只因府上皆知他近来心情不佳。

长孙信这才收敛了心绪，料想大概是因为押运金子入都的事，别的也不可能有什么事传过来了，倒是正好可以摆脱眼前这麻烦事，当即更衣入宫。

近来年少的圣人在众臣面前露脸次数多了不少，据说蓟州拿回来之后，还在宫中大宴群臣，更是下诏免除蓟州二十载赋税，比故城失陷关外的年数还多，有心安慰故城遗民，让他们休养生息。

那时候长孙信还在幽州，亲眼看着山宗受到册封，接受九州官员拜见，成为一方节度使。

到了宫中，长孙信被内侍直接引去了殿门前，请他入内。他进了殿内，和以往一样敛衣下拜。

殿内安安静静，隔了一会儿才响起帝王年少的声音："今日唤长孙侍郎来，是为了一件私事。"

长孙信稍稍抬起头："请陛下明示。"

帝案之后，端坐着的明黄身影看着他："此番蓟州光复，除去幽州节度使的主力战功外，诸方将士会战，皆立下了战功，战后自当论功行赏……"

长孙信不禁想这与他又有何关联。

却又听见帝王后面的话："山家军亦有战功，领兵的两员主帅中，山英未领赏赐，只另外求了件事。"

听到山英的名字，长孙信便神思又沉落了，那难受的情绪又涌了出来，连这始终端着的世家风范也要端不住了，在心里暗自叹口气，恭恭敬敬聆听。

上方少年帝王的声音道："她说长孙侍郎与她两情相悦，请求朕为你们赐婚。"

长孙信蓦然一惊，纷纷扰扰的情绪倏然退却，愕然抬头："陛下说什么？"说完才意识到自己的失态，忙又垂首，"臣失仪，陛下恕罪。"

那一袭明黄的年轻帝王倒是没在意，似乎自己也觉得很意外，竟还笑了笑："朕还是头一次遇到这种事，便想亲口问问长孙侍郎她所言可属实，若你们二人之间只是她一厢情愿，那朕自然不能随意赐婚了。"

长孙信下意识往两边看了看，殿中无人，又轻又低地咳了一声，分明已认定自己一厢情愿，却又成她一厢情愿了……

约莫半个时辰后，他离开了大殿，出了宫。

宫外早就有护卫牵马等着，看他出来，一名护卫上前来递上一封邀帖："郎君，这是有人送来的。"

长孙信一看那帖上的名字，眼就亮了，左右看了看，又收敛起来，忙上马就走。

喧闹的长安大街上，酒肆雅间里坐着不断朝窗外看去的女子。看到不知第几遍，终于有人推门进来了。

她马上起身：“星离！”

长孙信走进来，看到她，瞬间就又想起方才皇宫大殿内的那事，眼神闪了闪，掩唇轻咳。不是山英是谁。她今日竟然穿了身女装，虽然只是一身干净利落的胡衣，竟多了几分不多见的女儿模样。长孙信瞄了她两眼：“你怎么来了？”

“我怎么来了？我自然是来找你的啊。”山英理所当然道。

长孙信连日来的脸色便没好过，此时已然回缓了，却还端着一本正经的架子：“你不是没什么话要回的，还何苦特地来找我。”

山英盯着他瞧：“你那日果然是误会了，我说没什么好回的，哪里是那个意思。”

长孙信挺直着上身，甚至还理了理官袍：“那你什么意思？”

山英往外看看，没见雅间外有人，合上门：“我是说我又没说不好，那自然就是好了，又有什么好特地回话的。反正我仔细想想，也是很中意你的啊。唉，就因为你当时走太快，我还特地赶来这趟与你好生解释。”

长孙信听到此时脸色就有些绷不住了，抬手遮掩着动了动嘴角，又忍住，看她一眼：“你方才说什么？”

“特地来这趟给你解释啊。”山英道。

“前面那句。”

山英想了想：“我仔细想想，也是很中意你的。”

长孙信嘴角又动一下，咳一声：“真的假的？”

“当然是真的，我也没对别人这样过。”山英一脸实诚。

长孙信问：“于是你便斗胆去向圣人求赐婚了？倒是赶了个好时候，正逢家中为我安排婚事。”

“赵国公府要为你安排婚事了？”

长孙信点头，故意道：“我正打算选呢，便被圣人召去宫中了。”

山英看他昂身立于面前，仍是那般君子端方之态，仿佛自己解释了也没什么用，不免泄气，又听他如此说，眉头便拧了起来：“那你是何意，先前的话不算数了？”她也干脆，当即就往外走，“那算了，我便去圣人面前撤了赐婚的请求好了。”

刚要去拉雅间的门，长孙信先一步将她拦住了，一只手托住她手臂：“谁说算了，我可已在圣人面前应下了！”

山英回头，英气的眉目瞬间舒展：“当真？那你还这么说。”

长孙信对上她脸，才意识到自己已承认了，差点又要干咳，忍住了：“没错，你还想反悔不成！”

当时在殿内，当着帝王的面，他的确应下了。无非是觉得她不把他的话当回事，有心气一气她罢了。

手上还紧紧抓着她的手臂，她的脸正对着他，长孙信反应过来，发现自己整个人都已贴着她，几乎就是抱上去了，赶紧要松手。

山英反倒一手抓过来，爽朗道："既然都要赐婚了，你还在意这些做什么，又没什么。"

长孙信就这样被她抓了手，背贴着门，倒好似被她给抱了，冷不丁又有些不自在，却又忍不住有点想笑，胡思乱想了一阵，忽觉不对："等等，你是怎么想出求赐婚这主意的？"

山英手上一紧，看着他："是神容教我的啊。"

"什么？"

"还有我大堂哥。"山英一五一十道，"临走前我去见了他们，那天没来得及告诉你，你就气呼呼地走了。"

神容告诉她，要让她父母主动再从山家挑个儿媳是不太可能的，倒不如借机会让帝王出面，少年帝王没想象的那般不近人情，甚至算得上好说话。

她大堂哥也说，山家人没有扭捏的，何必说那么多，直接去做就是了，长孙信一准就范。

当然山英没说"就范"这个词，怕长孙信不高兴。她盯着他近在咫尺的脸左看右看："还真有用。"

长孙信对着她脸凛凛神，自顾自道："等我回去给我父亲母亲压压惊才好。"

幽州。

神容倚坐在榻上，抬起头："圣人赐婚了？"

山宗刚刚进屋，手里拿着封信，似笑非笑地走过来："何不自己看，料想你哥哥一时半会儿是来不了幽州了。"

神容接过去，是山英写来的信，她大致看了一遍就收了起来，笑道："那我父亲母亲大概着实要惊讶一番，料想也有阵子不用再给我送东西了。"

眼下房中的桌上还堆满了各种各样自长安送来的东西，吃的用的，大多都是补身用的精贵物事。都是赵国公府派人快马加鞭送来的。

山宗在她身边坐下："你如今可不一样了，我也恨不得成天给你送东西。"说完看一眼她小腹，笑起来。

她已有孕了。那晚她要告诉他的，就是这句话。

神容不以为然："真是兴师动众。"

山宗笑着将她面前的小案挪开。

就算有孕了，她与往常也没多大变化，除了开头委实吐得厉害，后来每日都还能继续描她的图，现在榻边摆着的小案上都还搁着笔墨，每次他回来便先挪走。

两人身前没了阻碍，他一只手抚上她还未显怀的小腹，忽然说："若是个女儿就好了。"

神容倾身到他面前，攀住他肩："为何要是女儿？"

山宗眼微眯，盯着她脸，似在想象："女儿像你更好，那就可以继承你的本事了，不好吗？"

神容扬扬眉："那可得是姓长孙的才行，姓山的可不行。"

"那就跟你姓长孙好了。"山宗扬着嘴角，浑不在意，"反正是你我的孩子，还在乎那些。"

神容不禁跟着笑了一笑："你想得美，哪能让你想什么有什么。"

山宗搂着她，低头亲下来，嘴里仍在低低地笑："我已经是想什么有什么了。"

番外二

长安有喜

长安有喜讯传来时，已经是数月之后的事了。

彼时幽州官舍刚刚扩建过一番，有了节度使府邸该有的气派，里面却是一番忙碌的景象，全是为了另一桩喜事。

虚掩的府门忽被一脚踢开，山宗大步从府外走了进来，身后刚停下的马还在喷鼻。

入门的瞬间，广源已匆匆迎来。山宗边走边扯下紧束的护臂，连同手中直刀一把塞过去，口中问："如何了？"

广源急急忙忙跟着他脚步，一边道："郎君回来得正好，你出府时还好好的，忽然夫人这就……"

山宗脚下实在快，没等他说完就已往前走远了，直往主屋。

主屋外的长廊入口，此时守着纹丝不动的东来。山宗径自走入，随处可见婢女仆妇穿梭不断，主屋房门紧闭，紧接着稍稍开了一下，紫瑞出来招了招手，立时就有一大群仆妇拥入屋中。

看起来已经忙了有好一会儿了。想到这里，他走得更快了些。

下一瞬，一声嘹亮的啼哭忽就传了出来，几乎要传遍整个宅邸。

山宗脚步一顿，直接就跑了过去。

东来下意识转头朝远处的主屋看去，广源已经追了过来，也在旁伸着头，远远观望着那头的动静，又惊又喜。

"太好了，这么快就生了，想来顺利，夫人一定没受什么罪！"他高兴地嘀咕，"我得赶紧准备去给山家送信了。"

东来小声附和："赵国公府也等着呢。"

二人仍不住观望，看了好半天，却只看见陆续走出来的仆妇和婢女。

也不知过了多久，广源脚都快站麻了，屋门才开了一下，山宗终于走了出来。他轻轻地关上门，转过身来时一手摸着嘴，嘴角的笑却还是露了出来，像是如何都止不住一般。

"郎君！"广源刚兴高采烈地唤出一声，山宗就抬头竖了手，迅速指一下身后的房门，是叫他别吵。

广源连忙捂了嘴，点了点头。

山宗回头又看一眼房门，才沿着走廊走近，笑着说："去传信吧。"

广源怕吵着刚劳累完的夫人，搓着手轻声问："郎君这般高兴，是小郎君还是小女郎啊？"

山宗嘴角又扯起来："你都说了我这般高兴，还不明白？"

当日，一道军令送入军所——

使君府上喜获麟儿，全军休息一日，幽州全城共庆。

城内忽然一下热闹得不行，好似全军所的人都拥入到城里来了，满街的酒肆里都是高声说笑的兵。

胡十一搭着张威的肩，在桌边跟他推杯换盏，喜滋滋地道："瞧把头儿给高兴的，平日里在军所里练兵那么严，今日居然允许咱们破禁出来饮酒啊！上回饮酒可是拿回蓟州的事了，连他做上节度使都没这么高兴！"

"那当然了，"张威道，"头儿毕竟是第一回当爹。我听说头儿本来还想下令叫九州共庆呢，后来是觉得太麻烦了，才改成只在幽州庆贺的。"

胡十一"啧啧"两声，一拍大腿："这般手笔，那我倒是希望头儿再多生几个，嘿嘿，往后这样的再多来几回！"说完转头四顾，大声喊，"卢龙军的人呢，难得高兴，都拖过来一起灌啊！"

城里百姓们也热闹，故城回来后，关外也平静多了。此时来了个鲜活的小生命，实在太是时候。

城门不闭，喧闹整夜未歇，就连府内都能听见响动。

主屋内点上了明亮的灯火，神容躺在床上，身下铺着厚厚几层柔软的绒毯。

她睁开眼睛，身上还软绵绵的，稍稍转头，便看见床沿坐着的人，漆黑的眼正看着她，似乎等了许久。

"夫人辛苦。"山宗嘴角一直扬着，到现在也没收敛。

神容看一眼他那张扬的笑脸，又看向他怀里，他亲手抱着襁褓，怀里的小家伙正在睡着。

"还真如你如愿了。"她轻声说。

果然是个女儿。

山宗嘴角笑意更深一层，一只手将她揽起靠在自己怀里，一手将襁褓送到她眼前："我早说了，想什么有什么，看看是不是很像你？"

神容靠在他的怀里，手扶上襁褓，仔细看了看，小家伙不过刚出生几个时辰罢了，眼闭着，脸也皱着，哪里看得出来。

她故意问："哪里像啊？"

山宗脸贴近，蹭一下她鼻尖："这儿。"往下，又啄一下她唇，"还有这儿，不是都很像？"

神容不禁弯了弯眼："坏种……"

山宗笑："就算我是，往后还是别在孩子跟前说了，免得被她听见。"

怀里的小家伙很合时宜地吮了吮嘴，哼唧一声，动了两下。

幽州节度使得了长女，那既是山家的嫡长孙女，也是赵国公府的第一个孙辈，意义自是非同一般。

消息送入二都，幽州连着两三个月里都是热闹的，自洛阳和长安被派来探望恭贺的人络绎不绝，两家长辈给小孙女送来的东西更是在府上堆积如山。

快到孩子百日的时候，山家又派了人来到幽州。

这次来的是山昭，他一路马骑得飞快，打马入城的时候时辰尚早，太阳刚露脸。本来杨郡君都想亲自来，他怕母亲辛劳，好歹是给拦下来了，正好借机代替父母走这一趟，来看望一下大哥，再亲眼瞧瞧自己的小侄女，到时候也好回去好生与父亲母亲说一说。

城头上正好是胡十一当值，看到他入城，站在高处朝他挥手："哟，山家小郎君是来看头儿的？"

山昭停马，与他打招呼："何止大哥，还有我侄女呢。"

胡十一扶着城头冲他嘿嘿直笑："得亏你是小金娇娇的亲叔叔，咱们到现在都没机会见到呢，头儿对他这女儿可宝贝着呢！"

"什么小金娇娇……"山昭被他的话给逗笑了，一面回头，朝后面唤，"舅哥，快，就要到了！"说完又一顿，"哎，不是，我是不是该改口叫你一声堂姐夫了？"

胡十一顺着他后面一瞧，原来后面还有一群人，除了几个随行护卫的山家军，便是长孙家的护卫，当中打马而行的不是长孙信是谁。

"长孙侍郎也来了！"胡十一像以往一样大剌剌地跟他打招呼，"听闻你刚成婚，和咱头儿亲上加亲啦，咋这么快就来幽州了？"

长孙信却没搭理他，坐在马上，整个人心不在焉的，也没看别人，不知在想什么。

胡十一自讨没趣，只好摸摸鼻子，继续去城头上巡视去了。

山昭见上方胡十一走了，打马靠近过去，小声道："他说得是啊，我半路遇上堂姐夫也想问了，你与堂姐刚成婚不久，不正是蜜里调油的时候，此时应当还在长安待着，这才几个月，怎么舍得抛下我堂姐到幽州来，就是要炼矿也不用如此心急才是。"

他们是快到檀州时遇上的，山昭想着自家堂姐都嫁过去了，更是一家人了，当然就上前结伴同行了。

长孙信本来没什么，听了他的话倒是一下回神了："什么叫我抛下她？谁抛下谁还未可知呢！"

山昭顿时一愣："啊？"

长孙信眼神一闪，似乎是觉得自己说多了，干咳一声，扯着缰绳夹下马腹："罢了，我要赶紧去看阿容和孩子了。"

神容几个月下来已养好了身体，这些时日下来，别的事没有，几乎就是忙着在看赵国公府和山家争相送来的那些厚厚的礼单了。今日更甚，居然两家的人都到了，府邸内一下热闹起来。

天气不冷不热，神容换上了一袭抹胸襦裙，坐在屋中，看着紫瑞将刚刚睡饱的孩子抱了过来。

山昭第一个走上前去，只看到穿着暖红软绸衣裳的小小娃娃，一张粉雕玉琢的小脸，睁着又大又亮的一双眼，顿时心都要化了："这就是我侄女？长得也太像嫂嫂了！"

神容好笑，心想山宗也是这么说的。

长孙信就坐在对面。

神容今日会见到他来也是稀奇，笑了笑说："哥哥怎么是一个人来的，要来也该带上我嫂嫂一道来才是。"她特地加重了"我嫂嫂"三个字，颇有些揶揄意味。

长孙信眼神往左右看了看，乍一看还以为是被提起新婚不好意思，顿了一顿，又端着君子派头不以为然地朝紫瑞招招手："快抱过来，让我好好瞧瞧我外甥女。"

神容见他避而不提，觉得他有些不太对劲。

旁边山昭已走近一步，低低说了两句："嫂嫂有所不知，他好似不高兴……"

神容听了他说完的话，朝哥哥又看去一眼。

长孙信心里的确是压着不高兴，还不是因为山英无端端地留下封信给他就跑去整自己的营中旧部了。

成婚时他已特地征得父母同意，移居出赵国公府，在附近自立了侍郎住处，便是知道她秉性，好叫她自在，也好叫他母亲裴夫人自在。哪知她还真自在，说走就走，就这般突然回营去了。长孙信等了一阵子没等着，恰逢刚出生的外甥女就要百日了，干脆自己告别父母，打着探望神容和炼矿的名义来了幽州。裴夫人和赵国公正牵挂着神容呢，还以为他是与山英一道来的，也就没多问。

走了个神，面前紫瑞早就将孩子送到他跟前来了，笑着道："郎君快好好看看，小女郎正好认一认舅舅。"

长孙信提提神，不想山英那没良心的了，从袖中摸出一块沉甸甸的玉佩系在孩子的衣裳上，堆出笑道："果真像阿容。"

被抱着的孩子眨着一双大眼睛看着他。她生得确实像神容，似雪堆出一般的白嫩，嘟嘟的小嘴角有点天生的上扬却是很像山宗，冷不丁的，竟咧开小嘴冲他笑了起来。

长孙信原本心情阴霾，见到孩子的笑一扫而空，当即笑道："真不愧是我外甥女，还是你有良心。"

山昭看见，忙也摸身上："不行，叔叔也得送个贴身的东西。"

神容无奈地撇撇嘴："你们送的已经够多了。"一面说一面朝门口的东来招下手。东来快步走近，站在她身后。神容吩咐了两句，指了一下长孙信，他点头，很快出去了。

顶多也就过了几个时辰，府上又多了个不速之客。

山宗去过问了下属九州军政，策马回来时斜阳西垂，正要进府门，身后马蹄急切，他回头看了眼，对方已经在叫他："大堂哥。"是山英，难得穿了身胡衣女装。

山宗看她两眼："听说山昭和长孙信一起来了，你没与他们一起？"

山英下马，还喘着气，皱着眉道："我是一路追来的，刚好东来去与我送信，才知他已到这里了。"

山宗大概猜到了点情形，似笑非笑，什么也没说，先进门去了。

门内山昭已经听到动静，老远就在唤："大哥！"

长孙信以前没觉得自己有多喜欢小孩子，只见到如今的小外甥女，简直是越看越喜欢，足足陪她玩儿了大半晌，直到孩子饿得瘪了小嘴，被紫瑞送去了奶娘那里，他才回客房。老远便听见山昭唤大哥的声音，他猜想山宗一定是回来了，一边走一边又想起山英，没好气地到了门口。

刚推开门，门里忽然就冒出来一道身影，他险些被吓了一跳，接着才看清，那可不就是自己方才在想着的英气身影。

"你何时来的？"他不可思议地问。

山英道："我回去时你已走了，只好追过来，你只早我一步。我看神容都叫东来去给我送信了，你一定是又不高兴了。"

长孙信低哼一声："什么叫'又'，我不高兴还不皆是因为你？"

山英到底耿直，坦然接受："是因为我，我这不是赶紧来了，那你还要如何才能高兴？"

长孙信一时无言，对她这性子也是无奈，清清嗓子，板着脸道："你我可才成婚几个月呢，我迟早要被你气死。"

山英道："那怎么会呢，才几个月，我就越来越喜欢你了，不会气你的。"

长孙信顿时回头看门外，回头时脸上还有些不自在："你好好说话！"

"是真的啊，"山英很认真，还贴近来看他的脸，点点头说，"我看你人也越来越好看了，果然是越看越喜欢。"

"咳……"长孙信脸上不自在，明明心里已是舒坦多了。

山英对他这时常端着的模样已经习惯了，知道他其实好说话得很，看着他脸，越看越满意，越满意离得越近。

长孙信看着她靠近的脸，倒是又记起他们刚成婚没多久的事了，不知不觉就往下低了头。

门被推着关了起来，没多久，隐隐约约传出他含糊不清的声音："你做什么呢？"

山英低低的声音接着传出来："亲你啊，都是夫妻了，又不是第一回。"

"咳，哪有压着自己夫君亲的？"

"不都一样吗？"

"自然不一样！"

"一样的……"

小家伙吃饱喝足时，天都要擦黑了。

紫瑞抱着孩子，正要往主屋去，刚走至廊上，山英已自客房那里过来。正好看见那被抱在怀里的孩子，一张雪白粉嫩的小脸着实惹眼，她忙道："等一等，我还没瞧见呢，先让我看一眼是不是真的像神容！"话音未落，人已快步走了过去。

紫瑞便停下等着，一面笑着向她屈膝，刚好可以恭喜她与郎君新婚大喜。

长孙信在后面跟着，山英跑得快，一下和他拉开了一大截。他一边走一边摸嘴巴摸脖子。

旁边走来两道身影，他转头一瞧，是山宗和山昭。山宗和以前一样黑色的胡服紧束，只是腰上的束带多了赤金结扣，衣领上绣着云川纹样，那是节度使才能用的制式，手臂上的护臂也多了“卢龙”二字的刺绣。山昭乖巧地跟在大哥后面，看到他道：“堂姐来了，这下你们没事了吧？”

长孙信拿开摸嘴摸脖子的手，负在身后，如常一般很有风范地道：“原本就没什么事。”

山昭笑道：“那就好。”

山宗走得快，本盯着前面在被山英逗得挥舞小手的女儿，刚好走到他跟前，瞄了一眼他刚才摸的嘴，又看一眼他脖子，笑了一下。

长孙信瞥他：“你笑什么？”

山宗脚步停一下，往后方的山昭身上扫一眼，低笑说：“都是男人，还用说？山英常年习武，力气可能大了点，你挺辛苦。”

长孙信一愣，回过味来他这是在揶揄自己，又摸一下脖子，难怪总想摸，定是山英先前乱亲的，当即又止不住想干咳，再看他已往前去了，暗自腹诽一句：不正经的浪荡子！

山宗正要走到女儿跟前，已作势伸手去抱，长孙信抢先越过他走了过去，自山英怀里抱过了孩子：“舅舅疼你，可莫要被你父亲给带坏了。”说完看一眼山宗，抱着孩子往旁边走了。

小家伙可能吃得太饱了，走时还在他怀里轻轻打了个嗝。

神容后来是听紫瑞说了这些，便猜她哥哥一定是跟山英又和好如初了，原本山英那秉性，哪里能生得出气来。

天黑了，她挑了一下灯火，听着外面隐隐约约逗孩子的笑闹声已渐息，看来围着孩子转悠的那几人眼下终于是去安置了。

回过头，山宗进了房门。他脸上带着抹笑：“你还特地叫东来去通知山英，是怕她不知道来找你哥哥？”

神容转过身去，有一下没一下地拨着灯芯：“那可说不定，我哥哥是个君子，你们山家人可不能欺负人。”

“我们山家人怎么欺负人了？”他的声音一下近了。

神容耳边掠过一阵他话语拂过的气息，转头已贴在他胸膛前，他刻意低着头等着呢，手臂一收就将她箍住了，在她头顶低笑：“我欺负过你了？”

“你没欺负过吗？”神容昂起头，手指在他束带上点一下，“你现在不是在欺负我？”

山宗一把将她抱了起来，生完孩子后她也只是稍稍丰腴了一些，抱她还是轻而易举。他勾着嘴角：“嗯，我今日定要好好‘欺负’你一回。”

番外三

幽州时岁

一个寻常冬日，一大早，屯军所的大门就敞开着。

远远驶来一辆马车，从幽州城的方向一路往军所而来，直到大门前，缓缓停住。大门两边站着严密看守的兵，一见到那辆马车便立即退让开。

演武场里，满场的兵卒都在认真操练，呼喝声震天。

时光一弹指，距离战事过去已超过了三年。现今的军所扩大了足足一倍，里面有两支兵马——一支幽州军，一支卢龙军。虽然这三年多都是太平光景，操练却从不荒废。眼下的操练时间，却是属于幽州军的。

一群百夫长甲胄加身，正严肃地来回巡视着自己队里的兵卒。五大三粗的雷大呵斥了两句自己队里的兵，扭过头，恰好瞟见入口处。

那里细密地高竖着一根一根碗口粗的木桩，忽然，那木桩上多出一只白嫩嫩的小手，接着一张雪白水灵的小脸就贴着手露了出来，亮晶晶的大眼睛看着里面，眼珠转来转去。

雷大惊讶，忙动手推身旁的张威，后者扭头一看，也是一愣，忙又推推一旁的胡十一。

“咋？有话不说，神神秘秘的……”胡十一拍开他的手，转头一瞧，一眼就看见入口处扒着木桩望进来的那张小脸，口中顿时“嚯”了一声。

那张小脸听到动静，马上就退回去了。

“哎！”胡十一两步并一步地走过去。

哪承想，那小脸的主人又自己走进来了，后面跟着随时护卫的东来。

粉雕玉琢的小女娃娃，头梳双平髻，身穿绣彩的细绸襦裙，走进来，半点不怯，仿佛刚才那个探头探脑的不是她，昂着小脸问：“我阿爹呢？”

胡十一停下，惊奇道：“你胆子不小啊，敢闯到这里来，不知道这里是什么地方？”他说着指指那头喊声震天的操练兵卒，故意吓她，“你瞅瞅他们，手里可拿着刀啊枪的！可吓人了！”

小姑娘瞄瞄他，仍是昂着小脸："我阿爹到底在不在？"

胡十一眼见没吓到她，有些语塞，挠了挠头，忽然觉得自己吓个小女娃娃也怪不厚道的，咧嘴笑一声："成吧，我给你去叫就是了！"

还没等他回头去找人，里面已经有人大步而来。

山宗胡服紧束，步下生风，脸上还带着巡视练兵的冷肃，走近时就露了笑，手里的直刀一把抛给胡十一，走上前来，手先伸出："怎么到这里来找阿爹？"

兵卒没拦，自然是因为这是他的掌上明珠了。

面前的小人儿马上伸出小手牵住他，如今说话已很清楚了："阿娘说不能随便进来，我就在门口找阿爹。"

山宗捏捏女儿软乎乎的小手，又笑："嗯，那你到门口找阿爹做什么？"

奶声奶气的声音道："放河灯，要阿爹一起去。"

东来道："小女郎非要来找使君同行，少主只好带她来。"

山宗想一下，随即就回过味来："我知道了。"他回头吩咐一句，"暂停练兵，今日城中有冬祭。"说完弯腰，单手抱起女儿，往外走了。

胡十一伸长脖子看着他走远，一直到他出了军所大门，那里停着那辆熟悉的宽敞马车——金娇娇的马车。

雷大对着场中挥舞双臂，大声喊了停，喊完跟旁边人嘀咕："你看看头儿！刚练兵时还吓人着呢，见着宝贝女儿便跟换了个人似的。"

胡十一瞅着那马车应是走了，问旁边的张威："你说小金娇娇刚走进来那架势像谁？"

张威一板一眼："谁啊？"

"当然是金娇娇啊！"胡十一道，"你没瞧见她被发现后自己走出来那模样？再瞧她怎么也吓不到，可不就像当初金娇娇第一回闯咱军所那架势！"

张威想了起来："还真是挺像。"

胡十一故作深沉地感叹："当初哪儿知道有今天啊……"

故城拿回来了，幽州太平了，头儿跟金娇娇都重做夫妻有后嗣了。光阴如流水啊，他真心觉着自己也该赶紧找个婆娘了，可不能再耽误下去了。

想到此处，他马上动身："走走，入城去！"

张威道："干啥？"

"没听头儿说今天冬祭吗，万一我能遇着个好女子呢？"

张威莫名其妙，刚才不是在说小金娇娇吗？

幽州城中正热闹着。

又到一载冬祭，今年却与往年不太一样，除去满城的百姓，城中还多出了一行彪悍身影。一群人穿着武服，外罩黑皮甲胄，一个比一个看起来凶悍。街道宽阔，他们就站在道路两旁，盯着满街的人潮。

骆冲皮笑肉不笑地问："来这儿做什么，老子可不爱凑热闹！"

庞录在旁回："以往不知道，今年才听说冬祭也是幽州祭奠死去将士的日子。"

骆冲便不说话了。

旁边薄仲听到这话，或许是想起了往昔，低低叹了口气。

关外那座他们当初被困的瓮城外，如今竖了一座碑，是山宗下令竖的，上面只有"卢龙"二字，别无其他。他们从未忘记过当初战死的弟兄们。

人声鼎沸的大街上，缓缓驶来一辆马车，因为街头的人越来越多，隔着很长一段便停了下来。一看见车前马上那黑衣凛凛的人，左右百姓便回避开去，才算让出地方。

山宗下了马车，亲自过去将车帘揭开，唤："平姬。"

女儿的小脑袋探了出来，他笑着将她抱出来，放下地，让她挨着自己站着。

女儿名唤平姬，是他取的。

原本他父亲山上护军是想亲自为长孙女取名的。据说他老人家打了大半辈子仗，难得地很长时间都只待在书房里翻阅典籍，只为了取个好名给长子的长女。可惜山宗已经自己先定了，就在过完百日后。

孩子生在收复蓟州之后不久，他取了"平蓟"之意，却又不希望女儿往后真去平定什么地方，能安稳一生就是最好的了，于是便改成了平姬。

山宗又伸手往车里。

里面探出神容的脸，她穿着厚缎襦裙，外面系着披风，一手将门帘掀起些，却没急着出来，而是朝身侧瞟了一下眼色："先将他抱下去。"

披风一动，怀里随即多出一道小身影。

那俨然就是另一个山宗，黑亮黑亮的眼，黑漆漆的头发，穿着对襟胡衣，眼睛鼻子简直是跟他一个模子刻下来的，是他和神容的第二个孩子。

小平姬出生后过了一年多，他们又迎来了这个小家伙，这回却实打实地折腾了神容许久。

临盆那日是个风沙天，簌簌狂沙几乎一刻不停地拍打着幽州城头，粒粒作响。幽州城整个都如同闷在穹窿这口大锅里的时候，一道响亮的啼哭传遍了使君府。

神容委实遭了点罪，山宗只听到句"母子平安"便只顾着先去看她。等她安稳睡了，他才看到孩子，是个结实的小子。

当日风沙停了，他又多了个儿子。

而后自然又是长安洛阳好一番兴师动众地来贺。毕竟这是他跟神容的第一个儿子。

“来，镇儿。”山宗伸手。

这次总算是山上护军取的名，他为嫡长孙取名为镇，没有说缘由。

大约是希望幽州永镇，永远太平；也或许是希望过去已平，沉冤得雪，再无波折；又或者只是因为寓意了神容的本事，没有当初她的到来，哪里有他来到这世上的契机。

然而不等山宗去抱，小家伙却已自己挣扎着要下来了。

山宗很干脆，手臂一箍，直接将他携了下来：“乖乖站着。”

站在地上的小子比旁边的姐姐矮了半头，眼睛骨溜溜转着，四下张望。他还小，以前还没见过人这么多的时候，是对这大街上的人潮好奇。

不一会儿，他就往旁边迈出小脚了，哪里会乖乖站着，嘴里蹦出两个字：“河灯。”

“哪里？”小平姬嘀咕一句，不禁也跟着弟弟往前去了。

有东来和紫瑞带着护卫们跟着，根本也不用担心，等神容搭着山宗的胳膊下了车来，两个小家伙已经一前一后往前走出去一大截了。

她立即朝那头看去。

“没事，”山宗顺势抓住她搭在自己胳膊上的手，朝那里看了一眼，“那边还有人在。”

街上的行人陆续给护卫们让路，路人只看见两个粉雕玉琢的孩子一前一后地迈着小脚当街过来，虽有护卫在旁，还是都忍不住观望。

有的没看见山宗和神容，又是第一回见着两个孩子，虽看出是哪家官宦子女，却不知是幽州节度使家的，只觉得两个孩子可爱至极，又生得标致，便忍不住冲他们笑。胆子大的，笑着笑着还朝他们招手，想逗一逗他们，虽然两个孩子只顾着左顾右盼，谁也没顾上搭理。但随即他们就笑不出来了。

街边两侧站着一群彪悍的官军，正在盯着他们，其中一个左眼上耸着白疤的还在那头龇牙笑。反应过来的路人自然是不敢再逗孩子了。

附近就是城中河流。到了放河灯的地方，小平姬终于看到旁边有在卖的河灯了，踮着脚，回头拽住弟弟衣角。

两个小娃被一群护卫围护着到了卖河灯的摊点旁，齐齐仰着小脑袋往上看。

东来上前付了钱，紫瑞跟上来笑着取了灯，往一人手里放了一盏。

小平姬一双小手仔细捧着河灯，踮着脚，往回看："阿爹阿娘呢？"她急着去放了，可河灯还没点上呢。

东来往回看了一眼，山宗和神容离得不远，只是遇上了刺史赵进镰和其妻何氏，正在说话，安抚道："小女郎等一等，到了。"话刚说完，却见身旁的小郎君端着那比自己脸还要大的河灯，迈着小步子去路边了。

骆冲正百无聊赖地靠在一家店铺外面，看了眼拥往河边的人群，转头见面前多了个小家伙。

镇儿把手里的河灯举起来："骆叔，点。"

骆冲左眼上的白疤不禁抖了一下。

因为卢龙军复番要扩军募兵的缘故，山宗有段时间经常在府里见各位铁骑长，这两个孩子打会走路就认识他们了，对他们自然不陌生。

薄仲在旁好笑道："这小子架势一看就是继承了咱头儿。"

镇儿说话早，很多事情已经能讲得很清楚，只是还不能那么长那么连贯，但现在叫骆冲为自己点灯，还是能叫人听懂的。

庞录踢骆冲一下："愣着干什么，孩子等着呢。"

骆冲怪笑："这么多人，偏偏挑了老……我？"

庞录难得揶揄人："兴许这小子看你像个好人。"

旁边一群铁骑长都笑了起来。

别的大人看到骆冲那横在眼上的白疤都觉得恐怖，这么小的孩子居然不怕他，就这么直奔而来。

面前小子的手还举着，骆冲到底还是蹲了下来，接了那盏河灯。一只小手紧接着就在他眼上捞了一把，恰好捞到他那道疤。骆冲敏捷地让开，明白了，咧嘴道："好你个小子，原来是想动老子的疤。"

他平时说话就这样，声音沙哑，又加了故意的语气，就显得更可怕了。但面前的孩子没怕，甚至还想再来捞一下试试。骆冲又是一让，镇儿小手没碰到，在自己额角上抓了抓。

薄仲笑道："他这大概是奇怪为何你有这个疤，他却没有。"

骆冲盯着面前的小子："这可是打仗被关外的狗贼留的，打仗，你懂不懂？"

本是想吓退他，奈何这小子没事人一样，又推一下他手里的河灯，小嘴里说："点。"

骆冲白疤又是一抖，竟不知该说什么了。本来就长得像山宗，这种时候更像，真不愧是有什么样的老子就有什么样的儿子。

那头，等与赵进镰夫妇说完了话，山宗和神容走了过来。

小平姬早已经等急了，眨巴着大眼睛唤：“阿爹，放河灯。”

“来了。”山宗笑着走近，看见紫瑞手里端着她的那盏河灯。

旁边庞录刚刚走开，是他帮忙点上的。

一旁骆冲按着眼上的白疤站起了身，面前是镇儿小小的身影。

镇儿要点的河灯到底也被骆冲点着了，已被东来代替端去。

“难得。”神容在旁轻声说。

她也看见了，瞄一眼骆冲，又扫过庞录，和他身后那一群人。他们身上已再无当初大狱底牢里带出的戾气，完全做回了曾经的卢龙军人。

河水波荡，不断有人放下河灯。

山宗带着一双儿女过了桥，到对面河岸时，百姓们都在另一头，他在边角，对面是诸位铁骑长。

忽然听见一阵熟悉的歌谣，百姓那头隐约有人在哼：“旧一年，新一年，一晃多少年，中原王师何时至，年年复年年……”看来是有蓟州城的百姓也远远赶来了。

这首歌谣传了十几年，在蓟州收回后已经没了悲切，成了蓟州过往的一段证明。

他们的河灯顺流而下，自眼前漂过，有的河灯上写着“卢龙”二字，应当是在祭奠逝去的卢龙军人。

铁骑长们站在他们对岸，只是默默看着那一盏一盏顺流而过的河灯。

卢龙军复番了，一雪前仇了，一切都已平静了。

扩军募兵后，择选出来的精锐编入卢龙，如今依然是和曾经一样满满的一百营，五万卢龙军。

如果河灯真能传讯，他们希望这些消息可以带给卢龙军第六营的周小五，带给洒血在关外的每一个弟兄。

山宗抱着女儿，托着她的小手放到水面上。

小平姬等到现在，可算如愿亲手放到河灯了，盯着河面看了许久，还觉不够，从山宗身上滑下去：“再放一个，我要再买一个。”

紫瑞笑着上前来，带她去买灯。

山宗从东来手里接了儿子的那盏灯，转头见他小手抓着神容衣角，招一下手：“过来，带你放了。”

哪知这小子松开神容就想来拿灯，肉嘟嘟的小手不安分：“我放，阿爹，我放。”

山宗手臂一把捞住他，好笑：“你放什么放，栽河里我还得捞你。”

小家伙在他臂弯里挣扎挥舞着小手去抓河灯。

“乖点儿。”山宗低低训一句，“这么犟是随谁？”

神容走过来，在他旁边蹲下，抓住儿子小手："你啊，随谁？"

山宗看着她笑："你不犟？"

"我哪有？"神容理直气壮地说完，拍了拍儿子小手。这小子偏生听她话，还真安分了点。

山宗笑了笑，抱着孩子放了灯。

他要制着这小子，袖口不免就沾了点水。松开儿子后，他将袖口往上提了提，又露出了手腕上面的一抹刺青。

镇儿冷不丁指着他手道："阿爹，这个……"他扯着自己的袖口，努力往上扒拉，露出圆滚滚白生生的小胳膊，"我也要。"

山宗顿时皱眉："什么？"

小家伙不止一回见过他那满臂的刺青了，就没一回怕过。现在更甚，居然还敢说跟他一样也要满臂乌黑的刺青。

神容也诧异地看了儿子一眼。

大概是看他沉了脸，镇儿往神容跟前靠去，挨着她的腿，扒拉衣袖的小手还没放下，漆黑的眼珠眨了眨，看看河对面："不要，我要那个。"

山宗朝对面看一眼，他说的是那群铁骑长们胳膊上的卢龙番号刺青，大概是在军所里见过。山宗不禁笑了："你还挺会选啊，这我随你。"

一选就选了卢龙军。

小平姬买了灯，去而复返，后来又放了好几回河灯。

两个小娃难得出来玩了这么久，离开时街上的人也散得差不多了。远处能听见胡十一在跟人说话的大嗓门。小平姬累了，被山宗抱在怀里，镇儿精神却足，只缠在神容左右，还迈着小步子在街上自己走。

山宗看见，先将女儿送去车上，交给紫瑞照顾着，打算回去提儿子。没走几步，正好遇见路上经过的熟人。

周均停步，如以往一样一身灰蓝胡装，细眼白脸，停顿一瞬后，向他抱了抱拳："如往年一样，来向使君上报檀州事务。"

山宗点点头："嗯。"

很快下属九州官员都会入幽州来向节度使上报各州事务，檀州离得近，所以周均来得早，也巧，恰逢冬祭热闹。他还是和以前一样的阴沉脸色，山宗倒也习惯了。

另一头，还没走到的镇儿在神容前面一截，走着走着忽然停下来了。神容看去一眼，原来前面有个比他大一点的孩子站着，挡住了他的路。

东来要过去时，已有人带着个婢女自旁边快步走近，牵过了那孩子，随即讶然地看了一眼镇儿，抬头朝神容看来：“女郎，怪不得……”

是赵扶眉。她看了看镇儿，又看向神容，笑了笑：“怪不得，我就说为何这小郎君生得如此像山使……不，是使君。”

神容走过去，牵了儿子的手，看了一眼她身边的孩子，是个男孩儿，生得安安静静，很乖巧。

“这是你的孩子？”

赵扶眉点头，笑着说：“是。”

神容看她体态丰腴了一些，倒好像比以往更有容光了许多，想来过得不错，点一下头，牵着儿子的手走了。

身后传来赵扶眉母子问话的声音：“阿娘，他们是谁？”

赵扶眉道：“看到那个小郎君了，他父亲是幽州的英雄。”

孩子问：“那我父亲呢？”

赵扶眉声音有些远了，但还能听见：“你父亲当然也是英雄。”她语气里有了恋慕，遮掩不了。

神容快回到马车边时，周均已经走了。

山宗正好要过来提儿子，几步过来就将那小子拎起来抱在手里：“走了。”镇儿这下居然很乖，大概也是累了，小脑袋乖乖搁在他肩头。山宗回头，拉了神容一把，带到身边。

神容看着父子俩模样，想起赵扶眉和她的孩子，突发奇想问：“若我当初没来幽州，你会如何？”

山宗看她一眼，幽幽眼底动了一下，勾起嘴角：“不如何。”

最多还是跟以前一样，一个人独来独往，镇守着幽州，直到目标达成那日。

不会有家，也不会有现在的一双儿女。

“可你明明来了。”他转头盯着她，“还问这个做什么？”

神容轻轻地说：“我只是想到了罢了。”

“有什么好想的。”山宗托一下怀里的儿子，另一只手拉她紧了些，“反正此生你也别想跑了。”

没有她的结果，他根本不会想，除非他从未与她再相逢。

镇儿的小脑袋忽然昂起来：“阿娘跑？”

“谁说的！”山宗把小家伙摁回去。

神容被父子俩的模样惹得不禁弯了眼角，好在没有别人经过。马车里又探出女儿的小脸来，在朝他们张望。她看着身旁山宗的侧脸，靠近了，心想还好当初来了。

番外四

天地莽莽

成为幽州节度使夫人后，神容便一直待在幽州，数年间没有回过长安，也没有回过洛阳。

今年却有了机会。

这一年，幽州金矿开采丰足后放缓，蓟州城的民生也有了起色，山宗得到圣人诏令，赴长安述职。

春日的长安骄阳明媚，风暖云微。赵国公府大门早早敞开，一排仆从侍立两侧。为首的伸着头往大门前的青石板路上看，直至远远听见一阵车马辘辘声，忙掉头回府报信。

只片刻，府门内就又出来两人。

长孙信一袭月白袍衫，风姿不减，身后是飒飒一身胡衣的山英。

只他们出府门的这点工夫，车马声已至面前，一列队伍齐齐停了下来。左右众仆从登时齐齐躬身垂首。

长孙信刚要上前去，山英已抢在了前面，朗声唤："大堂哥，等你们许久了，路上可顺利？"

他们可是一收到消息就从自己府上过来等着了。

山宗自马上下来，掸一掸胡服衣摆上的灰尘："顺利。"说着看一眼长孙信。

后者哪顾得上他，已然自行上前去车旁了："阿容，还有小平姬和镇儿呢？舅舅来接你们了。"

委实也有几年没见了。开始因为开矿的事，长孙信还能常常往返幽州与长安两地，出入都在节度使府上，山英也时常一并待着。后来望蓟山里诸事稳定，长孙信便将事宜交由工部下属官员自行料理，返回了长安。直至如今，圣人下令放缓开采，往后去的机会便更少了。

长孙信着实喜欢小平姬，后来又多了个镇儿，两个孩子还不会走路的时候没少被他抱过，有时候甚至连山宗这个做父亲的都抱不着。当初走的时候他也是依依不舍，如同惜别自己的孩子一般，以致他真正出发的时候，山宗竟还特地送了他一程，仿佛希望他赶紧回长安一般……

赵国公和裴夫人都坐在厅中，虽坐着，却总看向厅门。很快外面有了脚步声，裴夫人立即站起来，瞧见长孙信和山英走了进来，便知人是到了。随即就见后面跟着进门而来的身影，正是她朝思暮想的，忙快步上前：“阿容。”赵国公也起身走了过来。

神容朝她屈膝，又向父亲屈膝，抬头时眼里带着笑：“母亲、父亲，别来无恙。”

裴夫人拉着她手细细打量，她身着青襦绯裙，腰系双垂绣带，臂挽轻纱披帛，步摇在发间轻晃。数年光阴，不长不短，她眉目璀璨，倒好似更明艳了几分。

“看你过得还好，我便放心了。”

神容看父母面貌也没什么变化，笑了笑说：“我当然过得好。”说着往后看一眼。

山宗跟在后面进了门，一身胡衣武服，长身挺拔立于厅中：“岳父、岳母。”

裴夫人看去，在他身上停留了两眼，如今总算不似以往那般故意给以脸色了，那也是看在女儿过得好的分上。直到听见身旁赵国公“嗯”了一声，她才也跟着应了：“嗯。”

山宗看一眼神容，她看过来时轻轻挑了下眉，仿佛在叫他忍着。他嘴角提了一下，对裴夫人这反应丝毫不意外，毕竟他当初可是将她的宝贝女儿就此带去了幽州。他转身朝门外招了下手：“进来。”

后面紫瑞领着两道小小的身影进了厅内。

裴夫人看见一左一右的两个孩子，脸色顿时就好了，松开神容亲自迎了上去。

小平姬和镇儿皆身着锦衣，颈上围着软软的护脖，衬得两张小脸粉白圆润，停在那儿，恭恭敬敬向她和赵国公拜见：“外祖父、外祖母。”

“快让我好好瞧瞧。”裴夫人早就想亲眼看看两个外孙，今日才算见到了，见他们如此明礼，忙一手一个亲自扶起来，“好孩子，这般乖巧。”

小平姬算来今年已有五岁，虽然还不大，但长高不少，小脸越长越像神容，尤其是那双黑白分明的大眼睛。她煞有其事道：“阿爹说了，在外祖父和外祖母跟前要乖巧。”

镇儿长得更快，都快与她一般高了，从眼睛到鼻子，甚至那薄薄的小嘴唇都像极了山宗，听了阿姊的话，眼珠动来动去，小脑袋点了点。

因着述职要务，这一行是直来的长安，中间未在洛阳停留，两个孩子自然也是第一回见到祖辈，虽被教导了要恭敬拜见，却还是止不住本性好奇，说话时还对着裴夫人和赵国公看来看去。

赵国公听了外孙女的话，难得竟笑了一声。

裴夫人不用说，早已是满眼的喜欢，再看一眼旁边的山宗，笑都还没收住，倒连带这个做了二度的女婿好似也更顺眼一点了。

山宗又看一眼神容，笑了一下。

神容悄悄冲他做了个口型：狡猾。

就连长孙信都在旁边瞅了眼山宗，肯定是这浪荡子教两个孩子来讨人欢心的。

赵国公府上一下变得热闹许多，仆从们忙碌，皆知家中的小祖宗又回来了，这次还带来了两个小小祖宗。就连国公和主母的笑脸都变多了。

正是午后暖阳照耀的闲暇时候，后园亭中，石桌上摆着一堆画卷，上面描绘着各式山川河流。桌边围着几道小身影。

赵国公坐在亭中，指着画卷道：“你们看看，当初你们母亲像你这般大的时候，外祖父也是这般教她认这些的。”

小平姬看了一眼就道：“山，我知道。”

赵国公点头：“只知道是山还不够，往后你阿娘还会教你更多。”

旁边挤过来镇儿的小脑袋，看着图说：“阿爹也有。”

赵国公笑一声：“你阿爹那个是打仗用的地图，与这不一样。”

镇儿不作声了，眼珠转了转，忽然小手往旁边一拽，又拽出个小家伙来。

那是个穿着湛蓝衣袍的小郎君，比镇儿要小一些，长得白白净净的像长孙信，眉眼却像山英。

是长孙信和山英的孩子，名叫长孙润。

“润儿，你也来认。”赵国公叫孙子。

小润儿跟着挤过去，三个小脑袋瓜渐渐挤在了一起。

远处廊上一角，长孙信朝那头观望着，感叹：“父亲多久没这般高兴过了，竟亲自教他们认山。”

旁边站着神容。山宗进宫述职去了，她过来看孩子们，正好仔细看看她那白白净净的小侄子：“润儿比我想的还乖巧。”

长孙信立即道：“那自然是我教导得好，若是叫山英……”

一旁山英正好走过来：“我怎么了？”

长孙信瞄她一眼，故意道：“你说呢？”

他们这个孩子，来得可谓不易，成婚两年才到来。来得也突然。山英起初就总记挂着自己营中那些事，时常奔波，以致有孕了也不知道。加之她本身也不曾有何反应，连吐都不曾吐过，骑马演武从不耽误，甚至中间守城时还亲自领头在河东挑了个贼窝。

直到某日返回长安府上，山英觉得小腹隐隐作痛，很不舒服，忙唤了大夫来瞧。大夫告诉她大事不好，可能要保不住孩子了。

长孙信当日回去就见她在房中独坐流泪。何曾见过她这样一个人流泪啊，他顿时大惊失色，忙上前询问。山英抹着眼一五一十告诉了他，长孙信这才知道缘由，连要做父亲的惊喜都被冲淡了，既心疼又无奈，当即道："此后都该由我看着你才好！"

山英当时流着泪点头："若是孩子生下来了，也让你来看。"

后来，孩子还真平平安安生下来了。

长孙信便也就亲自看到了现在，小长孙润完全就是他教出来的，一举手一投足都是个小小贵公子，与他一模一样。

山英一听他语气便知道他在说什么，忙上前来，抬手挡他前面："不提了不提了，莫在神容跟前说我那些丢人事。"尤其是她眼泪横流那事，实在不是她想哭的，她真刀真枪都不怕，何尝哭过。

长孙信拉下她手，还想说话，往旁边一看，哪里还有神容的身影。

神容分明都已去前面好远一截了，还回头来朝他们笑了一下："便不打扰哥哥嫂嫂了。"

长孙信顿时觉得自己刚才好似是在跟山英打情骂俏一般，才叫她忍不住走的了。再一看，自己还抓着山英的手，可不是有那意思。

他刚要松开，山英又自己抓住了他的："我记着你的功劳了，这天底下这么好的夫君怎就让我碰上了？二都中那么多贵女都不曾有我这等福气。"她这个人就是这点好，说话直来直去的，从来不遮掩，便是这样的话也不会藏在心里。

长孙信听到脸上便已要露笑了，却又板起脸："你这一套全是跟山宗学的。"

山英也不否认，抓着他手道："是真的就行了啊，那你下回便不要再提了吧。"

长孙信有意哼一声，早就接受了，反正也早习惯她这做派了。

远处，神容已走至廊底，出了园子。

她以为山宗还没回来，进了自己当初居住的闺房里，却见男人身姿笔挺，已坐在她房中榻上，正在打量她这间房。那身节度使的武服在他身上还未褪下，玄衣在身，衣襟刺绣夺目，腰带赤金搭扣紧束，落拓不羁与清贵显赫，全揉在他一人身上。

"看什么？"她问。

山宗在她进门时就已看了过来："自然是看你住的地方，还是头一回来。"

“你原本早有机会可以来啊。”神容故意说。

山宗好笑，寻着机会便要戳他一下：“嗯，若是没和离，我早几年便坐在这屋里了。”

神容走过去，点头：“那是自然，也不用你教孩子们那些话来讨我父母欢心。”

山宗一把拽住她，就按坐在了自己腿上：“夫人再翻旧账，我可要好好回敬了。”

神容坐在他腿上，一手自然而然就搭住了他肩：“是吗？”

山宗被她语气弄笑了，一手揽在她腰后，忽然说：“我今日自宫中返回时，遇上了裴元岭，听他说了个消息。”

“什么？”

“裴少雍已自请外放为官了。”

神容眼神微动，已太久没想起裴家这位二表哥了。

前几年她刚生下镇儿时，长孙信去幽州开矿，曾在她面前提过一次，说裴少雍已经由裴家做主娶妻，妻子是个温婉的大家闺秀，与他的秉性正相合。没想到他会离开长安。或许也是好事，当初主动求取的功名，如今又主动放下了。

“你在想什么？”山宗手在她腰后按一下。

神容随着他手上力道贴紧了他，反问：“你说我想什么？”

他低笑：“想我怎么‘回敬’你？”

话音未落，他手已移到她颈后，按下来，薄唇贴上去。

在长安待了不长不短小半月，熟悉的人都见了个遍。待山宗述职已毕，便要启程返回了。

当日城中一如既往地喧嚣繁华，赵国公府的送行队伍直至长街闹市，长孙信和山英更是亲自跨马相送，道路便清让开了。

直至城中那间熟悉的酒楼前，队伍停了一下。

那楼前站着一身宽大圆领袍、风姿翩翩的裴元岭，抄着两手在袖中，冲着最前面马上的人眯眼笑。旁边是来陪他一道送行的长孙澜，一身杏红衫裙的，比起以往好似圆润了一些。

山宗勒马，身侧车帘已经掀开，神容的脸探了出来，两个孩子的小脸也跟着露了出来。长孙澜朝她走去，笑着与她低低在车边说话。山宗给她们让地方，便到了裴元岭面前。

裴元岭笑道：“听闻你岳父岳母不舍得，已约好了下次再来的日子了？”

山宗点头：“他们是不舍得。”尤其是不舍得两个孩子，答应了往后还会再来，赵国公和裴夫人才舍得让他们走。

“那我便等着下回再见之日了，临走前与你打个商议。”裴元岭指一下马车道，“我看你那宝贝女儿标致得跟阿容一样，又讨人喜爱，我家中正好有个儿子，你看是否……”

“不行。”山宗断然拒绝。

裴元岭顿生好笑：“好你个山崇君，怎就如此绝情？你我可是少年之交，又是连襟，你看看我帮过你与阿容多少回，这都不行？”

山宗笑一声：“我就这么一个女儿，才这么点大你便想着来抢了，自然不行，他日她要找什么样的儿郎，得由她自己说了算。”

裴元岭叹息：“我本还想早些与你这幽州节度使攀上姻亲呢，真是小气！”

山宗下马，拍一下他肩，扬着嘴角道：“也莫要灰心，他日我若再有了女儿，你儿子或许能有机会。”

裴元岭看他这不羁浪荡的模样，笑着摇了摇头，压低声：“哪儿有你这样的，你已是一方封疆大吏了，自然得多生儿子，往后叫他们都随你行军作战，建功立业才是。”

山宗只是笑：“对我而言，还会在意那些？”

裴元岭愣了愣，随即失笑，点头。

确实，他已历经了这世间百般滋味，在最高处待过，也落下到过深渊，风风浪浪里蹚过来，只是依旧尽责做着自己该做的事罢了，其余都已看淡了。

眼前长孙澜已回来，山宗跨上马，队伍继续往前。

出长安，很快就到洛阳，这次他们在山家停留下来。

山上护军和杨郡君得知他们抵达长安时便等着了，还特地于洛阳全城施粥了好几日，为孙女与孙儿积德祈福，直到他们抵达。长孙信和山英也带着孩子送行至此，一时间山家又成了热闹之处。

日上正空，小平姬猫在一棵树后面。

润儿从她旁边凑出来，小心翼翼唤：“姊姊？”

平姬马上回头竖着小指头嘘一声：“不要吵，莫要被我阿爹发现啦，被抓去和镇儿一样可怎么办呢……”

润儿年纪小，便听话得很，连忙点了点头。

两双眼睛一并往前望出去，那前面是一大片开阔的围场。

那是山家的练武场，场边站着两鬓斑白还挺身直背的山上护军，身边是山昭和山英，甚至还有凑热闹的长孙信。

场中央半蹲着镇儿，穿着一身玄衫胡衣，越发像是个小山宗。马靴一步一步踏过，山宗就在他面前盯着。

“阿爹。”他开口唤。

“嗯？”山宗应一声。

“我要练到什么时候？”

“我说行的时候。”

镇儿正当顽皮的年纪，小腿都酸了，无可奈何，也只能硬撑着，小脑袋耷拉了下去。

山宗一手给他托起来：“抬正了，山家儿郎没有低头的时候。”

忽而听见一声轻轻的笑。他转头，看见神容站在练武场外，刚刚拿开掩口的衣袖，脸朝着他，轻飘飘地瞥了他一眼。

山宗漆黑的眼动了动，想起了以往，似笑非笑，忽又低低加一句：“只除了在你阿娘面前。”

神容眼波一动，只当场边上那几人都没听见，若无其事地低头理一下臂弯里的披帛，眼却早已弯了。

杨郡君就在旁边站着。终于亲眼见到了孙女和孙儿，她喜爱之情无以言表，恨不能时刻看着才好，眼下看着场中那幕，柔声感叹道：“阿容，这是当初看你嫁入山家时，我就在想的场面了。”

神容看她一眼。虽然到来得晚了些，但应该来的总会来。

最终小平姬还是躲过了一劫，没有被她阿爹抓去和镇儿一起练功。

当然，山宗本来也没打算让她吃这个苦。

他们后来离开洛阳时已是春日将尽了，与离开长安时一样，约定好了还会再来。回到幽州时，却正当一年中最舒畅的时节。无风沙肆虐，只有艳阳高照。

神容在幽州城下揭开车帘，手里拿着一份誊抄下来的书卷摘录。她遥遥看向北面道：“若何时能再去探一回地风就好了。”

山宗自马上扭头看过来：“随时都可以。你去探地风，我率人同行去巡边。”只顷刻间，他竟连计划都定好了。

镇儿忽从车里钻出来，扒着车旁站着的东来手不放：“阿爹阿娘快去，我跟东来叔。”

平姬竟也帮腔：“我一定照顾好弟弟。”无非是想偷懒不练功罢了。

山宗笑一声：“阿爹阿娘很快就会回来的。”

镇儿鼓鼓小腮帮子，又钻回车里去了。

那一年的秋日，曾经的关外大地，如今的蓟州一带，有人看见一支奇怪的队伍打马经过。

队伍人数不多，不过几十人而已，但模样分外彪悍，甚至其中还有个人左眼上耸着道狰狞的白疤，看着就不像好人。为首的却是一对夫妻，男人英俊，女人貌美。

这支队伍一直往前，去了凛凛漠北边界。

四野苍茫，一望无垠，天边茫茫浩荡地铺着大朵大朵的白云，连绵起伏的山脉耸立在眼前，山下是一条湍急的溪流。

神容抬头仰望着那山，拢一下身上的披风，手里还拿着誊抄下来的书卷摘录。

远处马蹄声纷至，是那群跟来的铁骑长，他们已探完边防情形回来了。老远就听见庞录在喊："无事！"

神容看过去，当年的敌方已退至这漠北深处，而这里的山，她是第一次来。无事，说明这片土地都还安分，幽州便能太平。

铁骑长们如今都知道她的本事，策马远远奔出去，只在远处停马等待。山宗从那头走来，背后正是那绵延不绝的群山，在他猎猎胡服的身影后成了个剪影。

他马靴踏地，长腿迈步，到了跟前，问："如何？"

神容扬了扬手里的纸张："回去便可以添一笔了。"

山宗笑："你可真不愧是我的军师。"

神容竟从他语气里听出了一丝得意和骄傲。

他伸出手来："回去吧。"

他们的马已到了溪水对岸。神容被他牵着到了水边，停了下来，转头盯着他。

山宗看过来，嘴边浮出笑意："怎么？"

神容看他两眼："没什么。"说着便要如来时那般去踩河中凸出的石块。手上忽地一紧，山宗将她拉住了，而后一弯腰，霍然将她拦腰抱了起来。神容不禁一把抱住他脖子，正迎上他黑漆漆的眼。

他嘴边牵开，露出熟悉的笑，又邪又坏："你不说我又如何知道呢？"

神容盯着他那坏笑的脸，他分明就知道，故意为之罢了。于是凑近了，在他耳边低低说："宗郎，抱我过去。"

山宗耳边一阵酥酥麻麻的痒，漆黑的眼里笑又深一层，抱紧了她，笑着往回走："是，夫人。"

大风恣意吹拂，吹云现日，莽莽天地，浩渺如诗。

只剩下一同远去的人，向着幽州方向的山川树影，身影紧依，渐行渐远。

番外五

岁月悠长

在回到长安赵国公府的那段时日里，曾有一日，长孙信刚好看到小平姬在亭子里练字。

他兴致勃勃地走近一瞧，就见她捏着个快比自己小手臂长的毛笔，在纸上一笔一画地写出了自己的名字：山平姬。

写完了，小家伙又在旁边慢吞吞歪扭扭地写出四个字：长孙平姬。

长孙信问："这是做什么？"

平姬仰起小脸："这些都是我的名字。我阿爹说了，我来长安就叫长孙平姬，去洛阳了就是山平姬。"

长孙信当即便惊了，好他个山宗，也太狡猾了，这样也行？

"好主意啊！"山英忽从亭外走入，拽拽长孙信衣袖，"要不你我让润儿也这样，我便好正大光明请大堂哥去教他习武了。"

"千万别！"长孙信立马拒绝，一脸正色，"我可不想我的孩儿被那邪坏的给带歪了。"他好不容易带出来的长孙家好儿郎，能交给姓山的祸害吗？

山英顿生可惜，她可是打算很久了呢……

小平姬那天回去后，趁神容去陪她外祖母，悄悄揪着她阿爹衣摆问："阿爹你是不是在讨好外祖父和外祖母呀？"

山宗问："这话是你舅舅说的吧？"

平姬睁大双眼："咦，阿爹怎么知道？舅舅说你就是想让我继承阿娘的什么绝学。"

山宗在她面前蹲下来，笑："那我讨好你阿娘不就行了？"

平姬眨巴眨巴眼睛："那阿爹是在讨好阿娘吗？"

山宗摸摸她小脑袋："我对你阿娘还用得着讨好？"

"那是什么呀？"

山宗笑得厉害，又在她小脑瓜上按了一下："等你长大就懂了。"

平姬思索半天没思索明白，鼓鼓小脸颊："好吧……"

这事后来就从长孙信口中传到了裴元岭耳里，此时山宗已经携家带口返回幽州了。

长孙信本意是在表兄跟前数落山宗有多狡猾的，裴元岭却听得面上带笑，尤其是对小平姬，越发满意，也就越发想与山宗结成亲家。

这可不是说说的，他是真有此意。奈何山宗临走时明确说了不肯，他也只得耐着性子等待他下一个女儿到来，便能有机会了。反正在裴元岭看来，只要是那两人的宝贝女儿，自然是不会令人失望的。

好不容易等到约定好他们再赴长安的日子，已是来年，然而这一年山宗和神容却没有按时再来长安。

裴元岭那日恰好在路上碰见姑父赵国公的车马，想起此事，上前询问了一下，方得知缘由。

赵国公穿着肃然的官袍坐在车中，却一脸笑意，告诉他："阿容又有孕在身了，不便长途跋涉，今年便不来了。"

裴元岭一听也笑了："那敢情好，原来是桩喜事。"心中却道：想来这下他是要遂愿了。

赵国公笑意不减："山宗那小子，其他时候狠，对阿容倒是不错，至今也没见身边有旁人，我与你姑母又将阿容嫁他一回，总算是没看走眼。"

裴元岭点头，心想这话说的，山宗对神容哪里是不错，已是把她当小祖宗宠到心里去了，哪只眼睛还看得到旁的女子？当老丈人的这是炫耀起女婿来了，真是太阳打西边出来了，堂堂赵国公何尝这样过。

当晚，裴元岭返回家中后便去信幽州，信中除去寻常问候之外，只反复强调了一件事：说过的事可别忘了啊，我还等着与你们亲上加亲呢，亲家？

数月过后，才有回信送至，还是因着幽州送呈宫廷的军务奏报顺带捎来的，直送到了裴元岭手上。一见信上那遒劲的落笔便知是山宗亲笔，他立即拆开展阅，还没看完已没好气地笑了一声，随即摇头："好你个山崇君……"

信中，山宗写道：别想了，让你失望了。

岁月悠长，幽州一如既往。

胡十一垂头耷耳地走入城中酒肆，正是日上正中时分。

张威手里拿着个胡饼在嚼，一边出门去换岗巡城，撞见他进来，张口就问："这回怎样？"

“唉，别提了，不行。”胡十一摇头。

骆冲也正从里头吃完一顿出来，听见这话，脸上白疤一抖：“你小子这次又没相看上？”

胡十一闻言就想撂蹄子踹他：“关你啥事？你就不会说点儿好听的？净寒碜老子！”

骆冲一让，龇牙笑一声：“一天到晚嚷着要找个好女子的不是你自己？还不让人说了，打一辈子光棍儿吧你！”

“说谁呢！”胡十一瞪他，“你不也是老光棍儿一条？”

“老子那是不想，你是不行。”

“你！”

俩人眼看着就要杠上，外头有兵卒来报事，张威赶忙拦在中间，胡饼都给挤掉了：“听到没有，有客至，正要往头儿府里去了，你们再拉拉扯扯，回头被头儿罚了可别后悔。”

骆冲“啐”一声，先往外去了。

胡十一跟上，不服气道：“下回再找你算账！”

外头庞录正一手牵着马等骆冲同回军所，早听见里头动静，都惹得一群食客在探头探脑了，这俩人也不知收敛。他皱眉道：“依我看，你俩谁也不行。”

骆冲当即阴笑：“老子这就去找个婆娘，倒要看看有多难，到时候再看他哭丧着个脸羡慕老子，便知是谁不行了。”

“我呸，我倒要看看是你先还是我先。”胡十一不甘示弱。

“走着瞧！”骆冲哼笑不止。

张威在门口捡起自己的胡饼，拍着灰心疼，一边在心里骂他俩，太平时日闲得无聊了这是，连讨老婆也较上劲了！抬头瞅见庞录，却见他花白的眉峰舒展，还好似对着那俩人笑了笑，忽而有点开窍，凑过去小声道：“你那是故意说的？”

“叫他俩较个劲也好，”庞录低声道，“都是死路里蹚过一回的人了，以后能有个伴儿陪着过过正常人的日子才好。”

张威点头，谁说不是呢？就连头儿都说过，前半生没家，幽州就是家，现在幽州定了，也该有自己的小家了。

正好路上有一行打马的气派贵人路过，一时几人都看了过去，也不斗嘴了，发现那就是往节度使府方向去的，应该就是方才兵卒报的来客了。

“那谁啊？”胡十一盯着打头的那个。

“你眼瞎了？”骆冲嫌他脑袋不灵光，“当初头儿自赵国公府里接出他宝贝夫人时，这位不是站门口送行过？”

“是了！”胡十一一拍大腿，“是金娇娇的那个大表兄啊。”

来的正是裴元岭，他此番是千里迢迢远行而来。

这些年，裴少雍外放为官，一直没有返回过长安。裴元岭今年正逢有时机去探望，半道不急着赶路，反而转道北行，朝这边关而来，特地来了趟从未到过的幽州。

节度使府邸很快便到了，一行人停下，裴元岭坐在马上，先打量了一番眼前大门。

一马驰来，快如奔雷，马上的人黑衣猎猎，一手执缰，一手执细长直刀，如风卷啸般直到门前，勒马停住，不是山宗是谁。

“特地赶回来迎我的？”裴元岭笑眯眯地道。自长安一别已近三年，不长不短，再看他还是老样子，一副干练做派。

“你远道而来，我自然要赶回来。”山宗下马，将刀递给门边急匆匆赶出来迎接的广源。

裴元岭道：“我闲暇不多，最多待上两日，主要是来看一看阿容，还有你家的好孩子们，尤其是你家新添的那个。我还没死心，定要亲眼看到才算……”

话音未落，府门内收到消息的神容已走了出来：“大表哥。”

裴元岭看过去，神容身着一袭宽袖收腰襦裙，姿容艳绝，更胜当初。她的身后，跟着个到她腰边的小子，穿着织锦玄色的胡衣，一晃六七岁的模样了，面貌简直与山宗一个模子刻出来的，就连神态都很像，一双眼黑亮。

裴元岭便认了出来：“这是镇儿，长大不少。”

神容刚要叫镇儿见礼，裴元岭已瞧见了旁边的另一个孩子。那小家伙是跟在镇儿旁边的，由紫瑞牵着站在后头，方才说到镇儿时，才露出小脑袋被瞧见。

裴元岭眼中一亮：“这就是你们刚添的孩子？”走近两步一瞧，脸上的笑又成了无奈，“好吧，看来我这回还是落空了。”

山宗在旁抱臂看着：“怎么样，我还能骗你？早在信中说了叫你失望了。”

是叫他失望了，新添的这个，是个儿子。

府上备好了接风宴，可裴元岭的兴致像少了一半。落座时他又看了看那新添的小家伙，粉白雕琢的小脸，像极了神容，唉，可惜，怎么不是个女儿呢。趁神容带着小家伙在对面落座，他问了句：“为何不见小平姬？”

山宗在神容旁边坐下：“平姬近来随神容学看山，带着东来出去探地风了。”

“她才多大啊？”裴元岭摇头，“你这当父亲的竟舍得。”

神容道：“这有什么，我当初最早出门去探地风时也就像她这般大，何况又不走远，只在城外山中，认一认山川脉络罢了，晚点便回来了。”

山宗笑了：“行了，都说叫你别想了。”

神容抬头看裴元岭：“大表哥在想什么？”

裴元岭又无奈又好笑，再看看她怀里的那小家伙，这小子可不比镇儿，乖巧得很，他又觉得可惜了，怎么不是女儿啊，偏偏山宗又宝贝着大女儿，死活不答应给他做儿媳。

“算了，”他只能说，“没什么。”

当日，小平姬回来已是天黑了。裴元岭跋涉已乏，被山宗灌了些酒，早早回了客房休息。

山宗特地拦在府门前，亲自去接女儿回府。

小平姬第一回实地去望蓟山里探地风，心情愉悦地下了马车，丝毫不觉得累，还催护卫她的东来走快些。

神容到时，便见山宗颀长的身形在门前站着，亲自看着平姬带着东来进了门，又问了几句山中情形，才让他们进去：“没事就好，山里的事回头去与你阿娘说。”

“知道啦，阿爹。”小平姬兴冲冲地往里头走，到底还小，雀跃得很，口中嘀咕着要去告诉镇儿，小弟弟还小，说了也不懂。

神容站在柱子那儿，看着平姬走了，才露出身形。

山宗立即朝这儿看了一眼，早看见她了，几步走了过来：“躲着偷看？”

“我倒要问你，这般心焦做什么？”神容瞥他一眼。

山宗摸了下嘴，笑：“我就这么个女儿，才这么点大已经被裴元岭盯着来抢了，可不得看严实些。”

神容口中轻嗤，就知道是这么回事：“你还有今日，那当初倒还与大表哥说什么以后要叫她以后自己做主。”

“自然要叫她自己做主，你知道为何？”山宗盯着她。

神容察觉他不知不觉已走近一步，问话时稍低了头，呼吸正拂过她鼻尖，不禁眼神微晃，落在他扬起的唇角上：“为何？”

山宗一手紧了紧束袖，手指指了下她鼻尖，又指一下自己：“因为你我，前车之鉴，还是让女儿自由些，父母少管了。”

“山宗！”神容觉得自己被编派了，顿时瞪他。

山宗失笑，一把揽住她腰，弯腰一抱，打横抱起她就走：“嘘，小声些。”

神容连忙攀住他肩，左右看看无人，才勾住他脖子。

浪荡子，这一辈子也改不掉了。

有些事情果然不能天遂人愿，只能想一想了。裴元岭很快来，又很快走，带着无奈，继续去探望弟弟裴少雍，临走也没能见着小平姫。

是山宗有意让东来带着女儿又去望蓟山里转悠了。

边疆事务繁忙，身为幽州节度使，山宗在此镇守是常态。神容又不是那等关在闺阁中大门不出二门不迈的贵女，在自己的地盘上肯定更舒坦些。二人也就不急着回二都，以后再说。

没过两年，神容又与山宗有了一个孩子，这次裴元岭还是没能遂愿。

因为依然是个儿子。

远在长安的裴元岭收到信后，长叹一声，这下是真死了心。

长女平姫，长子山镇，次子山铭，幺子山锐。后面两个儿子的名字皆是山宗取的。神容与山宗已算得上子嗣美满得过分了。

镇儿是最像山宗的那个，相貌出众，顽皮不羁。山铭最乖顺，只是不爱搭理人，话也少，也不知是随了谁，反正山宗觉得是随了神容。山锐还小，看不出他的脾气秉性，每日闹腾起来的时候倒是跟镇儿如出一辙，料想也是个小顽皮鬼。

这一年，胡十一正郁闷头儿都又添了两个娃了，可算是找到了他的好女子。

那是家药草铺子里头的女掌柜。胡十一以往从未见过哪家铺子会用女子做掌柜的，路过的时候便盯着里头稀奇地瞧了又瞧。那铺子里头挂着鱼形商号，他知道这是家大铺子，觉得这女掌柜挺有本事，越发高看人家一眼。

结果人家女掌柜还以为他出现是军所要采买草药，热情邀他进门相谈，几句客套下来，竟叫胡十一对她看对了眼。

胡十一委实下了一番功夫，头儿家的幺儿都会往地上爬了，他才算把人给弄到手，当天就美滋滋地跑进军所里去找骆冲算账。

“嘿，你小子这下认栽了吧！老子行不行？抢你前头了没？”

骆冲正在场中演武，光着条胳膊，差点儿一刀劈他脑袋上，脸上白疤耸动，整张脸都是不屑：“你得意个屁。”

“老子就得意。”胡十一扭头就走，都恨不得甩开两条膀子，威风得不行。

半路却被张威拽着：“你就别得意了，没听说吗？你家那婆娘能到手也有人家的功劳。”

胡十一莫名其妙：“啥？”

张威神神秘秘凑他跟前一通耳语。

先前那女掌柜还犹犹豫豫吃不准要不要嫁给一个刀口舔血的军所中人，是骆冲跟庞录听说了此事，挑了一日去了那铺子，与那女掌柜说了胡十一当初帮他们平反卢龙军之案时做的事。女掌柜方知胡十一是个有情有义有担当的汉子，再逢他去开口，这才点了头。

“这事连头儿都知道呢。”张威说。

胡十一听完，瞄瞄远处还往这儿耸着个疤瞪他的骆冲，竟无话可说了。

“听说你家那女掌柜的还打算把自家姐妹也说给骆冲，指不定你俩以后还要成连襟。”张威又来一句。

“啊？”胡十一刚感动一点，顿时又嚷嚷起来。这都哪儿跟哪儿啊！凭啥，那合着他就紧随其后呗？自己可还没赢够呢！

日子一天一天过，唯有山川大地沉稳不变。

平姬坐在雪白的高头大马上，往前方的高山望出去时，拉紧了身上的披风和帷帽。如今她身量已长高许多，开始隐约有些少女模样了。

东来带着人马跟随保护，一路往北，行到此处，越走越深。

“小女郎，不可再进了。”他出言提醒，这回是神容允许平姬第一次走远探山，只是没想到会走出这么远，他实在有些不放心。出门前连紫瑞都对他耳提面命了一番，叮嘱他千万要仔细周全。

平姬初生牛犊不怕虎：“无妨，阿娘也随阿爹去巡防了，兴许此时就在这附近看山呢，能有何事？倒是镇儿可怜。”

镇儿也不算可怜，无非就是今年被迫去了山家，接受祖父山上护军的将才教导去了，顺便抚慰一下祖父母的思念之情。两个弟弟还小，还由紫瑞和乳娘照顾着，阿姊又不用习武，舍他其谁？临走前，他拨弄着自己的短刀，倚着门栏摇头晃脑，长吁短叹：“我好惨，好惨好惨……”然而山宗不理他，没法，只好乖乖上路，由他叔叔山昭接了，去了洛阳。

刚想到此处，忽见前方异动，东来连忙策马挡在前方唤人：“拦住！”

平姬吓了一跳，转头看去，漫长白云拖拽的天际下，黑压压的山脚前，一队数十人的兵马正从那里经过，为首的人扯着马缰停顿，看了过来。

一个穿着软甲面无表情的少年，腿裹长靴，腰配宽刀，隔了数十丈，遥遥可见轮廓深邃的面孔，比她至少大了六七岁的样子，也不知是不是在看她这里，瞧来已有戒备之意。队伍中挑着旗帜，上面迎风飞扬一个醒目的“伏”字。

“不可再往前了。”东来低语，“已深入漠北，偏了路线，再走便是安北都护府的地界了，一来一返麻烦。”

平姬想了起来，好似听她阿娘提过的，安北都护府的大都护就姓伏。她撇撇嘴，打马回头：“那就算了。”

转身之际，风吹开她的帷帽，她拿手挡了一下，又回头看一眼，那马上的少年还看着这里，直到他们这一行走远，他方才抬了下手，领着人策马远去了。

平姬悄悄记了一下周围山川，心想有什么，等她长大些再来。

神容行到关外那座竖着的卢龙石碑前，收到了东来寄来的报信，才知平姬已经返回了。她坐在马上看完，听见身后马的长啸。

山宗结束了边线巡防，打马过来，一手拿了她马前缰绳，拽到身边，一边看了眼她手中的信：“几年才难得又有机会一同出来，你倒还挂念着孩子。”

“平常你不是比我挂念得紧？”神容反驳。

山宗勾着嘴角，看一眼那石碑：“迟早要把他们都打发走，只剩你我才好。”

神容已看到他眼神，知道他是故意这么说的，还是牵起了唇角。他是觉得自己比起那些已故的卢龙将士已算幸运，至少还能有今日，能看见山河平定，还能有家，自然也就更珍惜，她都明白。

想到此处，她抬头，故意挨近问：“不想知道信里写的什么吗，宗郎？”

山宗转头看来，英朗眉目含笑：“什么啊，夫人？”

神容挑挑眉：“我偏不告诉你。”

故事还长着呢，这里的事，如何说得完。

不过无妨，时日也长，还有一生可以慢慢讲。此后这悠悠太平岁月，我都会与你同行共享。

——全文完——